我观现代文坛

——陈漱渝近作选

陈漱渝 / 著

天津出版传媒集团

天津人民出版社

图书在版编目（CIP）数据

我观现代文坛：陈漱渝近作选 / 陈漱渝著. -- 天津：天津人民出版社，2024.1
ISBN 978-7-201-19816-3

Ⅰ.①我… Ⅱ.①陈… Ⅲ.①鲁迅研究—文集 Ⅳ.①I210-53

中国国家版本馆CIP数据核字(2023)第187836号

我观现代文坛——陈漱渝近作选
WO GUAN XIANDAI WENTAN——CHENSHUYU JINZUO XUAN

出　　版	天津人民出版社
出 版 人	刘　庆
地　　址	天津市和平区西康路35号康岳大厦
邮政编码	300051
邮购电话	(022)23332469
电子信箱	reader@tjrmcbs.com
策划编辑	王　康
责任编辑	岳　勇
封面设计	汤　磊
封面绘画	罗雪村
印　　刷	天津海顺印业包装有限公司
经　　销	新华书店
开　　本	710毫米×1000毫米　1/16
印　　张	25.75
插　　页	1
字　　数	345千字
版次印次	2024年1月第1版　2024年1月第1次印刷
定　　价	128.00元

版权所有　侵权必究
图书如出现印装质量问题，请致电联系调换(022—23332469)

目 录

鲁研一得

重温鲁迅经典
　　——在哈尔滨工程大学"享·悦读"读书沙龙活动上的
　　　讲话 / 003

天下谁人不识君
　　——阿Q百年冥诞祭 / 017

今夜"大雷雨"
　　——周氏兄弟失和事件再议 / 027

平常心，是非感，爱憎情
　　——读鲁迅随感 / 042

解密《鲁迅日记》中的"生活密码" / 049

拂去尘埃
　　——鲁迅掌故二题 / 062

一场旷日持久的论辩
　　——兼谈口述史料的判别 / 077

鲁迅为何未去苏联考察疗养？ / 082

鲁迅为何不去日本疗养
　　——以李秉中致鲁迅的一封信为中心 / 093

鲁迅研究中的史料问题（节选）
　　——2017年5月8日晚在中国传媒大学讲演 / 104

校勘·鲁迅校勘·校勘鲁迅
　　——鲁迅文献学研究之一 / 120

文苑风流

鲁迅夫人许广平
　　——纪念她诞生一百二十周年,逝世五十周年 / 133
千古知音最难觅
　　——鲁迅与瞿秋白 / 158
他是一个战斗者
　　——以鲁迅谈刘半农为中心 / 188
毁誉参半的双语大师林语堂 / 194
培植《浅草》,敲击《沉钟》
　　——从冯至给我的信说起 / 200
鹧鸪声里夕阳西
　　——琐忆徐懋庸临终前后 / 207
心灵的债务
　　——缅怀张静淑老人 / 219

情爱画廊

是文人,也是战士
　　——读《郁达夫情书全集》有感 / 231
一枝永恒美丽的花朵
　　——试谈萧红研究的四个"死角" / 246
并葬荒丘的革命情侣:高君宇与石评梅 / 271
"云端一白鹤,丰采多绰约"
　　——从《云鸥情书集》谈到庐隐 / 289

开辟鸿蒙，谁为情种
　　——重读《爱眉小扎》/ 306

书评书话

呼唤"人"回归文学
　　——读钱谷融《论"文学的人学"》断想 / 327
我接触的第一本新文学读物 / 338
寥寥数语，风度宛然
　　——读《汪曾祺回忆录》/ 345
他希望中国人活得像人样
　　——从柏杨的《中国人史纲》谈起 / 351
"云中谁寄锦书来"
　　——《陈漱渝收藏书信选》前言 / 358
小巷子里的大世界 / 367
以小悟大，见微知著
　　——读黄坚著《桃花树下的鲁迅》/ 374
他读出了人生新境界
　　——段爱民《读书小语》/ 379

附　录

生有确时，死无定日
　　——关于死亡的断想 / 385

后　记

写书难，出书更不易 / 401

鲁研一得

重温鲁迅经典

——在哈尔滨工程大学"享·悦读"读书沙龙活动上的讲话

听众朋友,晚上好!

我今年八十岁,搞这种"云讲座"是有生以来第一回,真有一种腾云驾雾的感觉。中国的神话传说中有所谓"千里眼""顺风耳",没想到如今都变成了现实。哈尔滨工程大学是一所"双一流"的国家重点大学,对我国的科技事业,特别是国防事业做出了重大贡献,能跟在座各位交流,于我是一种荣幸。《礼记·大学》中有一句耳熟能详的话:"苟日新,日日新,又日新",就是希望大家每天都能更新知识,了解新事物,接受新事物,这样才能有所长进。搞云讲座对我来说就是一种知识更新,理科生增加一些文科知识也是一种知识更新。"日新者日进也",希望通过这次活动大家都能有所获益。

有人可能问,听你讲鲁迅究竟有什么用?回答是:可以说有用,也可以说无用。鲁迅的儿子海婴小时候曾问鲁迅:"爸爸能吃吗?"鲁迅回答说:"吃也可以吃,不过还是不吃罢。"(1934年12月20日致萧军、萧红信)鲁迅的书既不能吃,也不能穿,顶不了住房,替不了交通工具。虽然在中国,鲁迅可以说是一位家喻户晓的人物,但在全球,估计大部分人并不知道鲁迅,但他们照样活着。从这个意义上讲,学鲁迅没有什么实用价值。大家知道,中国的科技在新时期有了迅猛发展,但也有软肋,那就是缺乏科技原创,因此有些想遏制中国发展的政客就乘机来卡我们的脖子。中国科技为什么会缺乏原创性呢?这跟中国传统文化中过分追求实用的东西有关。中国古代科举考试,重视的是治国平天下的国策,即解决现实问题,但古希腊却有"为知识而知识"的传统。西方人把牛顿排在影响人类的一百位名人之前,位置超过耶稣,但牛顿的"万有引力"原理既换不来金钱,又成不了做官的政治资本,但却引发了一系列的科技革命。所以有些看来无用的东西其实是有大用。《庄子·人间世篇》指出，"无用之用"，有时反而有大用。

那么学习鲁迅经典有什么用处呢？我过去曾经从四个方面阐发学习鲁迅的意义：一是鲁迅作品的认识意义，即把鲁迅作品当成中国社会从十九世纪末到二十世纪三十年代的百科全书来读。二是鲁迅作品的现实意义，即用鲁迅的作品来针砭当前的时弊，如两极分化、精神滑坡、生态破坏等。三是鲁迅作品的普遍意义，即他提倡的"诚"与"爱"，讲究信用，反对欺诈，反对冷漠，这些在市场经济的条件下是不可或缺的道德规范。四是鲁迅作品的审美意义，即通过鲁迅作品学会"应该这样写""不应该那样写"。这四方面都是"无用之用"。

今天我想在这个基础上进一步阐发阅读鲁迅作品的重要意义。有人把人的生活分为三个层面：物质层面、精神层面、灵魂层面。但关于灵魂的学说基本上是一种宗教思想，灵魂之有无还未能得到充分的科学论证。鲁迅在小说《祝福》中借主人公祥林嫂之口问道："一个人死了之后，究竟有没有魂灵的？"小说中的"我"支支吾吾，承认"究竟有没有魂灵，我也说不清"。其实，所谓"灵魂"也是一种精神活动，是大脑生理活动的结果，可以归并到精神生活的范畴。而精神生活的核心就是人生的意义是什么？道德的准则是什么？任何人都会用自己一生的言行来回答这个问题。鲁迅提倡的精神，就是一种无私奉献的精神，损己利人的精神。俄国作家高尔基笔下有一个英雄叫丹柯，他带领族人穿过森林，但因周围太阴暗，大家都迷失了方向。这时丹柯抓开胸膛，掏出一颗燃烧的心，把心当成火炬，带领大家走出绝境，终于来到了大草原。鲁迅作品就是他掏出来的一颗燃烧的心，能照亮我们的人生征途。

在鲁迅看来，最低层次的精神就是损人不利己，如强盗放火。其次是"损人利己"，鲁迅把这种人比喻为白蚂蚁。白蚁是一种昆虫，除南极洲之外遍布全球。这种虫子啃木头，特别善于潜伏在干燥的木材中。鲁迅说，白蚂蚁一路咬过去，留下的是一条排泄的粪。所以那些贪官污吏，那些制造伪劣产品牟取暴利的人,都相当于白蚁,在人世间只能留下远扬的臭名。在"五四"时期,有人在提倡一种新道德,叫"人我两利",或者说,"人人为我,我为人人"。这种道德观好像一台天平,一端放的砝码是"我",即自己;另一端放的砝码是"人",即别人。但在实际生活当中,"人"与"我"这两个砝码的分量是很难绝对均衡的,不是向"人"一端倾斜,就会向"我"一端倾斜。所以鲁迅崇尚的道德观叫"损己利人"。这种精神就是一种为祖国、为人民、为民族的无私奉献精神,一种在处理公与私、人与我、大局与局部关系时的自我牺牲精神。

鲁迅说:"我对于名声,地位,什么都不要。"(《两地书·一一二》)有的文学青年认为鲁迅是文坛领导。鲁迅回复说:"领导绝不敢,呐喊助威,则从不辞让。"(1933年10月28日致胡今虚)鲁迅小说曾被翻译为捷克文,译者要付他稿酬,鲁迅说:"至于报酬,无论哪一国翻译我的作品,我是都不取的,历来如此。"(1936年7月23日致普实克)他经常无私地帮助青年作家,甚至资助贫困作家。当被帮助者表示感谢时,鲁迅说,这是不必要的,我的稿费总比青年作家来得容易,用用毫不要紧,不必感激。虽然懂得感激是一种美德,但对于感激者也是一种情感束缚,翅膀上悬挂着感激的心灵债务,自己就不能高飞远走。鲁迅还有一句名言:"在生活的路上,将血一滴一滴地滴过去,以饲别人,虽自觉渐渐瘦弱,也以为快活。"鲁迅特别喜爱二十九岁就为革命献身的左翼作家柔石。因为"无论从旧道德,从新道德,只要是损己利人的,他就挑选上,自己背起来"。今年9月8日,国家隆重表彰了涌现出来的英雄人物和集体代表。我理解,在他们身上体现的精神,就是这种损己利人的精神。在社会主义初级阶段,要求人人都做到损己利人是不现实的。中国公民的道德底线是遵纪守法。但损己利人的精神是必须弘扬的精神。《诗经·小雅》中有一句"高山仰止,景行行止"。这里的"止"是一个语气词。这句话的意思是:对于高山应该敬仰,对于品德崇高的人应该仰慕、学习。虽不能至,心向往之。如果向往之心都没有,那这个民族的前途就堪忧了。

除开抓住从鲁迅身上学会做人这个核心之外,还应该学习鲁迅的科学思维方法。我从小读《三字经》,就记住了"勤有功,戏无益。戒之哉,宜勉力"这句话。提醒我们应该勤奋上进,不要贪玩。鲁迅非常勤奋。他认为中国需要肯做苦工的人。他说:"数十年来,不肯给手和眼睛闲空,是真的,但早已成了习惯,不觉得什么了。"他的生活方式就是"忘记吃饭,减少睡眠","一面吃药,一面做事"。他的休息方式就是眼、手、口轮流休息:写作时用眼用手,口就休息了;跟文学青年谈话时,用眼用口,手就休息了。又说:他写作、看书是工作,读报、聊天就是休息,两者并无很大的不同。鲁迅的勤奋当然是值得学习的,但是根据我的体会,一个人要想在学术上有所成就,光靠下死功夫是不行的,还必须有科学的思维方法,思想方法如果出现了偏离,那越用功就会离真理越远。

在我看来,鲁迅的思维方法中,最突出的亮点是批判思维、辩证思维和创新思维。当然,人的思维活动是一种完整的精神活动,相互联系相互渗透,不可能绝对化的加以切割。我分三个方面讲只不过是分别强调不同的侧面而已。

批判思维是鲁迅思维一大特色,所以他将自己的作品划归为"文明批评"与"社会批评"。"文明"就是文化,如文学、学术、教育、科学。"社会"就是人的生存发展环境。批评就是分析,就是评价,虽可以包含肯定,但以否定为主。在中国社会文化由旧至新的转型过程中,需要破旧立新,而鲁迅从事的主要是"破坏旧轨道"的工作,而破坏的目的是为了立新。比如鲁迅尖锐批判中国国民性中的很多病症,像好面子,不认真,喜调和,爱围观,擅内斗,少坚信,无操守,健忘症,"十景病"……目的就是为了塑造一种新型的健康的民族性格,在世界各民族的角逐竞争当中避免被淘汰。揭露病症是为了引起疗救的注意,是为了塑造出一种新型的民族性格。鲁迅在《中国人失掉自信力了吗》一文中写道:"我们自古以来,就有埋头苦干的人,有拼命硬干的人,有为民请命的人,有舍身求法的人……虽是等于为帝王将相作家谱的所谓'正史',也往往掩不住他们的光耀,这就是中国的脊梁。"

辩证思维就是不要孤立地、绝对化地看问题,要看到事物的两面性和多面性，从现象种看本质，在危机中育新机，在变局中谋新局。比如，中国信教的人很多。寺庙、道观、教堂里，信徒常有人满为患。正当的宗教信仰当然应该保护，但鲁迅从"信教"的人中识破了有些"吃教"的人，像有些骗子冒充和尚、尼姑来化缘，甚至化到国外去；有些宗教场所过分商业化。鲁迅从这种现象中进一步识破了有些挂着革命招牌的人其实是在"吃革命饭"，那些贪官污吏就是"吃革命饭"的人。鲁迅一生大约在十几个学校任过教，目睹了教育弊端，也参加了一些学潮，但他从不孤立看待教育问题，而认为"学风如何，我认为是和政治状态及社会情形相关的"（《两地书·二》）。他把社会比喻为一条大沟，把学校比喻为一条小沟，大沟的水如果浑浊，那小沟的水自然也无法洁净。关于文艺，鲁迅自然认为要贴切大众，所以他反对作家孤芳自赏，认为"作品愈高，知音愈少"。如果过分追求"阳春白雪"，那么"谁也不懂的东西就是世界杰作了"。他主张"通俗"，同时又反对媚俗。因为文艺是引导国民前进的灯火，如果一味"迎合和媚悦，是不会于大众有益的"（《文艺的大众化》）。对于科学与文学的关系，鲁迅也是辩证看待的。他主张读文科的也要读点科学书籍，学理科的也要读点文学书籍。因为割裂两者的联系，就会使人变成连常识都没有。鲁迅曾以文学作为科学启蒙的工具，科学也赋予鲁迅以思辨能力。鲁迅作品中，就涉及了丰富的自然科学知识。鲁迅辩证看问题的例子举不胜举。我曾编过一本书，就叫《鲁迅的辩证法》，涉及人的辩证法、历史辩证法、伦理辩证法、文艺辩证法诸方面。在我心中，鲁迅就是一位辩证法大师。

科学思维的终极目的是为了科学创新。创新就是创造，就是开创，这是一个民族进步的灵魂。为此，必须打破固有的思维模式，从一种新的角度、用一种新的方法去思考并解决问题，产生一种具有超越性的成果。比如，中国古典小说历来以情节取胜，讲究起承转合，结局多为大团圆。鲁迅借鉴西方现代短篇小说的特点，常截取生活的横断面借一斑以窥全豹，虽然胡适、陈衡哲也练习过写白话短篇小说，但十分稚气，他们自己后来看了都感到脸红。直到鲁迅手中中国现代白话小说才趋于成熟，并摆脱了外来影响，独具民族风格和个性色彩。像《呐喊》中的小说每篇都有形式格局上的探索,具有鲜明的实验性。再说杂文。早在南朝刘勰的《文心雕龙》中就有"杂文"这个名词,大体上是指诗词歌赋之外的杂体文章;思想内容也含儒、墨、名、法诸家思想,混杂不一。直到鲁迅手中,中国现代杂文才成了一种独立的新型文体,文风幽默讽刺,文章短小精悍,达到了诗与政论的融合,战斗性与愉悦性的一致,论辩论性与形象性的统一。所以杂文也是鲁迅的一种独创,影响绵延至今。在传统文化研究方面,鲁迅率先写出了《中国小说史略》,结束了中国小说自古无史的局面,因此也被人称为"国学大师"。在翻译界,鲁迅同样也是领军人物。他跟他的弟弟周作人率先把外国短篇小说译成《域外小说集》介绍到中国,"异域文术新宗,自此始入华土"(《域外小说集·序言》)。译文用的虽然是文言文,今天阅读起来有些困难,但在当时却是第一流的古文。在系统介绍国外新兴文艺理论方面,鲁迅也是先驱。他一生的翻译作品有三百多万字,跟他创作的数量相当。在美术领域,鲁迅是当之无愧的旗手。中国古代虽然有木板雕印的插图,但现代木刻的引进者却是鲁迅。当代美术界的一些领军人物很多是鲁迅的学生,如李桦、江丰、刘岘、力群。鲁迅设计了一些封面和图案,像北京大学的校徽就是鲁迅设计的。鲁迅的科学思维增加了他作品的思想力量,而这种力量正是当代作家作品中所欠缺的。事实证明,任何一个人只要在不同领域有所创新,都会上历史的沙滩上留下或深或浅的足迹。鲁迅只生活了五十六年,却给我们留下了如此丰富的文化遗产,确实是值得我们缅怀和崇敬的。

接着谈谈经典阅读问题。阅读和阐释作品有两种截然不同的方式:一种叫断章取义,另一种叫顾及整体。断章取义就是只取只言片语,不顾全文和原意。我国齐梁时代的著名文学理论批评家刘勰在《文心雕龙·章句》中说:"寻诗人拟喻,虽断章取义,然章句在篇,如茧之抽绪,原始要终,体必鳞次。"意思是:寻思诗人运用比喻,虽然只是断章取义,但比喻的章句在通篇当中,却像春蚕吐丝那样连绵不绝,从头至尾,一定像鱼鳞般的依次排列。所以即使断章取义,也要顾及首尾连贯,如同花纹交织,血脉贯通,文辞配合,否则就会如同瞎子摸象,抓住局部而迷失全局。

鲁迅倡导的就是顾及全局的阐释方法。写文章虽然不必面面俱到,但必须在总观全局之后才能准确了解局部。记得王阳明诗云:"山近月觉月小,便道此山大于月;若人有眼大如天,当见山高月更阔。"(《蔽月山房》)人的视野不同,对事物观察的结果就会很不一样。所以鲁迅强调:"我总以为倘要论文,最好是顾及全篇,并且顾及作者的全人,以及他所处的社会状态,这才较为确凿。要不然,是很容易近乎说梦的。"(《"题未定草·六"》)

什么叫断章取义?试举几个例子:比如,鲁迅在《〈中国新文学大系〉小说二集序》中说,他的小说集《彷徨》跟此前出版的《呐喊》比较起来,"技巧稍为圆熟,刻画也稍为深刻,如《肥皂》《离婚》等,但一方面也减少了热情,不为读者们所注意了"。鲁迅在这里讲的是实际情况,并不是说《呐喊》所收的作品都不好。在座诸位都应该知道鲁迅的《阿Q正传》,但未必读过鲁迅写的《肥皂》《离婚》,所以不能以此证明《呐喊》所收的《阿Q正传》是一篇坏作品,写的就是"一个农村的流氓如何调戏妇女,偷人钱财";也不能以此证明《药》这篇小说"没有写活一个人物",更不能证明《故乡》的结尾"地上本没有路,走的人多了也变成了路"是败笔,是狗尾续貂,是"借人物发感慨"。鲁迅所说的《彷徨》技巧相对圆熟,仅仅是指这些作品"脱离了外国作家的影响",形成了独树一帜的民族风格,鲁迅风格,决不能借肯定《彷徨》来否定《呐喊》。

鲁迅作品当中使我终生受益的一篇是《记念刘和珍君》。这篇文章让我懂得了爱憎,了解了历史。前些年有人大讲北洋军阀统治时期如何如何好时,这篇文章让我保持了清醒的头脑。文中有这样一句话:"我已经说过:我向来是不惮以最坏的恶意来推测中国人的。但这回却很有几点出于我的意外。一是当局者竟会这样的凶残,一是流言家竟至如此下劣,一是中国的女性临难竟能如是之从容。""不惮",就是"不怕"。这显然是一种文学性的表述,以此来凸显杀害爱国学生的屠杀者超乎于一般的凶残,当爱国女生牺牲之后还玷污她们人格的流言家超乎一般的卑劣。鲁迅明确讲过,他笔下的"中国人"这三个字从来就专指部分中国人,并不是指全体中国人。鲁迅自己也是中国人,他难道会那么自轻自贱吗?有人说,仅凭"我向来是不惮以最坏的恶意来推测中国人的"这一句话,就应该将《记念刘和珍君》这篇情文并茂的杂文踢出中国教材,这难道不是最典型的断章取义吗?

比断章取义影响更坏的是无中生有,甚至造谣诬蔑;因为断章取义可能属于理解问题,而无中生有则属于学风问题、道德品质问题。记得作家郁达夫说过以下的话,大意是:一个没有产生伟大人物的民族是可怜的生物之群,而产生了伟大人物而不知道尊崇的国家是可怜的奴隶之邦。令人痛心的是,在网络上关于鲁迅的不实之词经常出现,涉及政治、经济、情感生活等诸多方面,比如说鲁迅吹捧袁世凯,不骂蒋介石,与日本特务为友,跟共产文化决裂;又说鲁迅日常生活奢侈豪横,还说什么鲁迅跟东北女作家萧红关系暧昧。

袁世凯是个众所周知的历史人物,虽然不能说他一生中一件好事都没干过,但他最终是以卖国贼的身份被钉在历史耻辱柱上的。辛亥革命之后,他曾担任中华民国临时大总统,1913年又正式出任民国大总统。但干了两年就想复辟封建帝制,把共和国的历史车轮拉向后转,做了八十三天的"洪宪皇帝"。为了取得日本帝国主义的支持,于1915年5月9日跟日本签订了以"二十一条"为基础的《中日民四条约》。"民四"就是民国四年,即1915年。然而网上有人说,鲁迅赞扬袁世凯的教育思想,认为他最尊重人才,最爱护知识分子。这种说法,完全得不到可靠史料的支撑。

大家知道,鲁迅曾拜国学大师章太炎先生为师。太炎先生就是因为大骂袁世凯攘夺国柄的祸心而被袁世凯软禁于北京龙泉寺,其女自杀,太炎先生亲手写了"速死"两个大字,想尽快结束生命。在鲁迅眼中,袁世凯是一个"假革命的反革命者",他执政时期北京城里充满了"杀,杀,杀"的白色恐怖,只见很多进步青年被秘密逮捕,却从不见他们活着走出来。老舍的著名话剧《茶馆》也印证了鲁迅的记述,那时的确茶馆里都张贴了"莫谈国事"的告示,因为饭店客栈等公共场所遍布了便衣侦探。至于说鲁迅在卖国的"二十一条"上签字,更是荒唐。鲁迅不是外交官,哪有可能代表政府在对外条约上签字。更何况"二十一条"是日本单方面提出的掠夺中国的条约，最后并没有形成书面的外交文件。

说鲁迅文章中从未骂过蒋介石，也是似是而非的说法。鲁迅是一个战士，但反对赤膊上阵，主张"壕堑战"。鲁迅虽然没有指名道姓地批判蒋介石，但一直批判蒋介石破坏国共合作、屠杀共产党人的行径，一直批判蒋介石"攘外必先安内"的卖国政策，甚至在《"友邦惊诧"论》一类杂文中拍案而起，痛骂"好个国民党政府的'友邦人士'！是些什么东西!"试问，当时的作家当中，谁有鲁迅这样的勇气？正因为如此，蒋介石执政之后，鲁迅的杂文集和翻译作品，基本上都成了禁书。这难道还显示不出鲁迅的政治立场吗？

说鲁迅与日本特务为友，指的是上海内山书店老板内山完造。内山是一位基督徒，1917年在上海开书店，开始卖《圣经》，后来售社会科学类的书籍，中文版日文版都卖，仅马恩文集就出售了三百五十套。这书店一共经营了三十年，成为中日文化交流的桥梁。鲁迅说，卖书当然是要赚钱，但是不卖人血。说内山完造是日本间谍，这是八十多年前国民党特务机关造的谣言，鲁迅曾公开予以批驳。内山完造不仅不是日本间谍，而且多次掩护过鲁迅、郭沫若、陶行知等进步人士。1927年蒋介石破坏国共第一次合作，郭沫若就曾在内山书店秘密会见了武汉国民政府总政治部上海分部的秘书李民治，随后在李民治家会见了周恩来，汇报了蒋介石在九江、安庆等地反共的情况。周恩来立即起草了《迅速出师讨伐蒋介石》的致中共中央意见书，发动了八一南昌起义，郭沫若出任起义部队的总政治部主任。因为内山完造有进步倾向，所以1937年8月曾经被日本警视厅关押，9月又被审讯关押，并没收了随身财物。1950年，内山完造参与发起日中友好协会，1959年应邀参加中华人民共和国成立十周年庆典，在北京突发脑溢血去世。如今这位日本友人跟他的夫人一起合葬在上海万国公墓（今宋庆龄陵园）。鲁迅结交的人当中有没有成为特务间谍的人呢？当然有，最为人熟知的就是荆有麟，鲁迅支持他办过《民众文艺周刊》，鲁迅去世后他参加了国民党特务机构，新中国成立初期在南京被镇压了。人是会有变化的，人群是会有分化的，这并无损于鲁迅的日月之明。

至于说鲁迅晚年跟共产文化决裂，恐怕是当下一些人的一厢情愿。这件事比较复杂，如果有人关心鲁迅对中国共产党是什么态度，对抗日民族统一战线是什么态度，对当时的苏联是什么态度，我建议他们还是去看看鲁迅当时白纸黑字写出的文章。这些文章都收进了《鲁迅全集》，查阅起来一点都不困难。至于如何评价则是另一回事，但历史真相是任何人都改变不了的。

渲染鲁迅晚年与共产文化决裂的人经常拿出了三个证据：

第一，据鲁迅当年培养的文学青年李霁野回忆，1936年4月，李霁野从英国归国，到上海拜访鲁迅，谈话中提到了一位共同的朋友冯雪峰。鲁迅举了一个例子，说明雪峰是一位诚实憨厚的共产党人。1928年文坛发生"革命文学论争"时，创造社、太阳社的一些作家曾误认为鲁迅是"时代落伍者"，创造社元老郭沫若还化名写过一篇文章，宣布鲁迅是"封建余孽""二重反革命"，因为社会主义要革资本主义的命，资本主义要革封建主义的命，所以代表"封建余孽"的鲁迅就变成了"二重反革命"。后期创造社和太阳社成员很多是年轻而政治上不成熟的共产党员，所以鲁迅问雪峰："你们来到时，我要逃亡，因为首先要杀的恐怕是我。"雪峰连忙摇头摆手说："那弗会，那弗会！"然后彼此一笑。这显然是鲁迅的牢骚话，针对的是一些"左"倾幼稚病患者。跟鲁迅聊天的冯雪峰是中共的重要干部，纠正太阳社、创造社错误倾向的也是中共中央和中共江苏省委宣传部。

在1935年至1936年的"两个口号"论争当中，鲁迅曾严词批评周扬等人像"奴隶总管""以鸣鞭为唯一业绩"，但同时庄严声明："中国目前的革命政党向全国人民所提出的抗日统一战线的政策，我是看见的，我是拥护的，我无条件加入这战线，那理由就因为我不但是一个作家，而且是一个中国人。"批评共产党内某些人的不当言行，绝不等于反对共产党整个组织。所以绝不能把某个人或某个派别跟整个组织画上等号。

有人还说，鲁迅拒绝到苏联访问和疗养，也是他跟共产文化决裂的标志。我认为,根本就不存在鲁迅"拒绝"访问苏联这件事。1932年,苏联作家协会曾通过中国诗人萧三邀请鲁迅去苏联访问,鲁迅欣然同意,并做了一些安排和准备,但由于右脚神经痛,恢复得很慢,未能成行。后来又多次邀请,均未能遂愿。原因很多:(1)当年到苏联交通不便,要坐长途火车,路途十分辛苦,非鲁迅身体所能承受。(2)鲁迅1929年老来得子,一家三口远行在语言和生活上有诸多困难。(3)鲁迅认为他的阵地在中国,最初考虑在苏联待一两年得想法不切实际。因为一旦离开中国,鲁迅觉得自己就写不出文章了。(4)敌人已经散布鲁迅被金光灿灿的卢布收买的谣言,鲁迅如去苏联正中他们的下怀。

有人可能不同意我的说法,认为鲁迅不去苏联是因为斯大林在搞肃反扩大化。事实上,鲁迅对苏共党内政治斗争的情况并不清楚。苏联的肃反运动开始于1934年,但大规模扩大化是在1937年至1938年,那时鲁迅已经去世。鲁迅作品中对苏联和十月革命的肯定主要集中在两点:一是人权的解放,即颠覆了农奴制,民众成了能支配自己命运的主人。二是生产力的解放,即十月革命后的苏联从农业国变成了工业国。以上两点,至今也是判断社会制度优劣的准则。

第二,关于鲁迅的日常生活,我曾根据鲁迅夫人许广平的回忆做过介绍,说鲁迅生活是平民化的。比如喜欢吃农家炒饭,上海的蟹壳黄——这是一种南方烧饼,外焦黄里松脆,状如螃蟹。不爱吃鱼,因为要挑刺,浪费时间。改善生活时喜欢煮点火腿肉。又说他在南京读书时冬天无棉裤,靠吃辣椒取暖,养成了习惯,以致吃伤了胃。这样讲对不对呢?当然对,都有史料依据。但最近在网上盛传一篇文章,作者声称依据一份《鲁迅家用菜谱》,说鲁迅在上海时期,家里索性不开火,一日三餐都是饭店的"高级外卖定制",什么粤菜、绍兴菜、上海菜,基本不重复。看到鲁迅暴饮暴食,一些年轻作家"简直惊呆了"。如果民国时期也排"作家富豪榜",那鲁迅绝对首席。这种说法不仅是断章取义,而且是无中生有。

首先,这份家用菜谱是许广平1950年捐赠给上海鲁迅纪念馆的,共两本,都无明确的年代。一本是从11月14日至次年4月5日,另一本从4月5日至6月1日。《鲁迅家用菜谱》是整理者添加的名称,把时间确定为1927年11月14日至1928年6月1日也是整理者的推断,其他年份并非没有可能。

其次,大家知道,一个人的一生中生活状况是会发生改变的。少年鲁迅因家庭由小康坠入困顿,生活条件自然不会太好,所以到南京读的是免收学杂费的学校,那时南京冬天无暖气,靠吃辣椒取暖是符合实际情况的。鲁迅留学日本七年基本上靠官费生活,那时公派留学生的公费不算少,至少衣食无虞,但鲁迅爱买书,甚至到德国去邮购,所以经常入不敷出,说自己"又穷落了"。归国之后正好发生辛亥革命,政局不稳,工作收入也不稳。直到到北洋政府教育部任职之后才有相对固定的月薪,每月有二三百大洋。这月薪比上不足,比下有余,应属中等。不过北洋政府经常欠薪,所以鲁迅把自己比喻为"精神上的财主,物质上的穷人"。鲁迅在厦门和广州都是匆匆过客,但厦门大学是爱国华侨陈嘉庚办的民办大学,虽然当时经济不景气,但教授的待遇相当高。1927年10月鲁迅到上海定居,既不当公务员,也不当教授,靠稿费和版税为生。多亏鲁迅的朋友许寿裳帮助,托中研院院长蔡元培帮忙,给鲁迅一个"特约撰述员"的名义,从1927年12月到1931年12月,这四年当中每月白领三百大洋薪水,使鲁迅一家三人得以在上海这座居不易的大城市能够定居下来,踏踏实实写文章骂国民党政府。

1932年至1936年10月,鲁迅专靠稿费生活。他在报刊发表文章标准是千字五至十元,这是当时的最高标准,但上海消费高,十元租不到一处小房间。鲁迅的版税"不能云少,但亦仅够开支"(1932年10月2日致李小峰信)。版税主要来自北新书局,从1912年5月至1936年10月的二十四年中,总收入应达十二万余元。但北新书局经常拖欠版税,差一点跟鲁迅之间引发了一次诉讼案件。鲁迅的收入除了要养活在上海的一家三口之外,还要赡养远在北平的亲属,并帮助经济困难的三弟以及帮助不少生活窘迫的进步作家,如萧军、萧红、叶紫……所以总体来看,鲁迅虽然并不缺吃少穿,但跟生活"精致""豪横"之间还是有极大差距。正如鲁迅所说:"倘若取舍,即非全人,再加抑扬,更离真实。"(《"题未定草·六"》)更何况这两本菜谱上的菜肴究竟是多少人食用也没有定论。如果这份菜谱时间确定是1927年11月至1928年6月,那此时鲁迅刚到上海,是否定居尚未决定,暂住在宝山路附近的景云里,所以多叫外卖,从不开伙。就餐者除鲁迅夫妇外,还有三弟周建人一家,乃至周建人的同事,多时是四家七口人共餐,所以这笔账不能都记在鲁迅一人头上。再看菜谱本身,至多也不过是鸡鸭鱼肉,并没有什么山珍海味,更谈不上"暴饮暴食"。鲁迅常年有胃病,怎能"暴饮暴食"呢?

最后,有人还将鲁迅的饮食状况跟他弟弟周作人对比,说周作人晚年吃的是臭豆腐,喝的是玉米糊,这更是一种荒谬的对比、恶意的歪曲。新中国成立后,周作人的身份虽然是文化汉奸,但仍然得到政府照顾,每月由人民文学出版社支付他三百元稿费。这三百元当时是高级干部的工薪待遇。我大学毕业参加工作,月薪是五十四元,还要赡养家人。所以周作人属特殊阶层。"文革"时期周作人被批斗,晚年身体又不好,吃臭豆腐、喝玉米糊是可能的,但那是特殊时期的特殊状况。至今我也爱吃臭豆腐,喝玉米粥,并不能以此证明我食不果腹,水深火热。

第三,至于鲁迅与萧红的关系,有些文章和文艺作品也将其暧昧化。事实上,萧红是一位东北流亡作家,1934年开始跟鲁迅通信,鲁迅曾为她的小说《生死场》作序。同年底,萧红跟她的情人萧军从青岛到上海跟鲁迅开始了交往。鲁迅肯定她的创作才华,也欣赏二萧身上的"野性",即率真质朴。后来,萧红发现萧军有外遇,内心痛苦,常去鲁迅家去倾诉,但鲁迅有病,接待她的多半是鲁迅夫人许广平。鲁迅对萧红的关爱,是导师对青年的关爱,是一种父爱兼母爱,也是对处于困境中的左翼作家的一种"奴隶之爱"。最近传说一家拍卖公司把鲁迅、许广平赠送萧红的一颗红豆拍卖了二十四万一千五百元,我就感到有些莫名其妙。如果这是一颗普通红豆,或者是鲁迅、许广平送给萧红的玩物,那无论如何也拍不出这种天价。如果说许广平把鲁迅给她的定情物转送给了萧红,那更是不可思议、有悖常理的事。鲁迅在《而已集·小杂感》中写道:"一见短袖子,立刻想到白臂膊,立刻想到全裸体……中国人的想象惟在这一层能够如此跃进。"这句话的确道破了有些人的心理。总之,要正确认识鲁迅,正确评价鲁迅,真正学习鲁迅,唯一的正途是认真阅读鲁迅经典。一些重点作品要细读、精读,才会真正领悟,常读常新,不能轻信网络上传播的那些不实之词。

大家知道,鲁迅一生热爱青年,寄希望于青年。因为国家和民族的希望寄托在青年人的身上。中国改革的前途是光明的,道路是曲折的,需要一代接一代人前赴后继的奋斗,就像长江大河的奔流无法遏止一样。鲁迅曾把历史上的中国粗线条的划分为"想做奴隶而不得的时代",即所谓"乱世",如南宋、明末,还有一种是"暂时坐稳了奴隶的时代",即所谓"汉唐盛世""康乾盛世"。他明确指出:"而创造这中国历史上未曾有过的第三样时代,则是现在的青年的使命。"所以我们今天学习鲁迅,弘扬鲁迅精神,终极目的就是把中国改革开放的车轮沿着正确的轨道不断推向前进!

谢谢大家!

2020年9月19日

天下谁人不识君
——阿Q百年冥诞祭

"莫愁前路无知己,天下谁人不识君",这是唐代诗人高适《别董大》一诗中的名句。在中国现代小说的众多形象中,阿Q实可谓是无人不知,无人不晓,独一无二的人物。鲁迅的《阿Q正传》于1921年12月至1922年2月连载于北京《晨报副刊》,因此2021年恰逢这位"大咖"的百年冥诞。读者常问:作为文学家的鲁迅对世界文学究竟做出了什么主要贡献?我的回答是两点:一是创造了杂文这种现代散文的战斗文体,二是创造了阿Q这样一位超越时空的精神典型。

但是小说发表的时间并不等于作品中阿Q的真实年龄。如果要议论作品中这位大名鼎鼎的阿Q,不妨先为他草拟一份履历表。

一是年龄。经我考证,他大约生于1881年,是鲁迅的同龄人;卒年为1911年。这卒年确凿无误,因为《阿Q正传》第七章已注明阿Q于宣统三年(1911年)9月14日宣布"造反",而那位"把总"刚做革命党不上二十天就把阿Q枪毙了。1934年11月18日,鲁迅在《答〈戏〉周刊编者信》中说:"我的意见,以为阿Q该是三十岁左右。"如果整三十岁,那生年恰巧是1881年。"左"一点,可能是1880年;"右一点",可能是1882年。

二是籍贯。一般人多会填作浙江绍兴,因为鲁迅小说的风土人情大多取自他的故乡。有些《阿Q正传》的改编者还试图将阿Q的台词一般改为绍兴土语。但鲁迅在《答〈戏〉周刊编者信》中却郑重声明:"我的一切小说中,指明着某处的却少的很。""假如写一篇暴露小说,指定事情是出于在某处的罢,那么某处人恨得不共戴天,非某处人却无异隔岸观火,彼此都不反省,一班人咬牙切齿,一班人却飘飘然,不但作品的意义和作用完全失掉了,还要由此生出无聊的枝节来,大家争一通闲气。"所以还是填写为"中国宗法社会"为妥。

三是职业。流浪短工,兼小偷小摸。因为"能做""肯干",所以阿Q主要靠劳动糊口;但又沾染了游手之徒的恶习,他也会偶尔替盗窃犯望望风,接接货。阿Q这一典型当然是杂取种种人物合成提炼而成的,人物原型之一应该是谢阿桂。所以原作已告诉读者:"他活着的时候,人们都叫他'阿Quei'。"按汉字发音,"阿Q"应该读为"阿贵"或"阿桂"。尽管此人既不富贵,又不是丹桂飘香时降临人间,但如今一般读者都据英文发音来读"Q"字,这就是"约定俗成"的巨大力量。这位谢阿桂就寄居在周氏家族宅院大门西边的门房里,曾把他偷来的古砖卖给鲁迅之弟周作人;向女仆求爱之事则是阿桂之兄阿有的事迹,相当于阿Q追求吴妈。

四是政治面貌。这一栏最难填写。因为阿Q想"革这伙妈妈的命",但假洋鬼子却不准他革命,所以他并没有成为"革命党"的成员,没有党籍。填写为"群众"也有问题:"群众是真正的英雄",而阿Q绝对不是英雄。可见一个人真实的政治立场和态度,是很难用一个标签或一个脸谱简单勾勒的。不过,鲁迅在《〈阿Q正传〉的成因》一文中说得很明白:"据我的意思,中国倘不革命,阿Q便不做,既然革命,就会做的。我的阿Q的命运,也只能如此,人格也恐怕并不是两个。"因此,应把阿Q视为革命的启蒙对象。

五是健康状况。经皮肤科医生诊断,阿Q患有"癞疮疤"。经精神科医生诊断,他患有"人格障碍"。这种心理疾病是在神经系统并未发生真正病变的情况下出现的,表现为妄自尊大、讳疾忌医、自轻自贱、畏强凌弱、愚昧健忘、以丑骄人。总体特征是用幻想中的虚幻胜利掩盖现实中的真实失败,故可以概括为"精神胜利法"。鲁迅剖析的国民性痼疾中,还有"围观""官瘾""国骂""瞒和骗",这些病态在阿Q身上也有表现。

六是海外关系。阿Q虽然是一百年前中国偏僻地区一个默默生长、任人宰割的泥腿子,但却又有错综复杂的海外关系。自从鲁迅为他立传以来,他的传记就被译成了英、俄、日、德、世界语、捷克等多种文字,从各国出版的百科全书和辞书中也可查到有关阿Q的评语。特别有趣的是，阿Q不仅登上过国内的各种舞台，还登上过外国的话剧舞台，更难以设想地登上过芭蕾舞舞台。法国文学家罗曼·罗兰说，法国大革命时期也出现过阿Q一类人物。美国记者埃德加·斯诺说，《阿Q正传》跟捷克古典作品《好兵帅克》庶几近之。日本记者山上正义说，阿Q跟张三、李四一起，已成为日本的太郎、长松相类似的普通名字。埃及、印度的作家也说他们的国家也有阿Q式的人物。无怪乎阿Q成了世界文学的著名典型，几近"国际公民"。马克思主义认为，人有三种基本存在形态：一是个体形态，二是群体形态，三是类存在形态。这三种形态合成了一个人的完整统一体。（《马克思的人学思想》，见孙鼎国主编：《世界人学史》第四卷，河北人民出版社2003年11月版，第278页）流浪短工是阿Q的个别形态，国民劣根性是阿Q的特殊形态，"阿Q相"是阿Q的一般形态。实际上，让《阿Q正传》赢得国际声誉的，正是阿Q精神具有的"一般形态"。这种"一般形态"赋予了阿Q这个人物以社会普遍性和艺术永恒性。马克思又指出，像堂·吉诃德这一人物，在十六世纪有，在十九世纪也有；在西班牙可以找到，在德国同样可以找到。阿Q同样是堂·吉诃德这类的精神典型。

替阿Q填完履历表，还想自问自答几个问题。

首先要回答鲁迅的创作动机。鲁迅执笔的导因当然是《晨报》副刊编辑孙伏园的约稿。该刊新开辟一个"开心话"的专栏，想连续刊登一些能让读者看了开心的文字。鲁迅在开篇的"序"中之所以加了一些跟全篇并不相称的话，就是为了适合编辑的要求。不过作者接着写下去，就让读者脸越来越沉，心也越来越沉。到了小说结尾，阿Q在中弹后灵魂微尘似的迸散。举人老爷和赵府也都举家号啕。未庄的围观者都觉得扫兴。作品开头像喜剧，结尾又像悲剧，综观其内容其实是一部具有道德目的的正剧。可见，鲁迅写《阿Q正传》并不是为了寻开心。他为此酝酿了好几年，其目的"是想暴露国民的弱点"（《伪自由书·再谈保留》）。也就是说，鲁迅是想把《阿Q正传》当成一面镜子，让国人照出自己灵魂的污垢；是想把《阿Q正传》当成一口警钟,让沉默的国民发出反抗和叫喊的声音,把一个万马齐暗的中国变成一个有声的中国。

"想暴露国民的弱点",也就是"改造国民性"的同义语。这是鲁迅留学日本时期即已形成的思想和主张。创作《阿Q正传》就是这一思想和主张在文学创作方面的一次成功实践。众所周知,古希腊和古埃及有一个著名的"斯芬克斯谜语",猜不着就会有危险,于是人们只好绕开这位神怪走。探讨鲁迅改造国民性的思想曾经在某种意义也有类似之处,因为一不留神就会掉进"人性论"的理论泥沼,使一个原本学术性的问题变成带政治性的问题。比如,有人会质问,难道有统一的国民性吗?阿Q是劳动者,但鲁迅把"阿Q精神"寄植在一位农民身上,这岂不是低估或抹杀了农民的革命性?说不少中国人身上都附着了阿Q精神,外国人也承认他们国度有阿Q式的人物,这岂不是抹杀了特殊的阶级性而宣扬了超时空、超国度的"普遍人性"?感谢改革开放给中国学术界带来的宽松环境,这些问题如今尽可以大胆进行探讨了;即使观点有偏颇之处,也不至于被扣上吓人的政治帽子。

要合理回答以上问题,必须牢记鲁迅所说的"知人论世"这四个字。这是一把打开鲁迅思想宝库的钥匙。

鲁迅出生在鸦片战争四十年之后。十八岁赴南京求学又赶上了昙花一现的"戊戌变法"。中国被列强豆剖瓜分,"中国人"可能被"世界人"从世界民族之林挤出。这种国家和民族的深刻危机,迫使先进的中国人寻求救国救民的道路。许寿裳在忆述跟鲁迅讨论"中国民族性的缺点"时,用了"身在异国,刺激多端"这八个字,就表明了鲁迅的文学活动跟他救国活动的有机联系。

鲁迅是一位赤诚的爱国主义者,而不是一位民族主义虚无者。他曾声明他笔下的"中国人"这三个字并不代表所有的中国人。如果引用鲁迅歌颂"中国人的脊梁"的那些诗一般的语言,也许有人会认为他的后期作品并不能说明他的早期思想。但在创作《阿Q正传》的十八年前,亦即1903年,鲁迅在《中国地质略论》中就写道:"吾广漠美丽最可爱之中国兮!而实世界之天府,文明之鼻祖也。""中国者,中国人之中国,可容外族之研究,不容外族之探险;可容外族之赞叹,不容外族之觊觎者也。"也就在开始探讨中国国民性的同时,鲁迅在七律《自题小像》中还发出了"我以我血荐轩辕"的豪迈誓言。"轩辕",即指中华民族。如果鲁迅认为中华民族无药可治,那他就完全不必作出改造国民性的努力了。

在鲁迅作品中,国民性的概念跟民族性的概念是混用的。"国民"中既包括"民众""群众",也包括"阔人""市侩""圣贤之徒"。根据马克思主义的原理,一个国家或民族由于地域状况、文化环境、经济生活、语言文字大体相同,可以形成相同或相似的心理素质和性格特征,即所谓"共相"。国民性的概念比阶级性的概念宽泛,但并不排斥阶级性。正如同鲁迅在《三闲集·文学的阶级性》中所说,在阶级社会,人就一定带着阶级性。但是"都带"而非"只有"。只是因为语言环境不同,强调的侧面有所不同而已。中华民族勤劳勇敢,酷爱自由,但在历史上有些人也沾染了不同程度的阿Q气。说"六亿神州尽舜尧",并非中国人一个个真都成了圣人;同理,说阿Q阴魂不散,也并非中国人一个个都有阿Q那种程度的精神痼疾。

说阿Q精神在中国社会具有普遍性,并没有抹杀《阿Q正传》中出场人物的阶级性。"人性"的概念,是区分"人"与"动物"的概念。"阶级性"的概念,是区分阶级社会不同社会利益集团的概念。"精神胜利法"是半殖民地半封建社会滋生的失败主义的产物,但作为专制者的失败主义跟作为被专制者的失败主义表象相似,实质不同。鲁迅深刻指出:"专制者的反面就是奴才,有权时无所不为,失势时即奴性十足。"(《南腔北调集·谚语》)对于上层统治阶级的"精神胜利法",鲁迅在《且介亭杂文·说面子》中有一段生动描写:"相传前清时候,洋人到总理衙门去要求利益,一通威吓,吓得大官们满口答应,但临走时,却被迫从边门送出去。不让他走正门,就是他没有面子了;他既然没有面子了,自然就是中国有了面子,也就是占了上风了。"这种转败为胜的方式,相当于阿Q赢的一堆洋钱都被邻村赌徒抢走了,自己擎起右手在左脸上打了两个嘴巴,就仿佛是自己打了别个一样。

在《阿Q正传》中，作者惟妙惟肖地刻画了在赵太爷们身上表现的精神胜利法。比如，阿Q最初宣布自己姓赵时，赵太爷立即跳过去，给了他一个嘴巴："你怎么会姓赵！——你那里配姓赵！"但阿Q宣布"造反了！造反了！"赵太爷就被他吓得怯怯地低声叫着"老Q"。赵白眼也吓得惴惴地叫"Q哥"，想跟他探革命党的口风。这就正好印证了鲁迅所说的"专制者的反面就是奴才"。

作为流浪短工，阿Q身上的"精神胜利法"来自何处？首先，这种精神痼疾是专制政体、皇权文化的产物。马克思说，专制制度需要愚民，正如尸体充满了蛆虫一样（《摘自〈德法年鉴〉的书信》，1834年9月）。曾经有人嘲讽中国人不团结，像一盘散沙。鲁迅指出："小民虽然不学，见事也许不明，但知道关于本身利害时，何尝不会团结。先前有跪香，民变，造反；现在也还有请愿之类。他们的像沙，是被统治者'治'成功的，用文言文来说，就是'治绩'。"（《南腔北调集·沙》）被压迫者身上的"奴性"并不是从娘胎里带来的，而是压迫者的"治绩"。离开奴才的奴性，哪来奴隶主的"长治久安"？奴性的发展有两个阶段：开始是只愿暴政"暴"在他人的头上，自己拿"他人的苦"做赏玩，做慰安。比如阿Q进城看到杀革命党，觉得"咳，好看，杀革命党。唉，好看好看……"待自己也被押上囚车赴刑场时，才感到像遇到恶狼似的被吓得要死，但至死也不明白他之所以被枪毙的缘由，更没有一丝一毫反抗的意念。这正是鲁迅"哀其不幸"之处。

在阶级社会，不同阶级的思想是可以互相渗透的，这就是马克思主义所说的"任何时代的统治思想都是统治阶级的思想"。比如，阿Q的"男女之大防"观念，就是皇权社会"三纲"思想灌输与熏染的结果："凡尼姑，一定与和尚相通；一个女人在外面走，一定是想引诱野男人；一男一女在那里讲话，一定要有勾当了。"阿Q身上最令人痛心之处是"以丑骄人"，连"癞头疮"都可以视为光荣的象征、骄傲的资本，这正是"昏乱思想遗传的祸害"。这种昏乱思想不仅鼓吹中国精神文明世界第一，"古人所做所说的事，没一件不好"，而且"中国便是野蛮的好"（《热风·随感录三十八》）。鲁迅还指出,群体思想往往受无数代祖先长期形成的思想惯性影响,以致造成"死人拖住活人"的悲剧。这种"民族根性造成之后,无论好坏,改变都不容易的"。不过,虽然"专利生长,昭苏非易"(《〈越铎〉出世辞》),但鲁迅仍然强调:"幸而谁也不敢十分决定地说:国民性是决不会改变的。"(《华盖集·忽然想到四》)

作为流浪短工,小生产者的个体劳动形式也决定了阿Q的经济地位和思想意识,如保守封闭、自欺欺人、安于现状……《阿Q正传》中写到阿Q"很鄙薄城里人",认为他们把"长凳"叫"条凳"可笑,在油煎大鱼头上加上切细的葱丝而不是半寸长的葱叶也可笑,反映的正是农民阶级的狭隘性。然而鲁迅毕竟是为"阿Q"立传,而不写《赵太爷正传》,就是因为"阿Q"的精神创伤显然严重,但最终是可以疗治的,而对于作品中赵太爷、举人老爷为象征的等级制度,则应该掀翻,颠覆,涤荡,"全都踏倒他"。据鲁迅夫人许广平回忆,《阿Q正传》中的小D是阿Q的缩影,也是鲁迅特意留下的一条伏线。作为被压迫者的小D终究会有抬头的一天,可惜鲁迅一直没有写。(《〈阿Q正传〉上演》,《现实》半月刊创刊号,1939年7月25日)我认为,如果把《阿Q正传》视为一部中国人的心灵史,那这部中篇小说仅仅是一部"启蒙史",待写的还有"觉醒史""解放史",只不过历史还未能为鲁迅提供应有的条件和机遇,所以这首"心灵三部曲"只完成了一部。

有论者认为,鲁迅对中国国民性的解剖固然深刻,但仅仅是一种关于人的抽象思考,并没有把这种批判跟制度批判结合起来,结果反把批判矛头由体制转向了民众。我认为,这是不了解鲁迅生平而导致的误解。鲁迅是反清革命团体光复会的成员,在绍兴又参加了迎接光复的活动,本身就是一位民族民主革命者。在《越铎日报》的创刊号上,他还发出了"促共和之进行,尺政治之得失"的政治宣言。在《阿Q正传》中,鲁迅再现了辛亥革命这场政治变革的历史局限:"知县大老爷还是原官,不过改称了什么,而且举人也做了什么——这些名目,未庄人都说不明白——官,带兵的也还是先前的老把总。"结果,能看到的仅仅是砸掉了静修庵里一块"皇帝万岁万万岁的龙牌",以及老百姓纷纷将辫子盘到头顶上。俄国十月革命爆发后,鲁迅歌颂这场摧枯拉朽的大风暴。北伐战争进行时,鲁迅又歌颂过这场"一炮轰走孙传芳"的实地的革命战争。至于那批投枪匕首般的鲁迅杂文,进行的更是体制性批判。革命从来都有文武两条战线。当实地的革命者献身于武装斗争时,作为"精神界之战士"的鲁迅则巍然屹立,将毕生精力致力于思想革命,宗旨在于发扬"民魂"。这跟当时的政治革命是相向而行,绝非转移斗争的大方向。鲁迅深知,如不改造国民性,"无论是专制,是共和,是什么什么,招牌虽换,货色照旧,全不行的"(《两地书·八》)。

还有论者认为,鲁迅剖析中国国民性只相当于中医号脉,并没有开出确有疗效的处方。其实这也是一种误解。鲁迅为"阿Q精神"开出的处方是"摩罗精神"。"摩罗精神"出自鲁迅1908年2月、3月在《河南》月刊第二、三号连载的文言论文《摩罗诗力说》。鲁迅说,"摩罗"一词是从印度文翻译而来,本义是指天上的魔鬼,欧洲人把他叫作撒旦。后来人们把拜伦一类诗人称之为"摩罗诗派",就是因为这一派的诗歌"立意在反抗,指归在动作"。他们引吭高歌,争天拒俗,这种雄奇美德声音,最能振奋一个民族的精神。简而言之,"摩罗精神"就是对一切阻碍社会发展的旧势力的怀疑精神、反叛精神、斗争精神。与此同时,鲁迅又指出:"中国之治,理想在不撄,而意异于前说。"大意是:中国人的政治思想,是在谋求不反抗不斗争,这和前面讲的摩罗诗人的观点,完全相反。在《阿Q正传》早期的研究者中,周作人是颇为出色的一位,曾经指出"阿Q这人是中国一切的'谱'——新名词成为'传统'——的结晶"。最终,他却"以儒家的入世哲学为根据,以老庄的游世态度为依托,以禅宗的出世思想为归宿"(野夫:《周作人后期思想管窥》),堕落成为日本侵略者膝下的一个臣仆,直白地说,就是奴才。

在鲁迅作品中,斗争性还有一个形象的比喻性提法,就叫"兽性"——这是跟驯良的"家畜性"相对立的性格,也即是疗治"奴隶性"的一剂猛方。作为"万物之灵"的人类在动物面前经常表现出一种优越感,但人若失去了"灵魂"(即精神)即无异于动物。更何况在感官功能方面,人本来就有诸多不及动物的地方,比如嗅觉不如猎犬,认路不如信鸽,所以鲁迅在《华盖集·夏三虫》中写道:"古今君子,每以禽兽斥人,殊不知便是昆虫,值得师法的地方也多着哪。"

在五四新文化运动中,陈独秀根据进化论的人性论,认为一个强大的民族应该同时发展人性和兽性,如果兽性全失,就会成为一个堕落衰亡民族(《陈独秀文章选编》上,生活·读书·新知三联书店1984年版,第91页)。陈独秀这里所说的兽性,指的也就是在强权面前的"抵抗力",表现为意志顽强,能争善斗;而不能畏寒怯热,柔弱有病(《陈独秀文章选编》上,第89页)。鲁迅在《而已集·略论中国人的脸》一文中,也明确赞扬"兽性"而反对"家畜性",因为"野牛成为家牛,野猪成为猪,狼成为狗,野性是消失了,但只足使牧人喜欢,于本身并无好处"。在《且介亭杂文·从孩子的照相说起》一文中,鲁迅又强调说:"驯良之类并不是恶德,但发展开去,对一切时无不驯良,却决不是美德,也许简直倒是没出息。"阿Q在强权和恶势力面前的"驯良"和"家畜性",正是一种万劫不复的奴性。

在构建和谐社会的当下,在向2035年远景目标奋进的征途中,我们重读《阿Q正传》这篇经典作品具有什么当代意义呢?对于这个问题,自然各有各的理解,可以彼此兼容,不必相互排斥。当前中国人的精神面貌,当然跟一百年前的中国有了很大不同,但鲁迅笔下的阿Q精神也不能说已经根除。街头的围观,校园的欺凌,在强者面前忍气吞声,在弱者面前耀武扬威,这些都是我们在日常生活中能够切身感受到的不良现象。中国由弱国变成世界大国,这同样是举世瞩目的事实。不过我们更要保持谦虚谨慎,反对鲁迅笔下那种"爱国的自大"。面对大国间的竞争,中国人在霸凌主义面前更需要一种自强不息的底气和勇气。中国人要自立于世界民族之林,还是需要鲁迅那种"硬骨头"精神。毛泽东说"这是殖民地半殖民地人民最可宝贵的性格"(《新民主主义论》),这句话仍然值得国人深思。

记得1938年初,中旅剧团在武汉公演了田汉改编的话剧《阿Q正传》。当时正值中华民族最危险的时刻。在武汉主持抗日工作的周恩来特意为扮演阿Q的演员题词。马克思认为，人的解放有两个层面：一是物质的解放，二是精神的解放。政治解放的最后形式就是人的解放，而人的解放的最后形式就是精神解放，也就是《国际歌》所唱的"让思想冲破牢笼"。我想，这一天的到来，也就是"死去的阿Q时代"真正来临之时。

今夜"大雷雨"
——周氏兄弟失和事件再议

1985年,也就是三十多年前,我在《鲁迅研究动态》第5期发表过一篇《东有启明,西有长庚——鲁迅与周作人失和前后》,后收入拙著《鲁迅史实求真录》(湖南文艺出版社1987年9月版)。应该说这是研究周氏兄弟失和事件时间最早、资料最全、立论最为持平的一篇,长期为研究者频频引用。近来,因为把鲁迅日记与周作人日记对读,偶有所悟,故续作一篇。虽不能完全用实证方式为这一事件画上句号、作出明确结论,但在前行研究基础上有所推进,故形诸文字,公诸同好。

为何再议一件无权评述的事件

应该说,周氏兄弟失和是他们内心的隐痛,双方都不愿意细说或持"不辩解"的态度,也没有任何其他当事人或目击者提供证言。因此,可以将其视为一桩"无头案"。1923年11月,即周氏兄弟失和不久,周作人写了一篇《读报的经验》,收入《读虎集下卷》。此文反对报纸为迎合社会心理而多载风化新闻。他说:"据我想来,除了个人的食息以外,两性的关系是天下最私的事,一切当由自己负责,与第三者了无交涉。即便如何变态,如不构成犯罪,社会上别无顾问之必要,所以记述那种新闻以娱读者,实在与用了性的现象编造笑话同是下流根性。"文中似有弦外之音。此后,周作人还在文章中向社会上表达了一种态度:他十分讨厌局外人关注他的家务事,更憎恶有人对他的家庭风波幸灾乐祸。他认为这类事件只要不贻害社会,就与公众没有任何关系。即使有第三者从旁议论,也当体察而不当裁判。

既然如此,为什么周氏兄弟的读者还会对这件事予以持久关注并众说纷纭呢？当然不能排除少数人有八卦心态，但大多数人还并非如此不堪。作为五四新文化运动的前驱者，周氏兄弟是领军人物，早已进入公众视野，几无隐私可言。撰写周氏兄弟的传记和年谱都无法回避这一事件。从研究周氏兄弟的创作活动和人生道路的角度，这一事件的影响也无法低估。因为失和之前，周氏兄弟是亲密的文化合作者。鲁迅辑校的《会稽郡故书杂集》曾以周作人的名义出版，鲁迅的早期杂文（如《热风·随感录三八》）中也掺入了周作人的文字。周氏兄弟曾有一些合作项目，如翻译日本现代小说，失和之后就令人遗憾地中断了。周作人不但在《自己的园地》第二版中抽掉了评论《阿Q正传》的文章，又从《点滴》一书中抽掉了鲁迅所译的题词，而且陆续写了不少含沙射影攻击鲁迅的隐喻文字。被伤害的鲁迅虽然因此大病一场，吐血不止，直到1936年9月3日临终前不久才写信告诉母亲，但他离开北平之后对周作人"并没有什么坏的批评"。鲁迅只是希望周作人在抗日救亡的问题上持一种明确的态度，不要落在钱玄同、顾颉刚这些人的后面。1936年10月25日，周建人在鲁迅逝世不久即写信转达了鲁迅的上述意见。周作人原本并不是一个只有个人和人类立场而毫无民族和国家立场的人。1927年4月，日本人控制的中文报纸《顺天时报》曾造谣说武汉政府组织妇人裸体游行，并高喊"打倒羞耻"这一类口号，意在诽谤以"打倒列强除军阀"为宗旨的北伐战争。周作人在当年4月23日《语丝》第125期发表《裸体游行考订》予以反驳。文中写道："《顺天时报》是日本帝国主义的机关报，以尊皇卫道之精神来训导我国人为职志的，那么苟得发挥他教化的机会，当然要大大利用一下，不管他是红是黑的谣言……"令人痛心的是，北平沦陷之后，被中国文化界寄予厚望的周作人竟堕落成日本帝国主义的工具，这与失去长兄鲁迅的指引教诲不能说毫无关联。所以周氏兄弟失和的负面影响，已经超出这一家庭变故的本身，不能不引起研究者的关注。

风波迭起的八道湾十一号

老北京北沟沿有一条曲曲弯弯的胡同，时宽时窄，左拐右拐，虽不止拐八个弯,但名叫八道湾。1919年2月至1920年1月,经过多番周折,鲁迅从一个姓罗的房主手中买到了八道湾十一号这个跨院。经过一番装修改建,于1919年12月29日将母亲及三弟一家从绍兴接到了北京,想圆一个三代同堂、阖家和美的梦想。鲁迅是长子,1912年5月5日已到北京政府教育部供职;经他托关系,二弟周作人也于1917年4月1日莅京,在北京大学等校任教;三弟周建人从小体弱,在北京大学当旁听生。这个聚族而居的大家庭连同佣工共有近二十口人。

购置和改建八道湾十一号花费了四千多块大洋,包括购房、装修、中介费用及房产税。约四分之一的款项来自变卖绍兴老宅所得,其他多由鲁迅跟二弟周作人分摊。但具体事务主要由鲁迅操办,选址看房就历时半年,接着是买方卖方共同赴警察总厅报告,到市政公所验房契、交预付款、办新房产证、交余款、验收房,而后再到警察局申办修房手续、验新房契,赴税务处交房产税。八道湾十一号旧宅只有九间房,显然不够居住,需翻新扩建。改建方案都是鲁迅亲自设计的。进大门绕过影壁就是一个阔大的院子,有小学操场那样大的一块空地。鲁迅当时无子,但二弟有一子二女,三弟有一子一女,鲁迅为了孩子们能欢乐地玩耍,实可谓煞费了一番苦心。在鲁迅为购置新房而操劳的一年当中,二弟周作人不但坐享其成,而且乘机将老婆孩子送到日本探亲,1919年4—5月去了一趟日本,7—8月又去了一趟,不仅接回了老婆、孩子,而且把小舅子也带到中国来了。据我所知,除掏了一份钱之外,周作人为新家所做的贡献就是于1919年9月6日下午到北京市政公所去领回了一纸购房凭证。

八道湾十一号占地两千六百多平方米,可分为前院、正院和后院。前院有一排三间一套的南房九间。鲁迅的书房和卧室开始在中院西厢房三间,后来为了安心写作,改住前院前罩房中间的一套房子。正院的正房供鲁迅的母亲居住,他的原配朱安住在正院西头,中间的堂屋是餐厅,还有三间西房是周氏兄弟共用的书房,鲁迅主要的书籍都收藏在这里。后院有九间坐北朝南的后罩房,建筑质量最佳,周作人与周建人每家各用三间,东西三间用作客房。俄国盲诗人爱罗先珂到北京就住在这里。

在八道湾十一号这座原本不起眼的院落里,发生了一些重大的文化事件,留下了很多名人的足迹。享誉世界的鲁迅小说《阿Q正传》就诞生在这里,著名的《文学研究会宣言》也是周作人在这里起草的。自从周氏兄弟乔迁至此,八道湾十一号可以说是谈笑有鸿儒,往来无白丁。就在周氏兄弟合住的那三年多时间里,这里留下了刘半农、郑振铎、孙伏园、马幼渔、朱遏先、沈士远、沈尹默、钱玄同、许寿裳、郁达夫等著名学者和作家的足迹。

但从那时到后来,八道湾十一号也发生了一些鲜为人知的事件。第一件事发生在1936年12月,时逢鲁迅母亲鲁瑞八十寿辰。周建人从上海赶到北京为母祝寿。鲁瑞虽住在鲁迅留下的阜成门寓所,但寿宴设在八道湾。当周建人正在向母亲行礼时,其子周丰二突然手持军刀从里屋冲出向其父砍去,幸亏亲友奋力夺刀才避免了这场弑父的悲剧发生。第二件事发生在1939年1月1日元旦。那天上午,有刺客冲进八道湾西屋客房,开枪后车夫张三身亡,客人沈启无左肩中弹,但子弹却射到了周作人毛衣的纽扣上,仅擦破了他左腹的一点皮。行刺的是天津一些学生组织的"抗日锄奸团",想对周作人的附逆行为进行惩治,结果死了一位无辜者。第三件事发生在1941年1月1日,也是元旦,此时周作人正式出任了伪华北政务委员会常务委员兼教育总署督办,配备有持枪卫兵。他回家后,侄儿周丰三夺过警卫放在桌上的枪自杀,"以死相谏",抗议周作人附逆投敌的行为。以上这些事虽然都耸人听闻,但为人们长期关注的还是1923年7月发生的周氏兄弟失和事件。

周氏兄弟失和是突发事件

曾经有人从思想观念和经济纠纷分析过周氏兄弟失和的原因,各有其道理,但根据现存鲁迅日记和周作人日记,周氏兄弟失和完全是一起突发事件。1923年7月中旬,古都北京多雨,周作人同年7月19日日记,有"函鲁迅""夜大雷雨"的记载。鲁迅当天日记:"上午启孟自持信来。后邀欲问之,不至。"这封信函就是周作人写给鲁迅的绝交信,"欲问之"说明鲁迅并不知其详,"不至"说明周作人不愿进一步当面解释。经过当晚这一场"大雷雨",兄弟怡怡的美梦终于顷刻化为了噩梦。

现根据周氏兄弟的日记,特将1923年初至失和前夕他们交往的情况作一概述,以证明失和之前他们一直维持了正常关系:

1月1日周氏兄弟邀徐耀辰、沈士远、沈尹默、张凤举、孙伏园午餐。鲁迅日记仅记"午餐"二字,周作人日记写明是"吃杂煮汁粉,下午三时去"。

1月7日午后先有四位日本客人来访:井原、永持、藤塚、贺。下午,日文《北京周报》记者丸山昏迷来,并介绍了另一位叫桔朴的记者,周氏兄弟共同会见。

1月10日晚,朱遏先、张凤举、马幼渔、沈士远、沈尹默、沈兼士来八道湾议事,周氏兄弟共同接待,晚饭后散。

1月13日孙伏园来访,周氏兄弟共同接待。

1月20日周作人与爱罗先珂设晚宴,招待今村、丸山、清水、井上四位日本朋友,鲁迅应邀,冯省三亦来。晚十时半散。

2月15日除夕。周作人日记有"晚祭祖"的记载,按常理鲁迅应该参加。

2月17日旧历大年初二。周作人邀郁达夫、张凤举、徐耀辰、沈士远、沈尹默、沈兼士、马幼渔、朱遏先午餐并喝茶,鲁迅亦参加,聊到四时散去。

2月23日张凤举邀周氏兄弟至禄米仓午宴,同席十人。

2月25日夜,爱罗先珂从上海来,在八道湾下榻。当天郁达夫在东兴楼设晚宴,周作人因天冷,家中又来客,未赴。鲁迅虽赴此宴,但"酒半即归",早退,跟爱罗先珂赴八道湾有关。

3月21日周氏兄弟下午共同接待孙伏园及其子惠迪。

4月8日共同接待日本人丸山、细井共进午餐并合影,下午周氏兄弟携周作人之子丰一游公园,孙伏园父子同去。在公园遇李小峰、章川岛一起饮茶,傍晚归。

4月12日共同招待孙伏园吃晚饭。

4月15日中午，丸山招饮，周作人兄弟与爱罗先珂赴宴。同席有藤冢、竹田、徐耀辰、张凤举等八人。下午，周氏兄弟与徐耀辰、张凤举共同参加北京大学学生文艺社团春光社的活动。

4月16日晚，张凤举为爱罗先珂归国饯行，在广和居设宴，鲁迅出席。周作人为爱罗先珂打点行装，未去。

5月10日鲁迅日记记载："晚与二弟小治肴酒共饮三弟，并邀伏园。"据周作人日记，这应是共进晚餐。这是兄弟三人其乐融融的一次记载。

5月13日午后周氏兄弟同赴北大春光社交谈。下午，鲁迅、周作人在中山公园跟周建人会合，三兄弟一起饮茶。因周建人翌日去上海，故三兄弟再次欢聚。

5月26日晚，周作人治酒邀客，泽村、丸山、徐耀辰、张凤举、沈士远、马幼渔及鲁迅，共八人。

6月3日上午，周氏兄弟共同接待徐耀辰、张凤举、沈士远、沈尹默，下午七时散。

6月18日周氏兄弟共同接待孙伏园父子。

6月26日一先一后赴禄米仓访张凤举、徐耀辰，并见沈士远、沈尹默，中午聚餐，傍晚散。

6月29日周氏兄弟同赴北京大学新潮社，中午孙伏园做东，在北大第二院食堂午餐。

7月3日周氏兄弟同去东安市场购书，又去台基厂东交民巷购书。下午接待孙伏园父子。

7月4日周氏兄弟共同接待张凤举、沈士远、沈尹默。

7月6日晚小风雨。

7月7日晚小风雨。

7月8日晚雷雨。

7月10日下午阵雨。

7月11日下午大雷雨，周作人房间西北窗纸多破。

7月12日周作人日记有"入浴"的记载。

7月13日周氏兄弟日记均有洗浴的记载。

7月14日周六,八道湾起风波。鲁迅日记:"是夜始改在自室吃饭,自具一肴,此可记也。"

7月18日周作人写绝交函:

"鲁迅先生,我昨日才知道——但过去的事不必说了,我不是基督徒,却幸而尚能担受得起,也不想责谁——大家都是可怜的人间。我以前的蔷薇梦原来都是虚幻,现在所见的或者才是真的人生。我想订正我的思想,重新入新的生活。以后请不要再到后面院子里来,没有别的话。愿你安心,自重。七月十八日,作人。"

7月19日鲁迅日记:"上午启孟自持信来,后邀欲问之,不至。"周作人日记:"夜大雷雨。"

7月26日鲁迅日记:"上午往砖塔胡同看屋。下午收拾书籍入箱。"

7月29日星期日,鲁迅日记:"终日收书册入箱,夜毕。"

7月31日鲁迅日记:"下午收拾行李。"

8月2日鲁迅日记:"下午携妇迁居砖塔胡同六十一号。"周作人日记:"下午树人夫妇移居砖塔胡同。"

以上日记,说明鲁迅跟周作人失和之前并无感情破裂的明显迹象。

羽太信子其人

对于兄弟失和的责任,在鲁迅看来,首先应该归咎于羽太信子,而周作人的问题则主要是"昏",即偏听偏信。这有鲁迅的笔名"宴之敖者"为证。"宴"从宀,从日,从女,意为家里的日本女人。敖从出,从放,驱逐之意。很明显,鲁迅认为他是被羽太信子这个女人从八道湾赶出来的。

羽太信子(1888—1962),日本东京人,父亲石之助,染房工匠,入赘于羽太家。原有兄妹五人,她是家中长女,后二妹羽太千代和五弟羽太福均夭逝,只剩下了三弟重久和四妹芳子。因家境贫寒,她很小就被送到东京一酒馆当"酌妇"。1908年4月,鲁迅、周作人、许寿裳、钱均甫、朱谋宣迁居到东京本乡西片町十番地吕字七号,因五人合租,故称"伍舍"。这房子是日本作家夏目漱石旧居,南向两间、西向两间,都是一大一小,拐角处为门房,另有下房几间,因面积大,雇了一个"下女"打扫,这人就是羽太信子。周氏兄弟在"伍舍"住了半年多,可能房租太贵,1909年1月、2月间就搬迁了。1909年3月18日,周作人跟羽太信子正式在日本登记结婚。鲁迅母亲因干预长子的婚姻事与愿违,对老二、老三的婚事采取了放任自流的态度。周作人跟羽太信子相识相恋到结婚前后仅十个多月,实可谓神速。周作人曾写诗回忆过他的三个恋人,但文章中无片言只语涉及他跟羽太信子的婚恋经过。

婚后,周作人夫妇在日本生活两年半,有点乐不思归的意思,留下了"远游不思归,久客恋异乡"的诗句。这期间,周氏兄弟出版了合译的《域外小说集》,但这是一部"赔钱赚吆喝"的书。周作人夫妇虽然又从东京西片町搬到了房租更加便宜的麻布区森元町,但生活都需要归国教书的鲁迅的接济。迫于无奈,鲁迅只好于1911年5月到日本催他们回国。1911年9月夏秋之交,周作人偕羽太信子回到了故乡绍兴赋闲。1912年5月,周作人的长子周丰一出生,羽太信子以坐月子需人服侍为由,把年方十五的妹妹芳子也接到了绍兴。周作人直到1912年6月才在浙江军政府教育司谋了一个差事,干了不到一个月又因病辞职,负担家族的担子长期落在鲁迅一个人身上。

我们不能因为崇敬鲁迅就将羽太信子妖魔化。我采访过八道湾十一号的居民张淑珍大妈,她说羽太信子信佛,乐善好施,是个善人。但无论如何,羽太信子是一个歇斯底里症患者,因此性格难免暴戾怪异,有异于常人。

歇斯底里亦称"癔病"或"精神性分离障碍",可能是先天遗传,也可能源于后天的创伤性经历。患者以自我为中心,情绪多变,狂躁易怒,耽于幻想,言辞夸大,发病时伴有抽搐和昏厥,事后又经常失忆。这类病易于发作,难以断根。最早撰文披露这一情况的是许寿裳,他在《亡友鲁迅印象记》中写道:"作人之妻羽太信子是有歇斯底里性的,她对于鲁迅外貌恭顺,内怀忮忌。作人则心地糊涂,轻听妇人之言,不加体察。我虽竭力解释开导,竟无效果。"许寿裳在合居"伍舍"时期就结识了羽太信子，他的回忆当是可信的。

信子长期患有癔症的权威证据是周作人日记。在周作人日记中关于信子癔病的记载时断时续，有记录当视为确证，"拟不再记"并不意味着没有犯病。其犯病的表现为："大哭""昏晕""不食""狂易""无端易作""故意寻衅""如遇鬼祟""语无伦次""如遇獬犬""梦呓不止""噩梦昏呓，不堪入耳"……周作人晚年日记中一方面说他跟信子"素无反目事"，另一方面又说"临老老吵架"，反映了他矛盾复杂的心态。

周作人夫妇的感情虽然没有被信子的癔病所"消灭"，但并不能认为对彼此感情丝毫没有伤害。"拔掉钉子墙上会留一个坑"，这是众所周知的生活常识。因此受到伤害的必然会波及包括在鲁迅在内的其他亲属，虽然信子本人也是癔病的受害者。在现存周作人日记中，我们的确找不到周氏兄弟失和跟信子癔病直接相关的证据。1923年7月15日，周作人日记中出现的"池上来诊"是因为周建人的女儿马理子（周鞠子）生病，但16日、17日中的"池上来诊"并没有说明治疗的特定对象，周作人也未必把信子的每一次发病都原原本本写在日记上。

鲁迅与周作人失和应该源于鲁迅跟羽太信子之间的一场冲突。作此推断的证据是鲁迅1923年7月14日日记："是夜始改在自室吃饭，自具一肴，此可记也。"周氏兄弟在八道湾合居的时候，鲁迅的母亲爱吃家乡菜，所以鲁迅的原配朱安照顾婆婆在中院吃饭，而鲁迅干脆在后院入伙，跟周作人一家同吃日本餐。羽太信子则是家政的主持者。鲁迅7月14日晚独自开伙，显系跟羽太信子发生了冲突，不能再在后院搭伙。但周作人未必知情，所以他在18日的绝交信中才会出现"我昨日才知道"的句子。7月18日的昨日即7月17日，周作人给鲁迅写绝交信，肯定是在听了羽太信子一番话之后，他此前的日记并无特殊记载。

羽太信子嫁到周家之后还做了一件缺德的事情，就是撮合乃至引诱其妹芳子跟鲁迅的三弟周建人成亲。信子嫁到中国后，开始语言不通，生活寂寞，又想掌控周家的财政大权，便将妹妹芳子接到绍兴来做帮手，并于1914

年2月与周建人结婚。其时周建人二十六岁,芳子十七岁。周海婴在《鲁迅与我七十年》一书中谈到这场婚事时说,是羽太信子先用酒灌醉了周建人,再把芳子推入他的房间,造成既定事实。鲁迅对许广平说,这是"逼迫加诈骗成局"。芳子成婚之后,羽太信子把芳子当成下女使唤。周建人到上海谋生之后,羽太信子又阻挠芳子跟丈夫共同生活,造成长期分居,导致夫妻离异、父子反目。

新中国成立前,芳子的生活长期靠鲁迅和周作人接济。1950年,五十三岁的芳子开始学习新式接生,以此谋生。她曾救活过一个出生后曾窒息的女婴,其父母感恩,赠她二十个鸡蛋,芳子念及女婴家穷,又送还了鸡蛋。1965年,芳子病逝。在她六十八年的生涯中,有四十多年是独身,她姐姐信子就是这一悲剧的制造者。

1962年4月6日,羽太信子重病,被送到北大医院抢救,周作人当天日记写道:"灯下独坐,送往医院人们尚未回来,不无寂寞之感。五十余年的情感尚未为恶詈所消失,念念不觉可怜可叹,时正八时也,书此志感。"周作人的以上感慨发自肺腑,读之令人心酸。

失和之后的亲属反应

周氏兄弟失和之后,八道湾的其他亲属作何反应?

鲁迅母亲鲁瑞感到事发突然,不明真相,鲁瑞历来厌恶羽太信子的霸道,也认为周作人对这位日本老婆过于迁就。鲁迅迁居砖塔胡同之后鲁瑞经常前来探望,有时就住在砖塔胡同。但凡有些可口的食品,鲁瑞就会自己送来,或让女仆潘妈送来。特别是她生病的时候,都是由鲁迅陪同赴山本医院就诊。鲁迅购置阜成门西三条寓所之后,鲁瑞就干脆搬过来跟鲁迅居住,直到去世。在鲁瑞眼中,八道湾的住宅已变成了"羽太寓",是日本人的天下,只剩下周作人一个中国人了。可见鲁瑞的情感倾向是十分鲜明的。

鲁迅迁居砖塔胡同时,朱安面临两种选择:其一是回到绍兴娘家,其二是跟鲁迅一起迁出八道湾。朱安毫不犹豫地选择了后者。

远在上海的周建人对八道湾发生的一切一无所知。他在上海商务印书馆的工作是鲁迅写信给蔡元培，蔡再转托王云五安排的。为了养家糊口，他不得不远行。鲁迅跟周作人失和之后，鲁迅成为周建人跟原配芳子之间的联系人。芳子缺钱并不去找她的姐姐和姐夫要，而是自己找鲁迅或通过鲁迅母亲找鲁迅。比如，鲁迅1923年8月13日的日记记载："母亲来视，交来三太太笺，假十元，如数给之，其五元从母亲转借。"可见，鲁迅从八道湾搬出后，自己连一次拿出十元都有困难。鲁迅跟周作人绝交之后，周建人跟周作人也很少交往，周作人堕落为汉奸之后，双方即断绝了关系。

有关亲属谈鲁迅跟周作人失和

在周氏兄弟的亲属中，对他们失和事件直接发声的是鲁迅夫人许广平、鲁迅独子周海婴和周作人长子周丰一。

许广平的《鲁迅回忆录》中有《所谓兄弟》一节，许广平的基本判断是认为兄弟失和根子在经济问题。那时周氏兄弟月薪约六百元左右（鲁迅三百元，周作人二百四十元），由周作人之妻羽太信子当家，而信子是一个由"奴隶"（下女）演变为"奴隶主"（当家太太）的人物，日常生活挥霍无度。鲁迅对许广平感叹说："我用黄包车运来，怎敌得过用汽车带走的呢？"信子有癔病（歇斯底里），一装死，周作人就成了软骨头，宁可牺牲与大哥友好来换取家庭安静。

许广平的上述说法应该得之于鲁迅。信子在八道湾当家时，仅雇用的仆人就多达十余人：男仆有管家、厨师、车夫、杂役；女仆有的洗衣服，有的看孩子，有的打扫卫生；一旦家人生病，不是请日本医生上门诊治，就是雇汽车去日本医院就诊。虽然周氏兄弟收入不菲，但八道湾的开支却经常入不敷出。不过，经济因素虽然有伤鲁迅跟弟媳之间的感情，但却未必是引发兄弟失和的导火线。

周海婴《鲁迅与我七十年》一书中有《兄弟失和与八道湾房产》一章，他把周氏兄弟失和的缘由概括为"沐浴事件"。他用日本民俗理念进行分析：

我以为,父亲与周作人在东京求学的那个年代,日本的习俗,一般家庭沐浴,男子、女子进进出出,相互都不回避,即是说,我们中国传统道德观念中的所谓"男女大防",在日本并不那么在乎。直至临近世纪末这风俗似乎还保持着,以致连我这样年龄的人也曾目睹过……再联系当时周氏兄弟同住一院,相互出入对方的住处原是寻常事,在这种情况之下,偶有所见什么还值得大惊小怪吗……我不为长者讳,但我倒认为据此可弄清他们兄弟之间"失和"的真实缘由。

周海婴的上述分析,即使正确,毕竟也是一种推测。信子本是日本人,周氏兄弟又有留日背景,他们会为这种偶发事件闹得反目成仇吗?

说得最为奇特的是周作人的长子周丰一。1989年2月20日,他在致鲍耀明的一封信中,对周作人递交鲁迅绝交信进行了解读。

一是所谓"我昨天才知道"。"住在北京八道湾内宅日式房间(只是一间,外一间是砖地)的我们的舅舅羽太重久,亲眼看见'哥哥'与弟妹在榻榻米上拥抱在一起之事,相当惊讶。因为第二天把那件事这样说出来,就是指发生的'我昨天才知道'这件事。其实兄弟二人留日之时,出生在穷人家的长女信子正于兄弟二人租房的时候,作为雇佣女工来工作。虽然与哥哥有了关系,但是作为在老家婚后来日的哥哥,不能再婚,因此把信子推介给弟弟并让他们结婚,弟弟一直被隐瞒着,因此不知道这件事。"

二是"过去的事"这句话是指留学时代哥哥与信子这位已经成为弟弟妻子的女人之间的关系。

我以为周丰一的说法存在明显的漏洞。周丰一出生在1912年,父亲与大伯失和时他只有十一岁,当年应该不会对此事有什么直接印象和正确判断,他提供的证人是舅舅羽太重久。但周氏兄弟失和于1923年,当年重久却远在日本,怎能成为大伯与弟妹在榻榻米上滚床单的目击者?羽太重久跟鲁迅关系一直友好,十分敬重鲁迅的人品。这有鲁迅博物馆保存的羽太重久致鲁迅函为证。如果他真目睹了八道湾"乱伦"的那一幕,绝对不可能对鲁迅留下如此良好的印象。至于说大伯与弟媳原是情人,从1909年至1923年的十四年中又未曾反目,何至于一夜之间就转化而为仇敌?

周作人晚年在《知堂回想录八七》中这样回忆他跟鲁迅在日本留学的情况:"我始终同鲁迅在一处居住,有什么对外的需要都由他去办了,简直用不着我来说话。"周作人在此处虽然是说明他一直没有好好学习日语的原因,但至少另外透露了两个信息:(1)他一直跟鲁迅同住,兄弟几乎没有单独跟其他女人相处的机会。(2)同住期间,鲁迅负责对外联络,留下周作人在住处学习。这样一来,鲁迅跟下女单独接触的机会肯定少于周作人。如果鲁迅跟信子确有私情,周作人怎会长期失察,直到信子进谗言之后才如梦初醒?

此外,还有一个疑点,如果信子不但婚前失去贞操,而且对于丈夫长期隐瞒,那她会存在一种愧疚之感,特别是在向丈夫说明真相之后更会觉得有把柄和短处被丈夫捏在手心。但信子在丈夫面前却丝毫没有感到在道德上居于劣势,反而妒火熊熊,怀疑周作人1934年东游日本时曾有外遇,"冷嘲热骂,如噩梦昏呓,不堪入耳"。这种表现是悖于常情的。所以我认为周丰一的说法的确是迷雾重重。

周作人在婚恋问题上的言与行

在五四新文化运动的前驱者中,周作人可以说是对妇女问题关注最为持久、论述最为全面,性观念最为开放的第一人,一直想在道德的世界上做一个光明的使者。他比较系统地研读过蔼理斯、福勒耳、勃洛赫、鲍耶尔等人的性学专著,成为中国女性学的倡导者。他认为,妇女问题主要两件事:一是经济解放,二是性的解放。社会文化愈高,性道德就愈会宽容,性生活也会愈健全。评价一个学者见识的高低,看其女性观即可了然。

为了宣传新伦理新道德,周作人跟那些伪君子、假道学,以及冥顽不灵的军阀政客进行了不疲倦的交锋。

他赞成女子剪发,赞赏女人天足,批驳把女性的生理现象视为"不净"的迂腐观念。当时四川督办杨森枪毙"犯奸"的学生,湖南省省长赵恒惕为祈雨而与妻子分居,京师警察厅要将公开接吻的男子处四十元罚金,周作人都进行了揭露和声讨。当守旧者把汪静之的情诗《蕙的风》和章衣萍的随笔《情书一束》视为"淫书"要求查禁时,周作人深刻指出,被旧道德视为"不道德"正是情书的精神,希望人们能划清情与淫、裸体画与春宫画的界限。他甚至跟钱玄同、常惠共同发起收集猥亵歌谣,刊登于《歌谣周刊》。在周作人眼中,女性既非妖魔,亦非圣母,应该在性科学的基础上观察女性,用合乎女性的性道德标准评价女性。他强调男女之事是极隐秘的私事,跟宇宙之存亡、日月之盈昃、家国之安危、百姓之生死全无关系。

在贞操、洗浴这类敏感之问题上,周作人都发表过十分开放的言论。

周作人跟鲁迅都赞赏日本女诗人与谢野晶子的《贞操论》。周作人是这篇文章的译者,鲁迅在《我之节烈观》一文中进一步阐释了该文的观点。与谢野晶子认为,有肉体上的贞操,也有精神上的贞操。比如夫妇之间精神冷淡,仅存同居关系,这种贞操并无意义。有些女子婚前失行,可能是由于异性的诱惑,或是污于强暴,或是自己招引,社会上认定这是失节,极严厉地予以谴责,这是不公正的。对于女性的要求,同样应该适用于男性。与谢野晶子不把贞操视为道德,只认为是一种趣味、一种信仰、一种洁癖。周作人认为这种观念极进步、极真实、极平正。

周作人不认为女子结婚时是否保持了处女之身是一件重要的事情。他的继祖母蒋氏曾被太平军掳过,被视为"长毛嫂嫂",是否失身成了疑点,一生被他人(包括丈夫)歧视。周作人对此深表同情。1925年2月2日,他在《语丝》第12期发表《抱犊谷通信》,对继祖母深表同情,并表示他对二十二岁的女儿是不是处女并不知道,也不过问,因为这是无意义的事情。1924年5月13日,他还曾在《晨报副刊》发表过《一封反对新文化的信——致孙伏园》,表示他"最厌恶那些自以为毫无过失,洁白如鸽子,以攻击别人为天职的人们"。他说他宁可与有过失的人为伍,因为他也并不是全无过失的人。

至于男女规避,周作人认为是野蛮民族的做法。1927年6月30日,周作人在《语丝》第139期发表《关于擦背》一文。当时日本人操控的中文报纸《顺天时报》既谣传武汉举行裸体游行,又宣称武汉女人洗澡叫男伙计擦背。周作人质问,日本澡堂不是有"三助"这个名词吗?"三助"就是不分男女助人擦背,这跟贞操并没有重大关系。周作人反对用这种事侮辱中国、奴化中国人,同时也表现出他对洗浴不避男女持一种开放态度。早在1925年4月,淞沪警察厅曾查禁十岁上下的女孩入男浴室。周作人也在当年4月7日在《京报副刊》上发表《风纪之柔脆》一文,批判这种变态的性心理,认为只有颁布这种禁令的道学家才有这种"嗜幼"的倾向。

然而在处理家庭问题上,周作人似乎并没有做到言行一致。比如周作人认为性爱并非不净,即使纯粹的性行为也是一种善。他强调缺乏爱情的婚姻不道德,如果夫妻双方失去了爱情,离异就成了一种必然的选择。然而鲁迅因爱情跟许广平结合,周建人因爱情跟王蕴如结合,周作人跟羽太信子却一直鄙视,多次将许广平、王蕴如称为"妾妇",并支持鼓动羽太芳子告周建人重婚罪,结果是败诉。如果周氏兄弟决裂跟男女之情有关,那依据周作人的观点,反应为什么如此激烈呢?这也是一个百思不得其解的问题。

平常心，是非感，爱憎情
——读鲁迅随感

李何林，鲁迅研究界一位受人尊重的前辈，我的老师兼领导，八十五岁时因骶骨癌去世。他临终前写了一份自评，认为自己一生主要有两方面贡献：一是为研究中国现代文学培养了一批学生，二是当鲁迅受到污蔑诋毁时保卫了鲁迅。

"保卫鲁迅"，我记得是李何林先生的主张，这也贯串了他的整个研究生涯。1929年，他选编了鲁迅在《三闲集·序言》中提及过的《中国文艺论战》和《鲁迅论》。1936年10月20日，天津《大公报》在鲁迅去世后发表了一则短文，攻击鲁迅"那刻薄尖酸的笔调"，"给青年不少的不良影响"，李何林即在《北平新报》发文予以驳斥，题为《为悼念鲁迅先生——对大公报"短评"记者及其侪辈的愤言》。"侪辈"就是"一伙人"，说明自鲁迅作品问世以来，被歪曲和诋毁就成了一种社会现象。因为鲁迅作品带有鲜明的倾向性，不可能获得社会上各色人物的普遍认可。"愤言"，表明的是李何林的情感倾向。他对鲁迅死后被人谬托知己的命运是感到"痛愤"的。1975年底，党和国家决定在鲁迅博物馆增设鲁迅研究室，李何林成为第一任研究室主任。研究室被赋予了七项任务，其中第三项就是对国内外"歪曲鲁迅的作品进行批判"。当时李何林已经七十多岁，仍撰写了为鲁迅、冯雪峰辩诬的文章。据我所知，鲁迅研究界的人士并不认同李何林的所有观点，但绝大部分人对他的人格风骨都表示敬重。

李何林去世之后，鲁迅研究界的状况发生了或明或隐的变化。"保卫鲁迅"的口号受到了公开质疑。主要理由是：鲁迅本身是一棵参天大树，无惧批评摇撼。如果鲁迅还需要别人去"保卫"，那鲁迅也就不成其为鲁迅了。

唐代杜甫《戏为六绝句》中写道："尔曹身与名俱灭，不废江河万古流。"也就是说，历史上的所有经典作家和经典作品，都能够经受起历史考验，不仅指王勃、杨炯、卢照邻、骆宾王这"唐初四杰"。再说，鲁迅跟其他经典作家一样，也有着自己的弱点、缺点和历史局限性，不能够一有人批评就火冒三丈。鲁迅本人希望有个狙击手能击中他的要害，希望有个大夫能诊断出他的真症候。

今天看来，"保卫鲁迅"这个口号的确显得火药味太浓。批评的一方容易有意无意之间把自己视为"嫡传正宗"，而将所有持不同意见者一律视为"异端邪说"。但是在多元并存的语境中并不是不需要舆论引导，关键在于能否准确区分正常的学术之争跟造谣诬陷、恶意诋毁的界限。鲁迅是被誉为"空前的民族英雄"的文化巨人，面对他被恶搞、被曲解、被颠覆的现象，是不应该保持缄默的。鲁迅并不是不能批评，但应该坚持他所代表的中国先进文化的发展方向。

在反对"保卫鲁迅"口号的同时，一些学者又提出要以"平常心"对待鲁迅研究领域产生的各种现象。有一次某学会召开学术研讨会，中心议题是"鲁迅研究热点问题"。为了引导与会者深入讨论、畅所欲言，主持人客观列举了当时关于鲁迅的一些不同观点。语犹未尽就有人插话："看来'敌情'还是蛮严重的嘛！"会场中顿时爆发了一片笑声，讨论随之也就在"哈哈"之声中结束。

什么叫"平常心"呢？有关学者在当时和事后并没有在发言或文章中系统加以阐释，准确界定，所以也还有讨论的空间。据我所知，"平常心"这个概念原来是佛教用语。当然，不同人援引"平常心"这个概念时也可能有自己的理解与申发。鲁迅研究不能不受政治因素影响，但归根结底还是个学术问题，应该允许各抒己见，进行个性化和开放式的研究。所以应该把鲁迅研究领域出现不同见解视为一种"常态"，能从容淡定地看待，有宽厚包容的气度。如果从这种意义上理解"平常心"，那是有积极意义和合理因素的。但如果把"平常心"理解为是非不分，对一切不良倾向都可以听之任之，那恐怕就从一个极端走向另一个极端了。比如近期网络上出现了一系列流言,如鲁迅赞美袁世凯,不反蒋介石,与日本间谍为友,跟萧红关系暧昧,个人生活铺张奢侈,等等。如果视而不见,充耳不闻,既对舆论生态不利,也必然产生不良的社会效应。

在为译文集《思想·山水·人物》所作的"题记"中,鲁迅写道:"倘要完全的书,天下可读的书怕要绝无,倘要完全的人,天下配活人的也就有限。"任何杰出的历史人物都是人,不是神,都有其不可避免的弱点、缺点和局限性。这一点也适合于鲁迅本人,所以不存在不允许对历史人物进行学理性分析的问题。不过,杰出人物之所以杰出,必然有其特定的本质属性,有其不能为他人取代的历史贡献。比如章太炎先生晚年与时代隔绝,粹然成为儒宗,为同时代人诟病,但鲁迅在《关于太炎先生二三事》一文中,虽批评了章太炎先生脱离民众、渐入颓唐,但综观其一生,仍不失为"有学问的革命家",那些缺点不过是白圭之玷。这就是取其大而略其小的研究方法。刘半农,后期在学界身居要津,"做打油诗,弄烂古文",跟鲁迅产生了隔膜。但当一群"陷沙鬼"(按:指恶意诬陷他人的人)要将刘半农拖进烂泥潭时,鲁迅即用愤火照出了刘半农在"五四"文学革命中的战绩,肯定他当年"活泼,勇敢,很打了几次大仗"。孙中山先生是中国革命的先行者,但也有其历史局限。孙中山先生去世之后也遭受了政敌攻击。鲁迅挺身而出,肯定"他是一个全体,永远的革命者,无论做的那一件,全都是革命,无论后人如何吹求他,冷落他,他终于全部是革命"(《中山先生逝世后一周年》)。鲁迅还创作了《战士与苍蝇》一文,把中山先生誉为战士,把攻击他的人斥为苍蝇:"然而,有缺点的战士终究是战士,完美的苍蝇也终究不过是苍蝇。"我不知道鲁迅的上述做法是否就叫作"保卫章太炎""保卫刘半农""保卫孙中山",但是却从中感到,维护杰出人物的正确方面是正当防卫,如果他们被亵渎和玷污时"群体失声",那倒是一种不正常现象。

谈到是非观,首先会遇到一个是否存在"是"与"非"的问题。这个问题看似简单,实则复杂。古今中外哲学家掰扯了上千年,越扯越令人糊涂。人们对客观事物的认识本是无穷尽的,很难说某人已经穷尽了绝对真理,能够回答所有终极性问题。客观事物又是不断发展的,所以彼时的"是",有可能会成为此时的"非"。比如人类在远古存在过乱婚(杂婚)、血亲群婚的时代,这个曾经的"是",发展到"一夫一妻制"的现代法治社会,也就变成了"非"。对于伟人的思想和经典作品的理解,也必然会因为接受群体的差异而见仁见智。1927年10月28日下午,鲁迅在上海立达学园发表了一篇演讲,题为《伟人与化石》。他举例说,释迦牟尼涅槃时,留下了"六字真言":"唵嘛呢叭咪吽。"弟子们听后的表情似乎皆有所悟,其实各门派的领悟和解释并不相同。在为陈梦韶改编的《绛洞花主》所作的"小引"中鲁迅又写道:"《红楼梦》是中国许多人所知道,至少,是知道这名目的书。谁是作者和读者姑且勿论,单是命意,就因读者的眼光而有种种:经学家看见《易》,道学家看见淫,才子看见缠绵,革命家看见排满,流言家看见宫闱秘事……"不过,佛祖之所以留下"六字真言"而不是"五字"或"七字",必然有他自己的斟酌。正如研究者对鲁迅散文诗《野草》中的意象众说纷纭,但鲁迅在《〈野草〉英文译本序》中,对书中很多篇什的主题都有着十分明确的提示。《红楼梦》研究虽说有不同学派,但这部古典杰作毕竟不是"《易》",不是"淫",不是"排满",不是"秘事";虽有"缠绵",也不是一百二十回从头至尾缠绵到底,对这一点恐怕也已经取得了共识。

我没有研究过中国传统文化中的相对主义,熟悉的是"泾渭分明""水火不容""冰炭不同炉""忠奸不并立"这些成语和说法。对于西方的相对主义哲学和相对主义史学我更加隔膜。这种哲学也许对绝对主义和形而上学有所冲击,但如果发展到"不可知论",恐怕就会成为另一种片面性。

根据我的肤浅认识,任何事物都会有其质的规律性,比如水这种液体虽然跟气(气体)和冰(固体)有相通之处,但水在零摄氏度之下才会凝结为冰,一百摄氏度以上才会蒸发为气。所以相对是有条件的、暂时的、有限的,绝对是无条件的、永恒的、无限的。绝对存在于相对之中,并通过无数相对体现出来。人们对客观事物的认识,也是绝对和相对的统一。

读鲁迅作品,我认为他是是非分明的。《故事新编》中的《起死》一文,嘲讽的就是庄子的相对主义观点。作品中的庄子说:"鸟有羽,兽有毛,然而黄瓜茄子赤条条。此所谓彼一是非,此亦一是非。"但在事实上,飞禽就是飞禽,走兽就是走兽,不能因有羽或有毛而混为一谈。茄子就是茄子,黄瓜就是黄瓜,虽然它们都没有其他的外包装。当庄子不承认穿衣跟不穿衣有区分时,那刚还魂的五百年前的骷髅立即动手,要剥掉庄子的道袍,吓得庄子赶紧报警求救。因为庄子要到楚国去发财,而楚国并不是一个大澡堂,可以到处赤条条上阵。这就通过一件生活细事,用作品中庄子言行的矛盾,驳倒了这种相对主义哲学。在《三论"文人相轻"》这篇杂文当中,鲁迅讲得更加明确:"似是之非"就是"非","似非而是"就是"是"。虽然黑暗之中总有万分之一的亮光,但毕竟光明就是光明,黑暗就是黑暗。我想,如果没有明确的是非观,也就不会产生鲁迅的经典之作——特别是那批作为投枪匕首的杂文。

说鲁迅有明确的是非观,那他判断是非的基本准则是什么呢?众所周知,鲁迅所处的社会,是一个宝塔形的等级制社会,所以在鲁迅的眼中,社会上的人群基本上可以分为压迫者与被压迫者,统治者与被统治者,上等人与下等人,奴隶主与奴隶,治者与被治者,吃人者与被吃者……他一贯站在后者的立场,根据后者的现实利益来判断是非,决定取舍。有人认为人可分为三种,有一种即不胖不瘦型。但鲁迅不以为然,认为这"第三种人"或倾向胖,或倾向瘦,不会像骑上一道矮墙,双脚着地,不偏不倚,左右稳妥。总而言之,于工农大众有利之事,为现代中国人的生存和发展而流血奋斗者,鲁迅认为是"是";反之,那些损人利己的事情,那些在人肉筵宴上的嗜血者,鲁迅都认为是"非",是鲁迅抨击的对象。

正因为鲁迅"爱在大众",所以他挚爱那些为民请命、舍身求法、初心在民的革命前驱。李大钊烈士,中国共产党的缔造者之一,三十八岁死于奉系军阀张作霖的绞刑。鲁迅印象中,他诚实、谦和、儒雅、质朴,圆圆的脸,中国式的下垂的黑胡子,绝不是喜欢明争暗斗的人。据《鲁迅日记》记载,鲁迅致李大钊信十封,收到复信两封。1933年4月北京民众为李大钊举行公葬时,鲁迅不仅捐赠五十元,而且为《守常全集》撰写序言,指出这是"先驱者的遗产,革命史上的丰碑"。

柔石,左联五烈士之一,1931年2月7日在上海龙华就义时身中十弹,年仅二十九岁。他既是鲁迅的学生,又是鲁迅的战友,曾共同创办朝花社,致力于介绍版画和弱小国家文学;又协助鲁迅编辑《萌芽》月刊,共同参与左翼文化活动。柔石牺牲之后,鲁迅不仅以不同方式公开悼念,而且捐资百元资助柔石的子女。在那篇情文并茂、脍炙人口的《为了忘却的记念》中,鲁迅特别赞扬了柔石"损己利人"的精神,亦即把有利于国家、民族、社会、他人的担子都主动扛在自己肩上。前些年,有人公开嘲笑这种"损己利人"的精神,认为这是扭曲人性。我想,在现阶段,公民行为的底线是遵纪守法,当然不可能要求所有人都做到"损己利人"。但"损己利人"却是从古至今作为"中国脊梁"的仁人志士的道德情操,也必须成为中国当下"人民公仆"共同的精神追求。

鲁迅跟瞿秋白烈士的"知己之情"更是广为人知。1931年中共六届四中全会之后,受王明排斥的瞿秋白在上海临时中央局宣传部工作,经冯雪峰联系跟鲁迅交往,曾四次在鲁迅寓所避难。1935年初,瞿秋白长征途中在福建长汀不幸被捕,鲁迅曾多方设法营救。同年6月18日瞿秋白英勇就义,鲁迅极为悲愤,认为瞿秋白翻译水平"信而且达,并世无两",仅此一点,即"足判杀人者为罪大恶极"(1935年9月1日致萧军信)。鲁迅抱病编辑瞿秋白的译文《海上述林》,共两卷,集资自费在日本印刷装订,用的是绿天鹅绒豪华装帧。全书洋洋大观,校样陆续付排,鲁迅一个人断断续续审读三遍校样,以致有时客人来访,鲁迅仍一边校对一边听客人说话。

鲁迅的爱是大爱,神圣的爱。鲁迅的憎是"公仇",绝非"私怨"。因为挚爱李大钊,所以他憎恨勾结帝国主义的北洋军阀。历史的进程证明:"危害民国"的并不是李大钊,而是"断送民国的四省"的军阀。因为挚爱柔石、瞿秋白为代表的先烈,所以他憎恨"杀人如草不闻声"的法西斯暴政。此外,那些以"正人君子"自居的"做戏的虚无党",那些当昔日的战友被送上绞架时还拉着他的腿往下拽的革命营垒的"蛀虫",那些对阔人无不驯良而专对穷人狂吠的走狗,那些专门在战士的伤痕上嘬着、营营叫着的苍蝇,那些像白蚁一样一路吃过去,只留下了一条粪便的营私利己者……通通都是鲁迅憎恶的对象。"创作总植根于爱",鲁迅的创作同时也植根于"憎"!

有人说,纪念一个人的最好方式就是带着他的精神走下去。那么学习鲁迅、纪念鲁迅,请不要忘记了鲁迅这段名言:"文学的修养,决不能使人变成木石,所以文人还是人,既然还是人,他心里就仍然有是非,有爱憎;但又因为是文人,他的是非就愈分明,爱憎也愈热烈。""不过我在这里,并非主张文人应该傲慢,或不妨傲慢,只是说,文人不应该随和;而且文人也不会随和,会随和的,只有和事佬,但这不随和,却又并非回避,只是唱着所是,颂着所爱,而不管所非和所憎;他得像热烈地主张着所是一样,热烈地攻击着所非,像热烈地拥抱着所爱一样,更热烈地拥抱着所憎——恰如赫尔库来斯(Hercules)的紧抱了巨人安太乌斯(Antaeus)一样,因为要折断他的肋骨。"(《且介亭杂文二集·再论"文人相轻"》)

解密《鲁迅日记》中的"生活密码"

《鲁迅日记》的"无趣"与"有趣"

《鲁迅日记》给读者的第一印象是无趣。如1912年7月13日记:"雨。无事。"同年8月24日记:"上午寄二弟信。午后赴钱稻孙寓。"所以有一位著名作家曾致函人民文学出版社鲁迅著作编辑室,认为出版《鲁迅日记》是浪费纸张,毫无意义。

但人民文学出版社的老社长、原鲁迅著作编刊社负责人冯雪峰却不这么看。他在第一部《鲁迅日记》的影印本出版说明中写道:"这是研究鲁迅的最完满和最真实的史料之一,也是属于人民的重要文献之一。所以,尽早地影印出版又是必要的;并且作为研究的材料,也是影印最能够免去铅印所可能有的排版上的错误。"这套影印本出版于1951年3月,时值中华人民共和国成立初期,国家财政尚有困难,所以初版只印了一千零五十部,目前已成珍本。此后,《鲁迅日记》已有多种精装本和平装本问世,并收入了《鲁迅全集》和《鲁迅手稿全集》。

《鲁迅日记》中牵涉许多人物、书刊、事件……仅日记中书刊、人物的注释条目索引就多达五百七十一页,即今《鲁迅全集》第17卷。要把原本"无趣"的《鲁迅日记》读成有趣,诀窍就是要把《鲁迅日记》跟其他体裁的作品对读,把《鲁迅日记》跟相关的文史资料对读,这样就能破译《鲁迅日记》中隐含的许多生活密码。

比如,鲁迅在1927年10月19日日记中记载:"晚王望平招饮于兴华酒楼,同席十一人。"这不是一次普通的就餐,而是筹备中国济难会,以营救被捕革命者、救济烈士家属为宗旨。1930年2月13日日记："晚邀柔石往快活林吃面,又赴法教堂。"这是参加自由运动大同盟的成立大会。不过,目前对于该同盟成立的具体地点尚有不同说法。鲁迅在1930年2月16日日记中记载:"午后同柔石、雪峰出街饮加菲(即咖啡——编者注)。"这个地方指上海北四川路九百九十八号公啡咖啡店,内容是筹备成立中国左翼作家联盟。中国济难会、自由运动大同盟、左翼作家联盟是中国共产党领导的三个外围团体,鉴于当时白色恐怖严酷,鲁迅在日记中不能直言,只能含糊其词。所以考证出这些活动背后的政治内容具有不可低估的意义。

《鲁迅日记》中有时会出现"夜失眠"这三个字,看似简单,但其实往往隐含着许多辛酸苦楚。鲁迅夫人许广平在《鲁迅先生的日记》一文中写道:"有时为了赶写文稿,期限急迫,没有法子,整夜工作了。但是有时并不因为工作忙,而是琐屑之事,或者别人家一不留心,片言之间,毫不觉到的,就会引起不快,可能使他眠食俱废。在平常人看来,或者以为这是大可不必的,而对于他就觉得难堪了,这在热情非常之盛的人,是会这样的。"(《鲁迅风》第5期,1939年2月8日)

但是我们也不能认为《鲁迅日记》中的所有字句都有微言大意,并非凡吃饭、喝咖啡都是在从事地下活动,凡失眠一定都是"心事浩茫连广宇",凡"濯足"都有性暗示,那样考证下去就会入魔走火。

鲁迅的两种"日记"

在《华盖集续编·马上日记》一文中,鲁迅谈到有两种不同写法的日记:(1)写给自己看的流水账式的日记,如某年某月某日,得A信,B来,收C校薪水,付D信。(2)把日记当著述,写作之初就打算通过借阅或出版的方式给别人看。晚清李慈铭的《越缦堂日记》就属此类,它长达数百万字,涉及经史、纪事、读书、诗文等,是继顾亭林《日知录》后的又一座学术宝库。鲁迅应刘半农之约,在《世界日报》副刊连载的《马上日记》《马上支日记》《马上支日记之二》,应该也属第二种。其特点是一有感想就马上写下来,但因为动机是给别人看，所以对自己不利的事情未必会写。鲁迅还准备写一种"夜记"，也应属第二种，惜未完成夙愿。

现存《鲁迅日记》是指鲁迅1912年5月5日从南京抵达北京当日，直至1936年10月18日逝世前一日在上海的日记，共计二十四年零五个多月。日记是用毛笔竖写在印有"乌丝栏"或"朱丝栏"的毛边纸稿纸上，每年合订为一本，共计二十五本。1941年，李霁野联系许广平，准备在他筹办的《北方文学》上发表一些片段。许广平为稳妥起见，从银行保险箱中取出原稿，另行摘抄，准备用誊抄稿付印。不料当年12月太平洋战争发生，日军进驻上海租界，从许广平寓所抄走了这批手稿，并逮捕了许广平。翌年3月，许广平被保释，发还手稿时，丢失了1922年全年的日记。幸亏许寿裳编撰《鲁迅年谱》时摘录了1922年日记中的四十七则，另书账一则，现作为附录收入2005年版《鲁迅全集》第十六卷。数十年前，我曾听到鲁迅1922年日记尚存人间的传言，有人说为日本某人收藏，有人说为上海某人收藏。我希望这些传言有朝一日会变成现实。

将《鲁迅日记》跟鲁迅本人的《马上日记》对读就会发现许多趣事。

鲁迅1926年6月28日日记："晴，上午往留黎厂。""留黎厂"即北京琉璃厂文化市场。而据《马上日记》记载，他当天上午从阜成门西三条二十一号寓所出发，看见满街挂着五色国旗，军警林立，走到丰盛胡同中段就被军警赶进一条小胡同中，原来是交通管制。少顷，一辆辆军车驶过，隐约可见车中人戴着金边帽，但看不清人脸；士兵站在车边上，背着扎红绸的军刀。人群肃穆，直到军车开过，鲁迅继续赶往西单大街，满街也都是军警林立，挂着五色国旗。一群破衣褴褛的小报童在卖"号外"，方知原来是欢迎吴佩孚大帅入京。回家后，鲁迅看报纸才知道吴佩孚率兵从保定起程之后有人为他算了一卦，说他28日入京大吉大利。所以吴故意在途中滞留了一日。北洋军阀的嚣张气焰、愚昧心理，从鲁迅的上述描绘中跃然纸上。

同日日记载："往信昌药房买药。"对照《马上日记》方知，买药是鲁迅此次出行的主要目的，买的是胃药，用稀盐酸，又加些纯糖浆，喝起来更加可口,能治胃痛。信昌药房是一家较大的药房,即使加上人力本资,药费也要比医院便宜四分之三。不过同一药店同一配方的药,每次喝起来味道和疗效都会有些不同。药房有外国医生坐堂,店伙都是服饰洁净美观的中国人。店伙开价八毛五,八毛药费,五分瓶子钱,但鲁迅自带药瓶,便将售价砍到了八毛。鲁迅鉴于此前的教训,当场服用,发现稀盐酸分明过量,口感太酸。原因是店伙配药水懒得用量杯,这就是鲁迅批评中国人办事儿的马马虎虎。好在酸了可加水稀释,鲁迅就没再说什么。

同日日记又云:"访刘半农不值,访寿山。"干巴巴的九个字,其实背后的经历颇有趣。刘半农是鲁迅《新青年》时代的老友,又是约他写稿的编辑,但看来彼此串门并不多。鲁迅当天到刘半农家吃了一个闭门羹,问小当差,说刘出门了,午饭后才能回。鲁迅饿了,想等一等,蹭顿饭。小当差说:"不成。"鲁迅有些尴尬,便掏出一张名片,叫小当差禀告刘太太。等了半刻,小当差出来回复:"也不成。刘先生下午三点钟才回来,你三点钟再来吧。"鲁迅饥肠辘辘,只好顶着毒日,冒着尘土,来到另一位朋友齐寿山家,总算见到人了。齐寿山自己吃面,请鲁迅用奶油刮面包吃,还喝葡萄酒,另加四碟菜,结果被鲁迅一扫而光。二人连吃带聊,直到下午五点。像这些生活细事儿,在鲁迅写给自己看的日记中当然不会出现。

"余怀范爱农"

"风雨飘摇日,余怀范爱农。"这是鲁迅《哀范君三章》的首句,初刊于1912年8月21日绍兴《民兴日报》。该诗附记中写道:"我于爱农之死,为之不怡累日,至今天未能释然。"可见鲁迅哀悼之情极深。十四年后,鲁迅又创作了一篇回忆散文《范爱农》,初刊于1926年12月25日《莽原》半月刊第1卷第24期,后收入《朝花夕拾》,为读者广为传诵。

范爱农,名肇基,字斯年,号爱农,浙江绍兴人。从鲁迅的文章中可得知,他是徐锡麟所办大通师范学堂的学生,曾赴日本留学,性格孤僻高冷,归国后受着轻蔑、排斥、迫害,靠教几个小学生糊口。辛亥革命之后,他一度对光复后的绍兴抱有希望,但现实的绍兴是外貌虽有改观,但"内骨子是依旧的",让范爱农的幻想迅速幻灭。

鲁迅任绍兴师范学校校长时,范爱农任监学,工作认真努力。鲁迅去北洋政府教育部任职之后,校长由一个顽固派兼任,范爱农境遇困顿,于1912年7月10日落水而死。

鲁迅在1912年5月15日日记中记载:"上午得范爱农信,九日自杭州发。"幸运的是,这封信以及范爱农同年3月27日和5月13日的其他两封信都保存在北京鲁迅博物馆,从信中可以了解他跟鲁迅分别之后的真实情况。范在5月9日致鲁迅函中说,他在绍兴师范学校的监学一职已被"二年级诸生斥逐",导火线是学校食堂的饭菜问题,但根本原因是傅励臣任校长期间的敷衍了事、对学生放任自流,发生问题之后又处置不当,再加上一个叫何几仲的教员在背后挑唆,兴风作浪,致使局面难以收拾。当年4月28日是星期六,范显章与朱祖善这两名学生晚起,自己耽误了早餐时间,却叫厨役补做。厨役因未接到教务室及庶务员的指示,予以拒绝。双方产生了矛盾。4月29日一早,学生以饭中发现蜈蚣为由闹事,范爱农当即训斥了厨役,并调换了饭菜,但学生仍不依不饶,当天下午以饭冷菜少为由罢食。4月30日,学生再次以罢课手段进行要挟,迫使范爱农于5月1日辞职离校,一度漂泊到了杭州。

鲁迅在《范爱农》一文中写道:"我至今不明白他究竟是失足还是自杀。"鲁迅怀疑的原因是范爱农生成傲骨,不肯钻营,又不善钻营,故不容于浊世。他在1912年3月27日致鲁迅信中写道:"如此世界,实何生为!盖吾辈生成傲骨,未能随波逐流,惟死而已,端无生理。"现存《鲁迅日记》起始于1912年5月5日从南京抵达北京当天,故这封信未见著录。

喧闹的端午节

鲁迅对端午节的印象似乎并不太好。鲁迅在北洋政府教育部工作期间经常被欠薪,他不仅参加了索薪斗争,并且以索薪为题材创作了一篇题为《端午节》的小说,发表于1922年9月上海《小说月报》第13卷第9号。

1925年6月25日日记的记载是："晴，端午，休假。"这一天是星期四，因过节放一天假。单看"休假"二字这一天似乎过得平淡无奇，实际这一天鲁迅家中却是热闹无比，原因是来了四个叽叽喳喳的女生：许广平、许羡苏以及鲁迅租赁北京砖塔胡同六十一号时房东的女儿俞芬、俞芳两姐妹。

许羡苏和俞氏姐妹都是绍兴人，能陪鲁迅母亲说家乡话，还常帮她写信。所以深得"太师母"宠爱，难免"仗势欺人"。许广平是女师大风潮中的学生骨干，已被守旧的校长杨荫榆视为"害群之马"，在鲁迅面前也调皮捣蛋。

单凭日记上"端午休假"这四个字怎能了解休假的细节呢？开始，我试图去查《两地书》，想看鲁迅、许广平当时的通信，但《两地书·三二》仅存鲁迅致许广平的半封信，开头注明"前缺"，信末注明"此间缺许广平二十八日信一封"，《两地书·三一》信末注："其间当有缺失，约二三封。"

这些信真"缺失"了吗？未必。多半是鲁迅当时不想公开示人。后来《两地书》原信公诸于世，我们才知道，鲁迅1925年6月28日致许广平信"前缺"的那一部分题为"训词"，完全是用开玩笑的口吻记述了端午节那天许广平那四位小姐大闹鲁迅府邸的情景。简而言之就是当天上午这四位小姐灌鲁迅酒，迫使他"喝烧酒六杯，蒲桃酒（即葡萄酒——编者注）五碗"，鲁迅酩酊之中按了许广平的头，又对俞家姐妹挥拳示警，吓得这四位小姐"抱头鼠窜"，跑到鲁迅寓所附近的白塔寺逛庙会去了。当天下午2点，鲁迅又喝了酒，自己去逛了白塔寺。鲁迅在《训词》中写道：

且夫天下之人，其实真发酒疯后，有几何哉，十之九是装出来的……因为一切过失，可以归罪于醉，自己不负责任，所以虽醒而装起来。但我之计划，则仅在以拳击"某籍"小姐两名之颧骨而止，因为该两小姐们近来依仗"太师母"之势力，日见跋扈，竟有欺侮"老师"之行为。倘不令其喊痛，殊不足以保架子而维教育也。然而"殃及池鱼"，竟使头罩绿纱及自称"不怕"之人们，亦一同逃出，如脱大难者然，岂不为我所笑！

这就是生活中有血有肉的鲁迅。

并不神秘的"H"君

有一位代号叫"H"的人,从1912年至1929年在《鲁迅日记》中总共出现了七十六次。有人神秘兮兮地说,在许广平之前,还有一位叫H君的女性出现在鲁迅生活中,这有鲁迅日记的记载为"证"。鲁迅在1925年7月1日日记中写道:"晴,午后得许广平信,晚H君来别。"此后,鲁迅跟这位"H君"就改为用书信方式联络。此说如能成立,鲁迅就成了在恋爱过程中"脚踏两只船"的人。

这就是典型的胡扯。其实《鲁迅日记》中出现的这位"H君"一点也不神秘,他就是周作人的妻弟羽太重九,在《鲁迅日记》中亦写作"重君"。周作人妻羽太信子出身贫寒,做过"下女""酌妇",弟弟羽太重九身体不好,无固定职业,三十二岁尚未成婚,多年来一直受到鲁迅接济。即便在鲁迅跟周作人夫妇失和之后,这种接济也仍未间断。鲁迅在1925年8月26日日记中记载:"夜寄H君信。"同年鲁迅因支持北京女子师范大学学生运动被北洋政府教育部部长章士钊免去了佥事职务。鲁迅将此事函告羽太重九,同年10月13日日记中记载:"得H君信。"这是羽太重九于10月7日写的复信,现存北京鲁迅博物馆。鲁迅将羽太重九称为"H君",是因为在日文中"羽太"二字的发音近似"Hada","H"正是取其第一个字母。

羽太重九在信中写道:"上月蒙兄长给予及时补助,非常感激。长期以来,有劳兄长牵挂,真是无言可对。对您长年以来的深情厚意和物资援助,真不知说什么才好。"又说:"我打算在近期内开铺子做买卖,但是小本经营,不但生意很难做,也难以找到合适的地点。但无论如何,我还是想在十一月份做买卖。"羽太重九的具体想法是开一家专门经销新杂志的书店,如筹措一千元资金,据说盈利可一成到一成五左右。他希望鲁迅和他的朋友能协助订货。谈到鲁迅被免去佥事之职,羽太重九在信中写道:"究竟为什么要罢免兄长这样的人呢?我不能不为教育部而感到惋惜。受到教育部的罢免,即使生活上不会有什么困难,但那些家伙实在叫人气愤。为了给那些混账东西一点颜色,望兄长今后更加努力奋斗。"可见,在羽太重九心目中,鲁迅是一位品德高尚的人。

蜜月旅行中的"电灯泡"

鲁迅在1928年7月12日日记中记载:"晚同钦文、广平赴杭州,三弟送至北站。夜半到杭,寓清泰第二旅馆,矛尘、斐君至驿见迓。"

这里记载的是鲁迅跟许广平同居之后的一次蜜月旅行,也是他一生中难得的一次游憩。1909年,鲁迅从日本留学归国之后曾在杭州浙江两级师范学堂任教一年,但游西湖仅有一次,因为他对旅游不感兴趣,觉得西湖十景"平平而已",杭州吸引他的只有浙江图书馆里的孤本秘籍。此次来杭是受到许钦文、章川岛等青年朋友的"怂恿",也是对许广平婚后辛劳的一种回报。

鲁迅一行之所以选择乘坐夜车是为了避开日晒,图个清凉。不料车上却发生了一件让他们扫兴的事情。原来,车上有两个獐头鼠目的宪兵,从鲁迅的手提箱中嗅到一股香味,误以为是鸦片烟,便勒令开箱检查,遭到拒绝后,宪兵便自己动手揭开箱子盖,结果一无所获,悻悻而去。

清泰第二旅馆在西湖边,开窗即可欣赏洒在湖面的银色月光。章川岛(矛尘)跟他的妻子孙斐君事先在旅馆预订了一间楼上的三人间,并到杭州火车站迎接鲁迅一行。鲁迅担心川岛夫妇的孩子在家中无人照顾,便催促他们早走,而执意把许钦文留下当"电灯泡",跟他们同住一室。鲁迅跟许广平分睡一左一右的两张床,许钦文睡中间那张床,鲁迅跟许广平在杭州住了五夜,许钦文就在旅店一直陪伴了他们五个晚上。鲁迅坚持这样做,固然是因为许钦文是当地人,万一遇到意料不到的麻烦,他可以协助解决,但度蜜月让一个学生辈的青年挤在中间,多少总让人们觉得有些费解。不过,鲁迅跟许广平当时就是这样处理问题的。如果不读许钦文的回忆录《伴游杭州》,而只看《鲁迅日记》中几句简单记载,人们肯定不会了解这些历史细节。

同一件事的三种回忆

鲁迅在1930年5月7日日记中记载:"晚同雪峰往爵禄饭店,回至北冰洋吃冰其林。""雪峰"即冯雪峰,爵禄饭店在上海西藏路、汉口路附近。单看字面意思似乎是一次普通的吃喝休闲活动,殊不知其中有重大的政治隐情。

原来冯雪峰是陪同鲁迅去秘密会见中国共产党领导人李立三。1928—1930年,李立三曾任中共中央政治局常委兼秘书长和宣传部部长,1930年3月至同年7月,李立三受共产国际错误主张的影响,在短期内推行了一条"左"倾路线,想通过攻打大城市等盲动行动掀起中国革命新高潮,并引发世界革命新高潮。

关于这次会见的内容,许广平在《鲁迅回忆录》中是这样记述的:"在上海时期,就是自由大同盟成立的前后,党中央研究了鲁迅在各阶段的斗争历史以后,认为鲁迅一贯站在进步方面,便指定李立三同志和鲁迅见面。这次见面对鲁迅有极其重要的意义。当时,党着重指示两点:一、革命要实行广泛团结,只有自己紧密的团结,才能彻底打败敌人;二、党也教育鲁迅,无产阶级是最革命、最先进的阶级。为什么它最先进、最革命?就因为它是无产阶级。经过那次会见以后,鲁迅一切的行动完全遵照党的指示贯彻执行了。"《鲁迅回忆录》撰写于1959年,1961年公开出版,当时李立三任中央委员、工业交通工作部副部长。许广平的回忆应该是根据李立三本人提供的情况,说明他会见鲁迅不是个人行为,而是组织安排。李立三对鲁迅是下达指示,鲁迅完全"贯彻执行",可见当时接受教育的人是鲁迅。

然而作为当事人之一的冯雪峰又有另外一种说法。1972年12月25日,冯雪峰应北京鲁迅博物馆之邀接受了一次访谈。1975年8月,又将这份访谈记录认真修改了一次。关于陪同鲁迅会见李立三的情况,冯雪峰是这样介绍的:"李立三的目的是希望鲁迅发个宣言,以拥护他的'左'倾机会主义那一套政治主张。鲁迅没有同意。谈论中李立三提到法国作家巴比塞,因为在这之前,巴比塞发表过一篇宣言式的东西,题目好像是《告知识阶级》。但鲁迅说中国革命是长期的、艰巨的，不同意赤膊上阵，要采取散兵战、堑壕战、持久战等战术。鲁迅当时住在景云里，回来后他说：'今天我们是各人讲各人的。要发表宣言很容易，可对中国革命有什么好处？这样我在中国就住不下去，只好到外国去当寓公。在中国我还能打一枪两枪。'"照冯雪峰的说法，这次会见不是李立三"指示"鲁迅，反而是鲁迅教育李立三了。

对冯雪峰的这次访谈是在"文化大革命"期间，他本人受到冲击，而李立三已于1967年被迫害致死。所以李立三跟鲁迅的谈话即使有正确成分，冯雪峰也不可能如实进行转述。冯雪峰的"在中国我还能打一枪两枪"这句话在胡愈之的回忆中又有了戏剧性的变化。同样是在1972年12月25日，在北京鲁迅博物馆的那次座谈会上，作为鲁迅和冯雪峰共同的朋友，胡愈之讲了另一番话。他说鲁迅曾经告诉他，李立三要在上海搞武装斗争，并要发给鲁迅一支枪，请他带队。鲁迅回答说："我没有打过枪，要我打枪打不倒敌人，肯定会打到自己人。"如果真是这样，那李立三是委任鲁迅担任民兵队队长。胡愈之承认自己把鲁迅跟李立三的谈话内容漫画化了，因此疑点更多。

同样一件事三个人的回忆有三种版本，充分说明了对回忆录进行鉴别的必要性。

"失记"引发的风波

鲁迅写日记坚持不辍，毅力惊人，但也有"失记"的时候。比如1932年2月1日—5日，日记上就连续五次出现了"失记"二字。我近年来也在写极其简略的日记，同样也有失记的情况，主要是因为当天没有值得一记的事情或者没有静坐写日记的条件，但鲁迅是名人，受名人之累，因此，一旦日记中出现"失记"二字，就有些居心叵测的人绞尽脑汁做文章，力图颠覆解构鲁迅的形象。

1972年底至1973年初，香港报人胡菊人就在《明报》上连篇累牍发表文章攻击鲁迅，居然以"失记"为"罪证"，力图把鲁迅诬蔑为向日本当局提供情报的间谍。他煞有介事地质问："既然五十天都有记日记……为什么却唯独

2月1日至5日'失记'呢?"他因此做出两个判断:(1)"鲁迅自己真的没有记,他不想让人知道,甚至到死后也不想让人知道";(2)"鲁迅有记,但是给他的后人毁掉了,或者是给共产党编辑消灭了"。

实际上,那"失记"二字是鲁迅的亲笔,并非鲁迅后人毁掉原件之后找人补写的字迹。许广平视鲁迅手稿为生命,甚至将他扔进纸篓的弃稿都妥善保存,这都是有目共睹的事情。我有幸参加1981年版的《鲁迅全集》日记部分的编注工作,所有工作人员对鲁迅作品的历史原貌都高度尊重。即以《鲁迅日记》为例,不但任何编辑人员都未擅改,就连日记中出现的古字、异体字乃至笔误都保留了原貌,至于说他记"失记"有什么不可告人的隐情,那更是荒谬。

当时的历史真相是:1932年"一·二八"事变爆发,鲁迅租赁的北川公寓对面就是日本海军陆战队的司令部。当晚11时许,鲁迅家突然停电,他跑到晒台上,只见战火弥天,子弹穿梭,回到房间,发现书桌旁有一颗子弹已洞穿而入。第二天,终日置身于枪炮声中。鲁迅说:"中华连年战争,闻枪炮多矣,但未有切近如此者。"(1932年2月29日致李秉中信)第三天凌晨,大队日军冲进了北川公寓进行搜查,理由是发现有人在楼内向日军放冷枪。于是,鲁迅一家只得迁往内山书店三楼避难。直到2月6日,即旧历元旦,鲁迅一家连同三弟周建人一家才迁到英租界的内山书店支店避难。因逃难时鲁迅只"携衣被数事",所以日记"失记"是一件完全可以理解的事情,岂能成为鲁迅"里通外国"的"证据"!

"奴隶"之爱

作家萧军、萧红夫妇跟另一位左联作家叶紫组织了一个文学社团,命名为"奴隶社",取意于国际歌中的首句歌词,萧军说:"奴隶和奴才在本质上有所不同,奴隶要反抗,奴才要顺从。……"他征询鲁迅的意见,鲁迅回答说:"'奴隶社'这个名称是可以的,因为它不是'奴才社',奴隶总比奴才强!"

1936年10月6日,即鲁迅逝世前十三天,他日记中出现了这样一条记载:"上午得芷夫人信,午后复,并泉五十。""芷"和"紫"谐音,芷夫人即叶紫夫人汤咏兰。汤咏兰致鲁迅信似未存,但鲁迅的复信现已收入《鲁迅日记》第14卷(第162~163页),全文是:

咏兰先生:
来信收到。
肺病又兼伤风,真是不太好,但我希望伤风是不久就可以医好的。
有钱五十元,放在书店里,今附上一笺,前去一取为荷。

豫上 十月六日

叶紫是一位湖南籍作家,当年虽然只有二十四岁,但要过饭,当过兵,行过医,做过教员和编辑。作品不多,但产生了国际影响。鲁迅在《叶紫作〈丰收〉序》中写道:"作者还是一个青年,但他的经历却抵得太平天下的顺民的一个世纪的经历,在转辗的生活中,要他为艺术而艺术,是办不到的。"然而正是因为年轻,所以叶紫也办过一些少不更事的事情。比如,他不仅经常要求鲁迅为自己修改文稿,而且还让鲁迅为他的朋友写书评。那书名叫《殖民地问题》,而鲁迅对政治并无研究,更没有专门研究过殖民地的问题。所以鲁迅感到"像让他批评诸葛武侯八卦阵一样无从动笔"。叶紫甚至转请鲁迅为清华大学的一个文学社团写招牌,让鲁迅哭笑不得。在1936年上海文艺界的"两个口号"论争过程中,叶紫站在跟鲁迅对立的一方,以"谈公事"的名义,盛气凌人地约病中的鲁迅外出谈话,并在信中责备鲁迅未能及时回信。鲁迅在同年9月8日致叶紫的信中写道:"我身体弱,而琐事多,向来每日平均写回信三四封,也仍然未能处处周到。一病之后,更加照顾不到,而因此又须解释所以未写回信之故,自己真觉得有点痛苦。我现在特地声明:我的病确不是装出来的,所以不但叫我出外,令我算账,不能照办,就是无关紧要的回信也不写了。"

叶紫虽然不通人情事故,但由于贫病交加,鲁迅仍持续不断地给他经济上的帮助。据统计,在《鲁迅日记》中有二十七次提到叶紫缺钱。叶紫只要向鲁迅求助,他都会帮忙解决,甚至怀揣刚出炉的烧饼来到叶紫租赁的亭子间,将还冒热气的烧饼分别递给叶紫那两个饥肠辘辘的孩子。1936年10月6日,叶紫因肺病和肋膜炎并发住进医院,叶紫夫人汤咏兰再次写信向鲁迅求助。鲁迅虽然自己重病在身,而且当时跟叶紫的关系闹得很僵,但刻不容缓地通过内山书店送上五十大洋,这就是展现出鲁迅丰富的人性,表达了他深厚的"奴隶之爱"。

拂去尘埃
——鲁迅掌故二题

鲁迅是瘸子吗？——从蒋廷黻的回忆说开去

鲁迅是瘸子吗？这似乎是一个荒诞的问题，乍听定会被认为是对先贤的不敬。因为在人们的印象当中，鲁迅是个健步如飞的人。记得《两地书》中记载，在厦门的鲁迅为相思所苦，夜间给在广州的许广平写情书，写完又迫不及待地投到邮政代办处。从宿舍到邮局有八十步的距离，为节省走路的时间，鲁迅曾从一道有刺的铁丝栏上一跃而过，可惜跌伤了屁股和膝盖。在上海定居之后，鲁迅经常步行，很少坐电车，尤其不愿坐人力车。据冯雪峰回忆，鲁迅走路的姿态一往无前，很少左顾右盼。1927年11月鲁迅曾到上海光华大学讲演，留下了一帧照片，那行走的姿态可与冯雪峰的回忆相印证。

但在有的人的印象当中，鲁迅却是跛足而行。这个人叫蒋廷黻。他在《国士无双：蒋廷黻回忆》一书中写道："他有点儿瘸，走起路来慢吞吞的。"（新星出版社2016年8月版）乍看这段文字，我脑海的第一个反应就是，这是对鲁迅的歪曲。这本书中又说，鲁迅跟他们相处时"不仅很客气，甚至可以说有点胆怯"；还说鲁迅在西安讲学全是他那本《中国小说史略》中的旧套。这些从字里行间流露的微词，让我这个鲁迅的老粉丝产生了抵触情绪，从而认为这样的回忆录全无价值，甚至是反面教材。

凡熟悉中国现代史的人都知道，蒋廷黻其人曾获美国哥伦比亚大学历史学博士学位，归国后担任南开大学历史系教授。1924年7月，他应国立西北大学及陕西教育厅之邀，前往西安暑期学校讲演。应邀的讲师中除蒋廷黻之外,还有鲁迅等十余人。1935年之后,蒋廷黻从政,担任了国民政府行政院政务处处长、驻苏联大使、驻美国大使兼驻联合国常任代表等要职。于是我想,鲁迅的形象在蒋廷黻的印象中有些不堪,应该跟他的政治偏见有关。

世上偏偏多好事之徒。中国传媒大学的刘春勇教授就是其中之一。经他考证,鲁迅跟蒋廷黻等人在西安讲学时确曾跛足而行。鲁迅在1924年7月23日日记中记载:"昙。上午小雨,讲演二小时。午后晴。王焕猷字儒卿来。晚与五六同人出校游步,践破础,失足仆地,伤右膝,遂中止,购饼饵少许而回,于伤处涂碘酒。"这就写明了鲁迅摔伤右膝的原因,是因为被一堆破砖烂瓦绊倒。虽受伤,但并不严重,所以还能慢吞吞地行走。这也证明,蒋廷黻的回忆自有他的依据,并非凭空捏造。这件事给我一个启示,那就是任何人的回忆都会受到特定时空的限制,并不能反映回忆对象的全人全貌。蒋廷黻回忆的是西安之行的鲁迅,冯雪峰回忆的是上海时期的鲁迅。只有将不同人在不同时空对同一个人的回忆综合起来,再征引其他可靠的文献资料加以印证,才可能立体化地再现出一个历史人物的真实全貌。

鲁迅是1924年7月7日启程赴西安的,8月12日返回北京。其间在7月16日和7月17日的日记中都有跟蒋廷黻一起游览的记载。直到7月21日才开始讲演,至7月29日讲毕。7月30日又额外到陕西讲武堂去讲演了半个小时。那么鲁迅的这次讲演到底成功吗?

根据我的习惯性思维,当然认定是成功的。因为鲁迅是伟大的文学家,当时已有"小说大家"的美誉,他一开讲自然会口吐莲花,字字珠玑,让听众如沐春风,受益匪浅;更何况鲁迅还留下了一篇题为《中国小说的历史的变迁》的讲稿,成了普及中国小说史的经典之作。从那时到现在,鲁研界对此毫无争议。不过根据蒋廷黻的回忆重新审视,作出以上判断似有简单化之嫌。蒋的回忆录中有以下这段文字:"在西北大学夏令营演讲是很辛苦的,那儿的学生比平津的年纪大,像人面狮身像似的坐在教室里,他们太没有礼貌,不是喧闹就是打盹。我简直弄不清楚,他们是否还知道有我这个人在。"

这次讲习班的学员之所以"年纪大",是因为他们并不是在校生,而是偏远地区在职进修的小学教师。"像人面狮身像似的",不仅是形容这些陕西汉子身材魁梧,而且是讽刺他们反映迟钝,呆若木鸡。"不是喧闹,就是打盹",十分形象地表现出蒋廷黻讲学时的课堂秩序。我认为这固然有学员一方面的原因,但客观地说,也有讲师一方的原因。我们不能轻易否定陕西教育厅举办这次暑期讲习班的初衷。他们是想借助全国发达地区的优秀师资提升陕西小学教师的水平。我们更不能轻易否定这些应邀讲师的学术地位。他们大多是各个专业领域的知名人士或领军人物。但问题发生在这些知名学者的讲课内容,大多脱离这些嗷嗷待哺的小学教师的实际需求。请看:北京大学物理科学长夏元瑮讲的是《新物理中的电子研究》,北京师范大学教授李干臣讲的是《森林与文化》,南开大学教授李济之讲的是《人类学概要》,南开大学教授陈定谟讲的是《行为论》《朴素实在论》《表象论》《主观意象论》《客观意象论》。蒋廷黻本人讲的是《法兰西革命史》和《欧洲近世史》……其他讲师的讲题也跟陕西小学教师的接受能力和教学需求有很大距离。难怪蒋廷黻讲课时,学生或者打盹,或者交头接耳。据当年《新秦日报》报道,这次"暑期学校"最初报名的学员有七百人,因为讲师大多无讲稿,有口音,讲授内容又脱离实际,中途辍学者竟多达十分之九。所以如果认为这次培训活动十分成功,恐怕无论如何是说不过去的。

　　由这件事联想起二十世纪五十年代我在南开大学读书时的一些情景。由于中文系李何林、邢公畹、华粹深一些教授的面子,曾经请到一些学者名流到校讲演。北大教授杨晦讲的是明杂剧《中山狼》,地点在马蹄湖畔原图书馆的阅览室,时间是一个冬天的晚上。由于人多拥挤,供暖过热,像我这种基础差的学生听不懂讲课内容,所以一直不停地打盹。北大王瑶教授讲演是在当时的大食堂兼室内篮球场。王瑶是山西人,乡音浓重,初听也是听不懂。只见他自己在台上笑得前仰后合,应该是内容幽默,但愚钝如我者却根本笑不出来。对北大语言学教授高名凯的印象最深,但只记得他风度翩翩,语言精炼,但内容仍是不懂,所以并无启发,只不过是一瞻风采而已。

有人认为上述看法是一种俗见,因为学员中途翘课并不等于讲师教学不成功。他举例说:"章太炎主笔《民报》,写些俗众不懂的文章,发些愚人不解的议论,却为后世留下了思想财富,怎么看他主笔《民报》都是成功的。"我想,这个例子并不一定贴切,因为写文章跟讲课还不是一回事。太炎先生当时的文章大体有两类:一类是谈学术,另一类是谈革命。鲁迅在《关于太炎先生二三事》一文中说得很清楚:"我爱看这《民报》,但并非为了先生的文笔古奥,索解为难,或说佛法,谈'俱分进化',是为了他和主张保皇的梁启超斗争,和'ＸＸ'的ＸＸＸ斗争,和'以《红楼梦》为成佛之要道'的ＸＸＸ斗争,真是所向披靡,令人神旺。前去听讲也在这时候,但又并非因为他是学者,却为了他是有学问的革命家,所以直到现在,先生的音容面貌,还在目前,而所讲的《说文解字》,却一句也不记得了。"

我有幸当过十四年中学教师。在我看来,判定教学活动是否成功,是取决于教和学两个方面。记得伟人说过,所谓"对牛弹琴",并不是贬低牛,而是对不看对象的弹琴者的讽刺。有关鲁迅西安之行的最早最完整的报道,是孙伏园写的《长安道上》,已收入《伏园游记》,但其中多写旅途见闻,并未涉及讲课情况,不知其中是否另有隐情。蒋廷黻的这次讲演是失败的,这有他自己的回忆录为证。其他学者的讲演也不成功,这有十分之九的学员中途辍学为证。至于鲁迅讲演实况,事隔九十余年之后实难推断。鲁迅的讲稿《中国小说的历史的变迁》堪称经典,这当然有口皆碑,无可争议。但这是事后补记的,讲课时并未印发讲稿,陕西人能否听懂绍兴人说的官话,我也无法判定。至于鲁迅仅用半个小时到讲武堂给下级军官讲小说史,究竟是如何讲法,也实在无法设想。所以我认为,鲁迅讲稿的水准跟当时的讲课效果既有联系也有区分。尚无确凿资料证明鲁迅这次讲演大获成功,也无法妄断他的这次讲演完全失败。所以蒋廷黻的回忆对了解这次暑期讲习班的情况还是有帮助的。

鲁迅此次西安之行的另一目的,是想创作一部以杨贵妃为题材的作品:或说是剧本,或说是小说。结果一经实地考察,把鲁迅原本从书面资料得到的印象全破坏了，最终这部作品胎死腹中。不过因为原有创作冲动，所以鲁迅利用教学之余去参观曲江、灞桥、碑林、大小雁塔，尤好逛古董商店。7月29日下午，他跟孙伏园游南院门市，还在古董店买到一具弩机。这具弩机至今仍保存在北京鲁迅博物馆，并在陈列大厅展出。

关于鲁迅购买弩机的过程，当时西北大学英文讲师兼陕西省长公署秘书张辛南有一段回忆。他在《追忆鲁迅先生在西安》一文中说，有一次鲁迅约他上街买弩机，他误听为"卤鸡"，感到十分诧异。因为陕西顺德所产的卤鸡价廉物美，但西安的卤鸡并不出名，鲁迅为什么偏偏会对这种食品产生兴趣呢？结果鲁迅并没有去卤菜铺子，而是走到南院门的一家古董店，结果没有；又到北院门的古董店，还是没有。这时张辛南才悟到鲁迅想买的原来是古玩，并不是食品。直到7月29日，鲁迅才在孙伏园的陪同下如愿以偿。

可资参考的是，蒋廷黻回忆中有一段有关这具弩机的趣闻："有一天我看到他和一群孩子们在一起玩一门青铜造的玩具炮。他告诉我，如果把一个小石子放在适当的位置上，可以弹出二十码远，像弹弓一样。他说那门玩具炮可能是唐代设计的，但他买时价钱很低，所以他不相信那是唐代的东西。我问他为什么不相信？他说：'如果我一定说是唐代的古物，别人就一定说它不是。如果我一开始说它可能不是，就不会引起争论了。'在鉴定古物方面，他倒是个不与人争的人。人们绝不会料到他居然是一个文学与政治纷争中的重要人物。"

这段回忆至少表明了两点：第一是鲁迅热爱儿童，富有童心。鲁迅举家北迁，曾在北京新街口的八道湾买了一个四合院，原因就是那个宅子院子宽敞，便于侄儿侄女玩耍。鲁迅有时也跟孩子们一起嬉戏。周作人的日本老婆羽太信子不愿孩子们亲近鲁迅，甚至咒骂说，要让鲁迅"冷清死"。被那日本女人逐出八道湾后，鲁迅在北京西城砖塔胡同租房，房东有三个小女孩，鲁迅也常跟她们一起说笑，猜谜，做体操。这回在西安购得弩机一具，相当于孩子们玩的弹弓，所以鲁迅马上找来一群孩子一起玩。鲁迅曾引用日本白桦派作家有岛武郎的观点，说创作总根于爱。——其中既有对国家、民族、大众的爱,也有对作为国家、民族未来的儿童的爱。

另一点是表达了鲁迅的文物观。鲁迅好收藏,兴趣广泛,主要是碑帖拓片、汉画像、古钱,也有少量其他古玩,包括在西安买的弩机、土偶、瓷器、陶器。他购书讲究实用,购文物是为了解古代文化习俗,全凭兴趣,虽然很有学术眼光,但不炒作,不倒卖,所以并不在乎别人的看法,不与人争议文物的年代。有人问:鲁迅在西安购买的弩机到底是不是唐代的物件。回答是:九十多年来从未找过其他专家考证。鲁迅藏品均属国家文物,至少是二级文物,是不是唐代文物已不重要。即使找到当今的文物专家论证,那是非曲直也难以判定。

读了蒋廷黻的这篇回忆,我又想起鲁迅的一篇杂文《关于翻译(下)》,收进了《准风月谈》。文中用生动的比喻提出了一个重要的文艺批评法:"剜烂苹果"。文中写道:"我们先前的批评法,是说,这苹果有烂疤了,要不得,一下子抛掉。然而买者的金钱有限,岂不是大冤枉,而况以后还要穷下去。所以,此后似乎最好还是添几句,倘不是穿心烂,就说:这苹果有着烂疤了,然而这几处没有烂,还可以吃得。这么一办,译品的好坏是明白了,而读者的损失也可以小一点。"此文的手稿保存完好,曾印成大字本供中央领导参阅。蒋廷黻的文章中说鲁迅的《中国小说史略》全是旧说,少有新义,表现出的是文人相轻的陋习,属于他这部回忆录中间的"烂疤",但剜掉之后,从其他部分还是能吸收到不同的滋养的。

"南云楼风波"探秘——细说鲁迅跟林语堂的一次冲突

南云楼是一家饭店,位于上海北四川路,楼上楼下均有席位。1929年8月28日晚,有两位客人酒后发生了激烈争吵。吵架的事情在餐馆酒楼屡见不鲜,大多事后烟消云散,无人提及。然而这一次争吵却成了一桩历史疑案,事隔近九十年仍然不断有人研究考证。那原因就在于吵架的双方身份特殊:一位是大名鼎鼎的鲁迅,他的成就毋庸赘言;另一位就是中国现代文坛为数不多的双语作家林语堂——他曾获得过诺贝尔文学奖提名。正是由于矛盾双方的特殊身份,才引起了研究者的特殊兴趣。有人认为这场争吵纯属"两方面的误解",有人认为发生冲突的根本原因是思想分歧,还有人认为吵架只不过是一种表象,其中蕴含了更为深层的原因,"仅仅用一时的误解来解释,还是不够的"。为此,四十年前我对此事进行了一番比较系统的调查考证。

争吵双方的记述

1929年8月28日鲁迅日记:"晚霁。小峰来,并送来纸版,由达夫矛尘作证,计算收回费用五百四十八元五角。同赴南云楼晚餐,席上又有杨骚、语堂及其夫人、衣萍、曙天。席将终,林语堂语含讥刺,直斥之,彼亦争持,鄙相悉现。"《鲁迅日记》中出现的几人,即李小峰,北新书局老板。郁达夫、章矛尘(川岛),这两位是证人。杨骚、林语堂及其夫人廖翠凤、章衣萍、吴曙天夫妇都是双方的朋友,当天是陪客。其中杨骚又是林语堂的同乡,据说因为此事跟鲁迅产生了隔阂。据林语堂回忆,《鲁迅日记》中还少写了两个人:一位是郁达夫的夫人王映霞,另一位是鲁迅夫人许广平。鲁迅这段日记是当天写的,基本情况准确,但文字简略,并未道明林语堂"语含讥刺"的内容,鲁迅的其他作品中也从未涉及。

林语堂本人的记述是:"有一回我几乎跟他闹翻了。事情是小之又小,是鲁迅神经过敏所致。那时有一位青年作家,名张友松。张请吃饭,在北四川路那一家小店楼上。在座记得有郁达夫、王映霞、许女士及内人。张友松要出来自己办书店或杂志,所以拉我们一些人,他是大不满于北新书店的老板李小峰,说他对作者欠账不还等等,他自己要好好做。我也说两句附和的话,不想鲁迅疑心我在说他。真是奇事!大概他多喝一杯酒,忽然咆哮起来,我内子也在场。怎么一回事?原来李小峰也欠了鲁迅不少的账,也与李小峰办过什么交涉,我实不知情,而且我所说的并非回护李小峰的话,那时李小峰因北京书店发了一点财,在外养女人,与'新潮'时代的李小峰不同了(我就喜欢孙伏园始终潇洒)。这样,他是多心,我是无猜,两人对视像一对雄鸡一样,对了足足一两分钟。幸亏郁达夫作和事佬,几位在座女人都觉得无趣。这样一场小风波,也就安然渡过了。"林语堂的这篇文章题为《忆鲁迅》,写于1966年7月18日,收入他的《无所不谈》一书。记得林语堂写过四篇关于鲁迅的文章,这一篇写得最晚,是在这场冲突发生的三十七年之后,由于记忆模糊,有失实之处。关键之处就是诱发了这场争吵的张友松其人当时并不在场,更不是这场宴请的东道主。

"不在场的第三者"张友松

张友松,湖南醴陵人。翻译家、出版人。他的大姐是中国现代妇女运动史上的著名人物张挹兰,国共合作时期北京市党部的妇女部部长,1927年4月28日跟李大钊烈士一起被奉系军阀张作霖绞杀。张挹兰牺牲之后,刚从北京大学毕业的张友松挑起了生活重担,于是到上海北新书局当编辑,任职不到一年产生了自办书店的念头,跟中学校友夏康农、林熙盛合办了春潮书店,出版了《新潮》月刊。许广平翻译的《小彼得》,鲁迅作序的《二月》(柔石作)、《小小十年》(叶永蓁作)均由该书局出版。鲁迅还曾为《春潮》月刊撰稿,以示支持。

但张友松跟北新书局的老板李小峰和作家林语堂之间均有矛盾。张友松认为,李小峰营业账目有真假两套,在鲁迅的版税上做了手脚,到了应该支付版税时,李小峰总是说某月某日"之后"付,而不说"之前"付。鲁迅讽刺道:"他这样说,是永远不会失信的。"张友松还说,李小峰的哥哥李志云是个贪官,把搜刮的钱财投资北新书局,分掌了财权,并挪用书局资金做投资生意。

在张友松眼里,林语堂是个"伪君子,真小人"。1927年3月,林语堂曾应武汉国民政府外交部部长陈友仁之邀,任国民政府外交秘书,并兼任《中央日报》英文副刊主编。张友松一直对外说,汪精卫叛变,武汉政府垮台之后,林语堂卷走了《中央日报》英文副刊的一笔公款,林语堂因之十分忌恨张友松,说他是个"奸人"。

李小峰和北新书局

李小峰,名荣第,江苏江阴人,北京大学哲学系学生,旁听过鲁迅讲《中国小说史略》,1923年4月经孙伏园介绍结识鲁迅,曾协助孙伏园在新潮社出版鲁迅的《呐喊》《中国小说史略》《桃色的云》《苦闷的象征》。1924年他负责发行《语丝》周刊,相当尽力。1925年,李小峰在鲁迅支持下创办北新书局,1926年6月又在上海开设分店,创办《北新周刊》,同年10月北新书局总局迁至上海营业。1927年春,鲁迅在广州开设北新书屋,代售北新书局出版物。由此可见,北新书局创办之初,在出版发行鲁迅著作方面是功不可没的。当然李小峰也从中受惠。此外,李小峰对鲁迅推荐的其他作家的著作也不计利害,积极付印,让鲁迅感到他有点傻气,说他们之间并非势利之交。

然而鲁迅跟李小峰和北新书局之间的关系逐渐发生了变化。1912年至1923年这十一年当中,鲁迅的收入主要来自教育部的工资以及兼课所得。从1924年开始,在鲁迅收入当中,版税、稿酬的部分已经超过了工资和讲课费。据出版界的朋友告诉我,目前中国作家的版税普遍偏低,只有极少数畅销书的作家才能得到百分之十至十四的版税。莫言获诺贝尔文学奖之前也是取百分之十的版税,按印数五千结算。但是北新书局付鲁迅的版税是百分之二十,至1928年,他交给北新印行的著作已多达九部。当时,鲁迅已无其他收入,是一位职业作家,稿酬、版税成了他唯一的生活来源,无法忽略不计。

客观分析起来,北新书局经营状况江河日下有外因,也有内因。外因是北洋政府和国民党政府的政治高压:1927年10月《语丝》周刊在北京被查封,北新书局总部被迫迁至上海,1931年3月又因出版"禁书"被查封,这不可能不给经营者造成经济损失。内因就是鲁迅所说的内部溃烂,表现在校对不可靠,办事无头绪,作风懒散,还抽走资金开纱厂。鲁迅接编《语丝》和跟郁达夫合办《奔流》期间,跟书局合作也出现了问题。当然,导致鲁迅跟北新书局提起版权诉讼的根本原因,是北新书局历年拖欠鲁迅的版税竟高达两三万元。经张友松介绍,鲁迅聘请了杨铿律师要将北新书局告上法庭。北新书局自知理亏,请求庭外和解,特请来郁达夫和章廷谦(川岛)充当证人。1929年8月28日北新书局交回了鲁迅著作的印刷纸版,并承诺分期将历年所欠鲁迅版税结清。李小峰当晚在南云楼请客,初衷是办一次和解宴,不料席上又起风波。

"和事佬"郁达夫

作为这场冲突的目击者以及鲁迅跟北新书局矛盾的调解人,郁达夫是这样回忆的:"冲突的原因,是在一个不在场的第三者,也是鲁迅的学生,当时也在经营出版事业的某君。北新方面,满以为这一次鲁迅的提起诉讼,完全系于这同行第三者的挑拨。而忠厚诚实的林语堂,于席间偶然提起了这个人的名字。鲁迅那时,大约也有了一点酒意,一半也疑心语堂在责备这第三者的话是对鲁迅的讽刺,所以脸色发青,从座位里站了起来,大声地说:'我要声明!我要声明!'他的声明,大约是声明并非由这第三者的某君挑拨的。语堂当然也要声辩他所讲的话,并非是对鲁迅的讽刺;两人针锋相对,形势弄得非常的险恶。在这席间,当然只有我起来做和事佬,一面按住鲁迅坐下,一面我就拉了语堂和他的夫人,走下了楼。"(引自《回忆鲁迅·郁达夫谈鲁迅全编》,上海文艺出版社2006年版)

郁达夫是创造社成员当中唯一亲近鲁迅的人,虽然也是狂狷之士,但是从他口中从未说出过半句对鲁迅的不敬之辞。同时,他也认为林语堂"忠厚诚实",出言不妥完全是出于无意。他回忆中提及的"某君""同行第三者"即张友松。郁达夫也是北新书局李小峰信任的人。他回忆中所说:"北新方面,满以为这一次鲁迅的提起诉讼,完全系于这同行第三者的挑拨",道出了李小峰的真实看法。产生这种看法的原因,是因为张友松跟北新书局确有矛盾,又揭露过该书店经营上的弊端,就连鲁迅起诉的律师也是张友松介绍的。

另一位证人章廷谦

章廷谦笔名川岛,《语丝》同人之一,又曾跟鲁迅在厦门大学共事,交情不浅。李小峰特意把他请来跟郁达夫同作证人,当然是因为他也深得鲁迅信任。经恩师李霁野教授介绍,我于1975年结识章先生。1978年4月13日,我给住在北京大学蔚秀园的章先生写了一信,函询鲁迅、林语堂这次冲突的情况,很快得到了他的回复。遗憾的是他虽在现场,但不跟林语堂同桌,所以并未听清什么话"语含讥刺"。他回信全文是:

漱渝同志:

十三日奉书,谅达。

十二惠教,敬悉。达夫给周作人信中所说两事,我是否也在信中与周作人讲过,怎么讲的,或者没有讲过,连半点儿都记不得了。只记得因为鲁迅先生请律师与北新算版税事我去过上海,快回杭州时,小峰请我们在南云楼吃饭,有两席,达夫、语堂夫人、鲁迅先生和我好像还有杨骚、衣萍等人在同一桌。夫妇同来的分坐在两桌,如林语堂、王映霞、吴曙天等人在并排的另一桌上。快吃完时,看见鲁迅先生从座上站起,正言厉色地说"我抗议",那一桌上的林语堂也站起来说了。听说是林语堂对张友松说了一些刻薄的俏皮话,怎么说的至少我当时没有听见。只约略地记得语堂夫人在我们同桌中很窘,林语堂还想说,由达夫和我把他们俩劝走了。次日中午语堂约我在抛球场一个外国饭店吃饭,曾说昨天鲁迅先生是误会。在这之前,鲁迅先生和我谈到语堂和北新的关系时对林语堂表示不满。我想还不能说因为只是林语堂说了些俏皮话惹鲁迅先生生气。我当时觉得林语堂已经有点飘飘然,自鸣得意,眼睛快长到额角上,有些异味了。

匆此奉复。顺祝 著安。

章廷谦敬上 4.15

这封信中提及郁达夫致周作人信中"所说两事",我如今也"连半点儿都记不得了"。他复信中提供了一个重要细节,那就是当天"在南云楼吃饭,有两席"。按他的说法,鲁迅跟林语堂并非同席,但鲁迅对林语堂的"刻薄的俏皮话"能即时反击,说明两席距离并不远,同时也说明鲁迅耳聪目明,反应神速。第二天林语堂特意请章先生午饭,声明"昨天鲁迅先生是误会",这表达了他的真实想法,希望章先生能从中斡旋。至于他说林语堂当时有点飘飘然,无论正确与否,实际上都跟这场争吵没有直接关系。

张友松驳章川岛

本着兼听则明偏听则暗的精神,我把章廷谦(川岛)先生的复信转寄给张友松,很快得到了回复:

> 漱渝同志:
> 　　来示奉悉。承询诸事,我因太忙,要过几天才能答复,请见谅。鲁迅怒斥林语堂那次宴会,我未在场。那次宴会是小峰约了一些人帮他圆场的。林语堂趁此机会攻击我,是有预谋的。他以为这既可以打击我,又可以讽刺鲁迅,讨好小峰。鲁迅的反击则非林始料所及的。林因自知弄巧反拙,便于次日请川岛午餐,说是误会当然是知道再和鲁迅争辩,对他不利,便想找川岛当和事佬,取得鲁迅的谅解。川岛可能知道替林说情不妥,便没有照办,否则林不会从此就和鲁迅多年中断往来。不过从川岛这次给您的信看来,他们似乎对林语堂这个伪君子、真小人的恶劣品质及其反动面目并无深刻的认识,说不定反而认为林对我的刻薄的讥讽(实际是无耻的诽谤)是符合事实的,甚至把鲁迅提出的抗议视为偏见,亦未可知。我觉得现在事隔几十年,他这次表示的态度还是颇不明朗的。人们从各自的角度看问题,对人对事情往往由于自己的主观偏见,加上别人的影响而有不同的观点。我认为你们从事整

理鲁迅著作的专业工作者对这个问题是应该十分重视的。在不同的人对同一事件提出的不同意见之间,必须以马列主义和毛泽东思想的辩证观点为准则,做科学的分析,才能得出正确的结论。否则编注工作者就会陷于"众说纷纭,莫衷一是"的迷惘之中。有时就只好勉强做出结论,那就难免要犯偏差。凡是都不偏听偏信某个人的话,而是多方找旁证,这当然是对工作认真负责的作法。但对具体问题做具体分析,更为重要。这是我的一点粗浅的意见,仅供参考,并望指正。

祝好。
张友松 78.4.21 夜
附还川岛的信。

作为林语堂眼中的"奸人",张友松回信中是以其人之道还诸其人。从纯学术的立场来看,张友松的一些提法当然是情绪化的。但他信中所言:"人们从各自角度看问题,对人对事情往往由于自己的主观偏见,加上别人的影响而有不同的观点",却是一个不争的事实。

在场的另外两位女士

这里所说的两位女士,一位是郁达夫夫人王映霞,另一位是章衣萍夫人吴曙天。

按照章廷谦的说法,当时王映霞跟林语堂同坐一桌,对林语堂"语含讥刺"的话应该听得比较清楚。我跟友人丁言昭先后都采访过王映霞,她的说法是相同的,那就是:林语堂暗指鲁迅跟北新书局这次纠纷是"奸人"张友松从中捣乱;张友松既将北新书局挪用资金另开纱厂的事情告诉给鲁迅,更传播了林语堂在汉口卷走了一笔公款的传闻。所以鲁迅即席站立说:"我声明,我声明!"就是声明他起诉北新书局绝非轻易受人挑拨。

吴曙天是《语丝》撰稿人之一,在北京和上海都跟鲁迅有交往。1942年她在成都复兴书店出版过一本《曙天日记三种》,其中有一则跟鲁迅吃饭的记载:"傍晚时,他(按:指章衣萍)说,今晚有人请我们呢,但是请单还不到,大约又改期了。我们自己请自己罢,我觉得自己请自己很有意思。于是穿上衣服预备去赴自己的筵席。哪知道右一批,左一批的客来得不断。终于要请我们的峰君亦到了。席间闹得很厉害,大约有四五个人都灌醉了,鲁迅先生也醉了,眼睛睁得很大,举着拳头喊着说:'我要决斗'!"这则日记中的"峰君"即宴请的东道主李小峰。

吴曙天的这则日记,署的是"十月四日(十二月三十一日)",不像是1929年8月28日的当天日记,似乎是事后的追记。日记中关于鲁迅酒后挥拳的记载相当生动。鲁迅的确偶有酒后亢奋的时候。这有他1925年6月28日撰写的"训词"为证。那年6月25日恰逢农历端午休假,学生许广平、许羡苏以及鲁迅砖塔胡同房东的女儿俞芳、俞芬等来家捣乱,鲁迅喝了六杯烧酒、五碗葡萄酒,乘酒兴装着要挥拳打人,把这些小姐们吓得纷纷逃散。此文已收入《鲁迅全集》第11卷,由人民文学出版社2005年出版。看来鲁迅在南云楼怒斥林语堂,也不能不说跟酒后冲动有一定关联。

算是结语

俗语说,没有调查就没有发言权。对于"南云楼风波"我作了一番认真调查,可以说有比一般人多一点发言权。但以下所云并非结论,只能当作我个人的一种推论,仅供参考:

必先须肯定,在中国现代出版史上,北新书局有其不可抹杀的贡献,但在引发鲁迅提起诉讼这件事上,书局是理亏的一方,绝非单纯由于某个"第三者"挑拨所能造成的。这位不在场的"第三者"张友松,原跟林语堂有过节。比如他预支版税,请林语堂翻译《新俄学生日记》,但林语堂因为替开明书店编英语教材更有利可图,译了一半就甩手不管了。这样的事情林语堂是做得出来的。至于林语堂在武汉政府任职期间是否卷走了一笔公款,我未曾调查,至今也无确证。林语堂由于对张友松极其不满,在南云楼的晚宴上对他"语含讥刺"是合乎逻辑的,但这种讥刺不一定是蓄意针对鲁迅。作为一位才智超人的作家，鲁迅对人对事高度敏感，偶尔酒后情绪失控也完全可以理解。林语堂在《悼鲁迅》一文中概括说："鲁迅与我相得者二次，疏离者二次，其即其离，皆出自然。"可见他们双方既有分歧之处，也有一致之处。鲁迅去世时，林语堂远在美国纽约，闻讯之后，立即撰文悲悼，对作为战士的鲁迅表示景仰。他对鲁迅的描绘是："鲁迅所持非丈二长矛，亦非青龙大刀，乃炼钢宝剑，名宇宙锋。是剑也，斩石如棉，其锋不挫，刺人杀狗，骨骼尽解。于是鲁迅把玩不释，以为嬉乐，东砍西刨，情不自已，与绍兴学童得一把洋刀戏刻书案情形，正复相同。故鲁迅终不以天下英雄死尽，宝剑无用武之地而悲。路见疯犬、癞犬，及守家犬，挥剑一砍，提狗头归，而饮绍兴，名为下酒。此又鲁迅一副活形也。"（《鲁迅之死》，载《宇宙风》第32期，1937年1月1日）

一场旷日持久的论辩
——兼谈口述史料的判别

有一场论争,发生在我与沈鹏年之间,分歧是毛泽东生前究竟见没见过鲁迅。争论从1982年展开,迄至2009年基本结束,其间持续了二十七年。序幕是沈鹏年1982年2月在《书林》杂志第1期发表的《周作人生前回忆实录:毛泽东到八道湾会见鲁迅》,尾声是沈鹏年2009年出版的《行云流水记往》一书的《后记》。然而"曲罢人犹在,余音尚飘空",这个问题尚未彻底解决,仍留下了一条尾巴。

早在1982年末,我就在《一场应该结束的辩论》一文中说过:"本来,研究鲁迅与毛泽东的关系,应该着重考察这两位伟人思想上的相互影响,是否见过面本身并不能说明实质性的问题,不值得详加考证。但鉴于沈鹏年的文章代表了一种不良的学风,而这种学风当前又确有一定的市场,因此撰文批驳就并非完全多此一举了。"为了揭穿沈鹏年"真伪杂糅"的手法,我先后撰写了五篇批评文章,除公开发表之外,还全部收进了《鲁迅史实求真录》一书,1987年9月由湖南文艺出版社出版。此后,我的观点已经成为鲁迅研究界的共识,只有两三位跟沈鹏年关系比较特殊的人断断续续地写些短文,对他的说法表示支持。可以说,我跟沈鹏年之间的交锋已经偃旗息鼓,因为我再未读过他正面跟我榷商的文字。

然而在《行云流水记往》一书的《后记》中,沈鹏年却特意引用了刘金先生撰写的一段文字:"毛泽东会见鲁迅说,最初是原上海市政协委员、虹口区副区长、革命老干部张琼所提出,其时是1978年,我在上海市委宣传部工作,有机会看到虹口区文化科钟向东整理的这份材料,题为《张琼同志提供毛主席曾与鲁迅会面的史料》,这份材料经虹口区委打印分发有关部门,并存档……此时张琼年已七十九岁,身患肺癌,为了对党和人民负责,委托他的学生沈鹏年找旁证,写文章为她作些澄清。"

接着这段引文,沈鹏年理直气壮地说:"上海市爱国主义教育基地的'张琼纪念室'公开陈列了张琼有关此事的历史档案材料……文证俱在,何用词费",这就是我前面所说的"留下了一条尾巴"。就是因为这条"尾巴",一个原本已经基本澄清的问题又变得扑朔迷离起来,因为一般读者并没有机会读到张琼的回忆材料,因而对其中的是非曲直无法判断,所以我有必要再多费一些口舌。

2016年5月,我利用出差之机,特意去调阅了这份回忆材料。那么"公开陈列"的有关回忆中究竟说了一些什么呢?这篇题为《毛主席曾与鲁迅会面的材料》开头写道:"最近向张琼同志了解我国大革命时代的一些历史情况时,张琼同志谈到他的爱人贺树同志曾对她讲过毛主席1918年在北大图书馆工作期间,曾与鲁迅多次会面的情况。"

据有关档案介绍,张琼(1902—1981)原名朱舜华,曾加入新民学会,1922年入党,1923年与中共党员贺树结婚。向这位老党员了解大革命时期的情况,当然很有必要,非常恰当。然而其中涉及鲁迅的事情,据她说全部是从贺树那里听来的,而贺树本人已于1947年病逝于上海。这也就是说,她提供的全部"史料"都是第二手材料,而这些材料又全都是三十多年前听来的。一位七十九岁的老人,身患肺癌,回忆三十多年前听来的事情,与史实有出入当然是难免的。我们难于苛责回忆者,应该谴责的倒是那些对失实材料再加以廓大,有意进行歪曲、利用的人。沈鹏年是电影《鲁迅传》资料组负责人,又编过一本《鲁迅研究资料编目》,他不应该对鲁迅生平史实如此陌生!

张琼是如何谈到鲁迅跟毛泽东会见的机缘呢?这份"史料"的说法是:"据张琼同志回忆:贺树同志于1918年在北大旁听鲁迅先生的课,遇到以记者身份经常来北大的瞿秋白,由瞿秋白的介绍认识了鲁迅。第一次见面,瞿秋白指着贺树对鲁迅说:'他是拜倒在先生脚下的。'鲁迅问:'那位图书馆的怎么没有来?'瞿秋白当时想不起鲁迅指的是谁,贺树说:'是指我的同学毛泽东。'说着将毛主席的住处告诉了鲁迅先生。"

以上短短几行引文中至少有三大错讹：

第一，鲁迅"五四"前后的书信和日记中，绝无有关贺树的记载。如果贺树"拜倒在鲁迅脚下"，双方交往频繁，在书信、日记中绝对不会了无痕迹。

第二，鲁迅在北京大学兼课始于1920年8月2日，此前鲁迅仅在教育部任职，贺树1918年怎能旁听到鲁迅开的课呢？再说，瞿秋白以北京《晨报》和上海《时事新报》记者的身份到苏俄采访也是1920年的事情。有人说，会不会记录有误，把1920年写成1918年了呢？那也不对！1920年鲁迅虽然在北大兼课，但毛泽东1919年初已到上海参加留法勤工俭学活动，已经无法到北大旁听了。毛此后重返北京，是代表新民学会组织驱逐湖南军阀张敬尧的活动。

第三，据张琼说，瞿秋白是贺树跟鲁迅结识的介绍人，听那口气，似乎瞿鲁之间相当熟识。真实的情况是：在1932年5月之前，鲁迅跟瞿秋白就根本没有见过面。那铁证是1931年12月5日瞿秋白致鲁迅的那封著名的信。瞿秋白在信中动情地写道："我们是这样亲密的人，没有见面的时候就这样亲密的人。这种感觉，使我对于你说话的时候，和自己说话一样，和自己商量一样。"（《二心集·关于翻译的通信》）1918年，瞿秋白还是俄文专修馆的一位学生，几乎断绝了跟朋友的交往，当然更不会跟比他大十八岁的鲁迅交朋友。他确曾到北大旁听过课程，但听的不是鲁迅的课，而是胡适开设的中国哲学史。试想，瞿鲁之间如果此前在北京曾有亲密接触，那上封信中"没有见面"的提法就没有来头了。既然"五四"前后瞿鲁连面都没见过，那瞿秋白介绍贺树结识鲁迅岂不是子虚乌有！

张琼提供的"史料"接着写道："据贺树同志说：鲁迅先生之所以注意毛泽东，一方面是因为鲁迅常到北大图书馆去借书，毛主席经常向鲁迅介绍马列著作；另一方面，毛主席也常去听鲁迅讲课，听到精彩处，常轻轻拍手。"

这番描述虽然颇有趣味，但同样毫不足信。在鲁迅1918年日记中，经常出现的是到琉璃厂买碑帖的记载，而从无到北大图书馆借书的记载。鲁迅在北大开设的课程是中国小说史,学生虽然爱听,也没有当场鼓掌的理由,因为这不是政治鼓动性的讲演或甲乙两方的激辩,能使听者激动得当场击掌。张琼接着又说,鲁迅曾去找毛泽东,邀他到家里做客。毛因忙于工作,未去拜访。鲁迅还把邀毛作客的纸条夹在书中,还书时递给毛。这种想象实在是过于丰富,如果"五四"前夕毛鲁亲密到如此程度,为什么《鲁迅日记》毫不提及?

张琼提供的"史料"中还牵涉李大钊:"鲁迅曾向李大钊问起:'毛泽东在马列主义小组里学习情况怎样?'李大钊同志说:'非常好!这是中国优秀人才,大有作为,不是小有作为。'鲁迅说:'彼此所见皆同。'"

这又是一段无厘头的对话。据我所知,1920年3月,北大成立了一个马克思学说研究会,由十九位北大学生发起,其中有罗章龙、邓中夏、刘仁静、何孟雄等,会员有一百余人(包括工人会员)。毛泽东虽然此前参加过北大的一些学会活动,并不是马克思学说研究会成员。北京倒是成立过一个与李大钊有关的共产主义小组,参加者有邓中夏、何孟雄、高君宇、刘仁静、张国焘、罗章龙等,亦无毛泽东。

此外,张琼还说,鲁迅曾对贺树和瞿秋白多次夸奖毛主席,并拿一本西方哲学著作向毛主席请教,等等,均不可信。

除了以上陈述的理由之外,还必须指出:在1918年,毛泽东并不是"主席",只是一个遭人白眼的湖南穷学生。鲁迅当年也几乎无人知晓——人们只知道北洋政府教育部有一位佥事叫周树人。这位周树人直到1918年5月才第一次以"鲁迅"为笔名发表《狂人日记》,除开当时《新青年》的少数编辑之外,外界还没有人把周树人跟"鲁迅"联系起来。就连周树人终生不渝的挚友许寿裳也不知道"鲁迅"是何许人也,特意写信询问。同年8月20日鲁迅在致许寿裳信中才坦陈:"《狂人日记》实为拙作"。至于张琼说鲁迅通过宋庆龄多次给毛主席写信,宋庆龄在有关回忆录中从未提及。如真有此事,堪称文坛佳话,宋庆龄没有必要隐瞒。

最有利于澄清是非的其实是毛泽东本人的态度。毛泽东对鲁迅的尊崇是尽人皆知的。从1938年开始,毛泽东在公开场合或非公开场合多次谈及鲁迅。如果毛跟鲁真的是"熟人","曾多次通信",鲁迅又在家中对毛"待若上宾",那毛却丝毫不提及他们之间的私交,是一件不可思议的事情。许广平也不会在二十世纪六十年代初公开出版的《鲁迅回忆录》中明白无误地说,鲁迅生前没有能够跟毛主席见过面。当时毛主席还健在,并没有进行更正。

在撰写这篇文章的过程中,我感到澄清张琼提供的"史料"是轻而易举的事情。令我困惑不解的是为什么会出现这样一种"口述史料"?如果搞清楚这一点,对于口述史理论的建设也许略有帮助。

根据我过去的概括,口述史失真大体有两种状况:一是有意作伪,二是无意失真。前者往往是出于某种政治目的或功利目的,后者往往是出于知识的缺失或记忆的误差。张琼的情况应该是属于后者。但记忆产生差错的原因又各有不同。记得季羡林先生有篇著名的散文,题为《站在胡适之先生墓前》。季先生回忆,1948年12月中旬,胡适在北平参加北京大学成立五十周年纪念会,虽然当时解放大军将北平团团包围,但胡适仍从容淡定,面带笑容。此文发表后,有读者指出,胡适夫妇已于当年12月15日从北平飞往南京,他参加的是南京中研院召开的纪念会,当场痛哭失声,因为他当了"不名誉的逃兵"。季先生承认自己的失误,但又不想对已刊之作进行修改。他表示,他脑子里面的确就是如此记忆的,虽然远在北平的他并没有参加南京的纪念会。我完全相信季先生的真诚。他文章中的胡适其实是他心目中想象的胡适,想来想去就以假乱真了,虽然这种记忆跟历史真实南辕北辙。我完全不懂心理学,姑且将这种现象归纳为老年人的"记忆偏执症"。我以为张琼老人提供"史料"的失误也应该属于这种状况。

鲁迅为何未去苏联考察疗养？

这是一个复杂而敏感的问题，因此有必要在入题之前做一番简要说明。人们的历史观不同，对所谓"历史"的看法也不尽相同，甚至大相径庭。在笔者看来，历史是往昔确曾发生的事件和行为，它业已凝固为化石，有其可知的客观存在。而人们的意识是流动的，像一潭活水。时代不同，视角不同，依据不同，观念不同，对同一历史事实会做出不同的再观和评价。所谓一切历史都是当代史，据笔者理解，指的就是当代人根据当代的需求对历史进行的阐释。没有思想，史料固然不会说话；但背离史实，阐释就会成为自言自语。比如，当今对苏联的看法，必然跟二十世纪六十年代之前一般国人对苏联的看法出现很大的分歧。但本文的目的并不是对苏联解体这一重大历史事件进行评价，这是远远超出笔者能力的事情；更不可能替斯大林时代的"肃反扩大化"进行辩护，而仅仅是试图用客观史料对鲁迅为何生前未到苏联进行考察或疗养一事进行解析，发表一己之见，就教于大方之家。

关于鲁迅曾被苏联方面邀请去考察或疗养这件事，笔者最早是从许广平的《鲁迅回忆录》中知晓的。该书第十章题为《向往苏联》。文中提道：苏联作家协会曾于1932年邀请鲁迅去访问，鲁迅"表示用尽一切方法要去"，"至少住他两年再说"。鲁迅估计到苏联之后，光是文学交流就会忙得不可开交，所以安排许广平去工厂学一门"短期间就可以学会的技术"，"孩子就放在那面学习"。后来听说旅途不便，又做了独自一人先行的准备。许广平因此为鲁迅"赶制了一套灰绿色的粗绒线内衣裤，又织了一双长过膝盖的黑中带暗红色的绒线袜以壮行色"。但1932年8月，鲁迅"竟患了神经痛，左足发肿如天泡疮"（1932年9月11日鲁迅致曹靖华信），直至10月28日才停诊，足足花了两个月时间。同年11月,鲁迅因母亲生病又回北平,因此当年未能成行。

许广平在同一文中还提到,此后(她记不清年份)"从内山书店转来的一批信中,带来了香港国民党方面的陈某来信,是比较具体的说,请鲁迅立即携眷到港,然后转去苏联,一切手续,可以到港再办"。许广平说:"鲁迅认为陈某是国民党方面的人,不能轻举妄动,于是便对这封信等闲视之,销毁了事。"

首先对许广平回忆提出质疑的是胡愈之先生。1972年12月25日,鲁迅博物馆邀请胡愈之来馆座谈,整理了一份座谈记录。记录稿1975年8月经他本人修改定,刊登于1976年内部印行的《鲁迅研究资料》第1辑。胡愈之说:"许广平同志写的回忆录中说,是陈铭枢来信邀鲁迅去莫斯科,是不符合事实的。可能鲁迅无意中说过陈铭枢要去莫斯科,许广平同志记错了,以为是陈铭枢邀他去,事实并非如此。"胡愈之说,当时邀请鲁迅赴苏联的是他。1936年初,他从香港到上海,转告了苏联邀请鲁迅去休养的建议,地点在上海北四川路一家饭馆。鲁迅的答复是:"很感谢苏联朋友的好意,但是我不去。苏联朋友关心我无非是为了我需要养病;另外国民党想搞我,处境有危险,到苏联安全。但我的想法不一样,我五十多岁了,人总要死的,死了也不算短命,病也没那么危险。我在上海住惯了,离开有困难。另外我在这儿,还要斗争,还有任务,去苏联就完不成我的任务。敌人是搞不掉我的……我离开上海去莫斯科,只会使敌人高兴,请转告苏联朋友,谢谢他们的好意,我还是不去。"过了一会,鲁迅又说:"国民党,帝国主义都不可怕,最可憎恶的是自己营垒里的蛀虫。"鲁迅讲话时虽没点名道姓,显然是指当时党内出了一些叛徒,以及机会主义者,暗中在攻击鲁迅。这里所说的"蛀虫",显然是指"国防文学派"的某些代表人物。

胡愈之是鲁迅在绍兴府中学堂任教时的学生,1927年"四·一二"反革命政变后即成为中共"特科"成员,跟宣侠父、潘汉年等先后保持"单线联系"。1928年至1931年曾到欧洲访学,1931年8月在上海新生命书局出版了《莫斯科印象记》一书。1933年曾跟鲁迅在中国民权保障同盟并肩战斗。1935年胡愈之为沟通中共跟张学良东北军的关系去莫斯科,会见了王明(陈绍禹)等人,了解了共产国际关于建立广泛的反法西斯统一战线的精神,然后经香港返回上海。1936年1月29日鲁迅日记中有"明甫来,饭后同访越之"的记载。据中央党校唐天然教授考证,鲁迅日记中的"越之"即"愈之",主要理由是"越""愈"二字音义相同,"是以异字表同音"。鲁迅"访越之"的时间是旧历正月初六,跟胡愈之说的"一九三六年阴历年初"相吻合。"访"也有外出访谈之意,不限于登门拜访。不过唐天然并未以此为定论,而只是想抛砖引玉(《〈鲁迅日记〉中的"越之"》,《鲁迅研究月刊》1992年第12期)。

唐天然的文章很快得到了回应。1993年3月,《鲁迅研究月刊》第3期刊登了曾协助鲁迅编辑《译文》杂志的黄源先生的文章,题为《"越之"即"胡愈之"解疑》。黄源赞同唐天然的推断,并说鲁迅跟胡愈之见面的当晚,鲁迅一家请他、周文、胡风去陶陶居夜饭。鲁迅一见他就说:"你此刻来,你一定料不到,如果我答允去苏联,你下次来就看不到我了。有人来转达莫斯科方面的邀请。我的行程,他们一切都准备好,但我没有答允。"黄源认为,鲁迅没有答允的原因,是在上海还有重要工作,比如出版《译文丛书》和《译文》月刊。鲁迅当时也不同意黄源出国进修,因为同样的原因,鲁迅觉得黄源"以不出国为是"。

笔者认为,许广平的回忆录确有可以质疑之处,然而对于胡先生的说法,目前也尚存疑点。许广平回忆的不妥之处,主要在于将这位"陈某"简单化地指称为"国民党方面的人"。陈铭枢(1889—1965)是抗日名将,民主人士,国民党内的反蒋派。1932年"一·二八"事变时,他率领的十九路军进行了著名的淞沪抗战。1933年11月,他又跟李济深、蔡廷锴、蒋光鼐等发动了"福建事变",跟工农红军签订了抗日停战协定,成立了"中华共和国人民革命政府"。"福建事变"失败之后,他仍继续从事反蒋爱国活动。中华人民共和国成立之后,陈铭枢出任了中央人民政府委员,全国人大、全国政协常委,中国国民党革命委员会(简称"民革")的中央常委,中南行政委员会副主席等职。对于以上情况,许广平不可能一无所知。她之所以用"陈某"这种带轻蔑口吻的称谓指代陈铭枢,估计是因为陈铭枢在新中国成立后的历次政治运动中都放言无忌,以致受到过报刊的点名批判。许广平的这本回忆录完成于1959年,当时提到陈铭枢,她不能不产生政治顾忌。目前,位于广西合浦曲樟乡璋嘉村的陈铭枢故居已经落成,受到民众的瞻仰。

不过胡愈之的回忆中也有武断之处,就是他认为"陈铭枢来信邀请鲁迅去莫斯科,是不符合事实的"。胡愈之不能因为自己曾代为出面邀请鲁迅访苏,就轻易否定陈铭枢也曾代为邀请的事实。1936年11月15日,全欧抗日联合会在巴黎大学国际中心大厅举行了"鲁迅先生追悼大会"。陈铭枢在会上说:"鲁迅为中国文坛上首屈一指的先进左翼作家,自五四运动以来,他便站在新时代的前面,领导着中国青年及民众。人以为他是共党,其实他与高尔基一样,都不是共党。今年正月我们正在香港预备出国,接到海外左翼作家们致鲁迅的信,请他出洋休养,当时便托人将信转交给他,并请他与我们同行。鲁迅立即回复说不出国,因为,一、不愿向反动者示弱;二、正在预备一种著作须在上海找材料。他并对我们的好意表示感谢。"(原载巴黎《救国时报》第71期,1936年12月10日)

陈铭枢请人转信给鲁迅,有一个曲折过程。1935年冬,王明在莫斯科跟胡秋原进便饭,席间希望胡秋原向陈铭枢转达,拟邀鲁迅夫妇也来莫斯科。胡秋原通过他在伦敦的友人王礼锡夫妇将此事转告了陈铭枢。陈铭枢又专门写了一封信,托胡允恭转交鲁迅。胡允恭(1902—1985),1923年在上海大学加入中国共产党,参加过广东革命政府的东征与北伐,后一度脱党。1949年任福建师范学院院长。1952年任南京大学历史系教授。1983年经中共中央书记处批准恢复党籍。因为胡允恭参加过1933年反蒋抗日的"福建事变",所以陈铭枢委托他为转信给鲁迅的使者。2017年3月,上海鲁迅纪念馆选编了一巨册《回忆鲁迅在上海》,由上海书店出版社出版,开卷第一篇为"无署名"的《一个回忆》,选自1937年上海千秋出版社出版的《鲁迅先生轶事》。事实上,在收入这本书之前,《一个回忆》就发表于1936年11月6日的《申报》,笔名"庸之",本名就是胡允恭。这类发表于鲁迅逝世当年的回忆文章，总体上来说远比此后在历次政治运动中撰写的回忆录更接近于历史事实。胡允恭说，为了转交陈铭枢给鲁迅的亲笔信，他先在内山书店会见了许广平，约好第二天面谈。鲁迅第二天果然来了，谈话地点由内山书店转到了一家咖啡馆。胡允恭转达了朋友们邀鲁迅赴苏联疗养一个时期的殷切愿望，承诺筹措旅费，并说在海外听到了许多不利于鲁迅的谣言。但鲁迅表示婉谢，理由有两点：一个原因是，鲁迅说："谣言呢，这是一年到头都有的，怎么顾得了那么多，到国外去住一时，自然是好，而且也曾经这样打算过。但若果是为谣言吓走，那倒不必。因为在国外也是不能久住呀，回来还不是要到中国来，那时谣言或者更多了。"鲁迅所说的谣言，主要是污蔑鲁迅被苏联"金光灿灿的卢布"收买之类。另一个原因是，鲁迅强调他还有一些急待完成的工作。比如选编瞿秋白烈士遗著《海上述林》。鲁迅估计要花半年工夫。鲁迅说，瞿秋白的遗作"是很宝贵的，它将给予人类很大的贡献，我为他编辑遗著，倒不仅是朋友的私情"。胡允恭是瞿秋白十年前的学生，所以对于这一点留下了深刻的印象。胡允恭的上述回忆，跟陈铭枢的回忆完全一致，这更证实了他们提供的史料的真实性。

关于鲁迅被邀访苏一事，还见诸陆万美的《追记鲁迅先生"北平五讲"前后》一文。此文初稿完成于1951年8月29日，1978年8月修改，刊登于1979年6月上海文艺出版社出版的《鲁迅回忆录》第2集。这篇文章说，邀请鲁迅去苏联的是高尔基，目的是参加正在筹备的苏联作家代表大会。同时应邀的还有罗曼·罗兰、巴比塞、萧伯纳等著名作家。中共负责人不仅赞同，而且替鲁迅制定了出国计划，准备先到北京，后去日本，再转道海参崴（今符拉迪沃斯克）去莫斯科。未能实现的原因是"国民党反动派的法西斯统治和对先生的严密监视"。陆万美说，以上情况是他在南京监狱听一位中央互济会的负责人说的。据笔者所知，鲁迅跟互济会的关系仅限于捐过几次钱，而且互济会在1930年秋天即在白区中止了活动。安排访苏之事应跟互济会没有直接关系，所以陆万美的回忆属于转述型回忆，可信度不高。所谓高尔基邀请鲁迅，至今并无实证。

尽管对于鲁迅应邀访苏一事不同人有着不尽相同的看法,但都没有提到鲁迅此行跟苏共党内斗争有什么关联。然而前些年,在一些文史刊物上,一些文史学者却是提供了一种新论,说鲁迅"宁死不去"苏联的原因是对斯大林的肃反扩大化心怀恐惧,觉得如果成行就等于自投罗网,会"壮士一去兮不复还",在苏联被活活整死。持这种观点的论者主要有三个依据:

第一,严家炎教授曾通过笔者调阅了胡愈之《谈有关鲁迅的一些事情》的原始记录,发现此文在《鲁迅研究资料》第一辑刊登时被删了一段话:"再后他又说:'苏联国内情况怎么样,我也有些担心,是不是也是自己人发生问题?'鲁迅是指当时斯大林扩大肃反,西方报刊大事宣传,他有些不放心。这也是他不想去苏联的一个原因。"事后,严教授将他的这一发现写进了《东西方现代化的不同模式和鲁迅思想的超越》一文,收进他的新著《论鲁迅的复调小说》,并签名赠送我一本。需要说明的是,《鲁迅研究资料》第一辑的编辑是金涛和笔者。我们是依据鲁迅博物馆资料室提供的访谈者终审稿发表的,并未做任何删节修改。发表时既然已注明"1975年8月经本人修改定稿",那访谈者当然应对修订稿负全部责任。胡愈之先生是1986年去世的,他生前我跟他有过交往。拙作《中国民权保障同盟》就是请他题写的书名。《鲁迅研究资料》第一辑当然也曾寄赠给他。他从未说过编辑篡改了他的文章。至于胡愈之为何删去原记录稿上的这几句,我无法代替他来回答。不过笔者认为,中苏公开论争开始于1959年,恢复关系是二十世纪八十年代。《鲁迅研究资料》当时是内部印行的读物,即使提及苏联肃反扩大化也无政治禁忌。再说,苏联肃反扩大化虽然发端于1934年的基洛夫被刺事件,但初期并未引发大的社会震动。真正的扩大化应该在1937年之后,其时鲁迅已经去世。一篇访问者的记录稿,一篇被访问者亲自修改的定稿,编辑当然会择用后者。

第二,据说,冯雪峰曾对画家裘沙谈过,鲁迅对斯大林的肃反深感忧虑,并说:"他们这样干,行吗?"遗憾的是,遍查冯雪峰公开发表的文章和内部交代材料,笔者尚未找到他的相关回忆。更为关键的是,斯大林一开始就把暗杀基洛夫的罪名扣到了托洛茨基头上，1936年7月29日发出了《关于托洛茨基·季诺维也夫反革命集团的间谍恐怖活动的问题》的密信，同年8月19日至24日又对托派进行了公审。众所周知，1936年6月9日，鲁迅口授，冯雪峰笔录，写出了那封影响巨大的《答托洛斯基派的信》。这封信表明，在斯大林跟托洛茨基的斗争中，鲁迅与冯雪峰都明确站在斯大林这一方。鲁迅更没有料到，给他来信的托派陈仲山原是他的一位景仰者、抗日斗士，后来被鲁迅怀疑"拿日本人的钱"的他竟死于日本侵略者的屠刀之下。由此可见，鲁迅和冯雪峰对于当时苏共党内斗争情况并不如当今研究者这样认识清晰，也并没有后来被人称颂的那种"政治远见"。这是鲁迅的历史局限性，指出这点并无损于鲁迅的日月之明。

第三，李霁野先生的一篇回忆。1936年11月1日，李霁野在天津写了一篇悼念鲁迅的文章《忆鲁迅先生》，刊登于同年《文季月刊》12月号。文中写道："最后相见时（按：指1936年4月），我们谈起深为我们怀念的F君，先生自己并不提这件事，却只说到他的诚实。讽刺着当时的'革命文学家'对于自己的攻击，先生故作庄重向F君说，你们来到时，我要逃亡，因为首先要杀的恐怕是我。F君连忙摇头摆手的说：那弗会，那弗会！笑声在耳，先生却已长逝。"这段文字写的是鲁迅的一次笑谈，语含幽默讽刺。F君指冯雪峰，因为他1933年已赴苏区，后经过长征，直到1936年初才重返上海，所以成了鲁迅和李霁野的共同怀念对象。鲁迅说的想杀他的人是太阳社和后期创造社的革命文学家。所以以上三点都不能说明鲁迅未能访苏是跟斯大林的大清洗有关，至少不能构成他未能访苏的主要原因。

要讲清楚力邀鲁迅赴苏考察疗养的问题，必须涉及一位传奇人物：他是中共早期的革命活动家，在湖南湘乡东山高等小学和湖南省立第一师范学校就读时跟毛泽东是同窗好友，并共同组织了新民学会。1920年4月，他跟毛泽东一起去上海环龙路四十四号医院探视了在这里疗养的孙中山先生，争取孙中山对留法勤工俭学运动的支持。1922年秋冬之交，经越南革命领袖胡志明介绍，他参加了法国共产党，后转入中国共产党。1924年1月22日深夜，他冒着零下四十摄氏度的严寒，曾为同月21日去世的列宁守灵。1930年，他毛遂自荐，去莫斯科东方大学教中文，学生中就有后来成为著名汉学家的艾德林和费德林。1934年，经中共党组织批准，他又加入了苏联共产党，历任两届苏联作家协会党委委员，结识了高尔基、阿·托尔斯泰等苏联大作家。他历来尊崇鲁迅，认为鲁迅是："中国的高尔基，非党的布尔什维克"。他指出：鲁迅是中国新文学的拓荒者，用战斗的小说塑造了中国"下层社会的典型"，成了民众的代言人；此外，鲁迅还是战斗的政论家；唯物主义的思想家，中外文化——特别是中俄文化交流的先驱。所以从1932年至1936年，他一直力邀鲁迅赴苏联考察疗养；就连胡愈之、陈铭枢转达的那两次邀请，也都是他从中促进的。这位传奇人物就是《国际歌》的中文译者萧三。

关于萧三邀请鲁迅访苏的真实情况，相对完整地保留在鲁迅跟萧三互通的书信中。这种历史档案的说服力，应该胜过当今任何雄辩家的过度阐释和强制阐释。所谓过度阐释或强制阐释的基本特征，就是在立论之前已经有意或无意地形成了一种主观预设，而后把原本清晰的历史事实加以廓大变形，使之纳入当下立场和当下意识之中。进行这种阐释的主观动机即使是对于阐释对象的"好意"，使之符合当代某种思潮的需求，但历史人物和历史事件毕竟有他的"原生态"，不是可以随手搓捏的泥人。

根据萧三跟鲁迅的通信，萧三最早邀请鲁迅访苏是1932年。原因是：1930年11月6日至15日，在苏联的哈尔科夫举行了一次国际革命作家代表大会，有二十多个国家的作家与会，包括法国著名作家阿拉贡、巴比塞等。当时希望新成立的中国左翼作家联盟也派一名代表参加，萧三便通过鲁迅跟左联联系，回复是："由中国现在派作家出国，去苏联，碍难实现，即请你作为我们的代表出席。"于是"捉住黄牛当马骑"，萧三就这样成了中国左联常驻莫斯科的代表，并被选为国际革命作家联盟书记处书记之一。1931年1月9日，萧三写了一封长信向左联汇报了这次会议的详细情况。1932年7月15日，萧三来信邀请鲁迅访苏，并请鲁迅转一封信给左联。鲁迅1932年9月11日复信，跟许广平回忆的第一部分完全吻合。信中说："这回的旅行，我本决改为一个人走,但上月底竟生病了,是右足的神经痛,赶紧医治,现在总算已在好了起来,但好得很慢,据医生说是年纪大而身体不好之故。所以能否来得及,殊不可知,因为现在是不能走陆路了,坐船较慢,非赶早身不可。至于旅费,我倒有法办的。"可见鲁迅去与不去,完全是取决于自己的身体状况,跟苏联国内情况完全无关。

此后,鲁迅跟萧三保持了联系,如互赠书刊(见1933年11月24日鲁迅致萧三信)。1934年8月,苏联莫斯科召开第一次苏联作家代表大会。大会筹备期间,萧三又向鲁迅发出了邀请。并表示负责鲁迅一家人在苏联的医疗、居住等一切费用。萧三为鲁迅设计的路线是经西伯利亚,经海参崴(今符拉迪沃斯托克),再西行,他在远东迎候。鲁迅1934年1月17日复信中:"大会我早想看一看,不过以现在的情形而论,难以离家,一离家,即难以复返,更何况发表记载,那么,一切情形,只有我一个人知道,不能传给社会,不是失了意义了么?也许还是照旧的在这里写些文章好一点罢。"萧三在《反对对于鲁迅的侮辱》一文中对这封信是这样解释的:"鲁迅先生之所谓'家',当然指的是'国'。'难以离国,即难复返',可见压迫之重,可见先生行动不自由。"萧三的理解无疑符合鲁迅的本意,绝不像有人解释的那样:鲁迅意识到去苏联是自蹈死地,一去就会被斯大林当成反革命整肃。鲁迅那时对苏联的认识和态度,请参看他撰写的《答国际文学社问》一文。此文经萧三译成俄文,发表于1934年7月5日《真理报》,鲁迅后来也将此文收进了《且介亭杂文》,白纸黑字,意思明晰。

中国现代文学馆还收藏了萧三1935年11月26日致鲁迅的一封信。这封信可以证实,像胡愈之、陈铭枢之所以联系鲁迅,其实也都跟萧三相关。萧三考虑到鲁迅一家北上的路途有困难,又调整了旅行的方案,想方设法请鲁迅先南下香港。这封信中写得很清楚:"关于我公西来疗养事,我们曾从各方面去信促驾,迄未得复。至以为念!兹与同人商,以为我公出境各种手续,如北上比较困难则最好南去,然后西来,现已得友人信,称可由南部派专人前来趋谒左右,面谈一切,我已另写一封信给翁,由来人面交,恐嫌唐突,特此先告，信至请即准备携宝眷启程，如路费不够时，来人可代为设法筹措，乞勿为念。"（《萧三诗文集·散文篇》，北京图书馆出版社版，第230页）胡愈之、陈铭枢等，就是他信中提到的"来人"。总而言之，从萧三跟鲁迅的通信来看，丝毫也没涉及苏共党内斗争的内容。

有幸的是，笔者跟晚年的萧三有过比较密切的接触，详情见诸拙文《"精神犹在海天张"——忆萧三》，收入拙著《五四文坛鳞爪》。我们谈论和通信的中心就是邀请鲁迅访苏以及左联解散前后的问题，笔者还帮他整理过一篇回忆录。笔者印象最深的有两点：一是萧三认为，他1935年11月8日建议左联解散的那封信是在王明和康生的威逼下写的，他后来到延安跟毛泽东谈起此事。他所说的"威逼"，指他开始并不同意写这封信，王明发了脾气，康生进行了劝说，并提供了理论依据。这件事的历史背景十分复杂，从那时到现在，学术界的评价也不一致。胡乔木是萧三信任之人。"文化大革命"期间萧三惨遭迫害，在求助无门时萧三跟他妻子叶华各写了一封长信给胡乔木，托胡乔木转呈中央，从而使他俩的冤案得以平反。但胡乔木一直认为，萧三写解散左联那封信，尽管"是出于王明的主张和督促，尽管上海左翼文化工作的领导人没有郑重地征询和听取鲁迅对这个问题的意见（这是一个不可原谅的错误），但是从实践的结果来看，当时执行这个建议应该认为是基本正确的"（胡乔木：《怀念萧三同志》，《〈萧三传〉代序》，北京图书馆出版社1996年版）。

萧三给笔者留下的第二个印象，是他强调邀鲁迅去苏联考察和疗养虽然是由于他的真心本意，但也都是请示过他的上级和组织的。萧三当时的顶头上司就是王明和康生这两个人。王明1931年9月赴莫斯科任中国共产党驻共产党国际的首席代表，康生于1933年7月任中共驻第三国际副代表。萧三对康生的印象极坏，认为他狡猾、多疑、两面三刀。关于解散左联的问题，康生并不明确表态，但却说左联的确太左了，搞关门主义，不能联合大多数的作家，常把党的决议当自己的宣言发表……萧三接受了康生的观点，但康生并不承担一点责任。萧三跟王明倒谈过不少鲁迅。也可以说，王明对鲁迅的认识在很多方面受到了萧三的影响。萧三力邀鲁迅访苏，当然得到了王明的同意和支持。

　　1935年，为贯彻第三国际关于建立世界反法西斯统一路线的主张，王明拟邀请一些中国的进步人士赴苏访问。邀请胡秋原、陈铭枢等人是因为他们的反蒋立场，邀请鲁迅的理由是"他是位文坛老前辈，我们应该尊重他"。鲁迅逝世之后，王明发表了题为《中国人民之重大损失》一文。他认为鲁迅作为一个天才革命文学家的特质，就是把中国文学变成了为"最底层人"奋斗的武器，同时，鲁迅还是一个先进的政治家，能用既讽且刺，有庄有谐的文字针砭时弊。王明称颂鲁迅为"中国的高尔基"，并对鲁迅未能实现访苏的愿望表示了遗憾。王明对鲁迅的评价，跟当时陕北党中央对鲁迅的评价是基本一致的。

　　总之，想了解鲁迅对苏联的总体态度，主要依据不能是个别人的回忆，特别是不能依据那种缺乏旁证的"回忆之回忆"，而应该系统阅读鲁迅作品中涉及苏联的那些文章。综观鲁迅涉及苏联的作品，包括他临终前撰写的《记苏联版画展览会》等杂文，可证鲁迅对苏联的态度一直是友好的。鲁迅对苏联的肯定主要是两点：一是摧毁了沙俄的农奴制，千百万的奴隶从地狱里逃离出来，成了支配自己命运的主人。二是由农业国向工业国转型，"令人抬起头来，看见飞机，水闸，工人住宅，集体农场，不再专门两眼看地，惦记着破皮鞋摇头叹气了"。在文艺理论方面，鲁迅接触的大多是托洛斯基的著作。对于1934年开始的肃反大清洗，鲁迅并没有深入了解，更没有公开评价，这就是笔者心中鲁迅的"历史真相"。

（选自《新文学史料》2020年第四期）

鲁迅为何不去日本疗养
——以李秉中致鲁迅的一封信为中心

近些年来,在网络上常看到谈鲁迅与蒋介石的文章,大体上有以下三种说法:一是鲁迅文章中谈到的人很多,唯独没有提及蒋介石。二是鲁迅喜欢骂人,唯独不骂蒋介石。三是蒋介石欣赏鲁迅,曾经设计诱降鲁迅。窃以为,以上说法都有很多疑点。

首先,《鲁迅全集》中并非看不到"蒋介石"这三个字。1926年10月20日,鲁迅致许广平的原信中就写道:"现在我最恨什么'学者只讲学问,不问派别'这些话,假如研究枪炮的学者,将不问是蒋介石,是吴佩孚,都为之造么?"(《鲁迅全集》第11卷,人民文学出版社2005年版,第581页)其时正值国共合作的北伐战争时期,蒋介石是北伐军的总司令,北伐的对象是吴佩孚等军阀,所以从当时的历史要求来看,"蒋介石"是代表了进步力量。这种情况在1927年的"四·一二"反革命政变之后才彻底发生了改变。

鲁迅是否直接骂过蒋介石?从字面来看的确是没有,因为鲁迅主张"壕堑战",反对"赤膊上阵"。但鲁迅后期杂文主要锋芒都是针对蒋介石的独裁统治,及其"攘外必先安内"的卖国政策。这一点无须论证,因为鲁迅后期杂文大多遭到了国民党政府有关部门(如内政部、国民党中宣部)的删削查禁。

有人说,不对,鲁迅直接骂过蒋介石,证据是1935年2月9日鲁迅致萧军、萧红的一封信:"你记得去年各报上登过一篇《敌乎?友乎?》的文章吗?做的是徐树铮的儿子,现代阔人的代言人,他竟连日本是友是敌都怀疑起来了,怀疑的结果,才决定是'友'。将来恐怕还会有一篇'友乎,主乎'要登出来。"有学者考证,《敌乎?友乎?——中日关系的检讨》后已收入台湾出版社的《先总统蒋介石全集》第三卷"书告类",确实是蒋介石的文章,所以鲁迅点名批判过蒋介石。

据笔者了解,这封信中提到的徐树铮是北洋军阀的一个将领,"五四"时期的复古派林琴南曾幻想借他的屠刀来镇压新文化运动。他的儿子叫徐道邻,是法律界人士,曾任国民政府行政院政务处处长、国民政府国防设计委员会委员。有趣的事,《敌乎,友乎?》一文并不是徐道邻写的。此文系由蒋介石口授,蒋介石的"文胆"陈布雷执笔,只是利用徐道邻的名义在《申报》连载和在《外文评论》发表。陈布雷认为这样做很巧妙,因为"徐道邻"含"徐徐与邻邦日本道来"之意。不料此文发表后引起争议,徐道邻因此名声大噪,这是他本人并没有料想到的。鲁迅鲜明反对这篇文章的观点,识破文章的执笔者是"现代阔人的代言人",但却并不确知文章的实际作者就是蒋介石本人。鲁迅文章的针砭锋芒常常是针对一种社会现象或一种社会思潮。即便是指名道姓地批评某位历史人物,也往往是将其视为一种社会类型而不是独立的个人。所以将这封信视为鲁迅有意直斥蒋介石,看来理由并不充分。

蒋介石本人对鲁迅究竟是关爱欣赏,还是必欲诛之而后快?这一点目前并无确证。因为目前从蒋介石的公开文章或和私人日记中没有关于鲁迅的记载。能够确认的只有一件事,那就是1946年春节有人以蒋介石的名义给困居北平的鲁迅原配朱安送来法币十万元作为慰问金。1946年2月1日朱安致许广平信中写道:"曾于1月24日有中央党部郑秘书长彦棻来寓,代蒋委员长馈赠法币十万元,我辞不敢受,据云长官赐不敢辞,别人的可以不收,委员长的意思,一定要领受的,给我治病及补贴日用之需,即请留下,我替代谢就是了。我想郑君言之成理,也就接受了。"据查,郑彦棻当时是国民党中央第六届中央执行委员、中央秘书处副秘书长,确是蒋介石身边之人。当时《世界日报》曾发起为鲁迅先生遗族"发起一捐款运动,作为实物援助",在社会上引起了反响。许广平表示愿意想尽办法资助朱安,但希望她顾全大局,"宁自苦,不愿苟取",不要随便接受外界捐助。朱安基本上做到了这一点,但接受郑彦棻资助这一次是例外。身为一个贫病交加的家庭妇女,她接受的理由是"长官命,不敢辞"。当时郑彦棻资助的对象并不止朱安一人。但此事跟已经去世十年的鲁迅完全无关,许广平也持有鲜明的政治立场。

也有人说蒋介石要置鲁迅于死地。据沈醉透露:"在一九三几年,他接到上级命令,让他组成一个监视小组打探暗杀鲁迅。结果在对面楼里派人监视了多日,他也去过几回,只见到鲁迅经常在桌上写字,儿子还很小,在房间里玩耍,看不到有什么特别的举动。由于鲁迅的威望,才没有下手。"(周海婴:《鲁迅与我七十年》,南海出版公司2001年9月第7版,第5页)据相关资料,沈醉是国民党陆军中将,长期服务于国民政府军事委员会调查统计局(简称"军统"),二十世纪三十年代曾担任少校行动组长等职。1960年11月28日被中华人民共和国中央人民政府特赦。像沈先生这种阅历丰富的人士,他提供的情况当然是一般人所无法了解印证的。不过他所说的不暗杀鲁迅的理由不太符合常理。国民党当局若真决定暗杀鲁迅,当然是因为他的文章既有影响而又对当局不利。鲁迅经常在桌上写字,这是一个作家的生活常态。国民党特务希望看到鲁迅有什么"特别的举动"才会开冷枪呢?难道鲁迅有可能在房间里撒传单、喊口号吗?国民党特务暗杀民权保障同盟总干事杨杏佛的时候,他正想带小儿子出门骑马玩耍,并没有因为他儿子还小特务们就因此手软。如果国民党当局真想置鲁迅于死地,鲁迅即使避居在半租界也很难幸免。杨杏佛就明明惨死在法租界!

鲁迅晚年没去日本疗养是否在抵制蒋介石的"劝降",这也是一个尚存疑点的问题。持"劝降"说的依据是李秉中1936年7月13日致鲁迅的一封信。据鲁迅同年7月16日日记记载:"得李秉中信,即由广平复。"许广平代笔的复信今佚,许广平所有回忆鲁迅的文章中对此事也只字未提,但李秉中的这封来信现保存在鲁迅博物馆。信纸用的是"国民政府革命军事委员会用笺",行文采取的是旧式的"黄伞格",即每次提及受信人都要换行顶格,以示敬重。主要内容是:"禀者,关于吾师之自由一事,中惟之数年矣!惟恐或有玷吾师尊严之清操,是以不敢妄启齿。近惟吾师齿德日增,衰病荐至,太师母远在北平,互惟思慕,长此形同禁锢,自多不便。若吾师同意解除通缉,一切手续,中当任之,绝不敢有损吾师毫末之尊严。成效如何,虽未敢预必,想不至无结果,不识师意何若。伏乞训示。东行已有期否?吾师病中,本不敢屡渎;窃望师母代作复示,曷胜伫盼!"

这封信就是所谓的"劝降信",这件事就是所谓的"劝降风波"。最近重读李秉中的来函,又参阅了鲁迅其他致亲友的信,觉得以上提法似有"过度解读"之嫌。因为现在并无任何证据说明蒋介石是这封信幕后指使人,也无证据证明这就是一口政治陷阱。从李信的原文看,也可理解为李秉中的个人行为,单纯出于一个学生对老师的关爱。但由于此时师生置身于不同的政治营垒,这种"关爱"鲁迅并不领情。

信中"解除通缉"一事,是指鲁迅1930年2月13日参加中国自由运动大同盟,并列举名于发起人,结果被国民党浙江省党部呈请国民党中央作为"堕落文人"予以通缉。中国自由运动大同盟是中国共产党领导下的一个群众团体,以反对国民党的独裁统治,争取言论、出版、集会、结社自由为宗旨。这份通缉令究竟是否正式颁发,研究者之间曾有不同的意见。倪墨炎在《鲁迅革命活动考述》一书中认为,国民党中央对浙江省党部的呈文是否正式批复尚存疑点,不知"是否实有其事"?只不过"鲁迅对这个通缉令的存在是深信不疑的"(第154~155页)。但王锡荣对倪先生提出的疑点又进行了质疑。王先生写了《鲁迅究竟有没有被通缉》一文,收入了他的《鲁迅生平疑案》一书(第184~201页)。文章的大意,是认为对鲁迅等人的这份通缉令的确存在,只不过因为是秘密通缉,并不是公开张贴告示,所以一般人难以看到。王先生引用了1930年9月30日国民党执行委员会秘书长陈立夫签发的"公函15889号",证明国民党当局准备查封"并缉拿其主谋分子"的左翼团体,除中国自由运动大同盟之外,还有中国科学家联盟、左翼作家联盟、上海青年反帝大同盟、普罗诗社、无产阶级文艺俱乐部、中国革命互济会、革命学生会等。然而遗憾的是,至今也未解密当年国民党中央对浙江省党部呈文的批复原件。

鲁迅因为参加中国自由运动大同盟一事的确遭遇了风险。他在1930年

3月19日日记中就有"归途有形似学生者三人追踪"的记载,也曾于同年3月19日至4月19日到内山书店阁楼上避难。鲁迅在同年5月24日致曹靖华的信中还说:"现已查缉自由运动发起人'堕落之人'鲁迅等五十一人,听说连译作(也许连信件)也都在邮局暗中扣住。"但由于中国自由运动大同盟当年5月就中止了活动,所以这份迟到的通缉令也就在实际上失去了效力,并没有长期构成对鲁迅的实际威胁。

历史已经证明,中国自由运动大同盟是李立三"左"倾冒险在党内占统治地位时期的产物。由于受到共产国际"左"倾错误理论及反右倾错误形势的判断的影响,时任中共中央政治局常委兼秘书长和宣传部部长的李立三错误估计了中国革命的形势,提出了通过一省或数省的城市暴动夺取全国政权的主张,致使革命事业遭到了严重的损失,白区的地下党组织也遭到了很大的破坏。不过"立三路线"的推行始于1930年初,同年9月在中共六届三中全会就得到了纠正,所以中国自由运动大同盟实际存在的时间还不到半年。

鲁迅当时为什么会参加中国自由运动大同盟并列名为发起人之一呢?这首先是一种政治选择。自从国民党右派在1927年发动了"四·一二"反革命政变之后,鲁迅被这场"血的游戏"吓得"目瞪口呆"。他在1934年写的《自传》中说,"我一生中从未见过这么杀人的"。他原来观察社会问题时的进化论思路因之轰毁,于是旗帜鲜明地站在了被摧毁、被镇压的革命政党一边。这正是他革命人道主义思想的深刻表现。其次,鲁迅认同的是保障公民正当的言论、出版、集会、结社自由,并不认同自由运动大同盟的某些主张和观点。这一点鲁迅本人解释得非常清楚。1930年3月21日他在致章廷谦信中写道:"自由运动大同盟,确有这个东西,也列有我的名字……近来且往学校的文艺团体演说几回,关于文学的。我本不知'运动'的人,所以凡所讲演,多与该同盟格格不入,然而有些人以为大出风头,有些人则以为十分可恶,谣诼谤骂,又复纷纷起来。"从鲁迅这番话可知,除冯雪峰之外,鲁迅跟该同盟的领导层并不熟悉。他的具体活动仅仅是作过几场讲演,不但内容限于文学范围,而且他的文学观点也跟"极左"的观点"格格不入"。

既不认同"左"倾的观点,而又参加这个"左"倾的团体,这看来是个悖论,其实是统一于鲁迅所说的那个"共同目的"之下,即"目的都在工农大众"(《对于左翼作家联盟的意见》)。这正如同鲁迅既参加了左翼作家联盟,又跟左联中的"国防文学"派有着深刻矛盾一样。鉴于鲁迅在文坛的崇高地位,中国自由运动大同盟想借助于他的威望。鲁迅明知这一点仍然愿作"梯子",这也正如他明知左联成员良莠不齐而仍然参与发起左联一样。在著名的《答徐懋庸并关于抗日民族统一战线问题》一文中,鲁迅既严词纠正了"国防文学"倡导者的观点,但又公开声明"然而中国目前的革命政党向全国人民所提出的抗日统一战线的政策,我是看见的,我是拥护的,我无条件地加入这战线,那理由就因为我不但是一个作家,而且是一个中国人"。这就是历史上那个真实的活的鲁迅。

面对因参加中国自由运动大同盟而遭到国民党当局通缉一事,鲁迅本人采取的究竟是什么态度?笔者认为是既警惕而又蔑视。在敌强我弱的情势下,鲁迅主张进行"堑壕战",所以他曾短期外出避难。但在总体上是蔑视的,因为他知道自己是站在正义这一边,而魔鬼的手中也必然有漏光之处。所以他以"洛文""隋洛文"为笔名发表文章,对给他扣上"堕落文人"帽子的敌人进行辛辣反讽。1936年,《越风》杂志的编辑黄萍荪三次向鲁迅约稿,鲁迅明明知道他的后台就是当年呈请国民党中央通缉他的许绍棣、叶溯中,黄办的报刊也是由许、叶之流资助,仍在同年2月10日在复信中明确表示:"三蒙惠书,谨悉种种。但仆为六七年前以自由大同盟关系,由浙江党部率先通缉之人,会稽乃报仇雪恨之乡,身为越人,未忘斯义,肯在此辈治下,腾其口说哉。奉报先生殷殷之谊,当俟异日耳。"这就是对呈请通缉他的浙江党棍的公开回击,充分表达了鲁迅"横眉冷对千夫指"的战斗精神。

要解答鲁迅赴日疗养问题,必然涉及鲁迅跟李秉中的关系以及对他对这封"劝降信"当态度。鲁迅承认,他的社会联系十分复杂,李秉中即为一例。李秉中(1905—1940),字庸倩,四川彭山人,鲁迅在北京大学任教时的学生,跟鲁迅母亲鲁瑞也熟识。从1924年开始,双方交往长达十二年,《鲁迅日记》中跟他的交往记录多达一百三十二次。鲁迅生前收到李秉中来信共五十二封,现存八封;复李秉中信二十八封,收入《鲁迅全集》二十一封,七封今佚。根据现存李秉中来信,他是鲁迅参与编辑的《语丝》周刊的忠实读者,因家道中落而愤世嫉俗。1924年冬,出于对孙中山先生的心悦诚服,李秉中考入了广州黄埔军校,参加了讨伐陈炯明叛军的东江战役,其所在连队一百二十余人仅存五十余人。李秉中因作战勇敢,得金牌奖及奖金大洋三十元。1926年李秉中被派往苏联莫斯科中山大学学习陆军,1927年11月又得官费赴日本学习陆军。1932年6月,李秉中归国后在南京中央军校政训处任教员。抗日战争期间,李秉中在四川成都任禁烟缉私办公室主任。根据鲁迅跟李秉中之间的通信,李秉中对他在军政界的任职颇以为苦。鲁迅在1928年4月9日信中劝他:"兄职业我认为不可改,非为救国,为吃饭也。""强所不欲,亦一苦事。然而饭碗一失,其苦更大。"可见在鲁迅心目中,李秉中并不是什么党政要员,只不过因为行伍出身,在军事机构混一口饭吃。从现存鲁李之间的通信来看,彼此还是能讲真话的。李秉中心目中,鲁迅是唯一能安慰他的人(见1925年1月31日信),所以跟鲁迅无话不谈,连跟女友分手,爱看广东疍户(水上居民)女孩一类生活琐事也告诉鲁迅。鲁迅在复李秉中信中,也有四次跟他讨论结婚的利弊等问题。这在鲁迅书信中并不多见。

李秉中虽然跟鲁迅常处于异地,少直接交往,但却十分关心鲁迅的安危。1931年初,李秉中在日本听到鲁迅被捕的谣传,便向鲁迅三弟周建人打听消息,并力劝鲁迅到日本暂避文祸。鲁迅在同年2月18日复信中明确表示:"生丁此时此地,真如处荆棘中,国人竟有贩人命以自肥者,尤可愤叹。时亦有意,去此危邦,而眷念旧乡,仍不能绝裾径去,野人怀土,小草恋山,亦可哀也。"鲁迅在这封信中还谈到"颇有赴德国的念头,但因金价大增三倍,且妻儿在沪,相依为命,离则两伤,故决定深自韬晦,冀延余年"。可见在是否出国的选择上,鲁迅考虑的是实际生活问题,丝毫未涉及当局会有什么刁难的举措。1932年日本侵略者在上海发动了"一·二八"事变,李秉中听到鲁迅失踪的消息,又驰书关切。鲁迅复信除报平安之外,还告知他在英租界避难的情况,可知鲁迅对李秉中并无戒心。

　　1933年至1935年之间鲁迅跟李秉中之间几无联系。1936年7月16日,鲁迅收到了李秉中13日从南京寄来的这封信。虽然信纸是"国民政府军事委员会用笺",但并不能视为官方文件。李秉中既然在国民党军事部门工作,用公笺写私信也很平常。以李秉中的职位,距离蒋介石有十万八千里,毫无实证说明这件事是蒋介石的亲自授意。笔者认为这多半是李秉中的个人行为,不能称之为"劝降",事后也无社会影响,并未掀起"风波"。

　　前文已经述及,李秉中劝鲁迅暂避文祸,始于1931年,其时李秉中还侨居日本,直到1932年才归回,所以这只是作为学生的一种善良愿望。1936年李秉中关心解除鲁迅通缉令一事,起因是鲁迅"齿德日增,衰病荐至",有到日本疗养的想法。他希望鲁迅脱离这种"形同禁锢"的生活,能生活得更自由一点。由于他当时置身官场,愿意从中疏通,行文用笺也确带官气,不同于往日来信的风格。但并没有任何证据说明他是受命于某方某人,也没有提出任何政治交易的条件。他预设的前提仅仅是"绝不敢有损害吾师毫末之尊严",但他也同时声明"成效如何""未敢预必"。所以把这件事视为李秉中的个人行为,也许比把这件事说成政治阴谋更为合理。

　　由于鲁迅当时在重病之中,李秉中只希望师母许广平"代作复示"。1936年7月16日,鲁迅收到李秉中信的当天上午即由许广平代为回复,因为鲁迅"艰于起坐","一时颇虞奄忽"。遗憾的是这封复信并没有保存下来,许广平的回忆文章中也未提及此事。然而有两篇带回忆性质的文章中提及了许广平复信的内容。首先应该提及的是鲁迅日本友人内山完造《忆鲁迅先生》一文,现收入《鲁迅先生纪念集》第二辑第7页至8页。内山问鲁迅是如何回复李秉中的。鲁迅回答的大意是:"谢谢你的恳切;但我的余命已经不长,所以至少通缉令这东西仍旧让它去吧。"笔者体会,鲁迅这一回答的含义用清代郑板桥《题竹石》一诗中的意境来类比是十分贴切的:"咬定青山不放松,立根原在破岩中;千磨万击还坚劲,任尔东西南北风。"如果再采取一种更通俗化的表述,那就相当于《野草·我的失恋》中的四个字:"由她去罢。"

然而蒋锡金前辈1978年在《新文学史料》发表过一篇长文《鲁迅为什么不去日本疗养》。蒋先生认为李秉中的来信是直接秉承了蒋介石的旨意。蒋先生的依据,一是1941年冬他对许广平的采访。他从许广平那里听说,蒋介石素来很敬仰鲁迅,还想跟鲁迅会会面。只要他愿意去日本住一些时候,不但可以解除通缉令,在大学院任特约著述员的职位也当然保留。蒋先生的文章还援引了一些其他旁证,比如日本汉学家松枝茂夫对鲁迅致李秉中一封信的一段译注:"李受蒋介石之意而探询鲁迅,劝他在解除通缉令的同时出国游历,这是鲁迅对此的态度。"(《鲁迅选集》第12卷,岩波书店1956年版)此外,蒋先生还引用了许钦文、俞芳等人的回忆以证明他的推断。以笔者阅读回忆录的经验,觉得相对而言,较早的回忆录往往比较晚的回忆录更接近于历史真实,至于转述他人的回忆,可信度则更低。内山完造是鲁迅十分信任的日本友人,他的回忆录写于鲁迅逝世不久,即1938年左右,应该比其他人的说法更为可靠。至于俞芳,她是鲁迅寓居北京砖塔胡同时房东的女儿,其时只有十四岁,所以她能追忆的只能是一些生活琐事。俞芳转询许钦文,许钦文肯定了李秉中给鲁迅写信要求南京政府撤销通缉令,"但鲁迅回信说,不必了。因为这样做,肯定是有交换条件的"(1977年7月24日谈话记录)。许钦文并没有提到李秉中是受蒋介石之命进行斡旋,也并未提及有什么具体的交换条件。关于日本松枝茂夫对1931年2月18日鲁迅致李秉中的译注更有明显的错误。因为李秉中当时跟新婚的妻子正侨居日本,直到1932年4月才归国。一个远在日本学军事的侨民,怎么可能跟国民党的党魁蒋介石直接沟通并进行什么密谋呢?所以笔者认为,李秉中劝鲁迅出国或表示愿为解除对鲁迅的通缉令进行斡旋,只不过他个人的"好意"或"一厢情愿"。1932年以后他跟鲁迅置身于不同营垒,所以在政治上处于隔膜状态,无法沟通,最后自己在鲁迅那里碰了一个软钉子。

不过这次通信并没有影响李秉中跟鲁迅和许广平的正常关系。鲁迅去世后,许广平主持出版《鲁迅全集》,因鲁迅的文章和著作此前曾屡遭国民党当局查禁,出版全集面临许多障碍,许广平利用了各方面的关系从中斡旋,其中也包括了李秉中。1937年6月21日，李秉中委托何钰将国民政府内政部的审查意见批文寄给许广平。信中李秉中还表达了对《鲁迅全集》落实出版单位的关切，以及希望预订《鲁迅书信集》精装本的愿望。虽然许广平跟李秉中联系可能是出于策略上的考虑，但至少表明他们之间并未处于敌对状态。

鲁迅为什么未能去日本疗养，最具权威的是鲁迅本人对亲友的解释："现在在想到日本去，但能否上陆，也未可必，故总而言之：还没有定，现在略不小心，就发热，还不能离开医生，所以恐怕总要到本月底才可以旅行，于九月底或十月中回沪。地点我想最好是长崎，因为总算国外，而知道我的人少，可以安静些。离东京近，就不好。剩下的问题就是能否上陆。那时再看罢。"(1936年7月11日致王冶秋)又说："医师已许我随意离开上海。但所往之处，则尚未定。先曾决赴日本，昨忽想及，独往大家不放心，如携家族同去，则一履彼国，我即化为翻译，比在上海还要烦忙，如何休养？因此赴日之意，又复动摇，惟另觅一能日语者同往，我始可超然事外，故究竟如何，尚在考虑中也。"(1936年8月2日致沈雁冰)

沈雁冰（茅盾）收到此信后于同月14日回复鲁迅："前次来信谓若到日本，总要有通日语者同去，则你较为省力；鄙意倘一时无此同伴，则到日本后雇一下女，似亦可将就，因此前杨贤江夫妇在日本时雇过下女，杨日语不很高明，杨夫人完全不懂，但下女似乎很灵，作手势颇能了然。"沈雁冰信中所说的"杨君"指教育家杨贤江。鲁迅同月16日致函沈雁冰："转地实为必要，至少，换换空气，也是好的。但近因肋膜及咳血等打岔，竟未想及。杨君夫妇之所以能以装手势贯彻一切者，因两人皆于日语不便当之故也。换了我，就难免于手势危急中开口。现已交秋，或者只我独去旅行一下，亦未可知。但成绩想亦未必佳，因为无思无虑之修养法，我实不知道也。"

鲁迅母亲鲁瑞也关心鲁迅的病情及疗养情况。1936年8月25日，鲁迅致母亲信中写道："男病比先前已好很多，但有时总还有微热，一是离不开医生，所以虽想转地疗养一两个月，现在也还不能去。到下月初，也许可以走了。"此外,同年致曹白、赵家璧、杨霁云等人等信中,鲁迅也谈及对转地疗养的设想。除日本外,鲁迅还考虑到青岛、烟台、莫干山等处疗养,但又顾及"山上海边,反易伤风",故一直犹豫未决。

通过以上鲁迅给亲友的信函中我们可以确知,鲁迅完全没有预料到他会在1936年10月去世。李秉中的所谓"劝降"信是1936年7月13日写的,然而鲁迅同年8月下旬还有9月转地疗养计划。他的首选之地就是日本长崎。鲁迅丝毫没有担心出国会受到当局阻挠,仅仅顾虑到抵达日本之后"能否上陆"。因为当时日本军国主义者正在为全面发动侵华战争进行准备,在日本国内也加强了对中日两国左翼人士的监控和迫害。当时萧红正在日本选修日语并进行创作,她就受到了日本特高课特务的盘查,心情十分郁闷。鲁迅完全没有提及赴日本疗养会成为国民党政府的陷阱,或者可能有意无意间成为一场政治交易,这是再明白不过的。最后需要表示歉意的是:拙文涉及了几位笔者所敬重的师友,特别是笔者一直缅怀的蒋锡金先生。蒋先生是诗人和学者,学识渊博,待人谦虚厚道,对笔者更是关爱有加。此文表达对仅仅是对学术上个别观点对献疑,丝毫无损于先生的日月之明。蒋先生在文章中曾提及我们在注释鲁迅日记时经常"抬杠"的情景。这种"抬杠"也许正是当下学界稀缺的学术传统和资源。

鲁迅研究中的史料问题(节选)

——2017年5月8日晚在中国传媒大学讲演

今天来到中国传媒大学文法学部跟诸位座谈,感到非常荣幸。为了减轻我的压力,刘春勇教授让我随便聊聊。真正的聊天有两个前提:一个是真诚,就是敞开心扉,讲自己想讲而且认同的话,不去讲那些套话、违心的话;另一个前提就是随意,无拘无束。鲁迅欣赏日本的漫谈和随笔,就是因为这种交流方式活泼,不设条条框框。不过聊天的效果也有两种:一是聊得投机,越聊越想聊;二是话不投机,不欢而散。话不投机的根本原因是价值观的差异。评论家闫钢有一句话,话粗理端,他说现在大伙儿都憋着一泡尿,但尿不进一个夜壶里。其实这也是一种普遍现象。有美国朋友告诉我,去年竞选总统时,一家人中有人投希拉里的票,也有人投川普的票,互相保密。有些老华侨把票投给了川普,不敢吱声,怕挨儿女骂。夫妻好友之间,尽量不涉及政治和宗教这两个话题。有人会说,今天不是请你来讲鲁迅的吗?不错,但鲁迅偏偏是一个政治性很强的作家。他的一生跟很多政治事件纠结在一起,比如辛亥革命、十月革命、中国二十世纪二十年代的大革命;他参加了很多有政治背景的组织,如中国自由运动大同盟、左翼作家联盟、民权保障同盟;他的作品涉及了很多政治人物和事件……对这些问题的不同看法,都不能不影响到对鲁迅的评价。

绕了这一个大圈子,我想表达的意思是:我今晚的发言只是当下众声喧哗中的一种声音。我不自以为是,更不想把自己的观点强加给大家。古人说得好:"兼听则明"。如果你们能够"兼听"一下,那我也就不虚此行了。

既然聊天,总得有个中心,现在就从我去年在作家出版社出的一本《鲁迅传》讲起,书名叫作《搏击暗夜》。鲁迅是生活在中国黎明前最黑暗的年代。他把1926年的3月18日称为"民国以来最黑暗的一天"。在《为了忘却的记念》这篇杂文中,鲁迅说这三十年中(指的是从辛亥革命到二十世纪三十年代),他目睹了许多青年的血,层层淤积起来,将他埋得不能呼吸。他只能从泥土中挖一个小孔,苟延残喘。"这是怎样的世界呢,夜正长,路也正长"。鲁迅还有一篇杂文叫《黑暗中国的文艺界的现状》,谈到当时国民党当局用来对付左翼作家的是流氓、侦探、走狗、刽子手,手段是诬蔑、压迫、囚禁和杀戮,可见当时文艺界跟整个社会同样黑暗。所以鲁迅进行创作,从来就不是为了表现自我,张扬性灵,渲染闲适,其目的就是为搏击暗夜,战取光明,让中国老百姓能够幸福地度日,合理地做人,而不至于在国与国的角逐当中让"中国人"从"世界人"当中被挤出去。可是前些年有些人却拼命在制造什么"民国热",说什么"黄金民国""钻石北洋",把旧中国来作为新中国的反衬,我看这就有点走过入魔了。从清帝国到中华民国,这当然是一种历史的进步。民国时期也有其亮点,但那个时代在总体上是要不得的。当然,鲁迅搏击的暗夜不仅来自社会,还有自身,有来自灵魂深处的毒气和鬼气。这也是鲁迅搏击的对象,表现出鲁迅比那些以青年导师自居的文人精神境界要更高一层。

任何作家的书一旦公开出版,就如同婴儿脱离了母体,成了一种独立的存在,面临的是任人说短长的处境。我的书也不例外。没有想到的是,去年12月,中国出版协会把我写的《鲁迅传》评为2016年度中国三十本好书之一;今年2月,全民阅读活动组织协调办公室和国家新闻出版广电总局(今国家广播电视总局)出版管理司又颁了一个证书,把我的《鲁迅传》入选为"大众喜爱的五十种图书"。据说,中国当下一年出版的纸质图书有五十四万余种,在这五十四万多种书当中,被选为前三十名和前五十名,应该说也不是一件容易的事;更何况评审的机构都是国家的权威部门。不料今年的世界读书日(4月23日)中央台一频道有一个好书颁奖节目,我这本书忽然从好书名单中消失了。第二天一打听,才知道评委会内部产生分歧,有人力挺张梦阳先生写的《鲁迅传》("苦魂"三部曲),当然也有人说我的好话,结果没有像影视评奖或"星光大道"评奖那样下一个"双黄蛋",而是"兄弟阋于墙",手足相残,两败俱伤,都没有上。张梦阳先生跟我私交不错,我对他的治学水平和精神都很佩服,彼此没有"文人相轻"的意思。他为了写这个三部曲,付出的劳动比我大得多。不过他写的是有文学虚构成分的小说体传记,而我写的是无一字无来历的史传。让这两种文体性质不同的书进行比较,这不是"关公战秦琼"吗?难道《三国志》和《三国演义》这两种书非要拼掉一个,或者把两种全部否定掉吗?我讲这件事的目的是想告诉大家,对于当今的各类评奖,都用不着太认真看待。书评只是一部分在书评界有话语权的人的意思,他们垄断了舆论,一般人插不上嘴。对一部作品而言,最公正的评论员是时间。经典之所以成为经典,就是因为它历久不衰,而且常读常新。张梦阳的《鲁迅传》虽然有文学性的虚构和想象,但基本上还是有史实依据的。比如他三部曲第二卷《野草魂》的封腰上就注明参考了我的成果。我相信张梦阳的作品比我写的文学性强,但如果作为写论文的参考书,恐怕还是要参考我写的这一本。我这样讲丝毫也不含对梦阳兄不敬的意思,大家也不会误会。

那么我写的《搏击暗夜——鲁迅传》总体追求是什么?总的追求就是想写出鲁迅的本色,想写出真实的鲁迅,这就要靠丰富而扎实的史料。

讲演一开头我就谈到,我们现在置身的是一个众声喧哗的时代。之所以出现不同的声音,完全是因为不同人判断不同事物的价值观有所不同。有人把当下中国的社会思潮归纳为七种。第一种是主流意识形态。第二种是老左派思潮,这种人容不得别人对毛泽东进行科学评价,甚至呼唤再来一次"文革"。第三种是新左派思潮,这种人大多信仰西方新马克思主义,批判资本权势和市场经济。第四种是民主社会主义,这种人信奉社会主义,但主张用民主的方式,反对用暴力的方式。第五种是自由主义,这种人认为当今中国还处于后极权时代,主张三权分立,实行多党制,成立反对党。第六种是民族主义、民粹主义,说什么"苍天已死,黄天当立",二十一世纪是中国人主导的世纪,准备打仗,小打不如大打,晚打不如早打。第七种是新儒家,主张国学救国,经学救国,二十一世纪是中国文化的世纪。

这些思潮在鲁迅研究领域都有不同的反应，比如有人认为鲁迅跟胡适同属自由主义营垒；有人认为胡适和鲁迅是两股道上的车，一个反体制，一个不反体制；有人则认为鲁迅是赤诚的爱国主义者，也有人认为鲁迅是亲近日本的汉奸。在观念难以沟通的情况下，史料的作用就突显了出来。

比如，有人说鲁迅不抗日，骂张三，骂李四，就是不骂日本人。这种时候，你只需要朗读鲁迅杂文《"友邦惊诧"论》中的文字就可以了。鲁迅在这篇文章中揭露日本发动九·一八事变之后，东北大学逃散，冯庸大学逃散，日本兵看见学生模样的就枪毙。鲁迅还用迫击炮一般的排比句控诉日本侵略者的罪行，说日本占了辽吉，炮轰机关，阻断铁路，追炸客车，捕禁官员，枪毙人民……试问：天下有这样控诉侵略者的汉奸吗？

前些年，有人不断利用国民党特务杂志的《社会新闻》伪造的材料，诬蔑鲁迅的日本友人内山完造是日本特务。为了辩白这件事情，我在这里提供一份"座谈会记录"，时间是1960年2月13日，主持人是中国作协原党组书记、著名文艺理论家邵荃麟。座谈内容是许广平撰写的《鲁迅回忆录》，内山完造是这部回忆录当中无法回避的人物。参加这次座谈会的有当年左联党团书记阳翰笙，他也是新中国成立之后文艺界的重要负责人。阳翰笙在会上说，他曾经向长期致力于中日友好的孙平化请示过。孙平化说："我们没有材料证明内山是日本特务。"阳翰笙还说，1959年10月，是中华人民共和国成立十周年，我国特邀请了一些国外的友好人士参加庆祝活动，其中就有内山先生。内山很兴奋，当年9月21日在北京因脑出血病逝。9月22日在北京东郊殡仪馆举行了追悼会，阳翰笙起草的悼词肯定内山先生为日中友好做了"一些"工作。当时负责对日外交的廖承志认为"一些"这两个字分量太轻，改为内山完造为增进中日友好做了"许多"工作。从这份"座谈会记录"可以了解我们党和政府对内山完造所做的结论。至今内山和他的夫人还合葬在上海万国公墓，现已改名宋庆龄陵园。这位鲁迅的日本友人就这样长眠在中国这块土地上。

前不久，还有一位大学教授发博文，题为"鲁迅在他身后的中国"，大意是：鲁迅是个人主义者、人道主义者，反体制，批判国民性，他的思想跟主流意识形态完全抵触。当局为了利用他，就要重构鲁迅与革命的关系，编造一些荒唐无稽的故事，说什么鲁迅托送金华火腿慰问中央领导人。鲁迅送火腿是编造的故事吗？这件事我说了不算，这位教授说了也不算。好在中央档案馆保存了1936年冯雪峰给中央的工作报告，其中提到鲁迅第一次送火腿给陕北的中共中央领导人，结果被中央驻东北军的代表刘鼎扣留了。冯雪峰为此很生气，说"岂有此理"。鲁迅得知，说"再送一点"，又买了四只。有了这份史料，事实就很清楚了，这就叫多元化语境中史料作用的凸显。

史料的作用如此重要，那么研究鲁迅要依据那些史料呢？

史料有不同的分类标准。为了论述方便，我把史料分为三类：一类叫实物遗存，二类叫文字记载，三类叫口述回忆。

实物史料很重要。中国古人研究历史，主要靠典籍记载，但自从甲骨文发现，敦煌文物问世，竹简帛书出土，丰富和改写了历史。在这个基础上，王国维才在1925年提出了"二重证据法"，即用出土文物跟文字记载相互印证。

实物史料如何进入鲁迅研究？比如到北京阜成门鲁迅故居去参观，你首先会发现鲁迅的生活是很平民化的。阜成门是运煤车进城的城门，这里居住的大部分是车夫、木匠一类平民，这跟史家胡同、南半截胡同有很大不同。进了这个四合院，你会发现北房那三间房，中间一间是过道兼餐厅，左边住的是鲁迅的原配夫人朱安，右边住的是鲁迅的母亲。这就证明鲁迅跟原配夫人长期处于分居状态。母亲床边有一张藤椅，鲁迅下班就躺在这里跟母亲聊天。这证明这位新文化运动的旗手仍然恪守着传统的伦理道德。他自己的卧室、工作室是中间延伸出的那个长条小房间，总共才8.4平方米。北京的泥瓦匠把这种房形象地称为"老虎尾巴"。他办公桌的右墙上悬挂着藤野先生的照片，说明鲁迅经常怀念他青年时代留学日本的岁月和关爱他的日本老师。细心的观众还会发现藤野的一只耳朵像个英文大写的B字，中间凹进去一块，这是练习柔道时摔成这样。鲁迅留学日本时也练过柔道，现在还保留着一份练柔道的证书。书桌上原有一张俄国作家安特列夫的照片,现在没有摆。可能是故居刚开放时觉得安特列夫有些虚无颓废,就撤掉了。这样就破坏了原有的历史氛围。书桌上还有一盏煤油灯,鲁迅在散文诗《秋夜》中对它进行过生动的描绘。鲁迅故居里最让我感动的是那张窄条木板床,以及床底下那个避难时随时携带的竹网篮。"生于忧患,死于安逸",这就是鲁迅给我的人生启迪。床上的枕套绣着"安睡"和"卧游"四个字,这是鲁迅和许广平的定情物。这些实物是无声的,但都进行着无言的诉说。

作为实物研究的成果,我可以推荐两本书:一本是叶淑穗、杨燕丽合写的《从鲁迅遗物认识鲁迅》,中国人民大学出版社1999年出版。作者是鲁迅博物馆资料部的负责人,提供了很多可靠的第一手资料。另一本是《走读鲁迅》,中国文史出版社2011年出版,作者陈光中是一位在铁道部工作的业余鲁迅研究者。他花了十几年时间,读了上千万字的鲁迅研究著作,自费考察了鲁迅在国内生活和学习过的七座城市,以及短期讲学的西安。他通过实地考察,指出了八道湾原址跟现在陈列的模型的区别,指出了许广平绘制广州白云楼平面图标出的方向有误(将"北"误为"南"),真的是让我佩服。我为他写了一篇书评,题目叫作《成果在圈外》,说明不一定专业人士才会出成果。

下面谈文字史料。文字史料又可以细分为作家文本,相关书刊和文书档案几种。其中最关键的是作家文本。我认为,文本是作家的思想和艺术通过文字定型化的产物,它的意义虽然在传播过程中具有一定的生发性,即我们常说的作品的客观思想大于作家的主观思想,但对于阐释而言,文本又具有其规范性。比如《红楼梦》,虽然道学家看到淫,经学家看到《易》,才子看到缠绵,革命家看到排满,流言家看见宫闱秘事……但这些都是对《红楼梦》主题的曲解,而不是正解。评价鲁迅思想艺术的依据也只能是文本。比如有些学者可能是出于维护鲁迅的好意,说鲁迅晚年已经对共产主义产生了幻灭感,对斯大林搞的肃反扩大化保持了警觉,所以他拒绝了苏联方面的邀请,怕到了苏联会受到迫害。有一位画家还画了一幅油画,叫"这样搞下去,行吗?"画面上是鲁迅跟冯雪峰对谈,对苏联肃反扩大化的做法表示忧虑。然而去年《冯雪峰全集》出版了，收录了冯雪峰的全部作品，现存的日记、书信，甚至包括"文化大革命"期间的外调材料，其中都没有找到这种说法。所以要了解鲁迅晚年的苏联观，我建议还是去读他的相关杂文，比如《林克多〈苏联闻见录〉序》《我们不再受骗了》，直至临终前写的《记苏联版画展览会》《答徐懋庸并关于抗日统一战线问题》《答托洛斯基派的信》《〈苏联版画集〉序》。这些才是评价鲁迅苏俄观的深刻性和局限性的可靠依据。

令人遗憾的是，当前通行的《鲁迅全集》，虽然收罗比较齐备，注释比较详尽，校勘比较精确，但文体仍然需要进一步完善。试以2005年版的《鲁迅全集》和该文初次发表的报刊文字相对照，就能发现现行文本的有些文字反不如初刊本。

2005年版《鲁迅全集》与最初发表报刊文字校勘举隅（上句为2005年版，下句为初发报刊）。

《野草·死后》：
"您好，您死了么？"是一个颇为耳熟的声音。
"您好，您死了么？"是一个颇熟的声音。

"那不碍事，那不要紧。"他说，一面打开暗蓝色布的包裹来。"这是明版《公羊传》，嘉靖黑口本，给您送来了。您留下他罢。这是……"
"那不碍事，不要紧。"他说，一面打开深蓝色布的包裹来。"这是明版《公羊传》，嘉靖黑口本，给您送来了。您留下罢。这是……"

《野草·求乞者》：
我顺着剥落的高墙走路，踏着松的灰土。
我沿着剥落的高墙走路，踏着松的灰土。

我烦厌他这追着哀呼。

我烦腻他这追着哀呼。

一个孩子向我求乞,也穿着夹衣,也不见得悲戚,但是哑的,摊开手,装着手势。

一个孩子向我求乞,也穿着夹衣,也不见得悲戚,但是哑子,摊开手,装着手势。

《野草·复仇(其二)》:
"以罗伊,以罗伊,拉马撒巴各大尼?!"(翻出来,就是:我的上帝,你为甚么离弃我?!)

"以罗伊,以罗伊,拉马撒巴各大尼?!"(翻出来,就是:我的上帝,为甚么离弃我?!)他大声喊叫,气就断了。

《彷徨·祝福》:
她当时并不回答什么话,但大约非常苦闷了,第二天早上起来的时候,两眼上便都围着大黑圈。

她当时并不回答什么话,但大约非常苦闷了,第二天早上起来时,两眼上便都围着大黑圈。

《彷徨·肥皂》:
"胡说!胡闹!"四铭忽而怒得可观。"我是'女人'么!?"
"胡说!胡闹!"四铭忽而大怒起来。"我是'女人'么!?"

《孔乙己》:
倘肯多花一文,那就能买一样荤菜,或者茴香豆,做下酒物了……
倘肯多花一文,那就能买一样荤菜,或茴香豆,做下酒物了……

掌柜是一副凶脸孔,主顾也没有好声气,教人活泼不得;

掌柜是一副凶面孔,主顾也没有好声气,教人活泼不得;

《呐喊·风波》:

七斤既然犯了皇法,想起他往常对人谈论城中的新闻的时候,就不该含着长烟管显出那般骄傲模样……

七斤既然犯了王法,想起他往常对人谈论城中的新闻的时候,就不该含着长烟管显出那般骄傲模样……

《呐喊·故乡》:

这正是一个廿年前的闰土,只是黄瘦些,颈子上没有银圈罢了。

这正是一个二十年前的闰土,只是黄瘦些,颈子上没有银圈罢了。

《呐喊·阿Q正传》:

说是"陇西天水人也",但可惜这姓是不甚可靠的,因此籍贯也就有些决不定。

说是"陇西天水人也",但可惜这姓是不甚可靠的,因此籍贯也就有些定不下。

打完之后,便心平气和起来,似乎打的是自己,被打的是别一个自己,不久也就仿佛是自己打了别个一般……

打完之后,便心平气和起来,似乎打人的是自己,被打的是别一个自己,不久也就仿佛是自己打了别人一般……

《呐喊·端午节》:

"这种东西似乎连人要吃饭,饭要米做,米要钱买这一点粗浅事情都不知道……

"对啦。没有钱怎么买米,没有米怎么煮……"

这种东西似乎连人要吃饭,饭要米做,米要钱买这一类粗浅事情都不知道……"

"对啦。没有钱怎么买米,没有米怎么煮饭……"

《朝花夕拾》后记:

现在知道是错了,"胡"应作"祐",是叔谋之名,见唐人李济翁做的《资霞集》卷下,题云《非麻胡》。

现在知道是错了,"胡"应作"祐",是叔谋之名,见唐人李济翁作的《资霞集》卷下,题云《非麻胡》。

吴友如画的一本,也合两事为一,也忘了斑斓之衣,只是老莱子比较的胖一些,且绾着双丫髻,——不过还是无趣味。

吴友如画的一本,也合两事为一,也忘了"斑斓之衣",只是老莱子比较的胖一些,且绾着双丫髻,——不过还是无趣味。

你看这样一位七十岁的老太爷整年假惺惺地玩着一个"摇咕咚"。

你看这样一位七十多岁的老太爷整年假惺惺地玩着一个"摇咕咚"。

通过以上对照,证明目前《鲁迅全集》的文字,有些反不如初刊本精确、简练、口语化。今后恐怕需要校勘出一个更为完善的鲁迅著作文本。

文字资料中的相关书刊,主要指鲁迅生活年代的书刊,鲁迅发表作品的报刊,特别是鲁迅本人的藏书。鲁迅博物馆鲁迅研究室出版过一本四卷本的《鲁迅年谱》,我主要参与鲁迅北京时期(1912年至1926年)的编写和定稿。为了写好谱文,我把这十四年来北京出版的《晨报》《京报》《大自由报》……几乎从头翻到尾,一张张都翻阅了一遍。为什么光看鲁迅作品不行,还要看发表这些作品的报刊?唐弢先生跟我说,他花了不少钱买期刊,并不是因为缺心眼，而是只有阅读期刊，才能直接感受鲁迅创作时的时代氛围，也就是感染当年的文坛气息。

鲁迅藏书更是一座开掘不尽的矿藏。鲁迅再聪明，再伟大，他的作品也不是无源之水，无本之木。他的很多观点和征引的材料并不都是他原创的。日本关西大学北冈正子教授一生的主要贡献，就是写出了一部《〈摩罗诗力说〉材源考》。我觉得仅凭这一部书，她在鲁迅研究史上的地位就无法动摇。人民文学出版社曾委托我编一本《鲁迅的科学论著》，并为此书写了一篇前言。后来有一位学者查阅鲁迅藏书，才知道鲁迅的生理学讲义其实是编译的，基本上没有什么原创性。现存鲁迅藏书有四千余种，一万四千余册，涉及多个语种，有继续开掘的必要和潜力。

档案资料也很重要。鲁迅在北洋政府教育部工作了十四年，要研究他的这一段公务员生涯就离不开民国档案。我研究鲁迅的教学生活，依据就是相关学校给鲁迅颁发的聘书，上面有聘任时间、职务，最具权威性。

征引文字史料有一大忌讳，就是引用作家文本不要断章取义，引用相关史料不要随意取舍。比如1924年鲁迅一行应陕西教育厅之邀到西安讲学，鲁迅讲的是《中国小说的历史的变迁》。当年西安《新秦日报》做了跟踪报道。鲁迅的讲稿是第二年才整理发表的，当然是一篇经典之作。但就这一次教学活动的整体而言，却不能说是成功。因为当年学员主要是陕西边远地区的小学教师，而讲师除开有口音、无讲义之外，讲课内容大多跟小学教学需求无关，所以原来报名的七百名学员中十分之九的人跷了课，坚持听课的只有几十个人。1924年7月30日《新秦时报》对这种状况做了客观报道。但新中国成立后出版的《鲁迅讲学在西安》一书，这篇报道却被抽下来了，原因是担心有损鲁迅形象。其实，造成这种局面的并不是鲁迅，而是活动组织者。当年把这种报道作为"负面新闻"屏蔽，这显然不是一种客观的科学态度。

接着我要谈的是非常有意思的口述史和回忆录。有人曾经质问我：你是否反对别人写回忆录，读回忆录？我回答：怎么会？口述史古已有之，但现代口述史的概念是二十世纪三十年代美国人内文斯教授提出来的。到了二十世纪八十年代,已经成了一个专门的史学分支。我这个人特别爱看回忆录,因为它生动具体,提供了不少历史细节,能补充文献记载的空白和缺失。我自己也写过一本回忆录《沙滩上的足迹》,由上海东方出版社出版,今年又有两个出版社要再版。我写的这本《鲁迅传》就充分利用了回忆录中的资料,以增强其文学性。

在鲁迅回忆录中,我觉得写得最好的是萧红,写得最真的是许寿裳。许广平、周作人的回忆文字虽各有局限,但都是亲属提供的史料,独一无二,无可替代。我只是觉得回忆录不可全信,其中可能有误、伪、隐的情况,需要进一步考证鉴别。

"误"就是无意失真。朱正先生的成名之作就是《〈鲁迅回忆录〉正误》,专门挑许广平回忆鲁迅文字中的硬伤。其实这种情况在回忆录中比比皆是。有一个电视节目叫《最强大脑》,表明人的记忆力可以超常发挥,但即便如此,人脑毕竟也有遗忘功能,谁都不能保证自己的回忆毫厘不差。鲁迅本人肯定是"最强大脑",但他《一件小事》《明天》等作品的写作时期就都记忆错了。

"伪"就是有意作假。这种情况也是古已有之。中国历史上出现那么多伪书就是例子。在鲁迅研究史上,有两位靠做假出名的人,一位叫史济行,鲁迅在《且介亭杂文末编·续记》一文中就揭露过他。新中国成立后上海又出了一位沈鹏年,他临死前还写了两本谎话连篇的书《行云流水记往》。我跟他较了三十年劲。

"隐"就是"秘而不宣"。一种可能是因为有些事不愿意为别人所知晓,这很正常。巴金就主张注释从简,特别是不要注明对他人不利的隐私。另一种情况是迫于特定环境,有些真情不敢公开披露。比如冯雪峰二十世纪五十年代出过一本《回忆鲁迅》,谈到1936年4月他从陕西到上海执行特殊任务,初见鲁迅时,鲁迅说的是:"有些话以后慢慢说吧。""文化大革命"期间冯雪峰才承认,鲁迅当时讲的是:"这些年被周扬他们摆布得可以。"二十世纪五十年代,周扬是文艺界的当权派,握有生杀大权,冯雪峰长期挨整,不敢如实写出。这就是迫于形势的"隐"。因为存在"误""伪""隐"的情况,所以回忆录、口述史都需要考证鉴别。

鉴别史料真伪的方法很多,如"事证",即用事实证明虚妄;"物证",即用实物证明虚妄;"理证",即用道理,用推论证明虚妄;"人证",即用当事人出面作证,证明虚妄。不过单用一种方法证伪可能说服力不够,很多的时候是综合运用"事证""物证""理证""人证"等多种方法。

"事证",比如鲁迅1929年5月25日致许广平,说冰心乘海轮旅行结婚,在船上拿出一大捆高长虹写给她的情书,给丈夫吴文藻看。一边看一边撕,扔到海里,扔了几天才扔完。其实这是鲁迅从韦丛芜那里听来的一则八卦。事实是:冰心结婚的时间是当年的6月15日,即鲁迅写这封信的二十天之后,婚后也没有乘海轮出国,只是回了一趟老家。

"物证",比如1957年8月,周扬控制的中国作协批斗冯雪峰,把他定为"右派",然后,强迫冯雪峰在《答徐懋庸并关于抗日统一战线问题》这篇文章之后加一个注释,把这篇对周扬等人不利的文章完全说成是冯雪峰宗派主义的产物,是冯雪峰在蒙蔽病中鲁迅的情况下代写的。要辩驳这种指控最有力的物证就是这篇文章的原稿。原稿充分证明,有关"四条汉子"的那段文字,一字一句都是鲁迅的亲笔,完全不存在别人"代笔"的情况。

"理证"就是据理推断。鲁迅之子周海婴在《鲁迅与我七十年》一书中引用了沈醉的回忆,说他曾组建了一个监视小组潜伏在鲁迅寓所对面,发现鲁迅除了伏案写作之外并没有其他特别举动,于是就主动撤退了。这种说法完全有悖于常理,因为如果国民党当局要暗杀鲁迅,完全是因为他伏案写出的那些文章,并不是写作之外的特别举动。特务们难道真要等到鲁迅在房间里高唱《国际歌》,高呼中国共产党万岁的口号才会开枪吗?

"人证"就是当事人出面作证。比如1956年有记者采访陈赓大将,说1932年陈赓在上海养伤期间曾秘密拜访过鲁迅,陪同者有冯雪峰和朱镜我。但1978年5月楼适夷先生又发表了《鲁迅二次见陈赓》一文,说他也陪陈赓见过一次鲁迅,这次会见时并没有冯雪峰和朱镜我。鉴于楼适夷是当事人,而且

1936年10月23日（鲁迅逝世四天后）他就在一篇悼念文章《深渊下的哭声》中就谈到过这件事，因此可以认定鲁迅跟陈赓的会见绝不止一次。

当然，在大多数情况下，考证回忆录的真伪一般都会综合运用"事证""物证""理证""人证"等方法，以增强其说服力。

史料研究是理论研究的基础。考证史料的工作难度并不低于理论探讨，所不同的是理论被人公认为是学问，而史料研究却往往被人视为雕虫小技，得不了学位，评不了职称。我举两个例子，说明搞史料研究的不易。

研究鲁迅小说创作的人都知道，他创作白话短篇小说"所仰仗的全在先前看过的百来篇外国作品和一点医学上的知识"。但鲁迅究竟读过哪些外国文学作品呢？他并没有开列一个书目。有幸的是，鲁迅留学日本时期自己装订了两册剪报：一册是十篇小说，另一册是六十篇诗文，不知为什么都存放在钱玄同家里。万幸的是"文化大革命"红卫兵抄家之前被鲁迅博物馆的工作人员抢救了出来。这就是鲁迅早期阅读外国作品的一部分物证。然而这十篇外国小说都是日本翻译家从俄文原著当中转译的。按说，粗通日文，把这十篇日文篇名翻译成中文不应该是一件特困难的事情。比如，日本《趣味》杂志译载的果戈理的《狂人日记》，篇名的四个字就跟汉字完全相同，然而其他一些篇目就相当麻烦。比如鲁迅从日本的《新小说》杂志剪下了一篇《妖妇传》，是屠格涅夫的一篇小说。但屠格涅夫的代表作几乎都译成中文了，其中并没有什么《妖妇传》。要解决这个问题，需要先读懂日文译文，然后再对照俄文原著。这一点绝不是一般人能够做到的，因为既需要有语言能力，同时还需要有相应的资料条件。经过东北师大孟庆枢教授的帮助，前后十多年才搞清楚所谓《妖妇传》其实是屠格涅夫的小说《叶尔古诺夫中尉的故事》。明治时期日本的翻译家翻译的态度很不严谨，不仅随意拟定了一个篇名，而且把主人公的名字译成了六山加太郎这个日本名字。所谓"妖妇"，其实只是这篇小说中的一个次要人物。此外，当时日本的这种豪杰翻译家把莱蒙托夫的小说《歌手阿希克·凯里布》译成了《东方物语》，把屠格涅夫的《波列西耶之行》译成了《森林》，也给我们带来了极大的困扰。总之，为了搞清鲁迅剪下的这十篇小说的原名,中国、日本的学者共同努力,花费了十多年时间,这种艰巨性,局外人是很难想象的。

注释高长虹的卒年比这更加艰苦,前后竟花费了二十五年。大家知道,仅在《鲁迅日记》当中,就有八十五处提到高长虹;鲁迅杂文中,也有三十多条涉及高长虹。在鲁迅书信(特别是《两地书》中)提到高长虹的地方也不少。这就是说,要研究鲁迅,高长虹是一个绕不开的人物。我参与编注《鲁迅全集》的时候,对人物注释有一个基本要求,就是对已故人物,生年卒年都必须注全。然而高长虹跟鲁迅发生冲突之后,1929年就去了日本,此后情况不明。1980年初,我查阅1931年出版的《文艺新闻》,才看到高长虹出国的消息。同年,我走访了狂飙社最年轻的一个成员郑效洵,他是高长虹的同乡,当时在北京图书馆任职。郑老告诉我,高长虹后来又从日本去了欧洲,在法国参加了共产党,1937年抗日战争爆发之后经潘汉年介绍回国。我又走访了人民文学出版社的编审林辰。他说高长虹回国后到了重庆,还在重庆《国民公报》发表了回忆鲁迅的长篇文章。林老把他珍藏的剪报送给了我,我请人誊抄后在《鲁迅研究月刊》上发表了。1981年,我到山西太原参加学术研讨,采访了老作家姚青苗,才知道高长虹又离开重庆奔赴了延安。高长虹这种性格怪异的人到了延安会有什么表现呢?我外祖父有一位学生,是东北作家群当中的舒群,在延安时跟高长虹是邻居。他告诉我,1946年初,高长虹离开延安奔赴东北解放区。关于高长虹是死是活当时又有几种不同的说法,直到2006年,高长虹的孙女高淑萍自费到沈阳调查,找到了当年高长虹居住的东北旅社的三位工作人员,经共同回忆,才确认高长虹病逝于1954年。这样,我从关注这个问题到解决这个问题,前后总共花了二十六年。

现在各行各业都在讲德才兼备,德艺双馨。搞史料研究除开需要锲而不舍的精神,还要讲史德。史德的体现就是存真求实,秉笔直书;也就敢讲真话。文天祥《正气歌》中有两句:"在齐太史简,在晋董狐笔",就是歌颂两位据实笔录不惜以身殉职的史官。公元前99年,历史学家司马迁为李陵辩解,触怒了汉武帝,结果自己遭了宫刑。他就是在这种屈辱的处境中完成了

《史记》的写作。

过去我只听说搞理论有风险,经过几十年的实践,才知道搞史料也有风险。因为搞史料的目的是要呈现真相,而真相有时会让人扫兴,让人难堪,甚至让人恐惧。鲁迅有一篇散文《立论》,写一位阔人为儿子庆生,凡客人说这小孩将会做官发财的一律奉若上宾,而说这孩子将来肯定会死的就被暴打一顿,赶出门去。这就是讲真话的结果。

这些事例说明,从事史料研究,不是单靠坐冷板凳就能做到的,还应该有史识和史德。为了存真求实,不能计较个人利害。每当我因澄清史料遭到误解和打击的时候,我都会想起屠格涅夫的散文诗《门槛》。作品中那位俄罗斯姑娘,站在高高的门槛前,她明知跨过这道门槛,迎接她的将是寒冷、饥饿、憎恨、嘲笑、轻蔑、监牢、疾病、隔绝、孤独,乃至死亡;不仅来自敌人,而且来自亲人和朋友,但她仍然义无反顾地跨过这道门槛,她既不是傻瓜也不是圣人,而只不过是一个有信念的普通人。她就是我心中的榜样。

谢谢大家!

校勘·鲁迅校勘·校勘鲁迅
——鲁迅文献学研究之一

正确评价一位作家,当然要"知人论世",了解其生活的时代,其人际关系网络,以及其创作历程和心灵历程,但最根本的依据还是其留存的文本。准确的文本,是阅读、研究和译介的依据和基础。经典作家的文本即经典,经典之作的标点、校勘、注释、疏证、辑佚等项工作尤为重要。特别是进行校勘时,无论是技术性的失误,抑或知识性的失误,都会影响对文本的理解,甚至产生误读。

校勘旧称校雠。一人校勘为"校";一人持本,另一人诵读,如同怨家相对,故称"校雠"。校雠的宗旨是恢复文本的历史原貌,其任务包括厘清次第篇数,恢复篇名原貌,订正错讹脱衍,调整窜乱章节,鉴别残佚真伪。

在校勘的诸项任务中,首要任务是校正文字。前人有云:训诂学重在解释字句,校勘学重在订正字句。校勘的方法有多种:有同书多版的对校法,有据同一版本前后互证的本校法,有用他书的引文校正本书的他校法,有用学理判断校改文字的理校法,用多本对勘的汇校法,等等。通行的方法主要是对校和汇校。

校勘书籍当然要广征异本,但关键是要得到一个善本。善本就是兼具古、全、精三要素的版本。"古"指最为接近历史原貌,"全"指内容完整无缺,"精"是指文字减少讹误。收藏家重视古本,但不能单纯以出版时间先后确定善本。

校勘学在中国具有悠久的传统。相传孔子删"诗""书",订"礼""乐",就都跟校勘相关。汉武帝时,刘向校订经传、诸子、诗赋,取得了丰硕的学术成果。到了清代,包含辨伪、辑佚、校勘在内的"朴学"成了一门显学。五四新文化运动之后,中国出现了一门"新朴学",其代表人物是历史学家陈垣。1930年夏,陈垣从故宫发现了元刻本《元典章》,校正了沈刻《元典章》的一万二千多条讹误衍脱,完成了《元典章校补释例》一书。不仅为研究元代政治、教育、风俗、文化提供了珍贵典籍,而且为中国现代校勘学提供了重要的方法论。

作为中国新文化运动的主将,鲁迅既是旧伦理、旧道德的反叛者,也是中国传统文化精华的传承者。从青少年时代起,鲁迅即养成了治学谨严的学风,他在《〈古小说钩沉〉序》中写道:"余少喜披览古说。或见诋舛,则取证类书,偶会逸文,辄亦写出。"对于搜集故乡绍兴的乡邦文献,研究中国小说史、文学史、字体变迁史,鲁迅尤其投入了巨大的精力。在整理古籍过程中,鲁迅对校勘这个环节格外重视。

比如,一部清代汪辉祖辑本《谢承后汉书》,鲁迅就先后校勘了十次:"元年十二月十一日,以胡克家本《文选》校一过。十二日,以《开元占经》及《六帖》校一过。十三日,以明刻小字本《艺文类聚》校一过。十四日,以《初学记》校一过。十五日,以《御览》校一过。十六至十九日,以《范晔书》校一过。二十至二十三日,以《三国志》校一过。二十四日至二十七日,以《北堂书钞》校一过。二十八至三十一日,以孙校本校一过。元年(按:应为元二年)一月四日至七日,以《事类赋》注校一过。"(《汪辑本〈谢承后汉书〉校记》)又如,唐代刘恂著《岭表录异》,原本久佚,后从《永乐大典》中辑出。鲁迅据《太平广记》《太平御览》《说郛》《寰宇记》等典籍进行校勘,撰写了长篇校勘记,使之成为该书的唯一善本。宋人笔记《云谷杂记》,仅四十九条,鲁迅辑校时就补校了百余字,并增补了原刊本缺失的七条,使一部"讹本甚多"的书"始可诵读"。

鲁迅辑校《唐宋传奇集》,从1912年起始,至1927年编定,耗时十五年,不仅校订了字句,而且订正了前人"妄制篇目,改题撰人"的谬误。卷末《稗边小缀》,详细记录了鲁迅校勘的艰辛。辑录《小说旧闻钞》时,蒋瑞藻著《小说考证》已经出版,但鲁迅仍校以原本,斟酌字句异同,"未尝转贩"(《〈小说旧闻钞〉序言》)。

最难能可贵的是，鲁迅不仅本人辑校古籍时认真严谨，友人辑录古籍，他也无私伸出援手。比如，章廷谦辑录唐人小说《游仙窟》，鲁迅就热情予以指导，亲自撰写序言，而且还代为校正文字。1925年3月6日鲁迅致章廷谦信中就有他乐意代校的表态。

鲁迅辑校古籍的方式，有时采用两本对校。如校勘僧伽斯那撰《百喻经》，就用金陵刻经处刻本跟日本翻刻的高丽藏本进行对校，发现高丽本多有谬误，便将异文一一批在刻本书眉上，使这部仅有两万一千字的佛教寓言的文字精审可信。但更多的时候，鲁迅是广收异本，进行汇校。1910年下季至1911年上季，鲁迅抄录《小说备校》，就从《北堂书钞》《初学记》及《酉阳杂俎》这三本书中采录异文。1912年鲁迅辑录三国谢承《后汉书》，以清代姚之骃辑本为底本，又与孙志祖、汪文台订补本一一校正，成为最为完善的新辑本。

鲁迅校勘工作的典范之作是《嵇康集》。三国魏末，嵇康的文集在流布过程中，卷数出现了十卷、十三卷、十五卷这三种说法，篇目不同，文字多有违异。鲁迅采用了汇校的办法，即：以明代吴宽《丛书堂钞本》为底本，又以黄省曾、汪士贤、程荣、张溥、张燮五家刻本进行比勘。"复取《三国志》注，《晋书》《〈世说新语〉注》《野客丛书》，胡克家翻宋尤袤本《文选·李善注》，及所著《考异》，宋本《文选·六臣注》，相传唐钞《文选集注》（残本），《乐府诗集》《古诗纪》，及陈禹谟刻本《北堂书钞》，胡缵宋本《艺文类聚》，锡山安国刻本《初学记》，鲍崇城刻本《太平御览》等所引，著其异同。"（鲁迅《嵇康集序》）这项工作，从1913年9月开始着手，1924年6月基本完成。但1931年11月，鲁迅还在以涵芬楼影印本《六臣注〈文选〉》进行补校，历时十余年。在人民文学出版社出版的《鲁迅辑录古籍丛编》第四卷中，《嵇康集》占一百五十三页，约七万字。校勘用力之勤令人惊叹。

鲁迅重视校勘古籍，然而鲁迅本人的著作也需要校勘。

鲁迅一生留下了多少文化遗产，尚缺乏一个绝对精确的统计数字。据我所知，1981年人民文学出版社印行十六卷本《鲁迅全集》之后，鲁迅博物馆曾通过电脑检索，统计这套书使用的汉字总量，约三百万字。2005年人民文学出版社出版的《鲁迅全集》共十八卷,末卷为索引、年表,全书版面字数为七百五十万字。2008年福建教育出版社出版的《鲁迅译文全集》,版面字数为三百六十五万六千字。人民文学出版社出版的《鲁迅辑录古籍丛编》(二十种),版面字数为一百四十六万二千字。人民文学出版社出版的《鲁迅科学论著集》版面字数为十六万七千字。那么鲁迅著译辑校作品的版面字数,总共达一千二百七十六万五千字左右。

鲁迅著作为什么需要校勘呢?首先,任何作家写作时都难免出现笔误。当下多数作家"换笔"改用电脑写作,但录入时也会出现错误。

鲁迅投寄报刊的文稿多为誊清稿,故差错率相对低。但书信、日记是私人交流性质,或个人生活记录,写作时并没有公开发表的动机,率性随意,因而笔误或衍字、脱字的情况较多。一旦进入公共领域,供读者阅读和学者研究,严格校勘就成了一个必不可少的环节。比如,鲁迅在1913年2月9日日记中,将"火神庙"误为"花神庙"。同年5月11日日记,将牙医徐景文误为"徐景明"。鲁迅书信中的笔误比日记更多,除文字错讹脱衍之外,还有落款日期的错误,乃至写错受信人的人名。如,1921年9月3日致周作人信,落款误为"8月3日"。1934年11月24日致金性尧信,抬头将"性尧"写成了"惟尧"。

鲁迅著作需要校勘,还因为鲁迅著作作为纸质读物出版时,又会出现手民之误。比如,鲁迅作品中,以小说集《呐喊》发行量最大;1949年10月之前至少重印了三十八次,仅北新书局就印行了二十二次。1930年1月,北新书局出版《呐喊》第十三版,应视为《呐喊》的定本。但"定本"并非"善本",此版印行之后,鲁迅曾手写《〈呐喊〉正误》两页,共改正误植四十五处。但据《鲁迅著作编年全集》的编者王世家说,此后北新书局出版的《呐喊》并未订正;而第十三版的《呐喊》并非只有四十五处错误,而是多达七十余处。

除了文字的错讹,鲁迅作品中还有一些脱文(即漏排的文字)和衍文(即多出来的文字)。比如《热风·随感录二十五》首句:"我一直从前曾见严又陵在一本书上发过议论。""一直从前"四字即是衍文。脱文则出现得更多。如

1921年6月30日致周作人信,"夏目物语"脱一"语"字。1921年7月29日致宫竹心信,"现检出寄上"一句,脱一"检"字。1922年1月4日致宫竹心信,"丸善的详细地址"一句,脱一"详"字。以上列举的脱字一目了然,读者极易判断。但有些脱字,如果不增补,显然会影响文意。比如《南腔北调集》所收的《〈自选集〉自序》一文,跟原书对校,可发现"不过我所遵奉的,是那时革命的前驱者的命令"这句重要的话,脱漏了"在压迫之下"这五个字,应为"是那时在压迫之下的革命的前驱者的命令"。"这些战士,我想,虽在寂寞中,想头是不错的"这一句,脱漏了"和艰难"三个字,应为"虽在寂寞和艰难中"。通过校勘增补脱文的意义,由此可见一斑。

在鲁迅著作的诸多版本中,人民文学出版社出版的《鲁迅全集》是以"校勘比较准确"著称的,特别是全集中的日记部分,除1922年日记之外,其余均有现存手稿作为依据,但在排印的过程中,仍有手民之误。比如,1925年4月27日日记,"静农"就误排为"静衣"。1933年5月20日日记,《晴霁逝世歌》应为《晴雯逝世歌》。同年9月24日日记,"复章雪村信",应为"得章雪村信"。也有日记手稿中的笔误并未校出之处。如1931年4月20日日记中的"阳春馆"应为"春阳馆"。1932年5月6日日记中购书款"七元四角",据同年书账,应为"六元四角"。

《鲁迅全集》中出现的文字错讹,有的无关宏旨,有的则会引起误读。比如散文诗集《野草》中有一篇《颓败线的颤动》,写一位老妇人卖身抚养后代,反受到后代的羞辱损害,而后仰天倾诉,口唇间发出一种"神与兽"的非人间所有的语言。但长期以来,《野草》的版本都排印为"人与兽"。这就与后文语意矛盾。如果是"人"的语言,那怎能"非人间所有"。后来龚明德教授经过校勘,才指出这一长期误排的文字。

2005年版《鲁迅全集》的书信卷还有排版错位的情况。如,1936年5月4日致曹白信,鲁迅谈到他的《写于深夜里》一文是为英文半月刊《中国呼声》而作。在《中国呼声》的英文刊名之后,鲁迅附加一句:"你能看英文吗,便中通知我。"但这句话错排到了下一行。1936年5月25日致时玳信,有一句是

"曹先生(按:指曹白)到我写信的这时候为止,好好的活着"。但由于排版错位,变成了"活着,您放心罢。"1929年6月19日致李霁野信,提醒未名社留心狂飙社的暗算。信末附加了一句:"大约目下还不至于"。这一句却误排到了"希留心他们的暗算"之前。

进一步校勘鲁迅作品,会遇到什么问题呢?

首先是确定校勘底本问题。鲁迅著作的版本中有些能确定为善本,可以作为校勘依据。比如《中国矿产志》,鲁迅生前曾出四版,1906年上海文明书局、上海普及书局、上海有正书局的增订再版本应为善本。《中国小说史略》原为讲义,名叫《小说大略》,1923年12月和1924年6月,由新潮社分上、下册出版,至1936年10月鲁迅逝世,曾出版十一次,其间多次增补修订,1935年6月上海北新书局出版的第十版为作者的最终修订本。所以校勘此书应以该书的第十版为依据。《坟》,鲁迅生前曾出五版。1929年3月再版时,鲁迅曾作校订,应可作底本。然而相当多的鲁迅作品却很难确定校勘底本。

能否一律以手稿作为校勘依据?

有些鲁迅著作的校勘的确必须依靠手稿。比如《汉文学史纲》,原是鲁迅在厦门大学讲授文学史时的讲义,鲁迅生前未曾出版,仅存油印讲义本,手稿同时也保存完好。因油印本有漏刻误刻处,所以校勘时要依据手稿。但鲁迅手稿大多在作者生前已被毁弃或佚失,这一损失难以挽回。还有一个特殊情况,即鲁迅同一著作有多种手稿,这就决定了鲁迅著作的校勘工作不可能以单一的手稿为底本。比如《两地书》,现存三种手稿:一为鲁迅与许广平原信,二为1933年4月青光书局公开出版时的修改本,三是鲁迅的手抄纪念本。这三种手稿各有差异。特别是初版时对原信改动甚多。

校勘鲁迅作品,能否一律以最初在报刊上发表的文本——即初刊本为依据?

这也不行。因为作品结集时作者往往对初刊文字进行了增删修改。比如《故事新编》中的《补天》,初刊时题为《不周山》;《铸剑》,初刊时题为《眉间尺》。校勘者理当尊重作者的修改。再恢复初刊时的原貌,那就是一种退步。《热风》1925年初版,再版本至第十版并无出版的准确日期。鲁迅结集时对初刊本的文字进行了增删。《南腔北调集》所收文章结集时,有些篇从标题到内容都与初刊时的文字有出入。《准风月谈》所收文章,有些在《申报·自由谈》发表时曾被国民党当局的检查官删削,结集出版时,鲁迅逐一进行增补,并在被删文字旁加上黑点,以提醒读者。《且介亭杂文二集》亦如此。所收杂文四十八篇,初刊时不少篇被删削,也是作者在结集时逐一增补,加上黑点为记,恢复原貌后,于1937年7月由上海三闲书屋初版发行。此外,鲁迅不少文章结集前未曾发表。如《伪自由书》所收诸篇中,《前记》《后记》以及《保留》《再谈保留》《"有名无实"的反驳》《不求甚解》等都未曾在报刊发表。著名小说《伤逝》《孤独者》结集前也未曾发表。这就更谈不上用初刊本对校。

校勘鲁迅著作,能否都以初版本为依据呢?同样不行。

这样讲,并非否定初版本在校勘中的作用。一般说来,初版本最能显示作家作品的原始面貌。鲁迅在报刊上发表的文章,结集出版前,经常进行增补修订。比如《花边文学》,1936年6月由上海联华书局初版。所收《论秦理斋夫人事》初刊时曾被申报馆的总编删削,《过年》《迎人和咬人》两文又被检查官删削。初版时才由作者恢复了原貌。《且介亭杂文》,1937年7月由上海三闲书屋初版,其中有六篇被检查官砍削或查禁,如《病后杂谈》原文五段,即被删去了后四段,仅存第一段。《病后杂谈之余》题目被改为《病后余谈》,被改动四十九字,删去198字。《不知肉味和不知水味》刊出时,后半篇都不见了。1935年3月,作者自编本书,进行了校对增补,于同年12月30日编就。所以校勘《花边文学》《且介亭杂文》,都应重视其初版本。

但是鲁迅著作的初版本有的并非定本,亦非善本。前文曾经提及,鲁迅小说集《呐喊》,抽掉《不周山》的第十三版才是定本。科学论著《中国矿产志》,增补了十八省矿产资源情况的增订再版本才是定本。学术论著《中国小说史略》,鲁迅不断精益求精,1935年6月上海北新书局出版的第十版才是最后修订本。杨霁云先生编选的《集外集》内容前后也有变化。该书1935年5月由上海群众图书公司初版,内收鲁迅1903年至1933年间的杂文二十六篇,新诗六首,旧体诗十三题十四首。但新中国成立之后,人民文学出版社出版《鲁迅全集》注释本时,又对所收文章进行调整,面貌跟《集外集》初版本已有不同。

这样说来,能否反其道而行之,一律都以后出的再版本作为依据呢?

同样也行不通。原因之一,是鲁迅作品集有的版次错乱。如《而已集》,第三版有两种,第五版也有两种。有的未标明出版日期,如《三闲集》《伪自由书》,初版均未标明日期。《二心集》四版后即被查禁,后改为《拾零集》出版,被删去了序言和二十二篇正文,这就更不应该以《拾零集》为底本去前校正《二心集》。《野草》一书鲁迅生前曾出十版。1931年出至第七版时,检查机关删去了该书的《题辞》,所以决不能以该书第七版去校正前六版。有些作家有修改自己文字的习惯,其著作再版本往往优于初版本。但鲁迅著作的再版本未必都优于初版。鲁迅本人就说过,北新书局出版的《朝花夕拾》第三版,内容不变,跟初版比较起来,不过增加了几个错字而已。

既然校勘鲁迅著作不能单纯以手稿、初刊本、初版本、再版本为依据,那唯一的选择就只有"诸本汇校,择善而从"一法。2001年10月,我跟复旦大学章培桓教授同时应邀赴日本福冈,参加日本中国学会的年会。在跟日本汉学家藤井省三座谈时,我提出了这一想法。当时章培桓教授保持沉默,估计他对此说法有所保留。我懂得,"择善而从"的说法虽然无可厚非,但如何确定孰善孰非,则是一件见仁见智的事情。这也许属于前人所说的"活校",并非"死校"。章教授是古籍整理名家,他在这方面有丰富的经验。

其实,我所理解的"多本汇校",是指校勘鲁迅作品过程中,有现存手稿的可以以手稿为底本;能确定为善本的,以善本为底本。其余部分只能用初刊本、初版本和再版本互校。我所理解的所谓"择善而从",是指鲁迅著作的诸多版本中,有很多文字出入,我统称为"异文"。这些异文大多不会影响阅读,很难断定是非,基本上处于两可状况。比如《阿Q正传》中阿Q有一句名言:一个版本是"我欢喜谁就是谁",另一个版本则是"我喜欢谁就是谁"。"欢喜"与"喜欢"意思完全相同,只不过"喜欢"用法更为广泛,"欢喜"则带有南方语言特色。又如《祝福》中形容祥林嫂：一个版本是"单是老了些"，另一个版本是"只是老了些"。"单"与"只"同义，分不出优劣。《肥皂》中的人物何道统拜访四铭：一个版本说何道统以"高声有名"，另一个版本则说他以"大声有名"，也分不出高下。

只不过在我看来，异文中的文字有的也有优劣高下之分。比如《一件小事》中车夫对老妇人的称呼，一个版本是"你"，另一个版本是"您"。我认为"您"比"你"好，因为车夫是晚辈，又是北京人，用"您"更符合他的年龄特征和地域特征。《风波》中的七斤辛亥革命后剪了辫子，张勋复辟时又只好戴上。一个版本的文字是"七斤既然犯下了皇法"，另一个版本是"七斤既然犯了王法"。我以为"王法"比"皇法"使用时更加普及。《头发的故事》中的N先生"忽然现出笑容，伸手在自己头上一摸"，另一个版本作"伸手在自己头顶一摸"。我以为"头顶"比"头上"的部位更为准确。用鲁迅著作中的异文互校，以其中较妥帖的文字改正相对不妥帖的文字，就是"择善而从"，绝不是校勘者主观武断地修改原作者的文字。这是需要郑重说明的。

校勘鲁迅作品的另一个难点就是对文字的正误极易误判。鲁迅是章太炎先生弟子，精通小学，好用古字。比如1909年周氏兄弟的译作《域外小说集》，书名即题为《或外小说集》。1938年版《鲁迅全集》在本书《略例》之后附许广平的按语："那时先生正从章太炎先生受小学，多喜用古字……现在将这些古字以及似乎句子难懂的地方，都仍存其旧，盖亦保存一时好尚。"1918年正月四日日记："黄厶来属保，应考法官。""厶"即古"某"字。

鲁迅更喜用通假字，即用音同音近的字来代表本字。也喜用异体字，即跟规定正体字同音同义但写法不同的字。一般读者如不经意，就会误认为是错字。如鲁迅1925年4月14日在致许广平信中评论钱玄同的文章："即颇王羊，而少含蓄，使读者览之了然，无所疑惑，故于表白意见，反为相宜，效力亦复很大。"信中"王羊"，即"汪洋"之意，形容笔力遒劲恣肆。"王"古义可通"旺"，即旺盛；"羊"亦通"徉"，徜徉，意即自由自在。此外，鲁迅还经常把"钱"写成"泉"，把"修"写成"脩"，把"值"写成"直"，把"页"写成"叶"，把"预"

写成"豫",把"鲜"写成"鱻",把"核"写成"覈",把"腰"写成"要",把"帽"写成"冒",把"撮"写成"最",把"桌"写成"卓",把"誊"写成"腾",把"乌鸦"写成"乌雅",把"沉没"写成"沈没",把"老板"写成"老版",把"版本"写成"板本",把"计划"写成"计画",把"糊涂"写成"胡涂",把"痊愈"写成"全愈",把"风头"写成"锋头",把"狮子"写成"师子",把"飘渺"写成"漂渺",把"蚂蚁"写成"马蚁",把"那么"写成"那末"。如此等等,不一而足。

鲁迅留学日本七年,所以作品(特别是日记)中还经常夹杂日语词汇。如,将"联盟"写成"连盟",将"介绍"写成"绍介"。有些用字,字面跟汉语相同,但含义不同。如,"汽车",实指"火车";"自动车"实指"汽车"。鲁迅常将"纪念"写成"记念",也留下了日语影响的痕迹。当今对外国国名、地名、人名有规范用法,但鲁迅当年正值古代书面语言与现代书面语言的转型期,不可能受当今规范的约束。比如,莫斯科,鲁迅译为"墨斯科";列宁格勒,鲁迅译为"列宁格拉";易卜生,鲁迅译为"伊孛生";裴多菲,鲁迅译为"彼象飞";史沫特莱,鲁迅译为"史沫特列"。如不加注释,读者可能对不上号。

校勘标点也是校勘鲁迅著作时遇到的一个难题。标点符号是标明句读、语气以及词语性质作用的一种符号,成了书面语言的一个组成部分。因此,校勘鲁迅著作不能不顾及标点。但标点符号基本上是一种舶来品。现在《鲁迅全集》中所收鲁迅作品最早创作于二十世纪之初,当时中国的读书人只知道"句读",只会给文章加圈加点。直到1918年《新青年》出至第五卷才试用简单的标点。1920年,国语统一筹备会借鉴国外的标点符号,正式设计出十二种新式标点符号。中华人民共和国成立之后,又颁布了《标点符号用法》,不断对标点用法进行完善。《鲁迅全集》中的标点,有些是鲁迅当年添加的,也可能是后来编辑添加的,当然不会完全符合当今规范。比如,鲁迅《野草·希望》中提到匈牙利爱国诗人裴多菲的诗作《希望》,原用的是双引号,当然应该改为书名号。根据当今规范,省略号前后不应该出现其他标点符号,但现行鲁迅作品中有时省略号之前出现了逗号,省略号之后出现了句号。有时同一文章中标点符号的用法不一。比如,《且介亭杂文·买〈小学大全〉记》中,在七经、二十四史的书名上加的是双引号,而在通鉴二字加上的是书名号,也有断句欠妥的情况。这些也应该校正。

综上所述,可见当下通行的鲁迅作品的校勘质量仍有提升的空间。如进一步校勘,遇到的难点将会有很多。人民文学出版社出版的《鲁迅全集》是几代学人数十年集体编校的结晶,我也躬逢盛举。虽不敢居功,但失误之处也应承担理应承担的那一部分责任。作为中国现代的文学经典、思想经典、学术经典,对《鲁迅全集》的修订跟《汉语大词典》的修订一样,将"永远在路上"。这是重大的文化工程,也是国家文化软实力的象征之一。我们应该锲而不舍,群策群力,以鲁迅的校勘精神校勘好鲁迅著作。

文苑风流

鲁迅夫人许广平

——纪念她诞生一百二十周年,逝世五十周年

在一般人印象中,许广平是作为鲁迅夫人存在的。有人曾将许广平比喻为"月亮",但许广平这个"月亮"并不是完全依靠鲁迅这个"太阳"发光。她是一个独立的光源体。所以我在文章开头就要强调,许广平是一位独立的作家,社会活动家。

说许广平是一位独立的作家,有一部三卷本的《许广平文集》为证。这套书在二十年前由江苏文艺出版社出版,一共有三百八十万字,其中有诗歌、杂文、散文、论文、回忆录,共三百八十九篇,囊括了许广平从1917年至1966年近半个世纪的作品。她应该还有一部分日记,只见引用,未见出版。三百八十万字并不少。鲁迅的创作(不含译文、古籍整理)汉字用量也只有三百万字,所以说许广平是一位独立的作家并不是溢美之词。许广平回忆鲁迅的文字更是传世之作。只要鲁迅研究这门学科还存在,许广平的这些回忆录都是鲁迅研究的入门书。虽然不同人可以有不同评价,许广平回忆录本身也的确水平参差不齐,但她的鲁迅夫人身份,决定了她的回忆录无可替代。

许广平还是一位独立的社会活动家。学生时代她就是五四爱国运动的骨干。鲁迅跟她的感情也是在著名女师大风潮中建立的。1926年许广平到广东省第一女子师范担任训育主任之后,跟校内国民党右派势力进行了坚决斗争。抗日战争时期,许广平成了中国妇女抗敌后援会的领导成员。抗日战争胜利之后,许广平又积极投身于民主运动,成了民主促进会的元老。民主促进会是今天中国的民主党派之一,成立的宗旨就是"发扬民主精神,推进中国民主政治之实践"。与此同时,她还被推举为中国妇女联谊会上海

分会的负责人。也就是说,在解放战争时期,她既是民主运动的骨干,也是妇女运动的骨干。

新中国成立之后,许广平被任命为政务院副秘书长,还先后担任中华全国民主妇联副主席、全国人大常委会委员、全国政协常委、民进副主席、全国文联副主席。她担任这些职务,不能说跟鲁迅夫人的身份毫无关系,但同时也取决于她本人一生的斗争史。"斗争史"这三个字,取自许广平一篇回忆录的篇名:《我的斗争史》。这应该是毫无疑问的。

高门巨族的叛逆者

许广平,1898年2月12日(清光绪二十四年正月二十二日)出生。原名许崇嫦,在许家属"崇"字辈。许广平不乐意带"女"字旁的偏旁,父亲就给她改名叫"广平"。原因之一,是希望广东能够太平。因为鸦片战争之后,西方列强入侵,广东成了抗英斗争的前沿阵地。原因之二,是因为唐玄宗时有一个宰相叫宋广平,是历史名人,所以叫"广平"也很吉利。许广平自号"景宋"因为她母亲是一个澳门侨商的女儿,姓宋,所以许广平用这个号表达对母亲的景仰之情。

鲁迅评论女作家凌叔华的作品时,说她笔下的女性是"高门巨族的精魂"。我套用鲁迅这句话加以改写,称许广平为"高门巨族"的叛逆者。

为什么这样说呢?首先解释一下"高门巨族"。

许广平出生在广州高第街,这里有一座聚族而居的大院,里面居住的许姓亲属多达一二百人。许广平的远祖许拜庭是盐号学徒出身,后来发家成了广东四大盐商之一。曾祖父许祥光,在清道光二十九年(1849年)反抗英国军队进驻广州城,带头捐献了六万两白银购买武器粮饷,成了抗英爱国运动的领袖。祖父许应瑢曾任浙江补政使、浙江巡抚等要职。杭州岳坟附近有他题写的匾额。父亲徐炳樟,属庶出,体弱,不善经营,在大家庭中处于被歧视的地位,跟鲁迅的父亲有些相似。

在许广平的亲属中,鲁迅提到或接触过的有三位。第一位叫许应骙,许广平的叔祖,曾任闽浙总督,著名的反对维新变法的顽固分子。鲁迅在南京求学时,由于接触新思潮,他的叔祖父周椒生就强迫他抄写许应骙、参秦、康有为的奏折。鲁迅曾跟许广平开玩笑,说他"从小就吃过你们许家的亏"。第二位叫许崇智,许广平的堂兄,追随孙中山参加"二次革命",任福建讨袁军总司令。鲁迅跟许广平恋爱时,他担任过广东省政府主席。第三位叫许月平,许广平的妹妹,曾协助鲁迅在广州开设北新书屋。

说许广平是高门巨族的叛逆者,主要表现在三个方面:一是读书,二是放足,三是抗婚。

按广东旧俗,女子"无才便是德",女孩子学点刺绣,多少识几个字,能写封家书,就足够了。但许广平却跟家里的男孩子一起读书,不仅用广东话读,而且学习北方官话;不仅读《四书》《五经》,而且读课外书,甚至到图书馆读新书报。这在守旧的大家庭无疑是一种叛逆行为。

缠足是中国传统社会的一种陋习,反映出封建士大夫一种扭曲的性心理和审美观。缠足的起源有多种说法,一般认为源于宋朝。宋代词人辛弃疾在《菩萨蛮》词中就有这样的句子:"淡黄弓样鞋儿小,腰肢只怕风吹倒。"然而缠足毕竟是一种摧残少女正常发育的行为,试想,用一条八尺到一丈的大布条,把一个四五岁女孩的双脚狠狠缠住,两个月中逐渐让脚缩成三寸金莲,从此不能正常行走,这是一种何等残酷又何等愚昧的行为!

许广平有三个哥哥,两个姐姐,其中一位姐姐外号叫"玉观音",脚裹得很小,到书房读书全靠老妈子背着,结果九岁就夭折了。许广平八岁那年,妈妈先用几口针为她穿耳,接着就是缠足。许广平用大哭大闹的方式反抗。许广平的妈妈就是小脚,刚结婚时绣花鞋可以立在酱油碟子里。但是许广平诞生时,康有为、梁启超已经倡导维新变法,其中就包含了"戒缠足",而且出现了戒缠足会一类民间团体,许广平的父亲比较开明,支持许广平反抗缠足,对她妈妈说:"你是胖人小脚,走路要靠两个丫头搀扶,女儿将来若嫁了乡下人,缠了双足岂不受苦。"后来父亲把许广平抱到祖母那里,替她解开缠脚布,终于逃过了这一劫。

许广平的父亲在缠足问题上比较开明,但在儿女婚姻问题上仍恪守"父母之命,媒妁之言"的古训。最不应该的是,许广平刚出生三天,父亲喝醉了酒,竟在头脑发昏时把许广平许配给了一个劣绅的儿子马天星。那家人在乡间为非作歹,口碑极坏。许广平的父亲虽然内心反悔,但仍收下了马家的聘礼。许广平懂事之后,从家中一个老仆人口中得知此事,内心受到极大摧残,想拼死反抗。后来知道拼死不能解决问题,女性只有具备独立工作能力,人格才能随之独立。1917年,许广平父亲去世,许广平投靠在天津的姑妈,在天津直隶第一女子师范学校求学,第二年获得了公费。后来马家催婚,在二哥的帮助下,许广平于1921年彻底解除了婚姻。从上可知,许广平是一位叛逆的新女性。反抗旧礼教,反抗旧社会,这就是他跟鲁迅结合的思想基础。鲁迅为什么会跟原配夫人朱安分居,为什么会跟许广平同居?因为许广平属于新时代,朱安属于旧时代。

《两地书》,鲁迅、许广平爱情的见证

鲁迅、许广平的通信集《两地书》既是一部社会评论集,也是一部货真价实的情书。

人非草木,孰能无情?在人类的各种情感当中,爱情更是文学艺术的永恒主题;"纸上罗曼史"的情书是爱情的重要载体。在中国古代,情书别称"红笺"。宋代词人晏殊的《清平乐》中就有"红笺小字,说尽平生意"这样的句子。认真追溯起来,情书的历史应该跟文字的历史一样漫长,但是中国传统社会重子嗣而轻爱情,男女并不平权。由于封建伦理道德的禁锢,中国古典文学流传千古的情诗比较多,如李商隐的《无题》、陆游的《钗头凤》,而男女双方传情达意的情书却十分罕见。

在中国现代,随着五四新文化运动的曙光在东方地平线上显露,"人之子"终于觉醒,知道了人世间应有爱情,叫出了没有爱的悲哀和无所可爱的悲哀。一批现代情诗应运而生,如徐志摩的《偶然》、戴望舒的《雨巷》、卞之琳的《断章》,都是脍炙人口的佳作。除了情诗,沟通男女心灵的情书同时也

成了一种新的文学样式。当时第一批出版的情书集,有蒋光慈、宋若瑜的《纪念碑》,庐隐、李唯健的《云鸥情书集》,朱雯、罗洪的《恋人书简》,朱湘、刘霓君的《海外寄霓君》,徐志摩、陆小曼的《爱眉小札》,章衣萍的《情书一束》等,影响最大的无疑是鲁迅、景宋(许广平)的《两地书》。

《两地书》的出版,既有政治压迫、情感催化的因素,也有经济困窘的因素。鲁迅在《两地书》的"前言"中写得很清楚,1927年国民党清党的时候,常目睹因为抄出私人信件而株连他人的情况,即古代所谓"瓜蔓抄"。1930年,鲁迅又因列名于中国自由运动大同盟发起人,被国民党浙江省党部呈请中央作为"堕落之人"通缉,于是鲁迅将朋友给他的信全部焚毁。1931年1月,左联五烈士之一的柔石被秘密逮捕,从他身上又搜出了一份鲁迅的印书合同,官厅想从中找寻鲁迅的行踪,鲁迅只好又烧掉一批后来收到的信札,"挈妇将雏"避居黄陆路一家日本人开设的旅店。因为几经磨难,鲁迅愈益感到他跟许广平这批信札的珍贵。"纸墨寿于金石",将这批信札整理印行,就成了最佳的保存方式。

所谓"情感催化",跟1931年8月1日未名社作家韦素园的英年早逝有关。为出版韦素园的纪念集,友人搜集他的遗文佚简,但因为环境险恶,重病中的韦素园伏在枕上一字字写出来的信却被鲁迅毁掉了。信是情感的载体,鲁迅为此深感情感上的负疚,为了长远保存跟许广平的这批文情并茂的书信,鲁迅选择了出版《两地书》的方式。

毋庸讳言,鲁迅出版《两地书》也有其经济考虑。1932年8月17日,鲁迅致挚友许寿裳的信中写得清清楚楚:"上海近已稍凉,但弟仍一无所作,为唊饭计,拟整理弟与景宋通信,付书坊出版,以图版税……""为唊饭""图版税"这就是经济考虑。因为从1924年开始,稿费和版税成了鲁迅的主要收入。鲁迅到上海之后,成了专业作家,版税在他的经济生活中更居于举足轻重的地位。1932年"一·二八"事变之后,上海物价腾飞,鲁迅的大学院特邀撰述员的闲差又被国民党教育部裁撤,每月减少了三百元收入,加之孩子多病,负担亲族生活成了鲁迅生活中大苦,出版《两地书》于是就成了鲁迅当时选择的解困手段。《两地书》出版后竟然成了当时的畅销书,仅1933年就一版再版印刷九次,总印数为六千五百册,所获版税陆续达一千六百二十五元。1934年出第三版,1935年出第四版。这在当时的出版界实属罕见。鲁迅去世至新中国成立之前,《两地书》又先后八次由不同出版社重印出版。

《两地书》收录的是鲁迅与许广平1925年至1929年间的通信,共一百三十五封,其中鲁迅信六十七封半。第一集收1925年3月11日至7月30日的通信。当时许广平是位于北京西城石驸马大街国立北京女子师范大学国文系的学生,鲁迅是该校的教授,寓所在北京西城阜孔门宫门口西三条二十一号。第二集收1926年9月4日至1927年1月17日的通信。当时许广平在广州广东省立女子师范学校任教,鲁迅在厦门大学国文系任教。第三集收1929年5月14日至6月1日的通信。当时鲁迅从上海到北平探亲,身怀六甲的许广平留在上海——这是他们同居之后第一次离别。鲁迅还有七封致许广平信未收入《两地书》,写于1932年11月13日至同月25日,其时鲁迅第二次从上海到北京探亲,——这是他们同居后的第二次离别。这七封信未曾结集的原因,估计是当时《两地书》已经编就。

《两地书》有三种版本:

1.《两地书》通行本,上海青光书局1933年4月初版。青光书局是北新书局的另一名义,此书后收入《鲁迅全集》《鲁迅三十年集》。

2.《两地书》原稿,先后收入1984年湖南人民出版社出版的《鲁迅景宋通信集——〈两地书〉的原信》,1996年上海古籍出版社出版的《两地书真迹》,1998年浙江文艺出版社出版的《两地书全编》,2005年人民文学社又将原稿收入《鲁迅全集》的书信卷。

3.《两地书》誊抄本,为五十三岁的鲁迅用工笔楷书在宣纸上手书,作为留赠孩子的纪念,后收入《两地书真迹》。

这三种版本,通行本与誊抄本差别不大,但原信跟通行本有不少差异。主要是鲁迅编选《两地书》时对全部通信进行了一番加工整理,隐去了一些人物的真名(如将"顾颉刚"改为"朱山根","黄坚"改为"白果"),删去了一些广州时期派系斗争的内容,特别是对许广平信件中的文字进行了一番润饰,但基本内容和基本观点并无改变。

早有研究者指出,《两地书》不能仅仅当成情书来读,而应该视为一本严肃的社会评论集。这种意见无疑是正确的,该书写作的时间段虽然只有四年;即使加上鲁迅生前未曾结集的1932年通信,前后也不过七年。但在此期间,中国社会却经历了第一次国共合作、国共合作破裂、国民党政权建立、国内战争爆发等剧烈震荡。这些书信涉及了广泛的政治事件,如国际范围的第一次世界大战、十月革命;国内的辛亥革命、二月革命、北伐战争、五卅惨案,以及包括女师大风潮在内的一系列学生运动。对于政治问题、教育问题和文艺问题,作者都进行了精到的评论。比如,谈到教育问题时,鲁迅指出:"学校之不甚高明,其实由来已久,加以金钱的魔力,本是非常之大,而中国又是向来善于运用金钱诱惑法术的地方,于是自然就乱了这现象。"(1925年3月11日)又说:"现在的所谓教育,世界上无论那一国,其实都不过是制造许多适应环境的机器的方法罢了。要适如其分,发展各各的个性,这时候还未到来,也料不定将来可有这样的时候。"(1925年3月18日)这番议论,不仅是对当时教育状况的针砭,也是对教育商业化倾向的一种警戒。谈到辛亥革命的教训时,鲁迅说:"民元革命时,对于任何人都宽容(那时称为'文明'),但待到二次革命失败,许多旧党对于革命党却不'文明'了:杀。假使那时(元年)的新党不'文明',则许多东西是早已灭亡,那里会来发挥他们的老手段?"(1925年7月30日)鲁迅这种"即以其人之道,还治其人之身"的革命哲学,是用无数先烈鲜血和生命换取的宝贵教训,在任何时候都不能忘记,谈到当时北京和厦门的社会环境,鲁迅以"大沟"和"小沟"的关系进行比喻:"大沟不干净,小沟就干净么?"实可谓形象生动,一针见血。

作为学生和寻路者,许广平向鲁迅询问人生经验和写作经验,鲁迅的回答不仅对许广平有指导意义,而且对读者也有普遍的指导意义。鲁迅告诉许广平,跟旧社会战斗宜进行"堑壕战",而不应赤膊上阵,即使身处"黑暗与虚无"的境遇,也要进行绝望的抗争,"有不平而不悲观,常抗战而亦自卫"

（1925年3月18日信）。在谈到自己的处世原则时，鲁迅谈到自己奉行的是"损己利人"的人生哲学："我这几年来常想给别人出一点力，所以在北京时，拼命地做，忘记吃饭，减少睡眠，吃了药来编辑，校对，作文。"（1926年10月28日）这些话也应当成为当前道德建设的圭臬。研究鲁迅生平经历、思想发展，这些都是宝贵的第一手资料。

需要补充说明的是，认为《两地书》中有许多精当的社会评论，并不意味着鲁迅对一切人和事的批评都可以作为定论。事物总是处在不断发展的过程之中，许多本质和真像往往要经过时间的积淀才能显山露水，任何人最终都会有一个完整的人生旅程，在不同的人生阶段可能有一贯性，也有差异性。《两地书》写作之初并无公开发表的动机，是具有相当私密性的文本，其中对一些人物的褒贬是鲁迅个人对评议对象一时一地观察的印象，更不能视为对其人的盖棺定论。比如，鲁迅鄙薄的厦门大学校长林文庆、教授顾颉刚、教务长刘树杞等，他们各有其历史贡献，这是对这些人物进行独立研究之后才应该得出结论。

根据辞书，"情书"的基本释义是男女间谈情说爱的书信。《两地书》的确是名副其实的情书，绝不是单纯的政论时评或心灵鸡汤，只不过没有某些情书句句"哥哥妹妹""死去活来"那样肉麻罢了。鲁迅和许广平之间的情感有一个明晰的发展过程，因此《两地书》诸信表达的情感前后必然有所不同。1925年3月至7月的书信评议内容较多，相互称呼也比较正规。因为当时两人还是师生关系。1925年6月28日《两地书》所收鲁迅致许广平信只有半封，注明"前缺"，而同日许广平来信全缺，根据《两地书》原稿，鲁迅信中注明"前缺"的那半封即所谓"训词"，现已收入《鲁迅全集》书信卷，因内容纯属调侃，写的是端午节那天鲁迅酒醉跟许广平等"小姐们"打闹的情况，故公开发表时有意隐去。所谓此间"缺许广平二十八日信一封"，也不见得是真正佚失，很可能是涉及隐私，不予披露。1925年6月29日鲁迅致许广平信末注："其间当缺往来信札数封，不知确数"，应属同一情况。同年7月9日鲁迅致许广平信末又注："其间当缺往来信札约五六封"，现据手稿能查到的，只有7

月13日鲁迅致许广平信,附《京报》的剪报,题为"罗素的话",还有7月15日许广平致鲁迅信,7月16日鲁迅致许广平信,7月17日许广平致鲁迅信,这些信的内容表明,此时鲁迅跟许广平的关系已经跨越了师生的界限。1925年7月30日至1926年8月26日期间无信,估计原因是鲁迅跟许广平往来频繁,以直接接触取代了书信往来。1925年10月双方由师生成为恋人,直至鲁迅赴厦门大学任教期间,双方才恢复了鸿雁传情。

《两地书》第二集厦门广州之间的通信,是两个热恋情人的通信,不过感情仍然表达得含蓄委婉。比如,1926年9月30日鲁迅致许广平信写道:"听讲的学生倒多起来了,大概有许多别科的。女生共五人。我决定目不邪视,而且将来永远如此。"许广平10月14日晚复信说:"'邪视'有什么要紧,惯常倒不是'邪视',我想,许是冷不提防的一瞪罢!记得张竞生之流发过一套伟论,说是人都提高程度,则对于一切,皆如鲜花美画一般,欣赏之,愿显示于众,而自然私有之念,你何妨体验一下?"双方就是通过这种幽默的方式传情,表达对对方无限忠诚和无比信赖。

《两地书》第三集的通信是夫妻之间的通信。当时许广平已有孕在身,四个月之后他们的独子海婴即诞生。许广平体谅鲁迅旅途的辛苦,用她的"魄力"来抵抗分别期间的无尽思念;将自己的饮食起居一一叙述,务求其详,琐碎到剥瓜子、看小说、睡午觉、访邻居……对于寄信的情况许广平有一段极为生动的描写:"我寄你的信,总要送往邮局,不喜欢放在街边的绿色邮筒中,我总疑心那里会慢一点。然而也不喜欢托人带出去,我就将信藏在衣袋内,说是散步,慢慢地走出去,明知道这绝不是什么秘密事,但自然而然的好像觉得含有什么秘密性似的。待到走到邮局门口,又不愿投入挂在门外的方木箱,必定走进里面,放在柜台下面的信箱里才罢。那时心里又想:天天寄同一个名字的信,邮局的人会不会诧异?于是就用较生的别号,算是挽救之法了。这种古怪时思想,自己也觉得好笑,但也没有制服这个神经的神经,就让他胡思乱想罢。当走去送信的时候,我又记起了曾经有一个人,在夜里跑到楼下房外的信筒那里去,我相信天下痴呆盖无过于此君了……"

（1929年5月17日许广平致鲁迅）鲁迅给许广平写信则更加用心，不仅详细汇报自己的日常生活和社交活动，而且连信笺也精挑细选。比如，1929年5月13日鲁迅给许广平信的信笺上就印了三个通红的枇杷，并一首诗："无忧扇底坠金丸，一味琼瑶沁齿寒。黄珍似梅甜似橘，北人曾作荔枝看。"因为许广平腹内怀子，鲁迅故以含籽的枇杷为寓。另一七绝是："并头曾忆睡香波，老去同心住翠窠。甘苦个中侬自解，西湖风月味还多。"这同甘共苦的并蒂莲，正是鲁迅和许广平以沫相濡的象征。鲁迅1929年跟许广平通信时，他们已经相恋四年，同居两年，但仍保持了初恋时的激情，每次收到对方的信都有"喜出望外"之感。这并不是一般夫妇都能做到的。

"十年携手共艰危"

鲁迅曾赠送许广平一本画册《芥子园画谱三集》，并在扉页上题赠了一首七言绝句：

十年携手共艰危，以沫相濡究可哀。

聊借画图怡倦眼，此中甘苦两心知。

"芥子园"是清代文学家李渔在南京的一所别墅。《芥子园画谱》是一部讲中国画技法的图谱，其中第三集专讲如何画花草禽鸟。因为这部书是李渔的女婿请人在芥子园编绘的，故以此为书名。鲁迅喜好美术，提倡木刻，所以用这部上海有正书局的翻印本赠送妻子，希望这本书能让她赏心悦目，消除工作和生活的疲劳。这首诗写于1934年12月9日，其时他们相识相恋、相依为命将近十年。

早在《诗经》中，就有"携手同行"这个成语，多指男女双方共同面对艰难险阻。女师大学生运动期间许广平跟她的战友结成了一个叫"偕行社"的团体，取"修我甲兵，与子偕行"之意，表达的是一种战友情怀。这十年当中鲁迅跟许广平共过什么艰危呢？试举几个例子：

1925年8月,北洋军阀控制的教育部动用军警解散闹学潮的女子师范大学,把留校的学生强行拖出校外,并打算将许广平等六名学生领袖武装押送回原籍。在最紧急的几天,鲁迅掩护了许广平,让她躲在他阜成门故居的南屋里,跟作家许钦文的妹妹许羡苏住在一起。

1930年3月,鲁迅因参与发起中国自由运动大同盟,被国民党浙江省党部呈请南京政府作为"堕落文人"予以通缉。鲁迅于3月19日到内山书店避难,住了一个月。这是鲁迅在上海期间第一次避难。1931年1月中旬,柔石等左翼作家被捕,从柔石身上搜出鲁迅的出版合同,警方向柔石逼问鲁迅的住址。1月20日,鲁迅和许广平母子躲到黄陆路一家日本人开设的花园庄旅店避难。他们合住在旅店一间原来工友的宿舍,大床让给保姆和儿子睡,鲁迅与许广平挤在靠房门的小床上,直到2月28日才回家,在这里住了一个月零八天。

1932年1月28日,日本侵略者在上海发动了侵略战争。鲁迅住在四川北路底的北川公寓,书桌对面可望见日本海军陆战队的司令部。战争爆发时,屋里电灯全灭,战车在楼下穿梭,子弹在头顶掠过,其中一颗子弹洞穿进鲁迅的卧室兼工作室。鲁迅1932年2月22日给老友许寿裳的信中是这样描写的:"此次事变,殊出意料之外,以致突现火线中,血刃塞途,飞丸入室,真有命在旦夕之概。"1月29日终日在炮火声中度过。1月30日日军入室搜查,因为有人在楼内放冷枪。于是鲁迅一家和二弟周建人一家只好又到内山书店楼上避难,十人同住一室,用厚棉被挡住窗户,怕子弹飞进来,在黑屋里闷了整整一个星期。同年底,瞿秋白夫妇在鲁迅家避难一个月,都是由许广平负责接送。

"以沫相濡"的典故取自《庄子·大宗师》,说泉水干枯了,鱼待在陆地上,都快渴死了,只好彼此嘴对嘴吐气,使对方的嘴唇湿润一点。比喻在艰难处境中抱团取暖,相互救助。鲁迅与许广平共同生活的十年是"以沫相濡"的十年。许广平所做出的最大贡献就是牺牲自我,甘当无名英雄,无微不至地照顾好鲁迅的餐饮起居。鲁迅经常对朋友说:"现在换衣服也不晓得向什么地方拿了。"貌似抱怨,实为感激夸赞。此外,许广平还帮鲁迅誊抄稿件,校对文稿。鲁迅生平最后十年的创作数量超过了此前的二十年,显然离不开许广平这位幕后的无名英雄。鲁迅希望许广平"聊借画图怡倦眼",表明他了解许广平的辛劳。"怡"有赏心悦目、解除疲劳之意。"此中甘苦两心知",说明他跟许广平之间的心灵是相通的,都知道对方的酸甜苦辣。所以《题〈芥子园画谱三集〉赠许广平》,是鲁迅夫妇共同生活的艺术写照。鲁迅去世之后,除了培养独子海婴之外,照顾鲁迅母亲和原配朱安的职责也落到了许广平肩上。

1938年10月,许广平曾在《文艺》半月刊二卷二期发表《纪念还不是时候》一文,向九泉之下的鲁迅诉说自己的艰难处境:"你曾说过:'我有一个担挑,一边是老母,一边是稚子'。自你死后,不自量力然而也逼于无奈的我,硬担起来了。稚子在旁,体弱多病;提携抚育,废寝忘食。老母在平,年高体衰,生活之需,虽由我勉强筹措;然而亲友无多,相见且难,遑论照料。则其悲戚,谅不待言。所谓事姑育子,诚有未尽。倘精灵不泯,尚荷督我助我,先生先生,我向你伸手了!"

的确,在鲁迅去世之后,许广平抚孤成立非常不易。海婴自幼多病,动不动就咳嗽气喘,只能长期休学在家静养。在他身上,许广平倾注了全部母爱,耗费了大量心血:每天量体温,每周称体重,每月照X光。从1938年5月起,每周带他去医院注射三次。海婴因为身体孱弱,经常受到邻近一些顽童的欺侮。有一次,他的锁骨处竟被一个十四五岁的大孩子咬了一口,一圈血红的齿印一个多月都没消退。为了使海婴能够在一个气候适宜的环境中健康成长,一些友人敦劝许广平母子到福建去居住,许广平也一度产生过侨居海外的念头。

鲁迅去世之后,母亲精神上承受了一场惨重的打击。她虽然态度镇静,不怎么哭,然而却两腿发抖,艰于行止。在这种悲怆的心境中,母亲仍不忘抚慰远在上海的儿媳。她在给许广平的信中多次满怀感念之情地写道:"你因佩服豫才,从以终身。现在豫才盖棺论定,深得各国文人推崇,你能识英雄于草昧也不失为巾帼丈夫。已有一部分的人,很在赞扬你呢。""自从大先生过去后,一切事体赖你主持。家中老的老小的小,如无你这样一位能干而贤慧的人,我更要痛苦呢。""我并非同你客气,这真是我的福气。我家有你这位贤淑又能干的人,又这般能体贴我,我一直是将你看作自己的女儿一样。"1937年初,许广平曾想北上侍奉母亲,但母亲担心她受到周作人夫妇的欺侮,忍痛劝阻了。在致许广平信中,她百般体恤地写道:"昨日许先生(按:指许寿裳)和宋先生(按:指宋紫佩)来我这里,谈起你来平的事,大家都觉得有困难。他二位走后我静静一想,这事实在难。我虽然很想见你同海婴,但我真怕使你也受到贤媳(按:指朱氏)他们一样的委曲。大太太(按:仍指朱氏)当然是不成问题,不过八道湾(按:指周作人家)令我难预料。"

对于鲁迅原配夫人朱安的生活,许广平也竭力维持。她写信给朱安说:"你的生活为难,我们是知道的,而且只要筹得到,有方法汇寄,总想尽办法的,以前知道寄款不易,在胜利前先托人带上巨款,也是此意。……来信说不肯随便接受外界捐助。你能够如此顾全大局,'宁自苦,不愿苟取',深感钦佩。我这些年来一切生活不肯随便亦是如此。总之,你的生活我当尽力设法,望自坚定。社会要救助的人很多,我们不应叫人费心。至于报上说有人想捐一笔款,买下藏书,仿梁任公办法放图书馆内,我们不赞成的。如果有人说,谢绝好了。"对于许广平的长期资助,朱安曾多次表示感激。她临终前一周(1947年6月23日)致函许广平说:"我的病恐怕好是不容易的事……您对我的关照我终生难忘。您一个人要担负两方面的费用,又值现在生活高涨的时候,是很为难的。"临终前一天,她神智甚清,曾对来访的记者说:"周先生对我并不算坏,彼此间并没有争吵,各有各的人生……许先生待我极好。她懂我的想法。她肯维持我,不断寄钱来。物价飞涨,自然是不够的,我只有更苦一点自己。她的确是个好人……"6月29日,朱安病逝。逝世前,她将麻料里子一块、蓝绸裤料一块送给许广平以作纪念。

《遭难前后》：中华民族的女战士

　　1937年抗日战争全面爆发之后，上海的租界区沦为孤岛；因为日本军队不能进驻租界，这些地区好比是汪洋大海当中相对安全的岛屿。1941年12月7日日本偷袭珍珠港，对英、美不宣而战，日本军队迅速进驻了租界，上海全面沦陷。许广平是有名的抗日分子，写过宣传抗日的文章，参加了抗日团体，又是鲁迅夫人，所以预感到会有危险，便提前做了一些准备。比如焚毁了鲁迅去世之后的一些抗日书刊，以及可能招惹麻烦的"违禁品"。此外为儿子海婴准备好必备药物，安排好自己一旦遭遇不测时的转移处所。但许广平并没有料到迫害这么快就会降临。

　　1941年12月15日凌晨五时，即日军进驻上海租界一星期之后，十余名日本宪兵队的便衣和若干旧法租界巡捕房直辖人员，共二十三人，在一个叫佐佐木德正的戴眼镜的日本宪兵带领下，狼奔豕突，冲进了许广平霞飞路寓所。

　　"你姓什么？""眼镜"用中国话发问。

　　"姓许。"许广平沉静地回答。

　　"叫什么名字？"

　　"逸尘。"

　　"还有什么名字？"

　　"广平。"

　　"另外还有没有？"

　　"景宋。"

　　"还有没有？"

　　"没有了。"

　　其实，许广平还有其他一些写抗日文章时使用的化名。为了不给这些野兽增添材料，她第一次开始"撒谎"。"撒谎"，本来是为真诚淳厚的人们所不耻，但鲁迅说过："压迫者指为被压迫者的不德之一的这虚伪，对于同类，是恶,而对于压迫者,却是道德的。"许广平记住了这一至理名言。在被捕过程中"撒谎"就成了她迷惑敌人,保全同志的斗争武器。"眼镜"把许广平的"谎言"当成了真话,满足地说一声:"对了。"接着开始搜查。第一个搜查目标是那一米多高的书橱。这里放着许广平随手翻看的新书以及朋友们赠送的译著——上面有他们的亲笔签名。另有一部《鲁迅三十年集》和一包《鲁迅日记》(1912年至1936年)手稿。搜完书橱,敌人又逐一搜查了抽屉,,前后长达两小时之久。晨七时,敌人把许广平押上了一辆无篷的空货车,还抄走了两大包东西,里面除了《鲁迅日记》手稿,还有一部《鲁迅三十年集》,鲁迅、许广平和鲁迅先生纪念委员会的十余枚图章,以及《上海妇女》等书刊,就连海婴的一本简陋的集邮簿也成了侦察的资料——因为里面搜集了各国邮票(发还时有一些苏、英、法等国的稀有邮票被敌人撕了)

利用被捕前的间隙,许广平赶快拿出一瓶治气喘的药,走到尚未起床的海婴跟前,嘱咐他发病时及时服用;同时趁机暗示他,一旦出事,就按预先准备立即告诉王任叔(巴人)同志的爱人——她跟很多进步文化人熟识,可以通知大家迅速转移。后来王任叔的爱人用电话通知有关朋友时,被她的二房东听见。二房东怕牵连,逼她搬家,她只好带着两个孩子回乡下去了。

押解着"犯人"的空货车在金神父路的一所大宅前停下来,"犯人"们被驱遣到这里先进行一次登记。接着重新押上车,兜了好几个圈子,开到了阴森森的日本宪兵队总部。这是人间的地狱,是禁锢和死亡的世界;也是反抗者的栈房,冶炼钢铁意志的炉膛。

许广平先被押进一间普通亭子间大小的房间,重新填写了张表格,交出了手套、手表,随身带的一百多块钱,最后连裤带也给收缴了。办完这些手续,许广平作为"囚徒"被领到另一间办公室。大约上午九点钟,一个满脸横肉的叫奥谷的曹长开始对她进行审讯,照例先从姓名、籍贯、学历问起,一问一答,一答一写,一直持续到晚九时。"横肉"疲惫了,把许广平押出办公室,推进了后院朝北有两扇漆黑铁门的牢房。

关押许广平的是五号囚室。里面只有上海普通客堂间一般大,但关押着四十六七个囚徒,男女混杂,像沙丁鱼一样并排躺在地板也是铺板上。囚室北面是厕所,南面躺着一个遍体水肿、脓血直流的垂死犯人。许广平挤在西面四五个女囚徒之间,左面传来茅厕的臭味,右面传来脓血的臭味。闻着这种回想起来都叫人恶心的奇臭,本身就是一种难熬的苦刑。晚上人盖的是一层薄薄的破旧棉布毡。清晨四点起床后,犯人集体围着两个装酱油的旧木桶洗漱。吃饭用的是龌龊的筷子和脱了瓷的洋瓷碗,吃的是米麦混合物,冷冰冰的,每餐一小碗改善伙食的时候,偶尔也吃些鱼肉,不过鱼的肠肚都没有清除,放在饭上腥臭扑鼻;肉是死军马肉,黑而且硬,每人只能分到两小块。囚徒中也有破格受到优待的,大多是日、韩籍人。据老囚徒说,他们往往并不是因为犯法被关押,而是负有监视其他囚徒的秘密使命。在五号囚室,有一个二十多岁的中国士兵,因为暗杀日本宪兵而被捕,被打得晕死过去六次,但什么真情都没说。他向许广平介绍对付敌人的经验:"最要紧的是前后口供一致。实在应付不了的时候,就是哭哭啼啼或夸大些痛苦也不要紧,像你们女人最好应付。"这种从书本上学不到的东西,给许广平以极大的启发。

每天上午九时左右,是提审的时间。许广平被捕的头四天,敌人轮番施展了"欺、吓、哄、诱"种种手法,毫无效果。第五天,"横肉"开始动武了。他先用拳头猛击许广平的头部,接着用他那黄皮马靴狠踢过来。最后强迫许广平脱去外衣,只剩下小衫裤,用皮鞭狠命抽打。受刑之后,许广平两眼肿得像青紫色的核桃,被马靴踢过的大腿结成硬块淤血,身上留下了道道鞭痕。敌人疯狂跳跶,使许广平知道了她被捕的真实原因:原来是要通过她追查抗日知识分子和出版家的线索。许广平跟进步文化界的广泛联系和她不堪刑辱的体质,使敌人把她当成了理想的突破口(翻译偷偷对许广平说,只要她能提供上海进步文化人的情况,就可以被释放)。然而利令智昏的敌人错误地估计了对手。即使在受刑最苦的时候,许广平也始终恪守着"牺牲自己,保全别人,牺牲个人,保存团体"的信念。当"横肉"把三尺长的军刀架在她脖子上的时候,她心想:大不了一死!决不能出卖那些对祖国竭尽忠贞的义士。当敌人以"剥光衣服拉到南京路游街"相威胁的时候,她料定这不过是恐吓。她想:如果有血性的中国人看到自己的儿女、姊妹、被敌人凌辱到一丝不挂去示众,这将是暴露敌人、唤起民众的宣传资料。真有这种机会,她不怕!这样,敌人进行了一天刑讯,结果是一无所获。

  第八天的上午,许广平经受了一场更为严酷的考验,这就是受电刑。"横肉"在许广平的手脚上套上一双马蹄形的铁圈,连上两条电线,接在一个六寸高的黄木匣上,而后通电。电流带着滋滋声通过马蹄形的铁圈传遍了许广平的全身,她的每个细胞都遭到电的炙烧,每条神经都遭到电的刺激。每一阵通电她都感到一阵剧痛,一阵昏眩。电流在加强,许广平的怒火也在升腾。她下定决心:去罢,大不了一死,敌人别想从我这里得到一点情报!敌人施一次电刑,逼一次口供,前后共十几次,从上午九点一直审到下午,许广平没有牵连一个朋友,没有供出一个组织,没有说出一个刊物的内容和背景,充分表现了临危不惧、凛然不可侵犯的革命骨气。一个在旁观看的日本军曹恼羞成怒,把电流加到了最大。这时,许广平反而觉得平静下来,因为她已处于濒死状态。无计可施的敌人,只得恶狠狠地再把许广平拖回囚室。受过电刑之后,许广平总想呕吐,但又吐不出来;头痛欲裂,几乎抬不起来,全身骨节发酸,喉咙干痛,两个膝关节各留下了一块橄榄一样大小的焦痕。

  第十天的夜里,许广平被转押到一号囚室。这里只关了三十多个人,比五号囚室干净一些,也宽松一些。但敌人的审讯并没有放松。"横肉"问得越来越广泛,越来越仔细。凡是一本作者签名赠送的书,他一定要追问作者的情况,跟作者认识的过程,作者当时的住址,等等。如果一位作者赠送了两本书,他就要追问哪本书送在前,哪本书送在后。如果许广平的回答和书的出版年月不符,那就会成为莫大的把柄。这样,每问一本书就如同过一关,十本书就得过十关。对每本书都要预先编造一套应付之词,而且要经得起敌人反复盘问。不然,稍有漏洞,前面的口供就会被全盘推翻。为了有效地跟敌人斗智,许广平吸取了那位中国士兵的经验:"最要紧的是前后口供一致。"在受过电刑头昏脑胀的情况下,许广平每天晚上仍坚持将白天的口供重温一次,把它背得滚瓜烂熟,像私塾的生徒将书本倒背如流一样。即使敌人突然发问,她也能做到应付裕如,不露破绽。因为她的嘴就是战友的安全线。她要竭尽全力守住这条安全线!

从12月15日开始,到12月30日为止,审讯在翻来复去地进行了。最后,"横肉"拿出一张纸,一支笔,叫许广平写下被捕后的"感想"。写什么呢?悔过?绝对不!服辩?更不!许广平只在纸上写了这样的话:"我从来没有做坏事,只望快快恢复自由,使得我可以好好去照顾孩子。"敌人实在榨不出什么口供,只得将为期半月的审讯暂时告一段落。

12月底,许广平从一号囚室迁到了关押刑期较长的政治犯的新囚室。这里房间较小,关的人也较少。跟许广平同室的是十来个女犯,其中有一个英国人,一个美国人。1942年元旦,每个犯人喝了一碗红豆汤,十几个人分吃了两只橘子,算是度岁。喘息了两三天之后,许广平就被带去"参观"审讯其他犯人。这一阶段,敌人正在外面调查她的材料,核对她的口供。

1月下旬,许广平又迁到一间旧式楼房改建的囚室。女囚室只有八九个人。每天上下午,有两次到天井放风的时间。这时可以跑步,也可以做操。抓紧这一时机,许广平使劲活动她的肌肉和筋骨,就像笼里的鹰,为迎接飞翔的日子而梳理羽翼。她认为,没到非死不可的时候,就应该排除万难活下去,争取最后胜利的前途,争取亲眼看到敌人的末日。这跟在敌人严刑逼供时持"大不了一死"的态度是完全一致的。

春节到了。大年初一,一连三顿都是酸臭的剩饭,据说是为了让犯人在春节中能更好地反省。同室的犯人一个个被叫走了,后来只剩下了两三个人。终于有一天,即1942年2月27日,许广平被带出了囚室,发还了她带来的物品和抄走的两包东西,而后跟七个男难友一道被便衣宪兵押上了一辆货车。车子循着四川路朝南开,到了南京路转向西,驶到了极司菲尔路七十六号——一个叫"调查统计局驻沪办事处"的汉奸特务机构。日本宪兵把许广平移交给了一个穿黑长袍的小个子就走了。

下午,"小个子"——像是直接负责的人物——叫许广平十个手指都按上油墨,在一张表格纸上打上手印。然后拍照,拍完正面,又拍侧面。"小个子"问话了:"你有没有熟识的店铺可以作保?"许广平想,中国店铺不适宜给这种地方作保,于是说:"我在上海这些年,最熟的是内山完造先生,他作保可以吗?""小个子"说:"顶好不要东洋人作保,你再想想看。"这时,许广平虽然希望尽快获释,但为了不使同胞受到牵连,坚持说:"想好了,还是只有内山先生认得,因为我是一个女人,认不得许多商店。""小个子"没有法,只好允许许广平跟内山书店通了电话。当晚,"小个子"又把许广平带进一间房,里面有七八个人。他们叫许广平写下被捕经过。许广平想,如果敌人将她写的东西加以窜改,改成服罪自白之类的东西发表出来,那后果将不堪设想,因此她斩钉截铁地回答:"我什么东西也不想写。"

2月28日下午两三点钟,"小个子"又来提许广平,说是对保。这时,许广平看见了内山完造先生和内山书店的中国店员王宝良。她再也遏制不住自己的感情,泪水就像开了闸一样,涌出了眼眶。内山先生和王宝良也情不自禁,热泪夺眶而出。办完保释手续,又过了一天,在3月1日下午,被关押了七十六天的许广平终于恢复了自由。这一天,正巧是阴历元宵佳节。

回到家中,许广平先用热水洗净那长满虱子的头发,浑身感到轻松了许多。夜幕低垂,她偷偷来到周建人先生家,请建人先生通知一切朋友暂时不要来看她,她也暂时不到其他地方去,以免被暗中监视的敌人发现。在建人先生家里,许广平跟分别两个半月的爱子海婴团聚了。原来王任叔同志的爱人下乡后,海婴在党组织的安排下住到了建人先生家里,使用一个假名——周渊,入学读书了。母子重逢,悲喜交加。许广平接回海婴,就开始焚烧那些可能再招惹麻烦的书籍、照片和文稿。为了继续斗争,她还请来杨素兰医生治疗坐牢、受刑后的后遗症:心脏衰弱、血压高、精神兴奋、贫血……她要坚持治疗下去,使身体逐渐强壮起来,去承担她应该担负的工作。

四年后,许广平将她狱中的这段经历写成了《遭难前后》一书,连载于1946年的《民主》周刊。1947年,又由上海出版公司印成单行本。书中没有华丽的辞藻,没有夸张的情节,但通过朴素的语言和真实的叙述,却把许广平坚贞的政治节操、高度的自我牺牲精神以及坚定不移的革命信念栩栩如生地勾画出来。书中的一字一句,有如一个个高亢的音符,奏出了革命正气歌的壮美的旋律,谱成了大时代乐章中的一个动人音节。郑振铎在该书序言中对许广平的事迹给予了崇高评价:"她以超人的力量,伟大的牺牲精神,拼着一己的生命,来卫护着无数的朋友们的。这是一位先驱者的大无畏的表现!这是中华儿女们的最圣洁的精神的实型!她在抗战初期的时候,曾尽了说不尽的力量,加入了好些重要的团体,其中之一是复社,还有一个上海人民团体的联合的救亡组织。这组织的分子,人数很多,全靠了她的勇气和牺牲,得以保全着。"

"五一口号",奔向光明

1948年4月30日,中共中央发布"五一口号",共二十三条,其中第五条号召:"各民主党派、各人民团体、各社会贤达迅速召开政治协商会议,讨论并实现召集人民代表大会,成立民主联合政府!"这个口号成了建立新中国的宣言书、动员令,在我国统一战线史、民主党派发展史上,在多党合作发展史上,都具有重要意义。

从1948年9月至1949年9月,中共中央为执行毛泽东关于"军事南下,政治北上"的方针,曾秘密接送二十多批次,共三百五十位民主人士北上进入解放区,共商建国大计。这些民主人士当中就包括许广平。

1948年10月,许广平携独子海婴奔赴解放区,整个行程由中共在香港方面的负责人安排,民主促进会的吴企尧和他的大舅子,企业家周景胡护送。上海的家业就委托《鲁迅全集》出版社的职员照料。路线是:乘火车由上海出发,经南昌、长沙至广州,再买机票乘美国军用运输机飞九龙,转道澳门抵达香港。1948年11月23日夜,在香港乘一艘客货两运的千吨级小海轮(华中轮)到东北解放区。船头悬挂的是葡萄牙国旗。这是花巨资租来,作为掩护。船上有三十几位民主人士,包括冯玉祥将军的夫人李德全,大名鼎鼎的郭沫若,历史学家侯外庐、翦伯赞,法学家沙千里,民主促进会的元老马叙伦……一路上可说是有惊无险,但11月25日晚船行至台湾海峡时却遇到了十级台风,千吨海轮剧烈颠簸,如被迫到台湾海岛避难,那就无异于自投罗网。幸而次日凌晨天气转晴,一夜的风险才得以平息。1948年12月4日,许广平一行乘坐的这艘海轮抵达辽宁丹东(当时叫安东)大王家岛,12月6日乘火车抵达沈阳待命。在海轮上的这段时光,周海婴做的最有意义的一件事是用他在香港买的一架"禄莱"相机拍下了许多照片,这些照片在七十年后的今天已经成为珍贵的历史见证。另外值得一提的是,许广平在船上一直在为海婴织毛衣。这种母爱的自然流露感动了郭沫若。郭老在海婴的纪念册上题诗一首:

> 团团毛冷线,船头日夜编,
> 北行日以远,线编日以短。
> 化作身上衣,大雪失其寒,
> 乃知慈母心,胜彼春晖暖。

1949年1月,马叙伦、许广平联名致电周恩来,对中共表示敬意和谢意。2月14日,周恩来复信[①]:

> 彝老、景宋两先生:
> 得电逾月,尚未作复,不能以忙碌求恕,唯向往之心,则无时或已。兹乘林伯渠同志出关迎迓之便,特致歉忱,并祝康健。
> 周恩来
> 2月14日

[①]《人民日报》2018年5月12日。

在沈阳，许广平一行安排住进了俄式宾馆——铁路宾路，受到热情接待，每人每月还发零花钱，上街有警卫人员随行。许广平母子参观了由延安搬迁来的鲁迅文艺学院，捐赠了东北书店出版鲁迅著作的版税"共五根金条"（每条十两，当时一斤应为十六两）。除在宾馆讨论召开新政协的事宜之外，许广平等民主人士还到长春、抚顺、鞍山、哈尔滨进行参观考察。1949年2月25日，这批民主人士乘专列抵达北平，住进了北京饭店。3月14日，许广平等出席中共中央召开的座谈会，讨论新中国成立后大学的教育管理问题。3月24日，许广平参加了第一届全国妇联代表大会，担任国统区代表团团长。同年九月参加了政协会议，十月被任命为政治院副秘书长。

她活在鲁迅的事业中

毋庸置疑，鲁迅的事业是永垂不朽的。作为鲁迅的夫人，许广平也在鲁迅的事业中获得了永生。许广平说，对于鲁迅著作，她有许多异乎一般读者的感情。她跟鲁迅共同生活之后，鲁迅每一种译著的出版，往往是鲁迅跟她共同校对。她在校对上要多费些功夫，而鲁迅主要负责确定编排格式，选择字体，出一本书往往经过六七个校次。

在煌煌巨制《鲁迅全集》和《鲁迅译文集》当中，有些作品是鲁迅和许广平共同完成的，除开前文提及的《两地书》之外，还有译文《小彼得》。该书由德国女作家至尔·妙伦著，许广平译，鲁迅校改并作序。鲁迅跟瞿秋白合编的《萧伯纳在上海》，搜集资料和校对也主要靠许广平。

此外，鲁迅有些作品的单行本也是由许广平选编的。比如《夜记》，1937年4月上海文化生活出版社初版，收1934年至1936年鲁迅杂文十三篇。后来这本书所收诸篇分别编入了其他杂文集。《夜记》是鲁迅生前想编的一本杂文集，早已登过预告，许广平编选此书是为了完成鲁迅的遗愿。《且介亭杂文末编》，是鲁迅第十三本杂文集，内收鲁迅1936年创作的杂文三十五篇，即鲁迅生命最后一年的著作。鲁迅生前作了一些编集的准备，由许广平最终完成，于1937年7月以三闲书屋名义自费出版。

许广平参与编辑的鲁迅著作中,最重要无疑是1938年出版的《鲁迅全集》(二十卷本)。这部书六百余万字,囊括了鲁迅的著作和译文,是我国现代出版史上规模最大、装帧精美的"现代中国社会百科全书"。许广平有一篇长文,叫《〈鲁迅全集〉编校后记》,详细介绍了这部经典的诞生过程。这部书由中共上海地下党领导的复社主持出版,并代理发行。集稿、抄写、编辑、校对各项工作许广平都有不同程度的参与,特别是负责全书的二校(以手写本和初稿本为据),态度极为谨慎。《鲁迅全集》后来又出了若干版,如1958年版、1973年版、1981年版、2005年版,但都是以1938年版为基础。周海婴先生曾回忆了第一部《鲁迅全集》的诞生过程。他说,当时全集的编校工作在许广平霞飞坊六十四号(现为淮中路927弄)寓所的客堂和亭子间进行。协助编校的人很多,空间狭小,因此桌椅相接。如要出进,旁边的人需要起立挪位。中午吃的是包饭,甚至吃的路边摊。

由于1938年版《鲁迅全集》包含了鲁迅译文,规模大,成本高,售价因而不菲。但一般读者对鲁迅译文的需求相对要少。鲁迅临终前,曾有意编一本《三十年集》,收录他从1906年至1936年的著作,包括小说、散文诗、杂文以及研究、辑录、考证古籍的著作,共二十九种,三十册。于是,许广平又编校了这套《鲁迅三十年集》,于1941年10月出版,以纪念鲁迅逝世五周年。由于这套书是平装单行本,庄重大方,售价低于包含鲁迅译文的《鲁迅全集》,深受读者欢迎。

鲁迅著作中有一个特殊部分,就是书信。书信是鲁迅跟亲友之间直抒胸臆的文本,对于研究鲁迅生平创作具有特殊重要的意义。但鲁迅书信散存在受信人手中,由于各种原因,大部分未能妥存。因此,征集鲁迅书信,就成了保存鲁迅文化遗产的一个重要任务。鲁迅去世不久,许广平就登报征集鲁迅书信,先后惠寄的信有八百多封,计通信者七十余位。由于不少受信件希望许广平阅后能退还原件,而限于当时的条件又无法一一拍照或复印,许广平在杨霁云先生帮助下只好选择了复写抄存的办法,一次要力透五层纸,以至抄写者的右手中指很快就磨出了硬茧。1937年《鲁迅书简》出版,仅收六十九封鲁迅书信。1946年10月,许广平编辑的《鲁迅书简》出版,共收入鲁迅1923年至1936年致七十七位亲友的书信五十五余封,为今天《鲁迅全集·书信卷》奠定了坚实的基础。鲁迅一生致亲友的信估计有六千多封,但至今搜集出版的只有一千三百三十三封,许广平当年一人能征集到八百六十多封,后来捐赠鲁迅博物馆的竟至九百八十二封,可见是很不容易的。

鲁迅的文化遗产中还有一个重要部分,那就是日记。日记是鲁迅生活的忠实记录,撰写鲁迅传记、编写鲁迅年谱,考订鲁迅作品,研究鲁迅的社会交往和读书生活,等等,通通离不开《鲁迅日记》。鲁迅从小就有写日记的习惯,留学日本期间,也写过《扶桑日记》,但生前保留的仅有1912年至1936年的日记。鲁迅去世之后为妥善保存《鲁迅日记》,许广平先存在银行保险箱内,后想抄出一个副本保存,便临时取回家。不料日本宪兵队作为许广平的罪证带走,获释退还查搜之物,一清点,失去了其中1922年的日记。幸亏鲁迅友人许寿裳抄录了若干条,现在已附录在《鲁迅全集》中。

编撰《鲁迅年谱》,是许广平对鲁迅研究的另一贡献、年谱是一种工具书。鲁迅在《且介亭杂文·序言》中说:"分类有益于揣摩文章,编年有利于明白时势,倘要知人论世,是非看编年的文集不可的,现在新作的故人年谱的流行,即证明着已经有许多人省悟了此中的消息。"

鲁迅去世之后,海内外很多读者都想了解他的生平,但鲁迅的自传过于简略,而且都不完整。1937年10月出版《鲁迅先生纪念集》,需要收录一篇《鲁迅年谱》,由许寿裳、周作人、许广平共同完成。周作人撰写的是1912年以前的部分,北平、厦门、广州时期由许寿裳撰写,上海时期由许广平撰写。许寿裳总其成,其间鲁迅母亲也提供了他童年时期的一些史料。这部分年谱虽然简略,但材料准确、宝贵。许广平在编撰过程中表现了一种高度求实的精神。比如,许寿裳撰写的1927年10月条目,原文是"与番禺许广平女士以爱情相结合,成为伴侣",许广平改成了"与许广平同居"这六个简明的字。许广平感激许寿裳的好意,但她认为这些修饰语都是不必要的。她说:"关于我和鲁迅先生的关系,我们以为两性生活,是除了当事人之外,没有任何方面可以束缚,而彼此间在情投意合,以同志、一样对待,相亲相敬,互相信任,就不必有任何的俗套。我们不是一切的旧礼教都要打破吗?所以,假使彼此间某一方面不满意,绝不需要争吵,也用不着法律解决,我自己是准备着始终能自立谋生的,如果遇到没有同住在一起的必要,那么马上各走各的路……"(《〈鲁迅年谱〉的经过》)

结语

如何理解一个人生命的价值?人死去之后灵魂是否仍旧存在?对于这种终极性的问题,鲁迅生前就进行过思考。在《祝福》这篇著名的小说里,鲁迅借主人公祥林嫂发出了这样的疑问:"一个人死了之后,究竟有没有魂灵的?"根据我的理解,人的生命可以划分为肉体与精神这两个层面,任何人肉体的生命都有终结的一天,会迅速腐朽,化为尘埃。但人精神层面的生命却可以持久而永恒。鲁迅颂扬的那些从古以来埋头苦干的人,拼命硬干的人,为民请命的人,舍身求法的人,就都是精神不死的人。鲁迅的作品和精神都是不朽的,而许广平的生命已经跟鲁迅的生命溶合在一起,她的事业已经融合在鲁迅的事业当中,所以她成了一位二十世纪中国不朽的女性。

(本文为笔者2018年5月17日下午于上海鲁迅纪念馆树人堂的讲演,有删节。)

千古知音最难觅

——鲁迅与瞿秋白

1933年初的一天,鲁迅邀请退出政治漩涡中心的瞿秋白书题字,秋白便写了"人生得一知己足矣,斯世当以同怀视之"这十六个字。随后秋白也请鲁迅题字。鲁迅便照着这两句回赠秋白。上题"疑仌道兄属"。冰的古体字为"仌",是瞿秋白的笔名。落款为"洛文录何瓦琴句"。"洛文"是鲁迅的笔名。何瓦琴是清代浙江的一位著名学者,这两句话即取自他的自集禊贴联句。

文化战线上的瞿秋白

1931年2月至1934年1月11日,秋白在上海从事革命文化活动。这一工作是这位倍受打击、处于人生低谷的革命家凭借自己的特殊身份和特殊关系,独立、自觉、主动去做的。当然也跟冯雪峰和鲁迅对他的紧抓不放,争取他的支持指导密切相关。后来上海的中国共产党临时中央委员会人手短缺,也默许秋白关注上海一带的文化工作,不过对于他的排斥和打击从未中断——这种打击到1933年9月又达到了新的高峰,甚至被"左"倾分子诬为"阶级敌人在党内的应声虫"。打击秋白的人主要是当时上海中央分局的领导李竹声。李是莫斯科中山大学学生中那"28个半布尔什维克"之一,王明的同伙,1934年6月27日在上海公共租界被国民党逮捕,迅速叛变,成了中统的特务骨干。秋白在蒙冤受辱的情况下仍然从容淡定,即使在妻子面前也没有流露出消极埋怨情绪。

秋白对左翼文化运动的贡献首先表现在她个人的文艺创作。1931年9月至1932年3月,他写出了一组杂文,辑为《乱弹》一书。秋白牺牲后,友人谢澹如重新增补选编,于1938年5月以"霞社"的名义出版,书名改为《乱弹及其他》。"乱弹"是一个戏曲名词,秋白用来指草台班子在旷场上演出的"平民艺术",供那些"满腿牛屎满背汗的奴隶们"欣赏,与此对立的是供贵族阶层赏玩的"绅士艺术"。今天看来,秋白对"绅士艺术"(如昆曲)的批评不无偏颇之处,但其目的是想继"五四"文学革命之后,再进行一次"无产阶级领导之下的文艺复兴",其文化资源是现代中国活人的语言和借鉴说书、滩簧、小调等旧的文艺形式。

秋白当时撰写的诗文还有《骷髅杂记》等,1932年11月由作者辑集并作序,但生前未能发表出版。据冯雪峰回忆,鲁迅曾批评秋白的杂文"欠深刻,少含蓄"。后世一些贪图省事的评论家也常沿用这几个字来评价秋白的杂文。其实杂文的范畴十分广泛,评价的标准也不尽相同。所谓"欠深刻,少含蓄",那也只是跟鲁迅本人的杂文相比较而言,绝不是说秋白的杂文水准在其他杂文家之下。如果那样,鲁迅为什么还会愿意跟秋白合作并把秋白撰写的杂文收入自己的杂文集呢?在笔者看来,秋白的杂文比一般杂文思想深刻,视野开阔,语言犀利,问题是他把一些政治上的过激情绪带进文艺创作,在反对"非政治化"的过程中把"文艺家"跟"政治家"直接画上了等号,因而有意无意间把一些纷繁复杂的文艺问题简单化了。

在马克思主义文艺理论的传播方面,秋白在中国文化战线无疑位居首功。在鲁迅编印的《海上述林》上卷中,就收入了秋白翻译的马克思、恩格斯、列宁、普列汉诺夫、拉法格、高尔基等人的经典理论和苏联学者的研究论文。其中最为重要的有《马克思、恩格斯和文学上的现实主义》《恩格斯论巴尔扎克》《列宁论托尔斯泰》等。这些论文,大多是根据苏联"公谟学院"(初名社会主义社会科学院,后改名为苏联科学院)出版的《文学遗产》第一、二期提供的材料编译。秋白认为,这些理论不但能说明"文艺是什么",而且说明了"文艺应该怎么样",既能帮助读者解释和评估文艺现象,同时也指示了文艺运动和文艺斗争的方法。在有关论文中,还分析了普列汉诺夫和拉法格文论的优点和缺点。这些理论,是给当时中国文艺界"起义的奴隶"偷运的"军火",对具有中国特色的左翼文艺理论的形成产生了启蒙和催生的作用。与此同时,秋白还翻译了高尔基的小说、诗歌,卢那察尔斯基的剧本,绥拉菲摩维支和革拉特柯夫的小说,为中国左翼作家提供了可供创作借鉴的他山之石。秋白翻译的《解放了堂·吉诃德》,甚至影响了鲁迅的政治观点。这一点鲁迅在《〈解放了的堂·吉诃德〉后记》中表述得十分清楚。因为剧本中的堂·吉诃德,并不是十六世纪末西班牙那位骑一匹瘦马跟风车作战的武士,而是将许多非议十月革命的思想家、文学家的观点汇集到了这个人物身上。

茅盾在题赠出版家丁景唐的一首七律中写道:"左翼文台两领导,瞿霜鲁迅各千秋。""瞿霜"即秋白。中国左翼作家联盟是1930年3月2日在上海成立的一个革命文学团体,成立之初是以鲁迅和太阳社、后期创造社的作家为主体。秋白跟郭沫若、茅盾、郑振铎、丁玲、蒋光慈、冯雪峰、夏衍、曹靖华之间都有交往或友情,还曾参与过太阳社的改组,所以他在左联的影响力和号召力仅次于鲁迅,在党内的影响力自然超过鲁迅。

对于左翼作家的文学创作和政治上的进步,秋白一直投注了关切的目光。对于茅盾的长篇小说《路》秋白提供了具体的修改意见。这部原来描写中学生活的作品,后来改成了以大学生为主人公,又删去了一些恋爱的情节,于1932年6月初版。《子夜》是中国现代小说史上一部里程碑式的小说。作品以"子夜"为书名,象征着中国黎明前最黑暗的社会现实。秋白对这部作品发表了指导性的意见。茅盾原来的构思是让作品中的民族资本家吴荪甫与买办资本家赵伯韬最终握手言和,根据秋白的建议,改为了一胜一败,以强调在外来经济侵略面前,中国的民族资本是没有出路的。除开主题,秋白对作品中的细节也严格把关。《子夜》的原稿上吴荪甫乘坐的轿车是当时流行的福特牌,秋白认为以吴荪甫的经济实力,应该乘坐更加高级的雪铁龙才符合生活实际。茅盾从善如流,认真进行了修改,从而使作品的质量得到了提升。在《〈子夜〉和国货年》一文中,秋白指出:《子夜》"是中国第一部写实主义的成功的长篇小说"。1932年3月,丁玲在丈夫胡也频牺牲之后的严酷白色恐怖中入党,代表中央宣传部出席这一庄严入党仪式的就是秋白。《水》

是丁玲1931年秋发表的一部中篇小说,是丁玲创作历程中一次重要转向。秋白对此予以了鼓励,并在自己的杂文中援引了《水》中的文字。

秋白对左联的影响还表现在提倡文艺大众化,发起朗诵运动,争夺电影阵地诸方面。在反对文坛错误倾向的论争中,秋白参与批判了国民党政府提倡的民族主义文学,"第三种人""自由人"的文艺理论,以施蛰存为代表的复古主义,以及反对在文艺论争中进行"辱骂与恐吓"的不良之风。为此,瞿秋白撰写了《狗样的英雄》《"自由人"的文化运动——答复胡秋原和〈文化评论〉》等重要论文。他还创作了长篇说唱《东洋人出兵》、民谣说唱《十月革命歌》《苏维埃歌》《可恶的日本》《上海打仗景致》等一批通俗化的作品,为文艺大众化进行示范。

跟"自由人""第三种人"的论争,是左联时期一次影响广泛但情况十分复杂的论争。论争是由胡秋原的《阿狗文艺论——民族文艺理论之谬误》《勿侵略文艺》等文引发的。胡秋原当年二十二岁,刚从日本留学归国,在上海从事著译教学工作,并主编《文化评论》杂志。胡秋原接触过苏联和日本的新兴文艺理论,其文章的矛头原本是针对国民党当局提倡的"民族主义文学"主张,认为"民族文艺派的理论,是一种唯心论,一种最简单,最幼稚,最拙劣的唯心论",这种现象是"中国文艺界上一个最可耻的现象"。但文章中也有一些模糊的表述,如"在资产阶级颓废,阶级斗争尖锐的时代,激进的社会主义者与极端反动主义者都要求功利的艺术"。这样一来,就难免给读者一种左右开弓的印象。左翼文坛对胡秋原展开了批判。瞿秋白在《文艺的自由与文学家的不自由》一文中,运用列宁《党的组织和党的出版物》一文中观点,指出"胡秋原先生的艺术理论其实是变相的艺术至上论","是一种虚伪的客观主义","其实是反对阶级文学的理论",强调"当无产阶级公开的要求文艺的斗争工具的时候,谁要出来大叫'勿侵略文艺',谁就无意之中做了伪善的资产阶级的艺术至上派的'留声机'"(1932年10月《现代》第1卷第6期)。冯雪峰、周扬等人也参与了对胡秋原的批判。鲁迅对秋白的观点总体上是支持的,讽刺胡秋原是"在指挥刀的保护之下,挂着'左翼'的招牌,在马克思主义里发现了文艺自由论,列宁主义里找到了杀尽共匪说的论客"(《南腔北调集·论"第三种人"》)。

然而时任中共临时中央政治局委员、政治局常委、中宣部部长张闻天认为对胡秋原的批判有关门主义倾向。在《文艺战线上的关门主义》一文中,张闻天(化名哥特)突出批评了文艺批评领域策略上的宗派主义和理论上的机械论。张闻天指出,"第三种文学"是客观存在。在两个对立的阶级之间,也的确存在着中间力量。如果排斥这种文学,骂倒这些文学家,那就在实际上否定了文艺界的革命统一战线。秋白、雪峰虚心接受了张闻天的意见,派人跟胡秋原直接进行沟通,停止了这场论争。对于芸生(邱九如)辱骂胡秋原的长诗《汉奸的供状》,冯雪峰跟秋白交换了意见,请鲁迅出面写出了著名的《辱骂和恐吓决不是战斗》一文,公开批评了《文学月报》刊登这种诗歌的错误。

当时跟自称"第三种人"的杜衡之间的论争与此相关。杜衡姓戴,大革命时期参加过共青团,1930年应冯雪峰邀参加左联。他认为左联一方的观点是"目前主义的功利主义",胡秋原的观点是"自由主义的非功利的创作理论"。这两种观点的对立,让那些"死抓住文学不肯放手"的作家无所适从。

秋白在批判胡秋原的同名文章中也同时批判了杜衡。秋白指出:"新兴阶级要革命——同时要就要用文艺来帮助革命。"而杜衡认为左翼文学不再是文学,变成了连环图画之类;左翼作家也不再是作家,变成了煽动家之类,这其实是在宣传"革命与文学不能并存论"。只不过杜衡的表述更加拐弯抹角而已。秋白认为,文艺只是煽动之中的一种,而并不是一切煽动都是文艺。其实每一个阶级都在利用文艺做宣传,不过有些阶级不敢公开承认,而新兴阶级用不着这些假面具。

鲁迅跟秋白的基本观点趋于一致,不过鲁迅没有写过批评胡秋原的专文,而写出了批评杜衡的《论"第三种人"》,与此相关的还有《又论"第三种人"》《连环图画琐谈》等相关文章。这场辩论虽然未能持久,但确是一场"并非浪费的论争"。首先,论争提高了左联理论家对建立文艺界统一战线的认识。在"两个口号"论争中,鲁迅反对以"国防文学"作品作为加入统一战线的入门券,认为"文艺家在抗日问题上的联合是无条件的,只要他不是汉奸,愿意或赞成抗日,则不论叫哥哥妹妹,之乎者也,或鸳鸯蝴蝶都无妨"。这就是当年肃清关门主义的政治成果。无论是鲁迅还是秋白,都在论争中发表了不少带真理性的意见。比如鲁迅认为做"第三种人"是一个"心造的幻影,在现实世界上是没有的。要做这样的人,恰如用自己的手拔着头发,要离开地球一样,他离不开,焦躁着,然而并非因为有人摇了摇头,使他不敢拔了的缘故"。抗日战争时期,杜衡出任了国民党中央机关报《中央日报》的编辑主任,由自称超党派成了党派性鲜明的文人,这就是他用自己的言行证实了鲁迅的论断的正确。

汉字拉丁化,这是秋白在文化战线上所作的一次未能到达预期目的的尝试。他为此付出了极大的精力,并在苏联出版了《中国拉丁化的字母》这部专著,并留下了《新中国文草案》遗稿两份(一份初稿,另一份为订正稿)。前书出版于1929年,后文完成于1932年末。

汉字拉丁化的问题最早是1867年英国驻清王朝使馆的中文秘书威妥玛提出来的,目的是为了有利于中西方的文化交流。辛亥革命之后,北洋政府教育部公布了注音字母方案,在五四新文化运动中钱玄同更提出了废灭汉语和汉字的激进主张,主张改用"万国新语"。其原因是因为汉字繁难,聪明人都至少要下十年八年死工夫才能掌握,成了教育普及的障碍。

秋白对于汉字拉丁化的设想,得到了苏联汉学家郭质生的支持,以及彭玲的协助。郭质生是一位苏联汉学家,出生于新疆,曾在苏联外交人民委员会任职,编著了《俄汉辞典》,并将《红楼梦》译为俄文。彭玲1928年跟其姐彭慧在莫斯科中山大学学习,与赴苏的中共代表团团长瞿秋白结识。秋白让中共江苏省委宣传部长应修人通知彭玲,让她来协助秋白搞拉丁化新文学的工作。秋白告诉彭玲,1921年他到达苏联之后,看到苏维埃组成扫盲协会,为原没有文字的少数民族创制以拉丁文拼写的文字,取得了相当成果。1929年,苏联政府扫除文盲,秋白于是跟吴玉章、林伯渠、萧三共同草拟了一套拉丁化中国字,在旅苏的十万华工中推行,收到一定成效。值得注意的是,1929年秋白因苏联开展大规模清党运动正受到来自共产国际和王明宗派集团的两面夹击,1932年瞿秋白不仅已被中共中央政治局开除,而且又逢父亲瞿世玮病逝,实可谓雪上加霜。但在人生的逆境中,秋白还在执着地研究如何能让老百姓能使用上新文字,这种情怀的确不是一般人所能具有的。

鲁迅是汉字改革的拥护者和推行者。他在《且介亭杂文·关于新文字》中写道:"方块汉字真是愚民的利器,不但劳苦大众没有学习和学会的可能,就是有钱有势的特权阶级,费时一二十年,终于学不会的也多得很。""所以,汉字也是中国劳苦大众身上的一个结核,病毒都潜伏在里面,倘不首先除去它,结果只有自己死。"对于汉字拉丁文化的实验,鲁迅也是明确支持的,因为对于改革,"虽然也可以口谈,但大抵得益于实验"(《且介亭杂文·门外文谈》)。

不过,迄今为止,在汉字文化圈内,除开越南,其他国家的这项实验并未成功,我国当下取而代之的是简化汉字和汉语拼音。通过手写、拼音、王码、语音、扫描等方式都能将汉字输入电脑之后,也就解决了有些语言学家担心的汉字输入如何跟国际接轨的问题。不过,秋白、鲁迅等前驱者的实验仍然有其历史功绩。因为秋白《中国拉丁化的字母》一书的修订方案,已接近于新中国成立后全国推行的《汉语拼音方案》。书中指定的二十八个字母,以及二十六个声母和三十六个韵母,对拼音规则的制定都是具有参考价值的。

鲁迅秋白的并世情

秋白能够成为鲁迅的"知己",并非偶然的事情。他们有相似生活经历和心路历程,有着崇高的思想和信念。

秋白诞生于1899年,比鲁迅小十八岁。其远祖瞿昉在东晋时代曾任金紫光禄大夫。光禄大夫品位不同,但都属于皇帝身边的谏官顾问,掌官议论。不过秋的祖父瞿廷仪只在江西做过候补知县,官职跟鲁迅祖父差不多。秋白之父瞿世玮长期赋闲在家,也跟鲁迅的父亲差不多。秋白的祖父去世之后,其家境比鲁迅还惨,以致才貌出众的瞿母在他十七岁那年喝虎骨酒吞火柴头自杀。秋白在《哭母》这首七言绝句中写道:"亲到贫时不算亲,蓝衫添得新痕泪。此时饥寒无人问,哭得灵前爱子身。"所以秋白在《饥乡纪程》一书中说他诞生在"这颠危簸荡的社会组织中破产的'士的阶级'之一的家族里",如同鲁迅自称是"破落户"子弟。在《呐喊·自序》中鲁迅写道,"有谁从小康人家而坠入困顿的么,我以为在这途路中,大概可以看见世人的真面目"。鲁迅和秋白之所以成为所出身阶级的"逆子贰臣",跟这种人生经历有密切关联。

除开家世,鲁迅跟秋白的人生经历和习惯爱好还有不少暗合之处,如自幼喜好美术(鲁迅临摹人物,秋白擅画山水),常读野史杂著。因为家庭拮据,鲁迅十八岁那年投考的是无需学费的南京水师学堂和矿路学堂,秋白十八岁那年考入的是不收学费的北京政府外交部立俄文专修馆。鲁迅长期连珠炮似的吸烟,秋白也是烟卷不离口。鲁迅在留学日本时就接触了科学社会主义思想,在《社会主义研究》杂志读到过《共产党宣言》的日译文,以及恩格斯、李卜克内西等人的论文,只不过当时并未成为他分析和观察社会问题的思想武器。而秋白早在1920年初参加了李大钊创立的马克思学说研究会,同年远赴莫斯科之后成了中国最早的马克思主义传播者。对于佛学,鲁迅和瞿秋白都曾关注。鲁迅说:"释迦牟尼真是大哲。"秋白也曾说:"老庄是哲学,佛经里也有哲学,应该研究。"这些机缘巧合,都成了他们日后能成为"知己"的因素。

隐居在上海的秋白,是国民党政府通缉的"要犯"。1933年9月22日,经国民政府行政院长蒋介石签发,内政部通知悬赏通缉七位中共中央领导人,其中瞿秋白名列榜首。举报瞿秋白、周恩来的赏金各两万元,举报陈绍禹(王明)、沈泽民、张闻天、罗登贤、秦邦宪(博古)各一万元。由于白色恐怖严酷,秋白在上海的住址虽多次搬迁,但由于特务的跟踪、叛徒的出卖,仍多次遇到险情。在危机情况下,鲁迅不顾个人和全家的安全,曾先后四次掩护秋白避难。

第一次是1932年11月下旬。当时有一个叛徒在盯杨之华的梢,秋白只身先往鲁迅家,杨之华甩掉尾巴之后才到。但鲁迅因母亲生病,于同年11月11日第二次从上海赴北平探病。许广平把他跟鲁迅的双人床腾出来让给秋白夫妇睡。11月30日,鲁迅回到上海,跟秋白一家亲人般地朝夕相处,直至时任全国总工会负责人的陈云在一个深夜将他们接走。在此期间,秋白曾录赠鲁迅一首七绝:"雪意凄其心悯然,江南旧梦已如烟。天寒沽酒长安市,犹折梅花伴醉眠。"诗后附题跋:"此种颓唐气息,今日思之,恍如隔世。然作此诗时,正是青年时代,殆所谓'忏悔的贵族'心情也。录呈鲁迅先生。"署名为"魏凝"。

第二次到鲁迅家避难是1933年2月上旬。这次住的时间较久,秋白与鲁迅朝夕相处,促膝谈心,共同创作了十余篇杂文。这批文章大多是秋白酝酿后形成腹稿,跟鲁迅交换意见之后再增删修改,执笔成文。

第三次避难是在1933年7月下旬。由于党内的一个地下机关暴露,必须立即搬走,当时又是倾盆大雨。在万分紧迫的情况下,秋白跟夫人杨之华不约而同地说:"到大先生家里去。"住了一个短时期。

第四次避难是在1933年10月上旬的一个深夜,忽然传来了警报。秋白夫妇在凌晨两点左右急奔鲁迅家,只不过为安全考虑,一个先从前门进,一个后从后门进。杨之华还带来一个十三四岁的小女孩,是中共内部交通科主任高文华的长女高平。许广平回忆录中所提及的第三次避难实际应指这次。据许广平《鲁迅回忆录》描写,高平当时是一个十三四岁的小姑娘;但据高平的母亲贾琏回忆,高平只有十岁,也帮助她送情报或护送同志。(《和秋白、之华同志一起战斗的岁月》,《回忆杨之华》,安徽人民出版社1983年版)

考虑到秋白的特殊身份和生命安全,鲁迅跟秋白合作的杂文均用鲁迅的笔名发表,并分别收进了鲁迅的《伪自由书》《南腔北调集》和《淮风月谈》。当下所见《瞿秋白文集》保留了手稿原貌,而《鲁迅全集》所收的相关文章则经过鲁迅的加工。两相比勘,可知改动有以下四个方面:

其一,更换标题。比如鲁迅把《苦闷的答复》改为《伸冤》,把《人才易得》改为《大观园的人才》,把《真假董·吉诃德》改为《真假堂·吉诃德》。

其二,增加标点。鲁迅好用短句,以增强语言的节奏感。因此,他常用标点把秋白的长句断开。如把"国难期间女人似乎也特别受难些"改为"国难期间,女人似乎也特别受难些"(《关于女人》);"将这使得西洋第一等的大学者至多也不过抵得上中国的普通人"改为"这使得西洋第一等的学者(删去'大'字,因与'第一流'语义重复),至多也不过抵得上中国的普通人"(《中国文与中国人》)。

其三,润饰文字。鲁迅对每篇文字都有加工,总体而论,语言变得更加精准简练。如《迎头经》末句,瞿秋白原文为"传云"。"传",解释之意。鲁迅改为"诗云",因为下文是一首十六字的四言小诗。《关于女人》一文,秋白原文为"西汉末年,女人的眉毛画得歪歪斜斜,也说是败亡的预兆。"鲁迅改为:"西汉末年,女人的'堕马髻','愁眉啼妆',也说是亡国之兆。""堕马髻"是东汉时期女人头发侧在一边的梳法,"愁眉啼妆",是当时让女人头发细而曲折地垂在眼下像哭泣的样子。这一修改,更切合历史真实,将"歪歪斜斜"四个字形象化了。鲁迅改动最多的是《中国文与中国人》一文。对于瑞典汉学家高本汉,秋白的原文说:"他的确是个了不得的'支那学家'——中国语文学的权威"。鲁迅增加了"他很崇拜文言,崇拜中国字,以为对中国人是不可少的"。这些句子,为后文批判当时中国上流社会推崇文言,反对五四白话文运动做了铺垫。

比较重要的修改还有一处:《伸冤》(原稿题为《苦闷的答复》)原稿第一句是:"《李顿报告书》采用了中国孙逸仙博士的国际合作开发中国的计划。"鲁迅改为"《李顿报告书》采用了中国人自己发明的国际合作开发中国的计划"。原因是:李顿是一位曾任印度总督的英国爵士。他于1932年2月率国际联盟调查团来中国调查九一八事变,同年发表了一份偏袒日本侵略者,损害中国主权的报告书,支持"满洲自治",妄称日本对中国东北拥有"不容漠视"的权利。而孙中山(号逸仙)在《建国方略》中所提出的"国际共同发展中国实业计划",谈及"引进外国技术与资金"的前提是捍卫中国主权,跟《李顿报告书》的性质截然不同。李顿引用孙中山的主张是偷梁换柱,混淆视听。

鲁迅删去"孙逸仙博士"的称谓,是为避免读者误会,维护他所尊崇的孙中山的形象。

其四,增补内容。鲁迅将《透底》一文收入《伪自由书》时,增加了"附录"——即此文刊出后,祝秀侠给鲁迅的来信及鲁迅的复信,"附录"部分的文字超过了正文。这位祝秀侠一度混入左联,化名"首甲"攻击鲁迅,1937年以后在香港、重庆、广州、台湾的国民党政府教育部门担任要职,官至国民党中央监察委员。1934年4月4日,他在《申报·自由谈》发表《论"新八股"》,竟把左翼批评家引用普列汉诺夫的新兴文艺理论也列为"新八股"的表现之一,讥之为"蒲力汗诺夫曰"。鲁迅、秋白敏锐看到他从左向右转的倾向,故写《透底》一文进行批评。祝秀侠在致鲁迅信中,说《透底》一文是对他的误会,他撰写此文的目的其实只是反对鸳鸯蝴蝶派。鲁迅在复信中指出:(1)不能简单化地将"蒲力汗诺夫曰"与"诗云子曰"等量齐观。(2)他跟秋白合作的《透底》一文并非仅为一人一文而作,而是"反对一种虚无主义的一般倾向"。有了附录的这两封信作为"附录",读者对《透底》一文的写作背景及其针对性有了更准确的了解和把握。除开以上四点之外,鲁迅对秋白原稿的段落也做了一些局部调整。

综观鲁迅和秋白合写的这十一篇杂文,其主要锋芒是批判当时国民党政府奉行的"攘外必先安内"的反共政策,矛头直指国民党政府党政军要人,如蒋介石、汪精卫、宋子文、汤玉麟等。这些人把抗战当成了"做戏","似战似和,又战又和,不降不守,亦降亦守"。明明是节节溃退,偏要说成是"缩短战线""诱敌深入"。这批犀利的杂文,彻底揭露了国民党当局当时反共是真,抗日是假,让他们的伪装如"花旦脸上的脂肪",顷刻之间剥落殆尽。

这批杂文中有两篇涉及胡适,即《王道诗话》和《出卖灵魂的秘诀》。史实证明,鲁迅和秋白都跟胡适有过交往,至今书信犹存。但在国共两党的斗争中,胡适一直充当国民党政府的"诤友诤臣"和"廊庙宾师"。在九一八事变之后,胡适在抗日问题上有通过妥协避免损失谋求和平的倾向,甚至一度主张放弃东三省,承认"满洲国"。因此受到了鲁迅和秋白义正词严的批判。

不过，热河失守之后，胡适十分痛心，撰写了《全国震惊以后》，指出"张学良应付绝大的责任"，"中央政府也应负绝大的责任"(《独立评论》1933年第4期)。1938年至1942年，胡适就任驻美大使，历时四年，为全国抗战做了不少切实的工作。《王道诗话》文中结尾的四首七言律诗中，谴责胡适应何键之邀到湖南讲学："好向侯门卖廉耻，五千一掷未为奢"。据胡适日记载，他并未接受这么多礼金，所讲内容有不少也跟何健"尊孔读经"的主张相悖。他此行目的，主要是想跟留学美国时期的老友朱经农相见。不过，《王道诗话》的主要内容是批判胡适维护国民党当局镇压革命的"政府权"，所以其基本观点上仍然应该肯定。

除共同创作杂文外，鲁迅跟秋白还合作出版了三种书籍。

一是《萧伯纳在上海》。此书1933年3月由上海野草书屋出版。当年英国著名作家萧伯纳乘船周游世界，于2月中旬抵达上海，受到了宋庆龄等人及新闻界、文学界的欢迎。鲁迅很爱读萧伯纳的作品，原因是萧能用讽刺的利刃撕掉绅士们的假面。但当时上海一些有不同政治背景的报纸却制造一些谣言，对于热心支持反法西斯斗争和世界和平运动的萧伯纳进行攻击。这就使萧伯纳成了一面平面镜，从中映照出文人、政客、军阀、流氓、巴儿狗的各式各样的相貌。于是，同年2月17日晚上，刚跟萧伯纳会见过的鲁迅跟秋白交谈，决定将当时报纸上持不同立场的文章和报道汇集起来，编成一书，使原来在凹凸镜中显得平正嘴脸的人露出他们的歪脸来。紧接着许广平搜集相关材料，鲁迅、秋白圈定，再由许广平与杨之华剪贴，鲁迅、秋白编排，鲁迅、许广平校对，在一个月内出版了这本书籍，像这种两家人合编、三十天出版的书，在中国现代出版史上恐怕绝无仅有。

二是《解放了的堂·吉诃德》。这是苏联卢那察尔斯基的十幕剧。1930年6月鲁迅曾据德译文译讫该剧第一场，刊登于1931年11月20日出版的《北斗》杂志第一卷第三期。后来鲁迅收到曹靖华寄来的俄文原著，发现德译本删节过多，旋请秋白据俄文版将全剧译出。鲁迅又添译了《作家传略》，加写了《后记》，配制了十三幅木刻插图，完成了这部"极可信任"的译本。鲁迅认为,《铁流》是无产阶级作品中的"纪念碑的长篇大作"(《〈一天的工作〉后记》),"于我有兴趣,并且有益"(《且介亭杂文·答国际文学社问》)。遗憾的是,鲁迅自资付印时,托人买纸,被人从众盘剥,纸墨恶劣,初版印成时令鲁迅叹惋。

三是在鲁迅跟秋白合作编成的书籍中,最为重要而且影响最大的无疑是《鲁迅杂感选集》。1933年4月13日,鲁迅在致李小峰信中说:"《杂感选集》已寄来,约有十四五万字,序文一万三四千字,以每页十三行,每行三十六字版印之,已是很厚的一本,此书一出,单行本必当受若干影响也。编者似颇用心,故我拟送他三百元。"1936年5月15日,鲁迅致曹靖华信又写道:"我的选集,实系出于它兄(按:维它,是瞿秋白的笔名之一),序也是他作,因为那时他寓沪缺钱用,弄出来卖几个钱的。"

当然,鲁迅跟秋白在创作跟出版方面的合作无疑具有重要的文化意义和政治意义,不过在经济上支持困境中的秋白夫妇的确是鲁迅的初衷。比如杨之华创作小说《豆腐阿姐》和翻译绥拉菲摩维支的小说《一天的工作》和《岔道夫》,鲁迅都进行了指导并动笔修改。秋白的译作之一《不平常的故事》,鲁迅也坚持让合众出版社出版,其目的都是为了解决秋白夫妇的生活问题。由于党处于地下状态,经费十分困难,像秋白这样的高级干部每月仅有十五元津贴,低于当时上海一个普通工人的工资。所以为秋白夫妇争取一些稿酬和版税,对于疾病缠身的秋白不无小补,即使影响自己作品的销路,鲁迅也无怨尤。

在瞿、鲁交往史上,有两封重要的通信:第一封广为人知,第二封鲜有人提及。

第一封信即收入鲁迅《二心集》的《关于翻译的通信(并J.K来信)》。中国传统的翻译理论,如果从佛经译论(公元148年)算起,至今已有1800多年,历史不可谓不悠久,曾出现玄奘与严复这种的翻译家,对于今天的翻译界仍有借鉴意义。但由于受语言学水平的制约,至今仍未建立起具有中国特色的翻译学理论。因此,但瞿鲁之间九十余年前的这次通信,的确在中国翻译界引起了广泛关注。1931年9月30日,鲁迅翻译的长篇小说《毁灭》由上海大江书铺出版。作者是苏联的法捷耶夫。小说以苏联国内战争为题材,描写了一支由矿工、农民和知识分子组成的游击队跟支持沙皇的白军和日本干涉军战斗的故事,成功塑造了共产党人莱奋生和一百五十名游击队员的形象。毛泽东曾经谈道:"法捷耶夫的《毁灭》,只写了一只很小的游击队,它并没有想去投合旧世界读者的口味,但是却产生了全世界的影响,至少在中国,像大家所知道的,产生了很大的影响。"(《在延安文艺座谈会上的讲话》)

鲁迅是根据藏原惟人的日译本重译的,同时参照了德译本和英译本,以"信,达,雅"为追求目标,态度十分严谨。秋白于同年12月5日给鲁迅写了一封热情洋溢的信件,其中最感人的句子是:"我们是这样亲密的人,没有见面的时候就这样亲密的人。这种感觉,使我对于你说话的时候,和对自己说话一样,和自己商量一样。""看着这本《毁灭》,简直非常的激动:我爱它,像爱自己的儿女一样。"

秋白首先肯定了《毁灭》中译本首次出版的意义,指出该书出版"当然是中国文艺生活里面的极可纪念的事迹","每一个革命的文学上的战士,每一个革命的读者,应当庆祝这一胜利"。对于鲁迅的译文,秋白认为从总体上看,"的确是非常忠实的,'绝不欺骗读者'这一句话,决不是广告!"秋白批评严复的译文以"雅"为上,因而失去了"信"和"达"。又批评赵景深要求"宁错而务顺,毋拗而仅信",也是在"蒙蔽读者",并借此夸大普罗文学理论翻译的弱点。对于译文的"信",秋白的看法是:"翻译应当把原文的本意,完全正确的介绍给中国读者,使中国读者所得到的概念等于英俄日德法……读者从原文得到的概念。"

秋白在信中也坦陈了鲁迅译文的缺点,主要是还没有做到"绝对的白话"。"所谓绝对的白话,就是朗读起来可以听得懂的"。秋白还指出了鲁迅译文的几处败笔。比如,"甚至于比自己还要亲近",鲁迅译为"较之自己较之别人,还要亲近的人们"——既漏掉了"甚至于"这个字眼,又失去了俄文原文的神韵。此外,《毁灭》原著当中的"人"字在语法上是单数,不是复数;用文学术语可以译为"典型",而鲁迅却译成了"人类",这就有可能导致读者对小说的主题产生误解。

同年12月28日,鲁迅对秋白的来信进行了认真的回复,承认秋白指出的以上两点是自己的误译,必须向读者声明并在再版时改正。鲁迅认为,翻译的目的,"不但在输入新的内容,也在输入新的表现法",因为中国的语法原本并不精密。所以不但要引进外来的词汇,如"罢工",而且要引进欧化的语法,以改变中国人的思维方式,使思路变得更为精密。鲁迅还表示,希望今后能有更多的翻译家合力参与,在未来的两三年内能译出更多的新兴文艺理论及作品。

另一封信鲜为人提及。鲁迅有个夙愿,即撰写一部中国文学史。继在厦门大学编写《汉文学史纲要》之后,鲁迅继续收集资料,深入思考,并跟秋白交换过意见。1932年10月,鲁迅赠送秋白一本书,名为《九品中正与六朝门阀》。作者杨筠如(1903—1946)是著名历史学家,在清华大学就读时曾师从王国维和梁启超,在中国古代制度史的研究领域有开拓之功,1930年在商务印书馆出版了这部专著,成了近代研究九品中正制的开山之作。"九品中正制"是魏晋南北朝时期重要的选官制度,又称"九品官人法"。此法将官职分为"上上、上中、上下、中上、中中、中下、下上、下中、下下"九个等级,并加以考评,成了选拔官员的一种标准。当时原按门第高下选拔与任用官吏,形成了一种门阀制度。实行"九品官人法",就在一定程度上强化了国家权力,遏制了豪门士族对官员选拔的垄断。但品评官员仍按家世、行状和定品这三个内容和定。所以晋以后凡出身寒门者行状评语再高,也只能列为下品,而出身豪门者行状不佳亦能成为上品,因而实际上仍然没有从根本上改变"上品无寒门,下品无士族"的局面。

秋白对杨筠如的这部论著评价并不高,认为"只不过汇集一些材料,不但没有经济的分析,并且没有一点儿最低限度的社会的政治情形底描写"。然而秋白却在1932年10月6日给鲁迅写了一封信,借此书对中国的封建制度及文学史的编写方法发表了不少重要意见。如果不是当天冯雪峰来访,打断了他的思路,这封信还会写得更长,内容也会更加丰富。

何所谓封建社会?这个问题在中外史学界至今仍然缠夹不清。中国在秦朝之前实行分封制,即封建制,由君主把领地分配给功臣、贵族、宗室。子嗣传承基本上是一种血缘政治。以后改行郡县制,即由郡县两级对地方进行行政管理,由中央垂直领导,由官僚政治取代了血缘政治。

在秋白看来,中国的封建制度跟欧洲中世纪(公元476年至1500年)的封建制度有不同的特点;同样是欧洲国家,意大利、法兰西、英国等国之间也各具有不同的形式和色彩。中国封建制度的特点就在于"崩溃"与"复活"的循环往复。这种看法跟鲁迅把中国历史分为"暂时做稳了奴隶"和"想做奴隶而不得"这两种时代有些相类,而欧洲则在十六世纪以后逐步完成了向资本主义社会的过渡。此外,欧洲贵族大半是由"武士道"出身,而中国的贵族爬的却是八股文这个"文士道"的上升阶梯。此外,欧洲的贵族和地主这两种身份常集于一人之身,而中国的地主、贵族、官僚常三位一体:既在衙门做官,同时又是本地的贵族和地主。鲁迅撰写过《帮忙文学与帮闲文学》《从帮忙到扯淡》等文,认为"帮闲文学实在是一种紧要的研究"。秋白补充说,研究所谓"帮忙文学"与"帮闲文学",则必须研究中国的门阀制度。

鲁迅跟秋白交谈时,还曾提到《周礼》中的一句古训:"礼不下庶人,刑不上大夫。"意思是,士大夫拥有特权,犯了罪可以不受刑。这里所说的"大夫",是春秋战国时期的官衔:卿、大夫、士。这引发了秋白童年时代的一些记忆,其中最强烈的印象是打屁股——中国的"士族"(即门阀)不但有"屁股不挨打"的特权,而且有"打别人屁股"的特权。鲁迅写过一篇小说《头发的故事》,秋白在信中建议鲁迅再写一篇《脚膝,屁股,手心的故事》。

正是基于中国历史上等级制度有着复杂的变动过程,所以秋白建议鲁迅编撰《中国文学史》时要注意五点。(1)一切文言文学都是贵族文学,因为使用的是贵族的文字。用文言记载的一些民歌也往往极不准确。在中国古代,平民的口头文学只占极少数。(2)直到清代为止,中国历史还只是一些杂乱的材料。应将贵族文学史的研究跟整个古史研究相联系。(3)要注意等级制度在文学内容上的反应，以及所受平民生活的影响和对平民生活的客观影响。比如元曲的兴起，就压倒了元代诗文的气焰。(4)唐以后的文言文学在内容上研究意义不大，但从文法学和修辞学的角度仍有研究价值。(5)中国的白话文学类似于欧洲中世纪的"城市新文化"。唐五代的"说书"(如《维摩诘经演义》)、宋代的"话本"，类似于意大利伦巴地和威尼斯的"市民文学"。农民文学只限于一些歌谣、庙会上的戏剧和梨花大鼓之类。所以从元曲时代到"五四"之前，中国文学可视为中国新文学(并非革命文学)的史前时期。这一时期的文学史非常重要，应该特别提出来进行研究。以上所述，是秋白在私人书信中的表述，匆匆写就，并非对所涉及问题的学术结论，还留有深入研究的广阔空间。

《海上述林》的出版，是鲁迅临终前对已经就义的秋白的一种深沉的忆念，也是对屠杀者的一种抗议和示威！秋白出于谨慎，曾对译著手稿一式三份：一份供发表，一份交友人谢澹如保存，一份于离沪前交给鲁迅。秋白的手稿字数很多，全印成本甚巨，而且很多杂文政论鲁迅认为应该留待革命胜利后的新政权来审定，所以决定先印译作。鲁迅对秋白译文的评价是"信而且达，并世无两""足以益人，足以传世"。为此，鲁迅先垫付了一笔资金，又从叶圣陶、胡愈之、陈望道等十二人那里募集了二百大洋。编完第一卷后即交开明书店美成印刷厂排印，鲁迅亲自校改，历时四个月，然后将纸型送到日本岩波书店印刷。1936年9月，一部重磅道林纸精印的《海上述林》上卷终于运达上海，其中一百部为皮脊本，金顶金字；另四百部为蓝色绒面本，蓝顶金字。收到样书后，鲁迅即将三册托人带至陕北，分赠毛泽东、周恩来和张闻天。该书扉页下端有"诸夏怀霜社"五字。"诸夏"即中国。"霜"是秋白的原名。书脊及背面均烙印拉丁字母"STR"，即秋白笔名的英文缩写。《海上论述》下卷鲁迅于1936年4月中旬编就，抱病校对了一个月，直至9月15日才改毕。待到下卷印成时，鲁迅已经离世，来不及看到他在生命的最后时刻为"人生知己"留下的这一永恒的珍贵的纪念。

奇峰与楷范——读《〈鲁迅杂感集〉序言》札记

如果从1909年日本东京出版的《日本及日本人》杂志报道周氏兄弟的翻译活动算起，鲁迅研究的历史已逾一个世纪；从1909年到瞿秋白发表这篇《序言》的1933年也有二十四年之久。这二十四年当中，中国文学批评界对鲁迅的认识有一个不断深化的过程，出现了茅盾的《鲁迅论》、冯雪峰的《革命与智识阶级》等优秀论文，但真正用马克思主义观点全面评价鲁迅及其思想历程和杂文创作，秋白的《〈鲁迅杂感集〉序言》不仅在当年尚属首篇，至今仍是鲁迅研究史上的经典。虽然不能说秋白同时代其他人研究鲁迅的有关文章毫无优长，但可以套用鲁迅《白莽作〈孩儿塔〉序》中的一句话来形容就是：其他同类论文都无须来做比方，因为这篇《序言》"属于别一世界"。

秋白于1933年3月开始选编《鲁迅杂感选集》，同年7月交北新书局主持人李小峰，以"青光书屋"名义出版，选者署名"何凝"。"序言"文末署"1933.4.8 北平"字样，其目的是为了掩盖秋白的真实身份和行踪。此书收入鲁迅1918年至1932年期间撰写的杂文七十六篇，其中选自《热风》九篇，《坟》九篇，《华盖集》九篇，《华盖集续集》十一篇，《而已集》十三篇，《三闲集》十一篇，《二心集》十篇，约十四五万字。秋白避难期间手头无书，鲁迅提供了一点基本资料。超乎鲁迅预期的是，从1933年至1981年，这个选本共出版了十六次。秋白编选此书时仅三十四岁，身居白色恐怖严酷的上海，但在避难环境中，在缺少参考资料的情况下，仅用四个晚上就写完了这篇约一万五千字的长文，成了中国鲁迅研究史上一座难以逾越的奇峰，中国革命史和思想史上的一篇重要文献，也为社会科学研究者提供了治学的楷范。

秋白的文艺观受马克思、恩格斯、列宁以及普列汉诺夫、别林斯基、高尔基的影响至深，这从他翻译的《"现实"——马克思主义文艺论文集》一书中可以得到印证。他对鲁迅杂文中具体历史人物典型意义的分析，显然受到恩格斯1888年4月致英国女作家哈克纳斯信的影响。他对鲁迅杂文战斗意义的高度评价，又显然受到了列宁文艺观的影响——特别是列宁关于阶级分析方法和党性文学原则的影响。虽然我国当今已经进入以经济建设为中心的社会主义初级阶段,但阶级和阶级斗争的存在是一个无法改变的历史事实。作为一位献身于中国革命的殉道者,秋白侧重从新民主义革命的政治需要来评价鲁迅及其杂文,是时代使然。这并不排斥其他学者用其他方法从不同方面研究鲁迅。

《序言》一开头首先依据卢那察尔斯基的观点,明确了艺术与政治的关系,公开宣示革命作家与社会斗争的有机联系,戳穿了绅士艺术家的虚伪和假清高,为探讨鲁迅杂文的重大意义做了理论铺垫。秋白将鲁迅杂文定性为"文艺性的论文",指出这种文体是社会斗争急遽和统治者压迫严酷的产物,这种社会环境迫使天才的作者不得不用含蓄的方式和讽刺、冷嘲等手段表达自己的政治立场。这就肯定了鲁迅杂文政治和艺术的双重价值,即"诗"与"政论"的结合,回击了那些讽刺鲁迅为"杂感专家"的"苍蝇""蚊子"。

接着,秋白首次提出了"鲁迅是谁"这一重要命题。结论是:鲁迅"是封建宗法社会的逆子,是绅士阶级的贰臣,而同时也是一些浪漫谛克的革命家的诤友"。秋白特别强调了鲁迅的"野兽性",亦即对旧思想、旧文化、旧制度的叛逆性。这跟鲁迅称赞卢梭、托尔斯泰、易卜生等人是"轨道破坏者"一样。这种"破坏"不是盗寇式的破坏,而是在理想之光辉映下的"革新的破坏"(《坟·再论雷峰塔的倒掉》)。鲁迅的叛逆性源于跟被压迫民众(特别是农民群众)的精神联系,亦即观察社会问题的平民立场,恰如希腊神话中那位吮取狼奶长大成人之后敢于蔑视罗马古城的莱谟斯。

秋白对鲁迅的定位不是基于他的个人情感和主观臆断,而是从中国思想界的两次分裂中得出的结论。其中第一次分裂是辛亥革命之后"国故派"与"欧美派"的分裂。当时鲁迅义无反顾地站在了"科学"与"民主"的旗帜之下,横眉冷对支撑国故派的封建性的军阀和官僚式的买办。第二次分裂是五四新文化营垒的内部分化。鲁迅经过事实的教训和血的洗礼,站到了新兴阶级的一边,跟以奉美国实验主义为圭臬的"欧化绅士"分道扬镳。

当然,对"鲁迅是谁"这个问题不同人可以有不同的解读,这是由鲁迅贡献的多样性、思想的深邃性、性格的丰富性、人际关系的复杂性等多方面因素决定的。但是现象不等于本质。局部的特点或特征可以反映人物的独异之处，是事物的表现形式，但多变易逝，具有不稳定性；而内在本质则反映人物的根本性质，是此历史人物区别于彼历史人物的基本属性。这好比要抓住整条链子，就必须抓住主要的环节。有人说"鲁迅是中国百年来中国最好玩的人"。此论一出，有人立即喝彩。但"好玩"并不是学术话语，至多仅能表现鲁迅浓厚的人情味，而不能概括鲁迅的本质：论"吃"鲁迅比不上吃货，论"穿"鲁迅比不上模特，论"爱情"鲁迅比不上情圣，论"逗乐"鲁迅比不上"德云社""开心麻花"和脱口秀。在十四亿人中，"好玩"的人并不少，但鲁迅却独一无二。至于说鲁迅曾去唐弢家串门，进门一个旋子就坐到了书桌上。这不仅是表象，而且是假象，整个一个编造的段子。

对于鲁迅杂文独异性的具体论述，是《〈鲁迅杂感选集〉序言》的华彩部分。鲁迅在《且介亭杂文·序言》中说，"其实'杂文'也不是现在的新货色，是'古已有之'的"。不过鲁迅同时也讲得很清楚，这"杂文"只不过是指各种文体文章的杂集，跟鲁迅首创的中国现代杂文并不相同。有学者从先秦、两汉时代司马迁、曹氏父子、"竹林七贤"的文章中看出了杂文的端倪，有学者认为"唐宋八大家"的某些散文也几乎可以当作杂文看待，但鲁迅的杂文同时还借鉴了英国"随笔"、日本"漫谈"的随意而谈、不拘一格的艺术手法，更注入了西方思潮和新兴文艺理论的思想滋养，借助了现代报刊媒体传播迅速而广泛的优势，形成一种前无古人、后无来者的战斗文体。英文中报刊小品文称之为"Feuilleton"，音译为"阜利通"。秋白则在前面加了"战斗的"这个定语，称之为"战斗的阜利通"。鲁迅承认这种文体"是感应的神经，是攻守的手足"。但同时指出这种文章不但"和现在切贴，而且生动，泼剌，有益，而且也能移人情"；并断言："杂文这东西，我却恐怕要侵入高尚的文学楼台上去的。"(《且介亭杂文二集·徐懋庸作〈打杂集〉序》)现当代杂文在文坛的崇高地位就是由鲁迅奠定的。

秋白对鲁迅杂文艺术特质的研究，突出的贡献是他首次指出："不但'陈西滢',就是章士钊(孤桐)等类的姓名,在鲁迅的杂感里,简直可以当作普通名词读,就是认做社会上的某种典型。他们个人的履历倒可以不必多加考究……"又说:"鲁迅当时反对这些欧化绅士的战斗,虽然隐蔽在个别的甚至私人的问题之下,然而这种战斗的原则上的意义,越到后来就越发明显了。"鲁迅本人对此更有知己之感。1936年7月,鲁迅对冯雪峰说,对他杂文的思想意义和艺术独创性都给予高度评价的仅瞿秋白一人!"同时,看出我攻击章士钊和陈源(西滢)一类人,是将他们作为社会上的一种典型的一点来的,也还只有何凝(瞿秋白化名)一个人!"(冯雪峰:《关于鲁迅在文学上的地位·附记》,《雪峰文集》第4卷,人民文学出版社1985年版,第26页)

　　章士钊、陈西滢都是鲁迅的论敌,历史上客观存在的著名人物,他们的生涯也波澜起伏,复杂多变。鲁迅杂文中跟他们的交锋都有具体语境,是针对特定时间的特定事件,并非对他们的全面评价和盖棺论定。但是在论争的当时,章士钊、陈西滢的言行又确实是代表了社会上的一类人物或一种思潮,有其典型性。

　　众所周知,1925年8月,时任北洋政府教育总长的章士钊呈请国务院总理段祺瑞,明令免去鲁迅教育部佥事一职,"以示惩戒"。同年8月下旬,鲁迅向平政院状告章士钊,章士钊曾予答辩。1926年3月31日经平政院裁决,恢复了鲁迅在教育部的职务。这是北洋政府时期一场"民胜官"和著名诉讼,的确是"隐蔽在个别的甚至私人的问题之下"。鲁迅跟章士钊可能未谋一面,绝对没有私仇。章士钊罢免鲁迅之职的理由,是因为教育部下令停办国立女子师范大学,而鲁迅"竟敢勾结该校教员,捣乱分子及少数不良学生,谬托校务委员会名义,妄自主张,公然与服务之官署悍然立于反抗地位"(引自章士钊致平政院的《答辩书》,原件现存北京鲁迅博物馆)。可见,这场诉讼的内容并非私人纠葛,而是政治立场的对立。诉讼的结果是章士钊完败。1926年3月31日,平政院的裁决经国务院总理签署生效,取消了教育部给鲁迅的免职处分。这难道是因为鲁迅的诉状写得漂亮或者是重金聘用了大律师出庭吗?都不是!根本原因是因为国共两党支持的冯玉祥在1925年11月末发动了"首都革命",章士钊依附的段祺瑞集团坍台,国务总理兼教育总长换成了贾德耀。所以鲁迅一案的胜诉,完全是由于大革命时期北平政局的剧变。因此,鲁迅跟章士钊交锋的普遍意义是不言而喻的。出任段祺瑞内阁的司法总长兼教育总长,镇压爱国学生运动,这是章士钊生平的污点。但不能因此否定他清末担任《苏报》主笔以及跟黄兴等组织华兴会的历史贡献,更不能抹杀他在新中国成立之后为促进海峡两岸和平统一所作的努力。鲁迅没有否定过反清民族革命时期的章士钊,更无法预见他去世之后章士钊的表现。

在鲁迅看来,章士钊这类北洋军阀执政时期的政客"不足成为敌手,也无所谓战斗"(《华盖集·答KS君》)。比较复杂的是跟《现代评论派》的论争,也就是秋白所说的"反对这些欧化绅士的战斗"。《现代评论》是一份综合性周刊,1924年12月13日创刊,1928年12月29日停刊。刊物作者流品不齐,倾向不一,但其核心成员是一群沐浴过欧风美雨而又仍着"五四"衣衫的学者,共同尊奉胡适为精神领袖。陈西滢是该刊"闲话"专栏的主要作者,协助主编王世杰审阅过该刊前两卷的稿件。在鲁迅看来,"闲话"不"闲":"世上是仿佛没有所谓闲事的,有人来管,便都和自己有点关系;即便是爱人类,也因为自己是人"(《华盖集续编·杂论管闲事·做学问·灰色等》)。所以陈西滢并非超然世外,他的文章也并非与其文化背景,政治立场,人际交往毫无关系。

当然,陈西滢的《闲话》在内容上也并非全无是处,比如他提倡小剧场试验,反对侵犯知识产权,都是些富有前瞻性的看法。他还引用过英国小说家威尔斯(H.G.WELLS)的话:"民主政治并不是万能的圣符,现在各国都在模仿英国,这是一件很不幸的事。"这种观点对于全面评估西方民主制的历史进步作用及其局限性也有启示。但鲁迅跟陈西滢的论辩主要集中在对于女师大风潮的态度上。这场学潮的直接导因是该校进步学生反对校长杨荫榆用封建家长制的方式治校,跟第一次国内革命战争时期风起云涌的群众运动有着深层的内在联系。在这场学潮中,鲁迅跟女师大进步学生并肩战斗、携手偕行,而陈西滢却认为女师大是一所"臭茅厕",应该由北洋军阀政府来武装打扫。他极力渲染学生包围校长汽车等"过激行为",而无视校长呈请当局派遣军警强行解散女师大的严重事态。最为鲁迅鄙薄的,是他貌似公正平和,不偏不倚,温良敦厚,摆出一副绅士的姿态,却在实际上混淆了大是大非,给北洋政府"整顿学风"的倒行逆施提供了舆论助力。不过当时在欧美派的知识分子中也有一些人跟陈西滢的态度一致。这一点徐志摩曾指出:"这场争执虽则表面看性质是私人的,但它所牵连的当事人多少都是现代的知名人,多少是言论界思想界的领导者,并且这争执的由来是去年教育界最重要的风潮,影响不仅到社会,并且到政治,并且到道德。"(《关于下面一束通信告读者们》,《晨报副刊》,1926年1月30日)徐志摩当时虽然是站在陈西滢这一边,但以上所言也能证明鲁迅与陈西滢争论的普遍意义。

时至今日,对于这场论争的是非仍有不同看法。支持陈西滢一方的学者所持的理由,主要是说女师大风潮背后有李石曾、易培基这些政治人物支持,跟陈西滢当时所说有人"挑剔风潮"类似。这种说法虽不精准,但也部分符合事实。问题的关键是,当时的中国主要存在两种政治力量较量:一种是分裂割据、各恃其外国势力的北洋军阀,另一种是在第一次国内革命时期合作的国共两党。李石曾、易培基是当时国民党内的进步人士,这一点在中国现代史研究界已有共识。女师大风潮还得到了中共北京地委的支持。女师大1925年5月之前已有三名中共党员,风潮结束后又发展了十余名党员。我们不必讳言也无法割断政潮与学潮之间的联系。但应该正确判断,在当时国共两党跟北洋军阀政府进行政治较量时,是哪个方面代表了推动中国历史前行的正确方向;而判断这一观点,又实在离不开判断者的历史观和政治立场。

还有学者说女师大风潮的发生跟"庚款"分配有关,换而言之,矛盾的深层原因是为了圈钱!"庚款"是指中国根据《辛丑条约》向组成八国联军的八个列强赔款,本金四亿五千万两白银,分三十九年还清,连本带息共九亿八千万两白银,而中国当时每年财政总收入仅一亿白银。从1908年开始,八国开始向中国退还部分赔款。为处置这笔钱成立了一个"庚款委员会",由中外人士共同组成。这笔钱曾用于中国的教育文化基金。胡适就是靠第二批退还的"庚款"赴美国留学的。虽然知识界在庚款分配方案上曾有不同意见,北洋军阀政府也极端仇视"俄国退还庚子赔款委员会"委员长李石曾和委员徐谦,"三•一八惨案"后曾把他们列入通缉黑名单中,但女师大风潮从始至终跟"庚款"全无干系,跟鲁迅个人的经济利益更无干系。如果一定要追究鲁迅跟陈西滢之间有什么私人间的过节,那就是陈西滢参与散布流言,说鲁迅的《中国小说史略》剽窃了日本汉学家盐谷温的《支那文学概论讲话》。事实上,鲁迅撰写《中国小说史略》有长期充分的准备,是原创性学术论著,也是系统梳理研究中国古代小说的开山之作。写作过程中有两处参考过盐谷温的书,不过取舍、考证、看法多有不同。后来《中国小说史略》日译本出版,盐谷温跟其他日本汉学家在研读之后集体签名给鲁迅写了致敬信,这就彻底戳穿了陈西滢等人散布的流言,洗刷了鲁迅长期背负的恶名。

记得鲁迅多次讲过以下意思的话:首饰无"足赤",人物无"完人",名人的话也并非句句都是"名言"。对于书籍和论文,亦应作如是观,不能求全责备。秋白撰写的《〈鲁迅杂感选集〉序言》(以下简称《序言》),虽然是鲁迅研究的经典之作,但也有因为作者自身原因以及历史条件带来的局限性。因此,对于这篇《序言》完全可以进行批评、质疑,站在当代的学术新高度重新审视。然而,狙击手的子弹能否真中靶心,解剖刀的锋刃能否直指病灶,批评家的批评是否符合批评对象的实际,则是另一个问题。

有学友认为,《序言》没有把鲁迅放在人类精神文化史的广阔视野中去把握,结果他没有看到鲁迅的"人国"理想,没有对鲁迅企盼的"第三样时代"进行深入论述。窃以为对秋白的这种期盼有些过高。因为真正意义上的《人类精神文化史》应该还是一部必须长期探索之后才能完成的理论专著。因为人类社会发展史尚未最终完成,人类精神文化史就成了类似于自然科学领域的"元宇宙"(Metaveise)话题。不错,鲁迅在《坟•文化偏至论》中,的确提出了"个性张,沙聚之邦,由是转为人国"的社会理想;在《坟•灯下漫笔》中,又提出了"创造这中国历史上未曾有过的第三样时代"的历史使命。但这两篇文章分别写于1907年和1925年。鲁迅所说的"人国",即国民个性能够充分张扬的国家。鲁迅的这种思想主要杂取于通过日本传播的西方个性主义思潮,其中主要是尼采的思想,跟马克思主义并无实质性关系。二十七岁的鲁迅也回答不了如何通过尊崇个性来凝聚沙漠之邦这类终极性问题。如果不颠覆形式不同的剥削压迫制度,单纯靠"排众数"并达不到"重个人"的目的。因为张扬个性只是一种精神追求的目标,而不是一条革命实践的道路。至于鲁迅所说的"第三样时代",是区别于他所说的"想做奴隶而不得"的时代和"暂时做稳了奴隶"的时代。鲁迅留日时期跟他的业师章太炎一样,质疑西方的"代议制",认为其弊病是"托言众治,压制乃尤烈于暴君"(《文化偏至论》)。五四新文化运动之后,鲁迅对民众对看法有了明显改变,所以1926年在《写在〈坟〉后面》宣称,"世界却正由愚人造成,聪明人决不能支持世界"。不过接受了科学与民主新思潮洗礼的鲁迅也并不向往西方民主制。在1931年9月27日撰写的《〈夏娃日记〉小引》中,鲁迅指出,美国在南北战争之前,出现过爱伦·坡、霍桑、惠特曼这类个性鲜明的作家,而成为资本主义社会之后,"个性都得铸在一个模子里,不再能主张自我了"。在1934年撰写的《答国际文学社问》中,鲁迅又宣称他"确切地相信无阶级社会一定要出现",但同时承认:"但在创作上,则因为我不在革命的漩涡中心,而且久不能到各处去考察,所以我大约仍然只能暴露旧社会的坏处。"所以综观鲁迅的一生,他总体上是一位在理想辉映之下的"旧轨道的破坏者",而不是政治制度的顶层设计师。鲁迅晚年偶尔提到过通过消灭阶级实现"人国"理想的问题,但并未进行深入的探究。鲁迅没有回答的问题,秋白自然无法替他回答。

这篇《序言》在后世引发争议的最大之处,莫过于对概括鲁迅思想发展历程的这个著名公式:从进化论到阶级论,从个性主义到集体主义。何谓思想?思想就是客观存在在人的意识当中的反映,跟人所处的时代、环境和社会地位紧密相连。客观世界永远处于一个动态变迁的过程之中,人们对客观世界的认识也必然会不断发展变化:或落伍,或前行,永远不会凝固不变。即使一个人在同一时期,其思想成分也往往成驳杂状而非单色调。人的思想有阶段性,也有一贯性,不会在所有问题上都用昨日之手批今日之颊。对于作家鲁迅而言,其情况更加如此。把一个人某一生平时期的具有标志性的思想特征提炼出来,概括而为一个公式,其优点是便于读者记忆,类似于把一处建筑定为某一城市的标志性建筑;其弊病是容易引人误解或曲解。对于鲁迅这种思想资源丰富、不同观念处于消长起伏过程中的作家,也容易从其著作中找出不同的例子进行反证,好比北京有中式的天坛,也有西式的大厦。但我们应该看到,秋白对鲁迅思想发展历程的概括是以鲁迅本人的自述为依据的,并非随心所欲地杜撰。在《三闲集·序言》中鲁迅明确写道:"我一向是相信进化论的,总以为将来必胜于过去,青年必胜于老人……然而后来我明白我倒是错了。这并非唯物史观的理论或革命文艺的作品蛊惑我的,我在广东就目睹了同是青年,而分成两大阵营,或投书告密,或助官捕人的事实!我的思路因此轰毁……"

鲁迅在这里提到的进化论,是一种从严复译著的《天演论》中了解到的社会历史观,并不是单纯的自然科学知识。《天演论》原名《进化论与伦理学》,作者赫胥黎是英国著名的生物学家,自称是进化论创立者达尔文门下的"一条咬犬"。该书以生物学、地质学和天文学的资料,阐明物质世界充满着矛盾变化,物竞天择是支配世界的法则。这是一种唯物主义的观点,被马克思视为历史上的阶级斗争的自然科学根据。但该书后一部分把生物进化论的观点照搬于人类社会,论述伦理道德的演化,认为社会中的人类跟生物界的动物一样,也是"优胜劣汰,适者生存",这又含有历史唯心论的成分。严复翻译《天演论》并非直译,而是通过按语、解释、评价等方式阐述了自己的观念,主要是物竞天择,适者生存,世道必进,后胜于今,优胜劣汰。在中国处在外侮频仍、民族危亡的历史关头,这种观点无疑是一种振聋发聩的警世之音。所以准确地说,严译《天演论》只一种译述,而不单纯是以"信"为主要取向的翻译。由于鲁迅在青年时代未能在愚昧落后的国民(主要是农民)身上看到潜在的革命力量,所以他一度寄希望于青年,形成了一种"将来必胜于过去,青年必胜于老人"的社会发展观。这种观点使他在绝望中看到了希望,在虚无中看到了实有,在大夜弥天时看到了微茫的晨曦。但1927年4

月15日在广州发生的那次大屠杀,使鲁迅进化论的思路为之轰毁。必须指出,鲁迅在这里并非质疑或否定作为现代科学重要理论之一的进化论,并非否认在冲击《圣经》"创世论"过程中具有进步意义的进化论,而只是认为用生物进化论分析社会现象不符合他人生的直接经验。在自然科学领域,有人认为人类并不是在古生物进化过程中形成,而是在外星文明的基础上进化形成的;也有人认为在古生物中很难找到过渡生物,是进化论的一个明显漏洞。但这些都属于生物学领域的学术争鸣问题,不足以推翻寻求生命演化规律的进化论科学理论。

秋白指出鲁迅"从进化论最终走到了阶级论",这也是以鲁迅《二心集》中的《"硬译"与"文学的阶级性"》《中国无产阶级革命文学和前驱者的血》,《南腔北调集》中的《林克多〈苏联闻见录〉序》《我们不再受骗了》等文为依据。鲁迅认为,"文学不借人,也无以表示'性',一用人,而且还在阶级社会里,即断不能免掉所属的阶级性,无需加以'束缚',实乃出于必然"(《"硬译"与"文学的阶级性"》)。又说,"人的性格感情等,都一定带着阶级性。但是'都带',而非'只有'。所以不相信有一切超乎阶级,文章如日月永久的大文豪……"(《三闲集·文学的阶级性》)鲁迅通过"说话""出汗""喝茶"等生活细节,揭示出阶级性的普遍存在。这样讲,并不是排斥鲁迅早期、前期也有朴素阶级论的思想。不过,鲁迅那时主要用"吃人者"与"被吃者"、"治者"与"被治者"、"君子"与"小人"、"大人"与"庶人"、"主人"和"奴才"等概念来表述等级性社会中人与人之间地位的差别。只是在经过了血的洗礼和阅读了"科学底文艺论"之后,鲁迅作品中才出现了"无产阶级""资产阶级""无产阶级专政"这些名词。当然,我们可以站在今天的历史高度对鲁迅的思想发展历程进行学术分析,指出其时代意义及历史局限,但不能根据当下的政治需要对鲁迅形象进行曲解乃至于重塑。

秋白在《序言》中谈到了德国哲学家尼采对鲁迅早期思想的影响,指出尼采"重个人非物质"的学说在欧洲跟在当时中国影响的不同,肯定了"超人"理论在"发展个性,思想自由,打破传统的呼声"方面的进步意义。尼采著作中的

"超人"是一个跟"末人"相对立的概念。"末人"具有奴才性格,不知什么是创造,什么是愿望,浑浑噩噩,千人一面,而"超人"是在现代人群中并不存在而只有在未来才可能诞生的特立独行的伟大人物。现实生活中的人只不过是伸展在动物和超人之间的一座桥梁,或曰进化链条上的一个环节。鲁迅早年尊崇的"强意志者"是那种超越一切传统道德规范的人物,而不是社会达尔文主义者拥护的种族主义和法西斯行径。就连尼采本人也反对社会达尔文主义,他梦中的"超人"并不是"自然选择"的产物,而是人类创造的产物。

有学友认为,《序言》中所说的"个性主义"跟"集体主义"不是同一范畴的概念,更不是相互对立。前者是"人格意义上的思想原则",后者如抽去了"个性主义"的自觉因素,"就可能陷入盲目服从的新的奴隶主义窠臼";"法西斯一词的原意就是集体"。窃以为这两者均可划入鲁迅精神追求的范畴。鲁迅早期崇尚的"个人"是置身于"庸众"对立面的精英类的个人。这类人在理性上是自由独立的存在,在文化上是"旧轨道的破坏者",在政治上是封建等级制度的颠覆者。当时鲁迅心目中的这种"个人"就是"超人""孤独者""摩罗诗人"。这种"个性主义"跟谋取私利的生活准则和以个人为中心的社会思想毫无干系,而是植根于民族民主革命的政治立场。鲁迅在辛亥革命前后曾参加光复会和越社等团体,说明他在"重个人"的同时也从来排斥集团意识。在1925年10月创作的小说《伤逝》中,鲁迅已明确告诉读者,没有必要的经济制度变革和社会制度变革,个性解放的幻梦就会顷刻化为泡影。鲁迅后期弘扬的"集体主义"是一种跟"奴才主义"不相兼容的概念。它以朝着"同一目标",结成"联合战线",谋取"大众利益"为宗旨,在"做梯子""从公意"的同时,鲁迅仍然强调了"在文学上也应当容许个人提出新的意见","标新立异也并不可怕"的独立思考精神和思想自由原则。鲁迅思想的发展主要表现是,他在前期的战斗方式往往是荷戟独战,而在后期则更加认清了中国旧传统、旧体制的顽固性,深知旧势力绝非个人之力所能撼动,即使在成员流品不齐的情况下,他宁肯"横站"仍强调集团作战的必要性。左联在未发表解放宣言的情况下自动解放,在鲁迅看来形同溃散,不但失望而且悲愤！这就是鲁迅"集体主义"精神的体现。鲁迅后期跟"以鸣鞭为唯一的业绩"的"奴隶总管"持不调和的主场，又鲜明体现了他的自由思想和独立精神。据查，"法西斯"一词的德语本意并不是"集体"，而是"权杖"或"权力"。

还有学友认为，《序言》夸大了鲁迅跟农民的精神联系。毫无疑义，鲁迅对旧世界的叛逆性并非完全来自农民，也受欧风美雨带来的"西方新思想"影响。但查《序言》原文，秋白是这样写的："鲁迅和当时的早期革命家，同样背着士大夫阶级和宗法社会的过去。但是他不但很早就研究过自然科学和当时科学上的最高发展阶段，而且他和农民群众有比较巩固的联系。"这里所说的"比较"，是将留日时期的鲁迅跟当时其他的反清志士相比较。秋白所指的那些"早期革命家"，有的侧重鼓吹"种族革命"，缺乏对现代民主政治形式的必要了解；有些虽接受了"民主主义"观念，但又难免未能涤除绅士阶级的旧习。跟这些人相比，鲁迅跟中国农民有着比较直接的交往。这是因为鲁迅在士大夫家庭败落的过程中，曾"混进了野孩子的群里，呼吸着小百姓的空气"。鲁迅多次跟冯雪峰谈过："比较起来，我还是关于农民知道得多一点。""要写，我也只能写农民，我回绍兴去。"（《回忆鲁迅》，《鲁迅回忆录》中册，北京出版社1999年版，第611页）冯雪峰又说，鲁迅从少年时代就感觉到这些农民是这样的好，这些农民的儿子是这样的好，他们和鲁迅的友谊又是这样的好，"因此在心里种下了爱劳动人民的思想种子"（《鲁迅和他少年时候的朋友》，《雪峰文集》第4卷，人民文学出版社1985年版，第37页）。秋白强调鲁迅跟农民的精神联系，是为了说明鲁迅平民立场的形成的原因。秋白所说的"自然科学和当时科学上的最高阶段"，就包含了欧风美雨带来的西方新思潮。鲁迅在《南腔北调集·我怎么做起小说来》一文中，指出他寻求"叫喊和反抗"之声（亦即《序言》谈到的"野兽性"）多来自俄国、波兰及巴尔干诸小国作家的作品。这无疑也包含在前面所提及的"欧风美雨"之中。因为引用者删去了"不但"后面那些文字，仅存"而且"后面那几个字，这就容易引发读者的误解。

秋白的《序言》作为一篇历史文献，当然会存在不可避免的历史局限性。

即使是长篇论文,也不可能顾及鲁迅的方方面面。但是迄今为止,在我接触的范围之内,真正能准确指出此文不足之处的论著还确实少见;即使主观上想站在当代的高度为秋白纠偏指谬,也未必能令读者心悦诚服。比如有位论者写道:"瞿秋白的《序言》既可以看作鲁迅论,也完全可看作一篇政论。他始终不能超越马克思主义者的角度,从更广阔的视角来评价鲁迅,所以无论从论断的过程还是得出的结论来看,都带有很强的实用性。这不仅使《序言》本身的深刻性有了一定程度的降低,更重要的是,它形成了后期鲁迅思想研究的一种惯性范式,使后来的众多研究者很难走出瞿秋白的影响,始终少有突破性的研究,这不能不说是一种遗憾。"(《观照伟大精神的经纬——鲁迅思想研究史》,吉林人民出版社2004年版,第51页)

　　在以上引文中,笔者认同的只有"始终少有突破性的研究"这句话,也同样为此感到"是一种遗憾"。但把造成这种遗憾的原因归咎为"不能超越马克思主义",这似乎更缺乏理论逻辑。《序言》作者是一位马克思主义者,他当然会用马克思主义(包括列宁、卢那察尔斯基等人的文艺观)作为立论的指导思想。《序言》作者本身是一位战斗者,他自然会首先强调鲁迅杂文的革命功利性。从二十世纪八十年代至今,鲁迅研究界有过"去政治化"和"再政治化"的讨论。秋白无疑是"政治鲁迅"研究的开拓者。不过,文学是多功能相互渗透的一个整体,鲁迅研究有多种方法和路径。我们不能以偏概全,只对文学提出单一性的要求,也不能以一种研究视角排斥其他的研究视角。如果求全责备,我们也可以认为这篇序言缺少对鲁迅杂文的艺术分析,特别是对鲁迅杂文风格一贯性与变异性的分析。对于鲁迅从辛亥革命之后到大革命失败之前那一阶段思想矛盾的消长起伏也缺乏过细分析。但一代人有一代人的社会责任,一篇论文有一篇论文的论述中心,任何人的任何文字都不可能做到面面俱到。对于瞿秋白其人及其著作的不足,需要的并不是辩护而是理解。期盼超越《序言》水平的鲁迅研究成果出现,我以为还是要学习秋白治学的立场、观点、方法和精神。正确继承前人,才能真正跨越前人!

他是一个战斗者
——以鲁迅谈刘半农为中心

一个多世纪之前,江苏江阴有一位善良的年轻寡妇,从远房本家中收养了一个嗣子,又在寒冬抱养了一个濒临死亡的女婴。这位嗣子和女婴成年之后喜结连理,奇迹般地培养了三个不平凡的儿子:长子刘半农,新文学家兼语言学家;次子刘天华,著名作曲家和民族乐器演奏家;三子刘北茂,翻译家及音乐教育家。人们习惯于把他们合称为"刘氏三杰"。

奇才

关于刘半农的外貌、爱好和性格特征,周作人在《刘半农墓志》中描写得最生动、最全面:"君状貌英特,头大,眼有芒角,生气勃勃,至中年不少衰。性果毅,耐劳苦,专治语音学,多所发明。又爱好文学、美术,以余力照相,写字,作诗文,皆精妙。与人交游,和易可爱,善诙谐,老友或与戏谑以为笑。"

刘半农是蔡元培、陈独秀发现的一位奇才。他虽然连中学毕业的学历都没有,但二十六岁就被北京大学聘为预科教授。刘半农是以翻译外国文学名著初登文坛的,其学术成就主要是在音韵学方面。因《汉语字声实验录》一书,刘半农获得了法国国家文学博士学位,并荣获1925年度康士坦丁·伏尔内语言学专奖(Prix Volney)。他的研究成果,奠定了我国实验语音学的基石。在应用文研究和民俗学研究诸方面,刘半农同样取得了学术硕果。

刘半农又是一位音乐家。他作词、赵元任谱曲的《教我如何不想她》是民国时代的流行金曲。赵元任说:"半农的词调往往好像已经带了音乐的'swing'(摇摆)在这里头,这些年来跟他编曲和讨论乐律问题也都像成了一种习惯似的。"刘半农为支持弟弟刘天华的古乐器改革,特写了一篇《琵琶及他种弦乐器之等律品法》,表明他本人对弦乐器和乐律有着深湛的研究。

刘半农还是中国摄影界的先驱。他十七八岁便爱好摄影,留学巴黎时继续练习,有意兴就拍,无意兴就歇,尊崇个性,不以参赛为目的。1927年他正式参加了中国第一个非职业的摄影团体——光社,多次参加光社举办的摄影展览,编辑过两本《光社年鉴》,还出版了一部专著《半农谈影》。

战士

鲁迅称颂刘半农是"五四"文学革命的战士、战斗者,说他活泼、勇敢,很打了几次大仗。第一个战例就是答王敬轩的双簧信。

《奉答王敬轩先生》是"五四"文学革命初期的一篇重要的理论文章:由钱玄同化名王敬轩,汇集了守旧派攻击新文化运动的种种论点,作为致"新青年诸君子"的一封信件,而后由刘半农以《新青年》记者的身份从八个方面条分缕析,逐段批驳。

客观地说,林琴南不仅古文根底深厚,受到桐城派大师吴汝纶的推崇,而且在中国近代翻译史上占有一席重要地位。他虽不谙外文,却与留学海外的人才一起"意译"了近二百种西洋小说,在当时影响了包括周氏兄弟在内的广大读者。除此之外,林琴南还擅国画。鲁迅1912年曾购买过他的单幅国画,并将其笺画编入《北平笺谱》,称赞他"为当代文人特作画笺之始"。

然而辛亥革命之后,林琴南日趋保守。他十谒光绪陵,表明他的保皇立场,反对新文化运动。

刘半农尖锐指出了林译小说的三大弊病:一是选材不精。林琴南的确翻译了哈葛德、笛福的一些名著,但大部分译书并无文学价值,确是"弃周鼎而宝康瓠"。二是译文谬误太多。林琴南不懂外文,翻译时又信笔删改,有失原著精神面目必不可免。三是译书应以原著为依据,如鸠摩罗什译《金刚经》,玄奘译《心经》,决不能牺牲外文的意义神韵,迁就中国古文笔法,即所谓"以唐代小说之神韵,移译外洋小说"。刘半农指出的这三点,可以说每一点都击中了林译小说的要害。

在鲁迅心目中,"她"字和"它"字的创造,也是刘半农在五四新文化运动中的另一项战绩。为什么要创造"她"和"它"字呢?因为中国文字中只有一个第三人称代词"他"。但是第三人称所指对象中,除开男性,还有女性和物类。外文则比较严密,第三人称是有阴性和阳性区别的,如果通用一个"他"字作为第三人称代词,翻译文字就不能准确传情达意。周作人建议用"伊"指代第三人称中的女性,这样虽然可以跟阳性的"他"在语音上清晰地加以区分,但只有在某些方言才用"伊"作为第三人称代称,而且"伊"近于文言,在白话文中出现显得不甚调和。胡适则建议用"那个女人"四个字来指代第三人称中的女性。无论在口语或文章中,这样使用不仅累赘,而且滑稽。只有刘半农创造的"她"和"它"字跟"他"字容易区别,又极简明,所以至今得到普遍使用。

合作

在二十世纪二十年代,鲁迅跟刘半农还有其他两次合作:一次是出版《何典》,另一次是批评徐志摩。

吴稚晖先生讲演时,几次三番提到他写文章得益于一部叫《岂有此理》的小书,书开场两句就是:"放屁放屁,真正岂有此理!"钱玄同听到此言,立即到旧书肆访书,买了一部《岂有此理》和另一部《更岂有此理》,但均无这句话。1926年初,刘半农逛厂甸,无意中购得一部清人张南庄所作的章回体小说《何典》,又名《十一才子鬼话连篇录》,1818年(光绪四年)由上海申报馆出版。吴稚晖引用的那句话赫然在目。鉴于这本书善用苏南俚言土语,并且在貌似荒唐的言辞下,将人情世故痛切陈述,读起来别有风趣,故刘半农略加校注,翻印出版,并请鲁迅作序。

关于这次作序,有一件长期为研究者忽略的事情,那就是鲁迅其实为此撰写了两篇序言。1926年6月,印入北新书局版《何典》一书的是鲁迅撰写的《〈何典〉题记》,写作日期是:1926年5月25日。该文对《何典》的艺术特色进行了精到的评析:"谈鬼物正像人间,用新典一如古典","便是信口开河的比方,也常能令人仿佛有会于心,禁不住不很为难的苦笑"。但鲁迅也以老朋友自居,坦率批评了刘半农校点的缺点——主要是删掉了原著中一些粗俗的语句,以空格取代。鲁迅说:"我看了样本,以为校勘有时稍迂,空格令人气闷,半农的士大夫气似乎还太多。"这一批评让刘半农颇不高兴,不过《何典》再版时,刘半农还是根据鲁迅的意见,将删去的文字补足了,恢复了《何典》的原貌。但是鲁迅却没有将此文收进自编文集,现在只能在《集外集拾遗》中才能看到。

鲁迅选进自编杂文《华盖集续编》的是《为半农题记〈何典〉后,作》。《〈何典〉题记》的写作时间是1926年5月25日,《为半农题记〈何典〉后,作》的写作时间是"5月25日之夜"。这就是说,鲁迅在写完"题记"之后立即又写了那篇"题记"的续篇。这在鲁迅撰写题跋的经历上绝无仅有。既然同一天写同一题材的文章,为什么不将两篇合二为一呢?鲁迅既然将《〈何典〉题记》交给了刘半农,而且正式印入了《何典》,为什么又不收入自编文集呢?这些疑点,笔者至今也没有解开。

第二次协同作战是对徐志摩的批评。1924年12月1日,徐志摩在《语丝》周刊第三期发表了他翻译的《死尸》一诗,译自波德莱尔的诗集《恶之华》。徐志摩在译诗前发表长篇议论,借谈音乐理论来谈诗歌原理。他认为"诗的真妙处不在他的字义里,却在他的不可捉摸的音节里;他刺戟着也不是你的皮肤(那本来就太粗太厚!)却是你自己一样不可捉摸的魂灵"。诗歌的乐感跟音节有关这是对的,但完全抛开字义中所蕴含的思想内容这就走火入魔了。鲁迅和刘半农都不满意这种神秘主义的文艺论,分别撰文予以批驳讥刺。

鲁迅撰写的杂文题为《"音乐"?》,发表于同年《语丝》周刊第五期。鲁迅指出徐志摩扬言他不仅能听到"有音的乐",也会听到"无音的乐"。"天上的星,水里洇的乳白鸭,树林里冒的烟,朋友的信,战场上的炮,坟堆里的鬼磷,巷口那只石狮子,我昨夜的梦……无一不是音乐。"如果有人听不着,那"就该怨自己的耳轮太笨或是皮粗",这难道不是故弄玄虚吗?鲁迅戏拟了一段徐志摩的译诗,文白夹杂,中文外文夹杂,充斥着生造词和自以为深奥而其实不通的文句,从而批驳徐志摩。

刘半农当时在巴黎留学,他收到周作人寄来的《语丝》第七期之后,也于1925年1月23日写了一篇《徐志摩先生的耳朵》。刘半农讽刺徐志摩能听到凡人所听不到的声音,是因为他耳朵有特异功能,或耳朵上安装了"无线电受音器",再或者是有一种地道的双料耳鼓膜。刘半农以四两拨千斤的笔力,指出了徐志摩文章中两处常识性错误,因为接受声音的是耳鼓膜,而不是徐志摩所说的"耳轮",至于徐志摩所说的皮肤,无论厚薄粗细,都是不能接受声音的。经过鲁迅、刘半农的双重夹击,徐志摩从此再也不敢在《语丝》上发声了。

隔阂

1926年8月之后,鲁迅先后赴厦门、广州任教;1927年10月在上海定居。刘半农在北平执教,与鲁迅南北暌离,双方曾产生了一些隔阂和误会。这首先表现在《语丝》周刊南迁问题上。

鲁迅和刘半农都是《语丝》周刊的同人。该刊由北平北新书局印行,编辑的方法极为简单:凡社员的来稿必登,编辑并无取舍之权;只有外来投稿才由编辑者略加选择,必要时做点删改。1927年奉系军阀张作霖入关,北新书局关张,《语丝》周刊被禁,后改在上海出版,一度由鲁迅接编。刘半农原反对《语丝》周刊南迁,后来又有一篇文章在《语丝》上受到批评,于是就再也不给《语丝》投稿了。这篇文章就是1928年2月27日《语丝》第4卷第9期发表的《杂览之十六·林则徐照会英吉利国王公文》。文中说林则徐被英人俘虏,并且"明正了典刑,在印度异尸游街"。《语丝》第十四期刊登了宁波市读者洛卿的来信予以更正:"查林则徐在道光二十一年革职,留粤听勘,至道光三十年十月,因广西盗剧,诏起林则徐为钦差大臣,兼广西巡抚,十一月二十七日则徐行至潮州病卒。事见《清朝全史》及李泰棻《新著中国最近百年史》。"事实上,被英人俘虏病死于印度的是叶名琛,并不是林则徐。刘半农一时记错,张冠李戴,这在行文时本是常见之事,但文人看重面子,这件原本不大的事情,却令人遗憾地造成了鲁迅与刘半农之间的隔膜。

鲁迅不满意刘半农"做烂古文,写打油诗",是因为鲁迅当时已经成为左翼文坛的盟主,而刘半农却在《论语》《人间世》等刊物发表《双凤凰砖斋小品文》和《桐花芝豆堂诗集》。"桐"指"梧桐子","花"指:"落花生","芝"指"芝麻","豆"指"大豆",此四物皆可打油,故作为堂名,以示幽默。这些诗作多达六十三首,有些虽含愤世嫉俗之意,但大多现实意义不大。

刘半农能写一手漂亮的白话文,古文根底同样十分深厚。这也是五四新文化运动先驱者的文化共性。鲁迅跟刘半农在文言文写作上的分歧,则跟二十世纪三十年代的大众语文论战相关。当时距离"五四"文学革命已有十余年,白话文面临着两种选择:一是革新,二是复古。

鲁迅认为,文字改革必须首先面对当时的一个基本现实,那就是在中国人口中文盲占到百分之八十,文化变成了特权者的专属物。用文言文写文章固然能够减少字数,但含义却比较含糊,需要读者用知识去注释补充,翻成精确的白话之后才能懂得。所以鲁迅反对用文言文来作为写作的范文,号召继续为白话文而战斗。因此,鲁迅反对作"烂古文",不是不加区别地反对用文言文写作。事实上,鲁迅晚年也写些旧体诗,甚至用骈文撰写过《〈淑姿的信〉序》这类文章。他针对的不是刘半农个人,而是当时甚嚣尘上的复古逆流。

回顾鲁迅和刘半农的交往,虽然出现了相得与疏离的曲折过程,但他们彼此都是十分敬重的。刘半农景仰鲁迅自不待言,虽然迁到上海出版的《语丝》令刘半农有些不满,但他仍推荐鲁迅为诺贝尔文学奖的提名人。中国五四新文化运动中涌现的作家很多,比如周作人、林语堂,既是散文作家,跟刘半农的私交又很好,但半农仍然推荐鲁迅,可见刘半农举贤是出于公心。鲁迅对刘半农的真情,在《且介亭杂文·忆刘半农君》一文中已表露得一览无余:"现在他死去了,我对于他的感情,和他生时也并无变化。""他的为战士,即使'浅'罢,却于中国更为有益。我愿以愤火照出他的战绩,免使一群陷沙鬼将他先前的光荣和死尸一同拖入烂泥的深渊"。

毁誉参半的双语大师林语堂

我无意于研究林语堂。他虽然以"幽默大师"闻名于世，但读起他的文章，我觉得反不如梁实秋的散文幽默。林语堂是语言文字学家，他编撰的《当代汉英词典》是一部权威性的工具书，可惜我天生愚钝，对这门学问全无兴趣。林语堂之所以闻名海内外，因为他"脚踏中西文化"，是中国现代珍稀的双语作家。他出版的英文论著约四十种，其中仅《生活的艺术》一书就在美国出了四十多版，还有英、德、法、意、丹麦、瑞典、西班牙、葡萄牙、荷兰的版本，畅销三四十年而不衰。遗憾的是我不懂英文，因而难于分享他的成就。

然而我还是关注了林语堂，因为在中国现代文化史上他是个绕不开的存在。我是以鲁迅研究为职业的人，仅在《鲁迅日记》中林语堂就出现了一百二十七次。研究鲁迅，怎能不研究他同时代的人呢？更何况林语堂还是一个独立的存在，除了跟鲁迅的恩恩怨怨，他本人值得研究的地方还有很多。

一

我开始研究林语堂是在二十世纪九十年代初，原因是我应邀到台湾地区举办了一次以《幽默杂谈》为题的讲演。邀请者是已故台湾空中大学教授沈谦。沈先生是研究修辞学的学者，能言善侃，号称台湾地区的"名嘴"。台湾空中大学相当于大陆的广播电视大学，相当多的学员是在职人员，利用业余时间深造，所以讲座安排在晚上进行。

那次我讲的是："幽默"是英文humour（诙摹）的音译，源于拉丁文，含义为体液。直到文艺复兴时期，幽默的含义才逐渐由医学领域向社会领域和艺术领域转移，成为一个喜剧美学的概念。1924年5月，林语堂率先将"幽默"的概念引进到中国。接着,我重点介绍了幽默最基本的功能——引笑机制,以及制造幽默的常用技巧。在讲演中,我还粗略谈及了幽默跟机智、滑稽和讽刺的异同。会场的气氛是活跃的,但讲完也有两位听众有不同反应。一位是中年公务员。他天真地说:"您从北京来,我还以为您是来说相声呢!"原来他把幽默跟搞笑完全混为一谈了,所以有些失望。还有一位是大学青年教师。他神情凝重地问:"陈先生,台湾正在竞选,听说下个月就要投票了,此刻气氛相当紧张,您看我们台湾老百姓能幽默得起来吗?"我一时语塞。这个问题,促使我对幽默的社会功能产生了进一步思考。

从台湾地区回北京后,我写了一篇《"相得"与"疏离"——林语堂与鲁迅的交往史实及其文化思考》,除了梳理他们交往的过程之外,还论述了他们在"幽默"问题上的分歧。林语堂认为:幽默有广义和狭义之分。广义的幽默常包括一切使人发笑的文字,而狭义的幽默则区别于浅薄的滑稽和辛辣的冷嘲。因为幽默固然能收到谐谑的效果,但对所谑的对象却充满了同情悲悯。所以林语堂指出,幽默的真谛在于"悲天悯人"。对于作为一种语言风格和文字表现手法的幽默,鲁迅从来未持否定的态度。他还翻译过日本鹤见佑辅的文章《说幽默》。鲁迅跟林语堂在幽默问题上的主要分歧在于:(1)在二十世纪三十年代的中国是否适合于大力提倡幽默?(2)幽默与履行社会批评使命的讽刺是否互不相容?(3)对幽默的社会功能与艺术功能如何估计才恰如其分。

林语堂的读者都知道,创办《语丝》初期,林语堂在跟北洋军阀斗争的过程中意气风发,发表了《祝土匪》《说文妖》《悼刘和珍杨德群女士》等,因此跟鲁迅一样被列入了通缉的黑名单。1927年"四·一二"反革命事变之后,林语堂由办《论语》到办《人间世》,从臭虫跳蚤、吸烟打牌、饮酒中风、抽水马桶,乃至男子精虫、女子月经……统统都成了他幽默的题材。一时,似乎天下无不谈"幽默"和"性灵"。林语堂本人也由"讽刺的幽默"转变为"闲适的幽默",由"斗士"转变为"名士""隐士"。

二

然而在一个风沙扑面、虎狼成群、炸弹凌空、饿殍遍地的时代,在一个阶级矛盾和民族矛盾空前尖锐的时代,林语堂提倡"性灵",强调"自我",想当"隐士",是完全做不到的。在国共两党的生死搏斗中,林语堂无法始终保持超然的立场。他选边站队的结果,是在四十年代一头栽向了国民党蒋介石一边。这在他漂泊海外三十年和晚年回台定居十年期间表现得十分明显。

2013年,台北阳明山林语堂故居整理出了一批林语堂书信,包括林语堂致蒋介石、宋美龄信函,使我对林语堂的政治态度有了进一步认识。从这批信函中得知,早在抗日战争时期,林语堂就选择了拥蒋反共的立场。他认为中国共产党在海外的宣传取得了成功,而国民党则败在宣传,所以他愿意写文章介绍蒋介石"防共之苦衷"。1945年11月26日,林语堂致宋美龄信,说有一位兰德尔·古尔德先生在《剖析林语堂》一文中攻击他"每一个道德细胞都已败坏",所以他恳求蒋介石给他题写"文章报国"四个字,如能遂愿,死而无憾。1966年,在海外漂泊了三十年的林语堂回台定居。蒋介石不仅为他在阳明山麓建造了一栋漂亮的别墅,而且有意请他出山。七十多岁的林语堂认为他处于在野地位,更能为蒋介石尽力,而"一旦居职,反失效力"。"以道辅政",就是林语堂晚年给自己的定位。

三

除了对林语堂与鲁迅进行了比较研究,我对林语堂研究的另一微薄贡献,是在国内首次披露了一批林语堂与南洋大学冲突的史料。2008年4月,我应邀到新加坡南洋理工大学文学院访学,接触了一些当地人,发现林语堂在新马地区的口碑并不好。我在新加坡国立图书馆还读到一本小说,书名叫《"美是大"阿Q正传》,就是用主人公"美是大"影射林语堂。小说作者"吐虹"之所以给林语堂取了一个"美是大"的绰号,就是因为林语堂在新加坡到处演讲,颂扬了美国的文明、女人、脱衣舞……林语堂还当场质问听众:"美国的女孩子多数在结婚以前便有了孩子,这里有没有?美国的娘儿们袒胸露肩,下半身赤裸,上身几乎全部暴露,敢公然在街上跑,这里谁有胆量?她们敢公然和不认识的男人调情,这里谁敢这样做?"

不过,林语堂之所以在新加坡被人诟病,并不是因为这类言论,根本原因是发生于1955年的"南洋大学事件"。那一年4月,被南洋大学执委会聘为校长的林语堂宣布辞职,领取了一大笔遣散费。林语堂一方斥责执委会一方背信弃义,是被共产党操纵利用;另一方则认为林语堂是"小丑扮青衣",是吮吸华侨血的"臭虫"。时隔半个多世纪,这场纠纷的是非如何才能断定呢?

有幸的是,我在新加坡国立图书馆查到了林语堂跟南洋大学执委会负责人陈六使、连瀛洲的一批通信。这批私人函件是林语堂主动公布的,刊登于1955年3月21日的《星洲日报》,总题为《林语堂与连瀛洲备忘录》,由于历经半个多世纪,原报早已漫漶破损,我看到的是缩微胶卷。

这一事件的主人公之一陈六使是南洋大学的创办人。为了保存和弘扬中华民族的优秀文化,重点培养新马地区的华裔高中毕业生,他捐献了一百六十七万美金作为南洋大学开办基金。连瀛洲也是新加坡的一位侨商领袖,1953年底作为陈六使的代表,自费到美国纽约动员林语堂出任南洋大学的第一任校长。当时南洋大学急需聘请一位有一定国际影响而又能为英国殖民当局接受的校长,曾经想请胡适或梅贻琦出山,均未获允,于是林语堂就成了他们当时力争的人选。为此,南洋大学执委会不仅为林语堂提供了极其优厚的待遇,而且在书信中承诺"校长负大学行政全责","校董不得干涉大学行政"。孰料林语堂1954年10月上任之后,竟要根据他心目当中西方第一流大学的水准,一口气就要把南洋大学办成"亚洲东南第一学府"。这自然会牵涉办学经费问题。南洋大学的办学启动费都是南洋华侨的血汗钱,不仅来自少数侨商的捐助,而且新加坡的小贩、三轮车夫、割胶工人乃至舞女都举办了义卖、义演、献薪等活动,每一分钱上都浸透了华侨的血汗。经费原本支绌且又勤俭节约的执委会,焉能对这种好大喜功的做法坐视不管?

1955年2月17日至同年4月6日,林语堂跟南洋大学执委会进行了五十天剑拔弩张的谈判,以南洋大学执委会给林语堂一方支付了十多万美金的遣散费宣告结束。按照当时的标准,林语堂在新加坡短时间的薪酬,相当于当时中国高校教师八十六年的总收入。所以林语堂与南洋大学执委会之间的这场冲突,是一场双输的冲突:南洋大学执委会输了巨资,林语堂输了名声。事后林语堂把南洋大学执委会解聘他的原因归结为共产党幕后的煽动,完全是一种不尊重事实的说法。从新加坡访学归来后,我写了一篇《折戟狮城——林语堂与南洋大学》的长文,刊登在《新文学史料》2008年第4期上;又将这批原始信函刊登在《湖南人文科技学院学报》2008年第5期上,作为我给林语堂研究提供的一点新史料。

四

　　2016年5月,经友人安排,我到福建漳州平和县林语堂纪念馆举办了一次讲座,题为《林语堂其人及其文化思想》,讲稿后来刊登在《中华读书报·国际文化》专栏。我的讲演是普及性的,卑之无甚高论,但借这次难得的机会,我切身感受了林语堂故乡的地理和人文景观。

　　根据林语堂的《八十自叙》,他出生在福建南部沿海山区的龙溪县板仔村。当年的龙溪,就含有如今的平和县。板仔村四周皆山,极目遥望,但见绵亘,无论晴雨,皆掩映于山雾之间。林语堂说,这些层峦叠嶂的青山形成了他健全的观念和简朴的思想。板仔的水同样让林语堂魂牵梦萦,因为板仔村亦称为东湖:"虽有急流激湍,但浅而不深,不能行船,有之,即仅浅底小舟而已。船夫及其女儿,在航行此急流之时,必须跳入水中,裸露至腿际,真个是将小舟扛于肩上。"这种生动的民俗画卷,如今已经见不到了。

　　1907年,林语堂十二岁,林语堂的故乡发生了一件大事,那就是修建了一座新教堂。这应该是林语堂第一次跟西方文明接触。同样遗憾的是,这座教堂在二十世纪七十年代已被拆除,人们已无法体验儿时林语堂从教堂屋顶滑下来的情景。目前,只留下了林语堂父亲在河边荒地上修盖的五间小平房,作为林语堂故居供人参观。故居内悬挂着林语堂不同时期的照片,摆放着木制餐桌、照明灯等老物件,把观众带回到这位幽默大师流连眷恋的青少年时代,与故居相连的还有铭新小学一间十来平方米的教室。林语堂六岁至十岁在这里上学。家长每周给他一个铜板,当时可以买一碗面吃,也可以买一个芝麻饼及四块糖果。我举办讲座的林语堂文学馆,就在林语堂故居旁边。文学馆门外有一株大树,树下有一个当年的石桌。讲演之前,我特意坐在石桌边品茶,让思绪穿越到那悠远的年代。

这次平和之行的最大收获,是结识了两位当地作家:一位是林语堂文学馆馆长黄荣才,另一位是平和县作协秘书长林丽红。从他们那里,我了解到一些饶有趣味的史料。比如,林语堂在《八十自叙》中说,他跟板仔村的一个女孩赖柏英十分相爱,小时候常在一起捉鱼虾。林语堂上圣约翰大学之后返乡,乡亲们都认为他们是理想的一对。但未能遂愿,林语堂到了北平,赖柏英就嫁了本地一位商人。1963年,林语堂出版了一部自传体的英文小说,书名就叫《赖柏英》(*Juniper Loa*)。

然而黄荣才和林丽红告诉我,经过调查,赖柏英生于1913年,而林语堂生于1895年;也就是说,林语堂要比赖柏英大十八岁。林语堂大学毕业时,赖柏英刚三岁,两人怎么可能会产生恋情呢?故乡人又怎么可能认为他们两人般配呢?再说,赖柏英于1932年(一说1931年)结婚,丈夫蔡文明在中学任职,也不是什么商人。据他们推断,林语堂的初恋对象应该是赖柏英的姐姐赖桂英。她跟林语堂年龄接近,而且丈夫林英杰的确经商。不过。令人费解的是,如果初恋真的刻骨铭心,那怎么会连恋人的名字都记错呢?由于这一段恋情跟林语堂的创作直接相关,进一步考证也许并不是一件毫无意义的事情。

当我撰写这篇回忆文章的时候,离开平和这个南国的柚子之乡已经整整一年了。以我目前的年龄,此生应该会跟林语堂研究告别了吧。但有幸的是,我跟林语堂故乡人的友情是割不断的。我们在智能手机上建了一个朋友圈,这个"群"的名字就叫"语堂说"。

培植《浅草》，敲击《沉钟》
——从冯至给我的信说起

冯至先生是著名的外国文学研究专家、诗人，对于中国古典文学造诣亦深；但我跟他却是因鲁迅研究而结缘。那是在四十四年前，我还在北京西城一所中学教书，但却对鲁迅作品产生了浓厚兴趣。在鲁迅撰写的《〈中国新文学大系〉小说二集序》中，我读到了关于浅草社和沉钟社的几段文字——这是用散文诗的语言撰写的文学评论，深刻而精到，但在史实上又有一些疑点，于是我通过戈宝权先生联系到了冯至先生，写信向他请教一些问题。冯至先生于1975年12月29日和1976年2月15日——作了回复。后来我根据冯先生的意见并参阅了一些其他史料，写成了一篇文章，叫《鲁迅北京时期与文艺社团的关系》，发表于《南开大学学报》，后收入拙作《鲁迅在北京》。今天读来，这篇文章幼稚之极，史料亦不充分。但当时正值"文化大革命"后期，研究文学社团和流派还没成为文学界的关注点，所以多少有点拓荒的意义。

浅草社社名的由来在《浅草》季刊创刊号的《卷首小语》中说得很清楚：

在这苦闷的世界里，沙漠尽接着沙漠，瞩目四望——地平线所及只一片荒土罢了。

是谁撒种了几粒种子，又生长得这么鲜茂？地毯般的铺着：从新萌的嫩绿中，灌溉这枯燥的人生。

荒土里的浅草呵！我们郑重的颂扬你；你们是幸福的，是慈曦的自然的骄儿！

我们愿做农人，虽然力量太小了；愿你不遭到半点蹂躏，使你每一枝叶里，都充满伟大的使命。

由此可见,浅草社的同人是自比为农夫,希望能在现实世界的沙漠里播撒文艺的种子,祈盼能长出嫩绿的浅草,给这枯燥的人生增添新绿。关于浅草成立的时间,有1922年、1923年、1924年等多种说法。

鲁迅的说法是,"1924年发祥于上海的浅草社,其实也是'为艺术而艺术的'的作家团体"。此后,王瑶的《中国新文学史稿》,田仲济、孙昌熙的《中国现代文学史》以及二十世纪七十年代复旦大学、中国人民大学的《中国现代文学史》教材均从此说。茅盾在《〈中国新文学大系〉小说一集导言》中,却把浅草社成立的时间说成是1923年春,江苏人民出版社出版的九院校联合编写的《中国现代文学史》从此说。我函询冯至得到的答复,是浅草社筹备于1922年。查证相关史料,冯至的说法比较贴近事实。

1923年4月2日,上海《时事新报》副刊《文学旬刊》第六十九期刊登了一则《浅草社消息》,一开头就说:"我们这个小社,是在一两年前,由十几位相同爱好文学的朋友组织的。"1923年的一两年前,即1921年至1922年。这种说法,同样得到了林如稷的印证,林如稷是浅草社的主要发起人。1962年,林如稷在四川人民出版社出了一本《仰止集》,内收《鲁迅给我的教育》一文。他写道:"在一九二一年,我从北京转到上海读书,在那里认识同乡邓均吾和陈翔鹤,陈那年已在复旦大学读文学系,也常爱写点东西,我们便在次年(按:即1922年)不自量力地约集几个在北京求学的朋友陈炜谟、冯至等,创刊了《浅草》文艺季刊。"茅盾将浅草社的成立时间误为1923年,估计是因为《浅草》季刊创刊号出版于1923年3月。鲁迅将浅草社的成立时间误为1924年,估计是因为浅草社成员跟他通信并交往的时间始于1924年6月、7月间。

关于浅草社和沉钟社的关系,也有不同说法。在鲁迅、茅盾眼中,这两个社团是一脉相承的。鲁迅的表述是,1925年,浅草社的中枢从上海移入北京,社员好像走散了一些,"《浅草》季刊改为篇叶较少的《沉钟》周刊了"。但有人认为这是两个各自独立的文学社团,精神与趣味大相径庭。但冯至先生给我的信中却明确指出:"浅草社是沉钟社的前身"。这种表述比较接近于史实。因为就基本成员来看，原来长期为《浅草》撰稿的十七位作者中，成为《沉钟》骨干的至少有九人。主持《沉钟》前期编务的也是原浅草社成员。从文艺观和创作倾向来看，两个社团之间自然也有其一致性，有所不同的是，浅草社的核心人物是林如稷，沉钟社的核心人物是杨晦。《浅草季刊》重创作，而《沉钟》周刊和半月刊创作与翻译并重。

"沉钟"这一刊名和社名取自德国戏剧家霍甫特曼1896年创作的童话象征剧《沉钟》。剧中的铸钟师亨利铸造了一口沉钟，运往山上教堂的途中却被林中的魔鬼推入湖底。亨利在林中仙女罗登德兰的激励下决心另铸一座新钟，最终却因喝了魔浆被毒死。亨利为铸造沉钟而献身，沉钟社的同人希望能以足够的勇气，锲而不舍，为完成艺术家的理想献身。1925年夏天的一个傍晚，沉钟社四位核心成员在北京北海公园聚会时，又听到了从远处传来的钟声。于是，由冯至倡议，其他人赞同，确定了沉钟社的刊名和社名。鲁迅赞赏《沉钟》周刊第一期刊头选用的英国作家吉辛的诗句："而且我要你们一起都证实……/我要工作呵，一直到我死之一日。"

这句诗所体现的精神，就是鲁迅赞扬的"最坚韧，最诚实的"精神，就是"每一期都显示着努力"，"将真和美歌唱给寂寞的人们"的精神。当然，鲁迅在肯定沉钟社的同时也有期待和批评。鲁迅说他们"提取异域的营养"，包括王尔德、尼采、波特莱尔、安特莱夫、霍甫特曼、史特林贝尔格……内容未免庞杂，其中既有滋养也有"世纪末的果汁"。鲁迅还直接提醒他们："你们为什么总是搞翻译、写诗？为什么不发议论？对一些问题不说话？为什么不参加实际斗争？"

我向冯至先生提问时，很关心浅草社、沉钟社成员的状况。冯至回答得很简略："关于林、杨、二陈，也是一言难尽。林在川大、杨在北大，你知道的，他们都在中文系，都老了，不大能工作了。二陈已先后去世。陈炜谟死于五十年代，新中国成立后也在川大教书，陈翔鹤在学部文学研究所，死于1969年，曾编辑《光明日报》的《文学遗产》。"

林如稷（1902—1976），四川资中人，写过小说、诗歌，其小说《伊的母亲》

和《死后的忏悔》是受鲁迅作品启发写成的。著有论文集《仰止集》、电影文学剧本《西山义旗》、译著《卢贡家族的命运》。曾任四川大学中文系教授、系主任。

杨晦(1899—1983),辽宁辽阳人,五四爱国运动中火烧赵家楼的学生之一。1925年与冯至、陈翔鹤、陈炜谟创立沉钟社,创作有剧本《谁的罪》《来客》《笑的泪》《楚灵王》《屈原》《除夕》《庆满月》《苦泪树》等,译著有罗曼·罗兰的《悲多汶传》、希腊悲剧《被囚禁的普罗密修士》、莱蒙托夫的《当代英雄》等,著有文艺评论集《文艺与社会》《罗曼·罗兰的道路》等,新中国成立后曾任北京大学中文系主任、北京大学副教务长。

陈炜谟(1903—1955),四川泸县人。在《沉钟》周刊发表小说、论文、译作、诗作三十余篇,出版有短篇小说集《信号》《炉边》。先后在重庆大学、四川大学任教。

陈翔鹤(1901—1969),重庆人。1938年参加中国共产党。新中国成立后长期主编《光明日报》副刊《文学遗产》。后调到中国社会科学院文学研究所。著有小说集《不安定的灵魂》,剧本《落花》等。二十世纪六十年代,他的小说《广陵散》《陶渊明写〈挽歌〉》被定为影射小说遭到批判。

附录:冯至先生来函两封

陈漱渝同志:

12月8日来信早已收到。迟迟未复的原因是由于我不知道158中学在何区何街。后来请教戈宝权同志,才知道你的详细地址。现在我就按照戈宝权同志寄来的地址给你回信。现就来信询问的几点答复如下:

1. 关于浅草社成立时间。浅草社最初的组织者是林如稷,他在1922年开始筹备,《浅草季刊》第一期在1923年出版。鲁迅先生说它"1924年中发祥于上海",不确切。当时出刊物不容易,一方面组织稿件,一方面跟书店老板打交道,第四期到1925年2月才出版。鲁迅在《野草·一觉》中提到的那本《浅草》是第四期。《一觉》中说"两三年前",也不确切。《一觉》写于1926年4月,如果是"两三年前"的事,那么就会是1924年或1923年了,而第四期是1925年出版的。应该说是一年前的事。

2.关于沉钟社的成员。浅草社是沉钟社的前身。浅草社的成员多半是在上海聚集起来的,而且四川人居多,如邓均吾、王怡庵、陈竹影、陈翔鹤、陈炜谟等人都是四川人,林如稷也是;我是1923年夏才参加的。《浅草》第四期以后,就没有继续出,浅草社的成员也大半分散了。1925年下半年,陈炜谟、陈翔鹤和我另成立沉钟社,后来又加上杨晦(即杨慧修),出《沉钟周刊》10期,1926年下半年起出《沉钟》半月刊。郝荫潭是在1928年才从事写作的,那时《沉钟》半月刊已经停顿了。

3.鲁迅对于浅草社、沉钟社的评价太高了,我们是受之有愧的。那时我们受西方资产阶级文学影响,思想情感都很不健康。对于旧社会感到不满,由于觉悟低,又看不见出路,只想在文学艺术中讨生活,因而流于"为艺术而艺术",鲁迅先生在《新文学大系·小说二集序》中的分析是符合当时的情况的。至于Poe和Hoffmann,是西方颓废派文学的"祖师爷",我们当时介绍这样的作家,是很错误的。鲁迅之所以对我们有所肯定,可能主要是由于我们工作的态度比较认真吧。无论是创作、翻译,我们都没有作出什么成绩来。

4.1929年4月,鲁迅先生来北平,我和杨、陈、郝三人先到鲁迅家里,随后约他到中山公园午餐,餐后闲谈,一直谈到傍晚。鲁迅对我们谈的主要是他在广州、上海的经历,具体内容,我记不很清楚了。

5.我们跟鲁迅先生接触,主要是在1926年前半年,这年暑假后,鲁迅就到厦门去了。在此以前,我听他的课,约有两年之久。回想当时听鲁迅讲课的情况,真是使人难以忘记的胜事。我们到他家里,他平易近人,总是鼓励我们写作、翻译。那时他每发表一篇文章或一条随感,我们都争相传诵。无论是口头上或是文字上,我们受到他的教益很大,不是三言两语所能表达的。

此复即祝

教安！

冯至

(一九七五年)十二月廿九日

漱渝同志：

1月18日来信,早已收到。就你提出的问题,回答如下：

1.关于"沉钟丛刊"十五种,如你信中所说,出了四种,这四种都是北新书局印行的。剩下的十一种中,杨晦的独幕剧,在1929或1930(？)年自费出版,改名《除夕及其他》,后来又加上多幕剧,改名《楚灵王》,在商务印书馆出版。《当代英雄》和Prometheus,也都是由杨晦译出出版,是哪个书局印的,我记不清了。高尔基的三部著作,我记得陈炜谟译出不少,但是没有译完,未出书。其余的,有的着手而未完成,有的根本没有着手。那时我们对于俄罗斯文学,是很爱好的。

2.北新书局除了出版过《沉钟》半月刊和沉钟社的几部书外,跟我们没有其他的关系。

3.赵景深不是浅草社的成员。在1923年,浅草社编辑过若干期上海《民国日报》的《文艺旬刊》。说浅草社是沉钟社的前身则可,若说《文艺旬刊》是沉钟社的前身,则很不确切。

4.《沉钟》是同人刊物,很少有外来投稿。你信中提出的几个人都是我们当时比较熟悉的师友,并不是社员,如张定璜(凤举)那时在北大讲《文学概论》,他和创造社有过一些关系,葛茅姓顾名随,蓬子即姚蓬子,有熊是陈炜谟的笔名,冯君培是我,罗石君原是浅草社社员,搞《沉钟》时,他也送些诗来发表。

5.关于我的介绍,我没有注意过,我没有法子回答是否有失实之处。至于林、杨、二陈,也是一言难尽。林在川大、杨在北大,你是知道的,他们都在中文系,都老了,不大能工作了。二陈已先后去世。陈炜谟死于五十年代,解放后也在川大教书;陈翔鹤在学部文学研究所,死于1969年,曾编辑《光明日报》的《文学遗产》。

6.鲁迅在北大讲《苦闷的象征》,是在1924年下半年。鲁迅随译随印随讲,他把校改后的校样抽印几十分发给听讲者作讲义。但是课程表上仍然写的是"中国小说史"。鲁迅是利用讲"小说史"的时间讲这本书。我还记得第一课开始时,鲁迅曾说,"《中国小说史略》已经印制成书了,你们可以去看这一本书,我不用再讲了。我要利用这时间讲厨川白村的一部著作"。当时听讲者不只是北大的学生,有许多校外的人都来听,课堂上挤得满满的。

7.我知道北京当时有个世界语专校,鲁迅在那里教过课,爱罗先珂也在那里教过世界语,至于集成国际语言学校,我没有印象,我查阅《鲁迅日记》,的确有不少地方提到这个学校,"国际语"当然也是世界语。

我近来很忙,回答很潦草,请你原谅。你钻研的精神,使我钦佩。关于鲁迅先生,你可以寻根究底,深入探讨;至于我们沉钟社的这些渺小的人物,是不值得你在这上边耗费精力和时间的。

此致 敬礼

冯至

(一九七六年)二月十五日

鹧鸪声里夕阳西
——琐忆徐懋庸临终前后

无论就资历抑或学识,我都没有资格对老作家徐懋庸的历史功过进行评价。对于1935年至1936年中国文坛发生的"两个口号"论争(即周扬率先提出的"国防文学"口号和鲁迅此后提出的"民族革命战争的大众文学"口号),我更没有能力和兴趣去判断是非曲直。我写此文的冲动,完全是由徐懋庸之女的一封来信引发的。记得十余年前,我写过两篇一长一短的回忆徐懋庸的文章,但都有意犹未尽之处。我自认为,除了徐懋庸的直系亲属之外,学术界跟临终前的他接触最多之人恐怕就是我了——至少我是接触最多的人之一。我应该把我的亲历亲闻亲见用文字记录下来,保存自己的一份记忆,也给历史留下一份记录。

一封来信

1977年2月3日,鲁迅研究室办公室收到一封来信,室主任李何林让我拆阅后酌情处理,全文是:

> 鲁迅研究室负责同志:
> 我是徐懋庸同志之女徐延迅。
> 我父亲自你室同志来访后,准备进行一些有利于鲁迅研究的工作。但由于身体不大好,加之抗震,于1976年11月商询离京赴宁,在我大哥徐执提处养病。他在12月经常有信来,说身体好一点,正在进行鲁迅研究书信的注释工作。但由于身体虚弱,工作进程很慢,虽然如此,他感到很有意义,很有兴趣。但后来来信,却谈到由于体弱,不能动笔了。

今年1月初，我大哥来信说父亲发烧住院。1月14日突然来电报，说我父亲病危。我母亲和弟弟去南京后，来信说经输氧和各种医治，已有好转，现住南京414医院。但昨日我母亲来信，说父亲病又恶化，已两天不吃饭，不说话。现在家里商量准备让我父回京治疗，但不知回京后是否能马上住进医院。现在正在和机关联系筹办中。

我父亲患的是呼吸功能衰竭，症状是缺氧，二氧化碳潴留，体内酸中毒。想起你室同志前一阶段为"抢救资料"而奔波，深感我父之病重给你们工作带来影响，特将我父亲病状转告你们。

此致

敬礼

西城录音机厂工人 徐延迅

1977.2.2

这是一封行文极其委婉的求助信。信中所说的"你室同志"就是本人，没有其他人，所以室主任李何林阅后批示转我。信中详述了徐懋庸在赴南京后的病况，用意无疑是探询我们单位能不能迅速给她父亲安排一家合适的医院抢救。信中提到的"和机关联系"，这"机关"即指徐懋庸任职的中国社会科学院哲学研究所。徐懋庸为什么会将女儿取名为"延迅"，据我揣测只有两种可能：(1)纪念他在延安的岁月和跟鲁迅的交往。(2)承传延续鲁迅的精神品格。看到这封信，我在焦虑的同时又十分纠结。徐懋庸原是一位自1926年即投身大革命运动的青年，1938年在延安入党的老党员，新中国成立之初曾担任武汉大学党委书记、中南行政局文化部副部长、教育部副部长。按当下的医疗制度，安排他住进高干病房进行抢救绝无问题，进入ICU病房之后生命也许就能得到延续。然而徐懋庸虽于1961年冬天摘掉了"右派"帽子，但在"文化大革命"期间又以"反鲁迅"而闻名全国，没有权威人士发话，谁能安排他入住高干病房呢？再说，我们单位当时的定点医院是一家叫"福绥境医院"的小医院，如果延误了他的病情，这岂非好心办坏事？我正在因自己的有心无力而苦恼之时,又收到了徐懋庸另一个儿子徐克洪的来信。他十分悲痛地告诉我,他父亲2月7日上午九时已经去世,希望北京有关单位派人去南京共商事宜。我的上级单位是国家文物局,徐懋庸的所属单位是中国社会科学院,两不搭界。我拜访徐懋庸以"抢救活资料"纯属个人行为,并非组织下达的任务,因此无权派员赴南京对他的丧事提出什么建议。后来听说,当时领导的决定有三条:一是不举行追悼会,二是骨灰可安放在八宝山(按:后安放在八宝山公墓九室六十号),三是发放一定数额的抚恤金。不召开追悼会的理由很明确:"徐懋庸有严重的历史问题。"

徐懋庸的"历史问题"

徐懋庸有什么严重的历史问题呢?我听说的有三条:一是在武汉大学担任党委书记期间执行知识分子政策有"左"的倾向。二是1957年因发表《"蝉噪居"漫笔》等杂文被划为"右派"。相对而言,这两条影响面并不大。那时的观念是"左"比"右"好,因为"左"是要革命,但有些过激,"右"是反对革命。虽然"右派"的政治地位跟"地、富、反、坏"并列,但文化界的"右派"也并非人人知晓。最为关键的是,徐懋庸在"两个口号"论争中拥护周扬提出的"国防文学"口号,公开写信反对鲁迅提出的"民族革命战争的大众文学"口号。而根据1966年4月林彪委托江青召开的部队文艺座谈会纪要,"国防文学"被定性为资产阶级的投降主义口号。那时全国各行各业都在学习这个文件,所以徐懋庸顿时成了一位"全民皆知""人人喊打"的反面人物。有一次,他因患痔疮到北京西城区的白塔寺药店买药。一个顾客认出了他,便把他揪出药店,交给在附近大街串联的外地红卫兵。这群红卫兵把他批斗一番,看到西边的历代帝王庙有一所北京女三中,便又把他转押给女三中的红卫兵,跟女三中的"牛鬼蛇神"关在一间"牛棚"里。徐懋庸之女徐延迅正巧有一个同学在女三中,便偷偷跑到徐家报信。徐懋庸的家属赶紧到社科院哲学所报告,请求单位把他隔离起来,要批斗就固定在一个单位批斗,免得处处揪斗。徐懋庸跟我感慨地说:"随着鲁迅作品流芳千古,我也就遗臭万年了。"1967年1月,屡遭批斗的徐懋庸填了一首词《玉连环》以舒愤懑:"两条路线,非寻常争斗,谁能局外。奈一时玉石难分,况野火烧身,千般罥碍。且学混沌,将诸窍泥封草盖。只留待双眼,看他后事,如何分解?英雄大有人在,羡万千小将,冲天气概。也有些社鼠城狐,偶窃取天机,居然左派。冠冕堂皇,将风雨随心支配。料难逃,天网恢恢,红旗似海。"这首词,既表达了他当时的迷惘,也表达了他对那些投运动之机的"假左派"的警觉和憎恶,并预言这些人不会有什么好的结局。

"敌乎友乎,余惟自问"

那么徐懋庸对二十世纪三十年代有关左联以及跟鲁迅的关系有什么真实想法呢?在《徐懋庸回忆录》第71页有一条小注:"今年7月间,北京的鲁迅研究室和鲁迅博物馆的工作人员来找我,要我解释一些他们搞不清楚的问题。我因此感到,关于鲁迅的有些事情,现在知道的人极少了,有的而且只有我一个人知道了。"(人民文学出版社1982年7月初版,徐懋庸夫人王韦签赠)所以他接受了我的建议,力争尽快把这些事情如实地说出来,写下来。

据徐懋庸回忆,鲁迅是对他影响最大的一位作家。他十二岁即在老师的引导下比较系统地学习鲁迅作品,十七岁聆听了鲁迅在上海劳动大学的讲演,二十岁左右受鲁迅杂文影响并创作杂文,二十三岁第一次跟鲁迅通信,二十四岁新年期间跟鲁迅第一次聚餐。同年他加入左翼作家联盟,经常跟鲁迅在"阿斯托里亚(Astoria)咖啡馆"晤谈,每次都是鲁迅主动做东。1928年发生"革命文学论争",他完全站在鲁迅这一边。但在"两个口号"论争时,他却支持了周扬的主张,但他自问并不是鲁迅的"敌人"。

鲁迅去世之后,他甘冒被人敌视的眼光亲赴灵堂吊唁,并敬献了一副挽联:"敌乎友乎,余惟自问;知我罪我,公已无言。"在鲁迅出殡的行列中,也有徐懋庸的身影。此后他在《鲁迅先生又有一比》一文中表示,把鲁迅比作"中国的高尔基"固然不错,但鲁迅在中国新文化运动中出现,更像伏尔泰在法国的启蒙运动中出现——他们都是"笔战强权"的斗士。为了普及鲁迅著作,他在延安时期注释过鲁迅的小说。1952年,他还在中南人民出版社出版过《鲁迅——伟大的思想家与伟大的革命家》一书。鲁迅先后给他写过五十多封信,许广平征集鲁迅书信时他全部交出,尽管有些信的内容对他个人并不利。

那封让他倒霉的信

对于1936年8月1日写给鲁迅的那封让他倒霉大半辈子的信,徐懋庸承认是他的"个人行动"。但信中对"国防文学"的理解又的确是周扬等人灌输给他的观点。所以他认为鲁迅所说"写信的虽是他一个,却代表着某一群"是符合实际的。事后周扬、夏衍及左联常委开会批评他"破坏了团结",不承担各自应该承担的那一部分责任,他一直都不服气。徐懋庸说,他是1934年春经任白戈介绍参加左翼作家联盟的,其时他并不是共产党员。1935年春,阳翰笙被捕,任白戈去日本,让他出任左联的秘书长(亦即"书记")。这是一种无权无利但有坐牢杀头危险的工作,没想到却真正陷入了一个没顶的泥塘。结果周扬把他当成了一块"肥皂",想用他的"消失"来洗清自己的过失。

对于"两个口号论争"的历史评价问题,文艺界、学术界长期存在意见分歧,在研讨时甚至出现了意气用事的情况。我当时很想了解毛泽东和延安领导层当年对这一问题的看法,但丁玲、吴亮平、萧三等当时在延安的老同志说法并不一致。我很想听听徐懋庸的说法,因为1938年初经林伯渠介绍,徐懋庸从武汉经西安抵达延安。徐懋庸很认真地回答了这个问题。他说,毛泽东在1938年5月下旬就这个问题发表了几点意见:(1)"两个口号"论争是革命阵营内部的争论,不是革命与反革命之间的争论。(2)这个争论,是在路线政策转变关头发生的。由于理论水平、政策水平不平衡,认识有了分歧,发生争论是不可避免的。我们在延安,也争论得很激烈。争来争去,真理越辩越明,大家认识一致,事情就好办了。(3)但是你们是有错误的,就是对鲁迅不尊重。[①]徐懋庸还说了一些相关的话,但给我印象最深的就是以上这三点。我觉得以上三点都是正确的。鲁迅也认为"两个口号"可以并存。文人相争,动点意气在所难免。私人信函,措辞行文总不会像签合同、写社论那么严谨。但后来相互掐得你死我活,这肯定背离了当事人的初衷。

对于鲁迅1936年8月3日至6日答复他的那封长信,徐懋庸始终有几点保留意见。首先,他觉得他当年8月1日写给鲁迅的是一封私人信函,不宜公开发表。他当时听说鲁迅身体有所好转,准备易地疗养,并不知道鲁迅病重,绝对没有想"气死""逼死"鲁迅的主观意图。不过,鲁迅认为徐懋庸信中的重要观点是代表了"国防文学派"的共同看法,代表了一种倾向,所以公之于众,展开辩论。其次,他认为鲁迅公开答复他的信中有些话说过了头,比如"甚至怀疑过他们是否系敌人所派遣"。事实证明,无论是他,以及周扬等人,都不是"敌人所派遣"。徐懋庸认为,鲁迅跟周扬之间之所以隔阂越来越深,跟有人"喊喊嚓嚓,招事生非,搬弄口舌"有关。他指的这个"有人"就是指胡风。他认为,胡风总是把他得到的消息报告鲁迅,以激起鲁迅对周扬的愤怒。而周扬在徐懋庸面前,却从不讲鲁迅的怪话,仅仅表达过对胡风的不满。有些琐事,因为当事人均已故去,所以恐怕谁都难以一一澄清了。

提到胡风,不禁引起了我的一点回忆。胡风夫人梅志生前,我常去她家拜年,接触较多,但跟胡风本人只通过一次信,见过一次面。那是他刚从四川返京后在家人陪护下去瞻仰鲁迅故居,跟我邂逅。他女儿张晓风向他介绍:"这是陈漱渝,你刚给他回过一封信。"当时胡风头歪着,表情呆滞,步履蹒跚,毫无反应,令我顿时心酸。后来打听,知道他患有"心因性精神病"。1980年9月底,时任中宣部副部长周扬才到胡风病房探视,并宣读为胡风平反的文件。七十二岁的周扬对七十八岁的胡风说:"你不是反革命分子,也不存在胡风反革命集团。文艺思想有错误,今后可以展开讨论嘛。"又过了八年,胡风"文艺思想有错误"的结论也取消了。1988年6月18日,中共中央

[①]《徐懋庸回忆录》,人民文学出版社1982年版。

办公室发出《关于胡风同志进一步平反的补充通知》，宣布胡风的文艺思想和主张，应由文艺界和广大读者通过科学的正常的文艺批评和讨论，求得正确解决，不必在中央文件中做出决断。

摧垮徐懋庸的一则"电讯"

1976年10月6日党中央果断粉碎"四人帮"之后，徐懋庸身体虽然不大好，但精神状态很好。我1976年夏天去拜访他，动员他撰写回忆录及注释鲁迅致他的信件（应该有五十三封，现存四十五封），徐懋庸表示同意，并让我帮他查找一些资料，我又送去了鲁迅研究室的专用稿纸，他就欣然开笔了。不料同年7月28日发生了撼天动地的京津唐大地震，徐懋庸有一个儿子在海军南京某部工作，就跟夫人及小儿子一起去南京避震。这期间我跟他多次通信，商讨回忆录跟注释的写法。他一口气注释了七封书信，计五千余字，托人从南京带到北京面交我。万万没有想到的是，1976年12月23日，新华社刊发了一条电讯，把徐懋庸最后一根精神支柱彻底击垮了！

1976年底，鲁迅研究界发现了十三封鲁迅书信。那时正准备修订增补1958年人民文学出版社出版的《鲁迅全集》，特别要增补全集中的书信部分，以恢复历史原貌。编辑《鲁迅全集》的原则是尽可能求全，有文有信全收，一字不易，所以每一封佚信的发现在文献学的意义上都弥足珍贵。这十三封信中，有一封是1936年8月25日鲁迅致小说家欧阳山的信。信中有这样一句话："但我也真不懂徐懋庸为什么竟如此昏蛋，忽以文坛皇帝自居，明知我病到不能读，写，却骂上门来，大有抄家之意。"1976年12月23日，新华社刊发了一则电讯：《新发现一批鲁迅书信》，刊发于次日《人民日报》。编写这则电讯的人在这批书信之前加写了一段按语："新发现的这些书信……其中对徐懋庸伙同周扬、张春桥之流，'以文坛皇帝自居'，围攻鲁迅的反革命面目的揭露，对于我们今天深入揭发、批判四人帮反党集团的斗争有重要意义。"我至今仍坚信这则按语的作者跟徐懋庸绝无个人恩怨，也未必事前请示过有关领导。他只不过按照他个人的思维模式及当时的行文风格大笔一挥罢了。我也估计，看到这则电讯，一般读者——特别是鲁迅研究者最关注的是鲁迅佚信本身，而不会真把记者的这条按语作为"上级精神"来领会贯彻。但对于当事人徐懋庸来说，这则按语每个字都让他椎心泣血。首先，徐懋庸像十年"文革"寒冬中被冻僵的一只秃鹰，刚刚在新时期的朝阳中苏醒，却又冷不防被不知哪儿来的冰雹砸断了翅膀。因为他不仅重新被戴上了"反革命"的帽子，而且又被人把他跟"四人帮"的"狗头军师"张春桥挂上了钩。然而徐懋庸跟张春桥从来就没有接触过。周扬无论在上海，还是在延安边区，跟张春桥也没有直接接触。后来到晋察冀，周扬任中央局的宣传部部长，张春桥当《晋察冀日报》的副主编，张春桥也从不找周扬汇报工作。

深受打击的徐懋庸忍无可忍，于同年12月在病中写了一篇《对一条电讯的意见》质问："新华社的报道，也是有政策性和策略性的，那么这篇报道根据的是什么政策呢？"这篇文章，直到1979年10月才在《新闻战线》第5期公开发表。但徐懋庸发出的这个"天问"，当时和后来都无人应答。

看到这条电讯以及答复这条电讯当然严重损害了徐懋庸的健康。他在1977年1月4日给我的信中，担心政策上又不知对他如何处理，并说，他准备写一份材料，"寄中央提个意见"，也准备将抄件寄给我。但令人痛心的是，徐懋庸1月7日突然重病，已无法握笔。2月7日，六十七岁的他就怀着困惑、愤懑和恐惧，离开了人间。

由徐懋庸忆及周扬

在徐懋庸去世之后，我两次采访过周扬：一次是单独去的，另一次是跟单位领导和同事去的。那时周扬刚获得"解放"，住在北京万寿路中共中央组织部招待所，等待重新安排，陪伴他的是夫人苏灵扬。谈到"两个口号"论争的情况，周扬的说法跟徐懋庸有同有异。共同之处是他们都承认当年对鲁迅尊重不够。不过周扬声明："我们在对待鲁迅的问题上，不管有什么缺点错误，但从没有搞过什么阴谋。如果说我们对鲁迅进行了攻击，那主要就是两条：一条是说鲁迅不懂统一战线，另一条是说鲁迅偏听胡风的话。我们有错误,但不是阴谋。"稍有出入之处,是徐懋庸似乎说周扬到延安后向毛泽东做过汇报。但周扬强调:"我跟毛主席接触较多,但从来没有谈过这次论争的问题。"(1977年11月2日采访周扬记录,经本人审定)1977年10月下旬,北京高校的中文系因为教学的需求,急于澄清二十世纪二三十年代有关左翼文艺运动的一些问题,其中包括"两个口号之争"的问题,北京大学、北京师范大学、北京师范学院为此先后召开了三次学术研讨会。与会者的意见不一:有的倾向肯定"国防文学"的口号,有的倾向肯定"民族革命战争的大众文学"口号,有的态度比较持平。但普遍看法是,当时某些左翼文化运动领导人对鲁迅不够尊重。周扬也承认自己"在思想上不尊重鲁迅,不认识鲁迅的伟大"。直到1983年12月26日那天,我才亲耳听周扬说:"有两个伟大人物,可以说是空前的:一个是毛泽东,一个是鲁迅。他们是真正意义上的天才。其他人可以有才能,学问很深,但是都不能称天才。天才不等于没有错误,不犯错误。在这个意义上,鲁迅是个相对意义上的完人。"

我长期有一个困惑:鲁迅既然是凭借他的创作实力和中外影响而被拥戴为"左联盟主"的,左联之倚仗鲁迅超过鲁迅之倚仗左联。那么左联的一些负责人为什么又会犯有"对鲁迅尊重不够"的通病呢?徐懋庸解释说:"我只有一个想法,关于路线政治问题,总是共产党员比较明白,鲁迅不是党员,而周扬却是的。所以在这个严重的关头,总得基本相信周扬他们所说的。"我相信徐懋庸说的是真心话,不过他似乎忘记,帮鲁迅起草《答徐懋庸并关于抗日民族统一战线》一文的冯雪峰不但是中共党员,而且还是延安派赴上海搞上层统战工作的特派员。此后,我也听到过夏衍的一句名言:"鲁迅毕竟不是党员。"我相信夏衍说的也是真心话。

周扬、夏衍、田汉、阳翰笙这四位文艺界的重要领导人之所以在"文化大革命"期间挨整,当然各有其不同原因,但相同的是都跟他们被称为"四条汉子"有关。不过鲁迅的本意是形容他们当时态度轩昂、年轻气盛、神气十足,但却绝不是一种政治罪名。鲁迅绝对不会想到,他1936年给这四个人取的"群体绰号",居然会有这么大的政治杀伤力。

一份未完成的文件

对于"两个口号"论争的评价,不仅牵涉历史上的是非恩怨,也关系到一些健在当事人的现实处境。在二十世纪七十年代末八十年代初,他们当中的有些人重新走上了领导岗位。讨论这个复杂的问题,不同意见双方容易动感情甚至闹意气。夏衍撰文批评冯雪峰,楼适夷、李何林撰文为冯雪峰辩护,就在当时引起了一场风波。为了促进文艺界的团结,维持社会和谐稳定,徐懋庸夫人王韦写了一封信给他的老战友沙洪。沙洪(1920—2004)原名王敦和,是革命歌曲《你是灯塔》的歌词作者,先后在中央宣传部、中央组织部从事新闻宣传工作。他将王韦的信转呈给中央某负责同志,那位负责同志曾作批示,建议中宣部等有关部门起草一个《关于革命文艺运动若干历史问题的决议》,其中包括革命文学论争、两个口号论争、延安文艺运动、电影《武训传》批判、胡风问题、丁陈反党集团问题等,就像起草一份《关于党内若干历史问题的意见》一样。为此,我应邀去中宣部文艺局参加了两次座谈会,记得主持人是中宣部副部长贺敬之,但此后并无下文,未听到任何权威解释。不过,据我琢磨,刑事问题可由司法部门裁决,政治历史问题可由中组部作结论,但文艺论争基本上属于学术问题,应该允许见仁见智,即使下达一个文件做出若干硬性规定,也只能生效于一时,而不能奏效于长远。

徐懋庸夫人王韦

徐懋庸的冤假错案问题于1978年12月正式平反,其时他已经去世一年零十个月。1979年4月12日,他所在的单位中国社会科学院给他召开了追悼会,承认他"襟怀坦白,敢于讲出自己的观点","是我们党的好党员、好干部"。其时他已经去世了两年零两个月。这对他的亲友当然是莫大安慰,但谁又能相信徐懋庸真能九泉之下有知呢?1982年7月,《徐懋庸回忆录》由人民文学出版社出版,1983年2月,《徐懋庸杂文集》由三联书店出版,这两本书他的夫人王韦都已签名赠我。王韦在此前给我的一封信中写道:"您对懋庸和我们的关心,真使我们非常感谢!常感觉得只有您关心我们,为我们办理了若干我们不能办理的事情,但我们对于您却无任何帮忙,还要麻烦您。我们能理解,这一切无非是出于一种正义。懋庸生前虽未能完成您所给他的任务,但有了往来,有所了解。"(1979年5月14日王韦致陈漱渝)对于徐懋庸夫人的这番话,我自然受之有愧,但我感到这确是她的肺腑之言。就个人而言,我的确对于徐懋庸本人并没有什么特殊的个人情感,但他二十六岁那年因为年轻气盛写了一封私人信件,不仅给他带来了几十年的无妄之灾,而且牵连了一批跟他观点相近的人;此外,即便是当年跟他意见相左的论敌(如冯雪峰、黄源、胡风乃至巴金),都有各不相同的厄运。这的确使我产生了一种同情心和正义感。但我人微言轻,除了鼓励他们说出历史真相之外,其他任何实质性的忙都没有帮上。

对于徐懋庸的晚年了解得最真实、最全面的当然是他的夫人王韦和他的儿女。王韦为人温和平易,看来性格可以跟徐懋庸互补。她跟徐懋庸一起经磨历劫,以沫相濡,我建议她也写一些回忆,以弥补徐懋庸意犹未尽之处。王韦答应了,也确实写了。但她打电话跟我说,她儿女们都反对发表这类文字,因为这四十年的风风雨雨,的确不堪回首,心有余悸。

忘却和拒绝忘却

我是从鲁迅的《为了忘却的记念》一文中学会"忘却"这个词的,后来才知道,其实是唐宋文人早就用过的。"忘却"就是"忘了",就是"失忆",其类型和得失不能一概而论。类型可分为暂时失忆、永久失忆、局部失忆、全盘失忆、个人失忆、群体失忆……效果有好有坏。宋人张先在《满江红·初春》中就有"愁和闷,都忘却"之句,说明有些精神重压应该释放,有益于身心健康。但有些历史教训却决不能忘却,以免重蹈覆辙。坦率地说,在新时期有关"两个口号论争"问题的讨论中,我是站在鲁迅这边的。认为鲁迅等人提出的"民族革命战争的大众文学"口号虽然累赘、拗口,但却解释得全面清晰。而周扬等人提出的"国防文学"口号是从苏联进口的舶来品,虽然简明,有影响力,但提倡者和拥护者在解释上难免有不同方面的片面性。不过争来争去,在抗日救亡的总目标上总还是一致的。文人相争,难免意气用事,或笔墨相讥,或相互骂詈,虽有是非之分,但都是文坛圈里的事情,即使全不正确,也罪不至死,更不能累及他人。唯有"两个口号之争",从1935年开始,直至1977年仍余波未息,这其中的历史教训真的应该总结,应该吸取。事隔数十年,在我脑海中仍不时浮现出徐懋庸那瘦骨嶙峋的身影,周扬忏悔时那夺眶而出的眼泪,胡风歪着头蹒跚而行的姿态,以及夏衍跛足而行的样子……

(选自《新文学史料》2021年第二期)

心灵的债务
——缅怀张静淑老人

我虽并非宗教徒,但却有忏悔意识。特别到了暮年,常反思此前做过什么错事,荒唐事,不周到的事;能弥补则抓紧弥补,实在弥补不了那就只能今生抱憾,留待来生了。

本文所想偿还的,是我对张静淑老人的心灵债务。

这应该是六十余年之前的事情了。我在湖南长沙雅礼中学就读期间,语文老师声情并茂地在课堂上讲授鲁迅的杂文《记念刘和珍君》。文中有一句话让我刻骨铭心:"始终微笑的和蔼的刘和珍君确实死掉了,这是真的,有她自己的尸骸为证;沉勇而友爱的杨德群君也死掉了,有她自己的骨骸为证;只有一样沉勇而友爱的张静淑君还在医院里呻吟。"根据鲁迅此文叙述,发生于1926年的"三·一八"惨案中,刘和珍烈士在段祺瑞执政府前中弹,从背部入,斜穿心肺,已是致命的创伤,只是没有便死。"同去的张静淑君想扶起她,中了四弹,其一是手枪,立仆……"从此,张静淑"沉勇而友爱"的形象就镌刻在我的心版上。对于她传奇式的经历,我也产生了强烈的好奇心。

五十八年前,由于命运的安排,我出乎意料地被分配到了北京西城第八女子中学任教,而这所学校的校址恰巧是刘和珍、杨德群、张静淑这"三个女子"母校的原址。又是由于命运的安排,四十六年前我居然萌发了撰写一本《鲁迅与女师大学生运动》的念头。这是一本史料性的读物,资料来源之一是当时的报刊杂志和历史档案,之二是当事人的口述历史。经过多方打听,我终于得到了静淑老人的通信地址,于是就开始了约三年的通信联系。

回忆起来,我最初给静淑老人写信是1975年底,询问了六个问题。1976年元旦她即给我写了回信。当时她还居住在湖南省长沙市建政街二十四号,是租赁的一处民房,条件极差。后来才搬迁到长沙南区幸福街三十二号一处公房,条件稍有改善。静淑老人在回信中说:"从你信中所提出的六个问题看,使我感觉到你这位五七届高中毕业生比我这个五十年前女师大毕业的学生对女师大的情况都熟悉些。我不知道为何能如此熟悉?资料出自何处?"

我当然最想了解老人当年受伤的情况。据旧报刊报道,在"三·一八"惨案中张静淑受伤,被抬回女师大,惨叫了一夜,第二天才住进医院,身体倍受摧残。我跟老人核实这一情况。她复信说:

> 我受伤后苏醒过来一看,我正倒在军阀段祺瑞执政府院内,左边大铁栅门口。刘和珍、杨德群两位也都倒在那里呻吟。我使劲地抬起双手来,抱着刘和珍,叫她快起来!她指着胸前子弹眼说:起不来……当时,这院内大铁栅门口人堆人,极难爬过去。有一位北大戴眼镜的男同学把我向缝隙里一推,我跌倒在地上。他扶起我问:"哪里的人?"我说:"女师大的。"他叫了一辆人力车,扶我上车,放下车篷,嘱咐拉车的:"由小胡同走!"我到校时已是傍晚,同学们正集聚门口等候我们三人。同学把我抬到寝室床上后,发现枪弹从我背后尾脊等处射入。当时学校成立了救伤委员会。注册课的职员伍斌,湖南衡山人,戴眼镜,用电话请德国籍校医克礼来诊,当即送往位于东交民巷的德国医院,几天后将弹头一一从大腿等处取出。这时鲁迅先生也住这家医院,是临时避难的,他吃得很少,我常将我吃的东西分送给他吃。(1976年1月13日来函)

同时,我当然会向她了解刘和珍、杨德群两位烈士的事迹。她函告我,刘和珍烈士是她的好友,1923年一同考入女高师。刘读英文系,她读教育系。烈士是江西南昌人,1920年毕业于江西女子师范。1921年秋在该校组织进步团体"觉社",出版《时代之花》半月刊。"三·一八"惨案发生之后,她的遗体是从段祺瑞政府手中几经交涉才夺回的。烈士的老母亲1960年无疾而终，一直享有烈属待遇。刘和珍之弟刘和理，新中国成立后在江西师范学院化学系任教。

静淑老人还函告了杨德群烈士的情况，说杨德群是湖南湘阴县人，牺牲时二十四岁。杨德群牺牲后，她父亲过继了一个儿子，叫杨建民，在长沙冶金工业学校任教。杨德群的父亲曾为女儿编过一本《杨德群烈士纪念册》，内有烈士部分日记及散文，原始资料由湖南汨罗市弼时公社弼时中学杨宪章老师保存。

经静淑老人介绍，我跟刘和理老师取得了联系。他曾将刘和珍生前照片捐赠给上海鲁迅纪念馆。上海鲁迅纪念馆向来办事周到，又翻拍洗印了三十张（每张复印三份）回赠捐赠人。刘先生自留一份，送给静淑老人一份。另外十张，刘先生写信跟静淑老人商量。信中说："我意，可赠予北京市158中学语文教师陈漱渝同志，由先生（指张静淑）直接寄去，或由我转寄均可。并请先生反面注明影中人姓名及关系。关于陈老师，在我给先生的信中已经做过介绍。陈老师对于先生及烈士是极为敬仰的。"不久，我就收到了静淑老人转赠的这十张珍贵照片。喜出望外，立即转交了鲁迅博物馆资料部，作为文物收藏。杨宪章老师那里，我一直没有主动联系。

我还向静淑老人了解了一些有关女师大风潮的其他情况。鲁迅《记念刘和珍君》一文开头写道，敦促他撰写此文的是一位"程君"。她前来问鲁迅道："先生可为刘和珍写了一点什么没有？""先生还是写一点罢；刘和珍生前就爱看先生的文章。"由此可见，这位"程君"就是这篇经典之作的催生者，就跟孙伏园是《阿Q正传》的催生者一样。我开始臆测，这位"程君"可能是郑德音，因为她是女师大风潮骨干，又是笔杆子，而且"程""郑"音近。静淑老人函告我：

程君名字叫程毅志，湖北孝感人。她继承祖母遗产，在校时经济状况最好，穿着讲究，人也漂亮，是刘和珍、我的好友之一，不知现在是否健在？（1976年2月20来函）

在女师大"偕行社"的合影上，能看到程毅志其人，印证了静淑老人的说法。

上文提到的"偕行社"合影，是静淑老人跟刘和理老师向我提供的最为珍贵的史料，因为合影上端的题词是一篇重要的鲁迅佚文！

1925年12月1日，国立北京女子师范大学复校后的第二天，刘和珍、许广平、刘亚雄、郑德音、赵世兰、张静淑等二十四名学潮中的骨干在校园合影留念。照片上端有一段题词："国立北京女子师范大学蒙从来未有之难。同人等敌忾同仇，外御其侮。诗云：修我甲兵，与子偕行，此之谓也。既复校，因摄影，以资纪念。十二月一日。"我听说这段题词系鲁迅代为拟稿，因为它既符合鲁迅的立场，又符合鲁迅的文风。此前，鲁迅也有为女师大进步学生起草宣言的先例。我函询静淑老人。静淑老人肯定说，这题词确系鲁迅拟稿，鲁迅就是在场人，校友吴瑛也可以证实。为什么照片上的题词不是鲁迅手迹呢？静淑老人解释说：

在女师大复校斗争中，鲁迅先生被称为"学潮鼓动者"，因此既不参加摄影，也不手书题词。然而"偕行"一照鲁迅先生是完全知道的，许广平先生参加了合影，就是极为有力的证明。（1976年3月3日来函）

为了进一步落实这一重要史实，静淑老人又函询了她的学友陆晶清，得到的回复是：

女师大并没有偕行社这一组织，只是鲁迅先生为我们二十四人拍的照片题词时用了"偕行"这词。那题词确是鲁迅题的，是老许（许广平）和我去求他题的。字可不是他写的，可能是照相馆人代写的。（1976年6月3日来函）

著名女作家陆晶清也是女师大风潮的积极参与者。她是鲁迅为合影题词的邀请者，这进一步证明这一题词的确是一篇重要的鲁迅佚文。

关于静淑老人本人的经历，她向我提供了一份传略，还有一篇回忆《我在吉隆坡》。从中得知，1902年6月，她在江西赣江逆流而上的一艘船上诞生。因为其时在江西太和县工作的父亲被革职，只好冒酷暑返回故乡长沙。六岁时父亲病逝，江西贫家出生的母亲只好携张静淑寄居长沙南门外白马庙的一个尼姑庵，以刺绣为生，抚孤成人。后得表叔资助入学。小学毕业后，张静淑考入了长沙古稻田女子师范学校。校长是徐特立先生，学校不仅提供食宿，而且每年发给灰布制服一件，青布长裙一条。1922年毕业后曾在长沙幼幼小学及北京平民半日学校任教。1923年考入北京女子高等师范学校，后升格北京女子师范大学。

"三·一八"惨案后，张静淑辍学去吉隆坡任教，介绍人是她的同乡、同学任培道。任培道也是杨德群烈士的好友，杨烈士传略的撰写者。1908年，吴雪华女士跟她的邻居钟卓京先生在马来西亚的首府吉隆坡创办了一所坤成学校。这是一所华文学校，重视女子教育。学校预支了张静淑二百元路费。1926年底，张静淑乘坐一艘"斯劳斯"号法国邮轮抵达了吉隆坡，迎接她的是十余名从国内聘请的教员。到校后，同事、学生、家长以及当地华侨对她都很好，唯独跟校长格格不入。校长张纯士女士毕业于长沙艺芳女中，观念陈旧，主张复古、读经。张静淑虽是国文教师，但极力反对八股文，坚持讲授白话文。当时，作家许杰在南洋编辑了一份《益群报》，曾把张校长错解《论语》的一些话编成《新语录》披露。张校长怀疑是张静淑所为，于是派来一位叫陈君保的督学来监听张静淑讲课。当时一些进步学生对张静淑表示支持，校方便以"言行越轨"为由开除了四名学生，其矛头实际上是指向张静淑。

在吉隆坡，张静淑经学生何慕兰介绍，结识了一位共产党员莫华。莫华瘦而高，说一口广东式普通话，居无定所。在他那里，张静淑第一次读到了《共产党宣言》。此后，莫华都是主动联系张静淑，让她秘密散发一些传单，主要是宣传第一次国共合作期间北伐战争的胜利，并动员华侨捐资支援北伐。张静淑在吉隆坡待了两年，休学期已满，在坤成中学又难以再待下去，便于1928年回国复学，直至女师大毕业。

毕业以后张静淑长期从事教育工作。先后在北京女师大附中、长沙私立幼幼学校、纯德职业学校、含光女子中学任教。抗日战争时期长沙沦陷,她辗转流离于益阳、沅陵、桂林等处,长达七八年之久。1949年长沙和平解放,张静淑与友人创办大同小学及新民、光明两所托儿所,致力于小学教育和学前教育。

晚年的张静淑境遇不好。1976年3月,我写信给她问候起居。她同月15日复信说:

> 当前我的健康情况很不好,一些老年人的病:血压高,白内障,失眠,动脉硬化我几乎全有,再加上左腿骨跌倒骨折,须扶杖行。五十年前中四弹的伤疤,至今仍隐隐作祟……这些使我处于不安的状态,心脏的活动是随时会停止的。(1977年3月15日来函)

1976年11月至1977年1月15日,静淑老人"病得严重,几乎死去。经诊断是肥大性脊髓炎,致使白血球增加,影响到血压、神志和便秘"(1977年1月15日来函)。

1977年春,我拜托在长沙定居的表弟王平探望老人。同年5月1日,她复信说:

> 承关怀,托令表弟王平同志来看我,非常感谢。我因年老体衰,血压高,经常失眠,通宵不能成寐,加之最近有时夜晚忽然失去知觉,不认识人,据医生说系梦游,由于年老,神经衰弱,用脑过度所致,因此不但没有和人来信,连书报都极少阅读。(1977年5月1日来函)

1977年5月2日,我又写信问及静淑老人的经济状况。她函复说:

> 我晚年的生活境况不好,其原因是:我一生毫无积蓄,年老多病不能工作,仅有一子,他已成家,其工资收入极微,时感入不敷出,更无力

顾我。(1977年6月22日来函)

她很希望上海鲁迅纪念馆、北京鲁迅博物馆能向有关方面反映,以求得到党和政府在经济上的援助。

我收信后,即将她的情况及联系方式告诉了有关单位和个人。上海鲁迅纪念馆派虞积华先生专程赴长沙向她征集文物,并支付了一点征集费。静淑老人很高兴,说为数不多,但不无小补。她撰写的《忆刘和珍烈士》一文,我也转寄给了《读点鲁迅丛刊》的负责人王世家,王世家回复说可在1977年11月在该刊发表。中国社科院文学所向老人寄赠了《鲁迅手册》。女作家陆晶清也答应1978年春天由昆明返回上海市时,到长沙小住,探望这位半世纪之前的同窗。这些都丰富了静淑老人晚年的生活。为此,她于1977年12月31日来函向我表达谢意。

最有意思的是,静淑老人在一封信中还跟我以"战友"相称。当时刚刚粉碎"四人帮",我以"关山"为笔名,在《南开学报》发表了一篇文章,批判"文革"时期上海市委写作组"石一歌"写的《鲁迅传》,引起了静淑老人的强烈共鸣。她说"石一歌"写作班子也曾经联系过她,幸亏她没有搭理,否则她就有可能被视为"'四人帮'伸向长沙的黑手了。好险!"(1977年1月14日来函)

令我感动的是,1977年6月22日,静淑老人还签名盖章,专门给我单位写了一封信,信中说:"我自从认识陈漱渝同志并与之通信后,使我重新得到战斗的鼓舞,我似乎年轻了许多,这是我得感激党和政府,感谢你们,感谢陈老师的。""战斗的鼓舞"这类语汇,今天读来似乎有隔世之感。她当时提到的"战斗",主要是指揭批"四人帮"并肃清其流毒。信中虽然对我过誉,但我跟她联系,唤起了她对峥嵘岁月的回忆,使她在病贫交加之时有了一些情感的慰藉,倒确是一个事实。

1978年初,静淑老人病逝,终年七十六岁。当年2月6日,我接到她儿子的讣告:"家母生前,承蒙关怀,家母死后,顷接惠书。字里行间,情谊深厚,深表谢意。"当时,我的第一本小册子《鲁迅与女师大学生运动》一书由北京出版社出版，我立即给老人寄赠了一本，没想到老人遽然仙逝，未能对拙作进行指正。同年5月22日，静淑老人的儿子收到书后给我写了一封长信，首先肯定拙作"作为资料性读物，的确是一本很好的书，尤其是能将有关此一专题的零散的珍贵资料，以史实为依据，进行整理收编，确实难得"，接着进行了尖锐的批评，主要是未能编入静淑老人的照片和资料。他说，鲁迅《记念刘和珍君》一文中赞誉的是"三个女子"，怎么能仅突出刘和珍、杨德群而撇开张静淑呢？对于薛绥之先生主编的《鲁迅杂文中的人物》未能收入张静淑传，他也提出了类似的意见。

今天反思，老人儿子的严正批评并不是全无道理的。不过，《鲁迅与女师大学生运动》完稿于1974年，那时我尚未跟静淑老人取得联系。北京出版社的资深编辑邓清佑首先肯定了这本书的出版价值，但由于当时的历史原因，邓清佑要我将这部"齐清定"的书稿先压在出版社，没想到这一压就是三年多！如临时增补章节，会导致重排、倒版等一系列问题，出书心切的我便知难而退了。再说，那时公开发表文章有一个不成文的规定，就是不但要审查作者的政治状况，而且也要审查文章或著作中所涉及人物的政治情况。静淑老人是一个隐姓埋名几十年的人物，当年被我发现可以比喻为"出土文物"。虽然谁都知道她的历史贡献，但对她1926年之后近四十年的状况却都不清楚，我也不可能以个人名义去"内查外调"，所以在报刊和公开出版物上广为宣传，还存在疑虑和顾虑。张静淑老人写的《忆刘和珍烈士》一文，我转寄王世家先生主编的《读点鲁迅丛刊》。这是黑龙江省黑河市教师进修学校的内部刊物，无上级主管单位，所以很痛快地发表了，并在鲁迅研究界产生了一定影响。当时全国研究鲁迅的专门刊物似乎只有两种，所以北国边陲城市的这个内刊在鲁迅研究圈子里，可以说是无人不晓。静淑老人《我在吉隆坡》一文涉及作家许杰，当时他正在上海华东师范大学任教。我将这篇文章寄他审阅。他说已经记忆模糊，未予置评。至于张静淑先生的传略，我也转寄给了编撰《民国人物小传》的有关单位，他们处理的结果我已渺无记忆。

我个人的不当之处，是未能在拙作《鲁迅与女师大学生运动》一书中增写有关静淑老人的章节。此后我的研究重点发生了转移,又没有在静淑老人仙逝之后专门撰写缅怀悼念她的文章,因此一直心存愧疚。当下正值抗击新型冠状病毒期间,半年基本处于禁足状态。暇时翻阅幸存的师友旧笺,唤起了四十余年前的许多温馨回忆。如今我也成为八十岁的老人,庆生贺寿的朋友微信中提醒了我的真实年龄。有些心灵的债务如不赶快偿还,那就真会造成终生的遗憾!于是我在垂暮之年握笔,勉力写了这篇未能尽表心意的文章,希望能减轻我内心的负累,因为心灵的负债是要用情感的利息偿还的。同时我也想提供给研读鲁迅的同好参考,让这些珍稀史料据为己有,肯定会违背静淑老人的初衷。

情爱画廊

是文人,也是战士

——读《郁达夫情书全集》有感

现在摆在我案头的是郁达夫致王映霞的书信九十四封,附录了郁达夫的《寻人启事》和《道歉启事》《毁家诗纪》;也附录了王映霞致郁达夫信十封,《一封长信的开始》和《请看事实》两篇文章,以及回忆录《郁达夫和我的婚变经过》。有关郁王之恋的经过和双方陈述,已经客观地呈现在读者面前。

在中国现代作家的情书中,郁达夫的情书是很有卖点的一种。早在1935年7月,《达夫日记集》已由上海北新书局出版,其中就包括了跟王映霞相识相恋的《日记九种》。1938年7月郁王关系恶化,郁达夫先后发表《寻人启事》与《道歉启事》,1939年3月又发表《毁家诗纪》,被报刊广为转载,吸引了不少读者的眼球。但是光读郁达夫情书,并不能了解郁达夫的全人全貌,甚至会误导读者,把他仅仅视为一位作风浪漫、性格变态的颓废文人。所以必须对郁达夫其人作一全面介绍,否则这部严肃读物就会沦为一部"八卦"书。

在中国现代文学史上,到底应该如何给郁达夫定位?这曾经是一个评价分歧而目前已经日趋统一的问题。

1930年11月16日,在郑伯奇主持的"中国左翼作家联盟第四次全体大会"上,作出了"肃清一切投机和反对分子——并当场表决开除郁达夫"的决定。因为郁达夫表示不能经常参加左联的会议和拒绝参加散发传单、飞行集会一类的活动,又对美国记者史沫特莱说过:"I am a writer, not a tighter."(我是文人,不是战士。)郁达夫的本意,是说他不适合于参加实际的革命活动。

郁达夫是文人,这当然是不争的事实。作为文人,郁达夫身上当然也明显表现出文人的性格与气质。根据同时代人的回忆,郁达夫最为人称道的特质是天性仁爱,为人狷介,纯真坦白,不随流俗。而性格的缺陷则是有时过敏多疑,做事冲动。坦白是优点,但他有时坦白得过于天真;自谦是优点,但他有时发展到自我作践;率性是优点,但他有时过于冲动,不深思熟虑。创造社作家李初梨对郁达夫的评价是:"摩拟的颓废派,本质的清教徒。"女作家白薇对郁达夫的评价是简单的两个字:"好人!"

当然,文人立足于文坛,靠的主要不是人缘,而是作品。郁达夫的创作成就是有目共睹的。众所周知,鲁迅是中国现代小说的奠基人,郁达夫十分推崇鲁迅。他在《对于社会的态度》一文中写道:"我总认为,以作品的深刻老练而论,他总是中国作家中的第一人,我从前这样想,现在也这样想,将来总也不会变的。"此外,郁达夫还专门肯定鲁迅"在文坛上具有凌驾于一切的人格"(《今日之中华文学》)。虽然鲁迅的小说比郁达夫的忧愤深广,技巧圆熟,也更具实验性,但郁达夫在"五四"文学革命中同样占据一席无可替代的地位。鲁迅的小说集《呐喊》出版于1923年8月,而郁达夫的小说集《沉沦》出版于1921年7月,脍炙人口,不胫而走,对那个特定时代的青年一代尤其形成了一股强大的冲击波。居留上海时期,郁达夫享有的稿酬标准跟鲁迅一样,也是千字五至十块大洋。

郁达夫的中短篇小说约有四十余篇,实可谓毁誉交加、褒贬并存。其令人诟病之处,主要是"肉"的气息压倒了"灵"的馨香;此外,关于贫穷、潦倒、失业、酒精、鸦片、疾病等内容,也让读者感受到一种颓唐气息。现在经过时光的流逝、研究的深入,人们基本上已取得两点共识:(1)郁达夫笔下的情色描写跟"邪狭小说"有本质区分,主人公表现的性苦闷乃至性变态,是跟当时那个畸形的变态的社会紧密相联的,因此这种苦闷也同时折射出时代的苦闷,具有不容否定的社会意义。(2)郁达夫小说的内容和风格也受到外国文学的明显影响,这种影响有积极的一面,也有消极的一面。

谈到《沉沦》的创作背景,郁达夫在《忏余集·忏余独白》中写道:"我的抒情时代是在那荒淫残酷军阀专权的岛国里过的。眼看到故国的陆沉,身受到异乡的屈辱,与夫所感所思,所经历的一切,剔括起来没有一点不是失望,没有一处不是忧伤,同初丧夫主的少妇一般,毫无力气,毫无勇毅,哀哀切切,悲鸣出来的,就是那一卷当时很惹起了许多非难的《沉沦》。"郁达夫的上述回忆,道出了《沉沦》中伤感情绪和苦闷心情产生的时代背景,坦陈了这些早期作品的社会反响和历史局限,并证实了变态心理学的一条原理:性生活方面的心理异常有着复杂的社会文化因素,不是单纯的大脑生理生化功能障碍。

鲁迅在《我怎么做起小说来》一文中说,他开笔写《狂人日记》,"大约所仰仗的全在先前看过的百来篇外国作品和一点医学上的知识"。而郁达夫在日本东京第一高等学校留学的四年中,所读的俄、德、英、日、法小说至少有一千部左右,所受的影响十分庞杂,其中既有高尔基的底层关怀,屠格涅夫的抒情风格;也有日本作家谷崎润一郎的自虐与变态,佐藤春夫的孤独与忧郁,德国施蒂纳的"自述式小说",英国作家斯特恩的伤感主义,法国作家卢梭的"自我暴露""返归自然"——以致有人将郁达夫径称为"中国的卢梭"。这种小说创作倾向,直到1923年之后才有所改变,但基本风格一直未变。

郁达夫是一位创作的多面手。除开擅长小说创作之外,他还留下了五百多首诗词,据初步统计现存诗作四百九十四首,词十一阕。他写旧体诗得力于清代黄仲则、龚定庵、苏曼殊诸人,对唐代诗人则酷爱白居易、刘禹锡。他的诗作意酣词健,新丽工巧,常以口语入诗,而少用僻典。诗中洋溢的激越至情,尤给读者留下了深刻的印象。画家刘海粟曾对郭沫若说:"你才高气壮,写新诗是一代巨匠,但说到旧体诗词,就深情和熟练而言,稍逊达夫一筹。"郭沫若点头而笑,心悦诚服。(刘海粟:《〈郁达夫传〉序》)郭沫若还承认,除开旧体诗,郁达夫的天资、学识、外文修养都比他高,小说成就更比他高。

郁达夫还是一位散文家。他的散文如行云流水,云蒸霞蔚。尤以游记擅长,一山一水,一枝一叶,一岩一石,皆独具灵性,常怀忧时忧国之心。其游记《屐痕处处》更是扛鼎之作,影响不亚于小说。当然,他的日记书信也是一种散文,朴质自然,毫无藻饰,读来如听友人倾诉,表达的是真人真性情。郁达夫还常写政论,仅在旅居新加坡三年中写的时评已发表的就有一百余篇,痛斥反共投降派,宣传抗战必胜、建国必成,令人鼓舞。

笔者不知教育家的头衔应该如何准确界定,但教学确是郁达夫职业生涯中的重要组成部分。他任教的时间长达十二年,前后任职的学校有安庆法政专门学校、北京大学、北京美术专门学校、武昌师范大学、中山大学、上海法科大学、安徽省立大学、杭州之江文理学院等,给人留下的印象是学识渊博,关爱学生。他开设的课程有欧洲革命史、统计学、戏剧、公共英语、艺术概论、文学概论、小说论、戏剧论、德文、比较文学等。这绝不是一般教师所能做到的。贫穷是郁达夫作品的一大主题,他个人生活也十分清苦。据说,同事曾集资买了一件棉袄送他过冬,但他却转身送给了一位更穷的学生,自己冻得无法出门,诗人徐志摩只好又买了一件送他。

作为文人,郁达夫除了拥有著名作家的身份外,还是一位编辑家。在五四新文化运动中,有两个风格流派有所差异的著名文学团体:一个是文学研究会,另一个是创造社,而郁达夫就是创造社的元老之一。他为人忠厚,自比为刘备,而把讲义气的郭沫若比成关羽,把好打笔仗的成仿吾比作张飞。创造社的社名和《创造季刊》的刊名都是郁达夫倡议的。1921年上半年,他曾参与编订小型的同人刊物《格林》,同年9月具体负责《创造》季刊的编辑事宜。1922年3月15日,《创造》季刊终于出版,并于同年5月正式发行。1923年4月,他重返上海,专任创造社各刊物(如《创造日》《创造周报》《洪水》《创造月刊》)的编辑工作。1928年6月,他跟鲁迅共同创办了以刊登创作、翻译、评论为主的文艺刊物《奔流》。1938年12月至1942年2月,郁达夫在新加坡担任《星洲日报》早刊《晨星》和晚刊《繁星》的编辑,兼编《星槟日报》的《文艺》双周刊,后来又编辑了《星洲日报》半月刊的《星洲文艺》专栏,《星光画报》文艺栏和《星洲日报星期刊》的《教育》周刊。1940年8月至10月下旬,曾短暂接任《星洲日报》的主笔。1941年4月,又主编英当局情报部出版的《华侨周报》。郁达夫编辑这些刊物的宗旨,"是希望与祖国取得联络,在星洲建树一文化站,作为抗战建国的一翼,奋向前进的。凡与这条宗旨不相违背,而能发扬光大我国文化及民族意识的文艺作品,都在欢迎之列"(《〈星洲文艺〉发刊的旨趣》)。

郁达夫的作品虽然形式多样,但有一个高昂的基调,那就是鲜明炽烈的爱国主义。这跟郁达夫生活的时代有关,也跟他的亲身经历和所受教养有关。1896年12月7日,郁达夫诞在浙江富阳一个破落的乡绅家庭。他在自传中回忆道:"光绪的二十二年丙申,是中国正和日本战败后的第三年;朝廷日日在那里下罪己诏,办官书局,修铁路,讲时务,和各国缔结条约。东方的睡狮,受了这当头的一棒,似乎要醒转来了;可是在酣梦的中间,消化不良的内脏,早经发生了腐溃,任你是如何的国手,也有点不容易下药的征兆,却久已流布在上下各地的设施之中。败战后的国民——尤其是初出生的小国民,当然是畸形,是有恐怖狂,是神经质的。"后来阅读了无名氏编的《庚子拳匪始末记》和署名曲阜鲁阳生孔氏编定的《普天忠愤集》,郁达夫感慨自己出世太迟,不曾躬逢在甲午庚子两战中冲锋陷阵的滋味。

1913年9月到1921年9月,郁达夫陆续在日本度过了八年留学生涯。在异国他乡,郁达夫深切感受到"国际地位不平等"和"弱小民族所受的侮辱与欺凌"。他在《雪夜》一文中写道:"支那或支那人的这一名词,在东邻的日本民族,尤其是妙龄少女的口里被说出的时候,听取者的脑里心里,会起怎么样的一种被侮辱、绝望、悲愤、隐痛的混合作用,是没有到过日本的中国同胞,绝对地想象不出来的。"

1919年五四运动爆发,郁达夫在次日的日记中写道:"故国日削,予复何颜再生于此世! 今与日人约:二十年后必须还我河山,否则予将哭诉秦庭求报复也!"令郁达夫想象不到的是,"二十年后",日本军国主义者全面发动了侵华战争,妄图鲸吞中国。郁达夫的老母死于战乱之中,长兄郁曼陀因得罪了汪精卫系统的汉奸而惨遭杀害。所以郁达夫具有鲜明的爱国立场和民族意识不是偶然的。

说文人郁达夫同时是一名"战士",这绝非溢美之词。因为他虽非"完人",但却比一般文人具有更加清晰的政治头脑。自1921年9月初从日本归国之后,郁达夫经历了大革命、国共分裂、抗日战争等重要历史关头。除开

1933年4月至1936年2月移居杭州那段岁月相对低沉,抒发过"避嫌逃故里,装病过新秋","伤乱久嫌文字狱,偷安新学武陵渔"一类消极情绪之外,其他时期可圈可点之处甚多。

1926年10月,郁达夫满怀文人的激情,奔赴当时的"革命策源地"广州,目睹了投机分子的卑鄙污浊,尤其憎恶制造国共分裂的新军阀蒋介石。在"四·一二"反革命政变前夕,他就在政论《在方向转换的途中》斥责蒋介石实行"独裁高压政策",并预言这种专制手段不能"持续几何时"。郁达夫不仅撰文欢呼过上海工人三次起义,而且在"四·一二"反革命政变之后冒险营救了上海总工会政治部的三名革命者。郁达夫1927年5月26日日记有相关记载:"回来接到许幸之自狱里的来书,就上上海县衙的监狱里去看他。他见我几乎要放声哭了。我答应他设法营救,教他再静候几天。""四·一二"反革命政变发生后,郁达夫在《新生日记》中揭露国民党右派屠戮无辜良民的暴行,斥责他们为毫无心肝的"狗彘"。他在1927年4月22日日记中更直白地写道:"买了一张外国报来读,蒋介石居然和左派分裂了,南京成立了他个人的政府,有李石曾、吴稚晖等在帮他忙,可恨的右派,使我们中国的国民革命不得不中途停止了。"表达了他鲜明的政治立场和热烈的爱憎情感。他清醒地看到国民党执政当局想实行高压政策,组织一个"中央帝党","玩个秦始皇所玩过的把戏"(《钓台的春昼》)。

二十世纪三十年代,郁达夫参加了中国共产党领导下的三个外围团体。1930年2月13日,中国自由运动大同盟在上海成立,郁达夫为领衔发起人,名列第一。同年3月2日,中国左翼作家联盟成立,在筹备期间,他曾充当鲁迅跟上海文化界地下党之间的联系人;被左联除名之后,他仍营救过后期创造者成员李初梨和"左联五烈士"。1933年3月13日,他以最高票数当选为中国民权保障同盟上海分会的执行委员。这个团体的宗旨就是营救被捕的共产党人和其他进步人士。

在抗日救亡运动中,郁达夫的表现更为突出。1931年日本帝国主义发动九一八事变,郁达夫在同年11月22日日记中写道:"近因日帝国主义强占满洲,一步不让,弄得中国上下,举国若狂。然预料此事必无好结果,因中央政府已与日帝国主义者签有密约也。大约民众运动除广州、上海闸北两处已被压迫屠杀之外,将来恐有更厉害的流血悲剧发生。总之,无产者的专制时期不到,帝国主义是无从打倒的。"日后事态的发展证明了郁达夫的预见。一般读者恐怕难以料到郁达夫还能有如此的政治见解。1932年2月4日,郁达夫与鲁迅、茅盾等人联名发表了《上海文化界告世界书》,"坚决反对帝国主义瓜分中国的战争","反对中国政府的对日妥协,以及压迫革命的民众"。同年2月8日,郁达夫出任中国著作家抗日会的编辑委员和国际宣传委员会成员。同年4月16日,郁达夫发表《悼罗佩脱·孝脱义士》一文,公开谴责国民党当局的卖国行径。同一时期,他还通过长兄营救了从事工人抗日运动的沪西区委廖书记和太阳社元老孟超。1933年3月,郁达夫撰文抗议日本当局杀害日本革命作家小林多喜二的暴行,并领衔为其家属募捐。

1936年2月,郁达夫应当时福建省政府主席陈仪之邀,赴福建任省政府参议。在此期间,他做了两件最有意义的事情:一是利用编辑报刊进行抗日宣传,二是促成郭沫若归国进行抗日救亡工作。

关于郭沫若从日本归国参加抗战的背景,时任福建省主席陈仪之女陈文瑛是这样回忆的:"抗战爆发,我父亲接到行政院政务处长何廉(字淬廉,安徽人)电报说,蒋介石要郭沫若回国,此事须问郁达夫,知郁达夫在福建特打电报询问。我父亲派秘书蒋授谦持电到达夫先生住处相告。达夫先生正一杯在手看诗集,怡然自得。蒋以电报示之,他毫无犹豫,随口就说:可以的,但要取消'通缉令',汇给旅费。当时根据他的意见拟就电文复何廉。我父亲还电请驻日大使许世英照料协助郭沫若回国。"(《郁达夫与先父陈仪》)郭沫若回国一事的情节比较曲折,虽不是郁达夫的倡议和直接策划,但他出面促成其事则是毫无疑义的。为此,南京政府还专拨给郁达夫两百元作为治装费。

作为一个赤诚的爱国主义战士,郁达夫一生最重要的是1938年12月至1942年2月这一时期。1939年4月9日,他被选为中华全国文艺界抗敌协会理事,经常发动侨胞捐助离乱中的内地贫困作家,及募款捐助经费匮乏的延安鲁迅艺术学院。1941年1月,蒋介石为了巩固其在苏北的反共阵地,发动了进攻华中新四军的皖南事变,掀起了抗日战争时期的第二次反共高潮。皖南事变后,郁达夫领衔发表了由星华文艺工作者三十余人签名的《反对投降妥协坚持团结抗战致侨胞书》,指出:"不幸的是,时至今日,正当抗战接近胜利之际,尚有一部分封建残余,顽固败类,躲藏在抗战的阵营里,而且把握着相当大的权力与地位,他们为了一己的利益,遂不惜昧杀天良,实行挑拨离间,造谣中伤,甚至歪曲事实,颠倒是非,无时无刻不在进行他们妥协投降的诡计。他们视抗日最有力的军队为眼中钉,视真正的唤起民众的集团为心脏病,千方百计,势必把进步的力量消灭,把抗战建国的力量削弱,以遂他们的主子建立'东亚新秩序'的凤愿。近来关于国共摩擦的事件,与忠心为国的进步分子,如杜重远、马寅初等的被拘被陷,以及最近轰动中外的解散新四军的惨痛血案,就都是这些汪派汉奸、无耻败类所一手捏造出来的阴谋毒计!这阴谋毒计实足以亡国有余!"

1941年12月,郁达夫被推选为新加坡文化界抗敌动员委员会执行委员,兼任该会文艺组负责人。1942年1月,星华文艺界抗敌联合会正式成立,郁达夫被选为理事、常务理事和主席。当时太平洋战争已经爆发,但新加坡的英国殖民当局还关押着几百名"政治犯",其中大部分是新加坡、吉隆坡和马来亚各地的马共党员和进步人士。郁达夫、胡愈之等以新加坡华侨抗敌动员总会的名义跟当地英国总督交涉,使这批"政治犯"全部获释。

1942年2月,日军逼近新加坡,郁达夫、王任叔等进步文化人在中共秘密党员胡愈之的安排下,转移到苏门答腊西部高原小市镇,化名赵廉,以经营酒厂、肥皂厂谋生并作为掩护。因不慎被日军发现他会日语,被迫到当地日本宪兵部当过七个月"通译"。郁达夫利用"通译"的身份掩护资助了一些南渡的爱国进步文化人,也为当地印尼人做了不少好事。由于郁达夫了解一些日本宪兵的罪行,1945年8月29日晚,被福建籍汉奸洪培根告密。日本宪兵在无条件投降之后秘密逮捕了郁达夫,并于9月17日枪杀了他,遗骸埋在距武吉丁宜七千米的丹戎革岱(Tondjong Gedai)。就这样,五十岁的郁达夫用自己的热血谱写了一部悲壮的史诗。中华人民共和国成立之后,郁达夫被追认为烈士。他富阳故居所在的小弄被命名为"达夫弄",在他原籍富阳鹳山之旁修建了"双烈祠"。

只要谈郁达夫,就无法回避他的婚恋史。这原本是个人隐私,但郁达夫是公众人物,又以自我暴露闻名,读他的情书,不可能不涉及他的婚恋。郁达夫自幼多病,性格孤僻,在异性面前常有自惭形秽之感。但由于早熟,留学日本时期性苦闷发展到难以抑制的地步。他的初恋应始于十三岁那年,暗恋的对象是当地一名富商赵某的侄女,有过一段"水样的春愁"。留学日本时期,他深受民族歧视,尤其是日本女性的歧视,使用醇酒妇人的变态方式进行发泄和反抗。他曾结交过几位日本旅店的侍女,也曾与一位日本军人的前妻短暂同居,甚至以狎妓的方式排忧解闷。

1920年7月,郁达夫奉母命跟一位"不能爱又不得不爱的女人"孙荃结婚,生二子二女,其中一子夭折。1923年4月,郁达夫写作了小说《茑萝行》,作品中"我"的所作所思虽然不能跟现实生活中的郁达夫一一对号,但其中的很多细节和心理描写都取材于郁达夫跟孙荃的夫妻关系。在现实生活中,孙荃的确是一位性格柔顺的旧式女性。她虽然文化程度不高,但偶尔也能跟郁达夫之间写诗唱和。不能说郁达夫对孙荃毫无亲情,但郁达夫真正恋爱的体验却是1927年1月14日结识杭州王映霞女士之后才产生的。当年1月15日,孙荃来信,嘱咐郁达夫谨慎为人,殊不知前一天郁达夫的心已被王映霞搅乱,并希望借这一段爱情激发他今后的创作灵感。这一年郁达夫已经三十二岁,但他见到王映霞之后却心乱如麻、似火中烧,心情跟十三岁初恋时一样恍惚。在得不到王映霞时,郁达夫甚至颓唐到马路边"打野鸡","去燕子窠吸鸦片"。作为有妇之夫,郁达夫的内心并非没有矛盾。他在1927年2月27日的日记中写道:"我时时刻刻忘不了映霞,也时时刻刻忘不了北京的儿女。一想起荃君的那种孤独怀远的悲哀,我就要流眼泪。但映霞的丰肥的体质和澄美的瞳神,又一步也不离地在追迫我。"

结识郁达夫时，王映霞虚岁二十，跟郁达夫相差十二岁。郁达夫在3月6日日记中介绍："她本姓金，寄养在外祖家，所以姓王，老母还在，父亲已经没有了。她的祖父王二南先生，是杭州的名士。"当时王映霞刚辞去温州第十中学附属幼儿园的工作，暂住在朋友家。王映霞敬佩郁达夫的才华，郁达夫痴迷王映霞的美貌，同年3月7日俩人陷入热恋之中。

　　据郁达夫1927年2月25日信，王映霞曾谎称她跟郁达夫留日时的同学徐钧溪有过婚约，郁达夫反对她成为"家庭的奴隶"，希望她成为"一个自由的女王"。在同年3月4日致王映霞信中，郁达夫承认他们之间"年龄相差太远"，"自己的风采不扬"，"没有千万的家财，没有盖世的声誉"，但是他现在最重视的"是热烈的爱，是盲目的爱，是可以牺牲一切，朝不能待夕的爱"。为了王映霞，他"情愿把家庭、名誉、地位、甚而至于生命，也可以丢弃"。但王映霞害怕别人议论，一度避免与郁达夫接触。郁达夫走火入魔地追求，使王映霞无招架之力。经过犹豫、困惑、烦恼之后，王映霞感到郁达夫对他的情感是真的。同年6月5日，王映霞在取得祖父的宽容和母亲的勉强同意之后，终于决定跟郁达夫订婚，而郁达夫则与原配夫人孙荃分居。

　　1928年2月初，郁达夫跟王映霞正式同居，也印发了请帖，办了两桌喜宴，在上海哈同路民厚南里（现称"慈厚里"）八百八十号营造了一处爱巢。不过郁达夫也无法跟原配孙荃正式离婚，用当时的俗语来讲，就是王映霞争到了一个"两头大"（家里有结发妻子，外面有实际上的夫人）的位置。

　　令人遗憾的是，王映霞并未成为西湖的月色，郁达夫也未成为富春江上的云霞。同居十年之后，郁达夫跟王映霞的关系恶化。1938年7月5日，郁达夫在汉口《大公报》刊出"寻人启事"，指责王映霞携去"细软衣饰现银款项契据等"离家出走，将夫妻矛盾向社会公开。后经友人调解，郁达夫又于7月10日在《大公报》刊出"道歉启事"，说明他对王映霞的指责是"诬指"，"全出于误会。兹特登报声明，并深致歉意"。此后王映霞经湖南汉寿转抵福建福州，1938年12月28日，跟郁达夫携子郁飞同抵新加坡。不料，1939年3月5日，郁达夫又在香港出版的《大风》旬刊特大号发表了《毁家诗纪》，用诗文结合的方式说王映霞曾与浙江省教育厅厅长许绍棣之间"行迹不检",并在丽水同居。后来因为许绍棣新恋一未婚女士,才与王映霞渐渐有了疏远之意。他指责王映霞"最佩服居官的人",贪图享乐,"行则须汽车,住则非洋楼不适意"。他因"鸣鸠已占凤凰巢"而悲愤,不择言词地将王映霞骂作"下堂妾",认为"纵齐倾钱塘潮水,奇羞难洗"。郁达夫这篇奇特的诗记被中国和日本的一些报刊转载,一时轰动了国内外。王映霞读完《毁家诗纪》之后,当晚就写了《一封长信的开始》和《请看事实》这两篇文章,投寄《大风》的主编陆丹林。王映霞声明,她从未收受过许绍棣三十七万元港币的馈赠,并明确表示:"与许君的友情,我并不否认,但对天发誓,亦止于友情而已!"由于郁达夫先骂王映霞为"下堂妾",所以王映霞斥责郁达夫是"神经错乱者","包了人皮的走兽","只求肉欲,不解情意"。王映霞还揭发郁达夫跟她结婚之后,曾偷了她的"五百元存折",重回原配孙荃身边,同住了多日,并揭出郁达夫曾"嫖过妓院,睡过燕子窠"的旧伤疤。夫妻反目到如此程度,离婚就成为唯一的选择。

1940年3月,郁达夫与王映霞协议离婚,王映霞未提出任何要求,郁达夫坚决要求拥有三个孩子的抚养权。同年5月,王映霞孑然一身从新加坡乘海轮回国,并分别在《星岛日报》和《东南日报》上刊登了单独署名的离婚启事。归国的川资,是由郁达夫所在的报社支付的二百元。同年5月31日,香港《星期日报》也发表了郁达夫单独署名的离婚启事。十二年的夫妻,从此劳燕分飞。

郁达夫跟王映霞离异之后的主要感情经历,是1941年3月在新加坡爱上了一位才貌双全的李筱英小姐。其时郁达夫四十六岁,李筱英二十六岁,刚刚离婚。李小姐在英国情报部担任联军播音员,郁达夫则主编该部主办的一份《华侨周报》。当时他们负责的"情报",即抗日宣传,并非军事机密。郁达夫在《乱离杂诗》中表达了他对这位李小姐的深情:"却喜长空播玉音,灵犀一点此传心。凤凰浪迹成凡鸟,精卫临渊是怨禽。满地月明思故国,穷途裘敝感黄金。茫茫大难愁来日,剩把微情付苦吟。"1942年初,李小姐随英军撤往印度,郁达夫则在新加坡沦陷前夕逃往苏门答腊西部高原的一个小市镇——"巴爷公务"。1943年9月15日,郁达夫跟一位只会说马来话的华侨少女何丽有结婚,其时郁达夫四十八岁,而何丽有只有二十岁,所以郁达夫在结婚证上隐瞒了八岁年龄,谎称自己刚满四十岁。后来两人育有一子一女。儿子名大雅(亚),含讽刺日本军国主义推行"大东亚共荣圈"之意。次女美兰(梅兰),诞生于郁达夫失踪的次日。

1942年4月4日,经国民政府外交部部长王正廷介绍,王映霞跟重庆华中航业局的经理钟贤道结婚。两人共同生活了三十八年。新中国成立后,钟贤道在上海航联保险公司工作。王映霞做了很长时期的家庭主妇,1956年在上海六合路的一所小学当教师。1980年11月19日,七十三岁的钟贤道去世,王映霞于1987年被聘为上海文史馆馆员,于2000年逝世,终年九十二岁。

在郁达夫跟王映霞的婚变过程中有一位关键人物,那就是许绍棣。郁达夫认定王映霞跟许绍棣有染,而王映霞发誓说她跟许之间没有超越朋友界限,所谓"丽水同居"之事纯属造谣。王映霞说,她之所以跟许绍棣交往,主要是为了给女画家孙多慈介绍对象。

许绍棣出生于1900年,当时三十八岁,妻子因肺病去世两年,留下了三个女儿,因此很想续弦。孙多慈则是二十世纪三十年代即在画坛崭露头角的女画家,在南京中央大学美术系旁听时即成了著名画家徐悲鸿的学生,两人之间闹过一场沸沸扬扬的师生恋,还合作创作了一幅《台城夜月》图。但是徐悲鸿当时已跟蒋碧薇结婚,因此遭到了孙多慈父亲的坚决反对。孙多慈只好离开南京,到浙江丽水的一所中学任教。郁达夫朋友李立民的女儿李家应是孙多慈的同学,跟郁达夫、王映霞一道从武汉乘火车回浙江丽水的途中就开始撮合孙与许的婚事。1940年许绍棣跟孙多慈结婚,生有两个儿子。孙多慈1975年去世,许绍棣1980年去世,两人合葬于台湾阳明山。

笔者二十世纪七十年代末至八十年代即多次采访过王映霞女士,1990年王映霞女士由女儿钟嘉利陪伴访台时,又几次跟我在台湾《传记文学》杂志社的宴会上相遇并合影。笔者对历经坎坷的王映霞老人怀着应有的敬重,并且不认为应该把郁王婚变的责任全部归咎于女方。但必须承认,王映霞当年十分活跃,结交了一些达官贵人,而且让郁达夫也同时卷入了这一社交圈,引起了一些进步人士的反感和忧虑。比如,孙用先生1936年2月8日致鲁迅信中就曾写道:"我并不希望郁君做完人,做道学家,我只以为像郁君那样有人知道姓名的人,至少不要太使人失望……譬如,他所发表的日记中,有借坐市长的汽车,有某君的唱和,某长的宴会,有丝绸某同人的聚会,有打牌,有喝酒……"孙用还特意从报上剪下了郁达夫的三篇文章作为凭证。鲁迅对孙用是爱护和支持的,但他并未对这封告状信进行回应,在沉默中保护着这位脸上没有"创造气"的旧友。不过,鲁迅在给王映霞题写的那首七言律诗中,明确表示了反对他们夫妇迁居杭州的态度,所以后来有人将这首诗称之为《阻郁达夫移家杭州》。

对于许绍棣其人,鲁迅不仅反感,而且可以说是憎恶。许是上海复旦大学毕业生,曾编辑上海《民国日报》副刊《觉悟》,后来走上了仕途,1927年出任国民党浙江省党部执行委员兼宣传部部长,同时担任杭州《民国日报》社社长。1928年8月,鲁迅主编的《语丝》杂志发表了署名冯珧(徐诗荃)的《谈谈复旦大学》一文,揭露了该校的一些阴暗面,许绍棣即以浙江省党部指导委员会名义禁止《语丝》在浙江发行。1930年2月,郁达夫、鲁迅等领衔发起中国自由大同盟,许绍棣又呈请国民党中央通缉"堕落文人"鲁迅。鲁迅的《二心集》(后删节为《拾零集》)出版之后,许绍棣仍禁止该书在杭州发行。鲁迅在《且介亭杂文二集》后记中揭露了许绍棣的行径,并写道:"但至今还没有呈请发掘祖坟,总算党恩高厚。"由于许绍棣在文化控制上十分卖力,所以在官场中节节高升。1934年2月他出任浙江省政府委员兼教育厅厅长,1941年4月任浙江图书杂志审查处处长。1945年5月任国民党第六届中央执行委员,1946年11月任制宪国民大会代表。1948年任国民党立法院委员,1949年去台,因信奉基督教,被推选为"基督教长老会"长老。

作为晚辈,作为郁达夫文化业绩的崇敬者,笔者对郁王之恋不敢妄评,但想征引郁达夫同时代人及其亲属的一些回忆和评价,聊供关注此事的读者参考。

郁达夫的老友、创造社元老郭沫若说:"达夫始终是挚爱着王映霞的,但他不知怎的,一举动起来便不免不顾前后,弄得王映霞十分难堪。这也是他的自卑心理在作祟吧?"(《论郁达夫》)"别人是'家丑不可外扬',而他偏偏要外扬,说不定还要发挥他的文学的想象力,构造出一些莫须有的'家丑'。公平地说,他实在是超越了限度。暴露自己是可以的,为什么要暴露自己的爱人呢?这爱人假使是旧式的无知的女性,或许可无问题,然而不是,故所以他的问题弄得来不及收拾了。"(《论郁达夫》)

郁达夫的侄女郁风说:"他和王映霞终于同居了,在赫德路嘉禾里安了家。亲人、朋友、两方面的家庭自然都不赞同。听母亲说,父亲在北京知道后非常生气,不知写过多少信去告诫三叔,作为法官的父亲首先就指出,这是要犯重婚罪的。然而既成事实终究是既成事实。"(《三叔达夫——一个真正的"文人"》)"王映霞给我的印象不像我想象的那么年轻,说一口杭州话,很会应酬,口齿伶俐,开起玩笑来也绝不会吃亏。……她的确很会烧菜,也很会管家……"(《三叔达夫——一个真正的"文人"》)"在武汉,他和王映霞所谓'乱世男女'的婚变闹得满城风雨,三叔用尽了弱者的报复手段,用最恶毒的字眼公开的宣扬'家丑',甚至是饥不择食地拿起腐朽的封建武器掷向王映霞(如称她为'下堂妾'),同情他的朋友们也觉得他做得太过分了。"(《三叔达夫——一个真正的"文人"》)

著名作家盛成说:"不料到了(1939年)7月初,他的家庭矛盾公开化了。当时有许多朋友责备王映霞女士,我与他们夫妇都是好朋友,也从中作过调解。我觉得夫妻间的事很复杂,达夫的性格孤独,浪漫,不同于一般人,做他的爱人很不容易,一味责备王映霞是于事无补的。"(《与达夫一起去台儿庄劳军》)

在著名作家唐弢眼中,郁达夫很有点名士风流的气派,而王映霞举止大方,很有风度。但郁达夫为人冲动,而王映霞又过于单纯,爱好虚荣,乱世男女,有此弱点,遂不免给人以可乘之机(《记郁达夫》)。

郁达夫居杭时期的友人朱渊明回忆说:"达夫发表《毁家诗纪》,写得哀感顽艳。异常动人。不过似觉过火,亦夹有不尽符实的想象处。恐怕达夫当初猛写小说,创造新思想时的自我暴露之作风又复炽了。"(《怀念郁达夫》)

与郁达夫在福州相识的陈觉民回忆:"王映霞在福州曾住过短短的一段时间,我也见过她几次,据她的诉说:为文人的妻子,也有说不尽的苦楚。郁先生为人坦白率真到任何事都会毫无遮拦地当着她的面对友人们一五一十地说,使她难堪。这是她的说法。"(《郁达夫在福州》)

郁达夫新加坡时期的同事姚楠回忆:"达夫先生的《毁家诗纪》十九首,缠绵悱恻,主要是写他与前妻王映霞之间的一场悲剧,他的朋友许绍棣竟与他最心爱的人有暧昧关系,所以他认为毁了他的家。但是王映霞听到达夫先生要南渡,竟也跟到星洲,重圆旧梦。她对达夫先生的生活,尤其是纵酒,很不满意,终于在星洲协议离婚。《星洲日报》总编辑关楚璞先生是见证人,后来对我说,他们离婚之后,短期内仍住在一起,据说达夫认为不做夫妻,做朋友也好,足见他对王映霞不能忘情。在王回国前夕,他还发表诗作送别。王回国后,他又写了一首七律,倾诉离衷,其中后面四句是:'纵无七子为哀社,犹有三春各恋晖。愁听灯前谈笑语,阿娘真个几时归。'这首诗虽表达诸儿思母,其实是夫子自道,痴情一片。"(《缅怀郁达夫》)王映霞也表示,随着历史长河的流逝,已经淌平了她心头对郁达夫的爱和恨,留下的只是深深的怀念。

总之,郁达夫是中国现代文学史上的一位风格独异的爱国作家。对于中国文艺的未来,他充满了乐观的信念。他说:"对于中国将来的文艺复兴,抱有坚定的希望,中华民族,决然复兴无异,哪有新兴的民族,而无更灿烂的新兴文化文艺的道理!……耶稣之前,众先知预言:光明将来自东方。抗战是光明的起点。"(臧云远:《记郁达夫》,陈子善、王子立编:《回忆郁达夫》,湖南文艺出版社1986年12月版,第399页)2020年,正值郁达夫诞辰一百二十四周年,牺牲七十五周年。中华民族正行进在伟大复兴的光明而艰苦的征途之中。中国新兴文化更加灿烂的一天必将到来,郁达夫的预言必将实现。

一枝永恒美丽的花朵
——试谈萧红研究的四个"死角"

东北作家群的两位代表人物

　　1931年秋,日本军国主义者在中国发动了九一八事变,东北三省沦陷,三千万东北人民戴上了"亡国奴"的枷锁。一群东北青年唱着"流亡三部曲"逃到关内,在左翼文艺思潮的影响下,以笔为武器,抗日救亡。他们的作品充满了强烈的民族意识,博大的爱国情怀,浓郁的地方色彩,表现出国土沦丧的愤懑和颠沛流离的苦痛,被称为"东北作家群"。其中有舒群、端木蕻良、李辉英、罗烽、白朗等知名作家,而代表人物则是萧红和萧军。

　　对于萧红、萧军文学成就的评价,是一个见仁见智的学术问题,不属于本文评述的主要范畴。简而言之,萧军1925年即开始创作,文学生涯有六十余年,不仅数量上超过了萧红,而且涵盖了一些萧红未曾涉足的领域,如历史小说、旧体诗词、报告文学;其留存的大量日记,更具多重价值,可以传世。萧红的文学生涯只有短短的十年,作品题材囊括了小说、散文、诗歌、戏剧、书信。二萧初登文坛时,都给文坛以不少的新奇和震惊。当年批评家胡风认为,萧红的作品是"有着天才闪光的作品","感觉多敏锐","是近年来不可多见的作家"(梅志:《"爱"的悲剧——忆萧红》)。鲁迅也认为,"就艺术手法而言,萧红比萧军更觉成熟,在写作前途上更有希望"(许广平:《追忆萧红》)。从二十世纪八十年代以来,国内外持续不衰的"萧红研究热"证实了鲁迅预见的正确。美籍华裔学者夏志清反思道,他撰写的《中国现代小说史》忽视了萧红的作品,"实在是最不可宽恕的疏忽"(《中国现代小说史》序)。

　　萧红(1911—1942),黑龙江呼兰县(今呼兰区)人。原名张秀环,因与二姨姜玉环的名字相似,后改名张乃莹。笔名有萧红、悄吟、田娣、玲玲等。萧军(1907—1988),辽宁义县人。原名刘鸿霖,因喜爱京剧《打渔杀家》中的萧恩,又在骑兵营当过骑兵,故以萧军为笔名。其他笔名有三郎、田军等。二萧的笔名联起来跟"小小红军"这四个字谐音。这原本是一种偶合,但萧军觉得当年国民党在江西一带"剿共",就偏叫个"红军"给他们瞧瞧。

对于如何深化萧红研究,萧军提出过明确的意见:"对于这样一位作家,仅仅从事文学生涯只有十年间的历史,为我国文学事业——无论质或量、社会意义、艺术造诣——留下了不能抹杀、不可磨灭的业绩,我们是应该进行一次严肃的认真的研究和探讨的工作,我是赞成的。但是对一个作家评价是应该从他或她的具体作品效果和意义而衡量、而产生的,而不是别的什么'隐私'。因此我建议你们对她的作品本身多作具体的突入,全面的分析,全面的综合……而获得一个相应的结合,来启示读者,教育读者……对于她生活方面的一些琐事,不必过多注意,过多探求……否则将会遇到一些难于通过的'死角',这是无益而浪费精力的事……"(《萧红书简辑存注释录》,黑龙江人民出版社1980年版)

萧军的上述意见是值得重视的。评价一位作家,关注点无疑是应该聚焦其作品,亦即文本,而不是"她生活方面的一些琐事"。萧军所说的"生活",笔者体会主要是指情感生活,尤其是男女私情。为了编注《萧红情书全集》,笔者在抗击新型冠状病毒期间,蜗居在家,只能查阅手头的一些资料,的确遇到了一些难于通过的"死角"。学术研究重视"实证",援引的"资料"应该"铁板钉钉",成为真实的"史料",但涉及男女隐私的事情恰恰是众说纷纭,异口异声,缺乏"铁证"。但另一方面,研读萧红的作品,又岂能不了解"她生活方面的一些琐事"?比如,不了解二萧的爱情经历,如何能解读《跋涉》?不了解二萧的情感冲突,如何能解读萧红的短诗《苦杯》《沙粒》?如果不了解萧军跟陈涓的感情纠葛,如何能解读萧红的《一个南方的姑娘》?此外,像萧红的《呼兰河传》《小城三月》《弃儿》等小说,也都带有明显的自传性质。所以了解与研究萧红作品,撰写萧红传记,相关的"生活方面的一些琐事"并不见得纯属多余。但笔者在梳理考证有关生平史料时,就遇到了萧军所说的"死角":(1)萧红之父是否"夺人之妻""杀人之夫";(2)谁是萧红的"始乱终弃者"?(3)二萧分手诀别的真实原因?(4)如何评价萧红与端木的婚姻?为慎重稳妥起见,笔者只能客观介绍对二萧"生活琐事"的一些不同说法,以供读者进一步辨析参考。

生父还是养父?

考察萧红周边的男性世界,遇到的第一个"死角",就是他的父亲张廷举(1888—1959)。据萧军说,萧红真正的父亲可能是个贫雇农,她的母亲因为跟张廷举发生了关系,便合谋害死了萧红的生父,而后带着萧红和她的弟弟来到了张家。萧军还说,张廷举曾对萧红表现出企图乱伦的行为。萧军根据萧红提供的素材写过一篇小说《涓涓》,1933年发表于哈尔滨《国际协报》。(萧军:《萧红书简辑存注释录》,金城出版社2011年8月版,第62~63页)小说中描写13岁"莹妮"差一点被父亲强奸的过程,并说"从此他们父女之间,便筑成了一道不能够摧毁的冤仇的墙壁"。

呼应萧军说法的有二萧同时代的东北作家陈隄。1983年,陈隄披露了二萧友人方未艾1982年1月15日致他的一封信:"你看过萧军写的《涓涓》吗?那里的莹妮就是乃莹,小珂就是秀珂,达三就是选三(按:张廷举,字选三)。萧红写的《王阿嫂之死》里的张地主的佣人中有个姓王赶马车的遭遇。她的生母没有像王阿嫂那样刚烈反对张地主,竟带着她和她的弟弟嫁给张地主了。她最初知道她不是张地主生的,是她生母死了以后,她十一岁时她的继母骂她是带犊子,又用棍子打她,她的祖母用针狠毒地刺她,张选三也不把她当亲生女儿关怀她。她就感到她成了外人,怀疑她自己是不是张家的骨肉。"[《关于萧红研究的几个问题》,《东北师大学报》(社会科学版)1983年第六期]方未艾是萧军的结拜大哥,当时在《东三省商报》担任副刊编辑,也是萧红的患难之交。1933年10月他被中共满洲省委派去苏联学习,临行前跟萧红含泪握手而别,以后再未相见。以萧红跟方未艾的深交,方未艾也不可能信口雌黄。此外,二萧的友人蒋锡金也对笔者这样说过。

萧军等人的说法从萧红的《永远的憧憬和追求》一文中可以得到呼应。文章写道:"父亲常常为着贪婪而失掉了人性。他对待仆人,对待自己的儿女,以及对待我的祖父都是同样的吝啬而疏远,甚至于无情。""九岁时,母亲死去,父亲也就更变了样,偶尔打碎一只杯子,他就要骂到使人发抖的程度。""十二岁那年,我就逃出了父亲的家庭,直到现在还是过着流浪的生活。"这篇文章原是为美国记者埃德加·斯诺编译的《中国现代短篇小说选》提供的自传,后发表于1937年1月10日出版的《报告》杂志第1卷第1期。萧红在自传中如此描绘自己的父亲,可见他们父女关系的真实状况。

然而有学者对萧红老家的亲友进行了调查,证明萧军等人的说法"纯属子虚乌有"(王化钰:《关于萧红身世的几个问题》,《萧红身世考》,哈尔滨出版社2004年版)。王化钰的调查对象,有萧红的亲三姨姜玉凤老人。老人说,是萧红的祖母张范氏相中了萧红的生母姜玉兰。1909年农历八月,萧红父母正式举行了婚礼,女方亲属一共去了二十多人。与此同时,王化钰还采访了萧红的其他亲属和故乡人共九人,都异口同声肯定萧红父母是原配夫妻,萧红是他们的亲生女儿。更具有权威性的说法来自黑龙江省呼兰县志编纂委员会办公室。该机构组织力量,从1982年至1984年这两年中对萧红家族、亲属、同窗好友、老邻居等进行了三十五人次调查,并查阅了档案馆中有关张氏家族的历史资料,由呼兰县志办副主任刘惠周做代表,宣布了对萧红身世的历史结论,说法与王化钰完全一致。目前,有关萧红的年谱、传记多采用呼兰县志办提供的史料。

还有人从萧红临终前创作的小说《小城三月》中看到了她父亲的另一面:这是一位开明而温暖的乡绅,参与维新,跟作品中"我"的继母生活平静和睦,不仅支持妻子在小城最早穿上了高跟鞋,对乡邻也亲切友善,家中子弟都受到了良好教育。这种描写,跟《永远的憧憬和追求》一文形成了反差。这是萧红临终前思乡情绪的流露,还是展现了张廷举为人的另一面?

虽说萧红故乡的有关机构对她的家世做出了"历史结论",但仍然存在一个疑惑:那就是萧军的说法跟地方文史办的说法哪个更接近于真实?萧军虽然是一个擅长虚构的作家,最终又跟萧红分了手,但是找不出一个他对萧红父亲"污名化"的动机和理由。萧军除了举出萧红的小说作为旁证之外,还明白无误地说明萧红的生父可能"谋害"的情况是萧红的弟弟张秀珂亲口对他说的,类似于古代"公案小说"中的"谋妻害命"。张秀珂1937年参加工农红军,1939年加入中国共产党,曾任新四军七旅宣传教育科科长、东北二纵队政治部秘书、北满军区调查研究室主任等职,1956年因患风湿性心脏病病逝,享年四十岁。他跟萧军谈的家庭情况是在他参加革命之前说的,不会有隐瞒家庭成分的可能。1955年,张秀珂在北京和平医院治病,应骆宾基之情,临终前口述了一篇文章:《回忆我的姐姐——萧红》,后来发表于1983年《黑龙江文史资料》第八辑。但这篇回忆只是谈了他跟萧红的交往情况以及他对萧红思想的理解,丝毫也没有涉及他们姐弟的身世问题。1993年9月,张秀珂之子张抗在哈尔滨出版社出版的《萧红研究》第一辑发表了《萧红家庭情况及其出走前后》一文,承认他父亲的确对萧军说过张廷举不是他和萧红的生父,原因是一位老厨子对他父亲说:"你的命苦呵,你没有亲妈,爹也不是亲爹。"后来张秀珂夫妇"又讨论了这个问题,感到老厨子的话很可能出于对剥削者的气愤"。张秀珂的儿子在时隔半个世纪之后用"很可能"三个字否定其父当年的说法,仍然不能不为好事者心生疑窦。祖辈的情况,孙辈怎么能"讨论"出来呢?

谁是萧红的"始乱终弃者"?

在跟萧军结识之前,萧红有没有初恋情人?如果有,那此人是谁?这成了萧红生平研究的第二个"死角"。

据骆宾基《萧红小传》记载:"(萧红)不但谈及她的初恋,谈及她第一次随着自己的情人去北平,坐上火车的心情,充满憧憬与幸福感,而在北平一个胡同的小院里突然发现站在那个李姓青年面前的却是他的'真正的妻子',而立即提起皮箱昂然地只身一人离开的愤然情绪,谈及当时心想,'真是笑话,我又不是到北平和你争男人来的!'"骆宾基是萧红临终前四十四天的陪护人,他的材料应该是根据萧红的口述,而不应该是自己的编造。《萧红小传》发表于1946年,多次再版,影响广泛,可以说是萧红研究的入门书。骆宾基说的那位"李姓青年"无疑就是李洁非。

问题是,目前还没有任何旁证能说明李洁非就是萧红的"初恋情人"。陪萧红第一次去北京的并不是李洁非,而是她的表兄陆哲舜。1937年4月萧红只身去北京找李洁非,是在萧军跟许粤华感情出轨之后。许粤华是萧红的闺蜜,也是友人黄源当时的妻子。闺蜜跟自己的患难情侣出轨,使萧红"心像被浸在毒汁里那么黑"。她想离开上海这伤心之地,迁居北平,想找李洁非商量,寻求帮助,但她并不知李洁非已经结婚生女,引起了李洁非妻子的误会,但并不存在"抢男人"的问题。萧红重病中跟骆宾基讲述自己的经历,骆宾基无法录音,多半也无法记录,结果在记忆中把两个人物跟几件事情混淆起来,熬成了一锅"记忆乱炖"。《萧红小传》修订再版时,骆宾基订正了一些失误,如萧红的祖籍为鲁西的莘县而非胶东的掖县,萧红住进哈尔滨市立第一医院产科是1932年秋天而非1933年冬天,但却未对以上这件事情进行订正。

李洁非结识萧红,是通过他在哈尔滨三育中学的同学徐长鸿和陆哲舜。1929年,李洁非已经在北京大学读书,但每年寒暑假都要回哈尔滨探亲访友。徐长鸿家就是李洁非常去的地方。在徐长鸿家,李洁非遇到了一位短发大眼、着青裙白褂的女生,她就是陆哲舜的表妹萧红。萧红很想到北平求学,便仔细地询问北京学校的情况。这就是他们初识的话题。1930年萧红初中毕业后,就跟表兄陆哲舜一同到了北平。陆哲舜考入了中国大学,萧红则成了北平师大女附中的学生。

1981年,李洁非在《哈尔滨文艺》第六期发表了《萧红在北京的时候》,详细介绍了他跟萧红在北平三次相遇的情况。第一次是1930年7月至1931年1月,萧红与陆哲舜初到北平。他们之间讨论过友情与爱情的问题。李洁非认为:"爱情不如友情,爱情的局限性太大。"萧红反驳说:"不对,友情不如伙伴可靠。"后来陆哲舜家里对他进行了经济制裁,萧红家也逼她回去结婚。双方都失去了经济来源,他们只得在寒假期间返回哈尔滨。

1931年2月末,萧红因逃婚第二次来到北平。那五元路费是李洁非资助的。陆哲舜来信拜托他照顾萧红,支持她继续求学。但萧红的未婚夫汪恩甲追到了北平,把萧红接走了,时间是1931年初春,2月至3月间。

萧红第三次到北平是1937年初夏,那是萧红从日本归国之后的第二次心灵疗伤之旅。这时李洁非本人的生活发生了变化,在孔德小学担任教员,有了妻子和女儿。阔别五年后,萧红通过友人找到了李洁非,见面时在院子里给了他一个拥抱。这一动作被李洁非在厨房里的妻子看见,一度产生了误会。后来李洁非跟妻子进行了解释,便把萧红从旅馆接到了家中。5月中旬,萧军来信说身体不适,希望萧红早点回上海。萧红这次在北平大约住了二十天,于5月中旬返回上海。李洁非详细描述了他跟萧红交往的经过,目的是澄清他跟萧红之间的关系是止乎友情,在北平三次接待,总共不到半年时间。

但也有研究者对李洁非的回忆进行质疑,理由是这篇文章只是李洁非口述,由担任萧军秘书的女儿肖耘执笔整理,太过详细,天衣无缝,看来是经过加工,降低了文章的可信度。不过,当下撰写回忆录大多都参考可以唤起回忆或印证回忆的相关资料,如果没有反驳的确证,那"怀疑"终究也不过是"怀疑"。又有人根据骆宾基的说法,以为萧红受了李洁非的骗弄,以致怀孕,这肯定是张冠李戴,搞错了对象。还有人认为,李洁非和萧红都是对方的"暗恋"者。"暗恋"是一种内心最隐秘的情感,为他人所难以坐实。萧红第三次见李洁非时,给过他一个拥抱,这是西方人的一种见面礼。萧红是一个开放型的女性,给他一个拥抱,只能说明他们之间感情不错,而不能证明其他。

那么萧红的表兄陆哲舜是否就是萧红的初恋情人,就是那个始乱终弃者呢?据常理判断,萧红跟陆哲舜之间互有好感应该是确定无疑的,否则萧红就不会因抗婚主动去投奔这位表哥,表哥也不会路远迢迢带她到北平求学。不过,男女之间的关系是十分微妙的。在二十世纪三十年代,男女同居也不一定就意味着发生了性关系。比如哲学家朱谦之与其妻杨没累,都提倡独身主义,并主张人类灭绝。丁玲跟胡也频虽然同居,但在冯雪峰出现之前,双方也一直保持了纯洁的友谊。萧红虽然跟陆哲舜同居,只是合租房子,并非同处一室。他们在北平二龙坑西巷同居时,是分住一座独院的北房两头,一人占用一间。后来为节约开支,表兄妹搬到外院来住,萧红住单间南房,陆哲舜则住进那间房的平台。李洁非在回忆中提供了一个细节:有一次他去看望这对表兄妹,萧红递给他一封信,说表兄对她无礼。李洁非当场把陆哲舜骂了一顿,训斥得他呜呜咽咽哭起来。如果萧红跟表哥之间真发生了性关系,那就根本不存在什么"有礼"或"非礼"的问题。所以把陆哲舜当成萧红的情人,目前也无确凿证据。

真正对萧红始乱终弃的只有其未婚夫汪恩甲。

按传统说法,汪恩甲是一个纨绔子弟,黑龙江呼兰县顾乡屯一个驻军帮统的次子,读过法政大学,当时在哈尔滨滨江小学(一说三育小学)当教员。1928年(一说1914年)萧红读初中(一说读高小)时经六叔张廷献介绍,由父母包办订婚。后来萧红发现汪有抽大烟、狂妓院的恶习,心生厌恶,更坚定了她抗婚、逃婚的决心。1931年3月上旬,汪恩甲追到北平,找到萧红。由于萧家和陆家都断绝了对这对表兄妹的经济支持,萧红只得跟汪恩甲返回哈尔滨,在东兴顺旅馆同居七个月,有了身孕,欠下了四百(一说六百)多元房租和伙食费。根据萧红作品,当年五角钱可够她跟萧军生活三天,所以这笔欠款实可谓是天文数字。汪恩甲声言回家取钱,萧红作为人质被扣押在旅店,如不还钱款将被卖进妓院抵债。

但也有为汪恩甲辩护的声音。1981年2月8日,萧红中学时代的同学沈玉贤公布了一封另一位当年同学刘俊民给她的信。大意是说,萧红跟汪恩甲订婚之后,关系原本正常,不但经常通信,萧红还给汪恩甲织过毛衣,但自从陆哲舜介入之后,萧汪的关系才出现了裂痕。汪恩甲离开道外十六道街东兴顺旅馆的本意,并不是抛弃萧红,而是回家要钱还债,不料反被家人管控起来了。特别是汪的哥哥汪恩厚,一定要汪恩甲跟萧红离婚。萧红找律师写状子告汪的哥哥替他休妻。开庭时,汪恩甲怕他哥哥受法律制裁,只好说是自己要休妻,当场就判了离婚(何宏:《关于萧红的未婚夫汪恩甲其人》,《萧红研究》第一辑,哈尔滨出版社1993年9月版)。沈玉贤公布这封信的目的,意在说明汪恩甲离开萧红不仅有其苦衷,而且是在正式解除婚约之后。但是将怀有自己孩子的未婚妻抛弃在旅馆当人质,这种男人难道不是"渣男"理应受到道德法庭的审判吗?更何况,欠旅店的钱并不是萧红个人的开销,而是他们同居期间的共同消费呵!

萧红与萧军:从相识、相恋到诀别

萧红与萧军是1932年8月相识的,1937年8月23日萧军日记中就出现了这样的记载:"我以后也许不再需要女人们的爱情,爱情这东西是不存在的,吟(按:指萧红),也是如此,她乐意存在这里就存在,乐意走就走。"那么他们分手的原因是什么呢?

关于跟萧红的相识过程,萧军是这样回忆的:1932年夏,他正流浪在哈尔滨,替一家私营报纸《国际协报》撰稿维持生计。1932年夏天,该报副刊主编裴馨园收到一位女读者的求助信,希望能为她寄去几本文艺读物,因为她已被所住的旅馆幽禁。老裴被这封凄切动人的来信感动,便派萧军根据信封的地址"哈尔滨道外正阳十六街东兴顺旅馆"去了解实情。

出现在萧军眼前的是一条昏暗的甬道,一间没有灯光但散发出霉味的房间,一个模糊的女人的轮廓。细看之后才发现一张圆形的苍白的脸,脸上闪动着一双特大的闪亮的眼睛,目光在求助,声音在颤抖,身材显示出她怀有身孕,这就是萧红留给萧军最初的印象。坐定之后,萧军掏出了老裴的介绍信,证明了自己的身份。萧红这才向萧军坦陈了自己的境遇:被未婚夫欺骗,积欠了房金伙食费,被旅店作为人质软禁,不还清欠款就会被卖到"圈儿楼"(哈尔滨道外的妓院)。交谈时萧军无意看到了萧红的绘画和小诗,发现了她的文艺才能,马上决定不惜一切代价来拯救这个美丽的灵魂!不过,这种"救世主"般的想法和姿态,对于二萧之间迅猛产生的爱情也会成为一种消融剂。这是后来为他们的情感经历所证明了的。

1932年8月,松花江突发洪水。数日之内,哈尔滨两万多人丧生,成千上万的民众无家可归,平日的街道呈现出扁舟款行的奇特画面,用木箱当船的也有,用木板当船的也有。萧红趁东兴顺旅馆混乱之际,独自搭上了一艘运柴禾的救生船。几经周折,竟意外地碰到萧军。当时萧军正划着一只小船去找她。两人先寄居在裴馨园家,而后在欧罗巴旅馆开始了同居生活。

二萧在哈尔滨的同居生活,用"以沫相濡"来形容再恰当不过。很多生活细节,都被萧红写进了小说、散文集《商市街》。

刚住进白俄经营的欧罗巴旅馆时,萧军身上原只有五元钱,又付了五角钱马车费,但那经理却把一月三十元的包租费涨成了六十元,想趁松花江涨水发一笔横财。萧军先付两元的日租金,经理要他们第二天就搬走,逼得萧军从床上取出剑来指着那经理。经理吓得去报警。幸亏来的是中国警察,而不是日本宪兵,只把那把剑扣押了一晚了事。

离开欧罗巴旅馆之后的同居生活,使"贫穷"与"疾病"成了萧红笔下的两大主题:穷到"从昨夜饿到中午,四肢软弱,肚子好像被踢打放了气的皮球"(《饿》)。"到家把剩下来的一点米煮成稀饭,没有盐,没有油,没有菜,暖一暖肚子算了"(《借》)。"黑列巴和白盐许多日子成了我们唯一的生命线"(《黑列巴和白盐》)。没有吃的,自然也没有穿的。萧红的鞋带断成了四截,萧军把自己的一条鞋带分给萧红。结果,萧红的鞋上,一只是白鞋带,另一只是黄鞋带(《破落之街》)。萧军当家庭教师挣了二十元票子,从当铺赎出了他当过的两件衣裳:一件夹袍,一件小毛衣。他自己穿上了毛衣,把夹袍给萧红穿。萧军的毛衣很合身,萧红穿上夹袍两手立即被袖口吞没,自己也看不见双脚了,但她仍感到很合适,很满足(《家庭教师》)。

萧红体弱,长期困扰她的还有疾病:时而头痛,时而肚子痛,穷家没有暖水袋,那铁盒子又漏水。萧军将开水倒进一个空玻璃瓶,想让萧红当暖水袋用,不料瓶底一遇到热水就炸裂了,满地流着水……(《借》)幸亏哈尔滨有一家市立公共医院,可以免收穷人的药费。萧红挣扎着去看病,萧军雇了一辆人力车,让萧红坐上,自己跟着车边走边跑……(《患病》)哈尔滨的冬天是漫长的,有火炉无木柴,萧红觉得屋子太冷,恨不得把冰冷的腿放在自己的肚子上取暖,但腿太长,根本放不上去(《最末的一块木柈》)。不过,即便贫病交加,只要萧军在旁边,萧红就感到"饿也不难忍了,肚痛也轻了"(《搬家》)。

二萧同居期间,最有意义的事情是共同出版了二人合集《跋涉》,其中有萧军作品六篇,萧红作品五篇。萧红署名"悄吟",萧军署名"三郎"。印刷费是舒群、王幼宾等友人凑集的,秘密印行了一千册毛边本。书稿大部分由萧红抄写,书名由萧军题签。萧红在《册子》一文中描写了该书出版的情况:萧红在烛光下忍受着眼痛和蚊虫叮咬抄稿。萧军问:"手不疼吗?休息休息吧,别弄坏了眼睛。"但萧红抄了三千多字仍不停笔,笔尖在纸上哗哗作响……第二天,两人一起跑印刷局,看到自己的手迹被排成铅字,比儿时穿到母亲缝制的新衣更加欢喜。中秋节前夕,他们自己装订了一整天,腰酸背痛,才装订了一百部。为了庆祝《跋涉》一书的出版,这两位文坛的跋涉者破例吃了一顿俄国点心,还喝了两杯沃特加酒。不久,这本书就成了禁书。这两个苦命鸳鸯侥幸没被日本宪兵逮捕,但送到书店的书没几天就禁止发卖了。1946年,萧军重返哈尔滨,偶然从旧书店买到一本《跋涉》,感慨他跟萧红珠分钗折,人间地下,不禁悲从中来。

结识鲁迅:生命史上最温馨的一页

在萧军萧红的生命史上,最温馨最重要的回忆无疑是跟鲁迅的交往。萧军是骑兵出身,后被擢升为见习上士,受鲁迅《野草》等作品影响自学成才,从事编辑和业余创作。萧红只上过中学,也是一位文学爱好者,但他们都有文学天赋和超越年龄的生活阅历,所以他们在青岛能够写出《生死场》和《八月的乡村》这样的长篇。但在商业化的出版界,像二萧这样的无名作者往往是被冷落的,更何况他们写出的是具有鲜明民族意识和左翼倾向的作品!

生活证明，人的成功既取决于本身的潜质，也取决于看似偶然的机遇。在坎坷的境遇中，萧军遇到了一位朋友孙乐文——他是中共地下党员，在青岛经营着一家"荒岛书店"。此人在上海内山书店见过鲁迅，知道鲁迅一贯提携文坛后进，便鼓动萧军借用荒岛书店的地址写信给鲁迅求教。于是萧军抱着"试试看"的忐忑心情，给鲁迅写了第一封信。1934年10月9日鲁迅日记中有一条记载："得萧军信，即复。"当时萧红的《生死场》已经完稿，萧军的《八月的乡村》也在赶写之中，但他们不知道这类作品的题材是否跟左翼文艺运动的主流合拍，希望鲁迅能对他们的作品进行指导。鲁迅毫不犹豫地答应替他们审稿，并深刻指出："不必问现在要什么，只要问自己能做什么。现在需要的是斗争的文学，如果作者是一个斗争者，那么，无论他写什么，写出来的东西一定是斗争的。就是写咖啡馆跳舞场吧，少爷们和革命者的作品，也决不会一样。"

收到鲁迅的亲笔信后，处于困境中的二萧如在阴云的缝隙中看到了一缕阳光，如在雾海夜航中看到了灯塔的指向。萧红几次流着热泪在反复阅读鲁迅的回信，硬汉萧军泪水也润湿了眼眶。此时，中共青岛地下党组织遭到破坏，萧军的文友舒群被捕入狱，孙乐文也准备停办《青岛晨报》。他交给萧军四十元钱作为遣散费。萧军花去二十多元买了两张日本轮船"大连丸"的船票，挤在堆满咸鱼和粉丝的四等舱里，从青岛抵达了上海。上岸之后他手中只剩下了十八元几角余款，再付九元在拉都路租赁了一处亭子间，兜里的零钱就只够买一点糊口的食品了。在生活的艰难中，是鲁迅向这两位素昧平生的东北流亡作家伸出了援手。鲁迅不仅在工作繁忙、体弱多病得情况下认真审读这两部字迹潦草而又细小的稿件，订正笔误，修改格式，亲撰序言，而且借钱帮助他们维持稍微安定一些的生活。萧红接过鲁迅用血汗换来的钱，觉得内心刺痛。鲁迅写信安慰说："这是不必要的。我固然不收一个俄国的卢布、日本的金元，但因出版界上的资格关系，稿费总比青年作家来得容易，里面并没有青年作家的稿费那样的汗水的——用用毫不要紧。而且这些小事，万万不可放在心上，否则，人就容易神经衰弱，陷入忧郁了。"

最使萧军萧红难忘的是1934年12月19日的一次聚餐。那天下午六点，鲁迅一家三口请二萧到上海广西路332号梁园豫菜馆吃饭。因为二萧初到上海，鲁迅怕他们路不熟，特意写信说明广西路是二马路与三马路之间的一条横街，若从二马路弯进去，比较的近。同席的还有茅盾、聂绀弩夫妇和左翼作家叶紫。那时候鲁迅五十四岁，萧军二十七岁，萧红二十三岁，而叶紫刚二十二岁。正是这次聚餐之后，二萧跟叶紫成立了一个文学社团，取名为"奴隶社"。社名是萧军提出来的，得到鲁迅的赞同。鲁迅说："奴隶社这个名称是可以的，因为它不是奴才社，奴隶总比奴才强，因为他们要反抗。"

接着，叶紫想出了一个出版单位的名字——"容光书局"，联系了一家"民光印刷厂"，出版了一套《奴隶丛书》，共出版了三本小说：叶紫的《丰收》、萧军的《八月的乡村》、萧红的《生死场》。鲁迅在《叶紫作〈丰收〉序》中说："作者还是一个青年，但他的经历，却抵得太平天下的顺民的一世纪的经历。"在《田军作〈八月的乡村〉序》中，鲁迅指出："作者的心血和失去的天空，土地，受难的人民，以至失去的花草，高粱，蝈蝈，蚊子，搅成一团，鲜红的在读者眼前展开，显示着中国的一份和全部，现在和将来，死路和活路。"1935年11月14日深夜，周围像死一般寂静，鲁迅在灯下看完了《生死场》的原稿，感到萧红这位女性作者以"细致的观察和越轨的笔致"，力透纸背地表现出中国"北方人民的对于生的坚强，对于死的挣扎"，并特别肯定了萧红叙事和写景的才华。尽管当时国民党中央宣传部书报检查委员会不允许这部小说出版，鲁迅还是公开署名为萧红写序，希望读者能够读后增添"坚强和挣扎的力气"。

令人不解的是，前些时候，有些人不知出于什么动机，煞费苦心想把鲁迅跟萧红的关系搞得暧昧化。其依据有两点：(1)这些人戴着有色眼镜，从萧红的回忆录《回忆鲁迅先生》中发现了"什么也没发生"，但"什么都有了"的心灵之爱。(2)把萧红去日本期间没给鲁迅写过一封信，视为"不正常"的现象，证明"萧红跟鲁迅关系不一般，太不一般了"。

《回忆鲁迅先生》是萧红1939年10月在重庆完成的两万四千字的长篇

回忆录,也是她纪念鲁迅逝世三周年的一瓣心香。这篇文章共分为长短不一的四十五个生活片段,均为作者的亲历、亲闻、亲见,既具有散文的审美特质,又具备传记的基本特征,以生动可信的细节描写了鲁迅的饮食起居、待人接物、读书写作、休闲娱乐、病中生活……立体化地再现了鲁迅平凡而又伟大的形象。比如,鲁迅平时用餐只有三碗菜,而招待来客大碗上菜,起码四五碗,多则七八碗。鲁迅备有两种纸烟:一种绿听子装的便宜货,自己抽;另一种白听子的前门牌香烟,专用招待客人。跟亲友外出看电影时,因为周边的汽车房只有一辆车,他总让家中的妇女儿童乘坐,而自己走到苏州河大桥去等电车。瞿秋白烈士殉难之后,鲁迅自编《海上述林》以为纪念,当时鲁迅在病中,客人不断,几十万字的校样要看三遍,所以鲁迅有时一边陪客,一边校对,说:"眼睛可以看,耳朵可以听……"在现存的同时代人撰写的鲁迅回忆录中,萧红的这一篇实可谓一枝独秀,极具史料价值,也是现代散文的典范之作。

鲁迅扶植萧红,一方面是因为萧红有过人的文学天赋,另一方面是因为她跟萧军一样,都带有质朴的"野性",坦白率真,不像那种台前幕后面孔不一的洋场恶少。萧红接近鲁迅,一是因为对鲁迅发自内心的崇敬,在朋友圈谈及鲁迅都是以"导师"相称;二是因为萧红在上海,有一个时期非常烦闷、失望,用许广平的话来形容,就是"哀愁笼罩了她整个的生命力"(《追忆萧红》),因此经常来找鲁迅交谈,寻求她长期缺失的父爱和母爱。至于她到日本期间不给鲁迅写信,萧红解释得十分清楚,就是因为当时鲁迅的身体状况非常不好,所以他跟萧军约定都不给鲁迅写信,以免除鲁迅的复信之劳。萧军离开上海去青岛期间,也没有给鲁迅写过。病中的鲁迅不了解二萧之间的私下约定,也不了解他们离开上海之后的通讯地址,所以一度中断了联系。想以此证明鲁迅跟萧红的关系"很不一般",纯属是一种臆断。

关于《苦杯》的点滴记忆

研究二萧的情爱史,自然离不开萧红的抒情短诗《苦杯》和《沙粒》。这些都是萧红的直抒胸臆之作,从中可以破译出她的许多心灵密码,比其他任何人的回忆录都真实可信。这些诗作的披露过程,引发了我的一些回忆。

大约是1979年底或者1980年初,我去鲁迅博物馆资料室(那时还不叫资料典藏部)查资料,无意中看到了一个小皮箱,引起了我的好奇,询问资料室的同事,方知道这是萧红的遗物:离开上海之前委托许广平保存,后来许广平又移交了给鲁迅博物馆。打开皮箱一看,里面有一些萧红的遗物和文稿。文稿中有一个日本印制的稿本,萧红用钢笔在上面工整地抄录了十题七十一首诗歌,无修改痕迹,无前言后记,无创作日期。从内容判断,是写于1932年至1937年间,其中有些发表过,如《沙粒》《拜墓诗》《一粒土泥》《春曲》,但《苦杯》从未发表过,让我特别惊喜。

记得初读时,我曾一度把《苦杯》误看成《苦怀》,因此留下了深刻印象。我是鲁迅博物馆的工作人员,觉得擅自发表馆藏资料有"近水楼台先得月"之嫌,便把这一情况告诉了鲁迅博物馆研究室手稿组的负责人吕福堂,建议由他整理,公诸于世,以推动方兴未艾的萧红研究。后来吕福堂撰写了《有关〈萧红自集诗稿〉的一些情况》,经我推荐发表于《中国现代文学研究丛刊》1980年第3期。该刊是中国现代文学研究学会的会刊,当时由北京人民出版社出版。学会秘书长吴子敏是我的朋友,责编李志强也是我的熟人,文章发表得非常顺利。

在《苦杯》中,我看到了这样的诗句:"往日的爱人,/为我遮蔽暴风雨,/而今他变成暴风雨了!/让我怎样来抵抗?"又说:"我幼时有个暴虐的父亲,/他和我的父亲一样了!/父亲是我的敌人,/而他不是,/我又怎样来对待他呢?/他说他是我统一战线上的伙伴。"我想,这不正是萧红在上海跟萧军同居时期的真实心境么?在《沙粒》中,萧红又写道:"理想的白马骑不得,梦中的爱人爱不得。""什么最痛苦,说不出的痛苦最痛苦。"我想,这不正是萧红在日本独居期间对她跟萧军关系的反思么?这样的史料,无论对于研究萧红的诗作,还是撰写萧红的传记,都是太珍贵,太重要,的确应该公之于众,而不应在鲁博的资料库中长期淹没。

萧红有"妻性"吗？

萧军萧红相处六年之后为什么会分手？萧军跟萧红有不尽相同的回答。他们的同时代人跟研究者也有各自的看法。萧军总的回答是"无可奉告"，他不愿用虐心的方式来满足他人的好奇心。但他在文章中也还是有他的解释。他认为，他跟萧红之间主要的差异是："在我的主导思想是喜爱'恃强'，她的主导思想是过度'自尊'。"萧军还说："作为一个六年文学上的伙伴和战友，我怀念她；作为一个有才能、有成绩、有影响的作家，不幸短命而死，我'惋惜'她；如果从'妻子'意义来衡量，她离开我，我并没有什么'遗憾'之情！鲁迅先生曾说过，女人只有母性、女儿性，而没有'妻性'。所谓'妻性'完全是后来的、社会制度造成的（大意如此）。萧红就是个没有'妻性'的人，我也从来没有向她要求过这一'妻性'。"（《为了爱的缘故：萧红书简辑存注释录》，金城出版社2011年8月版，第260页）

萧军肯定萧红是"一个有才能、有成绩、有影响的作家"，但他认为萧红过于"自尊"，没有"妻性"，不适合做妻子，所以离开她并没有什么遗憾。对于萧红文学成就的评价，目前已是有口皆碑，估计要比萧军对她的评价高出许多。至于萧红有没有"妻性"，则是一件见仁见智的事情。虽然有句俗话："鞋合不合脚，只有脚知道。"但问题是涉及对"妻性"的理解。"妻性"这个词的发明权应属于鲁迅，在《而已集·小杂感》中鲁迅写道："女人的天性中有母性，有女儿性，无妻性。妻性是逼成的，只是母性与女儿性的混合。"笔者理解，在鲁迅看来，母性和女儿性是女人的自然属性，"妻性"则是封建专制制度和封建伦理道德铸就的。"三纲"当中的"夫为妻纲"就是铸就"妻性"的一块模板，经过这种威逼，妻子在丈夫面前完全失去了人格的独立性，出现了男人可以妻妾成群的现象，"妇者服也"的观念，以及"烈女殉夫"之类的人间惨剧。从这个意义上说，对爱和自由永怀憧憬和追求的萧红自然缺乏萧军所说的"妻性"，这难道是萧红的人格缺陷吗？但在常人的眼光中，"妻性"指的是温婉贤惠、能相夫教子、操持家务。如果按这种世俗标准，萧红却是一位上得了厅堂、下得了厨房的主妇,是一位对爱人体贴入微的"小女人"。据许广平回忆,萧红特别会做饺子,摊薄饼,对于衣饰也很讲究。"如果有一个安定的、相当合适的家庭,使萧红先生主持家政,我相信她会弄得很体贴的。"(《追忆萧红》)萧军还举过这样一个例子。鲁迅夫妇邀请他们到梁园豫菜馆吃饭,但萧军当时只有一件灰不灰、蓝不蓝的破罩衫。萧红认为宴席上还有其他客人,穿件破罩衫不够礼貌,便在头一天买了一件"大拍卖"的黑白纵横的方格绒布料,只花了七角五分钱,而后亲自剪裁缝制,不吃、不喝、不停、不休,直到赴宴当天下午五点,终于让萧军穿上了这件"礼服",再让萧军扎起小皮带,围上丝围巾,打扮得神采奕奕。看完萧军的以上回忆,脑海中不禁浮现出了《红楼梦》中晴雯补裘的画面。谁又能说萧红没有"妻性",不能成为一个合格的妻子呢?

在对爱人体贴方面,萧红同样是细致入微。现存的萧红致萧军信,共四十三封,其中三十五封写于东京。萧红只身东京并不是在与萧军蜜月期,而是处于与萧军情感的破裂期。萧红到日本,原本是投奔黄源的妻子许粤华,同时去探望她的弟弟张秀珂,不料张秀珂"竟未敢去找她,怕特务发现……就于是年冬转道东北跑到上海了"(《回忆我的姐姐——萧红》,1983年《黑龙江文史资料》第八辑)。而许粤华也因经济问题提前迫回上海,并在为鲁迅治丧期间跟萧军产生了婚外恋(周彦敏:《萧红的情人们》,金城出版社2014年6月版,第119~120页)。许粤华晚年致友人信中写道:"我的青年时代是因偏行己路而非常痛苦的,实在不堪回首。"(1992年致陈瑜清函)萧红则是内心陷入了"说不出的痛苦",感受到"忘记了悲哀"的"悲哀"(《沙粒》)。

即使在这种情况下,我们仍然能感受到萧红对萧军的温存与挚爱。比如,她在信中问候萧军的起居:"吃得舒服吗?睡得也好?"她希望萧军要少吃药,但万一伤风,还是要吃阿斯匹林。她要萧军饭要少吃些,但一天要吃两个鸡蛋,切开的西瓜要放一会再吃。萧军当时在青岛,她建议萧军每天游两次泳,但身体弱时,不要去海上游。她怕萧军衣服不够,想用四十元买一件皮外套送萧军,又担心萧军被子薄,建议萧军买三斤棉花,或者干脆买床新被。除了经常讲述自己的创作情况,萧红还在信中写了很多她生活当中发生的事情:大到骇人的地震,邻居家发生了火灾;小到饭后胃痛,上火唇破,乃至腿肚子上被蚊子咬了个大包……但萧军并不爱听萧红的这些絮叨,认为萧红"从来是这样像个小老太婆"似的,在生活上"干涉"太多。萧军还认为,萧红的倾诉是一件"无益"的事情,因为他"不愿意向任何人谈论自己的病症或伤害的",总愿意把愉快给予人,以致萧红曾骂他是具有"强盗"一般灵魂的人。

人与人之间的精神是很难沟通的,肉体的痛苦其实也是很难沟通的。萧红曾把自己比作一匹"病驴",而把萧军比喻为一头"健牛"。"病驴"向"健牛"倾诉自己的病痛,不但经常得不到体贴和关怀,反而会在夫妻生活之间形成一道"双面障壁"。这也许就是萧军认为萧红缺乏"妻性"的理由。

"出轨"与"家暴"

萧红对于她跟萧军分手的原因没有书面陈述,但根据聂绀弩《在西安》一文回忆,萧红在1938年曾对他说:"我爱萧军,今天还爱,他是个优秀的小说家,在思想上是个同志,又一同在患难中挣扎过来的!可是做他的妻子却太痛苦了!我不知道你们男子为什么那么大的脾气,为什么要拿自己的妻子做出气包,为什么要对自己不忠实!忍受屈辱,已经太久了……"这篇文章刊登于1946年1月22日《新华日报》,后来被作者收入散文集《沉吟》,萧军出版《萧红书简辑存注释录》还特意将此文作为附录收入,可见这篇回忆录是真实客观的。萧红认为,她跟萧军分手的原因,一是萧军性格粗暴,二是萧军感情出轨。这使萧红在跟萧军同居之初就有一种强烈的屈辱感。

萧军在婚恋问题上一直秉持"爱便爱,不爱便丢开"的观点。他公开承认,在爱情上曾经对萧红有过一次"不忠实"的事:"在我们相爱期间,我承认她没有过这不忠的行为的——这是事实。那是她在日本期间,由于某种偶然的际遇,我曾经和某君有过一段短时期感情上的纠葛——所谓'恋爱'——但是我和对方全清楚意识到为了道义上的考虑彼此没有结合的可能。为了要结束这种'无结果的恋爱',我们彼此同意促使萧红由日本马上回来。这种结束也并不能说彼此没有痛苦的!"(《萧红书简辑存注释录》,金城出版社2011年8月版,第191页)

萧军承认的这件"不忠实"的事,发生在萧红赴日本期间,也就是1936年7月至1937年1月。恋爱的对象是许粤华,笔名雨田,1912年生,浙江海盐人,并没有包括陈涓。但从萧红的诗作《苦杯》判断,萧军跟陈涓的交往至少也是精神出轨的表现。《苦杯·二》写的是:"昨夜他又写了一只诗,/我也写了一只诗,/他是写给他的新的情人,/我是写给我的悲哀的心的。"《苦杯·六》写的是:"他给他新的情人的诗说:/'有谁不爱个鸟儿似的姑娘!'/'有谁不忍拒绝少女红唇上的蜜!'我不是少女,/我没有红唇了,/我穿的是从厨房带来的油污的衣裳。/为生活而流浪,/我更没有少女美的心肠。"

《苦杯》是萧红赴日期间的作品。其实早在跟萧军同居的初期,萧红就发现萧军跟陈涓之间的关系有些暧昧。她1935年完成的作品《一个南方姑娘》中的"郎华"以萧军为原型,"程女士"的原型即是陈涓。这位南方姑娘是浙江宁波人,1917年1月6日出生于上海。她虽然"显得特别风味,又美又净",但却是"常常进舞场的人",让萧红感到不投缘。这位姑娘常来男主人公家吃饭,借冰鞋,跟男主人公单独聊得很开心,但只要作品中的"我"一出现,他们就立刻转换话题,把"我"视为他们之间的障碍。

陈涓是如何跟萧军相识的呢? 1934年,陈涓(原名陈丽涓,笔名一狷)到哈尔滨寻兄,无意中在书店发现了《跋涉》这本毛边装帧的小说集,对"三郎"这个名字很好奇,以为是位日本作家。不久经朋友介绍,陈涓认识了萧军。据她说,她是一个心地单纯、落拓不羁的女孩,常去萧军家吃饭,请萧军教她滑冰。她当时已有心上人,把萧红当亲姐妹那样看待,结果反使萧红感到憎嫌,觉得自己收到了歧视。

1938年秋,陈涓听友人说,萧军跟萧红离婚了,原因是为了她;因为她,二萧之间经常发生争吵。为此,陈涓感到非常遗憾,也感到十分委屈。1944年6月,陈涓以"一狷"为笔名,在《千秋》杂诗创刊上发表了《萧红死后——

致某作家》一文,详叙了她跟二萧交往的过程。尽管第三者无法判断此文的真伪,但从文章本身来看,陈涓意在表白自己的幼稚和无辜,但却同时证明了二萧结合之后萧军的确在情感上首先出轨。

这篇回忆录性质的纪实文章承认,在哈尔滨时萧军给她写过有弦外之音的信件,信封中附有一朵枯萎的玫瑰。虽然陈涓在文章中强调"恋情是恋情,友情是友情",但萧军却曾在她家门口"突然吻了一下,飞一样地溜走了"。在上海重逢之后,陈涓主动找到了萧军,萧军又常邀她吃饭喝酒,又第二次在她"额角头上吻了一下"。这些细节充分说明,萧红对陈涓的排斥并非全出于误解。无怪乎1932年7月30日萧红创作了一首长诗《幻觉》,诗中描写了一位"生得很美,又能歌舞"的女子,诗中的那位男子表面上给另一位女子写诗,但他的心却在这位"女子的柳眉樱唇间翻转"。这表明,敏感的萧红跟萧军同居之初就感受到了萧军对她的不忠。

萧军对萧红有没有家暴行为?梅志的《"爱"的悲剧——忆萧红》一文中有以下记叙:有一次,二萧参加一场跟日本作家见面的聚会,大家发现萧红左眼青紫了很大一块。萧红说是自己不小心,晚上碰到了硬东西上。萧军则表现出一人做事一人担的男子汉气派,说:"干吗要替我隐瞒,是我打的……"对于这件事,萧军后来解释说,他在梦中跟什么人争斗,竟打出了一拳,第二天萧红就成了个"乌眼青"。"有一次我确是打过她两巴掌,这不知是为了什么我们争吵起来了,她口头上争我不过,气极了,竟扑过来要抓我——我这时正坐在床边——我闪开了身子,她扑空了,竟使自己趴在了床上,这时趁机会我就在她的大腿上狠狠地拍了两掌——这是我对她最大的一次人身虐待,也是我对她终生感到遗憾的一件事,除此再没有了。"(《萧红书简辑存注释录》,金城出版社2011年8月版,第156页)

二萧文学观的异同

除开"出轨"与"家暴",萧军、萧红1938年在西安分手跟他们文学观的异同也不无关联。从这个角度分析作家的情爱史,看似牵强,但却符合二萧的实际。

二萧文学观同中有异。相同之处是他们都持反帝爱国立场,在作品中都表现出对社会不公、贫富悬殊、阶级压迫、民族危亡的关注和叛逆,因而在九一八事变之后成了"东北作家群"的代表人物。二萧都有独立的文学观念和独特的艺术风格。但相对而言,萧军更强调文学的社会功利性,其作品更注重表现强烈的民族意识与阶级意识;而萧红则更多地继承了鲁迅"改造国民性"的主张,以疗治民众的精神愚昧为己任。

萧军致鲁迅的第一封信,就是请教当前的文学最需要什么,因为他担心他的作品"要表现的主题积极性与当前革命文学运动的主流是否合拍"(《鲁迅给萧军萧红信简注释录》,第9页)。而萧红的作品则显得疏离主流意识形态话语,侧重描写底层民众的文化习惯、生存困境、精神麻木和生死过程,显示出自由创作的特质。在艺术手法上也不恪守传统小说学的成规,就如同她的作品《后花园》中的黄瓜,愿开花就开花,愿结果就结果,既表现出女性作者的纤细,又表现出非女性作者的雄迈。有学者用古代文论中的"言志派"与"载道派"的概念来区分萧红和萧军,这虽然显得有些绝对化,但也不是全无道理。

萧军虽然是一位著名作家,但他从小就"喜武不喜文",总觉得"拿笔的工作实在太使人沉闷","总觉得拿枪似乎更要直接些"。萧军在《我与萧红的缘聚缘散》一文中回忆了萧红在跟他"诀别"时的那一番话:"你去打游击吗?那不会比一个真正的游击队员更价值大一些,万一牺牲了,以你的年龄,你的生活经验,文学上的才能,这损失并不仅是你自己的呢。我也并不仅是为了'爱人'的关系才这样劝阻你,以致引起你的憎恶与鄙视,这是想到了我们的文学事业。你简直忘了'各尽所能'这宝贵的言语,忘了自己的岗位,简直是胡来。"事实上,日军入侵山西之后,晋南老百姓纷纷逃难,完全没有打游击的群众基础,单凭萧军一腔抗日热情如何能打游击?在萧红的内心深处,作家是属于人类的。创作就是她的宗教,她生命的全部。她不去延安主要并不是想回避萧军,而是想在战乱岁月中以自己的病弱之躯作最后的壮烈冲刺。她跟萧军分手后创作的《呼兰河传》《马伯乐》《小城三月》《后花园》以及《回忆鲁迅先生》,的确攀登上了她短暂文学生涯的巅峰,成了文学星空一颗永放光芒的星星。萧红不去延安,更不是对中国共产党的抗日救亡运动立场有任何疏离。众所周知,萧红的遗言中有这样一句话:"我将与蓝天碧水永处,留的那半部《红楼》给别人写了。"这句话中的《红楼》是隐语,跟曹雪芹的《红楼梦》完全无关,而是指冯雪峰反映红军长征的小说《卢代之死》,原名《红进记》,当年仅写了五万字。萧红曾跟骆宾基谈过,"将在胜利之后,会同丁玲、绀弩、萧军诸先生遍访红军过去只根据地及雪山、大渡河而拟续写的一部作品"(《萧红小传》,建文书店1947年版)。由此可见,萧红虽然不直接写抗日救亡的作品,她绝不是"害怕革命",对她反帝爱国的立场不容置疑。二萧在山西临汾诀别,并不是政治选择的分歧,而是文学选择的分歧。

萧红与端木蕻良

二萧研究中的第四个"死角",是如何评价萧红跟端木蕻良的结合。1938年5月,萧红跟端木蕻良在武汉正式结婚。端木蕻良(1912—1996),原名曹汉文,又名曹京平,辽宁昌图人,代表作有《科尔沁旗草原》《大地的海》《土地的誓言》《曹雪芹》等。萧红是在决定跟萧军分手之后才跟端木相恋的。她想过一种老百姓式的夫妻生活:"没有争吵,没有打闹,没有不忠,没有讥笑,有的只是互相谅解、爱护、体贴。"但是萧红这种最起码的愿望最终也落了空。

对于萧红跟端木的这段姻缘,谴责端木的声音较多,包括萧军、骆宾基这样的东北老作家。理由主要有三点:(1)1938年8月武汉大轰炸时,端木独自乘船到重庆,把萧红这位孕妇一人留在武汉。(2)萧红1944年秋因病先后住进了香港的玛丽医院、养和医院,1942年1月19日病逝于玛丽医院。在萧红临终前的四十四天,端木第二次抛弃了萧红,陪护她的是友人骆宾基。(3)萧红跟端木结婚的三年多时间里,时聚时散,若即若离,以致萧红常住朋友家。临终前,萧红将《商市街》的版权赠送给弟弟,《生死场》的版权赠给萧军,《呼兰河传》的版权赠给骆宾基,没给端木留什么念想。

对于上述责备的声音,端木蕻良长期保持了缄默,直至1980年6月,美国学者葛浩文为了撰写《萧红评传》来华采访,端木本人以及他后来的妻子钟耀群和侄儿曹革成才相继发声。他们答辩的内容主要有以下四点:

第一,端木比萧红小一岁,没有婚姻经历。他跟萧红相恋时,萧红还怀着萧军的孩子,身体又那样坏。但是他把跟萧红的结合看成是一件十分严肃的事情。所以他不愿像萧军那样仅仅跟萧红保持同居关系,而是正式结婚,以区别于轻率的苟合。他们在武汉大同酒家正式举办了婚礼,参加者有胡风、池田幸子等中外友人,证婚人是端木三嫂刘国英的父亲、汉口邮电局局长刘秀瑚先生。

第二,1938年,武汉被日机轰炸,到重庆的船票一票难求,是作家罗烽让出了一张船票。萧红觉得自己跟罗烽先行不合适,要端木先行,她暂留武汉期间有歌词作家安娥照顾。没想到安娥后来并没弄到船票。

第三,萧红跟端木聚少离多,跟抗战时期的动荡生活有关,不能单纯归结为情感问题。

第四,1939年1月,萧红跟端木在重庆团聚;1940年1月,同机到达香港。端木从青少年时期即患腿疾,行走不便,他从当时的住处到萧红所住的医院来回有八十里之遥,探视极为不易。正巧当时从内地逃难到香港的骆宾基投奔他,他便请骆宾基帮忙照料萧红,共议将萧红《呼兰河传》的版税相赠。骆宾基是萧红弟弟张秀珂的朋友,1937年在上海法租界美华里相识,热情有余,阅世不深。他曾承诺短时间替端木照顾萧红,因为端木需要外出筹款购物,又有渡海"突围"的想法,结果骆宾基成了萧红的主要陪护者,直到精神紧张、身体痛苦的萧红最后死在骆宾基的怀中。端木感到自己的主要错误,是在无迫不得已的情况下,由萧红自己签字,默认医生切开气管,而萧红原有肺病,开刀后伤口难以愈合。战时香港没有正常的医疗条件,以致缩短了萧红的寿命。后来证实,第一次手术属于误诊,萧红并未长有喉瘤,而只是恶性支气管扩张。

萧红的遗愿,是要葬在鲁迅墓旁,这在当时绝无可能。端木把萧红的骨灰分为两份,一份选定了香港风景最佳的浅水湾,用手和石头挖了一个坑,安葬了萧红的骨灰瓶,用木板写了"萧红之墓"四个字;另一份骨灰瓶则埋在圣士提反女校。这样做的动机,是担心战争期间萧红墓地一旦被毁,还保存了另一部分骨灰。

萧红去世之后,端木独身十八年,直到二十世纪六十年代才跟一位演员、导演钟耀群结婚。1957年7月,萧红在浅水湾的墓地可能被毁,端木以丈夫的名义委托广州作协出面,将萧红骨灰迁葬至广州银河公墓。端木为萧红写了不少悼亡诗,其中有"生死相隔不相忘""银河夜夜相望""九曲寒泉难为冻,奔流到海报卿卿"一类诗句。"文革"期间,端木仍冒险珍藏着萧红的一小撮头发。之后,端木几乎每年都要自己或托朋友到广州银河公墓祭扫萧红。

在对端木的责难声中,还应该补充一点,就是端木轻视萧红的创作,认为她的一些作品不值得一写,使这位才华横溢的女作家自尊心受到了挫伤。但端木一方的解释是,作为丈夫,端木希望已经成名的妻子在创作上能不断攀登上一个新境界,这丝毫不应受到责难。相反,夫妻之间有过很好的合作,如萧红为端木的长篇《大江》续写过一段文字,并题写了封面;端木也为萧红的名作《小城三月》绘制过插图。他们还共同创作了哑剧《民族魂》。萧红一生中的一些代表作(如长篇小说《呼兰河传》《马伯乐》、中篇小说《旷野的呼唤》、回忆散文《回忆鲁迅先生》等),也都是在她跟端木结合期间创作的。其实萧军对萧红的作品也有非议,如结构松散,题材琐细。但这是文学观的分歧,不能以此作为判断夫妻情感的依据。

结语

本文开头提及,二十世纪八十年代以来国内外文学研究界有一种持续不衰的"萧红研究热"。这首先取决于她作品的经典意义,但同时也应该承认这跟她曲折哀婉的人生经历不无关联。萧红曾经感叹:"你知道吗?我是个女性,女性的天空是低的,羽翼是稀薄的,而身边的累赘又是笨重的。"这番生命体味更激起了不少女性主义者的研究兴趣。正如萧军所言,研究萧红生平会遇到许多"死角"。此文也未能突破这些"死角"而达到"曲径通幽"的境界。但苏轼七绝《题西林壁》中说得好:"横看成岭侧成峰,远近高低各不同。"要了解庐山的全貌必须从横、侧、远、近诸角度进行观察。要了解萧红的情感经历亦如此。文本钩稽梳理了对萧红生平,特别是婚恋史上的不同说法,恰如以更高更广的视野观察庐山,至少可以为突破二萧研究的某些"死角"开辟一些通道。

并葬荒丘的革命情侣：高君宇与石评梅

三百多年前的清代康熙年间，北京西城慈悲庵附近修建了一座陶然亭，取义于白居易诗句"与君一醉一陶然"。这里不仅留下了很多名人的诗文楹联，也留下了不少革命家的身影。1952年在此处修建了陶然亭公园。公园中央岛北坡下的绿茵处，有一座高君宇和石评梅的巨型石雕像。高君宇的墓碑上刻有石评梅亲自撰写的隶书碑文："我是宝剑，我是火花，我愿生如闪电之耀亮，我愿死如彗星之迅忽。"下接碑文的楷书小字写道："这是君宇生前自题像片的几句话，死后我替他刊在碑上。君宇！我无力挽住你迅忽如彗星之生命，我只有把剩下的泪流到你坟头，直到我不能来看你的时候。"据考证，高君宇在照片上题写的这几句话，出自德国诗人海涅的诗作《颂歌》。

远在东汉时期，乐府民歌中就流传着焦仲卿和刘兰芝坚贞的爱情故事。由于这首古诗中有"在天愿作比翼鸟，在地愿为连理枝"的名句，如今安徽庐江县修建了一处相思林公园。这当然不是真文物，只能引发今人的一些历史联想而已。东晋时代，又有祝英台哭梁山伯坟"化茧成蝶"的故事。这当然更属于民间传说，所以全国各地的"梁祝之墓"有九处之多。而陶然亭内保存的这座"高石之墓"，不仅是真实的历史遗迹，而且还带有浓郁的革命浪漫主义色彩。

既然是历史遗迹，当然会经受历史风涛的冲刷。目前人们看到的这座高石之墓，其实经历了三次历史变迁。

高君宇于1925年3月5日因猝发盲肠炎，病逝于北京协和医院，终年二十九岁。同月30日，"高君宇追悼会"在北京大学法学院礼堂举行，中共北方区委员会负责人赵世炎主持，邓颖超等百余人参加。同年5月8日，高君宇安葬于陶然亭——这是石评梅根据高君宇遗愿操办的,因为高君宇认为当年的北京城已被权贵的马蹄践踏得肮脏不堪,只剩下陶然亭这块荒僻土地还算干净。安葬费用主要由中国共产党北方区党组织支付,石评梅主动垫付了购买墓碑的不足之款三十元。三年后,即1928年9月30日,二十六岁的石评梅因流行性脑膜炎兼蔓延性支气管炎病逝于北京协和医院,灵柩先存放于北京下斜街(原属宣武区,现属西城区)的长寿寺。1929年10月2日,石评梅的灵柩也安葬于陶然亭,位于高君宇墓的右侧,墓碑正面刻的是"故北京师范大学附属中学校女教员石评梅先生之墓",碑基正面镌刻着"春风青冢"四个大字。两墓形状相似,成双并排。石评梅的双亲还委托其友人陆晶清将一个红漆木盒作为殉葬品,盒内装着评梅儿时的梳头工具和几件心爱的玩具,还有六枚图章和一件玉器、一支钢笔。

高石之碑第二次变迁的情况是:1952年,北京市政府以陶然亭为标志开辟一座公园,发布了迁坟的报告,但高君宇和石评梅的墓地没有亲友认领,由施工单位迁往南郊。周恩来总理视察公园施工现场时了解到这一情况,立即指示将高、石之墓迁回公园重新安葬。周总理及其夫人邓颖超多次凭吊过高石之墓,并向同行人员讲述他们的动人事迹,抒发缅怀之思。然而在"文革"期间,一些"红卫兵"却推倒了高、石的墓碑。公园的职工为避免墓碑被砸烂,特移至"花卉班"当石凳石桌使用。1973年冬,身罹绝症的周总理对高君宇之侄高培春的来信亲自批文,责成北京市民政局将高君宇骨灰存放在八宝山革命公墓,按地委级待遇,而将石评梅骨灰存放至老山公墓。事后,石评梅的骨灰盒因三年无人缴纳存放费,被管理单位深埋于地下。

1984年清明节,高君宇、石评梅之墓第三次安葬于陶然亭。高君宇的骨灰盒上覆盖了一面党旗,而石评梅的骨灰却未能找到,只在棺内存放了一张骨灰证,一幅带框的遗照,一件玉器,一支生前用过的钢笔。高、石两棺之间有一截短墙,表示他们生前未能长相依,但死后实现了并葬荒丘的夙愿。首都四百多名青少年代表和各界人士参加了高君宇、石评梅塑像的剪彩仪式。此后"高石之墓"成了革命传统教育中心,红色教育的重要基地。在庆祝中国共产党成立一百周年的日子里,前来瞻仰墓地者络绎不绝,这里又成了北京重要的网红打卡地。

高石之恋

《象牙戒指》是女作家庐隐1928年创作的长篇小说,曾于《小说月报》连载,1934年5月由商务印书馆出版单行本。书中有三个主要人物:女主人公张沁珠以石评梅为原型,评梅乳名为元珠;男主人公伍念秋以石的初恋对象吴天放为原型,"吴"与"伍"英译名的第一个字母均为"W";另一男主人公曹子卿即以石的爱人高君宇为原型。曹子卿在小说中亦名"长空",估计跟高君宇名字当中的"宇"字和曾使用过"天辛"这一笔名有关。

在一篇学术性的文章中,为什么首先要援引一部小说的细节呢?这是因为一般人只知道高君宇和石评梅是一对苦命鸳鸯、革命情侣,并不了解他们由相识到相恋的曲折过程。而《象牙戒指》是一部纪实性小说,虽然并不排除有虚构成分,但其基本情节均有史实依据。庐隐跟石评梅是莫逆之交,又读过石评梅的情书和日记。在这些情书和日记佚失的情况下,这部小说的史料价值就更显其珍贵。在中国新文学早期,庐隐跟冰心、林徽因并称为"福州三才女",受到茅盾等前辈作家的首肯,其《象牙戒指》多次出版,影响面较广,是研究高石之恋的重要依据。

这部小说的梗概是:女主人公张沁珠是一所女子高等师范学校体育科的学生,风度不凡。她父亲年迈,特意拜托他的一位学生伍念秋陪伴沁珠同乘火车赴京上学,双方得以结识。到北京后,沁珠一度住在旅馆,念秋天天都来照应,交往日增。双方都感兴趣的是谈论"诗"的问题。念秋擅长言辞,使沁珠洁白的处女心上第一次镂上了对一个异性的印象。但事后,念秋终于向沁珠坦白,他已经结婚,并且有两个孩子。沁珠听后表面上显得若无其事,内心却受到了极大的伤害。

沁珠跟念秋绝交之后,一度悲凉沉默。1920年,在北京宣武门外下斜街的山西会馆,沁珠又结识了一位英爽中含着温度,但谈吐又不失锋利的青年——即小说中的曹子卿。他们的交往使沁珠走出了情感的噩梦,治愈了受伤的灵魂。在一次郊游之后,沁珠得了猩红热,这是一种急性呼吸道传染病,多亏曹子卿全身心照顾,方得以康复。这也增进了彼此的感情,但造化弄人的是,子卿也是一位已婚男性。跟念秋不同的是,子卿的婚姻是似有实无。十七岁那年,子卿中学毕业,急于到外地深造,而年迈的祖父却以立即成家作为他离家的唯一条件。最后子卿被迫跟一位素不相识的女子举行了婚礼。入洞房那一夜,子卿因抑郁而咳血。在婚后七八年中,他跟妻子相聚的时间最多不过四个月。而这四个月中,他又整整病了三个多月。所以子卿决定跟包办的妻子正式离婚,跟沁珠结合。因为"神龛不曾打扫干净,如何能希冀神的降临"?

关于子卿追求沁珠的情况,小说中除提到海誓山盟和一天一信之外,还有两个细节给读者留下了深刻印象。一个细节是:子卿给沁珠的信中夹了三张红叶,每张上都题了诗句。第一张写的是:"红的叶,红的心,燃烧着我的爱情"。第二张题了一句旧词:"愁肠已断无由醉,酒未到,先成泪"。第三张题写的是唐代王昌龄的《从军行》:"琵琶起舞换新声,总是关山旧别情。撩乱边愁听不尽,高高秋月照长城。"另一个细节是:子卿从外地给沁珠寄来了一对纯白而雕饰细致的象牙戒指。子卿在给沁珠的信中写道:"当然那东西在俗人看来,是绝比不上黄金绿玉的珍贵,不过我很爱它的纯白,爱它的坚固,正仿佛一个质朴的隐士,想来你一定也很喜欢它,所以现在敬送给你,愿它能日夜和你的手指相亲呢!"

子卿向沁珠示爱的同时,也坦陈了自己的政治选择。子卿说,他在结识沁珠两年前就正式参加革命工作了,并且是驻北京的重要干部。沁珠对子卿的革命活动表示支持,她说:"那么现在你已经得到定心丸了,你可以去努力你的事业了。"然而在婚姻问题上,沁珠的内心一直都在纠结,迟迟无法决断。她感到如果因为她伤害了另一个无辜的女人,那她就会成为罪人。她虔诚地希望子卿能够为革命投身于浩瀚的世界而忘却其他的一切,挺过风雪昏旋的严冬,迎来争奇斗艳的时节。

1925年1月28日,子卿跟沁珠同游陶然亭公园,不知不觉走到了一座建筑美丽的石坟前,坟前有几张圆形的石凳。两人坐下后,子卿忽然说:"这里是一个好地方,是一幅凄绝的画景,不但充塞着文人词客的气息,而且还埋葬了多少英魂和艳魄。"子卿希望他死后也埋在附近,并伤感地说:"总有一天你要眼看我独葬荒丘。"沁珠顿时想起德国作家施托姆的爱情中篇小说《茵梦湖》里有一句名言:"死时候呵死时候,我只求独葬荒丘"。便安慰道:"怎么,我们都还太年轻呢,那里就谈得到身后的事。"没料到这番谈话,日后竟一语成谶。

　　子卿身体本来羸弱,沁珠的纠结更使他抑郁,终于有一天病倒了,又吐血,住进了位于北京东交民巷的德国医院。病情加剧之后又搬进了协和医院,不幸英年早逝。临终前他给沁珠留下了一封情书,还有一张四寸照片,照片后面题写的是:"我的生命如火花之光明,如彗星之迅逝。"遗体的手上就戴着那只白如枯骨的象牙戒指。

　　子卿之死,使沁珠痛不欲生,几度昏厥,但仍坚持替子卿料理后事,将子卿埋葬到陶然亭畔他原指定的那块地方,并在灵前敬献了一枝寒梅。沁珠在坟前祝祷道:"请你恕我,我不能使你生时满意,然而在你死后,你却得了我整个的心;这颗心,是充满了忏悔和哀伤!唉,一个弱小而被命运播弄的珠妹,而今而后,她只为纪念你而生存着了。"

　　子卿的葬礼之后,沁珠常去子卿那块刻着绿色字的白石碑前哭坟,痛惜他们数年间的冰雪情,感到现在只博得饮恨千古。她面对子卿的石碑发誓:"我誓将我的眼泪时时流湿你墓头的碧草,直到我不能来哭你的时候。"三年后,沁珠不幸病逝,在日记扉页上写下了"矛盾而生,矛盾而死"这两句话。

　　众所周知,庐隐虽然是呼吸着"五四"时期新鲜空气成长的一位杰出女作家,但因为三十六岁即死于难产,她的脚步并没有随着大时代而大步跨越。因此,她对男女主人公的精神境界不可能有深入开掘,在她的作品中也未能充分展现。特别是子卿对沁珠精神成长的影响在这部小说中更为缺失。不过庐隐在作品中发挥了她作品中多自传性内容和多浪漫哀婉的风格,相对完整地叙述了一个发生在二十世纪三十年代末期一个具有革命浪漫主义色彩的故事。

高君宇的革命生涯

高君宇(1896—1925),原名尚德,生于山西省静乐县峰岭底村(今属太原市娄烦县)。父亲高配天是老同盟会员,后经商;母亲是普通家庭妇女。高君宇七岁开始读书,二十岁考入北京大学理预科早班。如果说在1949年前牺牲或去世的无产阶级革命家可以被称为中国共产党的先驱领袖的话,那高君宇就是名副其实的革命先驱。

早在1919年,二十三岁的高君宇就被推举为北京大学学生会负责人,成了五四爱国运动的学生领袖之一。1920年,高君宇参加了李大钊指导的北京大学马克思学说研究会,是该会英文组的负责人之一,并跟共产国际远东局局长维经斯基等举行了座谈。同年11月,北京社会主义青年团成立,高君宇当选为书记。同月,又加入了北京共产主义小组。1921年7月,中国共产党正式成立,高君宇成了中国共产党最早的党员之一,并于同年参与发起了马克思学说研究会。

1922年初,高君宇作为中国共产党代表团成员,赴莫斯科参加了远东各国共产党和民族革命团体第一次代表大会,被推选为执行委员。同年7月,高君宇作为北京代表赴上海参加中国共产党第二次全国代表大会;同年8月,根据共产国际的建议,高君宇等以个人名义加入了孙中山领导的国民党,并协助孙中山推行新三民主义,改组国民党。1923年2月,高君宇领导了京汉铁路总同盟罢工,这次罢工虽然遭到了军阀吴佩孚的残酷镇压,但却掀起了中国工运史上的第一次高潮,扩大了中国共产党在全国民众中的影响。他也成了著名的工人运动领袖,受到北洋军阀政府通缉。1924年4月,高君宇担任中国共产党北京执行委员会成立,原址在织染胡同27号,1925年2月迁至翠花胡同二十七号(原八号),直辖十五个省市。高君宇担任委员兼秘书,负责北方地区的国共合作事宜。同年9月赴广州,担任孙中山的秘书,因参加平定商团叛乱的战斗而负伤。同年11月,随孙中山北上,促成召开国民会议,抵制军阀段祺瑞的"善后会议"。1925年,高君宇作为主席团成员出席了国民会议促成会第一次全国代表大会。同年3月6日,因急性盲肠炎逝世于北京协和医院,终年二十九岁。同年5月8日,灵柩安葬于北京城南陶然亭。

作为一位中国早期的马克思主义者,高君宇关注国内国际问题,包括工人、商人、学生、妇女问题,编辑过党刊《向导》周报,并在该刊代替陈独秀回答读者的质疑,有很高的理论水平。但他对中国新民主主义革命面临的首要问题——农民问题深入研究不够,因此未能明晰展示中国革命的正确道路。但难能可贵的是,高君宇很早就正确指出了当时中国革命的对象:一是封建军阀,二是帝国主义。他的政论不仅批判了封建军阀的倒行逆施,而且将矛头直指位于总统之位的黎元洪。由于各派系军阀背后都有帝国主义支持,所以他尖锐地批判了西方列强企图对中国实行国际共同管理的图谋;也反对一部分知识界人士醉心于英美政治体系。当一些知识界人士把世界和平的希望寄托于美国总统威尔逊时,1922年7月2日他在少年中国学会杭州年会上的发言明确指出:"反对帝国主义,美国亦在反对之列。"

他认为:"人不可无主义,工人阶级更需要有政治理念。"但鉴于当时中国的产业工人还没有发展到可以在政坛上单打独奏的程度,高君宇一直坚持对外联合全世界无产阶级,对内吸收一切革命势力,通过武装斗争的道路夺取政权。因此,在协助孙中山改造国民党,制定新三民主义的过程中,高君宇鞠躬尽瘁,发挥了重要作用,直至积劳成疾,英年早逝。

中国革命的目的是什么? 高君宇在1924年撰写的《怎样运用政权为人民谋幸福》一文中作出了科学的解答:

> 革命基本问题是怎样善于运用政权为人民创造真正的幸福、物质平等与生活自由。夺取政权是第一步,正确发挥政权作用更为重要,善于运用政权主要是珍惜人民权利。我们革命不只是继往而着重开来,

不择手段维持政权与运用权谋术数是革命的敌人。只有诚恳与永恒地为劳动群众,全面清除剥削与压迫,其他的任何形式独裁道路都走不得,如此才能免于堕落。否则彼此以诈伪相尚,革命便失去诚心,人民痛苦亦将原封不动。这样,以革命始必以反革命终,如此陈陈相因,实属出尔反尔,此与过去朝代更迭何异?何必多此一举?

才女石评梅

石评梅(1902—1928),乳名元珠,学名汝璧,字评梅,出生于有"文献名邦"之称的山西平定县(现为阳泉市)。父亲石铭,字鼎丞,是清末举人,历任教官;母亲李氏,是石铭的继室。兄名汝璜,系嫡母所生。1913年,石评梅入太原女子师范附属小学补习班,崭露出她的文学才华。1920年,石评梅毕业于太原女子师范学校,负笈抵京。不巧那年北京女子高等师范学校(后升格为女师大)不招收文科生,而评梅又不愿意学理科,遂考入体育系,想学成一种专业技能。评梅虽然多才多艺,擅画梅,能弹琴,会滑冰,但她还是以文学创作蜚声文坛。在女高师,石评梅结识了后来成为著名女作家的冯沅君、苏雪林、庐隐、陆晶清。

石评梅是1923年夏秋之际离开女高师到北师附中任教的,而鲁迅正式到女高师授课是1923年10月13日,所以严格来说他们之间并无师生关系,但评梅对鲁迅非常尊重。据评梅的学生颜毓芳(一烟)回忆,评梅曾向她推荐鲁迅的作品,称鲁迅为中国"杰出的大文学家"。评梅还向学生介绍,1924年1月17日鲁迅在北师大附中校友会发表过《未有天才之前》的著名讲演,提倡一种"泥土精神",因为天才的花朵要靠泥土培养,没有泥土,在水中只能浸泡出绿豆芽。

评梅在参与编辑《妇女周刊》期间跟鲁迅也发生过联系。评梅在北京参与编辑过两种副刊:一种是《京报》副刊之三《妇女周刊》,另一种是《世界日报》副刊《蔷薇周刊》,都受到了鲁迅的关注。这两种副刊都是以蔷薇社的名义编辑的。实际上蔷薇社是一个没有组织形式的组织,发起人是北大女生欧阳兰,由她联络了一些女师大的毕业生和在校生作为骨干,其中就包括评梅和她的好友陆晶清。

《妇女周刊》1924年12月10日创刊,至1925年12月19日共出了五十期。主要撰稿人有六人,社外投稿者不到二十人。创刊不久就发生了欧阳兰的剽窃事件,搞得声名狼藉,只好由陆晶清接编。但陆编了一个月后父亲去世,回云南奔丧,于是由评梅接编了两三个月。1925年4月30日,许广平在致鲁迅的信中谈到陆晶清走后,"恐怕纯阳性(按:指男性)的作品,要占据《妇女周刊》了(除波微一人)"。"波微"是评梅的化名。在致焦菊隐的一封信中评梅曾说,"波微是君宇在'二七'逃走时赠我的名字,因为我们都用假名的缘故……他喜欢Bovia这个名字十年了"。同年5月3日,鲁迅在复信中肯定了《妇女周刊》的文艺色彩,但认为它的不足之处是"评论很少,即偶有之,也不很好"(《两地书·十九》)。鲁迅认为,《妇女周刊》的作者队伍中吸纳男性(所谓"纯阳性治")"也不坏"。

1925年底,鲁迅在《妇女周刊》的周年纪念特刊上发表了杂文《寡妇主义》(后收入杂文集《坟》),揭露女师大校长杨荫榆这种女性"自立之后,又转而凌虐还未自立的人,正如童养媳一做婆婆,也就像她的恶姑一样毒辣",并指出杨荫榆推行的"寡妇主义教育",只能使女青年失去朝气,像中了邪似的,变得萎缩、呆滞,失去青春的本来面目。这是教育界的一种危险倾向。评梅是鲁迅学生陆晶清、许广平的共同朋友,鲁迅给《妇女周刊》投稿,跟评梅会有直接或间接的关系。

评梅的名字在《鲁迅日记》中只出现过一次。1926年8月26日下午4时25分,鲁迅与许广平乘火车南下。《鲁迅日记》所载的十四个送行者中,就有评梅的名字。此后,评梅还写过一篇散文《社戏》,描写北伐成功之后家乡旷野戏台上演木偶戏的情景,题材和风格显然受到了鲁迅同名作品的影响。

1923年6月下旬,评梅从北京女子高等师范学校体育系毕业,经鲁迅挚友、女高师校长许寿裳推荐,师大附中校长林砺儒特聘评梅为该校女子部学级主任兼体育教员、国文教员。林校长选择教员的标准是"德行、技术、才干三项并重",评梅的条件让他十分满意。除主要任职于附中女子部外,评梅还曾在春明公学担任义务教员,又短期兼任过公立第一女子中学和若瑟女子师范学校的教员。

石评梅在教学上,一是注重"德育",二是注重"情育"。"德育"主要指品德教育。她的学生颜毓芳(笔名"颜一烟")是当年北京师大附中的学生会主席,曾在"石评梅先生追悼会"上致哀悼词。颜毓芳回忆说:石评梅当师大附中的女生部级主任时,第一课就是讲解孙中山的《总理遗嘱》,帮助学生了解"革命"二字的概念。她希望学生能有奉献精神:"人活在世上总应该对别人有点用。不能做大事,就学蜡烛为别人发那么一点儿微光吧。"评梅还在课堂上讲黄花岗七十二烈士的事迹,"三·一八"惨案中烈士的事迹,乃至李大钊、赵世炎等革命先烈的事迹,让学生体会到"革命"并不是与己无关、遥不可及的事情。

"情育"主要指情感教育。石评梅十分爱她的学生。学校规定,学生一星期做一次作文,老师下一星期批改一次。但石评梅认为提高作文水平的主要途径是经常练习,便不辞辛苦,改半月一次作文为一周一次作文。评梅因单身一度住校,住校生下晚自习后常聚集在她的宿舍谈笑嬉闹,此时师生之情就转换为姐妹之情。无怪乎北高师附中的校长林砺儒说:"她教学的方法,纯粹是感化的力量。"1928年春天,华北地区的运动会在清华大学举行。评梅担任教练的北师附中女子排球队荣获了亚军,冠军队是北平女子文理学院队。这是初中女生队跟大学女生的比赛,能取得这种成绩,实可谓体坛奇迹。

关于评梅任职期间的表现,学校和学生两方作出了公平评价。校方认为,评梅任职的六年中,品学才干已如锥处囊中,其末立见。现在网络上流传一句讽刺语,说凡语文成绩不好的学生都是"体育老师"教出来的。但作为一位优秀的女作家,评梅还兼任《世界日报·蔷薇周刊》编辑,在国内文坛很负时誉。这就打破了人们对"体育老师"四肢发达、头脑简单的偏见。

对于学生而言,评梅既是严师又是朋友。1928年10月1日,北师大附中因评梅的去世而停课一日。女生全体整队前去协和医院送殡,男生各班也派代表参加,共二百人。学生上午十点多即从协和医院出发,直到下午一点将评梅的灵柩送到下斜街的长寿寺停灵。1928年10月1日,《世界日报》印行了一份《石评梅纪念特刊》,其中收录了"菊农"撰写的《学生的哭声》一文,说:"入殓的那一天,她的二百多位学生都到医院去,有的放声痛哭,有的如痴如呆,有的饮泣,有的落泪",真实表达了师生之间的深情。10月13日下午,北师大附中的师生又在学校操场召开了评梅追悼会,参加者还有评梅兼课的若瑟女校和女一中的学生,共五百多人。1929年10月2日,石评梅的灵柩从长寿寺移入陶然亭安葬。

高君宇对石评梅的革命影响

在《石评梅略传》中,庐隐将石评梅的创作划分为三个时期。早期,代表作是"梅窠漫歌一类诗",主要写学校与家庭生活,内容比较单薄,情感比较浮浅。"梅窠",是指石评梅在师大附中的单身宿舍。中期,以《心海》和《涛语》为代表。这一时期反映的生活比较充实,对人生的领悟比较深刻。不过由于理智和情感的冲突,情绪比较悲观,甚至赞美死,诅咒生。《涛语》是指评梅发表的一组散文,共八篇。后期,即1927年之后的创作,以《红鬃马》《匹马嘶风录》等小说为代表。作品由悲悯个人到悲悯众生,能居高临下看人生,洋溢着高昂的革命旋律。评梅创作水平的提升,很大程度上取决于高君宇对她的革命影响。爱情,成了评梅前行的动力。

事实上,评梅是属于被"五四"狂飙唤醒的新一代。因为在太原女师响应在北京发生的五四爱国运动,评梅险些被校方开除。1920年考入北京女高师,她有幸亲聆了中国共产党的缔造者之一李大钊的教诲,选修过李大钊开设的社会学、女权运动史等课程。1921年4月15日,石评梅致函高君宇,倾诉了她的彷徨和苦闷。高君宇复信,鼓励她担负起改造世界的责任。同年,她作为第一名女学员参加了北京大学马克思主义研究会活动,又跟随高君宇参加了"亢慕义斋"(即共产主义小组)的活动,地址就在马神院北大二院西斋。此后创作了以提倡婚姻自主、恋爱自由为主题的话剧《这是谁的罪?》,成为中国现代女权运动的先驱者之一。

婚姻生活是人类赖以繁衍生息的基础。所以无论在任何时代,婚姻形态的形式和演变都反映出社会发展的水平。人类从自然的婚姻形态发展到社会的婚姻形态,既有共同性,也有不同国家的独特性。鲁迅在《热风·随感录四十》中提到中国人不知"爱情"为何物,这的确如此。就连作为固定词汇的"恋爱"二字,也是从外来语中引进的。中国从夏、商、西周三代时期开始,对乱婚(杂婚)生活的限制日益增多。春秋战国时代,以儒家思想为主导的伦理观念成了婚姻道德的核心。秦汉时期,中国妇女的地位每况愈下。到了宋朝,更产生了强化贞操观念的宋代理学。宋儒程颐在《近思录》中甚至提出了"然饿死事极小,失节事极大"这种野蛮戕害女性的观念。十四至十七世纪的明王朝,更在法律层面制定了强化这种贞操观念的规定和条例。集镇上遍立贞节牌坊,"女子无才便是德"成了流行观念。到了清代,对妇女贞洁的要求达到了顶峰。直至到了太平天国运动和辛亥革命期间,这种传统的婚姻道德和婚姻形式开始松动。至于包办婚姻的陋习,是随着私有制和"一夫一妻制"的确立而产生,古今中外皆有之。由于违反了婚姻自由的原则,使夫妻的结合失去了爱情的基础,导致了无数人间悲剧。

《这是谁的罪?》是评梅以婚恋为题材的唯一一篇戏剧作品,写于她跟高君宇结识之前。男女主人公王甫仁和陈冰华是一对被欧风美雨唤醒的现代青年,留学美国期间即私定终身。不料归国之后,王甫仁的父母却依据"父母之命,媒妁之言"的陋习,为他包办了一门亲事,让他娶表妹李素贞为妻,否则就将他视为"逆子"。陈冰华表面上默许了王甫仁跟表妹的结合,但举办婚礼那天却毒死了新娘。待王甫仁跟陈冰华结婚那天,满怀负罪感的陈冰华也自杀殉情。用今天的欣赏水平来衡量,这个剧本的台词说教意味过浓,情节转化突兀。特别是评梅编写了一封陈冰华致王甫仁的绝命书,更无法在演出时大段宣读,因此更显这部中国早期话剧之作艺术上的稚气。这个剧本是应女高师学生游艺会之需在两个晚上写成的急就章,更使这个"问题剧"创作的仓促草率具有了必然性。不过,难能可贵的是,评梅一开始就是把家庭问题跟社会问题联系起来考察,指出如不"根本去推翻改造"旧制度,彻底改变"社会的黑暗,国家的萎弱",婚姻问题就不能"正本清源"。然而评梅当时观察中国的婚恋状况仅仅是以美国作为参照系,因此并不能指出妇女解放的明晰道路,主人公陈冰华也只能以这种先杀情敌而后自杀的方式来反抗专制家庭罪恶。

作为女性作者,评梅更同情封建礼教桎梏下无力挣扎的女性。在小说《弃妇》中,主人公"我"的表嫂结婚十年,俯仰随人,婚后独守了十年空房。待表哥大学毕业回乡之后,表哥向表嫂正式提出了离婚。因为表嫂"并未曾犯七出条例",家人同情表嫂,而表嫂离婚回娘家之后,便服毒自杀了。表哥是一个反对旧式家庭,以社会解放和家庭解放为职志的人,但却对"这可怜旧式环境里的女子"体贴不够。这篇小说中的"表哥"应是以高君宇的亲身遭遇为素材。由此可证,评梅未能贸然接受高君宇的求婚,很大程度上是为高君宇娶的那位旧式女子着想。

在《石评梅全集》的"散文"类中,有一篇作品《董二嫂》。这篇作品其实也可以视为小说。作品中提出的问题,是反对至今未能彻底根除的家庭暴力问题。邻居董二嫂是一位挑夫的妻子,婆婆嗜赌,输了钱就跟儿媳要,要不到就挑唆儿子打儿媳,家里隔不了十几天就要闹一场,最后终于把董二嫂迫害至死,犹如无意中践踏了一只蚂蚁。评梅想通过这一见闻表达的是,"整天讲妇女问题,妇女解放"是空泛的。要实现这一目标,必须切实解决妇女——特别是下层妇女面临的具体问题。

评梅关于妇女问题的论述集中体现在《掖妇女周刊业发刊词》和《致全国姊妹们的第二封信——请各地女同胞选举代表参加国民会议》这两篇文章。《妇女周刊》是随《京报副刊》发行的周刊之一,而《京报副刊》是民国初期四大副刊之一,影响极为广泛。《妇女周刊》的办报目的,旨在"粉碎偏枯的道德""脱弃礼教的束缚""发挥艺术的天才"拯救沉溺的弱者"创造未来的新生"介绍海外的消息，评梅把这份刊物比喻为荆棘暗途中的星星光焰，黑暗破晓时黎明的曙辉。

1924年11月下旬，高君宇抱病随孙中山从广州抵达北京，促成召开国民会议全国代表大会。抵制少数军阀幕后操控的"善后会议"。这是第一次国共合作期间掀起的一次全国性政治运动，倡导者正是中国共产党。在致全国姐妹的信中评梅深刻指出，妇女运动的目的并不仅止于为女子造幸福，而是为人类求圆满，因为社会之轴必须由男女两性共同支撑。谋求妇女解放，必须做到男女教育平等，开辟女子职业生路，以谋精神自由，经济独立。要达到以上的要求，当然必须谋求社会制度的改革，所以评梅的主张比贵妇化的女子参政运动要高明许多。因为没有制度的变革，只求在议会中争几个女性的席位，那只是为旧制度增加几个摆设的花瓶而已。

1923年2月7日，京汉铁路工人大罢工。高君宇就是这次大罢工的领导人之一。他在同年4月16日致评梅的信中写道："世界而使人有悲哀，这世界是要换过了；所以我就决心来担我应负改造世界的责任。这诚然是很大而烦难的工作，然而不这样，悲哀是何时终了的呢……我很信换一个制度，青年们在现社会享受的悲哀是会免去的。"高君宇的言行对石评梅产生了明显的影响。同年4月28日，石评梅创作了长达九节的诗歌《罪恶之迹》。诗中一反她早期诗作中缠绵悱恻的风格，愤怒控诉了"在黑沉沉的夜幕下"布满陷阱的人间，并把高君宇等先驱者比喻为"光明的使者"，表达了对他们从事的事业的爱慕和敬仰，并明确宣示：

> 为了创造新文化，
> 为了建设新国家，
> 为了警觉沉睡的同胞，
> 为了领导迷途的朋友，
> 我情愿伏在你的裙下，
> 求仁爱的上帝帮助你。

1925年4月1日,石评梅在《京报副刊·妇女周刊》第16号发表了悼念高君宇的诗作《痛哭英雄》。诗中有一节写道:

> 我扬着你爱的红旗,
> 站在高峰上招展的唤你!
> 我采了你爱的玫瑰,
> 放在你心上温暖着救你!
> 可怜我焚炽的心臆呵!
> 希望你出去远征。
> 疑惑你有意躲避,
> 但陈列的死尸他又是谁?
> 人们都说那就是你!

据石评梅的挚友陆晶清回忆,这首诗中"我扬着你爱的红旗"一句,原文为"我接过你护爱的红旗"。朋友们担心这样直接的表白,会给评梅带来政治迫害。评梅既不愿意改变她的愿意,又不愿辜负朋友的好心,就勉强将"接过"改成为"扬着"。

1925年3月25日,高君宇英年早逝。石评梅并非单纯地哭坟,而是撰写了一批诗文,决心继承高君宇的遗志。同年3月20日,她回忆起高君宇生前对她说的一句话:"朋友,过去的确是过去了,我们在疲倦的路上,努力去创造未来罢!"于是,她创作了一篇散文,题目就是《天辛》。文章表示高君宇的遗言增添了她生存的勇气,她不愿再做"蜷伏着呻吟的病人",而愿当生命之海波涛汹涌之时,做一个"操持危急的舵工"。

1927年5月,石评梅在《晨报副刊》连载了小说《红鬃马》。作品的主人公是一位辛亥革命的志士郝梦雄,因为骑着红鬃马率兵征服了山西各县的逆军,被擢升为旅长,后率部驻守雁门关。1913年在反对袁世凯专制独裁的

"二次革命"战役中,郝梦雄不幸死于现代军阀之手。作品中的"我"回乡省亲时凭吊了"革命烈士郝梦雄之墓"。原本遍尝人间酸甜苦辣之后心境抑郁、精神疲倦的"我",胸头又燃起了"一种如焚的热情"。"我"在烈士陵前祷念道:"梦雄,你安息吧,殡葬你一切光荣愿望,热烈情绪,在这山水深幽的深谷中吧。"这篇小说带有明显的自传性因素。小说中的郝梦雄虽然取材于山西平定蔡荣寿其人的经历,但在这个人物身上又概括了包括高君宇在内的革命者的品质特征。在创作《红鬃马》之前,评梅写过悼诗《断头台畔》,悼念被北洋军阀杀害的烈士;写过散文《深夜絮语》,悼念"三·一八"惨案中牺牲的烈士;在高君宇逝世两周年之际,她还专门写过悼亡诗《祭献之词》。可证她在小说人物"郝梦雄"身上,寄托的是对光明的向往和对革命者的深情。

1927年12月18日,评梅在《世界日报·蔷薇周刊》发表了小说《匹马嘶风录》。在特定意义上,这篇小说也可视为《红鬃马》的续篇。小说深刻揭露了军阀混战期间的中国现实。作品中的男主人公吴云生是一位革命者,从海外回国,四处寻找同志,预备组织一个团体,成了女主人公何雪樵的良友和严师,也成了她心中的一道彩虹之桥。这一经历,跟评梅和高君宇的经历相似。小说中有一封吴云生致何雪樵的书信,其中写道:"至于我,我当效忠于我的事业。我生命中是有两个世界的:一个世界是属于你的,愿把我的灵魂做你座下永禁的俘虏;另一个世界我不属于你,也不属于我自己,我只是历史使命中的一个走卒。"这其实就是高君宇致石评梅书信中的原话。然而在第一次革命战争时期,吴云生却成了"绞台上的英魂"。小说中的女主人公何雪樵因家庭的不幸而痛不欲生,在吴云生的激励下,成了北伐军中的宣传队员和红十字会救护人员。她认识到革命军跟人民是一体的,是民众的慈航,所以愿意继承吴云生的遗志,跟他在精神上"鸾铃并骑,双枪杀敌",给"惨死的云哥报仇"!这篇作品一反评梅早期作品哀婉伤感的基调,奏响了高昂奋进的旋律。因此,这篇小说发表之后,石评梅受到了北洋当局暗探的盘查。

小说中还有一处,写到女主人公在船上遇到一位姓王的老人,古稀之年,有四十年经商的阅历:"他很爱国,他愿看到有一日中国的旗插在香港的山巅上"。1997年,也就是石评梅这篇小说发表七十周年之际,中国国旗终于在东方明珠的上空高扬。这对于小说作者和作品中的王先生而言无疑是一种深切的安慰。

结束语

石评梅既然深爱高君宇,又深受高君宇的革命影响,为什么既没有跟高君宇结合,又没有从事实际革命斗争呢?

在《我的为了爱可以独身》一文中,评梅回答道:"为了爱应该结婚","但因环境事实的压迫,独身仅不过是一种求不到爱的呼声,也许是在特种情形,抵抗侵入的一种办法"。"处此新旧嬗替的现世,爱园里横生荆棘,竖隔铁壁,旧道德偏阻其所好,投其所恶"。在这种情况下,石评梅觉得爱固然伟大,"为了爱独身的更较伟大"——因为石评梅生怕因为满足自己的爱而伤害了封建包小婚姻下另一个无辜的女子。高君宇生前,石评梅并没有把整个心交给他。但高君宇死后,石评梅彻底断绝了她跟吴天放的友谊,愿意把她的心,她的爱情,她的青春,跟高君宇一同入葬。

至于投身于实际革命斗争,评梅也有过这种想法,在高君宇去世之后更为坚定。她在日记中写道:"我还是希望比较的有作为一点,不仅是文艺家,并且是社会革命家。"有一次,她行装都整理好了,决定要去南方参加革命,但被北高师校长林砺儒劝阻。在1927年6月的一则日记中石评梅写道:"有老母在堂,我不忍远离,更不愿以不安定且危险之生活惊吓老母之心。我等母亲也走了,我再去海角天涯,投奔我的万里长程。"可见,"老母在堂"是她当时参加实地革命的唯一牵累。

高君宇去世时,评梅在挽词中曾泣血呼唤这位年轻的斗士:

只有明月吻着我的散发,
和你在时一样;

> 只有恶风吹着我的襟角,
> 和你在时一样。
> 红花枯萎,宝剑葬埋,
> 你的宇宙被马蹄儿踏碎,
> 只剩了这颗血泪淹浸的心,交付给谁?
> 只剩了这腔怨恨交织的琴,交付给谁?

石评梅去世时,其同乡友人、作家、翻译家李健吾在《悼评梅先生》一文中回顾了评梅跟高君宇动人的爱情经历。文章写道:"评梅先生遭遇了一个不是现代女子所应遭遇的命运:她自己是一位诗人,她的短短的一生,如诗人所咏,也只是首诗,一首完满了飘鸿的绝望底哀啼底佳章。我们看见她的笑颜,煦悦与仁慈,测不透那浮面下所深隐底幽恨;我们遥见孤鸿的缥缈,高超与卓绝,却聆不见她声音以外的声音。"

是的,时光在流逝,观念在更新,当代青年对高君宇、石评梅时代的爱情可能会变得愈来愈生疏,愈来愈隔膜。但是爱情双方需要忠诚,这是亘古不变的。爱情应该成为人生前行的强大动力,这应该也是亘古不变的。高君宇跟石评梅之间的感情,是战士跟诗人一致的产物,是革命加恋爱的产物。因此,北京陶然亭的"高石青冢",其意义就远远超越了"梁祝化蝶",成了一段既凄美动人又寓于教育意义的爱情绝唱。

"云端一白鹤,丰采多绰约"

——从《云鸥情书集》谈到庐隐

一本毫不造作的情书

《云鸥情书集》1931年2月由上海神州国光社出版,该社总编辑王礼锡为之作序;内收情书六十八封,曾连载于天津《益世报》。"鸥"即"冷鸥",女作家庐隐的化名;"云"即"异云",其情人和丈夫李唯建的化名。王礼锡在序中赞扬了两位作者"天真的毫不作伪的态度",认为"这一束情书,就是在挣扎中的创伤的光荣的血所染成,它代表了这一时代的青年男女们的情感,同时充分暴露了这新时代的矛盾"。庐隐在她的自传中说:"这本东西之能问世,是在我们意想之外的,因为那里面的几十封信,完全是我们一年以来的通信,有一次大家无意的谈起这些信,拿出来重看一遍,觉得写得很美,不像一般人的情书,在这里面,有我们真正的做人的态度,也有真正的热情,也有丰富的想象,所以我们便决定把它公开了。"又说:"这是一本真实的情书,其中没有一篇,没有一句,甚至没有一个字,是造作出来的。当我们写这些信时,也正是我们真正的剖白自己的时候,在那里我们可以看出,我已不固执着悲哀了,我需要从新建造我的生命,我要换过方向生活,有了这种决心,所以什么礼教,什么社会的讥弹,都从我手里打得粉碎了。"(《庐隐自传》,上海第一出版社1934年6月初版,第97页)。本文标题"云端一白鹤,丰采多绰约",取自庐隐致文学史家刘大杰夫人刘辉群的一首五言古诗。"白鹤"是庐隐的自喻。"绰约"形容柔美多姿,可以借此形容庐隐短暂一生中的多方面贡献。

《云鸥情书集》共收六十八封情书,其中李致庐三十八封,庐致李三十封,均写于1929年春至1930年春,曾连载于1930年2月14日至4月8日天津

《益世报》文艺副刊。1931年2月庐隐在书信前后加上引言和结局,改名为《云鸥情书集》出版;接着北平法文版《政治周刊》译成法文,出版单行本。这应该是庐隐作品第一次走向世界。

"'五四'的产儿"

庐隐是谁?茅盾说她是"'五四'的产儿"。她有一本自传,从童年时代一直写到临终前两个月,1934年6月15日,即庐隐去世后一个月由上海第一出版社出版。现收入六卷本的《庐隐全集》,且有再版本印行,因此对于书中的内容不必复述,以下多谈些自传没有涉及的简况。

庐隐(1899—1934),福建福州人,学名黄英,庐隐是她主要采用的笔名;其含义有两种解释:一是取意于"庐山真面目,隐约未可睹";二是期盼去庐山隐居,过逍遥自在、无羁无虑的骚人生活。其父是清光绪戊子科举人,曾任湖南永州知县。庐隐不仅生于5月4日,而且在五四运动爆发之后成了国立北京女子高等师范学院国文系的插班生,业师中就有中国最早的马克思主义传播者李大钊。不过庐隐在各种新思潮中,主要接受的是基尔特社会主义、克鲁巴特金的互助论以及日本新村主义等社会改良主义思想的影响。庐隐于1920年初即登上了文坛,当时是跟冰心齐名的女作家,又跟冰心、林徽因并列为"福建三才女"。她一生留下的作品有一百四十多万字,尤以小说闻名于世,其代表作《海滨故人》风靡一时,尤受青年学生喜爱。庐隐小说多以女性为题材,以抒发哀情为中心,辞藻华丽,文句高雅,具有悲剧美。尤为可贵的是庐隐初登文坛,就表现出了她的平民立场和底层关怀,以期推翻一切不平等的制度,谋人类的幸福快乐。在她笔下,出现了被财主蹂躏至死的农家女、被北洋军阀殴打的爱国学生、不愿意出卖灵魂的纱厂女工、在战争中惨死的士兵和为他们哀啼的亲属……这种立场和情怀一直保持到了她生命的终结。试举一例:

在国民党治下,灾害连年不断,民众颠沛流离。1933年黄河决口,沿河村落竟成泽国,灾民不下三百万。庐隐发表了《代三百万灾民请命》一文。

她以此前民众为前线抗日健儿捐款两千万,而一千八百多万竟被贪官侵吞为例,警告办理赈济的大人先生不能再次用民众捐赠的救灾款中饱私囊(载1933年9月1日《时事新报》副刊《青光》)。同年发表的《灾还不够》一文中,庐隐将当时的天灾跟人祸直接联系起来,尖锐地指出:"灾害只有使大人物多些升官发财的机会,所以他们乐得多制造些灾来,鱼肉民众了!"所以救灾的根本在于民众觉悟,团结起来打倒奴役民众的魑魅魍魉。(载1933年7月7日《时事新报》副刊《青光》)这就径直将改善平民的生存状态跟政治制度变革联系起来了。

除了创作,庐隐还翻译过一些世界名著。如果把庐隐誉为翻译家难免有溢美之嫌,但把她定位为一位优秀的翻译者则毫不过分。徐志摩曾赞赏庐隐的丈夫李唯建是翻译雪莱、济慈的青年诗人。庐隐自身有一定的英文造诣,又受到李唯建选编《英国近代诗歌选译》的影响,曾先后翻译过三首英文抒情诗:摩尔的《夏天最后一朵玫瑰》、兰特的《少女的哀愁》、莎士比亚的《爱情的丧歌》,译文相当传神。最为难得的是,她还翻译了英国斯威夫特的讽刺小说《格列佛游记》,不仅译文流畅,而且增加了注释。遗憾的是,作品主人公游历了四个国家,庐隐只译出了前两篇《小人国》《大人国》,未能译出《飞岛国》和《慧骃国》这两部分。庐隐以小说家闻名于世,在戏剧领域也曾涉足。早在1921年4月11日,她就在女高师《文艺会刊》3号发表了《近世戏剧的新倾向》一文,论述了戏剧的起源跟时代的关系,以及由写实主义到象征主义的发展趋势。她也有戏剧体裁的作品,如三幕剧《冲突》、四幕剧《牺牲》,表现出她驾驭多种文体的才华。

最令人惊异的是,庐隐对中国小说史也有深入的研究。众所周知,中国小说自来无史。1920年开始,鲁迅才在北京大学讲述中国小说史大略,印成油印本,经修订,于1923年12月至1924年6月分为上、下册由新潮社出版。庐隐在1923年6月21日至9月21日就在《晨报副刊·文学旬刊》连载了近三万字的《中国小说史略》。庐隐并不是北京大学的学生,而鲁迅1923年10月才到北京女师大任教。无论庐隐此文是否受到鲁迅讲义的影响,她在中国小说史方面的研究都是具有开拓性和原创性的。

情书背后的三个男人

1916年,十七岁的庐隐经历了人生的第一次初恋,对象是她姨母的表亲林鸿俊。其时庐隐正对阅读小说产生了浓郁的兴趣,除阅读了大量中国古典小说,还读遍了林琴南翻译的三百多种外国小说。林鸿俊原是留日学生,因父亲重病,辍学回到黑龙江老家。不久父亲病故,便投靠亲戚,想在北京谋职。他知道庐隐痴迷于小说,便将新买的一本《玉梨魂》借给她。这是民国时期小说家徐枕亚于1912年创作的一部哀情小说,描写了小说教员何梦霞与一位青年寡妇白梨影之间一段哀婉的恋情。作品心理描写细腻,语言清丽典雅,赚取了庐隐不少同情之泪。林鸿俊得知庐隐因为阅读这本小说而终日不食,便主动给庐隐写了一封信,诉说了自己先丧母后丧父的不幸遭际,博得了庐隐的深切同情,双方开始了密切接触。但庐隐当时还抱独身主义的人生态度,有些恐婚。林鸿俊便托人向庐隐之母提亲。庐母嫌林鸿俊学历低,拒绝了这一请求。林鸿俊于是写了一封非常悲哀的信给庐隐,激起了庐隐的一腔义愤,于是也给母亲写了一封信说:"我情愿嫁给他,将来命运如何,我都愿承受。"母亲深知庐隐的执拗,只得后退一步,以林鸿俊必须大学毕业才允许结婚为条件。林鸿俊表示接受,又由一位亲戚筹措了两千元为大学学费,庐母这才同意女儿跟他订了婚。两年后,五四爱国运动爆发,庐隐既忙于在北京求学,又成了运动的骨干分子,更不大回家。林鸿俊此时大学已经毕业,要跟庐隐谈婚论嫁。庐隐表示,她还只是北京女子高等师范学校国文部第一届本科二年级的旁听生,希望大学毕业之后再成家。林鸿俊觉得一个女子整天在外奔走非常可笑,女子何必管那些跟家庭不相干的事呢?庐隐觉得林鸿俊的思想日趋平庸,他想抛弃所学的工程专业去考高等文官,双方感情上产生了裂痕。庐隐一直痛恨官僚政客,便决定跟热衷仕途的林鸿俊解除婚约,宁愿自己终身不嫁也不愿过平庸的生活。后来由于庐隐的坚持和亲戚的劝解,林鸿俊终于同意跟庐隐分手,娶了一位富家千金。庐隐跟林鸿俊感情的破裂,固然跟他们之间追求的人生目标不同,同时也跟双方的年龄差距不无关系,因为林鸿俊当年确实到了应该结婚的年龄,而庐隐只有二十岁,正在人生的成长时期。

庐隐的第二次情感经历发生在她跟郭梦良之间,丘比特射中他们爱心的那支利箭就是"五四"新思潮。这是一场惊世骇俗的爱情,因为郭梦良是由家长包办成婚的一位有妇之夫,妻子叫林瑞贞,如不结婚,父亲和祖母即不允许他前往北京求学。郭梦良生于1897年,仅比庐隐大两岁,是北京大学法科的学生,先入预科英文班。他是一位激进的民主主义者,参加过李大钊组建的社会主义研究会,曾参与"五四"进步期刊《新社会》《人道》《奋斗》的编务和撰稿,热衷于研究基尔特社会主义——这是20世纪初英国工人运动中出现的一种思潮,希望能通过生产自治、产业民主等改良手段消灭剥削,实现劳动者的解放。1919年11月16日,日本警署出动敢死队,在福州台江枪杀抵制日货的爱国学生,并派出军舰开赴闽江,酿成震动全国的"福州事件"(亦称"闽案")。旅京福建学生组织了联合会,庐隐跟郭梦良都是这个团体的骨干。郭梦良作为北京大学的学生代表,被推举为联合会的主席和油印刊物《闽潮》的编辑主任,而庐隐是国立女子师范大学的学生代表,被推选为该会的副主席和《闽潮》的编辑,二人同声相应、同气相求。旅京福建学生联合会解散之后,郭梦良和庐隐等十五人又组织了一个"社会改良派"(Social Reform),简称"SR",每周秘密集会一次,并进行通信讨论。由于郭梦良明敏沉稳、勤慎笃学,庐隐逐渐对他产生了好感。1921年暑假,两人同游杭州,由友情发展而为爱情。郭梦良并没有隐瞒自己的家庭状况,并表示愿与原配林瑞贞离婚。庐隐不忍拆散郭梦良的家庭,两人在杭州雷峰塔下订约,决定精神恋爱,永不相忘。1922年夏,庐隐毕业于国立女子师范大学。郭梦良不愿跟庐隐仅停留于精神恋爱,忧郁成疾。1923年暑假,郭梦良从北京回老家福州省亲,表明了他跟庐隐的关系。郭父以林瑞贞多年未育为由,同意郭梦良娶庐隐为"继次",即续娶之妻,以续香火。同年秋,庐隐不顾亲友的反对,在上海远东饭店跟郭梦良举行了婚礼。1925年初,郭梦良跟庐隐的女儿宝宝诞生(后改名为郭薇萱),成了他们爱情的结晶。

据庐隐在《郭君梦良行状》一文中回忆,郭梦良婚后曾任上海自治学院的总务长,事必躬亲,心力憔悴,积劳成疾,于1925年11月25日因伤寒病逝于上海宝隆医院,年仅二十八岁。郭梦良生前一好友叫徐六几,两人都信奉基尔特社会主义,不幸徐六几也英年早逝。徐的遗孀陈天予在挽联中写道:"基尔特主义销沉,此去见六几,握手休论前世事;兜率天灵魂缥缈,无言慰庐隐,伤心同是未亡人。"

庐隐跟郭梦良的结合,最终是一场悲剧。据女作家谢冰莹回忆:"她(指庐隐)不顾社会上的一切批评,始终热爱着梦良,哪怕物质生活苦得连吃两顿饭都成了问题,她也愿意和梦良到处漂泊,过着他们的精神自由生活,不幸后来梦良得了很重的肺病,因经济有限,不能不回到老家去休养……结果,她遭遇到生平没有受过的侮辱,乡下人都把她当作如夫人看待,梦良的乡下太太更把她骂得眼泪双流,抬不起头来;有时候,甚至还加以拳打足踢的虐待。"(谢冰莹:《黄庐隐》,《作家印象记》,三民书局1978年版)谢冰莹上述回忆,可从程俊英《回忆庐隐二三事》一文中得到旁证。程俊英是庐隐的同窗好友,她在文章中直接援引了庐隐1924年致她的四封信,其中写道:"过去我们所理想的那种至高无上的爱,只应天上有,不在人间。你问我婚后的情况,老实说吧,蜜月还算称心,过此则一言难尽。应郭父母之命回乡探亲,备尝冷落之苦,而郭处之泰然。俊英,此岂理想主义者之过乎!""我现在忙于洗尿布,忙于柴米油盐,而收入甚微,不得不精打细算。营养不良,我们身体都欠佳。呵!这就是人生!""经医检查,郭患肺病,他坚决要回闽疗养,只得听从。而家人的嬉笑怒骂,变本加厉,为了郭,只得忍受。俊英,我辈素胸襟坦白,岂堪胯下之辱!"(《新文学史料》1987年第1期)

庐隐第一次婚后的失落,在她的作品当中也得到了曲折的反映。1925年6月10日她发表于《小说月报》第16卷第6号的《胜利以后》,基本上是一篇书信体的小说,作品借女主人琼芳跟友人沁芝的通信,表现男女在恋爱期中可能有一味地深念,可以花前月下,细谈曲哀;但一旦结婚,就得整理家务,照顾子女,觉得生活过得不过平平淡淡,既失去了少女时的幽趣,又失去了结婚前的抱负,成了"高等游民"。如果女子不做社会事业,那还有什么接受高等教育的必要。因为琼芳家庭放不下,社会没事业,深切体会到世上没有无缺憾的爱情。什么自然的美趣,理想的生活,都变成了空中楼阁。在1927年2月10日发表在《小说月报》第18卷第2号的《何处是归程》中,女主人公沙侣已是一个妻子和母亲了,竟不知何处是归程。作品通过女主人公跟她姑姑的命运,表现出庐隐当时徘徊人生歧路的真实心境。沙侣婚后因生活琐事消磨了人生,曾经的事业志趣都成了生命史上的陈迹。她姑姑独身,热衷于民国时期的女权运动,结果妇女同盟会冰消瓦解,姑姑只落下了一个"准政客"的薄名。作品通过人物对话表达的观念是:人生复杂,绝无完美。如果天地完美,那就无须女娲炼石补天了。结论是:女人不能迷失在理想的花园里,否则婚后一定会从星空坠落到谷底。

　　1933年1月15日至2月16日,庐隐在《申江日报》副刊《海潮》发表了小说《一个情妇的日记》,小说中的"仲谦"影射的是郭梦良,而女主人公"美娟"则以庐隐本人为原型。"仲谦"是一个漂亮而又潇洒的男人,决心将他的生命交付给国家和他信仰的主义,而且是一个有妇之夫。但"美娟"仍热烈而执拗地苦恋着他:"为了爱,我的灵魂永远成为你的罪囚;服帖的,幽静的跪在你的面前!"虽然"仲谦"不能以整个的身心交付给她,虽然她因此会成为"破坏他们美满家庭的罪人",她也以追求真心挚爱的异性为人间最大的幸福。这使"仲谦"陷入感情的旋涡之中,既不愿离弃为他毫无怨言服侍堂上二老的发妻,又怕"美娟"为他"牺牲了名誉地位和法律上的权利"。"仲谦"的犹豫态度一度使"美娟"感到如一座尖峻的冰山从天空坠下压在她的心头。小说的结尾,是"美娟"病了一场之后,受到朋友们的激励,决定从上海远赴冰天雪地的东北,跟侵略中国的日本帝国主义战斗,把对"仲谦"的爱升华为对中华民族的大爱,内心充满了伟大的喜悦。这样的一种结尾虽然显得空洞,但却是庐隐当时写作时的最佳选择,因为"美娟"的心理活动完全符合她跟郭梦良热恋时的实际,而他们生活中的真实结局又并不像她原来想得那样完美。如果按照她个人的经历如实描写,必然会破坏她内心仅存的美好回忆,也会有损她曾经挚爱过的郭梦良的形象。

如果说,庐隐跟林鸿峻的初恋、跟郭梦良的结合,都始于男女双方的互恋,那么她跟李唯建的婚姻则是始于男方热烈而执着的追求。因为自郭梦良死后,庐隐已悲痛到肝胆欲裂,经常抽烟、喝酒、号啕大哭,她表示日后持守独身主义,像孤云般自由自在地生活。但造化弄人,在人生处于山穷水尽的境遇中,三十岁的孀妇庐隐结识了一位二十二岁的未婚青年李唯建。李唯建是四川成都人,毕业于清华大学西洋文学系,曾发表新诗、译作和文章,跟徐志摩、沈从文、邵洵美等作家时有交往,对庐隐其人则仰慕已久。关于李唯建主动追求庐隐的情况,他在《我与庐隐的初次见面》(原载《时代画报》1935年第8卷第10期)、《忆庐隐》(原载1935年《文学》第5卷第6期)以及他以"四郎"为笔名撰写的《关于庐隐女士》(选自庐隐:《女人的心》,上海四社出版部1933年6月版)这三篇文章中都有叙述,无须复述。现仅从《云鸥情书集》来看彼此的态度。

1928年初春的一个下午,二十一岁的青年诗人李唯建认识了二十九岁的庐隐,会面地点在庐隐的同乡北大教授林宰平家中。李唯建此前读过庐隐的小说,早有倾慕之心,便以希望庐隐对他的长诗《祈祷》赐教为由头,索取了庐隐的地址,开始了他们之间的交往和通信联系。在《云鸥情书集》收录的第一封信中,李唯建在寄出他新写的《祈祷》一诗时,就提出了跟庐隐成为心灵伴侣的要求。在书中第三封信中,李唯建又向庐隐倾诉了他的相思之苦,并坦述曾经觉得这世界不是他的栖息之地,屡想自杀,虽认识一些女孩子,其中也有人追求他,但他从未动情,直到见到庐隐之后,心灵才进入神秘之境,觉得庐隐就是他的天使、他的生命。在他的心目当中,庐隐"比一切一切万汇都伟大",请求庐隐来做他人生的引导者。接下来的信中,情感更像洪水泄闸般地奔涌,迳称庐隐为他的寄托、他的信仰、他的宗教、他的智慧之源、他最后的归宿,发誓对庐隐会最最温柔、最最忠实、最最虔诚,直至死去。他关心庐隐每顿吃几碗饭,脸上的小痘痘消退了没有,卧室里唯一的陈列就是庐隐的照片。他表示因为热恋庐隐,跟家庭产生了隔膜,遭到了亲友的反对,但他向这一切下了战书,坚信尘世的任何风涛都无法阻止他们的结合。李唯建还希望庐隐也向妨碍他们结合的势力宣战,认识到人生的意义即是奋斗。他从前只有一只翅膀,结识庐隐后才有了双翼,可以创造甜蜜的未来,有勃勃生机的未来。

面对李唯建的热烈追求,庐隐经历了一段由"疑"到"爱"的过程。她由于在生活的汹浪恶涛中几乎灭顶,而又觉得李唯建年轻还小,涉世未深,所以怀疑对方爱情的持久性。她比对方年龄大,又有一个女儿,在世俗舆论的压力下,经常产生"配不配""相不相当""对得起与对不起"的纠结。心情忽而奔涌如潮水,忽而平静如古井,不愿轻易打诳语,承诺给李唯建一个美丽的幻影、一个虚渺的幻梦,自己永远甘当一出人生悲剧的主人公。这种状况大约持续了半年,直到在他们往返的第二十四封信中,庐隐才明确表白:"我来到世界上所经历的坎坷太多了,并且愈向前走,同路人愈少,最后我是孤单的,所以我常常拼命蹂躏自己。自从认识你以后,你是那样的同情我,慰藉我,使我绝处逢生,你想我将如何惊喜!我极想抓住你——最初我虽然不敢相信我能,但是现在我觉得我非抓住你不可,因为你,我可以增加生命的勇气和意义,因为你,我可以为世界所摒弃而不感到凄惶;因为你,我可以忍受人们的冷眼,在这个世界上,只要有一个知己,便一切都可无畏,便永远不在感到孤单,你想我是怎样的需要你呢?"

自这封信之后,庐隐对李唯建的称呼由"异云""云弟""云"变成了"亲爱的"。这是他们之间关系的质变。在庐隐心中,李唯建成了她的智慧之源、生命之光、一生的寄托者,成了把她度出苦海的菩提叶、引导她走出幽暗地窖的闪亮之星。她改变了走两步退三步的矛盾性格,变得爱世人,爱世界了。她更愿意跟李唯建互相哀怜,互相抚慰,互相维系,灵肉一致,合为一体,成为两匹永不受羁勒的天马,分享快乐,分担痛苦,一直冲向前去,用大无畏的精神自造命运。

除开书信,李唯建跟庐隐之间还用诗歌传情。在《云鸥情书集》(十五)

中,就附录了李唯建诗作《影》中的两节,《云鸥情书集》(四二)中,又附录了《影》中的另一节。他表示还会赠庐隐一首《月》。诗中把庐隐的智慧比喻为日光,把庐隐的温情比喻为月光,感谢庐隐为他增添了生命之火。1929年9月10日,庐隐在《世界日报·蔷薇周刊》发表了《来呵!我的爱人!》。这是他们的定情诗,但却是以李唯建的口吻来抒写,宣誓他们已经从坎坷的命运中领回了彼此的灵魂。他们将互相膜拜,爱情永驻!

庐隐跟李唯建之间这场惊世骇俗的姐弟恋,并未达到他们的目标。1930年8月,庐隐跟李唯建去日本蜜月旅行,度过了一段短暂的浪漫时光。但由于经济拮据,于同年底归国,先在杭州秀丽的面子湖畔安了家。1931年5月,他们爱情的结晶——小女儿李瀛仙诞生,这个名字是作为他们婚后东瀛之旅的纪念。婚后两人又从热恋时的梦境中坠入世俗生活的泥潭,原想在杭州过五年半隐居生活的愿望成了泡影。1931年8月庐隐应聘到上海工部局女中担任国文教员之后,他们才过上了收入较为稳定的生活。不过在家庭生活中又发生了一些始料不及的矛盾。据庐隐的挚友程俊英回忆,庐隐跟郭梦良所生的女儿薇萱,跟她与李唯建所生的女儿瀛仙,因为年幼无知经常吵架,而李唯建却袒护小女儿,使庐隐颇受刺激,感到婚前幻想的爱情只因天上有,而不在人间。1934年5月13日上午,庐隐分娩时为省钱找了一位产婆,因难产,婴儿先死于胎中,她被产婆抓破了子宫,血流如注,再转送到上海大华医院时,因抢救不及时于11时20分不幸逝世,葬于上海永安公墓,终年三十五岁。庐隐的丧葬费用,大多靠舒新城和刘大杰两位友人支付。李唯建遭此劫难,深感心中的伤痕终身难逾,只能哀叹"人间花草太匆匆,春未尽时花已空","隐君生产庸医误,茫茫大地无归处"。友人也想起了庐隐在《或人的悲哀》里的几句话:"我在世界,/不过是太空的行云!/一阵风便把我吹散,/还用得着思前想后吗?"这几句话,不啻是她的自挽诗。

茅盾论庐隐的得失

在庐隐研究领域,茅盾的《庐隐论》是最具权威性的论文。文章首先肯定了庐隐是"五四"的产儿,在关注具有革命性社会题材的女作家中,不能不推庐隐是第一人。但五四运动落潮以后,庐隐却没有跟上时代的步伐,题材范围仄狭,只写感情与理智冲突下的悲观苦闷,作品中的春夏之气变成了初秋之气,在时代暴风雨的震荡之下,虽一度从颓唐中振起,但很快又从"海滨故人"的小屋门口偏回头去,致使作品数量增多,但内容仍然显得单薄。在这篇文章中,茅盾还批评了庐隐作品中一度辞藻过多、结构散漫等缺点。作为文学研究会的发起人之一,作为跟鲁迅并肩战斗的左翼文坛领袖,茅盾对庐隐这位文学研究会成立之初唯一的女作家,难免爱之深、责之切。虽然《庐隐论》的基本论点至今仍感精辟深刻,但似乎还有两点需要予以补充。

一是庐隐作品中反映的苦闷和悲情具有鲜明的时代色彩,作品所反映出的问题和矛盾正是时代的问题和矛盾。庐隐曾经谈到石评梅之所以长期在理智跟感情的冲突下生活,正是因为残酷的现实粉碎了她凄美静穆的幻梦,坎坷磨难的人生使她眩惑乃至于绝望。这其实也是庐隐的夫子自道。据庐隐的好友程俊英回忆,她们在北京女高师的老师李大钊曾感叹说:"她(庐隐)那顽强的反抗精神,是可贵的,如果用于革命,该多好啊!"(《回忆庐隐二三事》,《海滨故人庐隐》,人民文学出版社2001年1月版,第26页)但庐隐未能迈出这一步,也有其自身原因和时代原因。在《丁玲之死》一文中,庐隐就坦诚地写道:"唉,时代造就了恐怖,向左转向右转,都不安全,站在中间吧,也不妙,万一左右夹攻起来,更是走投无路。"

此外,茅盾的《庐隐论》严格说来,只能视为一篇《庐隐小说论》。尽管小说的确是庐隐创作的主体部分,该文毕竟没有提及庐隐其他类型的作品,特别是时评和政论,因此所做出的结论未必全面。特别是茅盾此文写作于1934年6月7日,而庐隐后期的重要长篇小说《火焰》直至同年6月10日才在《华安杂志》第2卷第8期连载结束,因而对庐隐后期作品的社会意识和思想高度显得估计不足。当然,这些局限都无损于茅盾《庐隐论》的重要价值。

《火焰》是庐隐完成的最后一部长篇小说,初连载于1933年11月10日至1934年6月10日《华安》杂志第2卷第1期至第2卷第8期,1935年9月庐隐去世之后才由上海北新书局结集出版,1937年3月再版。这是庐隐转向后的一篇力作。小说以1932年1月28日发生的淞沪战争为背景,题材重大,背景广阔。由于庐隐本人并未参加战斗,只是参阅了大量间接资料,因此人物形象还显得不够丰满生动,但作品奏响的爱国反帝主旋律,对今人仍是一种启示和激励。小说中表达了庐隐对这场战争的认识,其中很多观点鲜明而深刻,充分证明庐隐绝非是一位思想平庸的作家。

首先,庐隐明确了这场战争的起因和性质,完全是日本军国主义者为了达到镇压中国民众的爱国言行和取缔民间的一切抗日团体的目的。这些侵略者不仅在战场上制造了许多骇人听闻的暴行,而且采用了破坏中国文化传统,斩断民族精神血脉的毒辣手段。其次,作品描写了前方战士英勇杀敌,后方民众热情支前的感人事迹,因为中国人民不仅是为民族存亡、保家卫国而战,同时也是为世界公理和人类和平而战。最后,作品愤怒痛斥了当局"攘内安外"的卖国政策,只会妥协退让,满足日本侵略者"道歉""惩凶""抚慰"之类的无理要求,并借战争发国难财。最为难得的是,庐隐将日本军阀跟日本民众加以区分,指出侵华战争不仅牺牲了中国民众的利益,同时也损害了日本民众的利益,在当时以抗战为题材的小说中,庐隐的《火焰》应该是十分重要但被研究界长期忽视的一部作品。

庐隐究竟有没有思想

庐隐曾援用英国教授摩森(Mosson)在《英国小说家》一书中的观点,指出每个艺术家无论自觉与否,同时又是思想家。学术文艺当中体现的思想,能够成为社会发展的强大力量。比如卢梭关于自由、平等、博爱的思想,就影响和推动了法国大革命,所以庐隐在创作过程中虽然凭灵感,重感情,努力提高结构、布局、修辞方面的技巧,但在她归纳的文学四要素当中,仍把思想放在第一位,把情感想象和艺术形式放在后面。她还强调文学家欲改革时代,第一须改革思想。"有好的技巧,又有好的思想,丰富的想象,热烈的感情,便可以作一个成功的创作家了。"(《著作者应有的修养》,载1933年5月《上海工部局女中年刊》创刊号)

那么庐隐本人究竟有没有思想深度呢？如果孤立地读《云鸥情书集》,只能感受到在新旧交替时代一位女性的感喟与悲叹,一位真爱追求者对未来的憧憬与向往,一位旧道德、旧伦理的叛逆者的悲哭和呐喊。如果要了解庐隐的女性观、婚姻观,必须要联系她其他类型的文章,厘清其妇女观形成和发展的脉络。

庐隐对中国妇女问题的关注是由郭梦良的文章引发的。1920年2月初,郭梦良在《晨报》发表了文章,提倡组织"女子成美会",提高妇女觉悟,达到妇女解放的目的。庐隐同年2月19日在《晨报副刊》发表《"女子成美会"希望于妇女》一文予以呼应。她强调妇女解放首先是妇女本身的问题,不应该依赖男性来予以解决,必须要采取一些切实措施,如建立女子工厂,组织女子工读互助团等,促使妇女解放的理论成为妇女解放的事实。这应该是他们首次在报刊公开进行的一次思想交流。

庐隐经过探索认为,人类社会是男女两性共同组建的,女性约占总人口的半数。在1924年3月1日发表的《中国妇女运动》(载《民铎》5卷1号)一文中,庐隐指出,"人类社会由母系社会转变为父系社会,是因为私有制取代了公有制,产生了贫富之别,主权之分"。而自17世纪至18世纪"天赋人权"观念产生之后,欧美的妇女运动伴随着法国大革命应运而生,也影响至中国。但民国初年的女子参政运动,局限于少数上层社会的女性,想拳打脚踢地求得参政权,但很快成落花流水,了无结果。"五四"以后女权运动兴起,但参与者中男性竟占到三分之二。庐隐认为,妇女问题是社会问题,绝不是单纯的性别问题,不只是妇女自身的问题,而是关系到构建健全社会的问题,而解决的关键是促进妇女的觉醒。庐隐进一步指出,在老百姓当中,最应该关注的是劳工;在劳动阶级中,最应该关注的又是底层女性。因为她们的劳动报酬低于男性，又要兼顾家务育儿。所以从事妇女运动，必须跟劳工运动相结合；而要做到这一点，必须依靠妇女自身的觉悟。1927年9至10月，庐隐又在《教育杂志》第19卷第9号至第10号连载了《妇女的平民教育》一文，1928年4月又由商务印书馆出版单行本。在这篇文章中，庐隐仍把关注的目光投向底层妇女。她说，当时中国的两亿妇女中，受过教育的不过二十万，仅占妇女总数的千分之一。这完全是因为少数的军阀政客专政，其余的民众皆沦为他们的刍狗。文章中，她在对中国妇女现状进行分析的前提下，对妇女平民教育的目的、方法、设施诸方面都贡献了自己的意见。庐隐的这些思想主张，既来源于西方的人权观念，又明显受到以克鲁泡特金为代表的民粹主义和英国基尔特社会主义的影响。比如主张减少工时，提高工资，就业均等，实行生产自治，组成劳动者自治团体等。但在少数利益集团掌控权力的条件下，建设这种和谐社会的理想终究会成为镜中花、水中月，达不到消灭剥削、实现劳动者解放的目的。

  在二十世纪三十年代，庐隐曾为平民教育促进会写了二十多篇文章，作为"平民读物"印行。在1930年11月出版的《妇女生活的改善》一书中，庐隐超越了一般性议论男女平权的范围，而聚焦于乡村妇女问题，因为当时中国的乡村妇女过着牛马般的生活，不仅关系到自身的生存和健康，而且直接影响到种族的绵延、国家的命运、人类的前途。与此同时，庐隐还为中华平民教育促进会写了一本《妇女谈话》的小册子，文章用通俗的语言揭露了中国农村的陋习，比如让从事粗重劳动的妇女缠足，不让妇女识字，由于妇女挣扎在死亡线上，因此无法真正承担教育子女的责任……应该承认，庐隐对乡村妇女的问题暴露得比较充分，但中华平民教育促进会是一个由陶行知、晏阳初等人在1923年发起的社会团体，力图通过平民教育实现公民平等，提高人民，特别是农民的知识力、生产力、强健力、团结力，疗治"贫、愚、弱、私"四大病，达到强国救国的目的。这个团体虽然有平等自由的奋斗目标，影响及二十多个省区，但很多措施（如组建家庭生活改良会、儿童教育研究会、妇女娱乐会）都带有不切实际的理想化色彩，终因抗日战争的爆发而终止。

庐隐临终前一年,还撰写了《今后妇女的出路》一文,批驳了"妇女回到家里去"的错误主张,再次指出出走后的娜拉如果重回家庭,必然失去独立的人格和应有的社会地位。埋没了女人的人格,不仅是国家的损失,也是人类的损失。因此家庭的经济和事务都应该由男女共负。她提出了一个鲜明的口号:"不仅仅作个女人,还要作人!"(载1933年3月16日《女声》杂志第1卷第12号)

庐隐关于妇女问题的上述论述,虽然没有达到马克思主义妇女观的高度,但在当时仍有不容低估的意义。可惜囿于情书这种文体的局限,不能让读者得到较为清晰的了解。

结语:情书史上的庐隐

鲁迅说,倘要论文,最好是顾及全篇,并且顾及作者的全人,以及他所处的社会状态(《且介亭杂文二集·"题未定"草〔七〕》)。因此,本文从《云鸥情书集》谈及庐隐的全人及其创作全貌,否则就只能给读者留下庐隐是一位"情书圣手"的片面印象。此文行将结尾时,仍须拉回到情书本身。

简而言之,情书即男女之间传情达意的书信。由于历史、社会原因及性别差异等多方面问题,在社会上流传并产生较大影响的大多是男性追求女性的书信,如郁达夫致王映霞信,现存九十五封,而王映霞致郁达夫的信仅存十封,其中不少内容还是抱怨和愤怒。梁实秋致韩菁清的情书,一年中就多达二十万字,应该超过了同时代的其他中国作家,而韩菁清不可能写二十万字的信来回应梁实秋。情书之所以能够吸取广大读者,主要有以下三个原因:

首先,爱情是人类的正常需求,也是一种普遍的人性,所以容易引起读者共鸣。爱情虽具有私密性,没有必要成为一种公开信息,让众人共同分享,但作家的作品原本就是企图流传的,有些作家生前就发表了自己的情书,而另一些作家的情书是后人研究其生平和创作的必读资料。比如,不阅读《两地书》的原信,就完全读不懂鲁迅散文诗《腊叶》的内涵,不阅读胡适的有关情书,对他的很多诗作就必然会做出错误的诠释。有的专家长期把胡适的一首写给陈衡哲的词误判为写给韦莲司的,就是因为不了解胡适的情爱史。其次,情书抒发的感情真挚,文笔抒情性强,比一般作品更容易吸引读者的眼球。最后,情书的文字背后往往隐藏着一段曲折坎坷、新颖离奇的人生经历,可能比小说的故事性还要强,在外国作家中,伏尔泰一度准备跟情人私奔,卢梭和拜伦都爱上了有夫之妇,小仲马和小林多喜二都爱上了妓女。莫泊桑跟他的一位女读者在信中谈情说爱,但却未谋一面。卡夫卡是以变形荒诞手法闻名于世的现代主义先驱,一生中有几段恋情,其中爱情最为真挚、最为热烈的是一位死于法西斯集中营的女共产党人,这未必是读者所能想到的。

中国是一个被破旧伦理道德观念支配的古老国度,婚姻决定于"父母之命,媒妁之言",虽有红叶传情之类的故事和表达男欢女爱的作品,但真正的情书确是乏见。在中国近代,最有趣的情书可能是梁启超写给夫人李蕙仙的书信。其中有一封坦陈,流亡日本时有一位精通英语的华侨女子何蕙珍十分仰慕他,欲与之谈婚论嫁。不料夫人宽容大度,竟建议梁启超之父成全此事。梁启超立即复信表示,他是血性男子,只是跟何蕙珍保持兄妹关系,不会忘情于发妻,以免毁损新党之声誉。这一点,梁启超跟他那位娶了六房妻妾的老师康有为形成了鲜明对照。

在中国现代,情书作为五四新文化运动的精神产物应运而生。恰如鲁迅在《热风·随感录四十》所言,这种文体"叫出没有爱的悲哀,叫出无所可爱的悲哀";同时,还发出了毅然跟传统道德战斗的呐喊,在中国现代文学史上的第一批情书中,有蒋光慈、宋若瑜的《纪念碑》,朱雯、罗洪的《恋人书简》,白薇、杨骚的《昨夜》……但与上述情书集相比,庐隐、李唯健的《云鸥情书集》影响更大。当然,思想最为深刻的还是鲁迅、许广平的《两地书》,但书中1927年10月之前的通信基本上可以划归为社会评论,只有少数几封和他们同居之后的两度通信才堪称"伟大的情书"。新文化运动前驱之一的胡适也跟他的小脚太太写过不少信,但因无爱情根基,胡适的这些信只宜视为家书,不是情书;只有这位洋博士跟他情人的通信才能被视为真正的情书。有人说,人生不完美的作家可以写出完美的作品,这是正确的。不过庐隐堪称"人生不完美"的作家,但她的情书却不能视为完美的作品。尽管如此,这本情书集仍在中国现代文学史上占有一席之地,是研究庐隐生平和创作的必读书籍。

开辟鸿蒙,谁为情种
——重读《爱眉小扎》①

破题

"开辟鸿蒙,谁为情种?都只为风月情浓。趁着这奈何天、伤怀日、寂寥时,试遣愚衷。"这是记忆中《红楼梦》开篇中的几句话。在普天下的"情种"当中,"作家"当是一个特殊群体,"作家"中的"诗人"更甚。创作根于爱,诗人情更浓,因为他们常常把恋人等同于诗歌中的种迷人的意象,向他们投以执着专注的目光,把瀑布般飞流直下的情感倾荡在抒情对象身上。在我们熟悉的外国作家当中,俄国的普希金,法国的波德莱尔,德国的歌德、海涅,英国的彭斯、拜伦、济慈、雪莱,莫不如此。他们不仅为读者留下了一批经典作品,他们的情书也成了文学领域一道靓丽的风景线。

在中国现代,有一位堪称"情种"的诗人徐志摩。笔者无意在此文当中对其艺术成就进行全面评价,只是想说,他虽然并非中国新诗的首倡者和奠基人,但中国新诗在他的笔下才趋于成熟。徐志摩还留下了一批其他体裁的作品,其中就包括情书集《爱眉小扎》。这本书由上海良友图书印刷公司印行时,书名下赫然印着"徐志摩遗作"五个大字。但只要阅读这本书的内容,就知道其作者还包括诗人的妻子陆小曼女士,书中的《序》和《小曼日记》就出自陆小曼的手笔。按照当今的出版规定,这本书原本还应该印上"陆小曼选编"的字样。徐陆热恋之时,情书就成了心灵的使者和表达情感的有效

---

① 札(zhá)与扎(zá)是两个字。"札"指书信或累积成篇的读书心得或见闻录。"扎"是一束之意,上海良友图书印刷公司的初版再版本均为《爱眉小扎》,指一束徐志摩、陆小曼书信日记。徐志摩以"心手"为笔名亲题的书名亦为"爱眉小扎"。

方式。对于任何情人来说,书写情书都不是一件困难的事情。然而要写出像《两地书》那种"伟大的情书"却难上加难。

坦诚地说,《爱眉小扎》称不上是"伟大的情书",也不宣作为"人生的教科书"来读。但它却是中国现代文学史上部风格独具的散文集。对于研究著名作家徐志摩的生平还是一项非读不可的史料。当然,也不排除有些读者会把它当作"绯闻"和"八卦"来读。这是一种无法强求一律的事情。见仁见智,这是阅读史和接受史上的一种普遍现象。

《爱眉小扎》的版本情况

《爱眉小扎》是中国现代出版史上的一本畅销书,版本流传的情况比较复杂。据笔者所知,至少有五种版本:

1. 上海良友图书印刷公司1936年3月初版,同年7月再版。作为良友文学丛书之二十四发行,两次共印五千册。该书出版人、徐志摩的学生赵家璧在《良友》杂志第114期撰文介绍说:

> 徐志摩先生是一个最热情的诗人,他把恋爱生活看做生命中最重要的一部分,而他和他的夫人陆小曼女士的恋爱事件,更是文坛上所熟知的韵事。他们在未结婚时,徐志摩先生曾写了一部日记,题名"爱眉小扎",是写来给小曼女士看的。从一九二五年的八月九日写到九月十七日,虽然只有四十多天时光,但是第一个日子正是他们俩发现"幸福还不是不可能"的日子,而最后一天的日记,正是作者经过了一个多月来的挣扎,自认为跌入失恋之渊而绝弃这本日记向欧洲去游学的一天:所以这本日记本身中故事的历程是一幕有头有尾的悲剧。作者所写散文的美丽,已毋庸赘述,这里更能使读者神往。另有作者到欧洲去后写给小曼女士的情书数十封,与日记中的故事相互关连。末附陆小曼女士所作的恋爱日记一部,写她和诗人初恋的情形,与"爱眉小扎"前后呼应。小曼女士写得一手流利的散文,风格笔调,极受志摩先生的影响。

志摩先生这本日记生前随时带在身畔，视作生平至宝。四年前他不幸在党家庄飞机遇难，当时这本日记也从云中跌入山谷，后来几经周折，才安然的归还到小曼女士的手中。今年适值志摩先生四十周年祭，这本书正在这时出版，爱读志摩先生诗文的人，也可把他当作一个纪念品看。

本书除了收入志摩上述日记之外，还增收了徐志摩1925年3月3日至5月27日致陆小曼信十封和陆小曼1925年3月11日至7月11日所写的《小曼日记》。书前有陆小曼的《序》，书中还有徐陆二人的像和婚后合影、徐志摩《爱十二眉小扎》题眉、手迹和陆小曼日记、手迹、插图数帧。铅排本小三十二开布面精装，配以精美护封，素雅大方。

2.《爱眉小扎》的普及本，1939年4月出版，1940年1月再版。赵家璧又为此写了广告（载1939年4月15日《良友》第141期），文字如下：

本书为诗人徐志摩生前写给陆小曼女士看的一本日记，日记本身中故事的历程，正如一幕有头有尾的悲剧。精装本一星期即售完。日记后并有情书数十封，末附陆小曼女士所写她与诗人初恋时的日记一部，与爱眉小扎前后呼应。

3.《爱眉小扎》土纸版。1943年2月良友复兴图书公司出版于桂林。"良友文学丛书本"中的所有照片和手迹、插图全部取消，封面设计也作了相应的改动。书前增加了陆小曼写于1942年12月15日的《重排本序》。赵家璧再次为桂林版的《爱眉小扎》写了宣传广告，文字如下：

这是故诗人徐志摩先生生前写给陆小曼女士看的一本恋爱日记，写他与小曼由初恋到失恋的生活，一字一句都是呕血写成。是一幕有头有尾的悲剧。附有诗人的情书和写给小曼看的日记。

4.《爱眉小扎》增补本。1947年3月由晨光出版公司作为"晨光文学丛书"第六种出版。此书除了收入"良友文学丛书本"中的《爱眉小扎》和《小曼日记》外，还收入了志摩的另两部日记《西湖记》和《眉轩琐语》，以及志摩友人泰戈尔、胡适等人题写的纪念册《一本没有颜色的书》，陆小曼又为此书新写了序文。赵家璧再次为该书撰写了宣传广告：

徐志摩生前所写未发表的日记两部《西湖记》和《眉轩琐语》，由陆小曼女士编辑发表，另附画辑三十余页，铜图彩色精印，均属作者生前好友和泰戈尔、胡适、闻一多、杨杏佛等二十余人亲笔所作之诗词及图画。真迹制版，名贵异常。《爱眉小扎》亦包含在本书之内。

5.《爱眉小扎》"真迹手写本"。1936年1月上海良友图书公司出版，仅印一百本。书店为真迹手写本刊出了广告（载《良友》第115期），介绍了此版本的情况：

志摩先生之《爱眉小扎》，写在一本用北京连史纸订的线装薄上，字迹美丽，笔触清秀，而且因为在恋爱期中，喜怒哀乐的心绪不同，他的字迹，也因之而各异。现在我们商得陆小曼女士之同意，用真迹橡皮版影印一百部，作为纪念今年志摩先生的四十周年祭。敬献给特别爱好志摩先生的文章和手迹的人。影印本的大小、纸张、封面、版本完全和他的手写本相同，限印一百部，售完为止，决不再版。

1999年3月，上海古籍出版社按当年影印版的原始原貌，重印两千部，以飨读者。

6.中国青年出版社版《爱眉小扎》（增订本）。本书据良友原版的原文排校，增加了注释。在陆小曼1941年整理的《志摩日记》中增补了《眉轩琐语》，又从《爱眉小扎》中增加了若干对徐志摩婚前给陆小曼的书信和陆小曼悼文《哭摩》作为附录。

鉴于徐志摩致林徽因书信基本未存，徐志摩致张幼仪函纯属家书，徐志摩跟凌叔华的关系基本上是文友关系，所以这些信件的全文或片段一律不收。徐志摩的《府中日记》《留美日记》《拾叶小札》均非情书，亦不收。

《眉轩琐语》写于1926年8月至1927年4月，是徐志摩与陆小曼婚后的部分日记，分别写于北京、上海和杭州。日记中虽然有一些同游共乐的内容，但更多的是显露出徐志摩心头的苦涩以及婚后生活的危机。除了陆小曼的身体让他发愁之外（"一天二十四小时，她没有小半天完全舒服，我没有小半天完全定心"），还涉及夫妻之间志趣的不同（见1926年12月27日日记）。徐志摩说，"爱是建设在相互的忍耐与牺牲上面的"，这句话背后隐含的纠结和痛苦不难体会。有人甚至认为他跟陆小曼婚后"都在堕落中"，徐志摩听到这句话虽然十分反感，但也反映了当时的一种舆论。徐志摩夫妇同游杭州的日记中出现了后来跟陆小曼同居的翁瑞午，这也不能视为好兆头。

《爱眉小扎》文字跟手稿本的异同

《爱眉小扎》真迹本1936年仅印一百部，存世极少，十分罕见。1999年，上海古籍出版社出版了《徐志摩〈爱眉小扎〉真迹线装编号本》，印数一千册，陈麦青、贺圣遂撰写了解题及释义。2009年，虞坤林编选的《陆小曼未刊日记墨迹》由陕西三晋出版社出版，印数两千册。用陆小曼的整理本跟手稿本两相校勘，发现有很大的差异。

《爱眉小扎》第一部分是"志摩日记"（1925年8月9日—31日北京，1925年9月5—17日上海），徐志摩在这部分前言题"爱眉小扎"四字，落款署名"心手"，推想是取"以手写心"之意。原稿多用毛笔（间用钢笔）书写在蓝格十行线装本上。某些涉及秘密的内容出版时作了遮盖处理，如原稿中的"胡适"，真迹本以"□□"这两个空白显示，整理后的排印本则以"先生"二字代之。排印本1925年9月9日中出现的"I",手迹本为"郭虞裳","LY"为"庐隐"。相反,手迹本中隐匿的某些内容,从排印本中反倒能看出端倪。如1925年8月23日日记,手迹本中提及□□来信,这似乎成了一件不可考的事情,但排印本中以"S"作为代称,由此可确知此人是陆小曼的好友、陈西滢夫人凌叔华。特别重要的是,为了便于阅读,陆小曼对徐志摩某些日记作了合并或切割。比如排印本中1925年8月14日日记,在手迹本中分别是"14日"和"14日半夜"。排印本中1925年8月16日日记和18日日记,在手迹本均为"16日日记"。手迹本中的1925年8月19日日记,在排印本中被分成了"8月19日""8月20日""8月21日"这三个部分,并删掉了语意不明的十个字。所以从研究角度,将《爱眉小扎》的排印本文字跟手迹本文字以及日记原稿相互汇校,有助于对徐志摩上述日记内容的准确理解。陆小曼对徐志摩日记评价甚高,说她愈看愈爱,"将来我死后一定要放在我棺材里伴我,让我做了鬼也可以常常看看"(1926年3月1日日记)。

《爱眉小扎》一书第部分的内容为"志摩书信",共收1925年3月3日至5月27日致陆小曼信11封,包括1925年3月10日徐志摩启程去欧洲旅行前的三封信和途径奉天(沈阳)、哈尔滨、满洲里、西伯利亚、柏林、伦敦、巴黎、翡冷翠(佛罗伦萨)时的八封信。徐志摩跟陆小曼生前通信颇多,当时已有佚失。比如,1928年6月至11月,徐志摩游历亚、欧、美三洲,历时半年,给陆小曼写了九十多封信,大多是很好的游记散文,但被陆小曼丢失了不少,令徐志摩十分气恼,责备她有一天恐怕会连丈夫都弄丢了。据现存史料,徐志摩致陆六才小曼的中英文信札有六十余封,陆小曼致徐志摩信两封。可见《爱眉小扎》所收徐志摩书信只是徐陆通信中的一小部分。 即使徐志摩此次赴欧期间致陆小曼信也有6月25日、6月26日两封未收,可能是陆小曼编书时,这两封信不在手头。

《爱眉小扎》所收十一封徐志摩的书信,每封信前都标明了写作时间和地点,但个别内容作了删节。比如,1925年3月18日信,徐志摩谈到回国后想到西湖山里去住几时,条件是至少得有一个人陪着他,中间删掉一句:"前年胡适在烟霞调养病,有他的表妹与他作伴、我说他们是神仙似的生活,我当时很羡慕他们。"删掉的原因很明显,因为这段话暴露了胡适跟表妹曹诚英相恋的隐私。

《爱眉小扎》中的文字,跟原文出入最大的是第三部分"小曼日记"。这跟《两地书》中许广平致鲁迅信与原信的差别有些类似。甚至可以说,"小曼日记"近乎创作,而《陆小曼未刊日记墨迹》才是她心灵最原始最真实的记录。

现存陆小曼日记有七十二篇,而《爱眉小扎》中的"小曼日记"只有二十篇。墨迹中有许多笔误,如"眼泪汪汪"写成了"眼泪往往",徐志摩出国的日期应为3月10日("昨天")墨迹中误为3月9日("前天")。这些在排印本中都得到了订正。这种笔误在作家手稿中多见,不足为怪。有些隐私公开出版时被删节,这种情况亦属常见。比较罕见的是日记的日期也有调整,如排印本中的"3月17日",墨迹中为3月15日;排印本中的"3月19日",墨迹中为3月18日;排印本中的"3月22日",墨迹中为3月20日。

《爱眉小扎》中的名篇是陆小曼1925年5月11日的《西山情思》,这也是中国现代言情散文中的上乘之作。对照徐志摩同年8月9日日记,可见他们当时在情爱困境之中做着同一种"田园梦"。陆小曼面对北京西山那片罕见的"杏花雪",产生了山居的念头,想在一尘不染的情境中斩断尘世的一切烦恼。这种想法得到了徐志摩的鼓励,他希望陆小曼今后能转变自己的思想与生活习惯。但从婚后的实际情况来看,陆小曼并未摆脱人间的浊气,这就注定了他们爱情的悲剧结局。这篇重要的文章在墨迹中未见,有可能是佚失。

《陆小曼未刊日记墨迹》原本是陆小曼写给自己和徐志摩看的,故文字未曾润饰。陆小曼自认为"实在不能说是甚么日记,叫'一个可怜女子的冤诉'吧"(1925年3月11日)。但徐志摩曾在陆小曼1925年8月9日日记眉端批写道:"满意!我看这日记眼里潮润了好几回,真是无价的;爱,你把你的心这样不含糊的吐露。"

"真",决定了陆小曼日记的研究价值,但也因为"真",在不少当事人还健在的当时公开披露的确会有诸多顾虑,所以出版时加以删节可以理解。

被删的内容包括陆小曼父亲对她的教育；友人钱昌照那"一段哀情的历史"；胡适、张歆海对她的特殊情感胡适爱她比较含蓄，虽爱"并不说出来"，而张歆海则感情外露，爱得痴迷；张奚若请她跳舞张太太醋意……特别重要的是她对王赓、徐志摩、张幼仪、林徽因等人的真实看法。从二十世纪三十年代至今，研究徐陆之恋的文字可谓汗牛充栋，然而陆小曼日记中的这些第一手资料却很少被研究者引用比如，陆小曼日记中写道她的父亲教育她，不让她看爱情小说，说："爱情小说里多是讲些眉来眼去吊膀子的法子，所以看得你老觉得不称心，终日愁眉不展的愣着瞎想。还有你同摩从前在戏院看戏的时候，二人相看着眼光里带无限深情的样子，叫人说闲话，这就叫吊膀子。"（1925年3月25日日记手稿）陆小曼还说，她爸爸每天跟着她"像念经似的劝"，叫她不能再这样自暴自弃（1925年4月12日日记手稿）。

在陆小曼心目中，徐志摩的前妻张幼仪长得比她美，学问也比她好，她奇怪徐志摩为什么不爱她？她虽然佩服张幼仪，但认为她们之间很难建立朋友关系（陆小曼1926年2月19日日记）。对于林徽因，陆小曼的看法却很糟，她认为林徽因在玩弄追求者的感情，而徐志摩却对她太痴。陆小曼1925年3月20日日记写道："菲（按：指林徽因）真太坏了，自从你（按：指徐志摩）在伦敦给她的信一直到她临走的时候，她全份都（给张）歆海看了，没有一封没有看见过，咳，何苦呢，我真气极了……"这封信《爱眉小扎》未收，但对研究徐志摩的婚恋史却十分重要。

《爱眉小扎》中涉及的相关人物

陆小曼的前夫王赓

王赓（1895—1942），字受庆，江苏无锡人，1911年考入清华学校（清华大学前身），同年赴美留学，先后入密西根大学、哥伦比亚大学、普林斯顿大学，1915年转入西点军校学习军事，于1918年以优异的成绩获陆军少尉官衔。归国后在北洋政府陆军部供职。1921年任陆军上校。由于王赓少年得志，经父母包办，与陆小曼于1922年10月10日"闪电结婚"。婚礼虽然十分盛大,但新人婚后的生活却并不如人意。

据陆小曼的仆人祥顺说,自陆小曼出嫁之后,每年除夕夜的一对红烛都是由他点的,由于点燃的时间不一,红烛燃烧时错落不齐,预示这对伉俪不能白头偕老。这当然是一种迷信的说法。王赓跟陆小曼的差异,不仅是相差八岁,更主要的是性格志趣不相投合。陆小曼虽然喜欢交际,但对于王赓跟美国军官交往的那个社交圈却十分厌烦。陆小曼1925年3月18日日记中,说她看见王赓就烦,什么事都不想做了。3月20日日记中写道,"我恨受庆"。6月1日日记中写道,王赓到南方工作,她决意不去,王赓气极了。1926年2月28日陆小曼日记又写道:"受庆来了一封信,写了一首古人的相思词,语词甚是可怜的,可是他的行为我也看透了,假面具也带不着了,就是他现在跪在我身旁我也只得对他冷笑,我本当回他一信,怕他得寸进尺。"正是陆小曼跟王赓之间原本存在着裂痕,徐志摩的感情才有可能乘虚而入。

1925年9月,绘画家刘海粟等友人居中调解,王赓与陆小曼协议离婚;同年底,王赓受起军火案牵连锒铛入狱,在狱中正式签署了离婚协议书。王赓虽然口头上表现得十分豁达,说什么"真正的爱情应以利他为目的",但对于个官司缠身的人来说,离婚无异于雪上加霜。离婚十二年后,经友人劝说,王赓娶了一个比他小三十多岁的广东姑娘,生有一子女。1942年,王赓随国民政府军事代表团赴美,途经埃及开罗,痼疾复发,客死异乡,终年四十八岁。

徐志摩的前妻张幼仪

张幼仪(1900—1988),祖籍陕西,生于上海。祖父曾任县令,父亲是位名。研究她的资料原本匮乏,1996年,台湾智库文化有限公司出版了她侄孙女张邦梅整理的口述自传《小脚与西服——张幼仪与徐志摩的家变》;2006年,上海人民出版社又出版了丁言昭撰写的传记《徐志摩的原配夫人张幼仪——在现代与传统中挣扎的女人》,提供了她比较系统的生平史料。

促成张幼仪和徐志摩这桩婚事的是她的四哥张嘉傲,原因是徐志摩出生于富商家庭,本人又有良好的教育背景。然而属鼠的张幼仪跟属猴的徐志摩开始就不相投合。据说,新婚之夜,徐志摩就躲进了他奶奶屋里。此后,伴随着他们的是沉默和冷漠。结婚数载,聚少离多。1918年8月,徐志摩出国留学,先到美国,后到英国,这就使他们夫妇之间的关系更加疏远。1920年冬,张幼仪来伦敦陪读,这本是缓和他们夫妇关系的一个转机,但偏偏徐志摩又在1921年夏天爱上了林徽因。1922年初,徐志摩高调协议离婚。他在致张幼仪信中说:"彼此有改良社会之心,彼此有造福人类之心,其先自作榜样,勇决智断,彼此尊重人格,自由离婚,止绝苦痛,始兆幸福,皆在此矣。"张幼仪表示同意。1922年3月,经吴经熊和金岳霖作证,徐志摩跟张幼仪在德国柏林"自由离婚"——这是中国婚姻史上第一个协议离婚的案例。不过,无论徐志摩如何对妻子冷淡,但张幼仪毕竟替他生了两个儿子:长子徐积锴,次子德生——不幸三岁夭折。徐志摩在致张幼仪的信中,把他们的离异说成是"改良社会",追求"真生命"与"真幸福"。在诗歌《笑解烦恼结送幼仪》中,又控诉"把人道灵魂磨成粉屑"的"忠孝节义"旧伦理道德,把离婚比喻为"耐心共解烦恼结"。在公开发表的《徐志摩、张幼仪离婚通告》中,徐志摩还打了一个比喻,说明他在未征得父母同意的情况下离婚的合理性:"屋子里失火,子女当然逃命,住在城外的父母说不行,你们未得家庭同意,如何擅敢逃命,这不是开玩笑的吗?"

然而徐志摩的种种说辞并未得到父母的谅解、亲友的同情和社会舆论的支持。徐志摩之父为了表达不满,断然将张幼仪收为养女。徐志摩的恩师梁启超在1923年1月2日的信中斥责他的这种做法是"以他人之痛苦,易自己之快乐"。徐志摩期盼离婚之后能在茫茫人海中找到他唯一灵魂之伴侣,但是梁启超断言徐志摩"将来之快乐能得与否,殆茫如捕风"。

徐志摩殉难之后,在德国求学五年归国的张幼仪不仅以义女的身份侍奉徐家二老,而且担任了上海女子商业储蓄银行的董事。1945年,她还出任了中国民主社会党(简称民社党)的执委,负责管理该党的财务。她办事的能力和儒雅的风度,给民社党人留下了深刻的印象。

1953年8月,五十三岁的张幼仪跟一位专治花柳病的医生苏记之在日本东京结婚。她的哥哥们对这桩婚事不予表态,请她"自决",儿子徐积锴则发自内心的支持,他在致母亲信中动情地写道:"去日苦多,来日苦少,综母生平,殊少欢愉。母职已尽,母心宜慰,谁慰母氏?谁伴母氏?母如得人,儿请父事。"1972年,苏记之因肠癌去世。在这段二十年的共同生活中,张幼仪得到了真爱。1988年1月21日,张幼仪以八十八岁高龄在美国纽约曼哈顿寓所逝世,病因是心脏病突发。她晚年曾对侄孙女张邦梅说:"你总是问我,我爱不爱徐志摩,你晓得,我没办法回答这问题。我对这问题很迷惑,因为每个人总是告诉我,我为徐志摩做了这么多的事,我一定是爱他的。可是,我没办法说什么叫爱,我这辈子从来没跟人说过'我爱你'。如是照顾徐志摩和他的家人叫做爱的话,那我大概爱他吧。在他一生当中遇到的几个女人里面,说不定我最爱他。"(张邦梅著:《小脚与西服——张幼仪与徐志摩的家变》,智库股份有限公司1996年版,第233、234页),张幼仪为徐志摩所做的事情当中有一件不能不提,那就是二十世纪六十年代,张幼仪出资,梁实秋编辑,由台湾传记文学社出版了一套《徐志摩全集》。"纸墨寿于金石",此举应该是对徐志摩的一种切实的忆念。

徐志摩心中的"女神"林徽因

林徽因(1904—1955),祖籍福建,生于杭州。原名徽音,1935年改为徽因,建筑学家,作家:写过散文、诗歌小说、童话、剧本。2000年,台湾地区拍摄了一部片名为《人间四月天》的二十集电视言情剧,收视率超高,林徽因的事迹更不胫而走。但也有专家认为,剧中的张幼仪虚伪,林徽因矫情,只有陆小曼最真诚。

1920年秋天,徐志摩在伦敦遇见了一位十六岁的妙龄少女—林徽因,这位被英国的雨水撩动了情思的姑娘在致友人信中曾经写道:"理想的我老希望着生活有点浪漫的事情发生,或是有个人叩下门走进来,坐在我对面同我谈话,或是同我坐在楼上炉边给我讲故事,最要紧的还是有个人要来爱我。我做着所有女孩做的梦。而实际上却只是天天落雨又落雨,我从不认识一个男朋友,从没有一个浪漫聪明的人走来同我玩——实际生活上所认识的人从来没有一个像我想象的浪漫人物……"(转引自丁言昭著:《徐志摩的原配夫人张幼仪》,上海人民出版社2006年8月版,第63页)鬼使神差,徐志摩这位"浪漫的大叔"就在这个闽籍姑娘身边出现了,"一见面之后就互相引为知己"。林徽因究竟爱没爱过徐志摩这位"大叔"?是不是徐志摩仅仅在单相思?这是一个尚存争议的问题。徐、林交往期间的文字记录基本无存,局外人难以下一个准确的断语。但无论徐志摩如何多才,如何多情,林徽因最终还是嫁给了梁启超的儿子梁思成。其中的原因比较复杂:既有年龄的差距,徐家跟梁家社会地位的差距,构成障碍的还有徐志摩的"有妇之夫"身份。林徽因常常感到徐志摩挚爱的并不是现实生活中真实的自己,而是诗人浪漫情绪中构想出来的那个自己,此外,还有种说法:林徽因是其父大姨太太的独女,二姨太太却为其父生了一个儿子,因此它的母亲常在这个重男轻女的家中受到羞辱,长期跟其父分居。徐志摩的原配张幼仪此前生了一个儿子,林徽因担心一旦嫁入徐家会重蹈她母亲的覆辙,但林徽因绝非对徐志摩毫无感情。她留下了一首新诗《别丢掉》,令人揣摩联想:

别丢掉
这一把过往的热情,
现在流水似的,
轻轻
在幽冷的山泉底,
在黑夜,在松林,
叹息似的渺茫,
你仍要保存着那真!

一样是明月,
一样是隔山灯火,
满天的星,只有人不见,

梦似的挂起，

你向黑夜要回

那一句话——

你仍得相信

山谷中留着

有那回音！

    1928年3月21日，林徽因与梁思成在渥太华的中国驻加拿大领事馆举行了婚礼。同年4月26日，梁启超给新婚的儿子、儿媳写信，表示这是他"生涯中极愉快的一件事"，希望他们能"终身和睦安乐"。然而这一对学者夫妇虽然在保护和研究中国古建筑的共同事业中做出了众所周知的贡献，但他们的私人空间未必如梁启超设计的那样美满。据说，林徽因常年将徐志摩失事飞机残骸中的一块小木板挂在卧室的墙上，又于结婚四年之后对信奉"试婚制"的哲学家金岳霖一度动了凡心。虽然金岳霖因梁思成对林徽因的真情而主动退出，但作为丈夫的梁思成作何感受可想而知。有人将五十一岁的林徽因刚刚去世，梁思成就急于续弦，视为梁的人生败笔。然而梁思成从新娶的太太林洙身上，一定能得到一些从林徽因身上得不到的东西。否则，这位六十一岁的建筑家决不可能不顾世俗反对而去重新追求自己的黄昏恋情。

照顾陆小曼三十年的翁瑞午

    翁瑞午（1899—1961），江苏常熟人，本名恩湛。有人迳称他为"伶人"，是不确的。翁瑞午只是擅长京昆的一位南方名票友，1927年曾跟陆小曼、徐志摩、江小鹣合演过《玉堂春》（陆饰玉堂春，翁反串王金龙）。胡适对他的评价是"自负风雅的俗子"。翁瑞午结识陆小曼应该还是通过徐志摩，此后就跟陆小曼结下了情缘。陆小曼表示她对翁瑞午"并无爱情，只有感情"；而这种感情又多来自生活上对翁瑞午的依赖。

    陆小曼是个"药罐子""病秧子"。根据她日记记载，她每分钟有时心跳一百三十多次，每天心跳加速两三次，西医认为她心脏和神经系统都有病，中医认为她有"气固痰"。翁瑞午有祖传的"一指禅"按摩法,一按陆小曼的病情就会有所缓解,脾气顿时也会好了许多。为了止痛,翁瑞午还建议陆小曼吸鸦片。陆小曼试吸之后,感觉效果神奇,从此染上了烟瘾。陆小曼跟徐志摩婚后,有时南北睽离,只有翁瑞午陪伴她"吞吐烟霞"。虽然社会上对此有各种闲言碎语,但徐志摩并不在意。徐志摩有一个理论,认为男女之间在牌桌上容易产生暧昧关系,而吸食鸦片时一榻横陈,隔灯并枕,看似接近,但只能谈情,不能做爱,所以关系清白。至于翁瑞午为陆小曼按摩,更属医病,无嫌可避。然而徐志摩死后,陆小曼毕竟跟翁瑞午同居,形成了"事实婚姻"。新中国成立后,陆小曼填写有关表格,也把翁瑞午填进了"家庭成员"一栏。

陆小曼之所以跟翁瑞午"事实同居",主要是出于生活上的依赖。陆小曼直到1956年才被聘为上海文史研究馆馆员,每月有固定的工资收入。此前"黑""白"两项几乎全靠翁瑞午供应,"黑"指鸦片,"白"指米饭。翁虽家庭人口多,但曾在江南造船厂担任会计处处长,又经常变卖一些古董字画。1952年7月14日,翁瑞午的妻子陈明榴去世,终年五十二岁。陆小曼有跟翁瑞午正式结婚的想法,只因翁的子女反对,最终未能修成正果。

翁瑞午在跟陆小曼同居期间,做出了一件颇为出格的事情。1955年,有一个女孩关小宝拜翁瑞午为师学评弹,但却生出了一个私生子。虽然关小宝属于未婚,翁瑞午属于丧偶,关小宝又声明这是出乎她的自愿,但由于关小宝叫翁瑞午为"寄爹",所以法院仍以"重婚罪"判了翁两年徒刑。翁瑞午锒铛入狱,关小宝弃子出走,陆小曼只好收拾残局,一度领养了这个孩子。

1961年9月,翁瑞午因肝癌去世,享年六十岁。临终前,他拱手拜托赵家璧和赵清阁这两位老友关照陆小曼。1965年4月2日,陆小曼也因哮喘、肺气肿,在上海华东医院病逝,追随她一生中的第三个男人驾鹤西去。

对于"徐陆恋"的一己之见

爱情是男女之间精神和肉体相互吸引的产物,也是人类独有的一种崇高的感情形式。这种强烈的情感既可以给人带来如梦如幻的欢乐,也可以给人带来撕心裂肺的痛苦。它具有生物性,也具有社会性。由于对爱情的评价涉及多学科领域,诸如心理学、伦理学、社会性、美学,不同时代不同社会背景的研究者往往有各不相同的见解。对于徐志摩与陆小曼之间的爱情自然也会有不同的看法。

在我看来,徐陆之恋虽以浪漫哀艳开始,却以失落幻灭结束,其间虽然在瞬间迸发出耀眼的火花,但终究是出"怀金悼玉"的悲剧。它不足为人楷模,但从中却可以吸取许多人生的宝贵教训。

徐志摩跟陆小曼的交往估计是在1924年夏秋之间。当时徐志摩追求林徽因失败,正沉湎于失恋的痛苦之中,觉得自己像被俄国库图佐夫将军打败的法国拿破仑,感到"天地茫茫,心更茫",全身好比陷落在乌云中,丢失在火焰里。置身于人生低谷时期,徐志摩邂逅了陆小曼。她身躯瘦弱,腰肢苗条,眉目若画,风雅宜人。在舞池中,她更显得体态轻盈,魅力四射。这一切都使徐志摩眼前为之一亮。

然而徐志摩跟陆小曼的恋爱之途注定了充满坎坷。那原因十分简单,因为一个曾"使君有妇",一个是"罗敷有夫"。经过五四新文化运动的洗礼,当时的中国新式男女都以追求"婚姻自由""爱情至上"为荣,但徐志摩追求陆小曼的时候,对方毕竟尚未解除婚约。慑于舆论压力,徐志摩只好被迫于1925年3月10日赴欧洲旅行。此时双方的心境,在《爱眉小扎》一书中得到真实的反映。1925年底,陆小曼正式与王赓离婚,这才搬掉了阻碍她跟徐志摩结为伉俪的一块拦路石。但在梁启超一类老前辈心目中,仍责备他们"用情不专,要求他们"以后务必痛改前非,从新做人"。

三十岁的徐志摩终于娶到了二十四岁的陆小曼,觉得这是"几世修来的幸运","比做一品官,发百万财,乃至身后上天堂,都来得宝贵"。徐志摩希望自己能成为陆小曼生命的领航者,能引领新婚的妻子勇猛上进,挖掘出她文艺方面的潜能,造就一位伊丽莎白·白朗宁那样的女作家,使他们这对伉俪成为中国的白朗宁夫妇,"做到一般人做不动的事,实现一般人的梦想的境界"。

然而徐志摩高估了自己的精神引导力。他狂热追求陆小曼时原带有太多的非理性成分,这就注定了这场恋爱的悲剧结局。徐志摩坦言,他追求陆小曼时,"一半是痴子,一半是疯子",甚至想"到死里去实现更绝对的爱"(1925年6月25日致陆小曼信)。但是徐志摩向往的这种浪漫十足的爱在现实生活中并不存在,因而他跟陆小曼的爱情也就不可能依旧跟开始一样风光、鲜艳、热烈,不可能"期望到海枯石烂日"。如果说徐志摩痴迷于陆小曼主要是取其貌,陆小曼钟情于徐志摩则重在他的"才"与"真"(Complete and true,完全而真实)。在1925年5月29日陆小曼日记墨迹中,她把徐志摩定位为"我国最有希望的一个大文学家",所以她表示自己的事须三思而行——"我若被骂倒不怕,我只怕连累了他!"在1925年4月12日日记墨迹中,她被徐志摩情书中的"真"感动:"你写得太好了,太感动我了。今天我才知道世界上的男人并不都是像我所想象的那样,世界上还有像你这样纯粹的人呢,你为甚么会这样的不同呢?"

但是陆小曼在一定程度上也预感到了她跟徐志摩之间潜在的情感危机。因为从某种意义上来说,陆小曼相当于徐志摩在情海中几至沉溺时抓到的一块漂流木。在1925年3月25日的日记墨迹中,陆小曼谈到她对徐林之恋的感受,因为徐志摩曾爱林徽因到十分,每当谈到这段恋情,周边的人常说:"志摩的爱徽因是从没有见过的,将来他也许不娶,因为他定不再爱旁人,就是(爱)亦未必再有那样的情,那第二个人才倒霉呢!"这种议论让陆小曼神魂颠倒,非常难受,因为她就是别人嘴里所说的"那第二个人"。陆小曼知道徐志摩对她的爱跟对林徽因的爱有所不同。她说,徐志摩在失意的时候,心里寂寞,正如打了败仗的兵,无所归宿,这才找到她,将来林徽因那边若一有希望,"他不坐着飞艇去赶才怪呢!"未曾想到陆小曼这番话竟成谶语。

我认为,导致徐陆之恋这场悲剧的,主要并非来自林徽因方:林徽因与梁思成结婚之后,当然不会红杏出墙;徐志摩对林徽因尽管旧情难忘,也不会有越轨之举。徐陆结合之后之所以会从幻想的晴空迅速坠入现实的泥潭,根本原因是他们垒建的爱情之巢缺乏应有的精神基石。人都是作为精神与肉体的统物而存在的。爱情固然有性的吸引,但同时也应该有精神的吸引。恋爱过程中体现的精神高度决定了爱情的高度。陆小曼原是一个接受过良好教育的新女性,在绘画、写作、音乐、戏剧、舞蹈诸方面都有特长,但可悲的是她在第二次结婚之后仍然缺乏崇高的精神追求,就连她此前表示的"三思而行"都未能做到。虽然她身边从来不缺乏追求仰慕的男人,但又始终没有使这些男人对她"又爱又敬",反倒大多是对她"爱而不敬"。她跟徐志摩结合之后,不但没有得到公婆的欢心,就连徐志摩也没有感受到预想的甜蜜和幸福,既未走进"天国",亦未踏进乐园。这也印证了徐志摩1927年1月6日日记中的一句话:"轻易希冀轻易失望同是浅薄。"

婚后的陆小曼仍追求种奢侈的生活:租的是上海老式石库三层洋房,家中不仅有丫鬟,还雇有司机、老仆。抽鸦片的开支原本就大得惊人,此外她还要去定包厢、捧名角,一掷千金。 徐志摩父亲给他的经济承诺早已落空,他不得不在尽力挣稿费之外,还先后到光华大学、大厦大学和东吴大学法学院兼课。后来又到南京中央大学、北京大学执教,到中华书局兼任编辑,每月即使有千元以上的收入,还填不满陆小曼开销的窟窿。徐志摩不满意陆小曼过分"爱物","想什么非要到什么不可",感到自己似乎成天遭强盗劫掠;而陆小曼则不满意徐志摩干预她的生活,管头管脚,活得像笼中鸟,不能自由自在飞向丛林和天空。用当下的时髦用语来说,就是双方的"三观"出现了裂痕。

除了金钱的压力,还有生活上的不协调。正如徐志摩1926年12月27日日记中所言:"我想在冬至节独自到个偏僻的教堂里去听几折圣诞的和歌,但我却穿上了臃肿的袍服上舞台去串演不自在的'腐'戏。我想在霜浓月淡的冬夜独自写几行从性灵暖处来的诗句,但我却跟着人们到涂蜡的跳舞厅去艳羡仕女们发光的鞋袜。"于是,在实际生活的重压下,人前微笑,人后忍受的诗人徐志摩只"觉得已满头血水",生活已陷入"枯窘的深处"。价值追求方面的裂痕，最终导致了徐志摩与陆小曼直接婚姻的裂痕。

徐志摩去世的1931年，其实是他精神崩溃的一年。当年6月14日，也就是殉难之前五个月，徐志摩在给陆小曼的信中写道："钱是真可恶，来时不易，去时太易。我自阳历三月起，自用不算，路费等等不算（按：徐志摩上半年来往于京沪两地八次），单就付银行及你的家用，已有二千零五十元，节上如再寄四百五十元，正合二千五百元，而到六月底还只有四个月，如连公债果能抵得四百元，那就有三千元……陆小曼的开销，远远超过了徐志摩一月负担五百元家用的承诺，这使得徐志摩心烦意燥，肝火常旺。他在信中责备陆小曼好吃懒做："你一天就是吃，从起身到上床，到合眼，就是吃。"说陆小曼只是把他当成一只牛，唯一的用处是做工赚钱（1931年5月14日信）。他要求陆小曼压缩"屋子""车子"和"厨房"的开销，把每月用度控制在四百元左右，陆小曼也明显感受到了徐志摩对她的冷漠，知道丈夫少回上海是有意避她，故在1931年6月下旬的一封信中不无哀怨嫉妒地写道："北京人事朋友多，玩处多，当然爱住。上海房子小又乱，地方又下流，人又不可取，还有何可留恋呢！来去请便吧！浊地本不留雅士。"（《徐志摩全集书信卷》，浙江人民出版社2015年1月版，第116页）陆小曼还敏锐地感觉到徐志摩留恋的北京朋友中还有一个林徽因，故在1931年11月11日信中含沙射影地写道："近日甚少接家书，想必是侍候她人格（外）忙了，故盼行动稍自尊重，勿叫人取笑为是。"值得注意的是，陆小曼写此信，正是徐志摩为参加林徽因的报告会乘机殉难的一周之前。夫妻关系至此，已经接近冰结的临界点了！

徐志摩猝然辞世之后，陆小曼写出了情文并茂的长文《哭摩》，说她满怀伤怨，浑身麻木，像遭受霹雳的打击，连哭都哭不出来，想让自己的灵魂像一朵水莲花随着缭绕的云，追随在徐志摩的左右，但这一切实际上却于事无补。

如果是谈到徐志摩恋情的文化意义，在我看来，主要是他对林徽因的追求造就了中国现代文学史上一位最杰出的抒情诗人。徐志摩虽然有深厚的中西文化背景，但他二十四岁之前并无诗歌创作的冲动。直到二十五岁那年夏天,林徽因像一阵奇异的风,像一抹奇异的月色,闯进了徐志摩的生活,一种深刻的忧郁,才占领了徐志摩的心,从此诗情才像岩浆般喷发。应该承认,林徽因也是一位诗人,她那几首脍炙人口的诗作也正是因为跟徐志摩交往而构思出来的。

徐志摩跟陆小曼的恋情则相对缺乏文化意义。如果挖掘起来,我此刻想到的只有三点:第一,他们共同创作了《卞昆冈》这部五幕话剧。大纲是陆小曼草拟的,整个作品主要是徐志摩完成的。该剧虽然在艺术上未臻成熟,但却是新月社戏剧创作上的一部代表作。第二,《爱眉小扎》也是徐陆之恋的艺术结晶,在中国现代散文史上占有一席之地。第三,1935年10月,陆小曼在友人的帮助下,大致编就了一部十卷本的《志摩全集》,虽然这部书出版过程历经坎坷,但却为今天较为完整的《徐志摩全集》奠定了基石。

书评书话

呼唤"人"回归文学
——读钱谷融《论"文学的人学"》断想

《世说新语·雅量第六》中有这样一则故事：谢安（320—385）在东山（今浙江上虞西南）隐居时，曾跟孙兴公、王羲之等一般朋友在水上休憩，突然风起浪涌，孙、王等人顿时心慌色变，大喊快回到岸上。谢安游兴正旺，歌吟长啸不搭话。船夫因为谢安的表情镇定自若，便仍高兴地往前划。不久，风更急，浪更猛，大家吵嚷着不能安坐。这时谢安才慢声慢气地说了五个字："如此，将无归。"（既然如此，还是回去吧）大家立即应声而回，感到谢安这种处惊不变的风度，足以安定国家社稷。

在1945年撰写的《论节奏》一文中，二十六岁的钱谷融先生全文征引了《世说新语》中的这段文字，认为谢安所说的"如此，将无归"这五个字表达了他在险恶环境中的安闲神态和旷达襟怀。钱先生从不奢谈魏晋风度，但心向往之。这种魏晋风度在他自己身上也得到了生动反映。钱先生也许没有经历过水上风波，却经历过人生风波。他1957年初写成的《论"文学是人学"》一文，无论对与错，都是学术问题，探讨的是文艺理论。但在同年5月出版的《文艺月报》发表之后，却引起了广泛的批判，最终被判定为反党反社会主义的修正主义大毒草，在此后的历次运动中，都逃不出挨批的命运，甚至上纲为敌我问题来批判。然而钱先生依然淡定自若，表现出谢安一样的神态和襟怀。

说实话，我跟钱谷融先生虽然有过交往，他也将《文学的魅力》《艺术、人、真诚——钱谷融论文自选集》签名赠我，但我的确没有拜读过他蜚声文坛的论文《论"文学是人学"》。前不久，陈子善兄发来微信，说上海华东师范大学准备召开钱先生百岁诞辰纪念会，邀我参加。为准备发言，我才特意找来此文细读一遍,颇有感触。故不揣浅陋,形诸文字,跟大家交流。

有人曾经发问:"钱先生文章不多,为什么名气这么大?"我想,这个问题似乎可以从三个方面回答。(1)以质量胜数量。记得郭沫若曾自谦地说自己"诗多好的少",而钱先生则反其道而行之。(2)1942年钱先生大学毕业之后,教过一年中学,此后一直在大学任教。"桃李不言,下自成蹊",更何况他的不少弟子成了中国现代文学界的领军人物。师荣生贵,生荣师贵,我以为很合乎情理。比如,我以前没有关注过伍叔傥先生,但钱谷融先生名声大噪之后,我就自然而然对钱先生尊重的这位老师投以关注的目光。(3)钱先生的文章有口皆碑,不必再让我来饶舌。不过,他文章再好,也不见得就无法超越。在我心目中,难以超越的是他的人品。人们常说钱先生是散淡之人,但钱先生说得好:"做散淡之人,当然也并非轻而易举的事。在荣利面前,有几个人真能漠然处之,抱'富贵于我如浮云'的态度?尤其在权势面前,谁又能依旧我行我素,昂然挺立,不稍低头?这真是谈何容易!但是,要写出好文章来……就必须先成为一个散淡的人。今天真能散淡的人,不说没有,但也真如凤毛麟角,着实稀罕。"(《真诚·自由·散淡》,收入《艺术·人·真诚——钱谷融论文自选集》,华东师范大学出版社1995年4月版,第247页)中国当代文坛半个世纪以来的风云变幻是有目共睹的事实,而钱先生能保持他理论的一贯性,不能不说是他的"人品"在"文品"中的真实表现。这种人品,成了他被人推崇的重要原因。

要理解钱先生《论"文学是人学"》一文,必须首先了解此文产生的有关政治和文坛背景。1956年4月28日,毛泽东在中共中央政治局扩大会议上提出:艺术问题上的"百花齐放",学术问题上的"百家争鸣",应该成为我国发展科学,繁荣文学艺术的方针。5月26日,时任中宣部部长的陆定一在中南海怀仁堂向文艺界、科学界人士传达了"双百方针"。钱先生的这篇三万五千字的长文就是在这种和煦的春风中酝酿的。1957年2月8日文章写就,正赶上毛泽东2月27日和3月6日在最高国务会议上鼓励"大鸣大放"。在这种背景和氛围下,上海华东师大响应号召,召开大型学术讨论会,邀请外单位学者参加,动员老师们踊跃提交论文。由于校系各级领导一再动员敦促,钱先生就提交了这篇原题为《文学是人学》的论文。文章得到了当时华东师大中文系主任许杰的鼓励,并建议改名为《论"文学是人学"》,以吸引读者。论文的中心论点是:文学的任务是在于影响人,教育人;作家对人的看法、作家的美学理想和人道主义精神,就是作家的世界观中对创作起决定作用的部分;就是我们评价文学作品的好坏的一个最基本、最必要的标准;就是区分各种不同的创作方法的主要依据;而一个作家只要写出了人物的真正个性,写出了他与社会现实的具体联系,也就写出了典型。(《我怎样写〈论"文学是人学"〉——当时的想法》,1957年10月26日写成,1980年在《文艺研究》第三期发表)

学术讨论会召开之后,《文艺月报》一位编辑看到此文的打印稿,立即交该刊理论部传阅讨论,认为"既不是教条主义的,也不是修正主义的",便在5月5日出版的5月号全文刊登了。同一天,《文汇报》的"学术动态"专栏特地肯定此文"见解新鲜"。然而到了6月初,政治风云突变,由鼓励"大鸣大放"转到"组织力量反击右派分子进攻"。《文汇报》成了"右派"的舆论阵地,其"资产阶级方向"受到严厉批评判。1957年8月至9月间,上海文艺界对此文展开了批判。这种批判一直持续了一年。1958年4月,上海新文艺出版社出版了《〈论"文学是人学"〉批判集》(第一集),内收吴调公、罗竹风、陈辽、解驭珍、李希凡、蒋孔阳、萧鸣七人撰写的批判文章,将《论"文学是人学"》作为附录,共印行了一万三千册。根据出版社的初心,此书应该一集一集地出版下去,但始终未见第二集付梓。应该承认,出版社在该书"前记"中虽然将此文定性为"是一篇系统的宣传修正主义文艺观点的文章","是阶级斗争在文学领域的反映,是资产阶级思想趁着两类矛盾问题的提出,对马克思主义文艺思想所作的反攻"。但大多数文章还是在学术思想范围中对钱先生进行批判。只有李希凡的《论"人"与"现实"》一文上纲较高,措辞比较激烈。这固然跟李希凡当年的观点和文风相关,但还应该考虑到其他两个因素:一是因为钱先生在阿Q典型性的讨论中倾向何其芳一方,跟李希凡的观点相左,二是因为李希凡此文写成于1957年9月19日,当时"反右"运动已经在全国如火如荼地开展,所以李希凡的文章把对钱先生的批判和对《文汇报》的批判联系起来进行。蒋孔阳先生的批判文章题为《人道主义与现实主义》。不幸的是,1960年上海文艺界对钱先生进行了第二次大批判,而蒋孔阳先生同时也是批判对象,成了钱先生的难友。

《论"文学是人学"》是一篇探讨文艺本质的文章,而对于文艺本质的概括从来就众说纷纭。钱先生将文学概括为人学,既受到了亚里士多德、车尔尼雪夫斯基等理论家的影响,特别是受到了作家兼理论家高尔基的影响,但又有自己的独创性。亚里士多德强调的是作家首先要"描写行动的人们",车尔尼雪夫斯基坚持了亚里士多德的观点,指出人生是文学创作的基本对象和内容。至于高尔基是否直接将"文学"概括为"人学",则是翻译界存在争议的一个问题。有一位翻译家经过考证,认为"文学即人学"这句话并不出自高尔基之口,高尔基认为"文学"不同于"人学","人种志学"才是"人学",所以高尔基把文学(或艺术)叫人学这一命题并不存在。(刘保瑞:《高尔基如是说》,《新文学论丛》1980年第一期)

钱先生不同意刘保瑞的意见。他经过一番研究,又请教了戈宝权这样的俄文翻译家,公开发表了两点看法:(1)高尔基1928年6月12日在苏联地方志学中央局的会议上,说他一生所做的工作并不是地方志学,而是人学。高尔基是个文学家,他是把"文学"作为"人学"看待的。(2)文学到底是不是"人学",比起高尔基是否直接说过这句话更为重要。因为文学所注意、关心、描写、表现的中心对象是人;即使写动物,也必定是人化了的动物。文学是把人和人的生活当作一个整体,多方面地具体地加以呈现,不是"人学"是什么?(钱谷融:《关于〈论"文学是人学"〉——三点说明》,《钱谷融文论选》,上海文艺出版社2009年9月版,第78~88页。)我体会,这就相当于说,不管意大利天文学家伽利略是否提出"日心说",宇宙的中心都是太阳,而不是地球。我虽然学过八九年俄文,但不精通,更没读过全部俄文版的高尔基著作。但从钱先生和刘保瑞的论争中可以看到,高尔基至少没有关于"文学是人学"的专论,钱先生也没读到过关于这一命题的有关论述,他从五个方面论述文学是人学,表现出的是学术的原创性。

《论"文学是人学"》一文,对当时文学创作和文艺理论的弊端具有鲜明的针砭意义。众所周知,钱先生的文论汪洋恣肆,旁征博引,古今中外几乎无不涉及,但他却很少援引新中国成立后十七年的文艺作品,我以为这并非偶然。二十世纪五六十年代,我曾在中学、大学读书,然后又当过十四年的语文教师。当年像《青春之歌》《青春万岁》《红旗谱》《创业史》之类的小说曾触动过我们年轻的心。我们也曾把闻捷、贺敬之、艾青等人的诗歌抄录在笔记本上,还曾大半夜去看一场一票难求的电影《上甘岭》;另一方面,报纸刊物上确实充斥着大量形象苍白,缺乏热情,一味抽象讲大道理的作品,现实被仅仅局限为阶级和阶级斗争的现实,人成了阶级观念的抽象符号。这显然跟钱先生重形象,重细节,重情感,重审美的文艺观不合拍。所以认为钱先生此文是有感而发,并不能完全视为妄断。

当年文学评论界的情况也有其历史局限。从新中国成立初期至"文革",由于对马克思主义文论的简单化理解,在文学价值观方面出现了"左"的偏颇。表现为文学价值的认同只重于为现实政治服务这一层面,造成了文学创作中的公式化、概念化等弊端。对此,有些批评家提出了异议。在钱谷融此文发表之前,巴人(王任叔)就在《新港》1957年1月号发表了《论人情》一文,指出当时不少作品"政治气味太浓,人情味太少"。钱先生此文发表之后,王淑明又在《新港》1957年第7期发表了《论人情与人性》一文,指出不应将"政治味"与"人情味"、"人性"与"阶级性"对立起来。凡此种种,都是在呼唤文学领域中"人"的回归。

钱先生此文更是明确针对在中国文学界被奉为圭臬的苏联文艺理论。我是二十世纪五六十年代大学文科生。在高校中文系的课程中,中国古代文学和语言学的教材相对成熟,而文艺理论至今仍然是一个薄弱环节。民国初期,最早在高校讲授文艺理论的似乎是周氏兄弟:周作人在北京讲授过文学概论,而鲁迅是在讲授中国小说史的过程中选用厨川白村的《苦闷的象征》做教材讲授文艺理论。后来,刘永济、马宗霍、姜亮夫、潘梓年、沈天葆、顾凤城等人也先后编写过文学概论教材,但都没有产生过深远影响。新中国成立之后,政治上一度喊出了"一边倒"的口号,文艺理论教材也主要照搬苏联。苏联专家毕达可夫、柯尔基等曾来华任教。我在南开大学就读期间文艺理论课的教材就是毕达可夫的《文艺学引论》。讲授这门课程的张怀瑾先生几乎能把全部讲义背诵下来,所以我当时的感觉是听不听讲都无所谓。在苏联和中国最具影响力的苏联文艺理论著作是季莫菲耶夫的《文学原理》。此书原著出版于1948年,是苏联高等教育部的指定教材。1955年7月由上海平民出版社出版,附录了作者1955年在苏联《文学教学》杂志新刊的一篇论文《文学原理基本概念的系统化》,译者查良铮,即著名诗人穆旦。此书一年内重印七次,发行量高达五万四千册,可见其在中国影响的广泛。

季莫菲耶夫把斯大林的政治观点在文艺理论领域发挥到了极致。斯大林为苏联文学界确立的基本创作方法叫作"社会主义现实主义"。据说这个提法有三大好处:(1)简短(由两个名词合成)。(2)好理解。(3)指出了文学发展的继承性(指这种方法是由批判现实主义演化而来)。但这种创作方法要求反映的"现实"只能是"理想中的现实""发展中的现象",而不能撕开现实的血与肉,真正揭示出它的弊端。季莫菲耶夫也强调文学作品要写"人",但并不是现实生活中客观存在的有血有肉的人,而只能写所谓"新型的人""艺术中的理想的人""用特别材料构成的人"。这种人除了实现所谓"理想"之外"没有别种样的生活"。他要求作家在设计作品情节时必须将这种"新型的人"安排在最能激发其高贵品质的社会关系当中,使作品中的每个事件都成为社会主义斗争中真实而具体的形式。因此,钱先生在《论"文学是人学"》一文的第一部分就对季莫菲耶夫的观点提出了质疑:"文学的对象,文学的题材,应该是人,应该是时时在行动中的人,应该是处在各种各样复杂的社会关系中的人,这已经成了常识无须再加说明了。但一般人往往把描写人仅仅看作是文学的一种手段、一种工具。如季莫菲耶夫在《文学原理》中这样说:'人的描写是艺术家反映整体现实所使用的工具'。这就是说,艺术家的目的,艺术家的任务,是在反映'整体现实',他之所以要描写人,不过是为了达到他要描写'整体现实'的目的,完成他要反映'整体现实'的任务罢了。"钱先生敢于公开向洋权威质疑,的确表现出了他学术上的胆与识。

但《论"文学是人学"》有别于一般性的理论文章之处,还在于它是一篇从钱先生实际感受出发的文章。没有钱先生的实际感受和阅读体验,钱先生绝对写不出如此深刻的文论。应该说,此前并没有任何理论家对"文学是人学"进行过全面系统的论述,包括高尔基在内。据我所知,高尔基只在1929年1月20日致奥地利作家斯蒂芬·茨威格的信中谈到《红与黑》的作者司汤达,认为这位法国小说家赋予文学"以人的《圣经》的性质"。高尔基还说过,对他来说,"最伟大、最神奇的文艺作品——很简单……它的标题就是人"。这就是钱先生从高尔基那里受到的理论启示。

钱先生博览群书,古今中外无不涉及。在小学时代便废寝忘食地阅读小说,其启蒙读物就是《三国演义》。众所周知,在小说中占据中心位置的是人物,这些人物的命运和坎坷经历常使钱先生魂牵梦萦。钱先生深切感受到,作家笔下塑造的人物成功,作品才能成功。从来没有过人物苍白而作品传世的先例。而要塑造出成功的人物,作家必须用心灵进行写作。钱先生并不反对文学作品反映现实生活,因为人物和他置身的现实之间本来就存在有机联系。什么样的现实土壤孕育出什么样的人物,而从特定人物身上也可以折射出他生存的现实环境。但文学作品并不是照搬现实生活,而是在他反映的生活中渗透了自己的情感、理想和愿望。他反对的仅仅是把描写人当作反映现实的一种工具。钱先生同意以下观点:除开上帝之外,作家在作品中是"第二个造物主"。作家塑造的人物必须具有具体性、独特性和生命力,是血肉丰满个性鲜明的"这一个"。这种个性与共性统一的人物也就是尊重生活逻辑和人物性格逻辑创造出来的"典型形象"。这种文学,应该就是钱先生心目中的"人学"。

应该说,《论"文学是人学"》是一篇写得谨小慎微的论文。他一方面强调"作家的对人的看法,作家的美学理想和人道主义精神,就是作家世界观中起决定作用的部分",另一方面又并不排斥和低估人民性、爱国主义、现实主义等等概念,而只是说:"人民性应该是我们评价文学作品的最高标准。最高标准并不是任何时候都能适用的,也不是任何人都会运用的。而人道主义精神则是我们评价文学作品的最低标准。最低标准却是任何时候都必须坚持的,而且是任何人都在自觉或不自觉地运用着的。够不上最低标准,就是不及格,就是坏作品。"

尽管钱先生写得小心翼翼,但《论"文学是人学"》仍然受到了大批判。批判者给钱先生扣的大帽子主要有两顶:一是反对文学反映现实生活,二是借写"人"鼓吹资产阶级人道主义。

"写现实"与"写人物"原本不可分割。马克思、恩格斯在《德意志意识形态》一书中指出:"人创造环境,同样环境也创造人。"(《马克思恩格斯选集》,第1卷,第43页)文学当然应该反映现实,但文学区别于其他观念形态的根本特点并不是以概念而是以形象反映现实。描写了人,也就描写了现实。黑格尔把艺术反映现实的特征归结为"感性观照"也就是这个意思。所以马克思主义经典作家在重视作品政治倾向性的同时,又强烈反对把人物等同于一定阶级和倾向的代表,希望作家笔下的人物能够"莎士比亚化",而不是席勒式的把个人变成时代精神的单纯的传声筒,以至于让个性消融于原则,让"一般"取代了"个别"和"特殊"。

有人在批判钱先生时认为不写人同样也能反映现实,比如,从古至今都有写日月山川、花鸟虫鱼的散文,这些难道可以排斥在文学作品之外吗?殊不知这些文章中的日月山川、花鸟虫鱼其实都是特定人物在特定情境心目中呈现的日月山川、花鸟虫鱼。这是对人性的一种间接性展现。现实生活中的日月山川、花鸟虫鱼原本就是客观存在,如果不能间接展现不同的人性,那文学艺术岂不成了多余的缀物?由于人和情境不同,所以作品中呈现的日月山川、花鸟虫鱼也各不相同。否则一个模式的日月山川和花鸟虫鱼不就可以完成反映现实的任务了?这也正说明了人跟现实的一致性。现实即人生,离开人即无现实。还有批评者以当时出版的《志愿军一日》等报告文学为例,说没有写出人物同样可以形象地真实地反映现实。所以郭沫若把《志愿军一日》誉为"世界文学宝库里的一个瑰宝",其教育作用连托尔斯泰的《战争与和平》也是赶不上的。时至今日,以上论点的是非曲直已无须置评。姑不论《志愿军一日》的成败得失,但所收诸文中所写的仍是人,只不过突出的不是个人而是人物群像而已。人虽然不等同于现实,但毫无疑义是现实的主宰者,所以钱先生的主张并无偏颇。

《论"文学是人学"》还曾被视为一篇鼓吹人道主义文论受到批判。其实人道主义是一个历史的概念,在不同的历史时期产生过不同的历史作用;有人用其助善抗恶,有人用其助恶抗善。中国古代并没有人道主义的概念,但有"仁者爱人""己所不欲,勿施于人"的人文传统。不过,钱先生文章中提倡的人道主义有其特定的含义,就是希望作家应该关心人,同情人,对人类抱有信心,这样读者才会在坎坷曲折中奋然前行,作品也才会产生诗意和美感。钱先生并没有鼓吹超时代、超阶级的"人性论"。他在这篇文章中写得明明白白:"人是不能脱离一定的时代、社会和一定的社会关系而存在的,离开了这些,就没有所谓'人'。没有人的性格。我们从每一个具体的人身上,都可以看到时代、社会和阶级的烙印。这些烙印,是谁也无法给他除去的。"由此可见,"人性论"的帽子无法扣到钱先生头上。

钱先生将人道主义精神作为评价文学作品的最低标准是有其依据的,这就是季莫菲耶夫在《论人民性的概念》一文中将"人民性"作为"艺术性的最高形式"。在新中国成立后的不同时段,人道主义曾有过不同的命运。钱先生酝酿和撰写《论"文学是人学"》时,在中国文艺理论界被定于一尊的是苏联的文论:即认为"人性的集中表现是阶级性""阶级性的集中表现是党性""人道主义的最高发展是共产主义"。既然"人民性""阶级性""党性"成了文学家世界观的最高标准,并非古今中外的所有文学作品都能体现,那么钱先生将"人道主义"作为评价成功文学作品的最低标准就顺理成章了。

钱先生在文中指出,我们今天仍然喜爱和珍视的文学作品,最基本的一点,就是浸润着深厚的人道主义精神。当时,有人用田园诗和李后主词进行反驳,认为从王维的"渭川田家"和"山居秋暝"当中就"闻不出什么人道主义的气味"。其实"渭川田家"一诗写农村的傍晚,"野老"倚杖伫立在荆扉之前翘盼"牧童"的归来;辛勤耕耘了一天的"田夫"荷锄返家,一路上话语依依。这样的画面,洋溢的难道不就是村民之间淳朴的人情味吗?"山居秋暝"写晚秋雨后的山景,用从竹林归来的浣女和从荷塘归来的渔夫跟"王孙"的生活两相对照,不也是在描绘诗人向往的人间景象吗? 至于李后主的词之所以能流传千古,并不取决于他是一位亡国之君,而是他作品中抒发的情感跟普通人有相互共鸣之处。比如,有一部描写抗日战争时期普通民众八年离乱生活的影片,片名为《一江春水向东流》,就是取自于李后主的词《虞美人·春花秋月何时了》。李后主词《浪淘沙·帘外雨潺潺》中描写的"别时容易见时难",不也正是概括了人世间悲欢离合的人之常情吗?

对于人道主义的评价,"文革"之前文坛的主要领导人周扬在"文革"之后进行了深刻的反思:"在'文化大革命'前的十七年,我们对人道主义与人性问题的研究,以及对有关文艺作品的评价,曾经走过一段弯路。这和当时的国际形势的变化有关。那个时候,人性,人道主义,往往作为批判的对象,而不能作为科学研究和讨论的对象。在一个很长的时间内,我们一直把人道主义一概当作修正主义批判,认为人道主义与马克思主义绝对不相容。这种批判有很大片面性,有些甚至是错误的。"周扬在进行自我批判后,进一步指出:"在马克思主义中,人占有重要地位。马克思主义是关心人,重视人的,是主张解放全人类的。"周扬强调了马克思跟费尔巴哈的区别:"费尔巴哈讲的是以抽象的人性论为基础的人道主义,而马克思把费尔巴哈讲的生物的人,抽象的人变成了社会的人。实践的人。"(《关于马克思主义的几个理论问题的探讨》,《人民日报》1983年3月16日)我认为,周扬的以上论述对正确评价《论"文学是人学"》一文的历史功过是有帮助的。

行将结束此文的时候,不禁又想起钱先生《论节奏》一文引述《世说新语·伤逝十七》中的另一则故事:王戎当尚书令时候,曾身穿朝服,乘坐马车,经过一处酒垆。他对车后的乘客说:当年我跟嵇康、阮籍曾在此处同游痛饮,如今这两位都已作古,只剩下我仍在为凡尘琐事而羁绊烦扰,这酒垆眼下虽近在咫尺,但在我看来却像隔着千重山,万条河,是那样地遥远。此刻时值仲夏之夜,万籁俱寂,我一边勉力写着这篇肤浅的文章,一边摩挲着案头钱先生寄赠的《文学的魅力》《艺术·人·真诚》这些著作,也同样有天人远隔之感,心中充满了悲怆。

我接触的第一本新文学读物

我没有想到后半生会以研究中国现代文学为职业，也没有想到我接触的第一部新文学读物，竟会是冰心本人颇为偏爱的《关于女人》，而且这本书成了一本埋藏在我记忆最底层的书。

时间应该是新中国成立初期。我姨妈随姨父调动到唐山开滦煤矿工作，留下了几箱书籍和相册；当时又正值我家由长沙市内迁往郊区。在搬迁过程中，我无意间在姨妈留存的物件中发现了这本书。那时我正处在小学毕业进入初中的阶段，虽然谈不上情窦初开，但《关于女人》这四个字对于我这个男孩子而言，还是颇为吸引眼球的，于是我就囫囵吞枣读起来。现在估计，我接触的应该是该书的再版本。书中对我影响最大的是《我的母亲》《我的学生》两篇。

冰心写作《关于女人》时的心境

冰心说，她有一个写作的习惯，就是写作时"必须在一种特殊的心境之下"，若是这种心境抓不到，她能整夜地伸着纸，拿着笔，数小时之久，写不出一个字来，内心痛苦极了(《一封公开信》，《人世间》第2期1936年4月1日)。

那么写作《关于女人》时她是一种什么心境，能使她的灵感像一阵风，像一道闪电，突然来袭，让她的文思海潮般地奔涌呢？

1940年底，冰心从昆明来到重庆，在宋美龄领导的妇女指导委员会出任文教组组长，还出任了国民政府参政委员会女参政员，致力于儿童福利和妇女教育事业，后来因身体不适，又想超脱于党派之争，便隐居在歌乐山林家庙五号。这是一幢土房，没有围墙，四周有点空地。她将这个寓所命名为"潜庐"。"潜"是隐藏的意思,也许跟隐逸诗人陶潜的"潜"字有关,总之是想躲避政坛的喧嚣,潜心从事创作。据冰心介绍:"歌乐山在重庆西边十六多英里,在重庆受最猛烈的轰炸时节,是最美丽的'疏建区'。海拔三千英尺,在渝西一带山岭之中,最为幽秀挺拔。而且山上栽遍了松树,终年是重重叠叠的松影,山径上遍布着软软厚厚的松叶……若没有猛烈的轰炸,我不会到歌乐山。"

1941年1月,冰心丈夫吴文藻的清华校友刘英士力邀冰心撰稿,其时他正主编一份周刊《星期评论》。冰心当时刚从参政委员会辞职,经济上捉襟见肘,有一年夏天连续三个月光靠吃南瓜下饭,又有空闲时间写作。缺钱又有闲,她便答应了刘英士的请求。《关于女人》第一篇的稿费,就成了冰心一家当年年夜饭的餐费。梁实秋在《忆冰心》一文中也写道:"一般人以为冰心养尊处优,以我所知,她在抗战期间并不宽裕。"至于选择女人为题材,则是因为不仅冰心自己是女人,而且因为她结识的女性至少在千人以上,如果真要写起来,"一辈子也写不完"(《〈关于女人〉后记》)。

在重庆图书馆王志昆副馆长的帮助下,我在缩微胶卷上看到了几期《星期评论》,编辑叫高良佐,社址似乎是重庆小龙坎戴家院,中国文化服务社总经销。这份刊物版式呆板,以刊登评论为主;也刊登一点文艺作品,主要是旧体诗。所以冰心的《关于女人》应该是这份刊物的卖点。

冰心同意为《星期评论》撰稿,同时有个要求,就是另外用一个笔名,得到了刘英士的同意。于是,冰心就以"男士"为笔名撰写了这组文章。据我所知,谢婉莹除开以"冰心"为笔名发表作品外,她采用的笔名只有"婉莹"和"男士"这两个。在中国现代文学史上,女作家以男性化的笔名发表作品并产生了较大影响者,恐怕仅有冰心一人。冰心笔下的"男士",既是作为叙事者的理想的男性,也是作为女性作者的代言人。她之所以以"男士"为笔名,是为了给读者一个客观公正的印象,避免女权主义者容易产生的性别偏执。但无论她如何转换视角,从中反映出来的仍是冰心的女性观。

1943年,天地图书出版社托冰心的一个女学生来要求出版这本书,冰心又增写了七篇,共十六篇,于同年9月出版,印数为五千册。此书颇为畅销,多次再版,但只付了初版的稿酬;而且错字太多,有些错误令人啼笑皆非。1945年11月,由巴金引介,此书由上海开明书店增订再版;再版本订正了文字,又加上了悼念几位女友的文章。

冰心明确强调"女子不让须眉"

在《〈关于女人〉抄书代序》一文中,冰心抄录了《红楼梦》中的一段话,强调的是一种十分明确的"女子不让须眉"(亦即"谁说女子不如男")的妇女观。序中虽然说这部作品是"假语村言",实际上在现实生活中都有人物原型,其中也包括了冰心本人的人生经历。《关于女人》的开篇题为《我最尊敬体贴她们》。在这篇文章中,冰心以她理解的男性眼光,在女性种种优点中,首先列出了三个:即温柔、忍耐、细心。不过,"忍耐"似乎可以涵盖在"温柔"之中。"细心"固然是美德,不过在男性眼中,"漂亮"和"忠实"肯定会比"细心"更重要。

男人希望配偶漂亮,但自己不漂亮,并无潘安之貌,怎么办?所以冰心告诫说:"我以为男子要谈条件,第一件就得问问自己是否也具有那些条件。比如我们要求对方'容貌美丽',就得先去照照镜子……"这的确是男性求偶者的一帖清醒剂。

在这篇文章中,冰心最表同情的是既操持家务又外出工作的职业妇女——这也许跟冰心本人的身份不无关联。她感到妇女争取到参加社会劳动的权利之后,就使自己承担起双倍的责任和义务。如果工作和家庭两不放弃,女性就会被这两股绳索绞死。因此她强调,婚后的男人不能把家务的责任完全推卸给太太。

中国妇女冲破家庭桎梏步入社会,萌芽于清末,兴起于五四新文化运动之后。由于一部分女性跟男性同样获得了受教育的机会,因而就具备了通过谋职获取独立经济来源的条件,在政界、商界、医疗界、教育界开始闪动出女性靓丽的身影。不过在党政机关服务的女性在职员中只占百分之三左右，大多数妇女所从事的还是从家务衍生出来的职业——主要是教育。不过，对于女性而言，在家庭和事业之间进行选择必然会面临两难的境遇。其实早在1933年10月21日，鲁迅在《关于妇女解放》一文中就谈到过这种情况：一方面，由于两性之间"生理和心理上"的差别，女性必然在家庭中承担一些特殊的职责，比如不能"只给自己的孩子吸一只奶，而使男子去负担那一半"；另一方面，妇女又必须"得到和男子同等的经济权"，否则所谓男女平等"就都是空话"（《南腔北调集》）。1942年6月7日，巴金在致杨静如的信中也写道："人不该单靠感情生活，女人自然也不是例外。把精神一半寄托在工作上，让生命的花开在事业上面，也是美丽的……"（《巴金全集》第22卷，人民文学出版社1933年8月版）为了给束缚妇女的这"两股绳索"松绑，二十世纪四十年代初，沈从文曾在《战国策》刊物上提出了"妇女回家论"，但随即受到了聂绀弩、葛琴等进步作家的批判，认为妇女首先"应该是社会的人，是社会活动的参加者"，只有从事更远大的事业，才能成为"新时代的贤妻良母"。

《关于女人》第二篇叫《我的择偶条件》。早在1923年4月，被称为"性博士"的张竞生教授就已经提出："爱情是有条件的，这些条件包括感情、人格、状貌、才能、名誉、财产等项。条件愈完全，爱情愈浓厚。"（《爱情的定则与陈淑君女士事的研究》，《晨报副刊》1923年4月19日）这一观点受到了不少人反驳。这些人认为："恋爱就是恋爱。爱情的成分是至高无上的感情，加上性的感觉或更加入性的行为，而不容渗入其他条件，否则就不是纯正的恋爱。"针对这种看法，张竞生再次强调，爱情并不神秘，无条件既无爱情。男女之所以相爱，或因为情欲的冲动，或因为感情作用，或因为社会制约，那些反对"爱情有条件"的人，都承认"爱情是各种感情结合而成"，这就无异于肯定了感情是构成爱情的第一个条件。（《答复"爱情定则的讨论"》，《晨报副刊》1923年6月20日至22日）

在《我的择偶条件》中，冰心模拟"男士"的口吻，提出了二十五个条件，包括籍贯、年龄、职业、身材、文化教养……这些条件有些很符合冰心本人的性格,比如"喜欢海""喜欢生物""喜欢微醺的情境"……这些条件还曲折反映出作者为人处世是很注重"嗜好与习惯上的小节",而不苛求对方的容貌和财力。

"母爱"是冰心作品的基本主题

冰心《关于女人》一书共写了十四个女性,首先写的是《我的母亲》。母亲是冰心生命的创造者,也是她最初和最后的恋慕。"母爱"是冰心作品的一个基本主题。她认为,母爱是心灵的故乡,生命的绿洲。母爱是人的一种天性,并不需要理由。母爱虽然或隐或显,或出或没,对于儿女而言都不差毫分;无论子女贫富或贵贱,母爱都不分厚薄。在《繁星》《春水》《寄小读者》《南归》《再寄小读者》中,读者都能看到她母亲圣母般的身影,都能听到她对"母爱"深情而热烈的讴歌。在冰心笔下,母亲是春光,她的膝上和怀里,是孩子避风的港湾。我铭刻于心的是一首小诗:

母亲呵! 天上的风雨来了,
鸟儿躲到它的巢里;
心中的风雨来了,
我只躲到你的怀里。
(《繁星·一五九》)

但是冰心母亲的形象在我心目中原本是抽象的,让她立体化呈现在我心中的正是这篇《我的母亲》。这篇作品虽然叙述者是虚拟的,但内容则基本属实。读了这篇作品,我才知道冰心的母亲不仅是传统意义上的"贤妻良母",善于相夫教子,跟子女之间建立了一种亦母亦友的关系;而且"有现代的头脑,稳静公平地接受现代的一切"。文中有一个生动感人的细节:大约是1908年一个大雪夜里,冰心"帮着母亲把几十本《天讨》一卷一卷的装在肉松筒里,又用红纸条将筒口封了起来,寄了出去"。原来当时正值反清民族民主革命高潮，冰心的几位舅舅都是同盟会的会员，她母亲就是这样秘密协助他们从事革命活动。文中所说的《天讨》，是《民报》发行的一种临时增刊，章太炎主编。该刊刊登的《讨满檄文》，历数清朝统治集团的十四宗罪状，在当时产生了强烈反响。

新中国成立后，冰心又有两篇写母亲的文章给我留下了深刻印象：一篇是1979年发表于《福建文艺》4期、5期合刊的《我的故乡》，另一篇是1988年3月8日发表在《人民政协报》上的《我的母亲》。

《我的故乡》写的是冰心的家世。文中给我印象至深的是，1894年至1895年中日甲午战争期间，冰心之父作为"威远"舰上的枪炮二副，随时有牺牲的可能。此时她母亲悄悄买了鸦片烟膏藏在身上，如果父亲一旦殉国，她就立即服毒自尽。这件事的意义已经挣脱了封建"节烈观"的樊篱，而具有鲜明的反帝爱国主义色彩。在这篇文章中，我第一次知道这位让儿女引以为荣的母亲，名字叫作杨福慈。

1988年发表的《我的母亲》，应该是冰心一生中写母亲的绝笔。这篇文章又增补了关于她母亲的一些"微末细小之事"。比如，袁世凯窃国称帝时，曾将黎元洪软禁于中南海的瀛台。由于黎元洪与冰心之父是北洋水师学堂的同窗，所以冰心之母常提醒他父亲去探望这位身处逆境的"副总统"，而不是如一般世俗之人那样疏远落难者，甚至落井下石。这些描写，更增添了我对冰心母亲人格上的景仰。

无法像冰心那样如实描写母亲

也许是冥冥之中有一种机缘巧合，我也有一次写母亲的人生经历。那是在1957年夏天，我从湖南长沙第五中学（现已恢复原名，叫雅礼中学）高中毕业，参加高考，而高考作文题就是《我的母亲》。按理说，对于一个中学生而言，这应该是一篇纪实性的文章，抒发的应该是真情实感。无奈的是，在1955年的清查"胡风反革命集团"运动中，我母亲被中南工业大学（现名中南大学）卫生科开除，罪名是"盗窃一瓶链霉素"，而并无真凭实据。这个冤案直至1981年底才彻底平反。曾经参与领导文艺界反胡风运动的林默涵同志问我:"你母亲只不过是卫生科的一名药剂师,怎么会受胡风集团牵连?"我回答说:"您忘了吗?反胡风运动从文艺界波及全社会,成了一场肃清反革命的运动,说什么处处都有反革命,人人身边都有'老虎'。我生父当时在台湾军中任职,母亲虽然是弃妇,也摆脱不了反革命家属的罪名,不开除她开除谁?"在考场上,我无法替我母亲陈情喊冤,又无法真实描写我母亲被开除之后几乎走上人生绝境的苦痛遭遇。灵机一动,我只好把母亲虚构成苦大仇深的农村妇女,在抗日战争中为掩护八路军伤员而壮烈牺牲。母亲成了"烈士",我也就成了"烈士遗孤",混进了"红五类"队伍。这篇只有准考证号码而不署真名的作文因而也得了高分,帮我考上了"古老而又新型"的南开大学。我在感到短暂的得意之余,内心却充满了长期的愧疚。因为我无法直面惨淡的人生,无法像冰心那样如实描写母亲的音容笑貌。我后来写文章说:"我不愿再经历那种不能如实描写母亲的时代。这种'大时代的小悲剧',对于时代固然是小而又小,但对于一个普通人来说却关系着他(她)的半生乃至一生。"

(本文原载《民主》2013年第1期)

寥寥数语，风度宛然
——读《汪曾祺回忆录》

越老越觉得知识欠缺，亟须恶补。重读汪曾祺就是我补课的内容之一。汪曾祺并不希望把他弄成热点，但事实上他如今已经成为热点。汪曾祺也受不了那种自信满满的批评家，但我既不是批评家，又从来都缺乏自信。我只是他的一个普通读者，而汪曾祺是尊重读者的。他认为一篇作品是作家与读者的共同创作。他之所以在作品中"留白"，就是允许读者去捉摸、思索、补充。作家对其作品的自评跟读者对他的评价可能是不尽吻合的。汪曾祺自己满意的小说是《职业》，曾先后修改了三四次，但在《汪曾祺精选集》中，我东找西找也未找到这篇作品。

我最早听说汪曾祺的名字是在二十世纪七十年代，因为他是样板戏《沙家浜》和《杜鹃山》的编剧之一。这些戏里有一些优美的唱词，观众至今都记忆犹新。那时我跟友人曾应《文汇报》和《光明日报》之约，用笔名撰写过几篇剧评，因此有机会在北京虎坊桥的一家招待所采访为样板戏谱写唱腔的于会泳——当时周围的人还可以拍着他的肩膀叫"老于"，不料瞬间他就蹿升成了泱泱大国的文化部部长，但因此也未得善终。读到汪曾祺对于会泳的回忆，恍然有隔世之感！

二十世纪八十年代初，我囫囵吞枣式地读过汪曾祺的小说《受戒》和《大淖记事》，觉得形式和内容都不拘一格，犹如拂晓开窗，扑面而来的是一股清新气息，那感觉有点像我年轻时在荷花淀读孙犁的作品。读《受戒》时，我的文艺观已经有形无形地被一些清规戒律束缚，觉得这种题材跟作品中的小和尚明子一样有点"离经叛道"，不过顿时又想起鲁迅晚年写的回忆散文《我的第一个师父》，觉得在这些叛逆的和尚身上仍不失一种人性美。《大淖记事》不是一口气读完的,因为这篇一万七千字的小说,前面三节约六千字写的是大淖这个水乡的风土人情,显得入题太缓慢。但这种写法跟鲁迅的《社戏》也有些类似,可见小说的写法应不拘一格。

有人把文化分为主流文化、精英文化、大众文化,我认为是欠科学的。难道离开了"大众"就能够成"主流","主流"中就没有"精英"?汪曾祺明确宣布他不是主流作家,也不会跟某些"意见领袖"那样自视为"精英",他当然也不宜归入"乡土作家"之列。如果一定要找一个归宿,那汪曾祺的作品应属于"审美文化"——他写的是诗,是健康,因而也就是"美"。这种"美"有益于世道人心,所以跟教育作用毫不矛盾。

汪曾祺笔下的民俗风情我无论如何都写不出来的,一来是因为我没有作者的这种生活经历,二来是因为我没有作者的这种观察能力和艺术感受能力。这两点当中,后一点尤为重要。范仲淹没有登过岳阳楼,但他的《岳阳楼记》却位居写岳阳楼的诗文之首。这固然因为作品中表现了"先天下之忧而忧,后天下之乐而乐"的忧患意识,但其对洞庭湖景色的描写也栩栩如生,胜过了那些在洞庭鱼米之乡久居的作家。我跟汪曾祺一样,也登过泰山,爬过长城;更有意思的是,我们都曾住在北京钓鱼台附近,但我就是写不出他笔下的泰山、长城和钓鱼台。

我认为文学既然是社会生活的反映,当然就离不开民俗风情,一旦离开就会失去作品的民族性和独异性。更何况汪曾祺写风土是为了写人情。他写水乡,他的作品也像水一样平静,一样流动,一样明澈。不过,太冷僻的风土景物在作品中似乎也不宜多写。如《大淖记事》里的"蒌蒿""芝麻灌香糖""香火戏"……江苏之外的读者阅读起来恐怕容易产生"隔"的感觉。不懂则难以共鸣,这就叫作"隔"。译成外文则更为费劲——就像把《受戒》译成《一个小和尚的浪漫故事》一样。但是这两篇小说中的人物仍然是鲜活的。我忘不了小英子把小船划进芦花荡的那一幕浪漫场景,更忘不了巧云为救情人小锡匠出乎本能地喝了一口尿碱汤那震撼心灵的细节。

除开小说,汪曾祺的写人佳作还见诸他对文苑、杏坛、梨园人物的回忆。读汪曾祺的怀人之作自然而然会联想起绘画大师笔下的人物速写,其共性就是形简意丰:不求工细,但求传神,稳、准、狠地寥寥数笔,人物的性格特征即跃然纸上。这既是作家对人物特征的"妙悟",也是作家创作实践中的"妙得"。

汪曾祺写人的手法是多种多样的,试举数例:

以外形写人物。如写闻一多教授爱国,是通过他的长髯飘飘,誓言抗战不胜决不剃须;写冯友兰教授的博学,是通过他的眼镜极厚,一圈又一圈,站在对面都看不清他的眼珠。

以语言写人物。如刘文典教授讲《庄子》:"《庄子》嘿,我是不懂喽,也没有人懂。"唐兰教授讲词选,方法就是重在吟唱,而后说:"好,真好!"

以动作写人物。如金岳霖教授讲课时,随手伸进脖领,抓住一只跳蚤当场掐死,甚为得意。一个小动作,就反映了抗战时期西南联大师生生活的艰苦、情绪的乐观。写吴宓教授,是描写他讲《红楼梦》,看见有女生站着听课,就立刻放下手杖,到邻近教室去搬椅子。这让我立即想起东方出版社介绍吴宓坎坷人生的一本书,书名就叫《好德好色》。也想起另一个类似的故事:胡适教授讲课时,发现女生旁边的窗户被风吹开,就会怜香惜玉地去关上。

写作家,最宜通过他的创作活动突出其特征。如沈从文爱流鼻血,夜间写作时,鼻血常常沁在手稿上。这一细节让人刻骨铭心。其实,任何大作家的作品,都是他们用心血凝成的。赵树理担任《说说唱唱》杂志的副主编时,有一次实在没有好稿子,就自己动手救场,以倚马可待的速度写出了一篇精彩纷呈的小说《登记》,后搬上银幕和各种戏剧戏曲舞台,易名为《罗汉钱》。这让读者对赵树理这位通俗文艺作家生活积淀的丰厚留下了深刻的印象。

我是一个对新文学史料有偏好的人,接触的史料并不算少,但从汪曾祺的怀人之作中,我还是了解到一些前所未知的佚闻掌故。比如端木蕻良原来的笔名是"端木红粮",经王统照之手才改为"蕻良"。赵树理的名作《小二黑结婚》中有作家本人初恋感情的折射。我国台湾著名作家陈映真,1968年因阅读鲁迅等左翼作家的作品被判处十年徒刑,被关押在流行歌曲《绿岛小夜曲》中所描写的那个绿岛,1975年因蒋介石去世才得以特赦。我曾在台北跟他和他的夫人陈丽娜聚餐,深感荣幸。但我从汪曾祺的回忆中才得知,陈映真的父亲曾把鲁迅小说改编成戏剧,可知陈映真对鲁迅的热爱并非偶然。至于梨园界的那些名角,我只见过张君秋一人,因为他当年常在我单位附近的一家烤鸭店吃烤鸭,的确如汪曾祺描写的那样"食量甚佳,胃口极好";不是"饱吹饿唱",而是"吃饱了唱"。我对姜妙香、萧长华、郝寿臣等人的了解,则完全来自汪曾祺的回忆。

  汪曾祺写人物还有两个特点:一是出于谦虚,有意隐去了笔下人物对自己的褒奖;二是对笔下人物的评骘近乎作者本人的"夫子自道"。据汪曾祺的儿子汪朗回忆,《西南联大中文系》一文中,闻一多、罗常培、王了一(原名王力)表扬的学生其实就是汪曾祺本人。汪曾祺将沈从文定位为"抒情的人道主义者",说他"对美有一种特殊的敏感,对美的东西有一种炽热的、生理的、近乎肉欲的感情,美使他惊奇,使他悲哀,使他沉醉",在我看来其实也是汪曾祺的"夫子自道"。

  汪曾祺擅长写人,但并非他的怀人之作篇篇都不可逾越。比如《怀念德熙》一文,读后就很不解渴。朱德熙是著名的语言文学家,是汪曾祺在西南联大的同学和挚友。汪曾祺处于人生低谷时,朱德熙仍以手足待之。但《怀念德熙》一文只有千余字。对于这位无话不谈的挚友的遽然离去,汪曾祺只写了一句:"叫人不得不感到非常遗憾。"出现这种情况有两个原因:一是越亲近的人越难写,二是汪曾祺的真情实感跟他的美学原则有所矛盾。我也出版过自传,发表过怀人散文,其中落笔最少的就是跟我共同生活了半个多世纪的老伴。因为彼此太熟悉,生怕抑扬失当。如果采访一个素昧平生的名人,也许事后很快就能写出一篇形神兼备的印象记。据汪朗说,朱德熙死后汪曾祺曾失声痛哭,说:"我就这么一个最好的朋友呵!不在了!呜呜呜呜……"但汪曾祺搞创作主张不煽情,知节制。记得鲁迅说过,情感过于浓烈时不宜作诗,也许就是这个意思。

汪曾祺擅长写人物，首先应归功于他的生活积累。他的一生经历过中国现当代的重大历史转折时期，本人的经历也坎坷曲折。有些事情虽然不堪回首，但也是作家创作宝库中的重要素材。汪曾祺的小说大多有人物原型，比如《珠子灯》里的孙小姐原型就是他的伯母；《受戒》中小英子的妈妈会剪花样就是取材于他的祖母。其次应归功于他相当全面的艺术素养。汪曾祺家学渊源，本人擅花卉，工行书，会吹笛，青衣、老生都在行，烹饪美食也精通：绘画讲"传神"，书法讲"尚意"，音乐讲"简静"，烹饪讲"回味无穷"……汪曾祺都从中受益。再加上文科出身，深受中国古典文学和西方现代主义熏陶，几近一个"通才"。有一个成语，叫"触类旁通"，意思是掌握了某一事物的规律和知识，就能够以此类推，通晓同类的其他事务。正如《易经·系辞》所言："引而伸之，触类而长之，天下之能事毕矣。"钱锺书先生提出"通感"这一修辞手法，把听觉、视觉、嗅觉、味觉、触觉沟通起来，其实也是同一原理。记不清谁说过："一切科学到了最后都是美学。"可以说，汪曾祺也的确是把他所掌握的"艺术三昧"都用在了他笔下的人物身上。在这里，"三昧"指的就是要领和真谛，从而使他笔下的人物极简中有繁复，平淡中有奇崛，抒情中有哲理，浑朴中有新意。

我还有一个不成熟的想法，即作家大体可分两类：一类有讲不完的故事，但理论修养较差；创作出于灵感迸发，跟着感觉走。另一类作家既擅长形象思维，也擅长逻辑思维。这类作家进行创作是有明确的理论指导的。正是由于有些作家理论素养欠缺，所以有人提出了"作家学者化"的主张。我心目中的汪曾祺不仅是一位作家，而且是一位名副其实的文论家。

我曾经翻阅过一本高校教材，谈到学习文艺理论的途径是经常阅读文学作品，适当阅读文学理论，并自己动手撰写批评论文。这些意见当然都对，但建议再增补一句，就是"文艺理论"中必须包括作家本人的"创作谈"——这是一种来自创作实践而又对创作实践具有直接指导意义的理论。西方的有些理论是走马灯式的理论，从概念到概念，火爆一阵也就鸦雀无声了。而中国的一些文论、画论之所以流传至今，重要原因之一就是作者本人是作家、艺术家。我爱看王朝闻、秦牧谈文论艺的书,因为他们本身就是文艺家。在外国理论著作中,影响我这一代人的还有一本书叫《金蔷薇》,作者是俄国的帕乌斯托夫斯基。他不仅熟悉其他作家的创作过程,而且自己也写过短篇小说。我认为汪曾祺的《谈风格》《揉面——谈语言运用》《美学感情的需要和社会效果》都是极佳的文论,人人都能读懂,又不是人人都能道明,这绝非是一般文学理论家所能企及。

他希望中国人活得像人样
——从柏杨的《中国人史纲》谈起

日子过得真是太快,不知道不觉间,柏杨先生离开我们整整十年了!"十年生死两茫茫",的确令人伤感。大约是2007年,我同样在中国现代文学馆参加了一次有关柏杨的研讨会,并作了简短发言,称颂柏杨先生是一位"斗士"。估计是张香华老师把会议的录音放给柏杨先生听了,老人家很高兴,不久就收到了他寄来的一张明信片,说他戴上"斗士"的帽子之后就不想摘下来了,并用中文和英文连续写道:"谁怕谁?谁怕谁?"这就是柏杨的特质和本性。这张明信片我珍藏了几年,如今传给了我的儿子。因为我也快八十岁了,能留给后人的,莫过于这种精神财富。那次开会,与会者记得还有一位王学泰先生,研究游民和流民文化,比我小一岁,今年年初也驾鹤西去了,让人痛惜!

在今天的会上,我想从柏杨的《中国人史纲》谈起。这部书最早是1978年出版的,其时蒋介石已于1975年去世,蒋经国刚刚就任台湾地区的领导人。当时台湾地区虽然还没有解除所谓戒严令,但中华人民共和国已于1971年加入联合国,中美、中日等国相继正式建交,台湾地区的民主化进程已不可逆转。这就是《中国人史纲》得以出版的历史机遇。跟《中国人史纲》齐名的著作,是《柏杨版资治通鉴》。《资治通鉴》历来被人吹捧,被当政者视为政治教科书,"知历代兴衰,明人事臧否"。但《柏杨版资治通鉴》并不是一部为司马光锦上添花的书,而是一部通过书中的"柏杨曰"这一环节跟司马光抬杠的书。我认为,这两部著作,集中体现了柏杨在史学领域的独特贡献。

谈到史学,大家公认中国史学的祖师爷是司马迁。司马迁的《史记》是史学经典,同时又是文学经典。司马迁修《史记》继承了孔子的传统。因为"王道缺,礼乐衰",孔子才修《春秋》。《史记》之所以成为千古绝唱,也是因为这部作品针砭了"王道缺,礼乐衰"的现实。柏杨是1968年至1977年成为阶下囚之后才潜心治史的。柏杨不是宫廷史学家,也不是学院派史学家,而是一位平民史学家。他研究历史不是为了补王道的缺失,重振封建时代的礼乐。他的史学著作是写给中国普通人看的,是为中国平民百姓写的,所以既通俗又生动,并不完全符合当今学院派的学术规范。比如,我没看到书后有什么中外参考文献的目录,书中的注释大多是注音,而不是引文出处。对于号称真龙天子的皇帝,他也直呼其名,如称康熙皇帝为玄烨,雍正皇帝为胤禛,乾隆皇帝为弘历……更为重要的,这部八十万字的皇皇巨著,从头到尾都是饱蘸血泪控制专制暴政。柏杨跟鲁迅一样,都是希望中国人活得有尊严、活得像人样,能真正挣得做人的地位!

《中国人史纲》一书中最吸引我的是写明代历史的章节。那是一个西方文艺复兴运动光芒四射的世纪,也是中国人酱在"断头政治"厄运中的世纪,一个大黑暗最可哀的时代。中国之所以在近代落后于西方,明朝的暴政恐怕应该视为一个源头。在这一章中,柏杨不仅叙述了倭寇的骚扰和北方的外患,而且重点写了当时官场的腐败和宦官的横行。我想,柏杨撰写这些血泪文字的时候,联想到的一定是台湾地区当年警特机构权力膨胀,门派林立,滥抓滥捕,无是生非,甚至诱民入罪!政治黑天暗地,人民呼天唤地。1945年高唱《欢迎国军歌》的台湾民众切身感受到,距离"仰视青天白日清"的日子还十分遥远。

《中国人史纲》还揭露了中国历史上的文字狱。历史书上有所谓"康乾盛世",大概是指当朝皇帝有开疆辟土之功吧。但鲁迅和柏杨关注的却是这些皇帝对内实行的"文化统制"。鲁迅说,清的康熙、雍正和乾隆,特别是雍正和乾隆,在实行"文字狱"方面真尽了很大的努力。柏杨的《中国人史纲》中也有一节专门谈清代文字狱。为了叙述简明,该书还专门制作了一份表格,介绍有人是为了溜须拍马遭罪,有人是为了装神弄鬼遭罪,当然更多的情况是因为文字有影射之嫌遭罪（如徐述夔《一柱楼诗》中有一句为："清风不识字,何必乱翻书",即被剖棺戮尸,儿孙及地方官员全部处斩。）乾隆皇帝甚至还查禁了他父亲雍正皇帝恩准刊行的《大义觉迷录》。

  读到柏杨的上述文字,我们又会自然而然联想起台湾地区戒严时期对文艺书刊的查禁。根据当时台湾地区的种种有关"规定",禁书政策如漫天撒网。禁书多达五千余种,其间闹出了很多笑话。比如查禁英国作家毛姆的书,是避免由这位作家的名字联想到毛泽东的母亲。法国作家左拉的书乃至于古代的《左传》也被清查,因为人名和书名中都出现了"左"字。金庸的《射雕英雄传》一度被没收,因为检查官由这部小说的书名联想到了毛泽东诗词中的名句："一代天骄,成吉思汗,只识弯弓射大雕"。1968年1月3日,《中华日报》家刊登了柏杨翻译的《大力水手》连环漫画,其中涉及一个父亲老白和儿子小娃购买的小岛,被斥为影射蒋氏父子,成了柏杨十年牢狱的导火线!

  当然,对于柏杨的历史观也有不同看法。因为他是用西方的民主、法治、人权观念声讨中国封建社会的专制、苛政、腐败。而在当下,对于西方的民主实践、人权现状和价值观念也有质疑的声音。对于某些史实的辨析和对古籍的训读,则更是见仁见智。但读者千万不能忘记,这部书是作者在九年零二十天的监狱岁月里,在一间火炉般的斗室之中,或蹲或坐写出来的。《柏杨回忆录》一书介绍了当时的写作情况："我把整个监狱岁月投入写作,完成了三部史书:《中国历史年表》《中国帝王皇后亲王公主世系录》,以及《中国人史纲》。我用早上吃剩的稀饭涂在报纸上,一张一张的黏成一个纸板,凝干后就像钢板一样坚硬。每天背靠墙壁坐在地下,把纸板放在双膝上,在那狭小的天地中构思。"当下的时尚青年都会唱一首叫《绿岛小夜曲》的流行歌曲:"这绿岛像一只船,在月夜里摇啊摇……"以为那是一个谈情说爱的浪漫之岛。殊不知当年那个岛是一座让无数良民百姓垂泪的人间地狱。一个从地狱里死里逃生的人,一部蘸着血泪在地狱里写成的书,任何人都应该刮目相看,而不应求全而责备。令人遗憾的是,当今学术界有噪音,有些"噪音"还被包装成"新声",惑乱视听。比如,有人把鲁迅、柏杨批判中国国民性的文章捆绑起来进行批判,认为国民性的概念是知识不足的产物,有逻辑与方法的错误。最大的问题是把政府治理危机渲染为社会道德危机,把应有的制度批判转移而为对民众的批判,从而放走了真正的敌人,把新文化运动引上了歧路。

在我看来,上述看法虽然时髦,但却似是而非。的确,鲁迅跟柏杨对中国国民性负面因素的批判有许多异曲同工之处。比如鲁迅在《花边文学·偶感》中说:"每一种新制度,新学术,新名词传入中国,便如落在黑色染缸,立刻乌黑一团,化为济私助焰之具,科学,亦不过其一而已。"柏杨也认为中国传统文化中有一种过滤性病毒,使我们子子孙孙受了感染,他将中国文化的这种弊端概括而为"酱缸文化"。"染缸""酱缸",含义相同,一字之差。但尚无确证说明柏杨直接受到了鲁迅什么影响。柏杨二十九岁就到了台湾地区,此前读过鲁迅的一些小说,鲁迅杂文接触不多;到台以后,鲁迅著作成了当局的禁书,更无法接触。所以鲁迅跟柏杨的很多观点相似,主要是英雄所见略同。

中国近代改造国民性思潮是如何形成的?这是一个比较复杂的理论问题。大体而言,鸦片战争之后,面临豆剖瓜分危机,中国出现了两种思潮:一种是闭关锁国、夜郎自大,这叫顽固保守思潮。鲁迅杂文《在现代中国的孔夫子》中提到一位叫徐桐的大学士,只承认世界上有英国和法国,而决不相信还有西班牙和葡萄牙,认为后两个国名是英国和法国胡诌出来的,为了想在中国多讨一份利益。鲁迅在回忆散文《琐记》中,还谈到他在南京水师学堂读书时有一位老师,认为世界上有两个地球:一个叫东半球,另一个叫西半球。这些顽固分子认为中国开化最早,精神文明世界第一,远胜于外国的物质文明。即使是野蛮昏乱的事物同样可以拿出来"以丑骄人",恰于阿Q头上的癞疮疤也可以拿来作为炫耀的资本。

说到这里,我不禁又想起了一位长期被遗忘而这些年大有走红趋势的人物,名叫陈季同(1852—1907),福州人,清末的一位外交官,也被称为中国研究法国文学的第一人。据说他有七部法文著作,其中有一部小说叫《黄衫客传奇》,被某权威学者认为是中国现代小说的源头。我不敢苟同这种看法,因为这部小说是用法文写的,在西方影响有限,在中国就更无影响。再说,文学"新"与不"新",不能光看语言,还要看观念。如果用白话写的作品均为新文学,那古代的白话诗文(如宋元话本)之类岂不都成了现代文学作品?我没研究过陈季同,只读过他写的一本书叫《中国人自画像》。原以为是批判国民劣根性,结果是在西方为中国吹牛,说中国的一夫多妻制如何如何好,可以延续后嗣;用火药制焰火如何好,可避免制造枪炮,消弭战争;说在中国古代农民是"劳动的贵族",土地税低,就连佃农也几乎全部生活宽裕。

但是更多的中国人却是在鸦片战争(特别是中日甲午战争)之后,开始睁眼看现实,无论是严复、梁启超、章太炎,或者是孙中山、陈天华、秋瑾。他们一方面尝试进行制度性的变革,一方面苦口婆心地进行国民性批判。只不过不同人的侧重面不同;有人主要致力于制度变革,有人重点致力于国民性批判。胡适是中国现代最热衷于移植西方民主制的人,但他也写过《差不多先生传》,跟鲁迅批评中国人"马马虎虎"一样,也是在进行国民性批判。

当然,人们或者有理由说,国民性这个概念不是一个严格的科学概念,因为同一国度,"人分十等",既得利益和观念形态都不会完全相同。鲁迅也声明,他笔下的"中国人"并非指全体的中国人。鲁迅塑造过"阿Q"这样的精神典型,也赞颂过作为中国脊梁的那些为民请命、舍身求法、拼命硬干的人。国民性这个概念,也经常跟民族性这个概念混同。但即使在一个多民族的国度,总会有作为主体的民族。这些民族有着共同的历史文化背景,生活在大体相同的地理环境当中,经过长期积淀,也会形成一些共同或相似的文化心理、性格气质和风土人情。例如,鲁迅在《南人与北人》一文中说,"北人的优点是厚重,南人的优点是机灵。但厚重之弊也愚,机灵之弊也狡",就是这个道理。实际上,鲁迅也决不会把"南人"和"北人"都看成铁板一块,而忽略了他们当中"治者"与"被治者","上等人"与"下等人"之间实际存在的差别。

总之,从鲁迅、柏杨著作的整体来看,这两位都是关注国家和民族命运的作家,从来就没有将制度批判和国民性批判割裂开来、对立起来。早在辛亥革命时期,鲁迅一方面参与了光复会的革命活动,另一方面又指出"专制久长,昭苏非易",所以以主要精力致力于精神界革命。当年西方人批评中国人"擅长内耗",讥之为"一盘散沙",中国的一些读书人也跟着摇头,认为真是无法可想。鲁迅因此专门写了一篇杂文《沙》,收进了《南腔北调集》,认为这种说法冤枉了大部分中国人,即使有些中国人像沙,那也是被统治者"治"成功的,用文言来说,就是"治绩"。这就是把制度批判跟国民性批判有机结合的例证。早在清朝末年,鲁迅就是民族民主革命者,赞成并参与了辛亥革命时期的制度变革。鲁迅把中国历史上的"盛世"称之为"暂时做稳了奴隶的时代","乱世"称之为"想做奴隶而不得的时代"。他希望中国的土地上有一个根本性的变革,即赢来一个中国人能够支配自己命运的时代,这就是中国历史上前所未有的"第三样时代"。

柏杨对中国国民性的负面因素同样进行了鞭辟入里的揭露,如喜好抓钱抓权,擅长内斗,死不认错,爱讲大话、空话、假话、谎话,所修功课有"受贿原理学""行贿艺术学""红包学""狗眼看人学"……但无论在行动上还是思想上,柏杨都是旗帜鲜明地反对封建独裁统治,他不为君王唱赞歌,只为黎民求正义。柏杨对春秋战国时代的肯定,主要是学术界呈现出百花怒放的奇观;对唐太宗的肯定,是他对个人权力的克制和对逆耳之言的包容;对康乾之治的肯定,是形成了中国的基本疆域。对于秦王朝的得失,柏杨肯定的并不是秦始皇"当了皇帝想成仙"的愚昧行为,而是秦政府的组织精神:政治、军事、监察三权分立,互不统摄。柏杨虽然肯定法治精神,认为这是人权的基础,但同时指出法治跟政治修明密不可分,一旦政府官员腐败,法律反而产生毒素,成为迫害善良守法人的一种残酷工具。历史学家尽可以对柏杨的史学观发表已见,但读者无论如何都无法否定柏杨在政治制度建设方面的思考,所以责备柏杨转移了制度批判的方向同样是没有道理的。我们应该理直气壮地为鲁迅、柏杨辩诬!

在结束这个简短的发言的时候，我还想起了同心出版社出版的《中国人史纲》封底的一段话。柏杨说："我们的国家只有一个，那就是中国。我们以当一个中国人为荣，不以当一个王朝人为荣。……中国——我们的母亲，是我们的唯一的立足点。"当前，台湾地区有人企图通过修改教科书将中国历史并入东亚史，以达到去中国化的目的。我想，柏杨九泉有知，一定不会认同这种做法。我接触的柏杨是位民主斗士，也是一位统派人士。他明白无误地对我说，有一天，解放军会乘着军舰登上台湾岛，不过不是兵戎相见，而是手捧鲜花唱着歌。我想，随着海峡两岸的经济繁荣，民主化进程的推进，祖国统一的愿景是会实现的。这也将是对柏杨的切实纪念。

（本文根据笔者2018年8月26日在《柏杨先生创作与人生学术研讨会》上的发言整理）

"云中谁寄锦书来"
——《陈漱渝收藏书信选》前言

又逢人间四月天。莺飞草长,杂花争秀。室内的蝴蝶兰还未全部凋谢,推窗已可见身姿婆娑的金黄色迎春花。路边的街心花园,白色的樱花已绽满枝头,还有梨花、桃花、海棠、丁香、二月兰,在陪伴着绵绵春雨。北京的暖气已停止供暖,卸去冬装,夜间不时有些凉意。在这乍暖还寒的春夜,已逾耄耋之年的我俯身在箱箧中清理一批旧信。我有一个优点,就是从不轻易撕毁对方的来信,因为凡信都有信息的贮存,也有情感的传递。缺点就是很少认真整理来函,书籍和信函都杂乱无章,分类查阅起来,眼累手累腰更累,胜过一场超负荷的体力劳动。但这是我有生之年想做的一件要事,所以还是费尽全力坚持完成了。

现存的这批书信写作日期大多在二十世纪七十年代中期至八十年代。此前的书信都已在"文革"中焚毁,包括一些学术书信。如孙楷第先生考证中国古代白话小说渊源的书简,在那时也被视为"封资修"糟粕,属于"横扫之列"。而到二十世纪七十年代中期至八十年代,中国的政治生活由寒转暖,万象更新。那是一个希望复苏的年代,是一个满怀豪情要夺回十年被虚掷光阴的年代,也是一个学术上充满生机活力的年代。我收藏的这批书信,真实传达了那个政治春天的气息,其意义已经超越书信内容本身。

开笔写这篇跟书信文化相关的短文,首先涌进我脑海的就是"云中谁寄锦书来"这七个字。它出自宋代婉约派女词人李清照的《一剪梅·红藕香残玉簟秋》。其时词人新婚不久,在一个月光皎洁的秋夜思念远方的丈夫,希望在那白云舒卷之处,大雁能捎来丈夫的锦书。锦书就是华美的情书,并不一定写在锦帛之上。至于鸿雁传书,那是汉武帝派赴西域的使者苏武虚构的一个故事。因为大雁秋来南去,春来北迁,怎能准确传递书信?只有经过训练的信鸽,才能有发达的神经,对生活周围的磁场十分敏感,短程、中程、远程都能精准飞到。不过信鸽的腿部毕竟短小,只能传递简短的情报,无法传递洋洋洒洒的尺牍。

谈到中国书信文化的源头,我说不清是在西周时期,还是春秋时期。但确知现存最古老的书信是距今两千四百多年的《云梦秦简家信木牍》。这是两个远征的兄弟写给大哥的信,向老母和长兄要钱要布。木牍是写在狭长木片上的信,竹简是写在狭长竹片上的信。但无论写在木牍上、竹简上,还是写在泥板、羊皮上,传递的信息都会受限,传递起来也有相当的困难,自东汉蔡伦用树皮破布等物造纸成功之后,才为书信提供了价廉轻便的载体。

不过,书信文化的发达,还是要归功于现代邮政。在中国古代,虽然有李陵《答苏武书》、嵇康的《与山巨源绝交书》、李密的《陈情表》之类名作,但毕竟有限。直到1878年中国海关附设送信局,1896年大清邮政总局设立之后,才彻底改变了用烽火台、驿站或托人传书的落后方式,让中国邮政跟国际邮政接轨,近现代的书信文化也才得到了进一步丰富。在中国现代作家中,鲁迅、许广平的《两地书》,宗白华、田汉、郭沫若的《三叶集》,傅雷的《傅雷家书》等都成了经典之作。书信体的文学作品更影响广泛,如冰心的《寄小读者》、丁玲的《不算情书》、冯沅君的《春痕》、石评梅的《缄情寄向黄泉》等都其中的佳作。据说,在中国现代作家中,梁实秋最爱写信和收藏信件,仅他写给女儿梁文蔷一个人的家信,三十年中就积存逾千封。

我跟书信有何渊源?我这个人经历看似复杂,其实简单。1962年从大学毕业之后,我先教了十四年中学,然后调到鲁迅研究室,在那里工作了三十二年,退休至今。上学期间和刚工作时,我经济窘迫,除了跟母亲有书信联系之外,几乎跟其他人均无书信联系。那时虽然邮资极低,寄本地四分钱,寄外地八分钱。但我连那四分和八分钱也得算计。我之所以在1974年至二十世纪八十年代末与外界通讯频繁主要有两个原因:一是因为我从那时开始自学鲁迅,当然会遇到许多难点,需要主动拜师释疑解惑。二是我

1976年4月正式调到鲁迅研究室工作,先后承担了编辑《鲁迅研究资料》,编撰《鲁迅年谱》(四卷本),组织编写《鲁迅大辞典》,以及参与1981年版《鲁迅全集》的部分注定稿任务。我的五年大学生涯几乎是在政治运动中度过的,学识甚浅,要从事鲁迅研究,自然会感到捉襟见肘,困难重重。要驱逐这些学术征程上的拦路虎,我选择了两条路径:一是大量查阅相关文献资料,二是走访或函询一些鲁迅的同时代人和有关专家学者。这在当时叫作"抢救活资料"。我至今难忘当年在单位传达室取信时的心情。捧读一封封信封不一、字迹各异、厚薄不同的来信,心中都会激荡着一股暖流,滋润着我那知识干涸的心田。

用函询的方式拜师求教,首选对象当然是所谓"鲁迅研究的通人"。"通人"原意是学识渊博且通达事理之人。1942年,有苏联友人询问关于研究鲁迅文学遗产的几个问题,其中问道:"在现代中国作家中,谁是被认为先生文学遗产及其手稿最优秀的通人?"许广平的回答是:"在北京以前(一九二六年以前),许寿裳、李霁野、台静农先生比较接近;二六年以后,则曹靖华、茅盾等先生更了解他;而自到上海以后(一九二七至三六年)的十年间,以冯雪峰比较可以算是他的通人。"余生也晚,鲁迅的老友许寿裳1948年2月在台北被刺身亡时,我刚七岁,自然未能亲承謦欬,但我有幸结识了他的女儿许世玮,儿子许世瑮,儿媳徐梅丽、华珊,以及他的侄孙女许慈文——他是许勉文的妹妹,范瑾即是许勉文的笔名。从他们那里,我不仅得知了一些鲁迅跟许寿裳交往的史料,而且有机会读到并参与整理许寿裳的全部遗稿。冯雪峰是1927年6月在白色恐怖中入党的老党员,二十世纪二十年代末和三十年代中期成了沟通鲁迅和党的关系的桥梁。令人痛心的是,从1954年10月开始,这位忠诚的老革命蒙冤受屈,直至1979年才被摘去"右派分子"的帽子,并随之恢复党籍。雪峰蒙冤时我刚十三岁,待我调入鲁迅研究室时他刚病逝,因此也失去了向他求教的机会;只是从他的儿子冯夏熊、孙子冯列、孙媳方馨未那里得到了不少学术上的帮助。除开这两位"通人",我跟许广平提到的那些前辈倒都有或多或少、或深或浅的接触。曹靖华是鲁迅研究室的顾问,因某种原因,从未在单位露过面。我专程在京津唐地震期间拜访过他,他也为我留下了珍贵的墨宝。我拜访茅盾时,他已经八十一岁,身体相当虚弱,但仍应我之约为《鲁迅研究资料》撰稿,至今仍留下了他的三封来信(其中有一封涉及其他同事,不便披露)。

在鲁迅研究的通人中,李霁野先生跟我关系最为亲密,初见他是1957年在南开大学校园,开始通信大约是1975年。那时先生已逾古稀之年,患有冠心病。他不厌其烦地回答了我提出的所有琐细问题,有一段时间平均每月往返书信多达十余封;不少信件是复写件,说明他留有底稿,是认真写的。其中有一封为台静农辩诬的信。他特意叮嘱我好好保存,因为台静农当时远在海峡彼岸,而两岸同胞尚处于隔绝状况。这封信不仅具有重要的史料价值,而且说明李霁野先生忠于史实,笃于友情。待我到台北市和平东路龙坡里拜访台静农这位八十七岁的老人时,因事前未做足"功课",所以多次聊天,扯闲篇多,谈鲁迅少。待到第二年我再去登门求教时,他已驾鹤西行,给我留下的只有几帧照片、一幅墨宝。这是我此生追悔莫及的事情之一。

除开以上这些许广平所说的鲁迅研究"通人",本书收录书信的作者大多是诸多领域的杰出人物或学术大家。比如胡愈之,是1933年由周恩来发展的秘密党员,曾任民盟中央主席、全国人大常委会副委员长。陈翰笙,1925年参加革命,1926年加入共产国际,是一位马克思主义历史学家、经济学家、社会学家、国际关系学家。夏衍,1927年入党的老党员,著名左翼剧作家,曾任中国文联副主席、中顾委委员。林默涵,著名文艺理论家,曾任中国文联党组书记。来信者中还有一位传奇人物叫萧三。1983年2月20日,《人民日报》刊登了胡乔木在"萧三同志追悼会上的悼词",对他的盖棺论定是"一位老一辈无产阶级革命家,一位杰出的无产阶级文化战士,国际著名诗人,一位为中国革命和世界革命、为保卫世界和平促进各国人民的友谊和文化交流做出了积极贡献的政治活动家和国际活动家"。然而十分尴尬的是,初见时他虽已在被非法关押七年之后获释,但还没有解除"特嫌";为了谨慎,我去敲他房门之前,手持单位介绍信先到当地派出所报了备。萧老当时一人坐在一栋平房的客厅里,室内有一个小煤炉。他老态龙钟,边说边喘,让我难于想象他跟毛泽东等革命前辈组建新民学会时那风华正茂的英姿。我们谈兴正浓时,有一位金发老妇推门进来,手持一个铁簸箕,往炉膛里添煤。她就是萧三的原外籍夫人叶华——她也是一位国际主义战士、著名摄影家。我们谈得最多的是中国左联跟国际革命作家联盟的关系问题。为了让我们正确认识左联的历史地位,他还援引了他延安时期日记(《窑洞城》)中毛泽东谈话的内容。我请他题写一首旧作,他就欣然用钢笔抄写了一首《海滨晚憩》,这是他1959年所写《青岛随笔二首》中的第一首。1979年,萧老才恢复了党籍,获得了自由,但第二年就住进了友谊医院。他在病中仍然会客、创作,并跟我通信联络,不过他有些亲笔函件不知现在放在何处,因此本书未能全部收录。

来信者有不少鲁迅的同时代人,特别是跟鲁迅直接接触的左翼文化战士,如胡风、梅志、萧军、冯乃超、聂绀弩、江丰、力群……胡风1979年刚获释出狱,我见到他时,已经是七十七岁的老人。他给我的复信是由他口授,女儿张晓风执笔,他审读之后再签名确认,所以一封信中出现了两种笔迹。1985年,这位饱经忧患的诗人、文艺理论家就离开了我们。聂绀弩的情况也差不多。1976年11月10日我们初见时,他刚刚从山西返回北京,已经病得不轻,艰于起坐。川岛先生曾被鲁迅戏称之为"一摄毛哥哥"。我初见他时,他还被人诬为"历史反革命",在北京大学中文系扫楼道。我1976年9月通过组织安排采访他,旁边还有两个人在监听。一个月后,祸国殃民的"四人帮"被粉碎,我们之间从此可以自由通信。但老人身体日衰,不久就无法握笔,说话困难,仅靠两瓶酸奶维持生命。所以我对于这些老人的采访和函询,都确实是属于"抢救"性质。

本书的来信者中引人注目的还有几位中国现代文学研究的奠基人和学科带头人。李何林先生是我大学时代的业师,后来又是我的直接领导,中国现代文学专业的第一位博士生导师。他认为他的一生中值得肯定的有两点:一是为中国现代文学研究培养了大批人才,二是旗帜鲜明地批驳了歪曲贬损鲁迅的言论。我曾经在回忆文章中写过：我并不是李先生的得意弟子，但我跟他的其他学生都以有这样的恩师而得意。李先生在"文革"后期就发表过关于鲁迅生平和杂文的学术讲演，我阅读了讲稿，提出了不少问题。李先生当时已逾古稀之年，视力日差，但他耐心而认真地回答了我提出的所有问题。他在复信中说，他很少写过这么长的书信。重读此信，我的感念之情倍增。作为业师，李先生对他的及门弟子爱之深，责之亦严。当李先生让我接替他担任鲁迅研究室的主任时，有一封谆谆告诫我的来信，因为涉及单位内部的人事调整，未能收入此书。我虽早已退休，但常温此信，鞭策我走好人生最后一程。唐弢先生也是我的恩师。他主编的《中国现代文学史》，是中国第一部关于现代文学的高等学校文科教材。唐先生是鲁迅的同时代人，跟鲁迅有过交往，对中外文学均有精深研究。他的藏书极为丰富，特别是节衣缩食购买了不少有关现代文学的报刊。他告诉我，研究现代文学，不能孤立地研读文本，还必须关注作品周边的生态环境，而报刊最能展现作品产生的时代背景和文化氛围。在我心目中，唐先生是撰写一部能够流传久远的《鲁迅传》的最佳人选，因此主动拜他为师，不仅登门拜访，而且弛书请教。唐先生还为拙著《许广平的一生》作序，多有奖掖之词，至今铭感。王瑶先生著有《中国新文学史稿》，跟李何林、唐弢同为中国现代文学研究的奠基者之一。1976年曾兼任鲁迅研究室副主任，每周来单位坐班一天，所以有当面求教的机会，故无书信往来。我曾请王先生审读我的《鲁迅与女师大学生运动》一书的初稿，得到了肯定，这也让我深感荣幸。

接着，我想谈谈这部书信集的出版价值。

众所周知，当今社会已经进入了信息化时代，微信、QQ早已替代了手书这种传统的沟通方式。人类用敲键盘的"换笔"方式取代了传统手书，自然带来了资讯交流的便捷。据说，在世界上传递速度最慢的一封信是意大利航海家哥伦布写给西班牙女皇伊莎贝拉的信。哥伦布在大西洋航行的过程中，将这封信密封在一个瓶子里，想寄给支持他的航海冒险的西班牙王室。然而这封信居然在海上漂流了三百五十九年，直到1852年才被美国的一位船长发现。然而写信人跟收件人均已与世长辞。当下一封电子邮件瞬间就能发到世界各地,这无疑是一种历史的进步。然而这种字体模式统一的函件,却失去了传统书信的文字美与形式美。这又使传统书信具有了文物档案的性质,变成了难以再生的稀罕之物。所以,手书函件的出版和拍卖,成了当下的一个文化热点。

我选编的这部书信除具有一般信函的性质之外,还有其他三个特点。

第一,这是一部名人书信选,主要收录国内已故名人的来信。囿于篇幅,中国香港和台湾地区友人的来信均未收入,国外——主要是来自日本的书信亦未收录。只消看看目录页上的那些名字,几乎都是社会名流和在各个领域的领军人物。因此,在人物简介中我一律没有加上"著名"这个形容词。既然是著名人物的书信,就都有独立研究的价值;信件或长或短,吉光片羽,弥足珍贵。因此,这本书可以受到更多层面读者的关注。

第二,这是一部学术答问集,我发出去的信件不是扯闲篇、议时政,主要是请教有关学术问题;而复信人也大多有问必答。因此这批书信虽缺少抒情性、趣味性,但具有学术性,反映出鲁迅学的科学体系日趋成熟的历史过程。其中的不少史料我并没有据为私有,而成了撰写1981年版和2005年版《鲁迅全集》的重要依据。比如,鲁迅著名讲演《对于左翼作家联盟的意见》中,有一段十分重要的话:"听说俄国的诗人叶遂宁,当初也非常欢迎十月革命,当时他叫道:'万岁,天上和地上的革命!'又说'我是一个布尔塞维克了!'然而一到革命后,实际上的情形,完全不是他想象的那么一回事,终于失望,颓废。叶遂宁后来是自杀了的,听说这失望是他的自杀的原因之一。"在《帮闲法发隐》一文中,开头也有一段十分有趣的引文:"戏场里失了火,丑角站在戏台前,来通知了看客。大家以为这是丑角的笑话,喝彩了。丑角又通知说是火灾,但大家越加哄笑,喝彩了。我想,人也是要完结在当作笑话的开心的人们的大家欢迎之中的罢。"

众所周知,我们这一代鲁迅研究者外语水平普遍差,因为学英语时赶上了抗美援朝;学俄语时又赶上了"反帝反修"。鲁迅学贯中西,旁征博引,而我们想要找出这些引文的出处,却是难于上青天。在十分苦恼的情况下,我想起了戈宝权先生。他是著名的俄国文学翻译家,曾在中国驻苏大使馆担任过临时代办和参赞,又通晓其他语种,于是就十分冒昧地弛函求教。戈先生当时年逾六旬,高度近视,他在百忙中认真回答了我的问题。他告诉我,叶遂宁的那两句话,分别出自《约旦河的鸽子》和《天上的鼓手》这两首诗作。《帮闲法发隐》中的那段引文,则出自吉开迦尔《忧愁的哲理》一书的日译本。叶遂宁通译为叶塞宁,他的诗作在欧洲影响广泛。我在贝尔格莱德的一个小酒吧里就看到过他的照片,但中国读者了解他的并不多。吉开迦尔,丹麦哲学家,通译为克尔凯郭尔,被誉为存在主义之父。据我所知,他的十卷本文集是直到2020年才由中国社会科学出版社出版的。因此,戈先生的发现,无疑是鲁迅研究史上的一个奇迹。他的重要发现我转告给人民文学出版社鲁迅著作编辑室,增补进了《鲁迅全集》注释,为所有鲁迅著作的读者共享。类似的例子,这本书信选中还有不少。

第三,这本书是可以作为治学的借鉴。前人说过,学贵得师,亦贵得友;师以质疑,友以析疑。所以《荀子·性恶》告诫人们,要"择贤师而事之,择良友而友之"。如果没有名师指拨,畏友批评,就会"有志也蹉跎"。我心目中的学生,不但要有"立雪程门"的尊师重道精神,而且还要有"三人行,必有我师"的广采博取精神。而我心目中的良师,不仅是在他所从事的领域卓有成就的人物,而且能够具有"诲人不倦""有教无类"的传统美德。诲人不倦其实就是甘当红烛,甘为人梯。有教无类是对求教者一视同仁,无性别、种族、财富、社会地位诸方面的歧视。我开始向诸多名家求教时,还是北京一所普通中学的初中教师,函询的问题十分烦琐,字迹又特别难看,虽然我力图一笔一划地写清楚,但仍属于"丑书"之列。但这些名流大家都是不厌其烦地回复。比如魏建功先生,是鲁迅的友人,著名语言文字学家。他不但在抗日战争胜利之后在我国台湾地区普及汉语立有大功,而且主持编纂的《新华字典》发行量超过了四亿册,堪称家喻户晓。我向他请教时,他已年逾古稀,仍然一笔不苟地写长信回答我的问题。魏建功于书法金石艺术造诣极深,出版了多部书法、篆刻作品,曾应鲁迅之邀为其书写《北平笺谱》序言。因此,他给我的信件不仅具有史料价值,而且具有书法鉴赏价值,是我十分珍视的藏品。从这些学者名流的来信中,我不仅增长了不少学识,而且学到了一些做人的道理。我自调入鲁迅研究室专门从事鲁迅研究工作之后,也经常收到不同地区不同读者的来信。我虽才疏学浅,仍然学习前辈为人,有信必复,有问必答,竭尽绵薄之力,从来不用势力眼光把来信者分为三六九等。我也因此结交了一些真心实意的学友,在鲁迅研究的长途中相互砥砺前行。

行将结束此文之际,正值传统的清明节。我在慎终追远的同时,也满怀感念之情地缅怀在学术道路上扶我上马的这些前贤。他们的音容笑貌伴随着这摞发黄的信笺,时时浮上我的心头,令我深感愧疚。这不仅是我在治学方面没有达到他们的期望,而且因为种种主观和客观原因,未能好好报答他们的恩德,就像我愧对在困境中抚育我成人的母亲一样。萧三老人在病院中亲笔来函,想我随时去看他,我虽去过,但未做到经常。我跟恩师李霁野的通信也日疏,老人家对我的同事说:"漱渝的来信怎么少了呢?是我有什么地方做得不妥吗?"我诚惶诚恐,不知如何解释和谢罪。我去南京探望多年缠绵于病榻的戈宝权老人,未带任何营养品,仅送了一篮祝福他的百合花。临别时我紧贴他那清癯的面颊,他已无言,仅有一行热泪浸湿了我的左脸。特别对不起的还有林辰先生,他视我为文友,我视他为父执。每次我去看他,他都希望我陪他再聊一会儿,说:"漱渝,我寂寞。"2003年5月1日,林辰先生不幸病逝。令人痛惜的是,当时正值"非典"肆虐时期,无法举办聚集性的悼念活动。我也未能向他致以最后的敬礼,一种人琴俱亡之感从心底油然而生。基于这些感受,我觉得这本书信选的出版,既是我人生的一种纪念,也是我敬献给这些前贤大德的一瓣心香。

小巷子里的大世界

十八岁那年我曾在河南洛阳的文学月刊《牡丹》上发表过小说,也曾在同一刊物发表过小说评论,至今相距六十二年。此后即"金盆洗手",再也没撰写和发表过此类作品。因为同年天津有位叫王昌定的批评家发表了一篇杂文,题为《创作,需要才能》,令我心悦诚服,从此打破了想当作家的梦幻。但我的家族还是出了一位独具风格的作家,曾居住在湖南长沙南门口的一条叫倒脱靴的古老小巷里,最近还出版了一部小说集,书名即《倒脱靴故事》——他就是我的表弟王平。

王平的父亲是我舅舅,也就是我母亲同父同母的弟弟,关系不可谓不"亲"。但《吕氏春秋》云:"举贤不避亲,举亲不避嫌。"谈文论艺同此理。我此前从未夸奖过王平,因此不会给人以兄弟之间"互相抚摸"的肉麻之感。更何况以亲人的眼光和感受来读这部小说集,很可能会给读者提供一些不同的视角。鲁迅小说的研究者众多,见解亦精彩纷呈,但任何人的任何一本论著也替代不了鲁迅二弟周作人撰写的《鲁迅的故家》《鲁迅小说里的人物》。这一点也是鲁迅研究界的共识。

前些年,文坛流行一个"小巷文学"的新词,其代表人物是陆文夫,代表作有《小巷深处》《小巷人物志》等。其实,早在《诗经·郑风·叔于田》中,小巷就进入了文学描写的领域。楚国诗人宋玉在《登徒子好色赋》中,即有"南楚穷巷"之说。唐代诗人刘禹锡的七绝《乌衣巷》发思古之幽情,更脍炙人口。巷子里面百业杂陈,居住的多为平民百姓,但也藏龙卧虎,有战国的苏秦、东晋的谢安、清代的魏源一类叱咤风云的人物。巷子里面不乏蜚短流长,但街谈巷议中也蕴含家国情怀。所以我认为,小巷里面也有大世界,是历史信息的载体,社会风貌的资源,能体现历史的温度和厚度。

  这倒脱靴十号也曾经是我生活过的地方,留下很多青春的记忆。有的美好,有的苦涩。无论前者抑或后者,都成为刻在我心版上的岁月之痕。大约是在1954年,母亲带我随外祖父从长沙兴汉门搬迁到了倒脱靴。其时外祖母陈孟珠因乳腺癌扩散去世,外祖父便租赁了倒脱靴十号左边两间相通的房子,前面一间供王平一家住,外公跟母亲和我在后面靠水井的一间住。舅妈一共生了七个子女,王平行五。新中国成立初期尚未实行计划生育,外公希望舅妈向苏联老大哥学习,做个"英雄母亲"。不过这种"英雄"并不好当,因为舅舅每月只有四五十元工资,要维持一家九口人的生活,自然是寅支卯粮,捉襟见肘。舅妈原本一个文文静静、细声细气的大家闺秀,因生活过于拮据,焦躁时嗓音屡屡也难免提高八度,院子前前后后都能听得清。

  我说倒脱靴十号是我"曾经生活过的地方",而没有说这里也是我的家,因为对于我而言,"家"这个实体若有若无。王平在《心远草堂的两任房东》一文中约略提及了我的身世:"姑父原是一位国民党军官,年轻时风流倜傥,与姑妈的婚姻系双方父母撮合,两人谈不上什么真情实感,新婚未及两年,竟带了个越南舞女去了台湾,给姑妈留下一个刚满三个月的儿子,再杳无音讯。姑妈从此独身,带着儿子一直随祖父居住。"王平的叙述大体上是准确的,只是生父抛下我和我母亲时我只有两个月,不是三个月。王平的祖父是我的外祖父。按旧时习俗,嫁出门的女儿相当于泼出门的水,赖在娘家,用湖南话讲叫作"呷伴甑饭"。甑是古代一种炊具,"伴甑"即混吃混喝,是让人瞧不起的一件事情。作为祖父,一般最疼爱的自然是长房长孙,只是因为我那位大表哥实在太不争气,真的成了糊不上墙的稀泥,外祖父才把对长孙的爱完全转移到了我的身上。王平当然也是外祖父的孙子,不过外祖父去世时王平刚刚十一岁,来不及跟我这个比他年长十岁的表哥争宠。

  倒脱靴十号的一房一厅、一砖一瓦、一草一木都能唤起我的许多回忆,此文只拣出三件说说。

  王平写道:"穿过院子往里走,上五六级麻石阶基,就是宽敞的堂屋了。

堂屋有四扇高大的玻璃门,中间两扇双开,左右各一单开,铸铜把手,颇为气派。"这是同宅邻居活动的公共场所。1955年9月的一天上午,表妹王焕君突然跑到我的教室外把我叫回家,从她的神色我就知道一定是发生了大事。一进倒脱靴十号的堂屋,只见母亲低头坐在一条矮凳上,脚边放着一个铺盖卷,另一个网篮内只有脸盆、水杯、漱口杯一类零星杂物,一位远房表姨坐在旁边一张高凳上,正在充满义愤地质问我的母亲犯了什么错误?为什么不好好改造思想?母亲无以应对,哑口无言,因为她也不知道犯了什么错误就被单位开除公职了。1981年11月27日,这对母亲来说是一个重生的日子,她二十六年前的那桩冤假错案终于得到了正式平反。回想起来,当年开除母亲的唯一理由,就是因为她曾经嫁给了一位抛弃她的丈夫,而这位"曾经的丈夫"又是国民党的军官。1989年,我终于远渡宝岛找到了这位当年抛弃我们母子的生父。当时我在鲁迅研究界已初露头角,《联合晚报》刊登了我飞赴宝岛的消息,而我这位生父却已经瘫痪,头脑不清,在潦倒的困境中苟且偷生,无法用清晰的语言和切实的行动来表达他的忏悔之情。这段孽缘,就成了我跟母亲的宿命。

对倒脱靴十号的大门,王平描写道:"倒脱靴十号是栋公馆,红砖房子。离巷尾近,离巷口远。坐北朝南,但大门开得有些古怪,偏西北,斜斜地对着院子,估计与风水有关。"就在这大门口,用木头镶了一个"读报专栏",每天一正一反放两张《湖南日报》,供过往的居民浏览。

倒脱靴十号还有一诗意栖息地,即王平在《旧时少年》中描写的那个晒楼。王平写道:"我家前头院子里的两间杂屋上面,有个别致的晒楼。面朝堂屋,隔院临街,面积二十多平方米,有红砖砌就的栏杆,伸手可触及院子里玉兰花的枝叶。这个晒楼是我几乎整个苦涩的青少年时期尚可借此逃避现实,独自伤心又独自排遣的地方。"但王平并不知道,在这晒楼上,还留下了我青年时代一段哀婉的爱情。那时我的恋人是一个"文艺青年",脸上一对酒窝,眼睛会说话,声音如银铃响于幽谷。但高中毕业后无业,家中弟妹多,迫于生计,有时到外地修铁路赚点工钱,有时到工厂扫盲班赚点不固定的课时费。有一年冬天,女友夜间乘车去外地打工,我到长沙火车站相送。"执手相看泪眼"时,被一巡警大喝一声:"你们在干什么!"我当时心想:警察叔叔,大冬天,在候车室,大庭广众,我们除开握手告别之外,还能干些什么呢?但当时却只能赶紧松开了手,没敢申辩半句。年轻人谈情说爱,终归需要一个僻静一点的地方,所以王平笔下的那个晒楼,就成了我当年的"伊甸园"。粉碎"四人帮"之后,我在上海外滩的行人道旁看到一对对恋人相偎相拥,彼此相安无事,不禁为当下青年置身的幸福环境而庆幸。这真是"敢教日月换新天"呵。

《倒脱靴故事》中有五篇于我而言,具有特别的意义:《老照片钩沉》《谭延闿日记中的祖父》是写我的外祖父,《伯祖父一家》是写我的伯外公,《陈年启事》是写我的曾外祖父(我叫他"老外公"),《一粒米到底有多重》是写我的舅舅和母亲。但这些文章又的确超越了家史的意义。外祖父王时泽是辛亥革命志士,一位赤诚的爱国主义者,其事迹已写入辛亥革命史、中国海军史和湖南地方史,属于盖棺有定论。我比王平年长,跟外公接触较多,又专门从事文史研究,所以早就在《人物》杂志一类报刊发表过介绍外祖父的文章。但不得不承认,王平这篇《老照片钩沉》比我此前写过得更为翔实,更具史料价值。《伯祖父一家》虽略有虚构成分,基本上是用文心史笔描写一位国故派的旧式知识分子。有读者可能怀疑描写此类人物的意义。我认为其意义就在于"五四"新潮之后仍然存在这种老派文人。这位"伯祖父"虽然也曾浮槎东渡,沐浴过欧风美雨,但在治学上仍固守乾嘉学派的方法,在治家上也仍然固守着封建伦理。王平在作品中是以时代忠实记录者的身份现身,而不是把自己当成居高临下的历史裁决者。没有一鳞一爪不成其为群龙,没有一枝一叶不成其为佳木。没有"伯祖父"这一类知识分子,也就无法全面呈现旧中国流派纷呈的知识界。这就是此文的价值。《陈年启事》中介绍的陈文玮是湖南省电灯公司的创办人。作为一个民族资本家,他在半封建半殖民地社会条件下艰难挣扎,饱受外国资本主义的压迫,为了抵制外商在湖南高价出售洋油牟取暴利,陈文玮集股二十万银圆为长沙居民安装了一万盏电灯,逐步结束了湖南的"洋油灯"时代。2004年,有关部门在湖南电灯公司旧址修建了纪念墙,这也就是肯定了民营资本在中国现代化进程中曾经做出过的历史贡献。

《一粒米到底有多重》的人物原型是王平的父亲和我的母亲。这篇小说堪称奇文,形似魔幻实为写真,几乎无虚构成分。这一对姐弟堪称难姐难弟。姐姐是"遇人不淑",弟弟是"误入校门"。这个"校"就是抗日战争时期由南京迁往重庆的中央政治大学。当时这所大学学科门类齐全,所以每年报名的考生众多。据说我舅父是以前十名的成绩被录取。倒霉的是该校校长走马灯式地轮换。1943年至1944年夏天,作为行政院院长的蒋介石一度兼任该校校长,曾经来校巡视学生的食宿,也曾在全校发表过讲演。这段经历,就成为新中国成立前仅仅在重庆和营口当过小职员的舅舅的重大历史问题。虽然舅舅的思想确如王平所言,"算是改造得非常彻底",但仍然改变不了他的厄运。记得一位著名作家讲过,当下的青年人生活在蜜罐里,是"吃饱了撑的"一代人。而我们这些经历过困难时期的人,才真正懂得毛泽东的至理名言:"民以食为天,吃饭第一。"(1938年毛泽东在抗日军政大学的演讲)《一粒米到底有多重》结尾有一处神来之笔:"佛观一粒米,大如须弥山。"须弥山是婆罗门教的术语,意即一座巨大的金山。王平援引这句话,说明米是跟命相连的。短篇小说的特点是以小见大,见微知著,截取生活横断面,借一斑以窥全豹。在这个意义上,王平这篇小说堪称当代短篇小说中的上乘之作,同时也具有特殊的史料意义,提醒读者永远不要忘却历史的教训。

《倒脱靴故事》写的都是市井小民的生活细事,是平凡世界中的平凡故事。但读起来却特别有味。这味当中有"湘味",有"趣味",还有"回味"。这三种"味",合成了一种特别的"韵味"。

"湘味"就是湖南风土人情,特别是长沙南门口一带的风土人情。这里包括长沙独具特色的民居(如倒脱靴十号),独具特色的街道(如白沙街),独具特色的景点(如天心阁),独具特色的行业(如拖板车),独具特色的商店

(如九如斋)，独具特色的称谓(如水老倌)。更多的是长沙独具韵味的方言，如样范、灵泛、堂客、满崽、娭毑、妹子、细伢子、扯卵谈、吊膀泠光……我们听京韵大鼓、天津三句半、东北二人转、陕西华阴老腔，都会感到一种特殊的魅力，除曲调之外，还包括方言的魅力。但方言的运用必须适度，比如我虽为湖南人，但读周立波的《山乡巨变》时仍有隔膜，这就是方言的障碍。清末韩邦庆用吴语所撰小说《海上花列传》，题材无疑吸引读者，鲁迅、胡适都说好，张爱玲也曾将这部书译为英文。但我从未动过读此书的念头，因为我完全不懂吴语。王平在方言的运用上可谓拿捏精准，湖南人读起来有亲切感，外地人读起来也能领会。这就是他的成功之处。

《倒脱靴故事》有趣味。这并非来自情节的高潮迭起，而是来自字里行间渗透出的一种幽默感，或者说是一种冷幽默。幽默是一种智慧，一种精神，一种心态，一种损己娱人的处世态度，它源于悲天悯人的大胸怀。离开了这种胸怀，作者不可能风趣地表达情感，含蓄巧妙地抨击时弊。王平说他写《倒脱靴故事》时怀着一种怜悯之心、悲悯之情，就充分证明了这一点。当然，作为语言的调料，幽默的写作方法也有特别的引笑机制，方法多种，表现在作品中人物的表情幽默、动作幽默和语言幽默等诸方面。为了产生语言幽默的效果，王平也采用了典型的荒谬夸张手法，比如《旧时少年》中的主人公在青春期曾跟那位十五岁的女友来到一间糊满旧报纸的房间，因为双方羞于说话，手足无措，便下意识地一层层撕开墙上旧报纸。不料居然看到一张新中国成立前的繁体字广告，那上面赫然印着两行大字："七彩翡翠爱情巨片：《出水芙蓉》。五千美女齐出浴，万条玉腿一齐飞。"吓得这两位情窦初开的少男少女魂飞魄散，逃一般跑到楼下去。很多读者都知道，《出水芙蓉》是1944年美国米高梅影片公司出品的一部歌舞爱情喜剧片，片中最后有一场水上芭蕾舞的场面，绝无半点色情之嫌。当年的广告词，恰如时下的"标题党"所为，所以在一个性禁锢的年代，能把一对纯洁无瑕的青少年吓得魂飞魄散。这种令人喷饭、忍俊不禁的描写，这类在荒谬里觑见的幽默，在《倒脱靴故事》中不胜枚举。

说《倒脱靴故事》令人回味，是因为作者采用的是一种传统的白描手法，通过小人物的生活史、情感史、生命史反映出大时代、大历史、大世界中一个不可或缺的侧面。鲁迅有一篇杂文，题为《几乎无事的悲剧》，评论的是俄国作家果戈理的小说。文中写道："这些极平常的，或者简直近于没有事情的悲剧，正如无声的语言一样，非由诗人画出它的形象来，是很不容易觉察的。然而人们灭亡于英雄的特别的悲剧者少，消磨于极平常的，或者简直近于没有事情的悲剧者却多。"我以为王平的小说风格庶几近之。果戈理作品中给人留下印象最深的除了宗法制下的旧式地主，多为身份卑微、行为怪诞、心理混乱的小人物。正是这些技巧炉火纯青的作品，构成了一部十九世纪初期至中期俄国社会的历史。王平是一位从倒脱靴小巷子进入文坛的作家，仅小学毕业，多年后在武汉大学作家班混迹过两年。我们不能要求他成为巴尔扎克，因为他不熟悉巴黎上流社会的生活，写不出《人间喜剧》这种百科全书式的作品。王平也不了解俄国独眼将军库图佐夫跟法国拿破仑之间发生的那场战争，因此，也不能指望他像托尔斯泰那样写出《战争与和平》这样的史诗。从童年直至青少年时代一直在倒脱靴居住的王平，只能如鲁迅的教导："就自己能写的题材，动手来写"，"能写什么，就写什么，不必趋时"。（《二心集·关于小说题材的通信》）王平这样做了，而且选材严格，开掘深广，这就已经履行了一个作家的神圣职责。诚如书评人袁复生所言，王平的笔下是一个与众不同的长沙。它没有被刻意打扮的传奇，也没有被潦草敷衍的卑微。生活境遇已经与时代一起被大幅度改变了，但市井里的那种城市气场，还是在故事里面慢慢得到传承。这样的作品，读后回味无穷，具有一种含蓄美。

我想，只要今人或后人还关注湖南长沙这座城市，还关注作为城市一个重要组成部分的小街小巷，以及关注中国社会半个多世纪以来的历史变迁，王平的这本书便自有其存在价值——因为它不仅仅是一部兼具散文与小说之长的文学作品，而且是一部颇有分量的、独特的城市史。

以小悟大，见微知著
——读黄坚著《桃花树下的鲁迅》

鲁迅将读书分成两类：职业地读书，兴趣地读书。我读书基本上出于职业需要。因为要完成一本书或一篇文章，只好俗尘满襟地去阅读相关著作。这些著作当然给我带来了不同的学术滋养，我对这些作者也常怀敬畏之心，但说句坦诚的话，很少有一本书能让我兴趣盎然地一口气读完。这主要怨我理论水平低，理解能力差，一旦淹没在名词概念的海洋里，就会呛得急于逃生，哪有乐趣可言？让我佩服的还有那些擅长宏大叙事的学者，视域往往能够跨世纪。我常想，眼前发生的不少事情都能让我蒙圈，那三五千年之前的事情我们真能说得有鼻子有眼吗？行文至此，正巧在手机上看到山西智效民先生的一篇文章，题目是《我为什么不写论文》，不禁会心一笑。

但《桃花树下的鲁迅》这本书我的确是一口气读完的，有欲罢不能之感。这是一本学术随笔，也可称之为学术散文，亦即智效民倡导的那种"不三不四"的文章。刚看到这个书名时，第一感觉是似乎不够庄重。作者名叫"黄坚"，不由得让我联想到在北京女师大和厦门大学跟鲁迅共过事的那位同名历史人物。在《两地书》中，鲁迅用"白果"二字指代"黄坚"，也说他"浮而不实""兴风作浪""嘴里都是油滑话"。这种人当然不会撰写研究鲁迅的文章。我曾主编过《鲁迅研究月刊》，担任过《鲁迅研究》和《鲁迅研究年刊》的编委，中国人民大学刚刚创办复印资料时，《鲁迅研究》分册也是由我负责终审，但我的的确确不知道还有一位名叫黄坚的鲁迅研究者。后来托人打听，才知道这位黄坚是一位研究古代历史文化的学者，写些关于鲁迅的文章，完全是出于他的业余兴趣，了无尘念。收进此书的文章此前都没有公开刊登过，只有一部分在网上发过帖子。我是一个科盲，从来不会上网，所以对这位作者完全陌生。迅速拉近我们距离的是他笔下的这些文章。这当然跟我个人的学术兴趣有关,但要真正取信于广大读者,还是取决于这些文章本身的质量,而不是靠人际关系和友情吹捧。我以下发表的读后感言,完全符合当下对论文进行"盲评"的学术规范,丝毫也不夹带私人情感。

这本书首先值得肯定的就是作者写这些"小文章"时下了"大功夫":从完成初稿到最终定稿,前后历时整整九年。比如"桃花树下的鲁迅",刚看到这个题目,我觉得材料单薄,很难写出一篇像样的文章,但作者从鲁迅书信、作品中的桃花,谈到鲁迅生活中与桃花的关系,内容就显得充实多了。鲁迅有一个笔名叫作"桃椎",作者援引古籍探因溯源,使文章又变成了一种跨学科研究。特别出乎我意料的,是作者还援引了日本汉学家青木正儿对鲁迅小说《狂人日记》和白话诗《桃花》的评价。对于鲁迅同一时期发表的不同体裁的作品,青木正儿一褒一贬,虽然不一定完全得当,但毕竟是鲁迅作品接受史上的一项珍稀资料,从而使这篇文章显得厚重。

书中介绍鲁迅跟他的祖父周介孚的文章,未必有多少新意。文中谈及祖父对鲁迅的影响,肯定还有进一步发挥的空间。文中转引了一种说法:鲁迅出生的消息传到祖父耳中,适逢张之洞来访,故将鲁迅的学名取为樟寿,因"樟""张"二字谐音。窃以为当时有位姓张的同僚拜访周介孚是可能的,但张之洞是晚清名臣,官至两江总督、军机大臣、体仁阁大学士,不可能去拜访周介孚这个非亲非故的小官。不过,作者写这篇文章时,还是尽可能搜集了相关的基本史料。目前中外鲁迅研究者认真研究周介孚的人实可谓屈指可数,一个业余研究者能下如此大的功夫,实属难能可贵!

书中的有些文章考证内容似乎过于琐细。实际上是以小悟大,见微知著。记得"文化大革命"之前西北大学单演义教授编过一本《鲁迅讲学在西安》,当时被讥为"烦琐考证"。现已易名为《鲁迅在西安》多次再版,成为鲁迅研究的基本史料之一。可见真正有价值的出版物不仅不会被时光的流水淹没,而且还会日益凸显出它的长远价值。历史研究不是天马行空,随心所欲,而是在对各种看来似乎零碎、杂乱的史料进行比较分析,考证求实之后,才能够总结规律,还原真相。比如,以前出版的一些鲁迅传记,大多说1902年3月鲁迅是搭乘日本海轮"大贞丸"从上海到横滨的,后来经日本著名汉学家北冈正子教授考证,"大贞丸"是明治三十四年(1901年)由长崎三菱造船所制造的,是鲁迅从南京搭往上海的河川用轮船,到上海后换乘的是日本邮轮股份有限公司的"神户丸"。本书所收《鲁迅第一次去南京走的是哪条路》《上海:鲁迅第一次去南京的途径之地》就属于此类考证;不仅能还原原生态的鲁迅,为撰写鲁迅传记提供了第一手资料,而且还以鲁迅为个案丰富了二十世纪初期中国的地方史、交通史。

书中《学潮中作为不同角色的鲁迅》《鲁迅自己的两面之词》《游走于好饮与戒酒之间的鲁迅》诸篇,有助于了解不同时期、不同侧面的鲁迅,也有助于全面准确解读鲁迅的文本,避免产生断章取义、瞎子摸象的情况。毋庸讳言,在鲁迅研究史上,这类情况是普遍存在的,表现为时而抬高鲁迅晚期的成就,时而抬高鲁迅早期的成就;时而把鲁迅"神化",时而把鲁迅"世俗化",以致研究了一百年之久,竟连"鲁迅是谁"都说不大清楚了。如果鲁迅研究者都能像本书作者一样,从事实出发,全面综合观察鲁迅,走近鲁迅,那就会避免许多绝对化、片面性的苛评妄断。《江、浙较量:巧合还是传统?》是书中特别有意思的一篇。我虽然吃了几十年"鲁迅饭",但对于这个问题从来没有深思。我读过鲁迅杂文《北人与南人》,略知地域对当地居民风俗习惯、文化性格会产生影响,也知道二十世纪二十年代北京教育界"留日派"与"英美派"的门户之见。但从来没有系统梳理过鲁迅对"浙人"跟"吴人"在不同场合的不同评价。这种研究是十分个性化的研究,是纯粹超功利的"兴趣研究"。虽然凭这篇文章评不上职称,但却远胜过那些迹近"八股"的"学术论文",有助于读者从一个全新的视角巨细无遗地观照到一个立体化的鲁迅,在阅读的同时还能获得一种难得的审美愉悦。

记得1986年2月15日,全国主要报纸以主要版面转载了我在当年2月1日《文艺报》发表的一篇短文《不要恣意贬损鲁迅》。文章一开头我就说:"鲁迅是伟大的,因而也是谦逊的。他认为没有完全的人和完全的书,包括他自己以及自己的创作和理论在内。从来就不存在不允许对鲁迅进行分析乃至批评的事情。即使观点出现偏颇也还可以争鸣,史实出现错误也应允许订正。如果批评家的解剖刀能中腠理,药方能对真症候,鲁迅九泉有知也是会含笑的。"我去过法国巴黎,那里有一处先贤祠,安葬着七十二位伟人,其中就有作家卢梭、雨果、伏尔泰、大仲马等。正门铭刻着"献给伟人,祖国感谢你们",令我十分感动。作为中国人,对于鲁迅这样的先贤难道不也应该采取同样的态度吗?但我所说的"恣意"是"放纵",是过于随意。"贬损"是罔顾事实,贬低损害对方。这种想通过骂倒名人自己成名的酷评策略是不可取的。本书所收《越熟悉的越出错——鲁迅的几处离奇笔误》是一篇靠材料说话的学理性文章,读起来令人信服。文章列举了一些例子,说明鲁迅书赠日本长尾景和的条幅中误把钱起写成了李义山(商隐)。

在杂文《四论"文人相轻"》中把《贫交行》一诗的作者杜甫误记为李白。这绝不是恣意贬损,而是如实陈述,学理性的评述。这说明作为"人"的鲁迅,也会有记忆的短路,书写的疏忽,乃至知识的缺陷或盲区。现在人们普遍使用电脑,连电脑联网都常出现故障,更何况人脑呢?任何思维正常的读者,决不会因为鲁迅作品中偶尔出现的"硬伤"就否定他的整体成就,眼下大概更不会有任何头脑清醒的人会认为自己的国学根底要比鲁迅深厚。读完此文后会感到最值得敬重的是,鲁迅一旦发现了这类失误就会公开订正,比如鲁迅曾把杜甫《戏韦偃为双松图歌》中的数句误为苏轼诗作,题目和引文也都有讹误,但事后鲁迅即在《〈近代木刻选集〉(2)小引》中予以订正。君子之过,如日月之蚀。所以这些例子能表明鲁迅是个鲜活的存在,并无损于他的日月之明。至于鲁迅讲演词《离骚与反离骚》中把孟浩然的诗误为贾岛的诗,如果追责恐怕会比较麻烦。因为这篇讲稿未经鲁迅订正,我记得也并未收入《鲁迅全集》,有可能是记录者的失误。这种失误在鲁迅未收集的讲演稿中多见。

最后还想借书中的《定庵、鲁迅比较说》发几句议论。近百年来,鲁迅研究的确形成了一个可以称之为"鲁迅学"的综合体系,带有明显的跨学科性质。但当下的鲁迅研究者大多攻读中国现代文学专业出身,不可能不存在知识上的缺陷,这包括笔者在内。专家多,通才少,这也是学界的普遍状况。因此治其他学问的人介入鲁迅研究,就容易在学科的交叉地带迸发出学术的火花。比如,研究外国文学的戈宝权先生、赵瑞蕻先生介入鲁迅研究,研究哲学的张琢先生、王乾坤先生介入鲁迅研究,民俗学家邓云乡先生介入鲁迅研究,留学日本的中年学者宋声泉先生介入鲁迅研究,都给我们带来了不少的惊喜。本文作者的专长是研究古代文化,所以他从地理空间、时代背景、人生经历、家族背景、行文风格、性格气质、作品意象、思维特征、身后境遇诸方面将定庵与鲁迅进行比较,娓娓道来,如数家珍。用一句时髦的话来讲,鲁迅跟龚定庵应该都是他们所属时代的"吹哨人",都想用"呐喊"和"风雷"打破"无声的中国""万马齐喑"的局面。因此,深化两位历史人物的比较研究是很有意义的。

大约是十六年前,有位酷评家写过一篇雄文,叫作《鲁研界里无高手》。当时我认为这是对一个"界"的整体否定,而这是"界"是由四五代安贫乐道、孜孜矻矻的学者组成的,便写了一篇短文进行反驳,不料招来了一场"语言暴力"的攻击。"一朝被蛇咬,十年怕井绳",所以最近这位酷评家又发表"1949年以后鲁迅研究界的人无一不是跟风派"的高论时,我就战战兢兢,噤若寒蝉了。既然惹不起,难道还躲不起吗?读了《桃花树下的鲁迅》这本书之后,我也想发表一个看法。即使鲁研界内无高手,鲁研界外还是有高手的。如若不信,那就把这本书买来认真看看。

2020年6月23日

他读出了人生新境界

——段爱民《读书小语》

读书少不一定是羞耻。因为有些人处于社会底层,受生活环境限制,没有条件买书、读书、写书,只能凭借"简单劳动"服务于社会。但不读书一旦跟财富与地位联姻,那就可能成为一种羞耻。比如一位大款一心挣大钱,不爱读书,我们就会嘲笑他"穷得只剩下了金钱";如果一位官员不爱读书,凡事依赖秘书,甚至连秘书拟好的发言稿都读窜行了,我们也会怀疑他"阔得只剩下了权力"。

山西长治有一位读书人,也是写书人,名叫段爱民。在古代,他也许不算官,只是吏。但在当下,他好歹也曾经是一位地方官员。当官的人都很忙,白天忙于参加各种各样的会议,下达各种各样的指示,晚上也难免有各式各样的公务或私务应酬;只要不整天围着酒杯转、牌桌转、裙子转,年终考核总会评上合格,怎能再苛求他们黉夜读书或拂晓写作呢?但段爱民为了在喧嚣浮躁的尘世管住自己的心,工作之余酷爱在书店散步,在书房散步,在书中散步,让"心魂"与"书魂"沟通交流。这种生活,也就是哲学家周国平所推崇的"心智生活"。"心"指"心灵","智"指"智力"。简而言之,这就是一种非功利的精神生活,读书和写作成了他攀登心灵殿堂的云梯。他读出了一种新的人生境界,也写出了一种新的人生境界。

读书之人不一定写书,但写书之人非读书不可。郭沫若在(《读〈随园诗话〉札记》)中,把读书和写书之间的关系描绘得很形象:

蚕食桑而吐丝,蜂采花而酿蜜。
牛吃草而出奶,树吸壤而生漆。

> 破其卷而取神,吮其精而去粕。
> 融宇宙之万有,凭呕心之创作。

我想,这也就是段爱民的追求。

我是一个专业研究人员,读书有功利性,习惯于带着课题来读书,因此必然对专业领域内的书比较熟悉,而对专业之外的书却相当陌生。段爱民则不同。他挥动着"好奇心"与"求知欲"这两条胳膊,恣意在书籍的海洋里遨游,随遇而读,随喜而乐。鲁迅1927年1月26日乘海轮由厦门到广州时,曾描写了月光映照下的海面:"海上的月色是这样皎洁;波面映出一大片银鳞,闪烁摇动;此外是碧玉一般的海水,看上去仿佛很温柔。我不信这样的东西是会淹死人的。"(《华盖集续编·海上通信》)段爱民在书海中领略的风光,除了有月夜般的静谧之外,还有阳光下的喧腾,乃至暴风雨中的呼啸,真是风光无限,叹为观止!

读者翻开《读书小语》一书,首先会惊叹于作者涉猎范围的广博,从自然科学、社会科学到文学艺术,从中国到外国,从古代到当代,凡是能照亮心灵的书籍,他几乎都感兴趣。他时而请出尼采、柏拉图、伏尔泰、黑格尔跟我们进行穿越时空的对话;时而请出现当代的南怀瑾跟我们谈国学,李泽厚跟我们谈哲学,吴敬琏跟我们谈经济;时而带我们欣赏黄宾虹的绘画,时而带我们欣赏林散之的书法……他甚至还刻苦攻读了一些宗教类的书籍。他的藏书中,竟有蒋介石和宋美龄的床头书《荒漠甘泉》。号称"印度圣书"的《奥义书》,是我的同乡前辈徐梵澄先生翻译的,我没有胆量涉猎,却也进入了段爱民的视野。阅读《读书小语》,确如段爱民所言:"书中散步遛心,一路风景,一路甜蜜,一路文采风流。"

德国哲人叔本华在《阅读与书籍》一文中说,如果我们阅读时只是重复该书作者的思维过程,就会逐渐丧失自己的思考能力——"正如一个老是骑马的人,最后忘记怎么走路一样。很多学者正是这样的情况:他们把自己读蠢了。"(《叔本华散文》,人民文学出版社2008年5月版,第59页)段爱民也反对把脑袋当成别人的椅垫。他十分欣赏尼采的格言:"幸福是在孤独的思索中。"他读书的过程就是思索的过程,经常被自己的思绪炙烤着,使自己安静不得,忍耐不住,于是灵感借助于随笔小品的形式喷发出来;铢积寸累,就成了他一部接一部的文集。随笔小品虽然篇幅不大,但恰如段爱民所说是"思屑随地",学术价值不一定低于那些峨冠博带的论文和高头讲章的文字。钱锺书先生的代表作《谈艺录》《管锥编》,不就是类似于小品随笔的"笔记体"吗?

《读书小语》一书,有不少篇体现了学者的渊博与哲人的睿智,很多文字堪称隽言锦句,比如"没有倾诉,世界就变成了沙漠"(《倾诉》)。"敬佩不是迷信,而是对太阳的感谢"(《敬佩经典》)。"容人之量对于天才,就像空气对于生命"(《天才的生存》)。"周作人也是天才,但是个懦弱的天才"(《景物》)。"我憎恨重复,但并不等于否认重复的艺术"(《死中求生》)。"静是无上的境界,也是无边的境界"(《敬佩简洁》)。"心是通天的桥,书则是架桥的砖石"(《认距量心》)。"只要将智慧撒向天空,就完成了动物向人的过渡"(《读大天空》)。"眼睛是观察的心灵,读书是心灵的游泳"(《背景相似》)……还有不少篇什堪称学术美文,如《没有假如的人世》《景物》《散的艺术》……都达到了文采斐然、师心独见的水平。

段爱民在《读书小语》中有几处提到,也有读者反映他的某些文章看不大懂。我认为,对于这种意见要做具体分析。鲁迅在《随感录五十九·"圣武"》中写道:"新主义的宣传者是放火人么,也须别人有精神的燃料,才会着火;是弹琴人么,别人的心上也须有弦索,才会出声;是发声器么,别人也必须是发声器,才会共鸣。中国人都有些不很像,所以不会相干。"鲁迅在这里讲的是"五四"时期"新主义"的宣传者跟固循守旧的国民之间的隔膜,但同时也道出了一个文艺欣赏领域的重要原理,那就是作者与读者之间要产生共鸣,读者必须具备欣赏作品的某些必备条件。读者的知识缺陷是可以弥补的,但在阅读过程中首先要有不图轻松的精神。作家王蒙说:"阅读,过分轻松是危险的信号。"无论读段爱民的书,抑或读其他作者的书,只要有阅读价值，我们都应该以顽强刻苦的精神攻坚克难，而不应该在难点面前望而却步。

不过，在作者的一面，似乎也有应该深思的地方。如果作者仅仅把文章视为"心灵的独白"，只在乎直抒胸臆，不在乎读者能否接受，那尽可以天马行空，不拘一格。如果把文章视为"心灵的倾诉"，那自然还应该顾及倾听者的感受，从而使自己倾诉成为"有效倾诉"，与倾(诉)听者形成交流。追求深刻，崇尚简洁，这自然没错。但行文不宜跳跃性太大。如《幸福的作面》一文，先谈尼采的观点：幸福是在孤独的思索中；马上转到《文化名人有话说》这本书。像我这种未曾接触此书的读者，就不知道此书思考问题究竟如何"大气"。接着又谈《正在消逝的地理》，只有两行文字，也不知此书作者是如何在孤独中思索。接着再从古代的庄子过渡到当代的张五常。如果读者对这张五常也不熟悉，怎能跟得上作者的思绪？作者在阅读中时有感悟，如"诗人灵魂都是湿润的"，这是为了反驳赫拉克利特的观点——这位哲人认为"干燥心灵魂才优秀"。作者虽然也引用了屈原、苏东坡、毛泽东一些与水有关的诗文，但读者也不一定就能明白为什么诗人的灵魂都"湿润"。如果作者能对上述论点稍加展开，那读者必将有更多的获益。《读书小语》一书赞扬蒙田的随笔"像哲学家那样讲话，像朋友那样谈心"；赞扬李泽厚的《论语今读》"举重若轻"；赞扬杨振宁能用通俗、简洁、优美的语言谈深奥晦涩的科学。从他们的写作方法中，写作者都能获得一些有益的启示。

今天是癸巳年的立秋日，但首善之区仍然是热浪滚滚，湿度有时也高得吓人。段爱民曾把读好书比喻为"望云求雨"。我就是在这种祈盼中读完了他的《读书小语》一书，并在仓促中写出了以上心得。不妥之处，盼作者和读者们海涵！

附 录

生有确时,死无定日
——关于死亡的断想

思考死亡问题可以释放"正能量"

"生有时,死有日",这是《圣经·旧约》中的一句话。人生在不同的阶段会做不同的事情,当然也会思考不同的问题:青年人大多思考事业和爱情,而老年人则难免思考关于死亡的问题。无人不知自己的出生年月日,乃至时辰,但却不会有人真能预测自己何时会告别尘世。2021年东京奥运会有一位来自新西兰的女自行车选手。她当年二十四岁,美丽而励志。不料8月8日奥运会结束,第二天她就毫无征兆地离开了人世。

只要不是猝死,老人总会在临终之前思考关于死亡的问题。这并不是一种消极的精神现象。生老病死是一条完整的生命链。我们可以回避死亡的话题,但绝对回避不了死亡的现象。能够正确对待死亡的人,才能正确对待自己的生命。物理学上的"能量"只有形式之分,没有"正""负"之分,但在价值观上和道德标准上可以区分"正能量"和"负能量"。对死亡的正确阐释,释放的就是"正能量"。

我今年已届耄耋之年,被医生诊断为"三级,极高危"患者。眼下病毒正在肆虐全球,这就更促使了我对死亡的思考。据说,剧作家莎士比亚的一生就是在瘟疫中求生和写作的一生,瘟疫成了他作品中的一种意象和重要的情节因素。我写这篇随笔的灵感,既是由年龄激发的,也是由疫情激发的。

中国有一句老话:"五十年以前人等死,五十年以后死等人。"说明在二十世纪之前,五十岁是一个年龄界限。按照孔子的说法,五十是知天命之年,也意味着已进入老年。人满五十即称"翁",即眼下所说的"老头儿"。如能再活二十年,那就是成为古稀之人了。而如今,随着人类生存条件——特别是医疗条件的不断改善,六十岁才被确定为国际公认的老年年龄标准。中国是一个十四亿人口的泱泱大国,其中符合老年标准的共有两亿六千多万人,占到总人口的百分之十八点七;也就是说,如今每十个中国人当中就有两位老人。实施积极应对人口老龄化的国家战略,已经成了迫在眉睫的重大议题。所以研讨死亡问题,更具有重要的现实意义,应该迅速完善《死亡学》这一新兴的学科。

生命意识与死亡意识

鲁迅是一个生命意识很强的人。早在青年时代,他就关注过"人类种族发生学",认为"生物"之所以成为"生物",关键就是有"生命存在其中"。所以鲁迅尊重生命的价值和尊严,希望一切生命都能够得到保存、延续和发展。特别是作为"人",更应该使生命的意义得到充分体现,因为凡具有社会性的人,都会具有多重属性:作为一个独立的"自我",应该充分张扬个性;作为一个"国民",应该竭尽对国家的义务;作为一个"世界人",应该履行自己的国际义务。正因为生命如电光石火般短暂,所以鲁迅痛恨历史上的暴君暴政,杀虐酷刑;也正气凛然地揭露了北洋军阀统治时期和国民党执政时期的枪毙、电刑、暗杀,乃至于砍头示威、陈列女尸等的罪恶行径。鲁迅之所以批评1933年国民党政府的文物南迁政策,并不是因为他缺乏文物保护意识,不了解文物的不可再生性,而是因为在他心中,老百姓(特别是青年学生)的"性命"远比"古董"宝贵。所以政府优先考虑的应该是"守土有责",而不是"寂寞空城在,仓皇古董迁"。

与此同时,鲁迅的死亡意识同样强烈。他在为中国现代小说奠基的《狂人日记》中,就尖锐地提出了中国历史上的"吃人"问题:"易牙蒸了他儿子,给桀纣吃,还是一直从前的事。谁晓得从盘古开辟天地以后,一直吃到易牙的儿子;从易牙的儿子,一直吃到徐锡林;从徐锡林,又一直吃到狼子村捉住的人。去年城里杀了犯人,还有一个个痨病的人,用馒头蘸血舐。"在鲁迅的其他小说中也出现了形形色色的死者,如死于冤假错案的阿Q,死于封建礼教的祥林嫂,死于科举制度的孔乙己、陈士成,死于庸医的华小栓、宝儿……鲁迅对这些生命被摧残,都充满了同情和愤恨。对动物亦如此。小说《兔和猫》中的那群可爱的小白兔遭到了大黑猫的毒手,作品中的"我"就决定用藏在书箱里的那瓶剧毒的氰酸钾去为小白兔复仇!

"形"亡"神"安在?

死后是否万事空?躯体消失了灵魂安在?这个问题从古至今争论不休。中国南朝时期的思想家范缜有一篇著名的《神灭论》,认为人的"神"(精神)和"形"(形体)是统一的整体。"形"存则"神"存,"形"谢即"神"灭。而宗教信徒却坚信有神灵的存在。亡者通过自身修炼,或得到生者的祈祷就可以得到超荐,直至升到天堂或极乐世界。《祝福》里的祥林嫂极秘密似地问:"一个人死了之后,究竟有没有魂灵的?"作品中的"我"背上如遭芒刺,只能吞吞吐吐地回答:"实在,我说不清……其实,究竟有没有魂灵,我也说不清。"英国诗人雪莱后定居意大利,他生前最喜爱思考生死的问题,但他也始终没有找到答案,如同双眼被阴霾笼罩,觉得只有灵魂从肉体解脱之后,关于生命的秘密才能揭晓。1822年7月8日,他跟两位友人乘小艇去斯培西亚海湾,突遇风暴,坠海身亡,十天后尸体才被人发现。他临终前是否悟出了生死之谜,只有他本人才能回答。

在这篇随笔里,我自然也无法回答这一终极性的问题,不过忽然想到了鲁迅《南腔北调集》里的一篇杂文《家庭为中国之基本》。文中写道:"一个人变成了鬼,该可以随便一点了罢,而活人仍要烧一所纸房子,请他住进去,阔气的还有打牌桌,鸦片盘。成仙,这变化是很大的,但是刘太太偏舍不得老家,定要运动到'拔宅飞升',连鸡犬都带了上去而后已,好依然的管家务,饲狗,喂鸡。""拔宅飞升",这一成语出自宋代类书《太平广记》,表达的是道家思想。然而在佛学看来,这就叫执念,也就是没有"看破放下"。

如果人死后真能升天,而又舍不得抛弃那些尘世俗物,那理想中的天堂就被祸害成什么样子呢?天堂岂不同样要组建一支庞大的城管队伍么?

在我看来,眼下讨论灵魂的有无并没有什么特别的意义。但人类科技发展到更高阶段,也许目前一些不可思议的问题也能找到科学的答案。不过,我认为人只要活在生者的记忆里,他的精神生命就能得到长存或永生。此刻我正在电灯光下断断续续写这篇随想,而谁都知道电灯是爱迪生在1879年10月21日发明的,从此人类告别了煤油灯和煤气灯。1931年10月18日,爱迪生死于尿毒症。当年10月21日,美国东部曾停电一分钟表示哀悼,纽约自由女神手中的火炬也于9点59分熄灭。人们在黑暗中共同缅怀这位"普罗米修斯"式的发明家。毫无疑义,人间只要还有光明,爱迪生的事业就还在延续。从这个意义上说,他是永生的。同理,古往今来一切自然科学经典、社会科学经典、艺术经典的创作者也都是永生的,一切将"小我"溶入"大我"的人也都是永生的。因此,死亡并非他们死亡的终点,他们会在人们的记忆与怀念中获得一种"死后的生命"。

正常死亡与非正常死亡

物理学上有一种熵增定律,大意是说热量从高温到低温是不可逆转的。宇宙万物的结局都将是死去,人类也无法例外。依据法医学的概念,人类的死亡大体有两类:正常死亡与非正常死亡。正常死亡是自然寿命耗尽,由内在健康原因导致,包括病死、老死。如果没有正常死亡,一切新的生命在面积有限的地球上将无立锥之地。所以鲁迅在《热风·随感录四十九》中明确指出:"但进化的途中总须新陈代谢。所以新的应该欢天喜地地向前走去,这便是壮,旧的也应该欢天喜地地走向前去,这便是死;各各如此走去,便是进化的路。"鲁迅散文诗《过客》中有一位过客,三四十岁,黑须乱发,虽困顿而倔强。他脚早走破了,有许多伤,流了许多血,仍执着地前行。他只确切地知道一个终点,那就是坟。这就是说,人们虽然不知何时如何死去,但确切知道总有一天必然死去。所以人要珍惜每一刻的真实生命体验,在追问和思索中不断上下求索。

另一类死亡被统称之为非正常死亡,多发生于战火硝烟、自然灾难、流行瘟疫、冤假错案。这是十分令人痛心的事情。美国发动的阿富汗战争自2001年发生,至今持续近二十年。虽然击毙了恐怖分子头目本·拉登,但死亡的平民至少有三万多人。美国、英国发动的伊拉克战争历时九年多,最终也没有找到大规模杀伤武器,但伊拉克人的死亡人数超过了十万。美国舞蹈家邓肯是现代舞的创始人,她那薄衫跣足的舞姿犹如树枝摇曳,海浪翻波。然而1921年9月14日,这位美的女神却在试车时因围巾脱落,被车轮绞住,活活勒死。这些事故,应该尽量遏制乃至杜绝,因为死去的原本都是一个个鲜活的生命。

在非正常死亡中,最令人痛心的是为民众献身的人得不到民众的理解。比如,辛亥革命时期的革命党被杀头,阿Q式的民众却说"咳,好看。杀革命党。唉,好看,好看……"小说《药》里面的夏瑜为民族复兴而牺牲,他的血竟被蘸成人血馒头让得痨病的华小拴吃了。《野草》中的散文诗《复仇(其二)》最为悲壮。基督教创始人是耶稣。他认为人的生命比全世界的财富更为宝贵,主张"博爱",即爱上帝和人类,被称为"救世主"。但却以"谋叛罗马"为罪名,被活活钉死在十字架上:"路人都辱骂他,祭司长和文士也戏弄他,和他同钉的两个强盗也讥诮他"。当然,中国也有"死有余辜"一类成语,适合用于跟人类文明相敌对的恶贯满盈的人。比如,意大利法西斯头目墨索里尼,1945年4月28日被游击队击毙,暴尸于洛雷托广场。有两万余民众围观,纷纷往他的尸体上吐唾沫、扔垃圾……

无论正常死亡或非正常死亡,一切正常的人都不应该轻生。虽然有"生不如死"的特殊情况,但正常活着终归是美好的。早在中学时代,我跟同学们都爱读俄国诗人普希金的诗《假如生活欺骗了你》:"假如生活欺骗了你,/不要悲伤,/不要心急!/忧郁的日子里须要镇静;/相信吧,快乐的日子将会来临……"后来我们在生活中遇到种种坎坷曲折,都常默诵这首诗自勉自励。然而令人遗憾的是,诗人本人在被生活欺骗时都没有"镇定",

而是选择了错误的辞世方式。1837年,三十八岁的普希金发现一位在俄国卫队服役的法国侨民向他的妻子献殷勤,便在冲动下寄去了一封决斗书。当年1月26日下午5时决斗,普希金被子弹击中肠子,骨盆破碎,两天后死去。弥留时,普希金原谅了对方和他的妻子,只要求妻子服丧两年。决斗是十八到十九世纪俄国的一种习俗,但用这位方式捍卫男人尊严不能不说是人类诗歌史上的一大损失。

让人死不瞑目的憾事

易卜生诗剧《勃兰特》里有一句台词,表达了他的意志哲学,就是"非完全则宁无"。但在实际生活中,哪有百分之百完美的事物?有人说,人生是一个苏醒的过程,是一种漫长的告别。到了老年,特别是垂危之际,人一定会感受到此生充满了不少缺憾。甚至想重活一次,改写自己的一生。南唐李后主《相见欢》有一句:"自是人生长恨水长东",讲的就是人生中总会有事与愿违的遗憾,恰如水向东流之必然。不过,人生的有些遗憾是可以弥补的,有些是无法弥补的;有些不可避免的,有些是可以避免的。

临终前有遗憾可以用"死不瞑目"四个字形容。这个成语最早见诸《三国志·吴书·孙坚传》。孙坚是东吴政权的奠基者之一。他认为董卓"逆天无道,荡覆王室",扬言要灭董卓三族,悬示四海。后来讨伐董卓的关东群雄内部分裂,孙坚于公元192年(东汉献帝初平三年)中箭身亡,所以"死不瞑目"。古人中以"死不瞑目"著称的还有南宋爱国诗人陆游。他在《七月下旬得疾不能出户者十有八日,病起有赋》中写道:"著书殊未成,即死不瞑目。"表达了他在创作上的执着追求。陆游的绝笔诗《示儿》更是家喻户晓:"死去元知万事空,但悲不见九州同。王师北定中原日,家祭无忘告乃翁。"更加强烈地表达了他对抗金大业未成的遗恨,以及对收复失地的坚定信念。

人在濒临死亡之际的精神状态确如一面镜子,能够展现人性的丰富性和复杂性,明显区分出人品的高下。《儒林外史》中的严监生虽富裕却吝啬,咽气之前伸出两个指头不放,满屋的人均不解其意,只有他的小妾才懂得,是因为油灯里用了两茎灯草,严监生觉得费油,挑掉一根,这才咽了气。《红楼梦》中林妹妹临终之时,正是宝玉与宝钗成婚之日。林妹妹只留下一个千古哑谜:"宝玉,宝玉,你好……"弦外之音,恐怕只有她本人才能提供标准答案。当然,以上都是小说家所言。

曾在南京国民政府任职的于右任先生也是"死不瞑目"。他渴望海峡两岸的中国早日实现统一,曾写下了一首广为人知的千古绝唱《望大陆歌》。在他临终之前,杨亮功到病榻前探望。于右任此时已不能说话,只是先伸出一个指头,接着再伸出三个指头。经友人解释,他是希望中国统一之时,能将灵柩运回大陆,葬于他的故乡陕西三原县。正如他《望大陆歌》中所云:"葬我于高山之上兮,望我故乡;故乡不可见兮,永不能忘!"中国的统一是大势所趋,人心所向。可以乐观预言的是:于右任老人的临终遗憾,在不久的将来会有得到弥补之一日。

他杀与自杀

他杀与自杀,这是两个反义词。他杀是用违背他人意愿的手段结束他人的生命,通常是指谋杀,是犯罪行为,但也包含误杀或者是自愿提前结束个人生命的行为。导因非常复杂,动机和社会效果也各有不同。在非常岁月中,自杀往往是维护生命尊严而采取的一种抗争手段,如作家老舍自沉于北京太平湖。巴金认为这是受过"士可杀不可辱"的教育的知识分子有骨气的表现。更有人是想用自杀的方式唤起民众,其中最典型的清末留日学生陈天华。1905年12月8日,为抗议日本政府颁布的《清国留学生取缔规则》,年近三十岁的他在日本东京大森海湾蹈海殉国。陈天华认为这一规则是"剥我自由,侵我主权",而日本报纸仍嘲讽中国人是"乌合之众""放纵卑劣",故以死激励同胞"坚忍奉公,力学爱国"(《绝命辞》,载同年《民报》第五号)。不过,导致自杀行为的还有健康原因、心理原因……这些则应该予以及时治疗和积极引导。

自杀者中让我灵魂最为震撼的是翻译家傅雷。他一生译述达五百万言，使中国读者得以认识罗曼·罗兰、巴尔扎克、伏尔泰、梅里美等世界文学家。他感到，含冤不白的日子比坐牢更为难过。1966年9月2日，傅雷夫妇在留给亲戚朱人秀的遗嘱中，首先关怀的是他们的保姆朱菊娣，将存款六百元留给她作为过渡时期的生活费。因为朱菊娣照顾过他们生活，而且"她是劳动人民，一身孤苦，我们不愿她无故受累"。其次，还留下了五十五元三角作为火葬费，五十五元二角九分支付房租。姑母和三姐寄存之物，傅雷也拜托朱人秀一一归还。自杀行为往往是在情感中冲动失控的情况下发生的，而傅雷的遗书写得如此冷静、理智，字里行间都洋溢出人性的至美。

自杀者中最不可取的是诗人顾城。1993年10月8日，顾城在新西兰激流岛的家门口上吊，上吊前却先用斧头劈死了他的妻子谢烨。顾城在朦胧诗创作领域的成就是可以肯定的，也听说过他曾有精神障碍，此前曾自杀过多次。顾城觉得"生如蚁，去如神"。为爱情自毁，这原本是令他的读者十分痛惜的。他再把一个跟他同甘共苦，替他抄稿、校稿，并译成外文的妻子砍死，这种做法更令人发指。因为这不仅违背了谢烨本人的意愿，而且更伤害了谢烨的亲人。谢烨的母亲谢文娥因此心脏病几度复发。老人家说："我凝聚一生心血含辛茹苦抚养长大的烨儿就这样冤屈地走了。顾城口口声声地说爱她那么深那么深，可是他最爱的是他自己，为了自己的想法，他可以牺牲别人；自己不想活，还要别人陪他去死。如果说谢烨有什么让我遗憾的话，那是她的过分宽容和对顾城的依赖。结局竟是连生的权利的回报也得不到。"

有一种做法不知属于"自杀"，还是"他杀"？这就是"安乐死"。说是"他杀"，但又出自本意；说是"自杀"，但又需他人帮助。"安乐死"这个词源于希腊文，含义是"幸福的死亡"。我所接触的老年人中，单纯长寿并不是首选，首选是健康和尊严。离开健康的长寿只是苟活，对自己是痛苦，对亲人是折磨。特别是通过人工的方式有限延长寿命，在我看来是对稀缺医疗资源的浪费,并不是上策。但"安乐死"是个十分复杂的问题,既牵涉患者本人的真实意愿,也牵涉家属认同、医生诊断、司法公正,在医学伦理和道德原则上引发了无休止的争论。

日本小说家森鸥外,有一篇名作叫《高濑舟》,主人公是两个在贫困中相依为命的亲兄弟,弟弟得了绝症,不愿拖累哥哥,使用剃刀插进气管,以求解脱。不料一刀并未即死,必须拔出刀刃才能断气。弟弟恳求哥哥帮忙,哥哥无奈地抓住剃刀把时,正被邻居一老妪看见。于是哥哥成了杀人疑犯,被放逐到荒岛上禁锢,服刑赎罪。这就在文学作品提出了实施"安乐死"的两难问题。当下只有个别国家通过了关于"安乐死"的立法,大多数国家仍然议而不决。作为一个老人和病人,我的最大心愿是反对过度医疗,只祈求减轻痛苦,安详辞世。望我亲人照此办理。

回光返照那一瞬

日落西山之前天空可能呈现短时间的发亮。人临死前也可能有忽然兴奋,忽然清醒的时候。据说这时大脑会发出一道指令,把最后那百分之五的肾上腺素全部分配给神经系统和声带肌肉,使其能得以交代后事。

我工作的单位隶属于文化部,因此我对中外文化名人的临终状况比较关注,其中很多细节一直铭刻在心灵深处,让我时时为自己的渺小而愧疚不已。

雨果是一位关注社会底层的法国作家,早在1903年鲁迅就节译过他的《哀尘》,也曾戏言自己想写《悲惨世界》的续集。雨果的遗言是:"我捐五万法郎给穷人。"鲁迅也很惊叹法国小说家巴尔扎克卓越的写作技巧。这位《人间喜剧》的作者临终前喊的是作品中人物"比安松"的名字。鲁迅在中国最早介绍德国诗人海涅的生平和诗作。海涅临终前说的是"写……纸……笔"。音乐家的情况也听说过一点:奥地利作曲家莫扎特临终前拼全力用口哨吹奏他的《安魂曲》,波兰作曲家肖邦临终前要听他自己谱写的《钢琴和大提琴奏鸣曲》。这都是一些以生命殉事业的人:生命即事业,事业即生命。因为他们一生敬业，所以攀达了事业巅峰。

在中国，这类文学家、艺术家和学术大师也大有人在。著名喜剧理论家，北京人艺总导演焦菊隐，1974被诊断为肺癌晚期，临终前思考的是《论民族化》与《论推陈出新》这两篇论文，并亲拟了两份提纲，希望女儿焦世宏能替他完成。著名表演艺术家赵丹感到死神已经来临时，喃喃地说："我不愿意老躺在病床上呵！我只希望在电影摄像机前面拍完最后一个镜头，然后含笑而死！"著名老作家叶圣陶临终绝笔是"老有所为"四个大字。长篇小说《创业史》的作家柳青的遗愿是"让我把第二部写完，让我把第二部写完"。文学评论家、诗人何其芳留在人间的最后一句话是："拿校样给我看……"长篇小说《死水微澜》的作者李劼人，临终前对医生说的是："我那小说《大波》只写了十二万字，还有三十万字呀。"小说家钟理和死于贫病，他的遗言是"《笠山农场》不见问世，死而有憾"。所以这些人的死是一种教示！是一种震撼！让人们更加懂得"生命诚可贵"这一人生哲理！

临终前的忏悔和自省

鲁迅在杂文《死》中写道，"欧洲人临死时，往往有一种仪式，是请人宽恕，自己也宽恕了别人"。其实"忏悔"一词本源于佛教，佛教有专门的《忏悔文》。道教也有许多忏悔仪式，目的是为了除罪断障，罪灭福生。儒家的修身之道叫"自省"，即"反求诸己"。能否"自省"是区分"君子"与"小人"的分水岭，不过判断是非的标准是"圣人所言"。一般人和革命者也有各自修身正己、自警自醒的标准。从临终前不同的忏悔或自省之词，可以检验不同人灵魂的深度和纯净度，也可以比喻为"上天堂的阶梯"。

著名报人王芸生是《大公报》的核心人物。1980年5月30日逝世前，他有一个遗憾，就是1957年他在诱逼下错误地揭发过李纯青。但当李纯青表示谅解时，王芸生已经陷入了昏迷状态。王芸生生前沉痛地说过："朱自清留给后代的是他写的《背影》，而我，留给你们的却是永远难以抹去的阴影。"不过，这类事情都是在特定环境下发生的。当事人不谅解自己，受害人却谅解了对方。所以在当下反思历史,不应该苛责于个人,而应该认真总结产生这种情况的历史教训。

殡葬的方式

中国的殡葬文化跟中国的历史一样悠长,有土葬、火葬、天葬、水葬等几十种葬法及遗体处理方式。儒家重视重殓厚葬,形成了葬前丧仪、五服制度、居丧守孝、祭记亡灵等繁规陋俗。儒家思想跟佛、道等宗教融合之后,更增添了不少迷信色彩。相比之下,道家的殡葬观念更加洒脱。庄子将死,弟子想厚葬他。但庄子反对说:"吾以天地为棺椁,以日月为连璧(按:两块合并的美玉),星辰为珠玑,万物为赍送(按:赠礼)。吾葬具岂不备邪?"庄子的妻子死了,他也不拘礼节地坐着,还"鼓盆而歌"。因为在庄子看来,死亡只不过是一种气形变化、自然循环,对遗体可随便处置。

鲁迅的原配朱安是一位没有文化的旧式妇女,死于贫病之中。但她的遗嘱是希望土葬,而且将灵柩南迁葬于鲁迅墓旁;死后"每七须供水饭,至五七日期,给她念一点经"(1947年7月9日宋紫佩致许广平信)。后来由于战乱,宋紫佩跟周作人之子周丰一商洽,将她葬于西直门外保福寺——这是周作人家的另一块坟地,1948年曾当作汉奸财产没收,"文革"期间墓地荡然无存。所以死后的厚葬远不如生前的厚待,只是朱安想不开这一点。

关于土葬与火葬的优劣问题,至今仍存争议。在目前的情况下,当然首先应该尊重逝者本人及其家属的意愿。我们所能做的,只能是限制墓穴占地,守住耕地红线,特别是反对薄养厚葬。至于冰葬、花葬、树葬、海葬等新的殡葬方式,都是移风易俗的举措,值得尝试。

对于遗体的处置,周氏三兄弟的观点大体相同。二十世纪三十年代还不兴火葬,所以鲁迅的遗言是"赶快收敛,埋掉,拉倒"。二弟周作人的遗嘱是"死后即付火葬或循例留骨灰,亦随即埋却"。三弟周建人的遗言是"尸体交给医学院供医生做解剖,最后把骨灰撒到江河大海里去"。著名作家巴金的妻子萧珊也是一位翻译家,巴金的遗愿就是把自己的骨灰跟萧珊的骨灰掺和在一起,全部撒入大海。这都是对遗体应取的唯物主义态度,若干年前,我曾去河南安阳参观中国文字博物馆,顺道也看了占地一百三十九亩的"袁林"。这是1916年耗资七十多万银圆为袁世凯修建的墓地,明清皇陵的格局,中西合璧的构筑。我去时的参观者寥寥。我想,"袁林"也许在中国陵墓建筑史上有一定的价值,地方政府也可以将其列为旅游景观,但凡有历史常识的人到此都会自然而然想到袁世凯复辟帝制的罪恶,再豪华奢侈的墓地都改变不了他令人唾弃的生命格局。

最令世人敬仰的是俄国文豪托尔斯泰的墓地。托尔斯泰的文化业绩无须介绍。1919年11月7日,他被安葬在距莫斯科市区约二百千米的波良纳庄园。在俄语中,"亚斯纳亚——波良纳"意思是"明媚的林中空地"。2016年9月7日,我忍受着腰椎间盘突出的剧痛走到这里瞻仰。我从没有见过如此简陋的名人坟墓:既无雕像,亦无墓碑。一代文化宗师就长眠在一个棺木形的土堆里,土堆上覆盖的是青草,周边是凭吊者插上的松枝和白花。墓地周围朴素、安谧、祥和,被誉为世间最美的坟墓。

魂归故里,情系人间

这篇文章即将收尾,当然必须回答我将如何面对的死亡的问题。2020年12月,《名作欣赏》杂志免费替我出了一本画册,书名为《我亦轻尘》。既然我轻如尘埃,那将来就应该随风飘逝,任其潇潇洒洒远走天涯。我此生得到了无数好心人的帮助,无论帮助大小,我都怀感恩之心。如果死后有知,我心中也会长存他们亲切的面影。不过不需要举行什么遗体告别仪式。老同事大多走不动了,新同事大多没见过。除了亲属不得不亲临火化现场之外,谁会真心实意感受到那种悲悲戚戚的气氛?再说,遗体美容师的水平再高,人死后的模样又怎能跟生前相比?还是把比较美好的一面展现给亲朋好友为佳。

我母亲去世之后,我是专门雇了一艘轮船,将她的骨灰沉入了故乡的母亲河——湘江。老伴知道我母亲畏寒,所以在原骨灰盒外又套上了一个大理石的骨灰盒。我当时的真实想法是:"孝不过三代"。修一个土坟,会给后人添一份负担。再说,公墓也要收费、拆迁,说不定什么时候就可能被夷为平地。我离开人世之后,也希望后人把我的骨灰撒到湘江,跟含辛茹苦将我培养成人的母亲相依相伴。

我老伴是四川人,她表示身后也愿意跟我的骨灰搅拌在一起,都跟我去湘江陪伴我母亲。迄今为止,老伴跟我已结褵六十年。古代有一首《我侬词》,据说作者是元代赵孟頫,写的是"你侬我侬,忒煞情多,情多处,热似火。把一块泥,捻一个尔,塑一个我,将咱两个,一齐打碎,用水调和。再捻一个你,再塑一个我。我泥中有你,你泥中有我。我与你生同一个衾,死同一个椁!"我跟老伴如果能在孩子的支持下这样处理后事,这也就基本上达到了《我侬词》中的那种境界。

这里又牵扯到乡情这个问题。我祖籍是湖南长沙,但却在战乱年代出生于重庆。八十年中真正生活在湖南至多不过十六七年。我应该怀念天津,因为南开大学是我的学术摇篮,我在这里就读了五年。我更应该怀念北京,它为我提供了许多事业机遇和施展才智的舞台。除老家之外,我在北京还建立了一个新家。我在北京生活了六十年,确实是"从故乡到异乡,从少年到白头"。但不知为什么,故乡总是我一个解不开的情结。我明明在故乡经历了很多苦难,但却一直以身为湖南人而自豪。我永远不会忘记晚清杨度在《湖南少年歌》中写的那句话:"若道中华国果亡,除非湖南人尽死。"对于国家、民族,湖南人是有担当的。我是一个无党派人士,也是一个不可救药的爱国主义者。虽然故乡安置不了我的肉身,但他乡依然容不下我的灵魂。所以我百年之后,无论如何还是要魂归故里。

除开湖南人的爱国救亡意识,故乡让我割舍不了的还有长沙米粉,无论是肉丝粉、牛肉粉、酸菜粉、寒菌粉,一想起就让我馋涎欲滴。我家穷困时,母亲只买了一碗米粉给我解馋,而她坐在旁边看着,笑着……那痴痴的怜爱之情至今仍灼热着我的心。鲁迅在《朝花夕拾·小引》中说:"我有一时,曾经屡次忆起儿时在故乡所吃的蔬果:菱角,罗汉豆,茭白,香瓜。

凡这些，都是极其鲜美可口的；却曾是使我思念的蛊惑。后来，我在久别之后，尝到了，也不过如此；惟独在记忆上，还有旧来的意味留存。他们也许要哄骗我一生，使我时时反顾。"即使是"哄骗"吧，我仍然要礼赞长沙的米粉。

长沙米粉，世界第一！

后 记

写书难，出书更不易

从1978年至今，四十四年当中，我连写带编的书已有一百多本了。这只是如实陈述，丝毫也没有炫耀的意思。记得1958年12月20日，郭沫若在《人民日报》发表了一篇《读了"孩子的诗"》，其中有两句是："老郭不算老，诗多好的少。"郭老当年六十六岁，比如今的我小十六岁。郭老是中国现代新诗的奠基人，据有关专家粗略估计，他一生写的诗应该有五六千首。他这样调侃自己，表现的是一种谦虚和自信；而我说自己出的书"虽多好的少"，却是因为我有自知之明。不过人的能力有大小，学识有高低，我尽力做了，也就没有完全虚掷光阴。民间有一句鄙薄文人的话，叫"天下文章一大抄"。我想，完全剽窃他人的著作，是一种学术不端的恶行，属品质问题，予以揭露和谴责是应该的。但任何人著书立说，都离不开汲取前行的研究成果，如同想跨越前人，就只能踏在前人的肩上。查百度，男子一百米短跑世界纪录是九秒五八，这世界上能跑出十秒成绩的运动员应该不少，但如想提高到九秒，那就成了奇迹的创造者，虽然差距只有一秒之遥。写文章亦然。我们虽然鼓励在学术领域创新，但我一直认为，一篇文章能有三分新意，就应该得到鼓励，而不能被视为学术垃圾。我是南方人，老了仍乡音未改；当过十四年中学教师，至今不会拼音，我仍手握圆珠笔，一笔一画地写字，从未用过电脑。所以我常常想，像我这样笨拙的人，即使是一个誊抄工，字字抄袭，句句剽窃，要抄出几百上千万字，那也得磨秃无数笔芯，付出几度春秋吧！这就是我说"写书不易"的意思。

"出书更难"，这更是我们的亲身体验。我在港台地区出版过八本书，但胎死腹中的更多。我是二十世纪八十年代末去台从事学术交流的。但当时就有一句话:"你若想害谁,就劝他去当出版商。"玩笑中含有"出书有风险,投资需谨慎"之意。印象中台北有家名为"马可波罗"的店铺,老板靠卖书籍起家,为了鼓励买书的顾客,每买一本书会附赠一个面包,那面包是德式的,非常可口。不久由于市场原因,老板只得改变了营销策略,索性将店铺改为面包店,顾客凡买面包者均以书籍相赠。撰写此文时,我专门发微信询问了当地友人。回答是,这家"马可波罗"如今已成了专卖德国面包的连锁店,可见物资食粮常常比精神食粮更为人们所需求。

在当地出版社,最早跟我有关系的是李敖出版社。这个社还挂了另两块招牌,一个叫"天元",一个叫"孩子王",分别出版营销不同类型的读物。社长是一位中年人叫苏荣泉,善经营,他还发行了一些闽南语的录音磁带。该社给了我两千美元的预付款,想出我撰写的《宋庆龄传》。两千美元的订金,当年相当于两万元人民币,不是一笔小的数目。但由于债务纠纷,苏荣泉到泰国旅游时竟遭人暗杀,这部《宋庆龄传》当然也就胎死腹中。不久,前卫出版社准备出版一套涉及台湾地方史的古籍,要我推荐一些深谙古汉语的学者,将古文翻译为白话,也付了一笔预付款。但由于台湾地区时局变化,这批书的出版也化为了泡影。当地还有一家叫"黎明"的出版社,背景不简单,曾印过我一本书。那位责编是我朋友的学生,说这本书卖得很惨,版税拿不出手。他含着歉意请我吃喝了一番,合同上的应得之款也就一笔两清,我连样书也没拿到一本,所以至今连书名也忘得一干二净。

还有两件奇葩的事,忍不住也想讲讲。一件是我认识一位台湾地区的青年作家,叫蓝玉湖。他1968年出生,当时还担任了一家出版社的总编辑。他的作品多以反对同性恋为题材,代表作是小说集《蔷薇刑》和《狂徒袖》。他当时想出一本介绍中国大陆著名演员和导演的书,我就让在中央戏剧学院就读的儿子写了一本书。他认为不错,立即付了五百美元订金。不料蓝玉湖自己出书要做广告,得到一位叫李胜明的商人资助。蓝玉湖中学时代就当过模特,眉清目秀,李胜明情海迷航,跟蓝玉湖在台北林森北路合租了一室。蓝玉湖想摆脱这种关系,李胜明便用刀将蓝玉湖杀害,而后留下遗书企图割腕自尽。但李胜明的行为被房东何国雄发现报警,李胜明被拘受审,当年蓝玉湖仅二十三岁。台北有人给我寄来报道此案的1991年11月5日《联合报》,消息题为《玻璃圈内又系冤魂》,让我大吃一惊。因为此前蓝玉湖曾来信,说他向往祖国的锦绣河山,一定要来一次北京,然后再去美国求学深造。不料他英年早逝,我儿子那本书无疾而终,那底稿也荡然无存。

另一件事造成的影响就超出了我个人承受的范围。1995年,我主编了一套《中国现代著名作家情与爱》丛书,共六本,传主分别为鲁迅、胡适、郁达夫、徐志摩、萧红、庐隐。这是一套名家撰写的通俗读物,虽然不能说学术性有多高,但销路很好;对作者是一次性付酬,所以我们也不知重印了多少次。大约是1995年底,友人介绍我接触了商周出版社。这家出版社以发行《商业周刊》闻名,资金雄厚。社方知道我主编了这样一套畅销书,便建议我扩充内容,增加"古代作家的情与爱"和"外国作家的情与爱"这两方面内容。于是我立即联系了浙江省社科院等单位的一批学者,开始了修订与新写工作。为表达诚意,商周出版社也预付了一些订金。不料我们的工作刚刚启动,当地另一家小出版社就印出了《中国现代作家情与爱》丛书中的一些分册,在书店公开销售。商周出版社大惑不解,要我尽快做出解释。我复信说,我虽不才,但还懂得"诚信"二字是为人处世之本。根据中华人民共和国的版权法,著作权归作者所有。我们并未跟出版社签订代理海外版权的合同条款,也没有任何一位作者私自将版权授予当地任何一家出版社。后来根据有关方面调查,原来是出版该丛书的某社工作人员收取了那家小出版社的五百美元订金,造成了这起"一女嫁二夫"的版权纠纷。后来,商周出版社跟那家小出版社谈判,小出版社下架销毁了那批书,并赔偿商周出版社损失费,达成了谅解。但是我们这批作者一度被怀疑一书两投,后来整个的出版计划也灰飞烟灭。

我也曾六次赴港。那里的朋友待我甚厚,经常请我吃鱼翅,但从来没人请我讲学和出书。因为不少当地学生课余都会去打工兼职,没有雅兴听学术讲座,学术著作也不是畅销书。直到2017年7月,香港中华书局才出版了我写的《扑火的飞蛾——丁玲传奇》(增订本)。这笔稿费,成了我孙女赴英国留学旅途的零花钱。我写的《鲁迅传》,有日本著名学者愿意尽义务译为日文,但日本出版社需要一笔出版津贴,至今渺无下文。我跟友人合编的《胡适论教育》《梁启超论教育》两书,出版社也跟我们签订了海外出版的合同,说是可能性很大,不过至今三年,这两本书尚无走出国门的动静。

至于我在内地的出书情况,除了一件事有点小不痛快,其他的经历都是让我难以忘怀。如参与编注1981年版《鲁迅全集》,2005年出版《鲁迅全集》,1992年出版的《郭沫若全集·文学编》,忝列为2009年出版的《鲁迅大辞典》的编委和主要撰稿人员之一。这部辞典近三百六十四万字,是研究中国现代文学(特别是研究鲁迅)的必备工具书。2022年出版的《鲁迅手稿全集》七十八卷本,是当代出版史上的一件盛举,我也列名为专家委员会成员和定稿组成员之一。我自知个人渺小如水珠,但不积滴水,哪能有浩瀚的江河啊!

还有一些出版社给我带来了受之有愧的荣誉。比如,人民文学出版社聘请我为2005年版《鲁迅全集》编辑修订委员会副主任。主任是林默涵,因病无法做具体工作,实际的编辑工作还是人民文学出版社的副总编李文兵及其他编辑做的。经作家出版社申报,我写的《搏击暗夜——鲁迅传》获得了两个奖项:一是被评为2016年大众最喜爱的五十种图书之一,二是被评为2016年中国图书评论学会评选的三十种图书之一。虽然奖项是颁给作家出版社的,但作为该书的作者,我也与有荣焉。最让我感到温馨的是福建教育出版社。由于我是该社出版的《许寿裳遗稿》主编之一,曾多次到福州定稿,因此受到了该社的盛情接待,许多美好的记忆都珍藏在心里。福建教育出版社成立六十周年之际,他们还给我颁发了一张"功勋作者"的奖状。我的名字跟"功勋"二字联系在一起,此生尚属首次,虽然觉得夸张,但仍心存感激。

同样感到幸运的是,凡我或编或写的书,都是应出版社之约,走的正常流程。我没有因为出书与任何社的任何编辑搞过私人公关,我也没有科研经费可以作为个人出书的专用津贴。在出书的过程中,我结识了不少编辑,他们都成了我的朋友和老师。这些编辑在从审读、校对直至参与装帧设计的过程,让我懂得了什么叫作"为他人作嫁衣"的无私奉献精神,成了我人生的楷范。

这后记越扯越远,必须"悬崖勒笔",回到这本《我观现代文坛——陈漱渝近作选》本身。所谓近作,是指我退休之后——主要是近两三年的文章。所谓"选",当然不是我近作的全部,而是跟书名比较贴切的文章。附录《生有确日,死无定时》一文,是因为表现了我撰写这批近作时的一种真实心态,那就是时不我待,要赶快做!"近作"与"少作"孰优孰劣,这也是一个复杂的创作现象。鲁迅虽不悔其少作,但却把少作比拟为"婴儿时代的出屁股,衔手指的照相"(《集外集·序言》)。杜甫在《戏为六绝句》中,开头就夸奖"庾信文章老更成,凌云健笔意纵横",表达了诗人对南北朝时期宫体文学代表人物庾信的评价。不过还有一些作家创作的起点就成了一生的高峰,如郭沫若的《女神》、曹禺的《雷雨》。鲁迅的"少作"与后期之作如何评价,也是一个见仁见智的问题。谁也不能否定鲁迅小说集《故事新编》的艺术价值和时代意义,但也没有人说这部小说的成就能超过他的奠基之作《呐喊》。在新中国成立后的十七年,学术界对鲁迅早期文言论文的评价是有"历史唯心主义"的成分,后来又有学者说这些"少作"如何之高明,反倒是后期杂文出了问题,应该把其中的某些文章从《鲁迅全集》中抽掉。这就是学术界的见仁见智,观点是永远不可能完全统一的。至于我个人的文章,仅从文章学的视域观照,应该是"近作"比"少作"老到一些,这是自己跟自己比,如同积跬步往前挪动的蜗牛一样,因为世故日深,顾虑渐多,所以行文远比"少作"谨慎。由于马齿日增,知识面当然也比青年时代略显开阔。至于立场、观点、方法,几十年我自认为没有调整变化,不存在学术转型问题。因此有人夸赞我有学术的一贯性,也有人认为我多俗见,跟不上时代。我在写作方面的追求也是一贯如此,希望自己的文字比纯史料多一点理论,比论文又多一点文采。我是教中学出身,所以按胡适的要求,力求言文一致。自己没弄懂的新潮学说,我从不敢在别人面前卖弄,只讲一些自认为明白的话。知我责我,那是读者的事情。文章公开发表之后，那就基本上跟我摆脱干系了。

　　对于出版这部拙作的天津人民出版社，我还是要讲几句掏心掏肺的感激之言。我是南开大学中文系的毕业生，在校期间不仅喝了五年的海河水，还曾三下海河修堤筑坝。天津是我的第二故乡，也是我的学术发祥地。我也可以说是《天津青年报》《天津晚报》《天津日报》扶植的作者，是这些报刊让年仅十八岁的我将手写字变成了铅字。早在1978年和1981年，天津人民出版社就出版了我的《鲁迅在北京》和《许广平的一生》这两本小册子，让我在新涉足的鲁迅研究领域站稳了脚跟。不久前，当天津人民出版社表示欢迎我编写一本书时，我并不当真，只将在手机上保存的一些近作杂乱无章地发了过去。不久就有一位编辑室主任跟我联系，认真商量书名和选目，这让我在欣喜的同时，又深感愧疚。因为我此前从没有将未经"齐、清、定"的文稿发给出版社，让对方在百忙之中平添许多麻烦，深感自己行为的孟浪。在对天津人民出版社表示感谢之前，需要先诚恳地表示我真心的歉意。

2022年5月21日